KB034786

GRAMMOPHON
FILM
TYPEWRITER

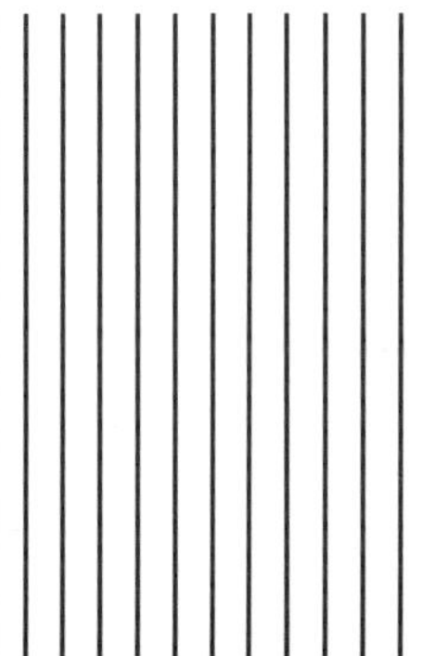

축음기, 영화, 타자기

프리드리히 키틀러

유현주, 김남시 옮김

GRAMMOPHON
FILM
TYPEWRITER

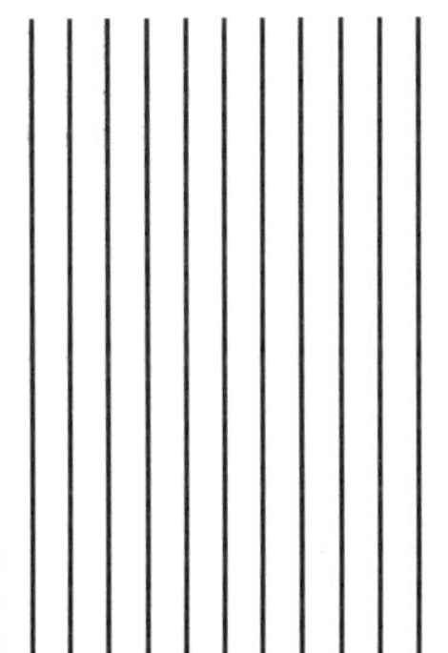

문학과지성사 우리 시대의 고전 24

우리 시대의 고전 24

축음기, 영화, 타자기

1판 1쇄 2019년 3월 30일
1판 6쇄 2024년 9월 19일

지은이 프리드리히 키틀러
옮긴이 유현주 김남시
펴낸이 이광호
주간 이근혜
편집 김현주 최대연
펴낸곳 ㈜문학과지성사
등록번호 제1993-000098호
주소 04034 서울 마포구 잔다리로7길 18(서교동 377-20)
전화 02)338-7224
팩스 02)323-4180(편집) 02)338-7221(영업)
전자우편 moonji@moonji.com
홈페이지 www.moonji.com

ISBN 978-89-320-3532-1 93850

차례

머리말

일러두기

1. 본문 안에 ★로 표시된 각주는 별도의 설명이 없는 한 모두 옮긴이 주이고, 미주는 원서의 주이다.
2. 원서에서 이탤릭체로 강조한 표현은 고딕체로 표시했다.

나의 머리를 테이프로 녹음하고, 나의 뇌에 마이크를 대고,
나의 혈관에 그 바늘을 찔러 넣어라
—토마스 핀천

매체가 우리의 상황을 결정한다. (그럼에도 불구하고 혹은 그렇기 때문에) 그 상황을 자세히 설명할 필요가 있다.

독일의 참모본부는 잘 알려져 있듯이 상황을 논의하기 위한 회의를 개최했는데, 중대사는 정오쯤에, 그리고 사소한 사항들은 저녁에 논의하였다. 그 회의는 전쟁 중이든 소위 평화의 시기든 간에 모의작전용 모래판과 지도를 앞에 두고 수행되었다. 작가이자 군 선임의사였던 의학박사 고트프리트 벤Gottfried Benn이 이러한 상황의 인식을 문학과 문학 연구의 임무로 고양시키기 전까지는 적어도 그러하였다. (친구에게 보낸 편지에서) 그가 제시한 이에 대한 정당화의 근거는 다음과 같다. "당시도 아시다시피, 나는 다음과 같이 서명합니다. '국방군 최고사령부를 대표하여, 벤 박사'라고."[1]

정말로 1941년에는, 서류와 테크놀로지, 적의 상황과 진격 계획들을 알고 있었고, 국방군 최고사령부가 있었던 베를린 벤틀러가街의 본부에서는 상황을 인식한다는 것도 가능한 일이었을 것이다.[2]

오늘날의 상황은 훨씬 더 어두워졌다. 그 이유는 첫째, 관련된 서류들은 아카이브에 들어가 있고, 서류와 실제 사실 간에, 그리고 계획된 목표와 실제 실행 들 간에 차이가 있는 한, 이것들은 수

많은 세월 동안 기밀로 남아 있게 될 것이기 때문이다. 둘째는, 이제 기밀서류라는 것 자체가 아예 힘을 잃어버렸다는 것이다. 문자와 작성자들을 배제하는 사실적 데이터 흐름이 해독할 수 없는 숫자들의 연쇄로서 네트워크화된 컴퓨터들 사이에서 순환하고 있을 뿐이다. 그러나 문자를 단순히 무력하게 만들 뿐 아니라 소위 인간들과 함께 문자를 흡수하고 획득한 기술들은 그러한 사실적 데이터들의 묘사를 불가능하게 만든다. 이전에는 책들에서, 그 후에는 레코드판이나 영화 들로부터 흘러나왔던 데이터의 흐름은 점점 더 블랙홀 혹은 블랙박스 속으로 사라진다. 이 박스들은 인공지능으로서 우리와는 이별을 고하며, 이름을 알 수 없는 최고사령부로 향하는 도상에 놓여 있다. 이러한 상황 속에서 남은 것은 단지 회상들, 말하자면 이야기들뿐이다. 어떻게 여기에 이르게 된 것인지를, 어떤 책에도 더 이상 적혀 있지 않은 것들에 대해서, 이제 책들을 위해 기록하려 한다. 한계영역까지 내몰린 낡은 매체들 또한 이러한 상황의 기호와 단서 들을 기록하기에 이제 충분히 민감해졌다. 따라서 마치 마주보는 두 개의 광학 매체의 단면에서처럼 패턴과 무아레*가 나타난다. 신화, 과학 소설, 신탁과 같은……

이 책은 그 이야기들 중 하나를 담고 있다. 이 책은 기술적 매체들의 새로움에 대해 예전 종이책이 기록하고 있는 구절과 텍스트 들을 모으고, 논평을 달고, 그것들을 서로 연결시킨다. 종이들 중 많은 것들은 오래되거나 벌써 잊히기도 했다. 하지만 기술적 매

* 선이나 점이 반복되는 물체를 촬영할 때 생겨나는 간섭무늬. 반복되는 패턴의 크기가 너무 조밀해서 이미지 센서가 그를 구분하지 못해 발생하며, TV 모니터에서 주로 생겨난다.

체들의 태동기에 그것이 야기한 충격은 너무도 굉장했기 때문에, 문학은 그것을 오늘날의 그럴듯한 매체다원주의에서보다 훨씬 더 정확하게 기록해놓았다. 오늘날의 매체다원주의란 모든 것이 허용되는 것 같지만, 실상 세계 지배를 상속하는 과정에서 실리콘 밸리의 집적회로를 방해하지 않는 경우에 한에서만 그렇다. 그에 반해 이제야 그 독점적 지배가 끝나가고 있는 정보기술 중 하나는 이러한 정보를 정확하게 기록한다. 경악의 미학. 1880년에서 1920년 사이에 축음기, 영화, 타자기라는 최초의 기술 매체들에 대하여 경악했던 작가들이 썼던 것들은, 그렇기 때문에 미래로서의 우리들의 현재를 보여주는 유령 사진들로서 기능한다.[3] 소리, 시각, 문자를 저장하고 분리할 수 있었던, 처음에는 전혀 위협적이지 않았던 장치Gerät들과 더불어 정보의 기술화가 시작되었는데, 앞서 언급했던 이야기들에서 회고해보자면 그것은 오늘날의 자기회귀적인 숫자들의 흐름을 가능하게 만들었다.

이러한 이야기들이 기술의 역사를 대체할 수 없다는 것은 분명한 사실이다. 이 이야기들은 셀 수 없이 많을지라도zahllos, 정작 숫자는 빠져 있기zahlenlos 때문이다. 여기에는 모든 혁신이 기반하고 있는 실재적인 것이 결여되어 있다. 거꾸로 말하자면, 수의 연쇄, 설계도, 회로도로부터는 절대 다시 문자가 생겨날 수 없으며, 생겨 나올 수 있는 것은 기계뿐이다.[4] 기술 자체가 기술의 본질에 대한 경험을 방해한다는 하이데거의 멋진 문장은 바로 이런 사태를 말하고 있는 것이다.[5] 하지만 글쓰기와 경험에 대한 하이데거의 교과서적 혼동은 불필요한 것이다. 철학적인 본질에 대한 질문 대신 단순한 지식만으로도 충분하다.

여기서는 매체에 대해 서술한 작가들의 텍스트가 기반하고 있는 기술적, 역사적 데이터들이 함께 제시될 것이다. 그래야 낡은 것과 새로운 것이, 책과 그 책을 대신한 기술적 매체들이 실제 그들의 모습인 정보의 모습으로 등장하게 된다. 매체를 이해한다는 것은, 『매체의 이해*Understanding Media*』라는 매클루언Marshall McLuhan의 책 제목에도 불구하고, 불가능하다. 왜냐하면 그때마다의 지배적인 정보기술이 모든 이해를 원격 조종하면서 자신에 대한 환상을 불러내고 있기 때문이다. 하지만 설계도와 회로도에서는, 그것들이 지금 인쇄기술을 통제하고 있든 아니면 전자계산기를 통제하고 있든 간에, 인간의 몸이라는 저 미지의 것에 대한 역사적 형상을 읽어낼 수 있을지도 모른다. 인간에게 남아 있는 것은 매체가 저장하고 유통시킬 수 있는 것뿐이기 때문이다. 그러므로 중요한 것은 메시지나 내용이 아니다. 어떤 기술의 시대가 지속되는 기간 동안 정보기술이 소위 영혼들을 메시지와 내용으로 장식했을 뿐이며, 정작 중요한 것은 (매클루언을 엄격하게 따르자면) 단지 회로들과 그 지각 가능성의 도식뿐이다.

콤팩트디스크의 합성 사운드에서, 혹은 나이트클럽의 레이저 폭풍 속에서 이러한 회로도를 감지할 수 있는 사람은 행운아다. 니체라면 얼음 저편의 행복이라고 말했을 것이다. 모종의 법칙은 바로 우리들 자신을 사례로 다루고 있으며, 그 법칙에 가차 없이 복종하는 순간, 매체의 창조자라는 인간의 환영은 사라진다. 그리고 비로소 상황은 인식 가능해진다.

1945년에 타자기로 작성되고 절반쯤 불타버린, 국방군 최고사령본부의 최후의 회의록에서는, 이미 전쟁이 모든 것의 아버지라고 불리고 있었다. (헤라클레이토스를 자유롭게 인용하자면) 대부분의 기술적 고안물들을 만들어낸 것은 전쟁이다.[6] 그리고 늦어도 토머스 핀천Thomas Pynchon의 『중력의 무지개*Gravity's Rainbow*』가 출간된 1973년 이래로, 진짜 전쟁은 사람이나 조국을 둘러싸고 일어나는 것이 아니라 다양한 매체들, 정보기술, 데이터 흐름들 사이에서 일어난다는 것도 분명해졌다.[7] 우리 인간들을 생략해버린, 상황의 패턴과 무아레……

그럼에도 불구하고 혹은 바로 그렇기 때문에:

롤란트 바우만의 조사와 기여가 없었다면 이 책은 쓰여지지 못했을 것이다. 하이디 벡, 노르베르트 볼츠, 뤼디거 캄페, 찰스 그리벨, 안톤 캐스, 볼프 키틀러, 토어스텐 로렌츠, 얀 마틀록, 미하엘 뮐러, 클레멘스 포른슐레겔, 프리드르름 롱, 볼프강 셰러, 만프레드 슈나이더, 베른하르트 지게르트, 게오르크 크리스토프 톨렌, 이졸데 트뢴들레-아츠리, 안티에 바이너, 데이비드 웰버리, 라이마르 촌스,

그리고 아기아 갈리니가 없었다면 이 책은 없었을 것이다.

1985년 9월

서문

케이블화 13

케이블화. 사람들은 이제 그 어떤 임의의 매체에도 모두 적합하게 작동하는 하나의 정보 채널에 좌우될 것이다. 역사상 처음으로 혹은 그 역사의 종말로서. 영화와 음악, 전화와 텍스트가 광섬유 케이블을 통해 집 안까지 들어오게 된다면, 텔레비전, 라디오, 전화기, 편지 등 분리되었던 매체들은 통합되고, 송신 주파수와 비트 포맷에 따라 표준화될 것이다. 무엇보다 광전자 채널은 이미지와 사운드 뒤에 위치한 멋진 비트 표본들을 우연적인 배열로 만들어버리는 방해들에 대해서도 면역력을 가지게 될 것이다. 면역력을 가진다고 함은, 폭탄에 대해서 면역력을 가진다는 것이다. 잘 알려진 것처럼, 핵폭발은 일반적인 구리 케이블의 인덕턴스 속으로 전자기펄스EMP를 방출하는바, 여기에 접속된 컴퓨터들을 치명적으로 감염시킬 수 있다.

펜타곤은 장기적인 계획을 수립한다. 우선 금속 케이블을 광섬유 케이블로 교체해, 전자 전쟁이 전제하고 소비하며 환영하는 막대한 비율과 양의 비트를 전달하는 것을 가능하게 한다. 그러고는 모든 조기경보 체계, 레이더 장치, 미사일 기지와 유럽 연안에 주둔한 군부대들[1]을 EMP를 견뎌내고 전시에도 제 기능을 발휘하는 컴퓨터에 마침내 접속시킨다. 그러는 동안 쾌락이라는 부수적인 소득도 생겨난다. 사람들은 여러 엔터테인먼트 매체들 사이에서 자유롭게 채널을 바꿀 수 있게 되었다. 광섬유 케이블은 생각할 수 있는 모든 정보들을 전달하는 것이다. 단 하나, 가장 중요한 폭탄에 대한 정보만을 빼고서.

종말 이전에 무엇인가가 종말을 향해 가고 있다. 뉴스와 채널의 일반적인 디지털화는 개별 매체들 사이의 구분을 사라지게 한다. 사운드와 이미지, 음성과 텍스트는 단지 표면 효과로서만 존재하는데, 이는 소비자들에게 인터페이스라는 멋진 이름으로 알려져 있다. 감각과 의미는 환영幻影이 되어버린다. 환영의 매력은, 매체들이 그것을 만들어냈던 것이니만큼, 전략적 프로그램의 부산물로서 과도기적으로만 지속된다. 그와는 달리 컴퓨터 속에서는 모든 것들이 숫자이다. 이미지도 없고, 소리도 없고, 단어도 없는 양量적인 존재. 그리고 케이블화가 지금까지 분리되어 있던 데이터의 흐름을 모두 단일하게 디지털로 표준화된 수열로 만든다면, 이제 모든 매체를 다른 매체로 전환하는 것도 가능하다. 숫자로 불가능한 것은 없기 때문이다. 변조, 변환, 동기화. 느리게 하기, 저장하기, 전환하기. 혼합화, 스캐닝, 매핑. 이렇게 디지털을 기반으로 한 총체적인 매체연합이 매체 개념 자체를 흡수한다. 기술이 사람들에게 연결되는 대신, 절대적 지식이 끝없는 순환 루프로서 돌아간다.

매체연합 체계

하지만 아직은 매체도, 엔터테인먼트도 존재한다.

오늘날의 상태는 부분적으로만 매체연합 체계이며, 모두 아직 매클루언으로 소급된다. 그가 기술했듯이, 하나의 매체의 내용은 언제나 다른 매체이다. 텔레비전이라는 매체연합 안에는 영화와 라디오가 있고, 라디오라는 매체연합에는 레코드판과 테이프레코더가 있다. 영화에는 무성영화와 자기 녹음Magnetton이 있으며, 텍스트, 전화, 전보는 우편이라는 매체의 절반을 독점한다. 새로운 세기의 초반, 독일의 폰 리벤Robert von Lieben과 캘리포니아의 디 포리스트Lee De Forest가 제어 가능한 진공관을 발전시킨 후, 시그널을 증폭하고 전송하는 것이 가능해졌다. 1930년대 이후 존재하는 거대한 매체연합 체계는 이제 문자, 영화, 녹음기라는 세 저장 매체 모두를 장악하여 자신이 원하는 대로 시그널을 연결하고 전송할 수 있다.

그러나 이러한 연합 체계들 사이에는 호환되지 않는 데이터 채널과 상이한 데이터 포맷이 존재한다. 전기Elektrik는 아직 전자Elektronik가 아니기 때문이다. 일반적인 데이터 흐름의 스펙트럼 안에서 텔레비전과 라디오, 영화와 우편은 사람들의 감각에 다가가기 위해 각각 제한된 개별 창문을 형성한다. 접근해 오는 미사일을 감지하는 적외선이나 레이더 음향은—미래의 광섬유와는 달리—아직 서로 다른 채널을 사용한다. 우리의 매체연합 체계들이 유통시키는 것은 사람들이 전송하고 수신할 수 있는 단어와 소음, 이미지 들뿐이다. 그러나 그들이 이 데이터들을 산출하지는 않는다. 그들은 컴퓨터를 조정하여 임의의 알고리듬을 임의의 인터페이스 효과로 바꾸는, 그것도 사람들에게서 감각이 사라져버릴 때까지 그렇게 바꾸어버리는 아웃풋을 생산하지 않는다. 계산되는 것은 단지 연합 체계 안에서 내용이라는 이름으로 불리고 있는 저장 매체가 가진 송신의 질質뿐이다. 텔레비전의 음질이 얼마나 형편없는

지, 극장 화면이 얼마나 자주 깜빡거리는지, 혹은 전화기에서 들려오는 사랑스런 목소리가 어떤 주파수 대역에서 줄어드는지는, 기술자와 판매자 사이에서 이루어지는 각각의 타협에 의해 규제된다. 우리의 감각은 이러한 규제들에 좌우되는 종속변수들이다.

TV 토론에서 리처드 닉슨과 같은 상대자를 맞아서도 침착함을 유지하는 얼굴과 목소리의 화장술은 TV에 적합하다는 것을 뜻하며, 케네디의 경우에서처럼 대통령 선거에서도 승리할 수 있다. 그에 반해 목소리는 무선방송이라 불리며 제2차 세계대전 시기 독일인들의 국민라디오 VE 301을 장악했다. 만약 이들을 시각적으로 근접 촬영했다면 곧바로 배신자임이 드러났을 것이다. 초창기 라디오에 대해 사유한 독일의 사상가인 하이데거의 학파에서 인식했듯이, "최초의 방송 테마는 죽음"[2]이기 때문이다.

이러한 감각은 우선 한번은 만들어져야 했다. 기술적 미디어를 지배하고 결합시키기 위해서는 라캉적 의미에서의 우연이 전제되어야 한다. 즉, 무언가가 쓰여지지 않기를 중단했다는 것이다. 매체가 전동화傳動化되기 한참 전에, 혹은 전자공학적 한계가 있는 매체가 등장하기 훨씬 이전에 단순한 역학mechanic에 의거한 소박한 장치들이 있었다. 그 장치들은 감각 데이터들을 증폭시키거나 전달하지는 못했지만, 그것들을 처음으로 저장 가능하게 만들었다. 무성영화가 환영들을, 에디슨의 축음기는 소음들을. (에디슨의 축음기인 포노그래프Phonograph는 녹음만 가능했으며, 이후 베를리너 Emile Berliners가 발명한 축음기인 그라모폰Grammophon*에 이르러

* 북미 지역에서는 축음기를 포노그래프, 유럽에서는 그라모폰으로 칭한다.

서야 녹음과 재생이 가능해진다.)

1877년 12월 6일은 기술 역사상 최초로 실험실 연구의 제왕 토머스 앨바 에디슨이 축음기의 원형을 선보인 날이었다. 이어 1892년 2월 20일에는 동일한 뉴욕 멘로파크 연구소에서 소위 키네토스코프Kinetoscope가 첫선을 보였다. 이로부터 3년 후 프랑스에서는 뤼미에르 형제가, 독일에서는 스클라다노프스키Skladanowsky 형제가 여기에 영사 기능만을 추가해서, 에디슨의 발명으로부터 영화를 만들어낸다.

이 시대적 전환 이후 청각 데이터와 시각 데이터를 시간의 흐름 속에서 붙잡아서 재생할 수 있는 저장장치가 생겨난다. 귀와 눈은 자율적이게 되었다. 그리고 이것은, 19세기 초에 예술작품이 (벤야민의 테제에 따라) 기술적 복제 가능성의 시대로 나아가도록 도와주었던 석판 인쇄와 사진보다도 더 크게 현실의 상태를 변화시켰다. 이제 매체가 "무엇이 현실인지를 정의"[3]하게 된다. 매체들은 이미 언제나 미학을 넘어서 있었다.

축음기Phonograph와 영상기록기Kinematograph—그 이름이 문자에서 기원한 것은 우연이 아니다—에 이르러 비로소 저장할 수 있게 된 것은 바로 시간이었다. 시간은 청각적인 것에서는 소음의 주파수 혼합체로, 광학적인 것에서는 연속되는 단일 이미지들의 운동으로 저장되었다. 모든 예술은 시간에서 그 한계를 갖는다. 일상의 데이터 흐름이 이미지나 기호가 되기 위해서는 먼저 예술이 그 흐름을 정지시켜야 한다. 예술에서 스타일이라 불리는 것은 이러한 탐색과 선택의 접속 작업에 지나지 않는다. 문자를 사용하여 연속적인, 즉 시간적으로 배열한 데이터 흐름을 운영하는 예술들도 이러한 접속 작업의 지배하에 있다. 문학이 발화된 소리의 시퀀스를 저장하려면, 이를 먼저 26개의 알파벳 체계 속에 붙잡아야 하는데, 여기에서 소음의 시퀀스들은 처음부터 배제되었다. 그리고 이 체계가 그 하위 체계로 일곱 개의 음—a에서 h까지—을 포괄하고 있는 것은 우연이 아닌데, 이 전음계全音階가 서양 음악의 토대를 이룬다. 그렇기 때문에 유럽인의 귀에 청각적 카오스로 들리는 이국적인 음악을 기록하기 위해서, 음악학자 호른보스텔E. M. von Hornbostel의 제안에 따라 그 카오스를 실시간으로 녹음하고 느리게 재생할 수 있는 축음기를 중간에 개입시킨다. 리듬이 느려지고 "각각의 박자와 음이 독립적으로 울리게 되면," 서양의 알파벳주의가 음표 체계를 통해 비로소 "정확한 기보記譜"로 나아갈 수 있게 되는 것이다.[4]

텍스트와 악보—유럽은 이 이외에는 다른 시간 저장장치를 갖지 못했다. 이 둘은 모두 문자를 토대로 하며, 여기서 시간은 (라

캉의 개념에 따르면) 상징적인 것이다. 계획하고 새로이 수용함으로써 이 시간은 자기 자신을 스스로 기억한다. 마치 쇠사슬의 한 고리처럼. 그에 반해 물리적 차원에서 혹은 (다시 라캉의 개념으로) 실재의 차원에서 시간으로서 흘러가는 것은, 맹목적이고 예견할 수 없으며, 어떤 방법으로든 코드화될 수 없다. 그렇기 때문에 모든 데이터 흐름들은, 정말 데이터가 흐르는 것이었다면, 기표의 좁은 길을 통과해야만 했다. 이것이 알파벳의 독점이며, 그라마톨로지 Grammatologie다.

역사라는 이름의 영화를 되감는다면, 그것은 끝없는 순환 루프임이 밝혀질 것이다. 문자의 독점과 더불어 시작된 것은 비트와 광섬유 케이블의 독점과 더불어 끝나게 될 것이다. 역사는 학문 분과에 단지 문자 문화들만이 속해 있는 동질적인 장이었다. 구어와

인쇄기가 그려진 가장 오래된 그림(1499): 죽음의 춤으로서의 등장

그림 들은 선사시대의 것으로 전락했다. 그렇지 않았다면 (역사에 대한 이중의 의미에서의) 사건들과 그에 대한 이야기들은 결코 서로 결합될 수 없었을 것이다. 산더미 같은 시체들을 양산한 군사적, 법률적, 종교적, 의학적 명령과 판결 들, 포고와 규율 들이 모두 단 하나의 동일한 채널을 통해 전달되었고, 이 시체들에 대한 묘사 역시 그 채널의 독점하에 이루어졌다. 그렇기 때문에 모든 일들은 한 번 발생하면 도서관에 귀착하게 되는 것이다.

그랬기에 최후의 사학자 혹은 최초의 고고학자인 푸코Michel Foucault는 도서관에서 책들을 넘겨보기만 하면 되었다. 모든 권력이 아카이브에서 나오고 그리로 되돌아간다는 의혹은 적어도 법학, 의학 그리고 신학적 영역에서는 찬란하게 증명될 수 있었다. 역사의 동어반복 혹은 그것의 묘지로서. 고고학자에게 그렇게 많은 것을 발굴할 수 있게 해주었던 도서관은 예전에는 발신처와 배부자의 기호, 기밀 유지의 수위와 쓰기 기법에 따라 다양한 차이를 가진 문서들을 모으고, 표제를 붙여놓았던 곳이기 때문이다. 푸코의 아카이브는 우체국의 엔트로피이다.[5] 또한 문자도 그것이 도서관에 떨어지기 이전까지는 정보 매체이며, 그 테크놀로지를 푸코라는 고고학자가 단지 망각하고 있었던 것이다. 이것이 그의 역사적 분석이 다른 매체와 통신 들이 도서관의 서고를 허물기 시작하던 바로 그 시점 직전에 멈춰 있는 이유이다. 음성 아카이브나 영화 릴을 쌓아 놓은 무더기에는 담론 분석이 적용될 수 없다.

어쨌든 역사는 그것이 흘러가던 동안에는, 실제로 푸코가 말했던 대로 "단어들의 끊임없는 비명 소리"[6]였다. 광섬유 케이블보다는 단순하지만, 동등하게 기술적이었던 문자가 매체로 기능하고 있었는데, 아직 매체라는 개념은 존재하지 않았다. 그 밖에 흘러가는 모든 것들은 철자 혹은 표의문자의 필터 속으로 떨어졌다.

괴테는 다음과 같이 썼다. "문학이란 파편들의 파편이다. 일어나고 말해진 것 중 아주 작은 부분만이 쓰여지고, 쓰여진 것 중에서도 아주 작은 부분만이 남게 된다."[7]

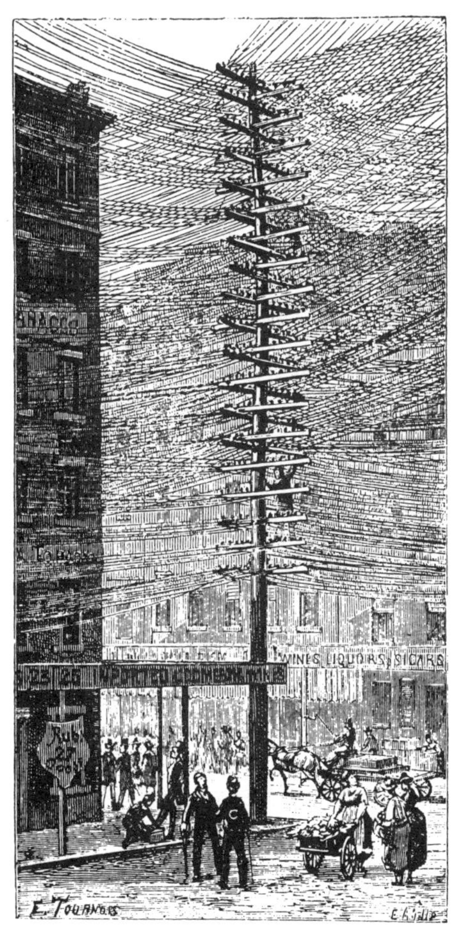

전화 배선(뉴욕, 1888)

그러한 까닭에 오늘날 구술의 역사는 역사가들의 문자 독점에 저항하고 있다. 예수회 신부로서 부활절 기적의 성령을 환영했을 것이 분명한 월터 옹Walter J. Ong과 같은 매체이론가는 우리 시대 매체 음향학의 2차적 구술성과는 대비되는 부족 문화의 1차적 구술성을 칭송한다. 이러한 연구들은 "역사"에 대한 대립 개념으로 (다시 괴테의 용어로) "구전Sage"을 이야기하던 시절에는 생각할 수 없던 것이었다.[8] 선사시대는 자신의 신화적인 이름 속에서 사라졌다. 괴테의 문학에 대한 정의에서는 시각적 또는 청각적인 데이터의 흐름은 언급할 필요조차 없었다. 일어난 사건의 구술적 단면인 구전들은, 기술 이전 시기의 문학적 조건하에서는 단지 기록된 것으로만 살아남았다. 세르비아와 크로아티아를 최근까지 방랑하던 최후의 호머풍 가수의 서사시를 테이프에 녹음하는 것이 가능해진 이래, 구술적인 기억술 또는 구술 문화는 전혀 다른 방식으로 재구성될 수 있게 되었다.[9] 호머가 묘사한 장밋빛 손가락을 가진 에오스*조차도 신에서 한 조각의 크롬산화물로 변해버린다. 이것들은 음유시인들의 기억 속에 저장되어 유통되다가, 다른 수집된 시들과 함께 전체적인 서사시로 조합 가능했던 것들이다. 1차적 구술성 또는 구술사는 문자의 독점이 끝난 이후에야 비로소 장치들에 의해 기록될 수 있었으며, 따라서 이 장치들의 기술적 그림자라고 할 수 있다.

이와는 달리, 문자는 그 이상도 그 이하도 아닌 바로 문자를

* 서광曙光, 새벽의 여신.

저장했다. 성서가 이것을 입증한다. 「출애굽기」 20장은 여호와가 직접 자신의 손가락으로 두 개의 석판에 썼던 것을 사본의 사본으로서 담고 있는바, 그것은 법률이었다. 성서에 따르면 천둥과 번개, 두터운 구름과 큰 나팔 소리가 성스러운 시나이산에서 이루어진 이 최초의 저술을 동반했었다고 하는데, 이들 중에서 바로 그 성서가 저장할 수 있었던 것은 부득이하게도 단지 단어들뿐이었던 것이다.[10]

성스러운 히라산으로 도피하던 중에 무함마드라는 이름의 유목민을 덮쳤던 악몽과 유혹에 대한 것은 이보다 더 적게 전해진다. 코란은, 유일신이 수많은 악령들을 대신하고서야 비로소 시작된다. 일곱번째 하늘로부터 대천사 지브릴이 문자가 적혀 있는 두루마리를 들고 땅에 내려와 이 두루마리를 해석하라는 명령을 내린다. 그는 무함마드에게 말한다. “읽어라, 모든 것을 창조하시고 흐르는 피로 인간을 창조하신 너의 신의 이름으로 읽어라! 영광스러운 너의 신, 펜을 사용하는 법을, 인간들이 알지 못했던 것을 가르쳐주신 신의 품에서!”[11]

하지만 무함마드는 대답하기를, 유목민인 그는 글을 읽지 못한다고 했다. 쓰기와 읽기의 근원에 대한 신의 복음도 물론 읽지 못했다. 그래서 대천사는 이 문맹자가 문헌을 중심으로 한 종교의 창시자가 되기 전까지는 명령을 내려야 했다. 곧 혹은 너무도 빨리, 읽을 수 없던 두루마리가 의미를 갖게 되고 기적적으로 알파벳을 읽게 된 무함마드의 눈앞에, 지브릴이 이미 두 번 구두로 전한 명령이 적혀 있는 그 텍스트가 읽을 수 있도록 주어진다. 전해오는 바에 따르면 무함마드의 깨달음은 96번째 수라*와 더불어 시작되었다.

그 후부터 그 구절은 "신도들에 의해 암기되고, 종려 나뭇잎, 돌, 나무, 뼈와 가죽 조각 같은 원시적 서류들에 기록되고, 무엇보다 무함마드 자신과 선택받은 신도들에 의해 계속해서, 특히 라마단 금식 시간 중에 낭독되기" 시작하였다.[12]

따라서 문자는 자신이 권력을 획득했다는 사실만을 저장한다. 문자는 자신을 만들어낸 신의 저장 독점권을 찬미한다. 이 신은 문자를 이해하는 독자들에게만 의미가 있는 기호의 제국을 가지고 있기 때문에, 모든 책들은 이집트의 『사자死者의 서』와 같은—여기에서부터 비로소 문학이 시작되었다—죽은 이들의 책이라 하겠다.[13] 책은 모든 감각들이, 그 감각의 저편에서 우리를 유혹하는 망자의 제국과 같다. 스토아 학파의 철학자 제논이 델포이 신전에서 무엇이 가장 훌륭한 삶인가에 대해 신탁을 청했을 때, 그가 받은 대답은 "'죽은 이들과 교미하라'는 것이었으며, 이것을 그는 고대인의 글을 읽으라는 것으로 이해했다."[14]

펜을 사용하는 방법을 가르쳐준 신의 지도가 모세와 무함마드 이후 어떻게 점점 소박한 사람들에게까지 이르게 되었는지, 이 길고 긴 역사를 기록할 수 있는 사람은 아무도 없다. 왜냐하면 그것은 역사 그 자체일 것이기 때문이다. 마찬가지로 이제 곧 전자 전쟁에서 컴퓨터 안의 저장 상황이 기가바이트 당 기가바이트로 전쟁 자체와 동일해지며, 역사서술가의 처리 능력을 능가하게 될 것이다.

어느 날—독일이라면 아마도 이미 괴테의 시대에—동질적 매체인 문자가 사회통계학적으로도 동질화되었다고 말하는 것으

* 코란의 장.

로도 충분하리라. 보편적인 의무 교육이 사람들을 종이로 뒤덮어 버렸다. 사람들은 글쓰기를 배웠다. 더 이상 근육 경련이나 개별 철자들과 싸울 필요 없이, 도취 상태나 어둠 속에서도 진행되는, (괴테의 용어로) "언어의 오용"으로서 말이다. 그들은 "스스로를 위해 조용하게 읽는" 법을 배웠다. 그것은 "말의 슬픈 대체물"[15]로서의 문자기호를 힘들이지 않고 — 입이라는 도구를 쓰지 않으면서 — 소비할 수 있게 했다. 그들은 또한 문자를 보내고 받기도 했다. 우편으로 보낼 수 있는 것만 존재하기에 신체 자체도 상징계적인 것의 지배에 놓이게 되었다. 오늘날에는 생각하기 어렵지만, 한때는 정말로 그러했는데, 사람들이 행동하거나 보았던 움직임들을 저장하는 영화도, 또 그들이 만들어내거나 들었던 소리들을 저장하는 축음기도 없었다. 한때 존재했던 모든 것은 시간 앞에서 무기력하게 사라져버렸다. 실루엣 그림이나 파스텔 회화는 표정의 움직임을 고정시켜버렸고, 악보는 소음들 앞에서는 실패했다. 그렇지만 손이 펜을 붙들자마자 기적이 일어났다. 쓰여지지 않기를 중단하지 않았던 신체가, 기이하게도 피할 수 없는 흔적을 남겼던 것이다.

> 말하기 부끄럽지만 저는 제 자필 원고가 부끄럽습니다. 제 벌거벗은 영혼의 모습을 그대로 드러내주거든요. 손으로 쓴 글씨는 옷을 벗었을 때보다 더 적나라하게 저를 보여줍니다. 다리도 숨결도 옷도 소리도 없고, 목소리도 잔영殘影도 없어요. 모든 것이 깨끗이 지워져 있습니다. 하지만 그 대신 휘갈겨 쓴 글씨 속에, 쪼그라들고 기형이 된, 한 인간의 전체가 있습니다. 그가 쓴 행들은 그의 잔여이자 그의 증식입니다. 연필심의 획과 하얀 종이 사이의 매끈하지 않은 표면,

너무도 미세해 맹인의 손가락으로도 감지하기 힘들 그 표면이 다시 한 번 그 녀석 전체를 포괄하는 마지막 비율을 형성합니다.[16]

보토 슈트라우스Botho Strauss가 지은 최근의 연애소설인 『헌신*Widmung*』의 주인공이 자기 필체를 볼 때마다 빠져드는 부끄러움은 시대착오적으로만 존재한다. 연필심의 획과 하얀 종이 사이의 미세하게 매끈하지 않은 표면이, 목소리도 신체의 잔영도 저장하지 않는다는 사실은, 녹음과 영화의 발명을 빈 공간으로서 전제한다. 그것들이 등장하기 전에 손글씨는 흔적을 저장하는 데 있어 아무런 경쟁 상대도 갖고 있지 않았기 때문이다. 그것은 쓰고, 또 쓴다. 활기 있게, 가능한 한 멈추지 않고. 헤겔이 정확히 인지했던 것처럼, 알파벳화된 개인은 잉크 또는 문자기호의 연속적 흐름에서 "자신의 외양과 형식"을 얻게 되는 것이다.[17]

그리고 쓰기와 마찬가지로 읽기도 그러했다. 알파벳화된 개인 "작가"가, 원경遠景과 죽음을 넘어 "그의 잔여이자 그의 증식"을 확보하기 위해, 자신의 사적인 외면성으로서의 손글씨로부터 결국 익명적 외면성인 인쇄로 넘어가게 된 후로도—알파벳화된 개인 "독자"는 이러한 외화外化를 언제나 다시 되돌릴 수 있었다. 노발리스는 이렇게 썼다. "제대로 읽는다면, 단어들은 진짜 같은 가시적인 세계를 우리 내부에 펼쳐 보일 것이다."[18] 그리고 그의 친구 슐레겔Friedrich Schlegel은 이렇게 덧붙였다. "단지 읽기만 해도, 사람들은 들었다고 믿는다."[19] 바로, 문자 독점 시기에도 쓰여지지 않기를 중단하지 않았던, 시각적이고 청각적 데이터 흐름들을 완벽한 알파벳주의가 보충해야 했던 것이다. 문자와 자연을 혼동시키기 위해, 쓰기는 힘들지 않은 것이 되었고 읽기에서는 소리가 사라졌다. 교육받은 독자로서 쉽게 읽을 수 있었던 글자들에서 사람들은 시각적인 것을 보고, 청각적인 것을 들었던 것이다.

1800년경 책은 영화가 되고, 또 동시에 레코드판이 되었다. 매체기술적 현실에서가 아니라, 독자들의 영혼이 품은 상상적인 것 속에서 말이다. 보편적인 의무교육과 새로운 알파벳화 기술이 이를 도왔다. 저장할 수 없는 데이터 흐름의 대체물로서 책들은 권력과 명예를 획득하게 되었다.[20]

1744년 괴테라는 이름의 편집자가 자필로 쓴 편지 또는 『젊은 베르터의 슬픔*Leiden des jungen Werthers*』이라고 불리는 책을 인쇄해 내놓았다. 이로써 (『파우스트*Faust*』의 헌사에 따르면) “미지의 대중들”에게도 “슬픔이 울려 퍼지게” 되었고, 그 슬픔은 “반쯤은 희미해진 오래된 전설처럼 최초의 사랑과 우정”을 불러내었다.[21] 한 영혼의 목소리나 자필 원고를 눈에 뜨이지 않게 구텐베르기아나Gutenbergiana*로 변환시키는 것, 이것이 성공적인 문학을 위한 새로운 처방이 되었다. 자살하기 전에 쓴 베르터의 마지막 편지, 봉인되었지만 발송되지는 않은 그 편지는, 그가 사랑했던 여인에게 문학 스스로의 약속을 남겼다. 살아 있는 동안에는 그녀가 사랑하지 않는 남편 알베르트에게 속해 있어야 하겠지만, 이후 “영원한 포옹 속에 있는 무한함을 마주하여” 그녀를 사랑하는 사람과 하나가 될 것이다.[22] 실제로, 단순한 편집자에 의해 출판된, 자필로 쓴 이 연애편지들의 수취인은 소설의 형식을 통해 불멸성을 선사

* 구텐베르크의 인쇄물로 이루어진 우주.

받게 되었다. 소설이, 그리고 소설만이 저편에 있는 "아름다운 세계"[23]를 만들어낼 수 있었는데, 마찬가지로 1809년 괴테의 『친화력*Wahlverwandtschaften*』에 등장하는 연인들은, 그것들을 쓴 소설가의 희망에 따라 이 아름다운 세계 속에서 "훗날 함께 깨어나게" 될 것이었다.[24] 에두아르트와 오틸리에*는, 너무나 놀랍게도 그들이 살아 있던 동안에도 동일한 필체를 가지고 있었다. 죽음이 그들을 데리고 간 파라다이스는, 문자라는 저장 매체의 독점하에서 문학이라는 이름으로 불렸다.

그리고 그 파라다이스는 매체에 의해 통제되는 우리의 감각이 꿈꾸게 하는 것보다도 훨씬 더 실제 같았을 것이다. 베르터의 독자들 중 스스로 목숨을 끊은 사람들은, 제대로 읽기만 한다면 단어로 형성되는 실제 같은 가시적 세계 속에서 작품의 주인공들을 지각했음에 틀림없다. 베티나 브렌타노Bettina Brentano 같은 괴테의 여성 독자들 중 사랑을 하고 있던 이들은, 괴테의 "창조력"을 통해 "더 아름다운 젊음으로 새로 태어나기" 위해서 『친화력』의 여자 주인공과 함께 죽음을 선택했는지도 모른다.[25] 1800년대의 완벽히 글을 읽을 줄 아는 사람들은 1983년 크리스 마커Chris Marker가 그의 영화 에세이 「태양 없이Sans Soleil」 끝 부분에서 제기했던 영화제작자의 질문에 대한 생생한 답변이었던 것이다.

> 세상의 끝에 있는 나의 섬 살Sal에서, 빼기듯 돌아다니는 개들과 함께 방랑하며, 나는 도쿄에서의 1월을 떠올린다. 아니, 내가 1월에

* 『친화력』에 나오는 두 주인공.

도쿄에서 촬영했던 이미지들을 떠올린다고 해야 하리라. 그 이미지들은 지금 내 기억의 장소에 자리 잡아, 이제 그것들이 나의 기억이다. 나는 촬영을 하거나 사진을 찍지 않고, 테이프에 녹음도 하지 않는 사람들이 어떻게 기억을 하는지, 도대체 인류가 어떻게 기억을 해왔는지 의문이다.[26]

이것은 단어들을 간직하고 그 의미를 잃어버릴 것인지, 아니면 역으로 의미를 유지하면서 단어들을 잃어버릴 것인지에 대한 선택만을 남겨두는 언어와도 같다.[27] 시각적 또는 청각적 데이터들을 저장 매체에 수용할 수 있게 되자마자, 원래도 감소하고 있던 기억이 사람들에게서 사라지게 된 것이다. 기억의 "해방"[28]은 기억의 종말이다. 책이 모든 연속적인 데이터의 흐름들을 책임지는 동안, 책의 단어들은 감각과 회상 앞에서 전율했다. 책 읽기의 모든 열정은 철자 또는 행 들 사이에서 의미의 환각을 일으켰다. 이것이 낭만주의 시학의 볼 수 있고, 들을 수 있는 세계였다. 그리고 글쓰기의 모든 열정은 (호프만E. T. A. Hoffmann에 따르면) 작가의 다음과 같은 소망에서 나온 것이었다. 즉, 이러한 환각의 "내적 형상들"이 "선명한 색과 빛과 그림자와 함께 말하게" 하고, 그를 통해 "친애하는 독자들이" "전기 충격과 같은 효과를 겪을 수 있기를"[29] 희망했다.

여기에 전기가 마침표를 찍었다. 기억과 꿈, 죽은 자와 영혼들이 기술적으로 재생산 가능하게 되면, 작가와 독자에게는 더 이상 환각의 힘이 필요 없어진다. 망자의 제국은 그들이 오랫동안 거주해왔던 책들을 떠났다. 시칠리아의 디오도로스Diodorus가 오래전에 쓴 문장처럼, "단지 문자를 통해서만 죽은 자가 살아 있는 자의 기억 속에 남아" 있는 때는 이제는 지난 것이다.

작가 발자크Honoré de Balzac는 이미, 선구적인 사진가 나다르Nadar에게 고백한 바대로, 사진에 대한 새로운 두려움에 압도당해 있었다. 만약 인간의 신체가 (발자크는 이렇게 썼는데) 무한하게 겹쳐진 "영혼"의 층들로 이루어져 있고, 인간의 정신이 무로부터는 아무것도 만들어낼 수 없다면, 그렇다면 다게레오타이프 daguerréotype*란 다름 아니라 불길한 속임수임에 틀림없다. 그것은 상을 고정시키는데, 즉 한 겹 한 겹 영혼의 겹을 빼앗아가서 마침내 저 "영혼들"에는, 그리고 복제된 신체에는 더 이상 아무것도 남지 않게 될 것이다.[30] 사진앨범은 발자크의 경쟁 문학 사업인 『인간 희극*Comédie humaine*』이 창조해내고 싶었던 것보다 무한히 더 정확하게 망자의 제국을 구축해낸다. 예술과는 달리, 매체는 스스로를 상징계의 격자 안에서 작업하도록 한정하지 않는다. 매체가 신체를 재구성한다고 하는 것은, 더 이상 단어나 색깔 또는 음의 간극이라

* 은판사진술.

는 체계 속에서 이루어지는 것이 아니다. 매체는, 그리고 이것은 애초에 매체에 이르러서야 가능해진 것인데, 우리가 (루돌프 아른하임Rudolf Arnheim에 의하면) 사진의 발명 이후 "모사模寫에 제기했던" "훨씬 더 높은 요구"를 충족시켜준다. "모사는 대상과 유사해야 할 뿐만 아니라, 그것이 저 대상 자체의 생산물이라는 사실을 통해, 다시 말해 그 대상으로부터 기계적으로 산출되었다는 사실로부터 그 유사성을 보장해야 한다—이는 마치 현실의 빛나는 대상

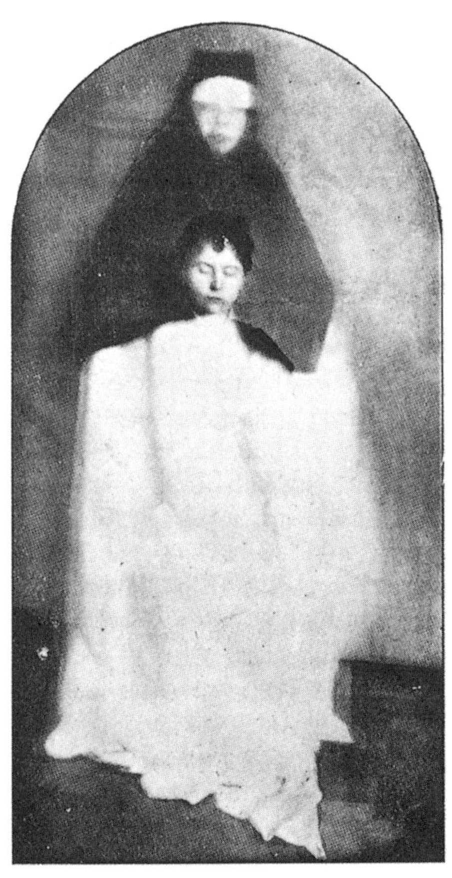

심령 사진(1904)

들이 사진의 층에 기계적으로 자신의 이미지를 각인시키거나,"[31] 혹은 소리의 주파수 곡선이 축음기의 녹음판에 그 파장의 형태를 기입하는 것이다.

대상 자체를 공증하는 재생산은 물리적 정확성을 갖는다. 그것은 신체의 실재계와 관련이 있는데, 이는 모든 상징적 격자에서는 어쩔 수 없이 탈락되는 것이다. 매체는 늘 심령 현상을 전달해왔다. 라캉에 의하면, 실재계에서는 시체라는 단어조차도 완곡어법이기 때문이다.[32]

그러한 이유로, 1837년 모스 부호가 발명된 후, 영매 강령술자들의 '노크를 하는 영혼들'이 망자의 영역에서부터 각자의 메시지를 가지고 즉각 뒤이어 등장했다. 또한 사진 건판들이 — 카메라 셔터를 닫은 상태에서도 — 영혼이나 유령의 모상들을 지체 없이 전달하기 시작했다. 그 흑백으로 된 불명료함은 오히려 유사성에 대한 보장을 더 강조할 뿐이었다. 1878년 에디슨이 『북아메리카 리뷰*North American Review*』에 자신이 최근에 발명한 축음기가 어디에 사용될 수 있을지를 예견했을 때, 그 열 가지 목록 중 하나는 "죽어가는 자의 마지막 말"을 기록할 수 있다는 것이었다.

회귀하는 영혼들을 특별히 고려하는 그러한 "가족 아카이브"[33]로부터, 살아 있는 자와 죽은 자 사이에 전화 케이블을 가설한 허구의 소설까지의 거리는 단 한 발짝이었다. 1904년 『율리시스*Ulysses*』에서는 레오폴드 블룸이 더블린의 공동묘지에서 명상하는 가운데 소원만 할 수 있었던 것을,[34] 아에게AEG 사의 임원이자 미래소설 작가였던 발터 라테나우Walther Rathenau는 이미 오래전에 공상과학 소설로 만들었던 것이다. 라테나우의 소설 『부활 회사*Resurrection Co.*』에서는 미국 다코다 주 네크로폴리스 시의 묘지 관리청이, 1898년 아직 죽지 않은 사람을 매장했던 스캔들이 일어난 후, 75만 달러의 자본금으로 만일의 경우를 대비하여 무덤 안에 있는 자를 공중 전화망과 연결시키는 "다코다 중앙 부활 전화벨 회사"라는 자회사를 설립한다. 이때부터 죽은 자들은 매클루언보다 이미 훨씬 이전에, 한 매체의 내용은 언제나 다른 매체라는 사실을 증명하기 위해 등장할 기회를 갖게 된다. 구체적으로는 각각의 직업병déformation professionelle[35]이 나오기도 했다.

1959년 이래 심령학적으로 연구되었고, 1982년 로리 앤더슨Laurie Anderson의 음반 「빅 사이언스Big Science」 발매 이후 록 음악사에도 영원히 기록된,[36] 테이프나 라디오에서 들리는 초자연적 목소리는, 연구자들에게 자신들이 어떤 라디오 주파수를 선호하여 신호를 보내는지도 알려준다. 이것은 이미 1898년 고등법원 판사회의 의장인 슈레버Daniel Paul Schreber에게 일어났던 일이다. 초자연적이고 자율적인 "근원어 혹은 신경언어"가 그 언어의 코드와 송신 채널들을 드러내는 순간,[37] 채널과 정보는 하나가 된다. "당신이 중파, 단파 또는 장파 라디오의 토크 프로그램을 선택하거나, 또는 두 채널 사이에서 발생하는 잡음인 소위 '백색소음,' 또는 빈과 모스크바 사이 약 1450에서 1600kH까지의 주파수에서 어디에 있느냐에 따라 상이하게 잡히는 '위르장송 파장Jürgenson Welle'을 선택하고,"[38] 라디오를 녹음기에 연결해 녹음한 후 재생해보면 영혼의 목소리를 들을 수 있을 것이다. 이들은 어떤 알려진 라디오 방송국에서 송출된 것이 아님에도, 국영 방송국의 아나운서처럼 순전히 라디오의 자기광고만을 수행한다. 저 위르장송 파장이 존재한다는 사실, 그리고 그것이 어디에 존재하는가를 "음성 연구의 대가 프리드리히 위르장송Friedrich Jürgenson"[39]이 직접 경험한 바 있다. 이 죽은 자들의 왕국은 하나의 문화가 저장하고 송신할 수 있는 가능성의 크기와 똑같은 크기를 가지고 있다. 클라우스 테벨라이트Klaus Theweleit에 따르면, 매체는 언제나 피안으로 날아가는 비행장치와 같다. 만약 문화의 초입에 상징으로서 묘비가 서 있다고 한다면,[40] 우리의 매체기술은 모든 신들을 한꺼번에 되돌려준다. 단 한 번의 일격으로 덧없음에 대한 오랜 불평이 잠잠해진다. 이 덧없음은 언제나 글로 쓰여왔었고, 문자와 감각적인 것들 사이의 간격을 측정했던 그것이다. 매체의 풍경 속에는 다시 불멸의 것이 존재한다.

"마음의 전쟁War on the Mind"은 펜타곤 심리전략 보고서의 이름이다. 그 보고서에 따르면 대서양에서 이루어졌던 해전의 연장선상에서[41] 전자 전쟁을 수행하는 참모부들은, 모든 문화권에서 길하거나 불길하다고 믿는 날들의 목록을 이미 작성해놓았다. 이를 통해 미 공군은 "폭탄 공격의 시점을 그 어떤 신이든 간에 그의 예언에 맞게 '일치'시킬 수 있는 것이다. 테이프에 이 신들의 목소리를 저장하여 헬기로부터 들리게 해 "토착민들로 이루어진 게릴라들을 놀라게 하고 마을로 도망가 머물러 있도록" 한다. 나아가 펜타곤은 그 부족 신들의 모습을 영상으로 낮게 걸린 구름에 투사할 수 있는 특수한 필름 영사기도 개발해놓았다.[42] 기술적으로 실현된 피안彼岸……

펜타곤에 있는 이 '길한 날과 불길한 날들의 목록'이 손글씨로 쓰여 있지 않으리라는 건 자명한 일이다. 사무기술은 매체기술과 함께 진보한다. 현재가 그와 함께 시작되었다고 할 수 있는, 에디슨의 위대한 두 발명품인 영화와 축음기는 세번째 발명품으로 타자기를 갖게 된다.

(유럽식 계산으로) 1865년, 아니면 (미국식 계산으로) 1868년 이래로 문자는 더 이상 신체가 만들어낸 잉크나 연필의 흔적이 아니다. 구제할 길 없이 상실되어간 신체의 시각적이고 청각적인 신호들은 (적어도 독자들에게는) 손글씨에 대한 감각의 대리물로 도피했다. 일련의 잡음들과 환상들을 저장하는 독자적인 매체를 찾기 위해, 구 유럽의 유일한 저장기술이 우선 기계화되어야만 했다. 코펜하겐의 말링 한센Hans Rasmus Johann Malling-Hansen과 밀워키의 숄스Christopher Latham Sholes가 대량생산 가능한 타자기를 개발한다. 숄스가 발명 그 자체를 발명한 남자인 에디슨에게 막 특허 출원한 모델을 보여주고 동업을 제안하기 위해 뉴욕으로 찾아갔을 때, 에디슨은 이것이 "미래를 배태한 물건"이라고 평했다.[43]

하지만 에디슨은 그의 동업 제안을 받아들이지 않았다. 마치 축음기와 최초의 영사기인 키네토스코프가 이미 1868년에 미래의 발명가를 기다리며 그의 시간을 잡아먹고 있기라도 하듯이. 대신 1865년 미국 남북전쟁이 끝난 이후 판매에 어려움을 겪고 있던 무기 공장이 여기에 뛰어들었다. 다시 말하면, 에디슨이 아닌 레밍턴Philo Remington이 숄스의 이 담론기관총Diskursmaschinengewehr을 인수했다.

새로운 시대의 세 가지 매체 모두가 한 사람에게서 나왔다는 멋진 사례는, 그래서 이루어지지 않았다. 그와는 완전히 반대로 우리의 현재가 시작되던 시점에 이루어졌던 것은 분리 혹은 분화였다.[44] 한편에는 기록될 수 없던 데이터 흐름들을 처음으로 고정시키는 두 기술적 매체가, 다른 한편에는 하이데거가 너무도 정확하게 타자기에 대해 서술했듯이, 도구와 기계 사이의 "중간물Zwischending"이 있었던 것이다.[45] 한편에는 새로운 감각을 갖춘 오락 산업이 있었고, 다른 한편에는 (구텐베르크의 분리식 인쇄 활자처럼) 재생산할 때가 아니라 이미 생산할 때부터 종이와 신체를 분리하는 문자가 있었다. 즉, 후자의 문자와 문자의 배열은 활자와 자판의 형태로 이미 처음부터 표준화되어 있었고, 이와는 다르게 전

자의 매체들은 실재계의 바스락거림 속에 놓여 있는 것이다—가령 영화에서는 이미지의 불명료함으로서, 테이프 녹음에서는 주변의 소음들로서.

표준화된 텍스트에서는 종이와 인간의 신체가 분리되며, 문자와 영혼 또한 분리된다. 타자기는 어떠한 개인도 저장하지 않으며, 타자기의 글자는 어떠한 피안도 전달하지 않는다. 이 피안은 완벽히 글자를 읽을 줄 아는 사람들이 환각 속에서 의미라고 생각하던 그것이다. 타이핑된 원고에서는 에디슨의 두 발명품 이후로 기술적 매체가 넘겨받은 모든 것이 사라진다. 단어들이 만들어내던 실제적인, 눈에 보이거나 들을 수 있는 세계에 대한 꿈은 깨어졌다. 영화, 축음기 그리고 타자기의 역사적 동시성과 더불어 시각적, 청각적 데이터 흐름과 문자의 데이터 흐름은 분리되고 서로 자율적이 되었다. 전기 매체나 전자 매체가 그들을 다시 접속시킬 수 있다 하더라도, 분화라는 사실 자체는 결코 변하지 않는다.

1860년, 최초로 대량생산된 타자기인 말링 한센의 라이팅 볼이 등장하기 5년 전에 이미 켈러Gottfried Keller의 작품 『잘못 사용된 연애편지*Mißbrauchte Liebesbriefe*』에서는 문학의 환상 자체를 이렇게 고하고 있다. 사랑은 "검은 잉크로 말하게 하거나" 아니면 "붉은 피로 이야기하게 하는,"[46] 사실상 둘 다 불가능해 보이는 선택지만을 가진다고. 하지만 타이핑하기, 영화 촬영하기 그리고 축음기로 녹음하기 세 가지가 동일하게 선택 가능한 사항이 되면, 글쓰기는 이 대리적 감각을 상실하게 된다. 1880년경에는 시에서 문학이 생겨났다. 표준화된 타자기의 철자들이 매개해주는 것은 더 이상 켈러가 말하는 붉은 피도, 호프만이 말했던 내적 형상들도 아니다.

그건 새롭고 아름다운 기술자-동어반복이다. 말라르메의 즉각적인 통찰에 따르면 이제 문학은 26개의 철자들로 이루어져 있다는 것 그 이상도 그 이하도 아닌 것이다.[47]

실재계, 상상계, 상징계를 구분하는 라캉의 "방법론적 구분"[48]은 이와 같은 분화의 이론(혹은 단지 그 역사적 효과)이다. 이제 상징계는 물질성과 기술성을 지니고 있는 언어기호를 포괄한다. 다시 말해, 언어기호는 철자와 숫자로서 유한한 집합을 형성하며, 철학적으로 꿈꾸어왔던 의미의 무한성을 고려하지 않는다. 중요한 것은 차이, (타자기의 언어로 말하자면) 한 체계의 요소들 사이의 간격일 뿐이다. 이러한 이유에서 라캉에 있어서도 "상징적인 세계는 기계의 세계이다."[49]

그에 반해 상상계는 유아의 본래 신체보다 더 완전한 운동성을 갖추고 있는 것처럼 보이는 신체의 거울상에서 생겨난다. 왜냐하면 실재계 속에서는 모든 것이 호흡 곤란, 추위, 현기증과 더불어 시작되기 때문이다.[50] 그러므로 상상계는 영화의 요람기에 탐구되어온 바로 그 광학적 환영을 실행한다. 분할되거나 (영화 촬영의 경우) 절단된 신체는 거울 혹은 스크린에서 운동의 환영적 연속성에 직면한다. 라캉이 자신의 거울 이미지에 환호하는 유아의 반응을 기록 영화라는 증거 수단으로 기록하고 있는 것은 우연이 아니다.[51]

마지막으로 실재계로부터는 라캉이 전제했던 것 말고는 아무것도 드러날 수 없다. 즉, 아무것도 없다.[52] 실재계는, 상상계의 거울로도 상징계의 격자로도 포착할 수 없는 잔여물 또는 폐기물이다 — 생리학적 우연, 그리고 우연에 영향을 받는 신체의 혼란.

현대 정신분석학의 이러한 방법론적 구분은 매체의 기술적 구분에 명백하게 일치한다. 모든 이론은 각자의 역사적 선험성을 가진다. 이론으로서의 구조주의는 세기 전환기 이래 정보 채널 속 데이터에 흐르고 있는 것들을 본떠 글자로 만든 것일 뿐이다.

타자기는 처음으로, 자판이라는 계산되고 정돈된 저장고에서 선택된 문자를 제공한다. 라캉이 구식의 식자공 상자를 가지고 설명했던 것이 글자 그대로 여기 들어맞는다.[53] 손글씨의 흐름과는 대조적으로 여기서는 자간과 행간에 의해 분리되고 구분된 요소들이 서로 나란히 등장한다. 따라서 상징계는 인쇄 활자의 지위를 가진다. — 영화는 움직이는 도플갱어를 최초로 저장할 수 있었고, 다른 영장류와는 달리 인간은 그 안에서 자신의 신체를 인지(혹은 오인)할 수 있었다. 그렇기에 상상계는 영화의 지위를 갖는다. — 그리고 축음기에 이르러서야 처음으로 모든 기호의 질서와 단어의 의미들 이전에 후두에서 내지르는 모든 소음을 고정시킬 수 있었다. 프로이트의 환자들은 쾌락을 얻기 위해 더 이상 철학자들이 선으로 간주했던 것을 원하지 않아도 된다. 그들은 그저 내키는 대로 지껄여도 된다는 것이다.[54] 따라서 실재계는 — 특히 정신분석학이라고 불리는 대화 치료에서는 — 축음기의 지위를 갖는다.

1880년경 구텐베르크의 정보 저장 독점권을 폭파시켰던, 시각, 청각, 문자의 기술적 분화와 함께 소위 인간은 조작 가능한 것이 된다. 인간 존재는 기술적 장치로 변질된다. 기계들은 이전 시기처럼 근육만을 장악하는 것이 아니라, 중추신경계의 기능을 장악하게 된다. 이와 더불어 비로소 — 증기기관이나 기차와 더불어서가 아니다 — 물질과 정보, 실재계와 상징계 사이의 명료한 분리가 생겨난다. 축음기와 영화를 발명하려면, 이에 대한 인류의 오래된 꿈들만으로는 충분하지 않았던 것이다. 눈과 귀 그리고 뇌가 직접 생리학의 연구 대상이 되어야 한다. 문자를 기계적으로 최적화하려면, 문자는 더 이상 개성의 표현이나 신체의 흔적이라고 몽상되어서는 안 된다. 철자들의 형태와 차이, 빈도수 자체가 공식화되어야 한다. 이른바 인간은 생리학과 통신기술로 해체되는 것이다.

헤겔은 자기 시대의 완벽한 알파벳주의를 개념화하고는 이 개념을 정신Geist이라고 불렀다. 모든 역사와 모든 담론의 가독성은 인간 혹은 철학자를 신으로 만들었다. 1880년의 매체 혁명은 정보를 더 이상 정신과 혼동하지 않게 하는 이론과 실천 가능성의 기반을 놓았다. 사유의 자리에 변환대수학이 들어서고, 의식의 자리에 무의식이 등장하게 된다. 바로 이 무의식이 포의『도둑맞은 편지*The Purloined Letter*』를 (늦어도 라캉의 독해 이후로는) 마르코프-연쇄 Markoff-Kette*로 만들었던 것이다.[55] 상징계가 기계의 세계로 불린다는 사실은, "의식"이라 이름 붙여진 "특징"을 통해 "계산기"와는 다르다고, 그보다 더 고차적이라 믿었던 소위 인간의 망상을 회수해버린다. 사람과 컴퓨터 모두가 "기표들의 호소에 몸을 맡기고 있기"[56] 때문인데, 그 말은 그 둘 모두가 프로그램에 따라 돌아간다는 뜻이다. 타자기를 구입하기 8년 전인 1874년에 니체는 이미 이렇게 자문한다. "그들은 아직 인간인가? 아니면 아마도 단지 사유하는 기계, 글 쓰는 기계, 계산하는 기계가 아닐까?"[57]

* 각 시행의 결과가 바로 직전 시행 결과에만 영향을 받는 일련의 확률적 시행을 뜻한다.

1950년 영국의 수학자 중 실용주의자였던 앨런 튜링Alan Turing이 니체의 질문에 대답을 제시했다. 그 대답은, 형식적 우아함을 갖춰 말하자면, 질문 자체가 유효하지 않다는 것이다. 하필이면 철학자들의 학술지인 『정신*Mind*』에 게재되었던 논문 「계산 기계와 지능Computing Machinery and Intelligence」에서, 그는 자신의 시도를 구조적으로 해명하기 위해 소위 튜링 게임이라 불리는 실험을 제안했다.

컴퓨터 A와 인간 B가 원격으로 글을 입력할 수 있는 어떤 인터페이스에 접속해 데이터를 교환한다. 감독관 C가 이들의 텍스트 교환을 관찰하는데, 그에게는 문자적 정보만 전달된다. 자, 이제 A와 B는 둘 다 인간인 것처럼 행동한다. C는 이 둘 중 어느 쪽이 시뮬레이션이 아닌지, 어느 쪽이 니체가 말했던 사유하는 기계, 글 쓰는 기계, 계산하는 기계인지를 결정해야 한다. 그런데 기계가 — 실수를 통해 혹은 더 개연성이 있기로는 실수가 없음을 통해 — 스스로 기계임을 드러낼 때마다 그 프로그램은 학습을 통해 계속 최적화되기에, 선택은 영원히 미결인 채 남아 있게 된다.[58] 튜링 게임에서 소위 인간은 자신의 시뮬레이션과 일치된다.

그리고 다음과 같은 이유 때문이기도 한데, 감독관 C에게 주어진 것이 물론 필사로 된 것이 아니라, 컴퓨터로 출력한 인쇄물이거나 타자기 텍스트이기 때문이다. 물론 컴퓨터 프로그램이 인간 손의 습관, 실수 등 그 손의 이른바 개성을 시뮬레이션할 수도 있었을 것이다. 하지만 범용불연속기계Universal Diskreten Maschine의 발명자 튜링은 타자기를 사용하는 사람이었다. 튜링의 타이핑 실력은 그의 난장판 비밀 연구소에서 자판 위를 뛰어다니도록 허락받았던 고양이 티모시보다 특별히 더 세련되거나 훌륭하지는 않았지만,[59] 적어도 자필보다는 덜 재앙적이었다. 그 존경할 만한 셔본 공립학교의 교사들도 이 학생의 혼란스러운 생활 방식과 지저분한 글씨를 "용서"하긴 힘들었다. 튜링은 뛰어나게 치른 수학 시험에서, 단지 그의 필체가 "지금까지 본 중 가장 최악"[60]이라는 이유 때문에 나쁜 점수를 받았다. 학교라는 체계는 아름답고, 서로 연결되어 있으며, 개성 있는 필사를 훈련시킴으로써 말 그대로 개인을 산출해내는 오래된 임무에 충실히 매달린다. 그러나 모든 교육을 전복시키는 대가였던 튜링은 여기에서 벗어나서, "지극히 원시적인" 타자기를 만들려는 계획을 세웠다.[61]

이 계획은 실현되지 않았다. 하지만 낭만주의에서 핑크 플로이드에 이르기까지 모든 영국의 서정시들이 태어난 그랜체스터의 초원에서 범용불연속기계의 아이디어가 떠올랐을 때, 학창 시절의 꿈은 실현되고 변용되었다. 1868년 숄스의 타자기 특허는 그 원리만 남아서 오늘날 우리들에게까지 전해진다. 단지 튜링은 레밍턴 앤드 선 사에서 쓰기와 읽기를 위해 필요로 했던 사람들 혹은 속기 타이피스트들을 영원히 해고해버렸을 뿐이다.

이것이 가능했던 건, 튜링 기계가 셔본 시절에 계획했던 타자기보다 훨씬 원시적이었기 때문이다. 그 타자기가 갖춘 것이라곤, 프로그램이자 동시에 데이터 저장소이고, 입력이자 출력이기도 한 종이 띠뿐이었다. 튜링은 일반적인 타자기의 페이지를 이러한 일차원의 띠로 축소한 것이다. 하지만 단순화는 계속해서 이어진다. 그의 기계는 타자기 자판이 가지고 있는 불필요한 많은 글자, 암호, 기호도 필요로 하지 않는다. 그 기계는 단 하나의 기호와 그 기호의 부재, 곧 1과 0만으로 작동한다. 이 이진법 정보는 기계에 의해 읽히거나 (튜링의 기술적 용어를 빌려 말하자면) 그 정보를 주사[스캔]할 수 있다. 그에 따라 그 기계는 종이 띠를 오른쪽 또는 왼쪽으로 한 칸씩 옮기거나 아예 옮기지 않을 수도 있는데, 그런 방식으로 손글씨와는 달리 대문자 전환키, 백스페이스 바, 스페이스 바를 갖추고 있는 타자기처럼 불연속적이고 단절적으로 작동한다. (튜링이 받은 편지의 한 구절에는 다음과 같이 쓰여 있었다. "타자기로 쓰는 걸 양해 바랍니다. 제가 연속적인 것보다 불연속적인 기계를 선호하게 되었거든요.")[62] 1936년의 수학적 모델은 더 이상 기계와 단순한 도구 사이의 자웅동체가 아니다. 피드백 시스템으로서 그것은 모든 레밍턴 기계들을 뛰어넘는다. 왜냐하면 읽혀진 기호 혹은 그것의 부재는 종이 띠 위에서 다음 번 작업 단계를 통제하는바, 이것은 글쓰기에 비견될 수 있기 때문이다. 기계가 이 기호를 그냥 둘 것인지 지울 것인지, 아니면 반대로 공백을 그냥 놔둘 것인지 기호로 채울 것인지 등등의 여부는 이 읽기Lektüre에 달려 있는 것이다.

이것이 전부다. 하지만 지금까지 만들어진 혹은 앞으로 만들어질 어떤 컴퓨터도 이보다 더 많은 것을 하지 못한다. 심지어 가장 최신의 (프로그램 저장장치와 계산 유닛을 갖춘) 폰 노이만John von Neumann 기계조차도, 비록 더 빨리 돌아가기는 하지만 원리적으로는 튜링의 무한히 느린 모델과 다를 바가 없다. 그리고 모든 컴퓨터가 폰 노이만 기계일 필요도 없으며, 생각할 수 있는 모든 데이터 처리장치들은 범용불연속기계의 n단계에 불과하다. 베를린의 콘라트 추제Konrad Zuse가 간단한 계전기로 첫 프로그램 가능한 컴퓨터를 만들기 2년 전인 1936년에 앨런 튜링은 수학적으로 이미 이것을 증명하였다. 그를 통해 상징계의 세계는 실제로 기계의 세계가 되었다.[63]

그 자신이 종결시키고 있는 역사와는 다르게 매체의 시대는 마치 튜링의 종이 띠처럼 불연속적으로 움직인다. 레밍턴 타자기에서 튜링 기계를 거쳐 초소형 전자공학에 이르기까지, 기계화로부터 자동화를 거쳐 의미가 아니고 부호일 뿐인 문자의 실행에 이르기까지, 문자의 매우 오래된 저장 독점이 접속회로의 전능함으로 넘어가는 데는 1세기로 충분했던 것이다. 튜링의 편지 파트너가 말했듯, 모든 것은 아날로그 기계에서 불연속적인 기계로 이행한다. CD가 축음기를 디지털화하고, 비디오카메라가 영화를 디지털화한다. 모든 데이터 흐름이 튜링의 범용 기계의 n단계로 흘러들어가고, (낭만주의에도 불구하고) 숫자와 도형 들이 모든 피조물의 열쇠가 된다.

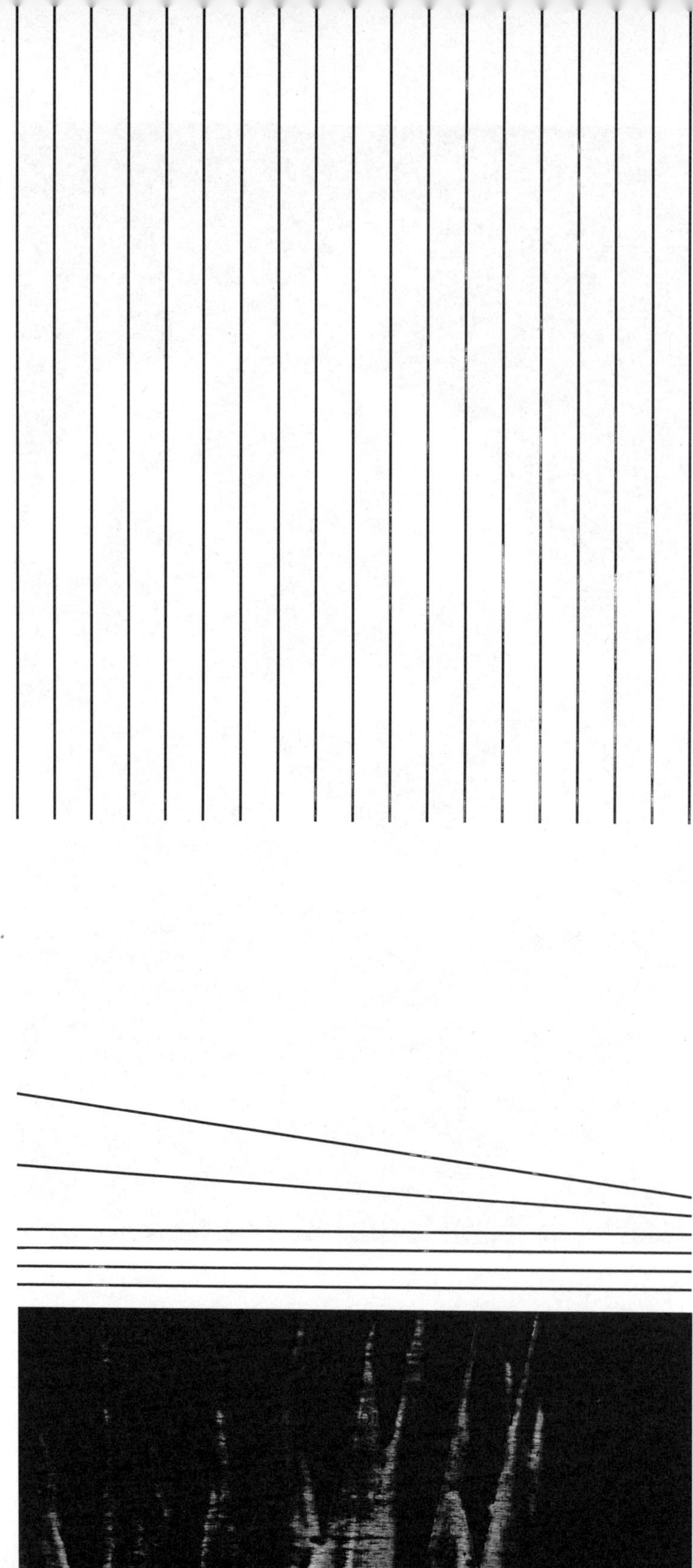

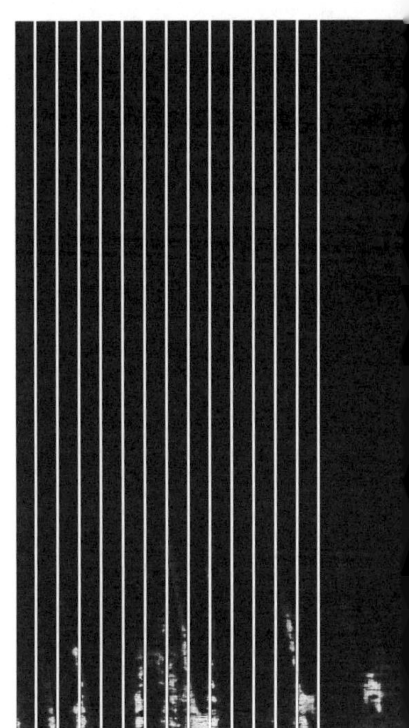

축음기
GRAMMOPHON

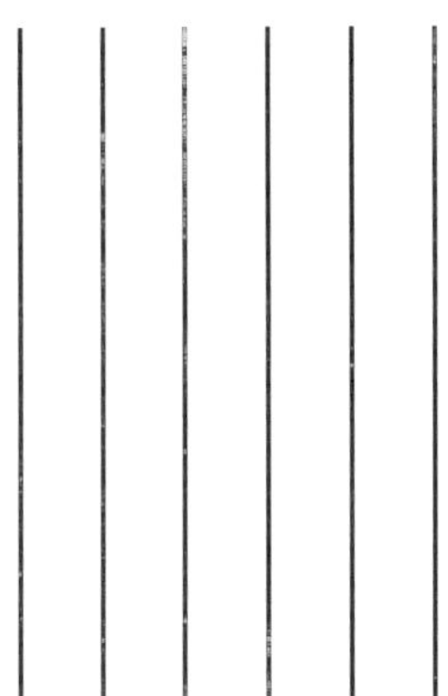

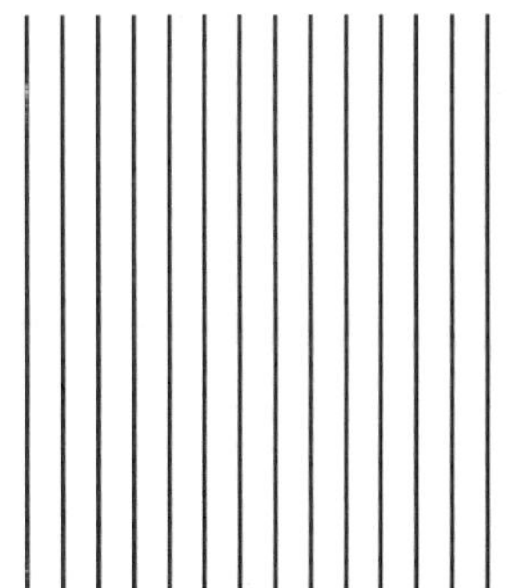

"안녕!" 에디슨이 전화 송화구에 대고 소리를 질렀다. 진동판이 떨리면서 그에 연결된 바늘이 움직였고, 그 바늘이 회전하는 파라핀 종이 띠 위에 무엇인가를 썼다. 1877년 7월, 불연속적으로 움직이는 튜링의 종이 띠가 나오기 81년 전으로, 기록은 아직 아날로그 방식으로 이루어졌다. 종이 띠를 재생시키자 진동판이 움직이면서 거의 알아듣기 힘들게 "안녕!"[1]이라는 소리가 울려 나왔다.

에디슨은 알아들었다. 한 달 후, 그는 이 전화기 부속장치에 "포노그래프Phonograph"[2]라는 새 이름을 붙여주었다. 기술자 크루에시John Kruesi는 이 실험에 근거해 회전하는 은박지 원통에 청각적 진동을 새길 수 있는 장치를 만들어보라는 의뢰를 받았다. 에디슨 아니면 크루에시가 손잡이를 돌리는 동안 에디슨은 포노그래프 집음부에 대고 소리를 질렀다. 이번에는 「메리의 어린 양Mary Had A Little Lamb」이라는 동요였다. 그러고 나서 그들은 바늘을 처음으로 보내고는 다시 은박지 원통을 돌렸다. 그러자 최초의 포노그래프가 외쳤던 소리를 재생했다. 천재는 99퍼센트의 땀과 1퍼센트의 영감으로 이루어진다는 말을 한 이 천재가 지친 듯 몸을 뒤로 기댔다. 기계적인 소리기록장치가 발명된 것이다. "말하자면, 말이 영원하게 되었다Speech, as it were, has become immortal."[3]

1877년 12월 6일의 일이었다. 8개월 전, 파리의 작가이자 보헤미안이자 발명가이자 압생트를 즐기는 술꾼 샤를 크로Charles Cros가 과학아카데미에 밀봉한 봉투를 맡겼다. 그 봉투에는 「음향 지각 현상의 녹음과 재생 방식Procédé d'enrégistrement et de reproduction des phénomènes perçus par l'ouïe」이라는 논문이 들어 있었다. 이 텍스트는 고상한 기술적 용어들을 사용해 포노그래프의 모든 원리를 공식화한 것이었는데, 크로는 자금 부족으로 인해 이를 "구체적으로 실현"하지 못하고 있었다. 소리에 따라 "진동하는 진동판"이 "왔다 갔다" 움직이면서 회전 원판에 흔적으로 새겨놓은 "울림이나 소음을 재생"하는 것 — 샤를 크로의 프로그램 역시 바로 이것이었다.[4]

하지만 크로의 발명에 대한 소문을 알고 있던 에디슨이 그보다 앞서 포노그래프를 내놓자 상황은 완전히 달라진다. 발명가로서 시기를 놓쳐버린 크로는 자동 전화기와 컬러사진, 그리고 무엇보다도 포노그래프 같은 자신의 발명품을 기리기 위한 때늦은 기념비로서 시를 지었는데, 제목이 「새김Inscription」이었다.

카메오에 새겨진 얼굴처럼
사랑스런 목소리가
영원히 간직될 수 있는 행복으로 새겨지기를.
너무 짧게 끝나고 마는
음악의 꿈이 반복될 수 있기를.
시간은 흘러 달아나고, 나는 그것을 정복할 것이니.[5]

사랑하는 목소리와 너무 짧게 끝나는 음악을 저장하는 것 — 이것이 포노그래프 발명가이자 시인인 크로의 프로그램이었다. 놀랄 만치 끈질긴 문자 매체의 힘. 하지만 그의 시는 자신의 경쟁 상대인 이 장치의 진리에 대해서는 아무 말도 하지 않는다. 포노그래프가 목소리와 음정을 저장한다는 건 분명하다. 그러나 포노그래프는 사실 그보다 더 많은 일을 할 수 있다. 시인 크로는 자신이 쓴 엄밀한 산문 텍스트에서 말한 바 있는 소음의 문제를 잊어버린 것이다. 문학과 음악을 동시에 무력화시킨 이 발명품은 발명가 자신에게도 생소했음이 틀림없다. 이 발명품은 문학과 음악이 기반을 두고 있던 표상할 수 없는 실재계를 재생할 수 있었던 것이다.

포노그래프를 만든 것이 크로가 아니라 에디슨이었던 것은 우연이 아니다. 그의 "안녕!"은 사랑스런 목소리가 아니었고, 「메리의 어린 양」도 음악의 꿈이 아니었다. 에디슨이 포노그래프 집음부에 대고 소리를 질렀던 것은 이 기계장치에 아직 증폭기가 없었기 때문만은 아니었다. 에디슨은 (기차 안내원으로 일했던 젊은 시절

크루에시가 만든 최초의 말하는 기계

모험의 결과로) 반쯤 소리가 들리지 않았다. 신체적 결함이 기계적 사운드 기록의 출발점에 있었던 것이다. 최초의 타자기가 맹인에 의해 맹인을 위해 만들어졌고, 샤를 크로가 농아 학교에서 강의했었던 것처럼.[6]

(데리다에 의하면) 스스로 말하는 것을 듣고 스스로 쓰는 것을 보는 것이 소위 인간과 인간의 자의식을 만든다면,[7] 매체는 그러한 피드백 루프를 분리시킨다. 매체는 우연한 계기로 이런 분리를 겪었던 에디슨 같은 발명가를 기다리는 것이다. 신체적 장애가 감각 데이터 흐름을 서로 구분하고 그를 주제화시킨다. 포노그래프는 소음들 속에서 목소리, 단어, 음을 걸러내도록 훈련된 귀처럼 듣지 않는다. 포노그래프는 음향적 사건들 그 자체를 기록한다. 거기에서 표명된 것은 들리는 것의 스펙트럼에서 부차적인 예외일 뿐이다. 에디슨은 우편 역사상 최초의 포노그래프 편지에서 "첫번째 실험치고는 그리 나쁘지 않았다"고 말한다. 그가 만든 발명품 베이비의 "표명은 조금 불명료하지만 알아들을 수 있을 만큼 컸다."[8]

현대 매체기술의 편집증적 예견이라 할 바그너의 총체 예술[9]은 표명될 수 없는 것을 위해 언어와 음악이라는 전통적 구분을 넘어섰다. 「트리스탄과 이졸데Tristan und Isolde」의 브랑게네는 기존의 악보문자를 무용지물로 만드는 비명을 지르도록 되어 있었다.[10] 심지어 「파르지팔Parsifal」의 쿤드리는 정신분석학자 프로이트가 다루게 될 히스테리성 언어 장애를 겪는다. "격렬한 비명에서 근심스러운 흐느낌까지 단계적으로 비탄의 소리를 내고" "끔찍한 비명을 지르는데," "말을 하려고는 하지만 거칠고 단속적인, 파편화된 단어들의 웅얼거림만 흘러나온다."[11] 등장인물이 당연히 말을 할 수 있어야 한다고 전제했던 오페라와 드라마에서 이런 불완전한 언어는 말도 안 되는 것이었다. 1880년대의 작곡가는 엔지니어와 연대한다. 표명의 붕괴가 시도된다.

바그너에게 이러한 사정은 텍스트와 음악 모두에 해당된다. 단 하나의 화음이 무한하게 진동하는 「라인의 황금Das Rheingold」 서곡 서주의 멜로디 속에서 퍼스트 호른이 부는 E플랫 장화음은 음악적 하모니가 아니라 물리적 배음倍音인 양 풀어진다. E플랫 화음이 여덟 마디 동안 푸리에 해석에서처럼 지속된다. 일곱번째 마디에서 음이 울리지 않는 것은 유럽의 악기로는 그것을 연주할 수 없기 때문이다.[12] 이 호른의 음이 배음과 섞이는 것은 불가피하다. 우리 시대 신디사이저가 내는 순음純音만이 그 섞임을 피할 수 있다. 그렇지만 「니벨룽겐의 반지Der Ring des Nibelungen」 4부작을 시작하는 바그너의 음악적-물리적 꿈[13]은 음의 논리학에서 음의 물리학으로, 음정에서 주파수로의 역사적 이행이었다. 1910년 쇤베르크가 음악 역사상 마지막 화성학을 내놓으면서 화음은 순수한 음향학으로 이행하게 된다. "쇤베르크가 모든 현상의 물리적 토대로 삼으려고 한 것은 과학에서 그러한 것처럼, 배음렬이었다."[14]

배음은 주파수다. 다시 말해 초당 진동수이다. 에디슨의 포노그래프가 홈에 새겨놓은 것도 진동에 다름 아니다. 그에 반해 음계와 화음은 비율, 다시 말해 정수비로 분할한 것이다. (일현금에서) 한 현의 길이를 나누면 피타고라스가 '로고이logoi'라는 자랑스러운 이름을 붙여준 간단한 정수비로부터 옥타브, 5도, 6도를 얻게 된다. 구 유럽에서 음악이라 불리던 것은 모두 이 논리에 기초하고 있었다. 그 첫번째가 지구의 모든 소음들로부터 깔끔한 음들만을 뽑아내 기록할 수 있게 해주었던 악보 시스템이고, 두번째가 음들을 행성의 궤도(나중에는 인간의 영혼)와 같은 비율로 위치시킨 천상의 화음이다.

19세기가 되어서야 발전하기 시작한 주파수 개념은 이 모든 것들과 결별한다.[15] 길이의 척도 대신 시간이 독립변수로 등장하게 된다. 음악의 박자나 리듬과는 무관한 이 물리적 시간은 1초에 20회에서 16,000회까지, 인간의 눈으로는 포착할 수 없는 빠른 움직임을 수량화한다. 실재계가 상징계를 밀어내고 출현한다. 물론 음악적 음계와 음향적 주파수 사이에 상응점을 찾는 것도 가능하지만, 이는 이 두 담론 사이의 이질성만 드러낼 뿐이다. 피타고라스

GRAMMOPHON

음악의 단순한 비율은 주파수 곡선상에서는 비합리적인, 다시 말해 로그 함수가 된다. 역으로, 주파수 곡선상으로 보면 진동의 정수배에 다름 아니며 모든 음을 규정하는 요소인 배음렬은 곧바로 온음계 시스템을 파괴시킨다. 이러한 차이가 구 유럽의 알파벳주의와 수학적-물리적 수량화 사이의 심연을 벌려놓는다.

주파수에 입각한 수량화가 처음 등장한 곳이 비非음악 분야였던 것은 그 때문이다. 우선 소음 자체가 과학적 탐구 대상이 되어야 했고, 담론이란 그중 "특권적 범주의 소음"에 다름 아닌 것이 되어야 했다.[16] 1780년 페테르부르크 과학학술원은 말소리, 특히 모음의 물리적 본성을 밝히는 과제를 현상 공모하였다.[17] 이로부터 음성생리학뿐 아니라 기계적인 언어 재생과 관련된 온갖 실험들이 시작되었다. 켐펠렌Wolfgang Von Kempelen, 멜첼Johann Nepomuk Maelzel 혹은 미칼Mical 같은 발명가들이 특정 주파수대를 활성화하고 필터링함으로써, 당대 낭만주의가 영혼의 언어라며 시적으로 찬미했던 목소리를 기술적으로 시뮬레이션하는 자동 기계를 만들었다. 그 기계인형들은 "엄마" "아빠" 또는, 호프만의 소설에 등장하는 사랑스러운 자동인형 올림피아처럼 "아"라고 말했다. 에디슨도 1878년에 쓴 포노그래프에 대한 논문에서 부모의 이름을 말하는 장난감을 크리스마스 선물로 추천하기도 했다.[18] 이를 통해 낭만주의로부터 떨어져 나온 모음 주파수에 대한 실제적 지식이 생겨나게 되었다.

이러한 실험이 계속되던 와중인 1829년 윌리스Robert Willis가 결정적인 발견을 하기에 이른다. 그는 탄력적인 재질로 된 혀에 이를 진동시키는 톱니바퀴를 연결하고 톱니바퀴를 회전시켰다. 그러자 톱니바퀴의 회전 속도에 따라 서로 다른 모음 소리를 내는 높고 낮은 음들이 생겨났다. 이는 소리의 주파수적 성격을 증명하는 것이었다. 이를 통해 처음으로 음의 높낮이가 현이나 관악기에서처럼 길이에 의존하지 않게 되었다. 음의 높이는 이제 속도, 곧 시간에 종속적인 변수가 된다. 윌리스는 우리가 사용하는 단형파 발생기의 원형을 발전시켰는데, 그것은 세기 전환기에 등장한 담대한 실험 시詩[19]로부터 슈토크하우젠Karlheiz Stockhausen의 최초의 전자음악 「접촉Kontakte」에 이르기까지 진동하고 있다.

주파수 합성을 통한 새로운 주파수의 생성 이후에 일어난 일은 주파수 분석이었다. 주파수에 대한 수학적 이론은 이미 푸리에에 의해 정립되었으나, 그 이론의 기술화는 아직 과제로 남아 있었다. 1830년 괴팅겐의 빌헬름 베버Wilhelm Weber가 소리굽쇠를 이용하여 주파수의 진동을 기록하는 데 성공했다. 소리굽쇠 한쪽 막대에 부착한 돼지 털이 그을음 묻힌 유리 표면 위에서 소리굽쇠가 울릴 때의 주파수 곡선을 긁어내게 하는 장치였다. 우리가 사용하는 그라모폰 바늘의 출발은 이렇게 단순하고 동물적이었다.

1857년, 파리의 인쇄업자로 "구텐베르크 은하계"에 속해 있던 에두아르 레온 스콧Edouard Léon Scott이 필적筆跡을 남기는 베버의 소리굽쇠로부터 포노토그래프Phon-Autograph를 만들어 특허를 출원한다. 포노그래프 집음부의 소음을 증폭시켜 진동판에 전달하면, 진동판에 부착된 돼지 털이 그 진동을 불에 그을린 원판 위에 쓰는 것이었다. 그렇게 해서 오토그래프Autograph 또는 쓰여지지 않기를 멈추지 않는 데이터 흐름의 필적이 생겨났다. (이전에 존재했던 것은 손으로 쓰는 글씨뿐이었다.) 스콧의 기록장치는 이전에는 들을 수만 있었던 것, 맨눈에는 너무 빠른 초당 수백 번의 진동을 눈으로 볼 수 있게 해주었다. 주파수 개념의 승리였다. 사람들의 목청이, 속삭이는 소리든 내지르는 소리든, 사투리든 아니든, 소음으로 내뱉어진 모든 것이 쓰여지게 되었다. 음성학과 목소리 생리학이 실재가 되었다.[20]

예를 들어 완벽한 영어를 구사하여 실험음성학의 원형이자 드라마 주인공이 된 헨리 스위트Henry Sweet가 그러하였다. 돈더스F. C. Donders 교수가 위트레흐트에서 그의 음성을 기록한phonautographen 바 있는 스위트는 조지 버나드 쇼George Bernard Shaw에 의해 드라마의 주인공이 되었다.[21] 그는, 아름답지만 심한 사투리를 쓰는 소녀를 교정하는 현대의 피그말리온으로 등장한다. "포노그래프 한 대, 후두경, 다양한 크기의 조율피리들"을 갖춘 "연구실의 히긴스 교수"[22]는, 그 도구들의 도움으로 꽃 파는 소녀 일라이자 둘리틀의 끔찍한 사투리를 녹음하고 그녀를 훈련시킨다. 현대의 피그말리온에게는 거울이나 조각상은 필요치 않다. 음성녹음이 사람들로 하여금 "녹음된 자신의 목소리나 강연을 마치 거울을 보듯 점검하면서 자신이 만들어낸 것에 대한 비판적 검토"[23]

를 가능하게 해주었기 때문이다. 이는 작가 버나드 쇼에게 특히 기쁜 소식이었는데, 그를 통해 (모든 영어 사용자들에게) 자신의 매체 또는 그 매체의 가독성을 기술적으로 보증할 수 있게 되었다고 여겼기 때문이다.[24] 그 장치들은 문학만으로는 해결할 수 없었던 문제, 즉 교육이라는 중간 개입[25]을 통해서만 해결 가능했던 문제를 쉽게 해결해준다. 일반인들에게, 특히 런던의 꽃 파는 소녀에게 표준 문어체 발음을 가르치는 문제 말이다.

드라마의 종결부에서, 일라이자 둘리틀이 히긴스 교수를 사랑함에도 불구하고 "속기 학교와 국민교육 과정"에서 "부기와 타자를 배우기 위해" 그녀의 피그말리온 스위트-히긴스 교수를 떠나는 것은 필연적인 귀결이다.[26] 포노그래프와 타자기를 거쳐 간 여자들은 더 이상 영혼이 아니다. 영혼은 뮤지컬 안에서만 엔딩에

도달할 수 있다. 얼마 후 로저스Richard Rogers와 해머스타인Oscar Hammerstein이 버나드 쇼의 피그말리온 드라마를 「마이 페어 레이디My Fair Lady」로 바꿔 브로드웨이의 관광객과 레코드 회사들 앞에 내놓게 될 것이다. 「당신이 살고 있는 거리On the Street where you live」는 그저 사운드일 뿐이다.

영혼의 자연과학

모든 레코드 산업의 선조 격인 에디슨은 이제, 발명이라는 게 종종 그렇듯 조합만 하면 되었다. 윌리스의 장치가 아이디어를 제공했고, 스콧의 장치가 이를 포노그래프로 실현 가능하게 만들었다. 주파수 합성과 주파수 분석이 어우러져 새로운 매체가 탄생했다. 에디슨의 포노그래프는 전화Telephon와 전신기Telegraph를 개량하고 비싼 동銅 케이블을 절약하려는 시도 중에 생겨난 것이다. 가장 먼저 멘로파크 연구소가 모스 신호를 파라핀 종이 위에 파내 신호를 손보다 더 빠르게 누르고 보낼 수 있는 전신인자기電信印字機를 개발했다. 그 과정에서 윌리스가 경험했던 것과 똑같은 효과가 생겨났다. 음의 높이가 속도에 의존적 변수가 된다는 것이다. 두번째로 멘로파크에서는 바늘이 달린 진동판을 부착한 전화 수화기를 개발했다. 청각 장애가 있던 에디슨은 손가락 끝으로 이 바늘을 건드리면서 전화 신호의 강도를 조정했다. 전해오는 일화에 의하면, 어느 날 그 바늘에 찔려 에디슨의 손가락에서 피가 났다. 그때 에디슨은 "자석 - 시스템에 의해 움직이는 진동판이 발휘할 수 있는 힘"을 깨달았다. "귀의 기능을 촉각으로 전환시킬 수 있는 길을 발견한 것이다."[27]

인공 입인 전신인자기, 인공 귀인 전화기 — 이제 포노그래프가 등장하기 위한 모든 것이 마련되었다. 중추신경계의 기능들이 기술적으로 갖추어진 것이다. 72시간의 작업 끝에 1888년 7월 16일 새벽, 마침내 대량생산 가능한 말하는 기계를 완성한 에디슨은 급히 달려온 사진사를 위해 자기 우상의 포즈를 따라 취했다. 국민의 복지(혹은 전쟁기술) 수준은 운송 수단의 발달 정도에 달려 있다고 한 프랑스 황제 말이다.[28] 물자나 사람이 아니라 정보 자체를 운송해주는 운송 수단만큼 경제적인 것도 없다. 중추신경계를 기술화한 인공 입과 인공 귀는 우체부와 연주회장을 무용하게 만든다. 월터 옹이 2차 구술성이라 불렀던 것은 심지어 두뇌 기능의 우아함까지 갖추고 있다. 기술로 소리를 저장한다는 것, 이것은 동시대 신경생리학이 연구 대상으로 삼았던 정보 흐름의 첫번째 모델이 되었다. 모음 이론의 완성자로서의 헬름홀츠Hermann Helmholtz와 모음측정장치를 완성한 에디슨은 서로 연대하고 있었던 것이다. 처음에는 베버의 돼지 털처럼 단순히 기계적이고 원시적이었던 사운드 저장기술은, 영혼이 자연과학의 연구 대상이 된 시기에 이르러서야 비로소 발명될 수 있었던 것이다. 알프레드 자리Alfred Jarry는 포노그래프에 바친 산문시에서 "오, 내 머리여, 내 머리여, 내 머리여"라며 탄식한다. "실크빛 하늘 아래가 온통 하얗다. 그들이 내 머리를 가져가버렸다. 차를 담는 깡통 속에 나를 집어넣어버렸다."[29]

상징주의 시인이자, 최초로 에디슨을 소설 속에 등장시킨 작

가 빌리에 드 릴아당Jean Auguste de Villiers de L'Isle-Adam은 이 위대한 발명가로 하여금 자신의 뒤늦음에 대해 이렇게 사색하게 한다.

> 수세기 동안의 수많은 위대한 발명가들 중에서 어느 누구도 포노그래프를 발견하지 못했다는 것은 정말 놀랍고도 이해하기 힘든 일이다. 그들은 이보다 수천 배는 더 만들기 어려운 복잡한 기계장치들을 완성시키지 않았던가. 사실 포노그래프의 구조는 과학에서 기원하는 재료들이 전혀 필요 없을 정도로 단순해서, 아브라함이라도 이를 만들어 자신을 부르는 신의 목소리를 녹음할 수 있었을 것이다. 강철 바늘 한 개, 초콜릿을 싸는 은박 포장지 한 장 혹은 몇 장 더, 구리로 된 실린더 한 개 — 이것만 있으면 지상과 하늘의 목소리와 소음들을 저장할 수 있다.[30]

하지만 그는 무언가 잘못 생각하고 있다. 재료나 그 가공에 대해서는 분명 맞는 말이지만, 여기에는 소리 저장을 위한 역사적 선험성에 대한 이야기가 빠져 있다. 학문적 기원을 갖는 비물질들, 결코 구하기 쉽지 않은, 영혼이 자연과학의 대상이 되고 나서야 비로소 조달될 수 있는 그런 비물질들도 존재하는 것이다. 빌리에 드 릴아당이, 포노그래프를 발명할 수도 있었을 것이라 말한 아브라함 이후 어떤 후보자들도 그것을 제공해주지 못한다. 아리스토텔레스, 유클리드, 피타고라스, 아르키메데스 중 누구도 "영혼이란 포노그래프로 녹음된 것들의 묶음이다"라는 문장에 서명할 수 없을 것이다. (그들에게 영혼은, 영혼의 행적만을 기록하는 문자 서판tabula rasa이다.) 영혼이 신경계가 되고 신경계가 (위대한 빈의 신경생리학자인 지그문트 엑스너Sigmund Exner와 더불어) 궤도가 되고 나서야 델뵈프Joseph Delbœf의 위 문장은 스캔들이 되지 않는다. 1880년 철학자 귀요Jean-Marie Guyau는 델뵈프의 말에 코멘트를 남겼는데 이는 포노그래프에 대한 최초의 이론으로, 무엇보다도 기술과 과학 사이의 상호작용을 명확하게 보여준다. 포노그래프의 역사적 선험성이던 이론들은 포노그래프의 발명을 통해 비로소, 두뇌와 포노그래프 사이의 유비 모델을 최적화시키게 된다.

장-마리 귀요, 「기억과 포노그래프」(1880)

과학에서 유비에 의한 추론은 매우 중요하다. 유비는 귀납의 원리이자 모든 자연과학과 정신물리학의 토대를 이룬다. 과학적 발견이 메타포로부터 시작된 경우는 흔하다. 사유의 빛은, 이미 밝혀진 영역에 의해 반사되어야 새로운 방향을 비추거나 어두운 구석을 밝힐 수 있다. 무엇인가 다른 것을 기억나게 하는 것만이 인상을 남긴다. 애초의 것과 다르더라도 바로 그 다름 때문에 그러하다. 무엇인가를 파악한다는 것은 적어도 부분적으로는, 기억하는 것이다.

심리적 능력, 아니 심리적 기능들을 비교와 메타포를 통해 파악하려는 시도는 많이 있어왔다. 아직 과학이 완전한 상태에 도달하지 않은 현 상황에서 메타포의 필요성은 절대적이다. 무엇인가를 알려면 무엇인가를 떠올리는 것에서 출발해야 한다. 인간 두뇌는 여러 대상들과 비교되어왔다. 스펜서Herbert Spencer는 인간의 두뇌를 수많은 멜로디를 재생할 수 있는 기계 피아노와 비교했다. 텐Hippolyte Taine은 쉬지 않고 많은 클리셰를 생산해내고 저장하는 인쇄소에 비교한다. 하지만 이러한 비교는 아직 거칠어 보인다. 이들은 두뇌를 정지되어 있는 것으로 파악한다. 두뇌의 이미지를 고정된 것으로 간주하고 정형화한다. 이는 부정확한 것이다. 두뇌에는 완성된 것이란 없다. 두뇌에는 실재적 이미지가 없다. 잠재적이고 가상적인 이미지들이 실재적인 것으로 변화되기 위한 신호를 기다리고 있을 뿐이다. 그렇다면 이러한 실재로의 변환이 어떻게 이루어지는가라는 질문이 생겨난다. 두뇌 메커니즘에서 가장 신비스러운 점은 정태적이지 않고 역학적으로 작동한다는 것이다. 우리에게 필요한 것은 한 대상이 어떻게 인상을 수용하고 유지하는가가 아니라, 어떻게 특정 시간에 이 인상이 다시 활성화되고 그 대상 속에서 새로운 진동을 생산하는가를 보여주는 개념이다. 이 모든 점을 고려할 때 최근 에디슨이 발명한 포노그래프는 인간 두뇌와 비교하기에 가장 정교한 (수신기이자 발동기이기도 한) 도구이다. 기억에 대한 델뵈프의 글에서 내 의도와 일치하는 다음 문장을 맞닥뜨렸을 때부터 나는 이 비교 가능성에 대해 말하고 싶었다. "영혼이란 포노그래프로 녹음된 것들의 묶음이다."

포노그래프에 대고 말을 하면 목소리의 진동이 바늘에 전달되고, 그 바늘이 금속판 위에 소리에 상응하는 선을 파내면 그 소리의 성질에 따라 깊거나 얕은 홈이 생긴다. 추측컨대, 두뇌 세포에도 이와 유비되는 방식으로 보이지 않는 선이 생겨나 신경 흐름들의 경로가 될 것이다. 일정한 시간이 지나 신경 흐름이 이전에 한 번 만들어진 경로 어딘가에 닿게 되면 다시 한 번 길을 낸다. 그러면 세포들이 처음에 진동했던 것처럼 다시 진동하게 된다. 심리적으로 표현하면, 바로 이 진동이 잊고 있던 감정이나 생각에 유비되는 감정이나 생각인 것이다.

납으로 된 작은 판이 이전에 파인 흔적을 통과하는 바늘의 영향으로 이전에 만들어졌던 진동을 재생하는 포노그래프에서 정확히 같은 현상이 발생한다. 우리에게 이 진동들은 다시 목소리, 단어, 운율, 멜로디가 된다.

포노그래프 원판이 의식을 가지고 있다면 노래를 재생할 때 이 노래를 기억한다고 말할 것이다. 우리에게는 매우 단순한 메커니즘의 효과가, 포노그래프 원판에게는 놀라운 기억의 능력으로 여겨지게 될 것이다.

포노그래프 원판이 새로운 노래를 이미 연주했던 노래와 구별할 수 있다면, 새로운 인상과 이전의 인상들에 대한 기억을 구별할 수 있는 것이다. 최초의 인상이 금속이나 두뇌에 새로운 경로를 파내는 일은 쉽지 않다. 새로운 인상은 더 큰 저항을 받을 것이기에 더 큰 힘이 필요하다. 그렇기에 그 인상은 모든 걸 더 강하게 진동시킬 것이다. 반대로 바늘이 원판 위에 새로운 길을 만드는 대신 이미 난 길을 따라가기만 하는 경우, 바늘은 훨씬 수월하게 움직일 것이다. 바늘은 힘들이지 않고 미끄러질 것이다. 사람들은 기억이나 몽상으로 향한다는 표현을 쓴다. 기억을 좇는다는 것은, 실제로는 부드럽게 기울어진 방향으로 미끄러진다는 것이다. 일정한 수의 이미 완성된 기억들이 하나둘 순서에 따라 충격 없이 등장하는 것을 기다린다는 것이다. 이로부터 본래적 의미에서의 감각Empfindung과 기억Erinnerung 사이의 큰 차이가 설명된다. 통상 우리는 인상을 두 종류로 구분한다. 강렬하고, 확연한 윤곽과 명료함을 가진 인상이 있는 데 반해, 경계가 불분명하고, 무정형적이며, 희미하지만 그럼에도 불구하고 나름의 일정한 질서에 따라 떠오르는 인상도 있다. 하나의 이미지를 알아본다는 것은 그 이미지를 이 두번째 인상에 귀속시킨다는 것이다. 그때 우리는 약하게 그 인상을 감각함과 동시에 그 감각함을 의식하게 된다. 기억한다는 것은 이러한 의식에 다름 아니다. 처음에 약한 강도를 가진 감각을 의식했다면, 두번째는 더 쉽게 의식하게 되고, 세번째는 처음부터 다른 감각들과의 연결을 의식한다. 능숙한 눈으로 보면 장인이 만든 원본과 복제본을 구별할 수 있듯, 우리는 기억과 감각을 구분하는 법을 배우게 되고, 그 기억이 언제, 어디서 일어난 것인지 정확히 규정하기 이전에 기억 자체를 인식할 수 있게 된다. 우리는 이런저런 인상을 정확히 과거의 어느 시점에 속하는지 알지 못한 채로 과거에 투사할 수 있다. 기억은 본래적이고 구별 가능한 성격을 갖고 있기 때문에 이러한 투사가 가능하다. 마치 배 속에서 느껴지는 감각이 청각적 감각이나 시각적 감각과 구분되는 것과 마찬가지이다. 하지만 포노그래프는 인간 목소리에 내재된 어떤 힘과 따뜻함까지 그대로 재생하지는 못한다. 포노그래프에서 들려오는 목소리는 쇳소리가 나고 차갑다. 어딘가 불완전하고 추상적이다. 포노그래프가 자기 자신을 들을 수 있다면, 바깥으로부터 자신에게 강제적으로 각인된 목소리와, 이미 닦여진 길 위에서 자신이 내보내는, 처음의 목소리의 단순한 에코를 구분하는 걸 배우게 될 것이다.

포노그래프와 두뇌 사이에는 다른 유비 관계도 존재한다. 그 장치[기관]에 각인된 진동의 속도가 재생되는 소리나 떠오르는 이미지의 성격을 확연히 변화시킬 수 있다는 사실이다. 당신은 포노그래프 원판을 빠르거나 느리게 회전시킴으로써 멜로디의 옥타브를 바꿀 수 있다. 손잡이를 빠르게 돌리면 낮고 불명확한 소리로 울리던 노래가 매우 높고 날카로운 소리로 바뀐다. 이와 유사한 효과가 두뇌에서도 일어난다고 말할 수 있지 않을까? 처음에는 흐릿하던 이미지가 주의력을 집중함으로써 조금씩 명확해지고 그 선명함의 정도가 한두 단계씩 높아지는 경우, 이 현상을 두뇌 세포의 진동의 힘과 속도를 통해 설명할 수 있지 않을까? 우리 속에는 이미지의 음계 같은 것이 있어서, 우리가 불러내거나 떨쳐버리려는 이미지들은 그 음계에 따라 상승하거나 하강한다. 때로 그 이미지들은 우리 내부의 깊은 곳에서 어렴풋이 "페달"을 밟은 것처럼 뒤섞여 진동하고, 때로는 다른 모든 울림들을 넘어서는 충만한 음이 빛을 발하기도 한다. 음들이 그런 식으로 등장하는지 아니면 사라지는지에 따라, 이미지들은 우리에게 가까이 다가오거나 물러나며, 이미지를 순간적인 현재와 구분하는 지속 시간도 길어지거나 짧아진다. 그래서 연상이나 주목, 아니면 감정의 동요에 의해 10년 전에 지각했던 인상이 갑자기 어제 일어난 것처럼 보이기도 한다. 가수들은 목소리를 낮추어 멀리 있는 듯한 인상을 만들어내기도 하고, 가까이 다가오는 인상을 주려고 목소리를 다시 높이기도 한다.

이보다 더 많은 유비를 찾을 수도 있을 것이다. 두뇌와 포노그래프 사이에 본질적 차이가 있다면, 에디슨의 이 초보적 기계의 금속판은 자신의 소리를 들을 수 없다는 것이다. 때문에 여기서는 운동에서 의식으로의 이행이 일어나지 않는다. 두뇌에서는 이러한 이행이 일어난다는 사실, 그것이야말로 참으로 놀라운 일이 아닐 수 없다. 두뇌는 영원한 미스터리이기는 하지만, 보이는 것만큼 불가사의하지는 않다. 설령 포노그래프가 자신의 소리를 들을 수 있다 해도, 이는 우리가 포노그래프 소리를 듣는다는 생각만큼이나 낯설지 않은 일이 될 것이다. 실제로는 우리가 포노그래프를 듣는다. 포노그래프의 진동이 우리의 지각과 사고가 된다. 그렇기에 여기에서는 운동에서 사유로의 형태 변화가 늘 가능하다는 것을 인정하지 않을 수 없다. 이 형태 변화는 두뇌 바깥에서 오는 운동과 구별되는 두뇌 내부에서 일어나는 내적 운동이기에 훨씬 더 개연적이다. 이러한 관점에서 보자면, 두뇌를 무한하게 완성된 포노그래프, 다시 말해 의식을 부여받은 포노그래프라고 정의해도

 그렇게 부정확하거나 이상한 말은 아닐 것이다.

기계의 기억과 사운드 조작

트레이드마크, "기록하는 천사"

이보다 더 명료하게 말할 수는 없으리라. 철학자였던 귀요가 몸담게 된 정신물리학은 두뇌 혹은 기억에 정확하게 들어맞는 모델을 포노그래프에서 발견한다. 여기서 중요한 것은 장착Implementierung과 하드웨어이기에, 사유로서의 사유에 대한 질문들은 모두 망각된다. 1800년대에는 전적으로 "영혼의 부차적인 힘"[31]이었던 기억이 80년이 지난 후 최고의 것으로 부각된다. 헤겔의 정신이 진즉에 자신의 역할을 다하게 되자, 이제 막 발명되어 대량생산 준비도 되어 있지 않던 포노그래프가 다른 모든 매체를 압도하게 되었다. 텐과 스펜서의 두뇌에 대한 메타포에 등장했던 구텐베르크의 인쇄기나 에를리히Heinrich Ehrlich의 자동 피아노와는 다르게, 포노그래프만이 — 불연속적이든 아니든 상관없이 보편 기계라면 갖추고 있어야 할 — 두 가지 활동을 결합시킬 수 있다. 쓰기와 읽기, 저장과 주사[스캔], 기록과 재생이 그것이다. 원리적으로 (에디슨이 나중에 실용적인 이유로 기록장치와 재생장치를 분리시키기는 하지만) 포노그래프에서는 흔적을 파내는 바늘과 그 흔적을 따라가는 바늘은 같은 바늘이다.

때문에 데리다와 그의 그라마톨로지적 원문자archi-écriture에 이르기까지 모든 흔적에 대한 개념은 에디슨의 이 간단한 착상에서 기인한다. 문자 이전의 모든 흔적, 쓰기와 읽기 사이에 벌어져 있는 순수한 차이의 흔적이란 다름 아닌 그라모폰 바늘인 것이다. 길을 내는 것과 그 길을 따라 움직이는 것은 이 바늘에서 하나로 합쳐진다. 기억을 만들 수 있게 한 포노그래프는, 그렇기 때문에 기억을 의식하지 못하게 한다는 것을 귀요는 깨닫고 있었다.

글의 말미에서, 귀요가 100퍼센트 기계장치인 포노그래프의 무의식적 기억 능력과 의식적 기억 능력을 갖추었기에 더 우월하다는 인간을 대립시킨 것은, 정신물리학으로 전향했으나 아직 철학자로서의 직업적 망상에서 완전히 벗어날 수 없었기에 생긴 일이다. 하지만 역설적이게도 귀요가 두뇌에 귀속시킨 의식의 속성 자체가 — 귀요는 두뇌를 무한하게 완성된 하나의 포노그래프라고 말한다 — 두뇌를 무한하게 열등한 것으로 만든다. 귀요가 말하는 의식을 갖춘 포노그래프, 곧 인간은 포노그래프 집음부에 몰려드는 모든 우연한 청각적 사건들을 엔트로피 속에서 실시간으로 듣는 대신 이해하려 들 것이며,[32] 그 결과 그것들을 위조할 것이기 때문이다. 그렇게 되면 슬쩍 숨어들어간 정체성, 의미 또는 의식의 기능들이 자리를 차지하게 될 것이다. 포노그래프를 가능하게 한 것은, 포노그래프가 생각하지 않는다는 바로 그 사실이다.

아마도 무의식적으로 떠올랐을 귀요 자신의 사례가 은밀하게 의식 또는 영혼의 삶을 끌어들인다. 포노그래프가 의식을 갖는다면, 그래서 노래를 재생할 때 그 노래를 기억한다고 말할 수 있다면 포노그래프 자신에게 이는 기적 같은 능력으로 여겨질 것이다. 하지만 선입견 없고 중립적인 증인들은 여기에서도 아주 단순한 메커니즘의 효과만을 보게 될 것이라는 사실은 사라지지 않는다. 어떤 선입견도 없이 두뇌를 기술적 장치라고 보았던 귀요 자신이 마지막에 가서 이러한 실험자적 시선을 내적 성찰과 맞바꾼 것은, 자신이 세운 기준을 스스로 무너뜨리는 일이다. 인간의 주의력과 원판의 재생 속도를 멋지게 비교할 수 있게 했던 것은 외부에서 보는 시선이었다. 주의력을 통해 모호하게 떠오르는 이미지들을 선명하게 하는 것이, 재생 속도를 높여 음향적 사건들의 시간 축을 변화시키거나 시간 축 조작Time Axis Manipulation(TAM)을 수행하는 것과 다를 바 없다면, 소위 주의력이나 기억 같은 영혼의 힘들을 놀랄 만한 능력이라 찬미할 이유는 어디에도 없기 때문이다. 파인 궤도를 그것이 새겨졌을 때보다 빨리 돌리기 위해서는 그라모폰 바늘도, 두뇌 신경도, 어떤 종류의 자의식도 필요 없다. 프로그래밍만으로 충분하다. 에디슨 시대에는 정확한 속도를 유지하기 위해 힘겹게 손잡이를 돌려야 했던 포노그래프 사용자의 손은 태엽으로, 더 나중에는 속도조절기가 달린 전기 모터로 대체된다. 이후 미국 레코드 회사의 카탈로그는 고객들을 향해 "당신을 찾아와 당신의 장치가 너무 늦거나 빠르다고 불평하는 친구들"을 조심하라고 말한다. "그들의 말을 듣지 마라! 그들은 스스로 무슨 말을 하는지 모른다!"[33]

표준화는 늘 회사의 경영진들을 기술적 가능성에서 도피하도록 만들지만, 실험적인 테스트에서나 대중오락적 요소를 진지하게 고려하는 경우에는 시간 축 조작이 승리를 거둔다. 1877년 12월 에디슨이 원시적 프로토타입을 만든 지 2개월도 안 되어 설립된 에디슨 스피킹 포노그래프 사Edison Speaking Phonograph Company는 시간 축 조작으로 첫 사업을 개시했다. 에디슨은 녹음할 때보다 손잡이를 빨리 돌려 주파수가 변조된 음악을 제공함으로써 뉴욕 전체에 전례 없는 기쁨을 선사했다. 평소에는 잘 드러나지 않던 레비Jules Levy의 트럼펫 소리까지 광채와 열정을 얻었다.[34] 귀요가 이 행복한 뉴욕 시민들 가운데 있었다면, 주파수 변조가 주의력의 기술적 상응물이라는 사실을 모두에게 증명할 수 있었을 것이다.

물론 문자에 기반한 유럽 음악도 음계라는 이름이 암시하듯, 음을 높게 또는 낮게 바꿀 수 있었다. 하지만 전조轉調는 시간 축 조작이 아니다. 포노그래프의 재생 속도가 녹음 속도와 달라지면 명료하게 들리던 음뿐만이 아니라 소음의 스펙트럼 전체가 변화하게 된다. 상징계 대신 실재계가 조작 가능해진 것이다. 박자나 단어 단위의 음향적으로 긴 요소들까지도 조작할 수 있게 된다. 호른보스텔은 전조와의 차이를 알아차리지 못했음에도, 바로 이 지점에서 포노그래프의 "특별한 장점"을 칭찬했다. "포노그래프는 임의로 빠르거나 느리게 작동시킬 수 있다. 이를 통해 너무 빨라서 분석하기 어려운 음악을 느려진 시간 척도에 따라, 적정한 전조에 상응하게 들리게 할 수 있다."[35]

포노그래프로는 실시간 주파수 변조는 불가능하다. 이를 위해서는 오늘날의 록 그룹들이 사용하는 하모나이저가 필요하다. 이 기계는 상당량의 전기를 소모하면서 주파수를 변화시키는데, 사람의 속기 쉬운 귀는 이때 일어나는 속도 변화를 알아차리지 못한다. 사람들은 오직 이를 통해서만, 실시간으로 변성기 이전의 목소리로 되돌아갈 수 있고, 여자는 남자가 되고 남자는 여자가 될 수 있다.

포노그래프에 의해 가능해진 시간 축 역전은 우리의 귀가 한 번도 들어보지 못했던 것을 듣게 해준다. 악기 소리나 발화된 모음 같은 격한 울림은 뒤로 밀리고, 그보다 훨씬 느린 잔멸음殘滅音이 앞으로 온다. 비틀즈는 「레볼루션 9」 앨범에서 이 트릭을 사용하여 녹음테이프 광팬들에게 자신들의 세계적 성공의 비밀을 속삭였다고 한다.[36] 폴 매카트니는 오래전에 사망했으며 앨범 커버와 공연 무대와 노래에 등장하는 건 그의 멀티미디어 도플갱어라는 비밀을. 1890년 콜롬비아 포노그래프 사는 아주 간단한 방식으로 포노그래프를 작곡 기계로 사용할 수 있음을 깨달았다. 충성스러운 소비자로 하여금 애창곡을 거꾸로 재생하게 함으로써. 이 회사 카탈로그에는 "이러한 실험을 통해 뮤지션은 매일 새로운 곡을 만들어낼 수 있다"고 쓰여 있었다.[37]

시간 축 조작은 시詩이기도 하다. 그러나 자신의 통상적인 경계를 넘어서는 시이다. 포노그래프는 고속전신기에서 나왔다는 자신의 기원을 감출 수 없다. 기술 매체는 매일같이 마술을 부린다. 목소리가 주파수 스펙트럼과 시간 축을 통해 자유롭게 변화될 수 있게 되면, 회문回文이나 애너그램 같은 문학의 오래된 단어유희기술은 통용되지 않게 된다. 이 기술들은 모두 최초의 코드인 알파벳이 주어져야 그를 비트는 일을 시작할 수 있었다. 그와는 달리 시간축 조작은 모든 시의 원재료, 이전까지는 조작 자체가 불가능했던 곳에 직접 개입한다. 헤겔은 "소리Ton"를 "존재하면서 사라지는 현존재"라고 부르며, "자신을 드러내는 내면성으로 충만된 외화"라고 찬미했다.[38] 저장할 수 없는 것은 조작할 수도 없었다. 저장할 수 없는 것은 사라지면서, 자신의 물질성이나 외피를 벗어던지고 진품성의 인장인 내면성을 현전하게 했다.

저장과 조작이 동시에 일어나면서 기억으로서의 포노그래프라는 귀요의 테제는 충분하지 않게 된다. 귀요가 통찰한 바대로, 저장장치가 재생된 소리들의 성격을 (시간 조작을 통해) 변화시킬 수 있다면 기억이라는 개념 자체가 흔들리기 때문이다. 과거가 [기계] 장치 위에서 돌아가는 것을, 그 과거의 감각을 지닌다 하더라도, 아니 바로 그 감각을 지니기 때문에 재생이라 부르는 것은 불충분한 규정이 된다. 고 충실도High Fidelity라는 의미를 지니는 HiFi는 소비자들에게 그 레코드판 회사가 음악의 신에게 바친 맹세에 충실하다고 속삭인다. 하지만 이 단어는 감언이설일 뿐이다. 기술은 1800 시대의 알파벳주의 또는 창조성이 단순한 재생적 기억에 대립시켰던 시적 상상력보다 훨씬 더 정확하게, 말 그대로 들어보지 못했던 것을 가능하게 한다. 핑크 플로이드의 오래된 노래가 말해주는 것처럼.

살진 늙은 해가 기울 때

여름 저녁 새들이 지저귀고
여름의 일요일 그리고 일 년
내 귓속의 음악 소리
먼 종소리
갓 벤 풀 냄새
달콤한 노래들
강가에서 손을 붙잡고

보아도, 소리는 내지 마오
발소리도 내지 마오
따스한 밤이 질 때 귀 기울이면
입에서 흘러나오는 기묘한 은빛 소리
내게 노래해주오 내게 노래해주오.[39]

말 그대로 들어보지 못했던 것이 정보기술과 뇌생리학이 만나는 자리에 존재한다. 소리 내지 않고, 발소리도 줄인 채, 밤이 찾아올 때 소리의 소음을 듣는 일 — 그것을 우리는 모두 하고 있다. 그런 마법을 부리는 레코드판을 턴테이블에 올릴 때.

그러면 들어본 적 없는 낯선 은빛 소음이 등장한다. 대체 누가 노래를 부르는지 아무도 알지 못한다 — 길모어David Gilmour라 불리는 자의 노랫소리인지, 노래 속에서 말하고 있는 이의 목소리인지, 아니면 저 마법의 모든 조건이 갖추어지자마자 어떤 소음도 내지 않고 노래를 [따라] 부르는 청자 자신의 목소리인지. 사운드 기술과 자기지각 사이의 상상할 수 없을 만큼의 가까움, 발신자와 수신자를 접속시키는 피드백의 시뮬라크르. 노래가 청자의 귀에 대고 그 노래를 불러야 한다고 노래한다. 음악이, 스테레오 스피커나 헤드폰에서 오는 것이 아니라 마치 뇌 속에서 일어나고 있는 것처럼.

바로 이것이 매체가 예술과 전적으로 다른 지점이다. 가곡이나 아리아, 오페라는 신경생리학에 의존하지 않는다. 가수들이 노래하는 모습을 보면 [목소리의] 구분이 가능하기 때문에, 아무리 콘서트홀의 기술 조건 안에서 중계되는 것이라 해도 소리가 귓속에서 내파하는 일은 벌어지지 않는다. 가수들은 목소리의 힘으로 거리와 공간을 극복하도록 잘 훈련되어 있다. "내 귓속의 음악 소리"는 집음부나 마이크가 모든 속삭임을 전달할 수 있게 되고 나서야 비로소 존재하게 된다. 녹음된 목소리와 청자의 귀 사이의 거리가 사라진다는 환각, 음향을 스스로 지각하는 골전도骨傳導*를 통해 입에서 귀의 미로 속으로 [소리가] 직접 전달된다는 환각은 현실이 된다.

위 노래에서 귀에 들려오는 먼 종소리는 단지 어떤 이야기의 기표나 지시대상이기만 한 것은 아니다. 그랬다면 문학작품으로서의 서정시로 충분했을 것이다. 단어를 통해, 묘사하기 힘든 시적인 음향적 사건을 불러내는 시구절은 셀 수 없이 많다. 하지만 록 음악이라는 서정시는 단어로만 머물러 있을 때에는 단지 약속에 불과했던 것을 귀를 기울이고 있을 청자의 두뇌에 채워 넣기 위해 종소리 그 자체를 추가할 수 있다.

* 공기의 진동을 통해 소리가 전달되는 것이 아니라, 귀 주변 뼈와 피부를 통해 내이가 진동하여 소리가 전달되는 것을 말한다.

1898년 콜롬비아 그라모폰 컴퍼니 오케스트라는, 80곡의 실린더* 중 하나로 「스와니 강 아래로Down on the Sewanee River」라는 곡을 제공했다. 광고에 따르면, 단 50센트에 흑인 노래와 춤곡, 나아가 이 음악의 장소와 테마, 즉 교량 들어올리는 소리, 증기기관의 소음, 그리고 핑크 플로이드보다도 80년 앞선 증기선의 종소리가 들어 있었다.[40] 여기서 노래는 이러한 음향적 환경의 일부가 된다. 서정시는, 당시 우연치 않게 같은 시기에 등장했던 정신분석에서 쾌락이라 명명한 '환각적 소원 성취'를 실현시켜준다.

신경 궤도로서의 소리 홈

1895년 프로이트의 「심리학 초고Entwurf einer Psychologie」는 "환각화란 (Q)로 표현되는 양量이 φ**로, 그와 더불어 ω***로 역류하는 것"이라고 말한다.[41] 달리 말하면, 비非투과적이고 기억의 흔적들에 점유된 뇌의 뉴런이 자신의 하중 또는 질質을 덜어내기 위해, 원래 외부의 지각을 위해 사용되는 투과성 뉴런에 기억의 흔적들을 전이한다는 것이다. 그 결과, 이미 저장된 데이터들이 새로운 자극인 것처럼 나타난다. 심리장치 자체가 그 스스로를 시뮬라크라화하는 것이다. 환각적 소원 성취가, 이러한 역류 또는 피드백

* 초창기 포노그래프는 실린더에 소리를 녹음하고 재생했다.

** 투과성 뉴런 체계.

*** 지각 뉴런 체계.

이 완벽하게 진행될수록 프로이트의 「심리학 초고」는 그 자체 기술적 매체에 가까운 것이 된다. “자연과학적 심리학을 정초하려는 시도, 다시 말해 심리적 과정을 명시될 수 있는 물질적 부분들의 양적인 상태로 묘사함으로써, 심리적 과정들을 모순 없이 가시화하려는 시도”[42]는 최상의 정신물리학에 다름 아니기 때문이다. 프로이트가 말했던 신경, 신경 점유占有, 궤도의 저항이라는 개념들은 모두 그가 살던 시대의 “두뇌 해부에 의한 [뇌의] 국지화”[43]에서 나온 것이다. (이미 그 명칭에서부터 기술화된) 심리적 장치가 데이터들을 전달하고 저장할 수 있다는 것, 다시 말해 투과적이면서 동시에 비투과적이라는 사실은, 프로이트가 문자를 유비 모델로 고수했다면 해결할 수 없는 모순으로 남았을 것이다. (이 두 기능을 모두 충족시킬 수 있는 것은 기껏해야 프로이트의 유명한 “마법 글쓰기판Wunderblock”*과 그에 대한 데리다의 논평[44] 정도이다.) 브로카Paul Broca와 베르니케Karl Wernicke가 담론을 서브루틴으로 해체시키고, 말하기, 듣기, 쓰기, 읽기를 대뇌의 특정 부분들로 국지화한 이래—뇌생리학은 명시될 수 있는 물질적 부분들밖에 알지 못하기에—뇌생리학의 유비 모델은 포노그래프로 바뀌었다. 이것이 귀요의 통찰이었다. 지그문트 엑스너—프로이트의 「심리학 초고」

* 밀랍 층과 밀랍 종이, 셀룰로이드 덮개로 이루어진 글쓰기판으로, 셀룰로이드 표면에 글자를 쓰면 밀랍 종이에 글자가 쓰여지고 밀랍 종이를 밀랍 층에서 떼어내면 사라진다. 그러나 종이 아래에는 그 흔적이 남게 된다. 1924년에 프로이트는 이 글쓰기판에 기반하여 인간의 지각-의식-무의식의 관계를 설명하는 짧은 글을 쓴 바 있다. 데리다는 「프로이트와 글쓰기 무대」(『글쓰기와 차이』)에서 프로이트의 메타포가 기록하며 기억하고 동시에 그를 삭제하며 망각하는 글쓰기의 다층성을 설명할 수 없다고 비판한다.

에 등장하는 궤도 개념은 그의 발견에 근거하고 있다—가 빈 대학에 "과학적-포노그래프 박물관을 건립할 때 초석"을 놓았던 것은 우연이 아니었다.[45]

"우리들," 곧 세기말 뇌 연구자와 예술생리학자 들은, "두뇌의 분자와 신경망에서 일어나는 과정이 에디슨의 포노그래프와 유사하다"고 "생각한다."[46] 독일 최초의 예술생리학 저자였던 게오르크 히르트Georg Hirth의 생각이 20년의 침묵기를 거쳐 예술에서 다시 이야기된다. 1919년 릴케는 이번에는 산문으로서의 "수기"를 쓰는바, 다음 글은 수手공예 혹은 문학이라는 소박한 수단을 통해 뇌생리학적 발견을 현대의 서정시로 번역해놓는다.

라이너 마리아 릴케,
「근원-소음UR-GERÄUSCH」(1919)

내가 학교에 다니던 무렵 포노그래프가 처음 발명되었다. 아무튼 그땐 포노그래프가 모든 사람들의 경탄의 중심을 차지하고 있었다. 무엇이든 스스로 조립해서 만들어보는 걸 좋아하던 물리 선생님이 우리에게 쉽게 접할 수 있는 재료들로 포노그래프 장치를 만들어보게 했던 것도 그 때문이었을 것이다. 그걸 만들기 위해선 아래와 같이 하면 충분했다. 마분지 한 장을 깔때기 모양으로 말아 좁은 쪽 구멍에 절인과일 등을 담는 유리병을 덮을 때 쓰는 투과되지 않는 종이를 붙인다. 이렇게 즉석에서 만든 진동판

한가운데 옷솔에서 뽑아낸 털 한 가닥을 수직으로 세워 꽂는다. 이것만으로도 저 신비로운 기계의 한쪽이 완성된다. 수신부와 재생부가 거의 준비된 것이다. 이제 저장을 위한 실린더를 만들기만 하면 된다. 작은 손잡이로 돌아가는 실린더를 기록하는 바늘 가까이에 설치하면 끝이다. 실린더를 어떤 재료로 만들었는지는 기억나지 않는다. 아마도 어디선가 찾아낸 실린더 위에 얇게 녹여서 딱딱해지기 전의 양초 물을 발라 만들었을 것이다. 우리는 온몸에 끈적끈적한 양초 자국과 먼지를 덮어 쓴 채로 서로의 어깨를 밀치며 우리가 만든 걸 실험해보기 위해 조바심을 갖고 몰려들었다. 실험 결과는 누구든 짐작할 수 있으리라. 누군가 집음부를 향해 말하거나 노래를 부르면, 유산지에 꽂아둔 바늘이 천천히 돌아가는 실린더 표면에 소리의 파장을 기록한다. 그런 방식으로 열심히 움직인 바늘을 그것이 만들어놓은 (그 사이 니스로 고정시킨) 길 위에 다시 올려놓으면, 바늘이 진동하면서 종이로 된 진동판에서 우리가 냈던 소리가 미약하게, 분간하기 힘들 정도로 작고 소심하게, 어떤 부분은 삭제된 채 우리에게 되돌아왔다. 그리 조용한 편은 아니었던 우리 반 아이들도 그 장치가 소리를 내는 순간만큼은 정적에 도달할 수 있었다. 그 일은 매번 정말 놀라웠고 마음을 크게 뒤흔들었다. 말하자면 우리는 새롭고 무한하게 부드러운 현실의 지점을 마주하게 되었는데, 우리보다 훨씬 우월한 그 현실이 아이들인 우리들에게 말할 수 없이 미숙하게 도움을 요청하듯 말을 걸어왔던 것이다. 당시에도 그렇고 그 후로도 몇 년간, 나는 이렇듯 우리로부터 나와서 독립적으로 우리 바깥에 저장된 소리가 세월이 흘러도 결코 잊히지 않을 것이라고 생각했다. 그런데 사실은 그렇지 않았고, 그것이 이 글을 쓰게 된 이유다. 내 기억을 압도했던 것은 깔때기에서 흘러나오는 소리가 아니라 그 실린더에 새겨진 기호들이었다. 그것이 훨씬 독특한 기억으로 남았다.

그로부터 14년인가 15년이 지난 어느 날, 갑자기 그날의 기억이 떠올랐다. 처음 파리 생활을 하던 때로, 당시 나는 에콜 드 보자르에서 해부학 강의를 열심히 듣고 있었다. 내 흥미를 끈 것은 복잡한 근육이나 힘줄 조직 또는 신체 내부 기관의 구조가 아니라 앙상한 뼈대였다. 레오나르도 다빈치의 스케치를 통해 뼈대가 담지하는 에너지와 유연성에 대해서는 잘 알고 있었지만, 뼈대 구조 전체의 수수께끼를 이해하기는 힘들었다. 그래서 내 관심은 점차 두개골에 대한 탐구로 이어졌다. 그중에서도 특히 두개골의 가장 외적인 부분, 다시 말해 석회질의 요소가, 좁은 봉합 속에 있지만 경계 없이 활동하는 최고의 과감함[두뇌]을 굳건히 보호하는 역할을 위해 단호히 애쓰고 있기라도 하듯 봉합되어 있는 부분에 주목했다. 나는 세속적인 공간을 향해서는 철저하게 닫혀 있는 이 특별한 용기에 매혹되어, 여차여차해서 두개골을 구해서는 며칠 밤을 들여다보며 보냈다. 내가 사물과 맺었던 관계가 늘 그러했듯이, 이 모호한 대상이 어느 순간 내 것이 된 것은 집중적으로 관찰하는 시선 덕분은 아니었다. 내가 이 대상과 친숙해진 것은 의심할 바 없이, 스치듯 가벼운 시선으로 부지불식중에 감지하고 포착한 덕분이다. 우리와 조금이라도 관계를 갖는 주변 사물들에 대해 그러는 것처럼 말이다. 움직이던 시선을 불현듯 멈춰 세우고는 면밀히 주의를 기울이게 되는 바로 그런 시선이었다. 초의 불빛, 독특한 방식으로 날 깨우며 무엇인가를 요구하던 그 불빛 아래서 두개골의 관상봉합선이 눈에 들어왔다. 그 순간 그것은 내게 무언가를 상기시켰다. 털 끝이 작은 왁스 실린더 위에 새기던 저 잊히지 않는 흔적이었다.

이것은 그저 내 요동치는 상상력에서 비롯된 것이었을지도 모른다. 불현듯 그 유사성을 깨달은 그때 이후로 나는 계속해서, 때로는 몇 년의 시차를 두고, 지금까지 있어본 적 없는 어떤 실험들을 해보고 싶다는 충동에 빠져들었다. 하지만 그런 실험을 해보고 싶은 생각이 들 때마다 강한 의심을 품고 이를 단호히 억눌러왔다는 사실을 고백한다. 거의 15년이나 지난 지금에서야 조심스럽게 이 이야기를 하고 있다는 사실이 그 증거일 것이다. 평소 내가 하는 일과는 아무 연관도 없이 그 생각들이 불쑥불쑥 전혀 엉뚱한 맥락에서 계속 튀어나와 날 놀라게 했었다는 것 말고는 나로서는 더 할 말이 없다.

나를 계속 내적으로 추동한 것은 무엇인가? 바로 이런 생각이다.

두개골의 봉합선은 소리를 저장하기 위해 회전하는 실린더에 포노그래프 바늘이 새겨 넣은 미세하게 흔들리는 선과 (검토해봐야겠지만 일단 가정하자면) 유사하다. 그렇다면 소리를 시각적으로 번역한 것에서 나온 흔적이 아니라, 그 자체 자연적으로 존재하는 것 — 예를 들어 두개골의 봉합선 같은 것 — 에 이 바늘을 올려놓으면 어떤 일이 일어날 것인가? 어떤 소리가 생겨날 것이다. 일련의 음들, 어떤 음악이……

어떤 감정일까? 불신, 공포, 경외 — 이 가능한 감정들 중 어떤 것이 이렇게 해서 세상에 출현하게 될 근원-소음Ur-Geräusch에 이름을 붙이는 걸 주저하게 만드는 것일까……

이 질문은 제쳐둔다 하더라도, 어딘가에서 접하게 되는 다양한 종류의 선들을 바늘 아래 밀어 넣어 한번 실험해보고 싶지 않은가? 이렇게 변환됨으로써 다른 감각 영역으로 스며들어간 그것을 느끼기 위해 이런 식으로 윤곽을 끝까지 쫓아가보는 것은 어떤가?

오감 모두가 동등하게 시가 만들어지는 데 참여하는 듯 보이는 아라비아 시 공부를 시작하던 시기 처음 깨달은 사실이 있다. 오늘날 유럽 시인들은 감각들을 불균등하고 개별적으로만 사용한다는 것이다. 오감 중 하나인 시각만이 세계를 과적 상태로 만들고 사실상 그 감각만이 시인을 압도하고 있다. 그들이 주목하지 않는 청각이 시인에게 속삭이는 것은 얼마나 미미한 역할을 담당하고 있는가. 오직 부수적으로만, 그것도 단절된 채로 작용하는 다른 감각들은 말할 것도 없다. 완전한 시는, [오감이라는] 다섯 개의 지렛대에 의해 동시에 들어 올려진 세계가 하나의 특정한 관점 아래 초자연적인 지평, 즉 시라는 지평에 등장했을 때에만 생겨날 수 있다.

대화중에 이 이야기를 들려주었더니 한 부인이 외쳤다. 모든 감각이 동시에 능력을 발휘하고 움직이는 놀라운 작업, 그것이야말로 우리가 사랑이라 부르는 것이 아니겠냐고. 그녀는 시라는 숭고한 실제에 대해 독자적 증언을 했던 셈이다. 하지만 사랑하는 사람은 자신의 감각의 협업에 의존하는데, 그 감각들이 오로지 단 하나의 중심에서만, 모든 넓이를 포기하고 지속성도 없이 함께 작용하는 그 중심에서만 서로 만난다는 것을 알고 있다는 데에 사랑하는 사람이 처한 커다란 위험이 있다.

이 이야기를 하면서 나는 하나의 그림을 눈앞에 두고 있다. 비슷한 생각들이 몰려올 때마다 내가 활용하는 편의적 수단이다. 세계의 경험 영역 전체를, 그리고 우리의 경험 범위를 훨씬 넘어서는 광활한 영역을 떠올려보라. 우리 감각의 서치라이트에 비춰지는 아주 협소한 영역과 비교할 때 우리가 경험할 수 없는 어두운 영역이 얼마나 큰지 분명해질 것이다.

사랑에 빠진 사람은 어느 순간 이 원의 중심에 서 있다고 느끼게 된다. 그곳은 알려진 것과 파악할 수 없는 것이 단 하나의 점으로 모여들어 모든 것을 완전하게 소유하고 있으나 각각의 개별성은 지양된 곳이다. 시인에게는 이러한 상황이 아무런 도움이 되지 않을 것이다. 시인에게는 저 무수한 개별성들이 현재적이어야 한다. 그는 감각의 절단면들을 그 넓이에 따라 활용하기를 요구받고 모든 개별 감각들을 가능한 한 넓게 확장시키기를 원해야 한다. 그를 통해 축적된 그의 격정이 오감의 정원을 단숨에 뛰어넘을 수 있기 위해서다.

사랑하는 자의 위험이 확장되지 않는 그의 위치에서 나온다면, 시인의 위험은 한 감각의 질서와 다른 감각의 질서를 나누는 심연들을 의식하는 것이다. 그 심연들은 너무도 광대하고 흡인력이 강해서 우리 앞에 놓인 세계의 더 큰 부분 — 얼마나 많은 세계들이 있는지 누가 알겠는가 — 을 그냥 휩쓸어가버린다.

여기서 이러한 질문이 제기될 수 있다. 과학자들의 작업이 우리가 가정한 차원의 이 요소[감각]들을 본질적으로 확장시키는 데 도움을 줄 수 있을까? 감각을 위나 아래를 향해 즉, 다른 층위로까지 확장하도록 해준 현미경, 망원경 등은 그를 통해 얻어진 부분이 감각적으로는 해석될 수 없기에, 본질적으로는 "체험" 될 수 없는 것이 아닐까? 그렇기에 (이렇게 말해도 된다면) 감각이라는 다섯 손가락을 가진 손을 더 활동적이고 더 정신적인 수단으로 발전시키는 예술가야말로 가장 결정적으로 개별 감각-영역의 확장에 기여하고 있다고 말하는 것은 그리 섣부른 추측은 아닐 것이다. 하지만 이러한 예술가의 기여를 증명하는 것은 기적 없이는 불가능하다. 예술가가 개인적 영역에서 얻은 것을 우리 앞에 펼쳐져 있는 일반적인 지도에 기록하는 일은 허락되지 않는다.

이렇듯 기이하게 분리된 영역들 안에서 시급하게 요구되는 결합을 산출해낼 수단을 찾아보려 한다면 이 회상기 첫 페이지에 나왔던 실험보다 더 유망한 것이 있을까? 필자는 이 글의 마지막에서 조심스럽게 그 실험을 다시 한 번 제안하는 바이다. 하지만 필자가 자유로운 판타지를 통해 무턱대고 그 실험을 수행하려는 유혹에 저항했었다는 것만큼은 인정해주면 좋겠다. 이렇게 오랜 세월이 흐르는 동안에도 계속 다시 등장하는 그 과제가 그만큼 필자를 구속해왔음이 너무도 분명해 보이기 때문이다.

소글리오에서, 1919년 성모승천일에

이 글을 통해 릴케는 모든 문학 가운데 가장 엄정한 기록을 포노그래프에 헌정했다. 비록 성모승천일에 쓰긴 했지만 "그는 시인이었고 불명료함을 싫어했다."[47] 그렇기에 그의 텍스트는, 1890년경 릴케의 물리 선생님이, 그것도 우연치 않게 오스트리아-헝가리 제국 군사학교에서 만들었던 장치의 재료들을 이렇게 하나하나 엄밀히 열거하는 것이다. 『미래의 이브*L'Ève future*』에 등장하는 에디슨이 확인시켜주듯, 1886년 포노그래프를 발명할 때 재료를 구하는 어려움은 없었다. 마분지, 일회용 종이 한 묶음, 옷솔과 양초 왁스만 있으면 "새롭고 무한하게 부드러운 현실의 지점"에 작용하기에 충분했다. 학생들은 물리 선생과 그의 지식, 학교의 훈육이 없기라도 한 것처럼, 그들 자신의 목소리만을 듣는다. 교육 체계에 의해 프로그램된 반응으로서의 단어와 대답이 아니라, 순수한 고요 또는 주의집중 속에 존재하는 실재로서의 목소리 자체를 말이다.

포노그래프에 의한 (이중적 의미에서의) "잊히지 않는" 소리의 저장은 릴케의 세속적 각성profaner Erleuchtung*의 전초에 불과했다. 매체 시대의 작가를 매료시킨 것은 읽기의 기술적 완성이 아니라 쓰기의 기술적 완성이었다. "실린더에 새겨진 기호들," 낯섦에서 모든 인간의 목소리를 넘어서는 생리학의 흔적들이다.

* 발터 벤야민이 사용한 개념으로 종교적인 깨달음이나 각성과 대비되는 세속적 깨달음을 의미한다.

물론 릴케는 뇌생리학자가 아니다. 에콜 드 보자르의 아마추어인 그에게 골격 구조의 비밀은 열렸을지 몰라도, 엑스너나 프로이트의 새로운 학문이 근거하고 있는 궤도는 열리지 않았다. 그런데 표본화되어 진열된 뼈대 중에서 릴케를 매료시켰던 것은 두개골이라 불리는 "가장 외적인 부분"이었다. 왜냐하면 그것이 "좁은 봉합 속에 있지만 경계없이 활동하는 최고의 과감함[두뇌]을 굳건히 보호하는" 것이기 때문이다. 릴케가 며칠이나 파리의 밤을 함께 보냈던 두개골은, 뇌생리학적으로는 용기容器에 다름 아니다. 이를 "세속적인 공간을 향해서는 철저하게 닫혀 있는 이 특별한 용기"라 부른 릴케는, 중추신경 체계의 관점에서 볼 때 "우리 자신의 신체는 외부 세계"에 다름 아니라는 생리학적 통찰을 반복하고 있을 뿐이다.[48] 슈레버의 유명한 정신의학자 플레히지히Paul Flechsig는 인간의 대뇌피질에는 신체의 모든 부분들을, 그 중요도에 따라 변용된 방식으로 신경학적으로 모사하는 "신체 지각 영역"이 있음을 증명했다.[49] 후기 릴케가 시의 과제란 출발점의 모든 데이터들을 "세계 내면 공간"으로 이동시켜 모사하는 것이라 말할 때도 이런 통찰을 따르고 있는 것이다. (여전히 철학자의 전능함을 믿는 문학 연구가들이 릴케의 세계 내면 공간이 후설의 영향을 받은 것이라 설명하고 싶어 하기는 하지만.)[50]

「근원-소음」은 1900년경의 문학이 어떤 부류의 동시대인을 중요하게 생각했었는지를 의문의 여지없이 보여준다. 인간 두개골을 바라보는 이 작가는 셰익스피어의 "햄릿"이나 켈러의 "푸른 하인리히"처럼 비관적 연상에 빠져드는 대신 촛불 아래서 포노그래프의 흔적을 본다.

신생아의 두개골에서는 벌어져 있던 틈[51]이 — 릴케가 사용한 엄밀한 해부학적 용어에 따르자면 — 나중에 전두골과 두정골로 합쳐져 자라나게 되는 곳에 어떤 흔적, 길, 홈이 남는다. 엑스너와 프로이트가 말하는 궤도가 두뇌에서 두뇌의 용기로 투사라도 된 듯, 훈련받지 않은 일반인의 눈으로도 이 봉합선에서 실재의 문자를 볼 수 있다. 귀요와 히르트 이래 뇌생리학자들은 두뇌의 궤도에서 거의 자동적으로 에디슨의 포노그래프를 떠올렸다. 따라서 기술에 밝은 작가가 그들의 뒤를 따르는 것은 당연하다. 하지만 릴케는 과학자들의 과감함을 일거에 뛰어넘는 결론으로까지 나아간다. 릴케 이전에는 그 누구도, 이 암호화한 적이 없는 궤도를 해독하자고 제안한 일이 없었다.

포노그래프가 생겨난 후부터 주체가 없는 문자들이 존재하기

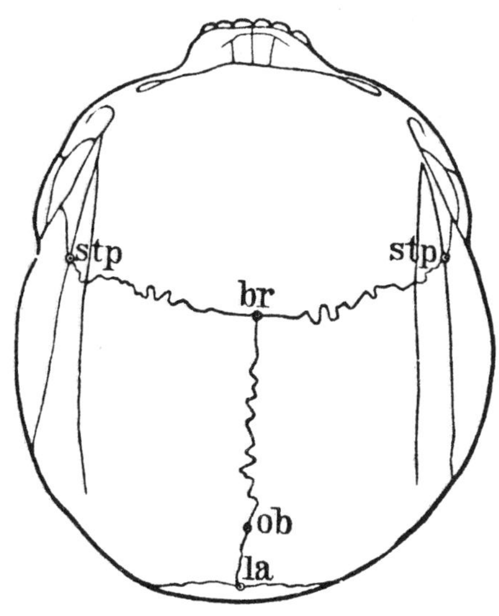

관상봉합선(stp~stp)

시작한다. 그 후로 모든 흔적에서 저자를 찾으려는 시도는 불필요해진다. 그 저자가 신이라 하더라도 말이다. 「심리학 초고」가 뇌신경에 기입된 지각 작용의 궤도만 염두에 둔다 하더라도, 해부학적으로는 순전한 우연인 봉합선에 그라모폰 바늘을 올리면 안 될 이유는 전혀 없었다. 그것은 문자 그대로의 일탈übertretung, 그것을 제안하는 단어들 자체가 전율을 일으키는 일탈이다. 생리학이 음향학이 되고, 자연이 기술이 되는 것이다. 릴케의 시대가 지적 능력, 정신박약, 성별, 천재성, 인종 등 모든 가능한 관점에서 두개골을 측정했다는 것은 잘 알려져 있다. 하지만 두개골을 음향이라는 매체로 변환시킨다는 것, 이는 글을 쓰는 손에 마침표와 물음표를 명령할 만큼 대담한 시도다.

관상봉합선을 재생시킬 때 흘러나오게 될 것, 이 이름 없는 근원-소음, 악보 없는 음악은 그 두개골이 망자를 불러내는 의식에 사용되는 것보다 더 기괴한 일이 되리라. 해부학적으로 우연에 지나지 않는 것이 소리가 된다. 절연재 셸락도 칠하지 않은 포노그래프 바늘이 산출해내는 음은 "소리를 시각적으로 번역한 것에서 나온" 것이 아닌, 그래서 절대적 전환 혹은 메타포이다. 이를 통해 작가는 자신의 고유한 매체인 문자와 정확히 맞서는 대립물, 곧 백색소음을 얻게 된다. 백색소음은 어떤 문자로도 저장할 수 없다. 데이터를 물리적 채널을 통해 전달하는 기술적 매체에는 원리적으로 소음이 동반된다. 그 소음은 영화에서 초점이 어긋난 화면이나 그라모폰 바늘 소음처럼 신호와 소음의 비율을 결정짓는다. 아른하임에 따르면 바로 이것이 모상을 산출해내기 위한 대가인 동시에 모상 산출의 결과이다. 왜냐하면 소음은 매체들이 통과해야만 하는 채널들에서 생겨나기 때문이다.

릴케의 「근원-소음」이 나온 지 5년 후인 1924년, 루돌프 로타어Rudolph Lothar는 『말하는 기계에 대한 기술적-미학적 시도』를 집필한다. "지금까지 예술 이론에 대한 글을 써왔던 철학자와 생리학자들은 포노그래프에 주목하지 않았다"[52]라는 그다지 정확하지 않은 전제 위에서 로타어는 새로운 미학을 제안한다. 그 미학의 핵심 문장들은 다름 아닌 유용한 신호와 소음 사이의 관계의 문제를 다루고 있다.

> 말하는 기계는 미학과 음악에서 특별한 위치를 차지한다. 그것은 우리에게 환상에 대한 이중 능력을, 두 방향으로의 환상을 요구한다. 말하는 기계는 기계적인 측면들을 듣지 않고, 보지 않기를 요구한다. 주지하듯 모든 음반은 소음을 동반한다. 향유하는 자로서 우리는 그렇게 동반되는 소음을 들어서는 안 된다. 극장에서 우리는 무대 바깥을 보지 말아야 하며 무대를 에워싸는 배경을 잊어버려야 한다. 무대 위에서 움직이는 인물들은 분장하고 의상을 갖춰 입은 배우들이며, 그들이 묘사하는 것은 그들이 실제로 체험한 것이 아니라는 사실을 잊어야 한다. 사실 그들은 극중 역할을 수행할 뿐이다. 그럼에도 우리는 그들의 모습을 실제인 것처럼 받아들인다. 우리가 극장에 있다는 사실을 잊어버려야만 무대 위의 예술을 향유할 수 있다. 이러한 "~인 것처럼"의 진리를 산출해내는 것이 우리의 환상 능력이다. 가수의 목소리가 나무로 된 상자에서 흘러나온다는 것을 잊어버려야, 동반되는 소음을 듣지 않아야, 무대의 바깥이 없는 것처럼 생각하듯 그 소음이 없는 것처럼 생각해야 비로소 말하는

기계는 예술의 지위를 얻게 된다.

다른 한편, 그 기계는 우리로 하여금 거기서 흘러나오는 소리에 신체를 부여하기를 요구한다. 예를 들어 유명한 가수의 음반이 작동할 때, 우리는 그가 서 있는 무대를 보고, 의상을 입고 그 역할을 하는 가수를 본다. 이렇게 우리의 내적인 기억과 연결될수록 음반은 더 큰 힘을 발휘할 것이다. 사람의 목소리만큼 강한 기억을 불러일으키는 것도 없다. 목소리가 그만큼 빨리 잊히기 때문일 것이다. 하지만 목소리에 대한 기억은 우리 속에서 사라지지 않는다—그 음색과 특징이 우리 무의식 속에 가라앉아 깨어나기를 기다리고 있을 뿐이다. 이러한 사정은 악기에 대해서도 마찬가지이다. 우리는 니키슈가 「다단조 교향곡」을 지휘하는 것을 보고, 크라이슬러가 바이올린을 턱에 대고 있는 것을 보며, 행진 악대가 지나가면서 햇빛 아래 트럼펫이 빛나는 것을 본다. 나무 상자와 그에 동반하는 소음을 잊고 소리에 가시적 배경을 주는 환상 능력을 가지려면, 음악적 감수성이 요구된다. 이제 우리는 포노그래프 미학의 핵심에 도달한다. 말하는 기계는 음악적인 사람에게만 예술적 향수를 줄 수 있다는 것이다. 음악가만이 모든 예술 향유에 필요한 환상의 능력을 가지고 있기 때문이다.[53]

공Gong*과 그 공명하는 주파수를 사랑했던 릴케는 아마 음악적 인간은 아니었을 것이다.[54] 릴케의 미학—「근원-소음」은 미와 예술 일반에 대한 그의 유일한 텍스트다—은 로타어가 그의 독자

* 청동이나 놋쇠 등으로 만든 원반형의 타악기.

와 축음기 청자가 갖고 있어야 한다고 말한 두 가지 환상을 전복시킨다. "모든 음반은 소음을 동반한다"는 사실에서 정반대의 논리가 귀결한다. 두개골의 봉합선을 재생시킬 때 생겨나는 것은 소음뿐이다. 소리의 시각적 번역에서 나오지 않은, 해부학적 우연으로 만들어진 기호들을 재생시킬 때는 환상을 통해 신체를 불러낼 필요가 없다. 소음이 산출하는 것이 신체 그 자체다. 불가능한 실재가 일어나는 것이다.

오락 산업이 전적으로 로타어의 편에 서 있다는 건 분명하다. 그러나 정교한 기술적 방법들을 동원해 릴케의 근원-소음을 지속하려는 실험들은 계속 있어왔고 지금도 그러하다. 문학과 음악에 소음을 도입하려 했던 몬드리안Piet Mondrian과 야수파의 연장선에서, 모홀리-나기László Moholy-Nagy는 이미 1923년에, "이전에 아무 음향이 존재하지 않던 음반에 일련의 문자를 새겨 넣어 음향 현상 자체가 생겨나게"[55] 하는 방법을 통해 "재생산 도구로서의 그라모폰을 생산 도구로 만들 것"을 제안했다. 이는 소리의 시각적 번역이 아닌 두개골에서 소리를 끌어내보자는 릴케의 제안과 정확하게 일치한다. 주파수 개념의 승리. "아마도 수천 년도 넘게 오래되었다"는 사실만으로도 그것을 따라야 할 이유가 전혀 없는 "음계"의 "협소함"[56]과는 반대로, 모홀리-나기의 새김문자는 매체에서 매체로의 무제한적 변환을 허용한다. 임의의 그래피즘들이 각기 서로 다른 소리를 낼 것이다. 몬드리안의 회화를 지배한 것이 그러한 그래피즘이었던 건 우연이 아니다. 모홀리-나기라는 실험자가 "완전히 상이한 (동시에 울리거나 따로 울리는) 음향적 현상들의 그래픽적 기호 연구"를 요구하고 그를 위해 "프로젝션 장치" 또는 "영

화"가 필요하다고 말한 것도 이 때문이다.[57]

이렇게 아방가르드 예술가들과 엔지니어가 일심동체가 된다. 모홀리-나기의 새김문자가 등장한 것과 거의 같은 시기에, 매체들의 최초의 산업적 결합이라 할 유성영화를 제작하기 위한 첫번째 계획이 수립되었다. "보크트 씨와 엥겔, 마졸레 박사의 발명품인 말하는 트리-에르곤-영화Tri-Ergon-Film"는 "매우 복잡한" 매체 변환 과정을 거쳐야 했는데, 로렌츠 주식회사가 수백만 달러를 투자하여 비로소 실현될 수 있었다.[58] "발명가는 그에 대해 이렇게 이야기한다. 장면에서 나오는 음향 파동이 전기 신호로 변환되고, 전기 신호는 다시 빛으로, 빛은 음화와 양화 필름을 은흑색으로 변환시키고, 필름의 흑색 부분이 다시 빛으로 바뀌며, 이것이 다시 전

그라모폰 레코드(사진: 모홀리-나기)

GRAMMOPHON

기 신호로, 그리고 마침내 이 전기 신호가 일곱번째 변환을 거쳐 미약하게 그 음향을 재생하는 진동판의 기계적 움직임으로 변환된다."[59]

주파수는 그 주파수를 담지하는 매체가 무엇인가와는 전혀 상관없이 늘 주파수로 남는다. 음정과 행성 궤도 사이의 상징적 상응—천체의 하모니로서 [키케로의] 『스키피오의 꿈*Scipios Traum*』이 그러하듯—을 대신하여 실재계에서의 배열이 등장한다. 음향적 사건을 이미지 시퀀스와 동시화하고 저장하고 재생산하기 위해 유성영화는 음향적 사건을 일곱 차례 서로 다른 담지체 사이를 방황하게 한다. 모홀리-나기의 음반 새김문자는, 그의 말에 따르면 "새로운 기계적 조화"를 산출할 수 있다. "개별 그래픽 기호를 검토하고 그 관계들을 법칙화시킴으로써 말이다. 여기서 오늘날에는 아직 유토피아적으로 들릴 생각을 이야기해볼 수 있겠다. 엄밀한 관계 법칙에 따라 그래픽적 묘사를 음악으로 변환하는 것이다."[60]

하지만 이 생각은 쓰여지기도 훨씬 전에 더 이상 유토피아적인 것이 아니었다. 모든 연속 함수를 (음의 함수도 포함해서) 순수한 사인 곡선의 합으로 변환시키는 일이 헬름홀츠와 에디슨 이전, 푸리에에 의해 이루어졌기 때문이다. 구형파矩形波도 아무 문제없이 푸리에-분석의 피가수被加數로 사용될 수 있음을 밝힌 월시Joseph L. Walsh의 증명은 모홀리-나기와 거의 동시대에 이루어졌다. 덕분에 1964년 전기 기술자로서의 재능과 "모듈의 반복이라는 미국식 악덕"[61]을 갖춘 로버트 무그Robert A. Moog가 등장하여 지상의 모든 음악 스튜디오와 록 밴드들에게 신디사이저를 선사할 수 있게 된 것이다. 감산적으로, 다시 말해 필터를 통해 주파수를

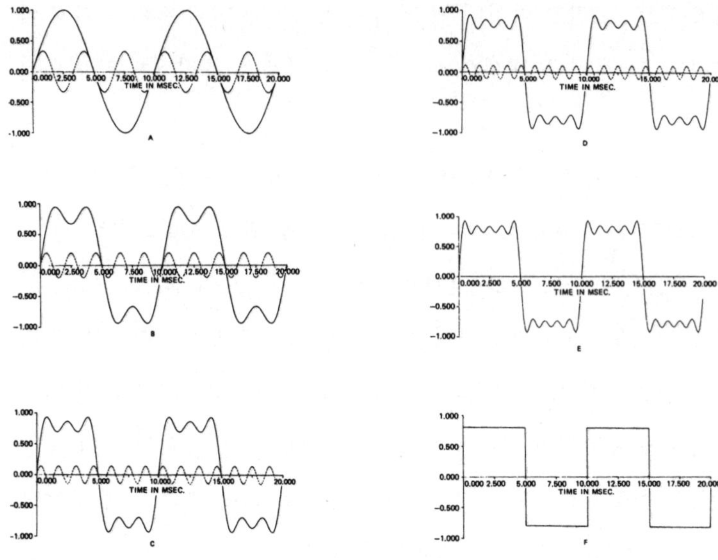

구형파 푸리에 합성

조정함으로써 이루어지는 사운드 합성, 실제로 그래프로 그려진 엄밀한 관계 법칙들(사각형, 톱니 모양, 삼각형, 그네 모양, 나아가 사인 곡선들)을 모홀리-나기와 몬드리안이 꿈꾸었던 음악으로 변환시킨다.[62]

포노그래프에 "어딘가에서 접하게 되는 다양한 종류의 선들을 바늘 아래 밀어 넣어 한번 실험"해보고, "이렇게 변환됨으로써 다른 감각 영역으로 스며들어간 그것을 느끼"기 위해 이런 식으로 그 윤곽을 끝까지 좇아보자던 릴케의 간절한 요구는, 진동기록기 모니터와 증폭기가 결합함으로써 서서히 충족되게 된다.

하지만 이뿐만이 아니다. 보코더, 1942년에서 1945년 사이 벨 연구소의 섀넌Claude Shannon과 영국 첩보부의 튜링이 개발해

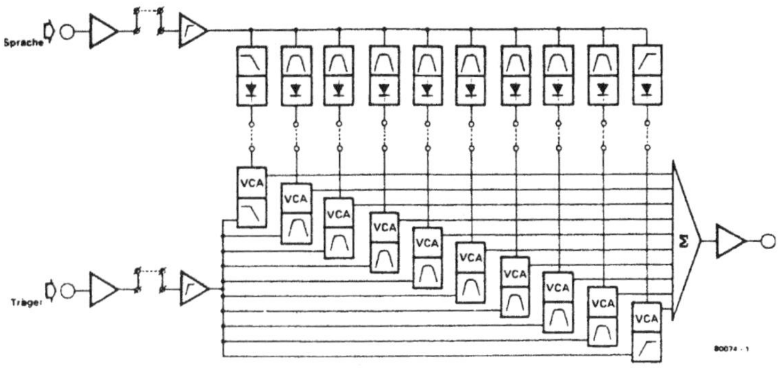

아날로그 보코더 회로도: 아래쪽 신호 회로는 합성부, 위쪽 신호 회로는 분석부이다. 분석부의 저주파, 고주파 필터는 입력 신호, 예를 들면 "언어"를 압축시키는 반면, 대역 필터는 가청 영역을 개별적인 부분 주파수 대역으로 분해한다. 이 분해에서 나온 출력 신호가 포락선包絡線을 이루는 출력 신호의 방향을 따라—두 가지 신호 회로 중 임의적으로 선택되는 전환매트릭스를 통해—합성부에 있는 전자유도 증폭기(VCA)를 조작한다. 그 이전에 합성부의 주파수 대역 필터의 입력 신호 또는 "담지체"가 개별적 부분 주파수 대역으로 분해된다. 이를 통해 최종적으로 보코더의 출구에서 목소리(vox)가 악기음으로 생성되어 나온다.

런던의 처칠과 워싱턴의 루스벨트 두 전쟁 당사자들 사이의 대륙 횡단 전화 통화가 카나리스Wilhelm Canaris와 독일군에게 도청되지 않게 만들었던 이 기적의 무기는,[63] 제2차 세계대전 시기에 제작된 다른 많은 전기 기계들과 마찬가지로 대량생산되어 팝 음악 전체를 주름잡으며 이름을 떨치게 된다. 보코더는 임의적으로 선택 가능한 음향 데이터 흐름 B, 예를 들어 가수의 목소리를 다른 일련의 사운드 시퀀스 A의 증폭라인(포락선)으로 코드화시킨다. 그러면 이 포락선이 전환매트릭스Schaltmatrix를 통해 그것을 자유로운 조합의 주파수로 변조하는 것이다. 예를 들어 로리 앤더슨의 전자 바이올린의 경우 440~550Hz 사이의 1/3옥타브 밴드가 우연하게도 1760~2200Hz 사이의 1/3옥타브 밴드에 있는 그녀의 목소리에 완전히 싱크되는 사이에, 세번째 1/3옥타브 밴드가 그녀의 노래를, 네번째 1/3옥타브 밴드가 바이올린을 조정하는 식이다. 근원-소음이 해부학적 윤곽선을 따르거나 음이 몬드리안의 그래픽을 따르는 것이 아니라, 동일한 것이 동일한 것을 원격 조정한다는, 다시 말해 한 음향이 다른 음향을 원격 조정한다는 역설이 실제 사건이 되는 것이다.

튜링은 자신의 보코더를 시험하기 위해, 방문객들에게 먼저 윈스턴 처칠의 호전적인 목소리가 담긴 음반을 들려준다. 그러고 나서 그 단절적인 혹은 분절된 신호 샘플을 모듈 추가기를 통해 소음발생기와 혼합시킨다. 그러면 영국군 장교들은 그들의 수상이자 최고 명령권자의 담화가 백색소음(근원 소음이라 쓰지는 않더라도)이 되어 스피커를 울리는 것을 듣게 된다. 의미심장하게도, 튜링의 보코더는 성경 「사사기士師記」에 등장하는 인물인 데릴라라고 불렸다. 그녀는 난세의 영웅 삼손을 꾀어 그의 비밀 약점을 알아낸다. 하지만 조립자로서 튜링의 기술은 현대의 정치 담화의 비밀이 훨씬 심각한 것임을 드러냈다. 그것은 "완전히 균일하고 아무 정보도 없는 쉭쉭거리는 소리"[64]로, 영국군 장교의 귀에도, 독일 측의 도청장치에도 어떤 규칙성의 발견도, 따라서 어떤 이해 가능성도 허용하지 않는다. 수신자 측에 있는 보코더를 두번째로 작동시키면 그 쉭쉭거리는 소리는 다시 처칠의 본래 목소리로 되돌아간다.

이것이 오늘날, 릴케가 멋지게 표현한 "한 감각의 질서를 다른 감각과 구분하는" "심연"으로부터 벌어진 상황이다. 오늘날의 매체연합 네트워크에서는 알고리듬으로 정식화된 한 정보 흐름이 그 모든 심연을 뛰어넘을 수 있다. 한 매체에서 다른 매체로 모든 종류의 변조가 가능하다. 라이팅 콘솔에서는 음향 신호가 시각 신호를 조정하고, 컴퓨터 음악에서는 기계언어 신호가 음향 신호를 조정하며, 보코더에서는 청각 데이터가 다른 청각 신호를 조정한다. 뉴욕의 디제이는 모홀리-나기의 신비주의적 그래피즘으로 스크래치 음악을 만들어낼 수도 있다.

축음기, 영화 그리고 타자기라는 세 개의 기술적 근원 매체가 음향과 광학, 문자를 서로 처음으로 분화시켰던 이 매체 태동기에 릴케의 공식은 비로소 진단으로서의 날카로움을 얻게 되었다. 마치 오늘날의 매체연합 체계를 예상하고 있었던 것처럼, 릴케는 "서로 기이하게 분리된 영역들을 결합시켜줄 수단"을 찾고 있었다. 바로 그 때문에 "오감 모두가 동등하게 시의 발생에 참여하는 듯 보이는 아라비아 시," 그리고 철자의 물질성을 향유할 수 있는 캘리그래피적으로 훈련된 눈에 관심을 가졌던 것이다. 바로 그 때문에 "시각만"이 홀로 저자와 남성, 그리고 특히 여성 독자들을 위압하던 — 제대로 읽어야만 단어들에 의해 실제의 가시적 세계가 환각되어 나타날 수 있었기에 — 괴테 시대의 문학에 대해 역사적으로 정확한 비판이 가능했던 것이다. 바로 그 때문에 괴테 시대의 작가들이 "주의를 기울이지 않던 청각적 감각"에 대한 음향학의 "기여도"를 강조하려고 서정적이면서도 과학적인 두개골 봉합선 축음기를 제안했던 것이다.

성모승천일에 베르겔Bergell 산의 고독 속에서 이 제안을 종이에 기록하기 전, 릴케는 그에 대해 한 여성에게 이야기한 바 있다. 동시에 일어날 수 없는 것의 동시성. 한쪽에는 감각 매체의 "확장" 또는 조합에 있어 "과학자들의 작업"을 훨씬 뛰어넘는 작가가, 다른 한쪽에는 두개골 봉합선 축음기를 "사랑"과, 그리고 그 사랑을 — "시라는 숭고한 실제"에 대한 증언으로서 — 시와 혼동하는 한 여인이 있다. 책이라는 매체가 아무런 논란이나 경쟁자 없이, 모든 감각 데이터 흐름의 저장과 통합을 시뮬레이션할 수 있는 동안에는, 사랑은 문학이고 문학은 사랑이었다. 이것이야말로 여성 독자의 승천이 아닌가.

하지만 학교에서 철학이 아닌 물리학을 배웠던 작가는 모순을 범하고 있다. 사랑에 의한 감각 데이터 흐름의 결합은 "지속성"이 결여되어 있다. 그것은 어떤 저장 매체를 통해서도 기록될 수 없다. 나아가 사랑은 "모든 개별성"을 삭제한다. 다시 말해 어떤 실재계도 사랑이라는 필터를 통과하지 못한다. 때문에 사랑은 이 시인에게 "도움이 되지 않을 것이다." "시인은 저 무수한 개별성들이 현재적이어야 한다. 그는 감각의 절단면들을 그 넓이에 따라 활용하기를" 요청받는다. 다시 말해 매체기술자 중의 매체기술자가 되도록 요청받는다는 것이다.

1912년 마리네티Filippo Tommaso Emilio Marinetti의 「미래주의 문학을 위한 기술적 선언」에는 분자군分子群과 전자 소용돌이가 여성의 웃음이나 울음보다 훨씬 더 자극적이라는 문장이 있다.[65] 다른 말로 하자면, 문학이 에로티시즘을 넘어 예측통계학으로, 붉은 입술을 넘어 백색소음으로 나아간다는 것이다. 마리네티의 분자군과 전자 소용돌이는, 인간의 눈으로 볼 수 있는 유일한 브라운 운동의 사례인 태양광 입자의 춤을 말하는 것인데, 실제로는 브라운 운동은 모든 채널에 존재하는 소음이다. 릴케 이후 감각의 개별 질서들 사이의 "심연들"은 "너무도 광대하고 흡인력이 강해서 우리 앞에 놓인 세계의 더 큰 부분—얼마나 많은 세계들이 있는지 누가 알겠는가—을 그냥 휩쓸어가버린다." 그렇기에 릴케처럼 감각 데이터 흐름의 모든 개별성들을 두뇌 또는 문학이라 불리는 세계 내면 공간에 기입하고, 이 유일한 용기 위의 궤도를, 근원-소음인 그 궤도를 축음기로 재생하려는 작가들에게 사랑은 아무 도움도 되지 못하는 것이다.

축음기, 문자화 그리고 새로운 에로티시즘—이것은 1907년, 릴케의 글보다 약 10년 앞서 모리스 르나르Maurice Renard가 단편소설에서 묘사했던 배열이다. 릴케가 두개골 봉합선에서 보았던 것을, 르나르의 소설 속 작곡가 네르발은 조가비의 속삭임에서 듣는다. 이 조가비는 릴케의 두개골처럼 에디슨의 기술적 장치에 대한 생리학적 모델에 다름 아니다. 30년 후 폴 발레리Paul Valéry가 거의 같은 제목의 글에서 조가비를 자연이라는 예술가의 건축적 작품으로 찬미했다면,[66] 르나르는 중추신경계 자체, 곧 조가비, 귓바퀴, 사운드의 미로에 머무른다. 장치가 중추신경계의 기능들을 넘겨받은 이후로는 소음이 피에서 유래하는지, 세이렌에게서 오는지, 귀 자체에서 나오는지, 바다의 여신 암피트리테에게서 오는 것인지 누구도 말할 수 없게 된다.

100　모리스 르나르, 「한 남자와 조가비」(1907)*

"[……] 너무도 비밀스러운 사악함으로 가득한
그 형태가 감히 귀를 기울이게 한다."
— 앙리 드 르니에, 「그 자신의 이야기」

그 조가비를 원래 있던 자리에 놓으시오, 의사 양반. 그걸 귀에 대지 마시오. 당신 피의 소음을 바다의 소음과 혼동하게 될 뿐이니. 그 조가비를 제자리에 놓으시오. 우리가 무덤에 묻은, 우리의 그 위대한 음악가도 조가비의 입이 말하는 것을 듣는 그런 어린애 같은 실수를 저지르지만 않았어도 아직 살아 있었을 거요…… 맞소. 당신 환자 네르발 말이오…… 울혈이라고요? 그럴지도 모르지. 하지만 난 그렇게 생각하지 않소. 그 이유를 이야기해보겠소. 어느 누구에게도 이야기하지 않겠다면 말이오.

사고 전날인 지난 수요일 밤, 나는 네르발의 집에서 함께 식사를 했소. 지난 20년간 매주 수요일 친한 친구들이 거기서 모이곤 했지. 처음에는 다섯이었는데, 그날은 처음으로 우리 둘뿐이었소. 다른 이들이 뇌졸중, 전염성 독감, 자살로 세상을 뜨고 나자 네르발과 나, 그렇게 둘만 남게 된 거요. 예순 살쯤 되면 그런 상황에서 즐거움을 느낄 일은 없어지는 법이라오. 이제는 누가 다음 차례일까 묻게 되니까. 그날 식사 자리는 장례식장처럼 침울했소.

* 프랑스어 제목은 la mort et le coquillage로, "죽음과 조가비"이다. 조가비의 독일어 번역어인 Muschel은 "귓바퀴" "수화기"를 의미하기도 한다.

위대한 내 친구는 침묵하고 있었지. 난 그의 기분을 풀어주려고 갖은 노력을 다 해보았다오. 아마 그는 내가 모르는 다른 죽음들을 슬퍼하고 있었던 것 같소. 비밀로 해야 한다는 것 때문에 더 씁쓸한 그런 죽음들을……

그는 정말 다른 죽음들을 슬퍼하고 있었소.

우리는 그의 작업실로 갔소. 열린 피아노 위에 그가 작곡하던 악보 첫 페이지가 펼쳐져 있었소.

"어떤 곡을 만들고 있나, 네르발?"

그는 손가락을 들고는, 침울한 선지자가 신의 도래를 고지하듯 말했소.

"암피트리테*지."

"암피트리테! 드디어! 수년간 자네가 벼르고 있던 것 아닌가?"

"로마 대상大賞을 받고 나서부터였지. 나는 기다리고 또 기다렸네. 무르익을수록 더 좋은 작품이 되니까. 나는 이 작품에 내 평생의 꿈과 경험들을 쏟아 붓고 싶었네…… 이제 그때가 된 것 같네……"

"교향시인 것 같군. 그렇지……? 작품에 만족하나?"

네르발은 고개를 저었소.

"그렇지 않네. 여기 이 부분까지는 그럭저럭 나왔는데…… 아무리 해도 생각이 더 나아가질 않네……"

그러고는 서곡인 「포세이돈의 행렬」을 진정 거장답게 연주

* 그리스 신화에 등장하는 바다의 여신.

했소. 의사 양반, 당신도 그 연주를 좋아하게 될 것이오. 놀라운 작품이니까!

"들어보게." 네르발이 기이하고, 처음 들어보는, 매우 광포한 화음을 연주하면서 내게 말했소. "이 트리톤의 팡파르까지는 괜찮은 편이지……"

"정말 훌륭하네." 내가 대답했소.

"하지만 그게 전부라네. 뒤에 이어지는 코러스는…… 실패야. 코러스를 쓰면서 무력감을 느낀다네…… 너무도 아름답지. 하지만 더 알 수 없다네…… 피디아스가 조각을 완성했듯이 코러스를 작곡하고, 그걸 파르테논으로 만들어야 하는데, 그렇게 간단한 것을…… 그런데 도무지 더 알 수 없단 말일세…… 아!" 그리고 갑자기 소리를 질렀지. "이렇게 끝나는 것인가 나는……"

"하지만 네르발," 나는 그에게 말했소. "자네는 가장 유명한 작곡가 아닌가."

"내가 여기서 끝이라는 데 대해 다른 사람들이 무얼 알겠는가? 자네 같은 평범한 자들은 행복할 수 있겠지. 평범한 자들은 어느 정도만 되면 만족하니까 말이야. 유명하다고? 이 모든 고뇌 앞에서 찬란한 명예가 무슨 소용이란 말인가!"

"정상에는 늘 구름이 끼기 마련이지 않은가!"

"그만하게." 네르발은 다시 말하기 시작했소. "위로는 그만두게나! 지금은 비탄을 위한 시간이니, 자네가 괜찮다면 고통에 우릴 온전히 맡겨보세나. 우리에겐 죽어간 친구들을 애도해야 할 의무가 있지 않나."

이런 수수께끼 같은 말을 하고 그는 책상 아래서 축음기를 끄집어냈소. 나는 그가 무엇을 하려는지 즉시 알아차렸소.

의사 양반, 당신도 짐작할 수 있을 거요. 축음기가 연주한 건 파레가 지휘하는 공화국 군악대의 「인형」 메들리가 아니었소. 완벽하게 만들어져 소리가 잘 울리고 흠 없는 이 장치에는 실린더 몇 개가 걸려 있었을 뿐이오. 그런데 그것이 말을 했소……

그렇소, 당신이 생각하는 바로 그거요. 지난 수요일, 죽은 자들이 우리에게 말을 했소.

두려웠지. 동으로 된 목청과 무덤 저편에서 오는 죽은 자들의 목소리가! 이건 사진, 그러니까 영화 같은 애매한 것이 아니었소. 그것은 목소리 그 자체였소, 부패와 해골과 무無까지도 넘어 살아 있는 목소리 말이오……

작곡가는 난롯가에 놓인 의자 깊숙이 몸을 뉘었소. 그러고는 저승으로 간 우리 동료들이 깊은 무덤 속에서 말하듯, 깊은 제단에서 오는 다감한 목소리를 고통으로 일그러진 얼굴로 듣고 있었소.

"네르발, 과학이 좋은 점도 있군그래. 우릴 놀라게 하고 감정을 북돋우는 원천인 예술에 가까워지고 있으니."

"그렇지. 망원경 성능이 좋아질수록 별들의 숫자도 더 늘어나겠지. 그런 면에서 과학도 좋은 점이 있다는 건 분명하네. 하지만 우리 시대의 과학은 아직 무르익지 못했네. 과학은 우리 후손들에게나 유용하게 될 걸세. 이 새로운 발명들의 도움으로 그들은 우리 시대의 얼굴을 보고, 우리 세대가 만든 소리를 들을 수 있게 될 테니까. 우리를 위해 유리피데스의 아테네를 스크린에 투영하거나, 사포의 목소리를 들려주게 될지 누가 알겠나?"

그는 조금 기운이 난 듯 별생각 없이 벽난로에서 주워 든 큰 조가비를 만지작거리기 시작했소.

나는 그 물체가 마음에 들었소. 그게 그의 기분을 풀어줄지도 모른다고 생각했소. 과학의 발전이라는 역설적인 주제가 그를 즐겁게 해줄 거라 예감했기에 이렇게 말을 꺼냈소.

"그렇게 절망할 필요 없네. 때로 자연은, 자연을 모방만 하는 과학보다 앞서가는 걸 즐기고 있으니 말일세. 사진을 생각해보게나! 덕분에 온 세상이 박물관에서 노아의 홍수 이전의 생물, 예를 들면 브론토사우르스의 흔적을 볼 수 있고, 땅에서는 이 생물이 지나가면서 남긴 호우의 흔적들도 알아볼 수 있지. 이게 바로 선사시대의 스냅사진 아니겠는가!"

네르발은 조가비를 귀에 가져갔소.

그러고는 말했소. "아름답군, 이 청진기의 소음은 그것을 발견했던 바닷가를 떠올리게 하는군. 살레르모 섬이었지…… 오래되고 몰락해가고 있는."

나는 그 기회를 놓치지 않았지.

"이보게 친구, 자네 그거 아나? 죽어가는 존재의 눈동자는 그것이 본 마지막 영상을 담고 있다고 하더군. 이 귓바퀴처럼 생긴 조가비가 위기의 순간에 들었던 소리를, 고통스럽게 죽어가는 연체동물의 소리를 저장했다면 어떨까? 이 조가비가, 마치 축음기처럼, 그 소리를 껍데기의 분홍빛 입술을 통해 우리에게 들려준다면? 아마도 자네는 수백 년도 더 된 홍수의 파도 소리를 들을 수 있지 않겠나?"

네르발은 자리에서 일어나 명령이라도 내리듯 내게 입을 다물라는 몸짓을 했소. 흔들리는 그의 눈이 심연을 본 것처럼 크게 열렸소. 그는 조가비의 쌍뿔 모양의 작은 구멍을 귀에 대고는 마치 미스터리의 문턱에서 무엇인가를 엿듣는 듯했소. 최면적인 황홀경에 사로잡힌 듯 그의 몸이 굳어버렸소.

내가 수차례 요구하고 나서야 그는 마지못해 조가비를 건네주었소.

처음에는 거품이 부글거리는 듯한 소리만 들렸지만, 조금 있으니 가까스로 광활한 바다의 소란스러움이 들려왔소. 무엇 때문인지는 모르겠으나, 그 바다가 매우 푸르고 고풍스럽다는 느낌이 들었소. 갑자기 여인들의 노랫소리가 스쳐 지나갔소. 초인간적인 여인들이 광기에 빠진 여신의 외침처럼 광폭하고 희열에 차 부르는 송가가…… 그렇소. 의사 양반, 그건 외침이면서 송가였지. 그건 키르케가 결코 들어서는 안 된다고 경고했던 바로 그 위험한 노래였소. 선원들이 갤리선 기둥에 몸을 묶고 왁스로 귀를 막아야만 했던 그 노래 말이오. 하지만, 정말 그것만으로 위험에서 벗어나는 게 가능했을 거라 생각하오?

나는 계속 그 소리를 들었소.

바닷속 존재들이 조가비의 깊은 심연 속에서 차츰 멀어져갔소. 그런데 매분 같은 장면이 반복되었소. 마치 축음기가 돌아가듯, 결코 멈추지도 약해지지도 않으면서 감각을 교란시켰소.

네르발이 내게서 조가비를 낚아채더니 피아노 앞으로 달려가 앉았소. 그는 한참을 관능적인 여신들의 외침을 기록하려고 애를 썼다오.

하지만 새벽 2시가 되자, 그는 포기하고 말았소.

방 안은 새까맣게 칠해지고 찢겨진 악보로 가득했지.

"보았나, 똑똑히 보았나!" 그가 내게 말했소. "이렇게 불러 주는데도 코러스를 악보에 옮길 수 없다네……!"

그는 다시 털썩 의자에 주저앉았소. 아무리 애를 써도 그가 이 파이안의 독에 귀를 기울이는 것을 그만두게 할 수 없었소.

새벽 4시경, 그가 몸을 떨기 시작했소. 나는 제발 몸을 좀 누이라고 애원했소. 그는 고개를 흔들더니 눈에 보이지 않는 소용돌이에 빠져드는 듯했소.

5시 반경, 네르발은 벽난로 대리석에 머리를 부딪치며 쓰러졌소. 즉사였지.

조가비는 산산이 부서져버렸소.

치사성 있는 향수나 독을 탄 음료수처럼 귀에 작용하는 독 같은 게 있다면 믿을 수 있겠소? 지난 수요일의 음향 시연 이후로 내 상태도 그다지 좋지 않다오. 이제 내 차례인 것 같소…… 불쌍한 네르발……! 그가 울혈로 사망했다고 말했던가? 의사 양반…… 그가 죽은 이유가 세이렌의 노래를 들었기 때문이라면 어쩌겠소? 왜 웃는 것이오?

그라모폰과 전화기

판타지 소설의 마지막 문장으로 이보다 더 나은 질문들도 있었을 것이다. 르나르의 판타지는 이렇게 매끈하고 우스꽝스럽게 기술적 사용자 매뉴얼이 되어버린다. 1902년 알프레트 파르처 뮐바

허Alfred Parzer-Mühlbacher는 『현대의 말하는 기계(포노그래프, 그라포폰, 그라모폰)와 취급 및 사용 설명서』에 대한 첫번째 독일어 책에서 그라포폰Graphophon—컬럼비아 사가 등록한 이 레이블 이름을 르나르도 사용한다—이 모든 "기억"의 "아카이브와 콜렉션"을 구축할 것이라고 장담한다.

> 오래전 세상을 떠난 소중한 이들, 사랑하는 친구들과 유명인들이 시간이 지난 후에도 살아 있을 때의 생생함과 따뜻함을 지닌 목소리로 우리에게 말을 한다. 왁스 바른 실린더를 통해 우리는 행복했던 젊은 시절로 되돌아간 것처럼 느낀다. 우리보다 앞서 살았던, 우리가 전혀 알지도 못하고 역사를 통해서만 이름이 전해오는 수많은 사람들의 목소리를 듣는다.[67]

르나르의 1인칭 화자는 죽은 친구들의 목소리를 포노그래프로 녹음하는 것이 "영화로 촬영된kinematographische" 영원화를 뛰어넘는다고 단언하며 "관심 있는 이들을 위한 실용적 지침"을 상세히 설명한다. 목소리를 통해, 상상계에 있는 흑백의 도플갱어 대신 실재계의 신체가 등장한다. 실재계의 척도는 부패 혹은 해골이라는 완곡어법 이상을 허용한다. 친구들뿐 아니라 "역사를 통해서만 이름이 전해오는" 죽은 자들까지 다시 불러내는 일이 원리적으로 가능해지는 것이다. 기술적 매체가 죽은 자들을 저장된 데이터의 기술적 산물로 만듦으로써 이 둘 사이의 유사성을 보증한다면, 신체의 경계들은 죽음과 쾌락, 이 가장 지워지지 않는 기호들을 묻어버린다. 르나르에 의하면 눈은 자신이 본 마지막 장면을 스냅사진처럼 보존하고, 베네딕트Benedict와 리보Ribot[68]의 과학적-심리학적 규정에 따르면 그것을 슬로 모션 영상으로 저장한다. 정확히 그에 상응하여, 조가비에서 나오는 소리가 조가비가 겪은 죽음의 고통만을 재생산한다면, 완전히 죽어버린 신과 여신 들이 음향적으로 현전하게 될 것이다. 르나르의 허구적 작곡가가 소리를 듣는 조가비는 자연의 바닷가에서 발견된 것이 아니다. 그것은 그 작곡가를, 시간의 간극을 넘어, 담론 이전의 고대와 접속시키기 위한 전화 혹은 장거리 전화의 수화기를 대변한다. 그 수화기에서 들려오는 소리는 릴케의 근원-소음이지만, 그것은 또한 벌거벗은 섹슈얼리티, "관능적인 여신들의 외침"이다. "분홍빛 입술"과 "쌍뿔 모양의 작은 구멍"이 해부학적으로 의미하는바, 그리고 그 출현을 경험했던 늙은 남자의 죽음이 그를 의심의 여지없이 보여준다.

그러므로 르나르의 단편은 그라모폰과 전화기라는 조건 아래 다시 쓰이기 시작한 일련의 문학적 판타지의 출발이다. 여기 등장하는 것은, 켈러에 의하면 쓰디쓴 땅이 더 이상 솟아 올리지 않는 달콤한 여자들의 이미지가 아니다. 그것은 에로틱한 부분대상 Partialobjekte*으로 새롭게 부상하는 목소리의 공세다. 카프카는, 구식 연애편지를 전화기와 팔로그라프Parlograph**의 기술적 접속으로 대체하자고 그가 제안한 바 있는 애인에게 꿈 이야기를 담은 편지를 보낸다.[69]

* 프로이트가 제시한 용어로, 외부 대상을 통일적으로 종합할 능력이 없는 유아는 어머니에 대해 젖가슴, 입, 배설물 등의 개별 대상을 통해 관계를 맺는데 이를 부분대상이라 한다.

** 발명가 겸 엔지니어였던 칼 린트스트룀이 판매했던 축음기.

많이 늦었소, 사랑하는 이여. 잠을 잘 자격은 없지만 이제 자려고 하오. 아니 잠을 자기보다는 꿈만 꾸려고 해요. 어제 그랬던 것처럼. 어제 나는 꿈속에서 다리 혹은 난간을 향해 달려갔어요. 거기에 우연히 전화 수화기 두 대가 놓여 있었는데, 난 그걸 귀에 대고는 계속 "폰투스"의 소식을 듣기만을 기다렸어요. 하지만 전화기에서는 슬프고도 강렬한, 무언의 노래와 바다의 소음 말고는 아무것도 들리지 않았어요. 나는 사람의 목소리로는 이 소리들을 뚫고 나갈 수 없으리라는 것을 깨달았지만, 그 자리를 떠나지는 않았어요.[70]

"폰투스"의 소식 — 이것은 게르하르트 노이만Gerhard Neumann이 지적하듯,[71] 기술 시대 이전 연애편지 문학의 정수인 오비디우스의 흑해 귀양 시절의 소식이었다.* 전적으로 여성들에 의해 쓰여지거나 수신되었던 편지들 대신, 이제 모든 대화 그리고 모든 개인들에 앞서는 소음이 전화기와 더불어 등장한다. 1930년 장 콕토Jean Cocteau가 쓴 전화 단막극 「사람의 목소리La voix humaine」에서 전화 회선 양쪽으로 연결되어 있는 남녀는 그들의 오래된 연애편지를 불태우기로 결심한다.[72] 새로운 에로티시즘은 카프카가 같은 편지에서 "사람"이 "절대 이해할 수 없다"[73]고 말한 그라모폰의 에로티시즘과 다를 바가 없게 된다. "전화 통화는 만남Rendez-vous과 연애편지의 중간을 차지하고 있다."[74] 전화 통화는, 첫째는

* 그리스어로 폰투스Pontus는 바다 혹은 흑해를 뜻한다. 고대 로마의 시인 오비디우스는 흑해로 귀양을 떠나 살면서 『폰투스로부터의 편지』를 썼다.

생리학적으로 "사람의 목소리"를 투명하게 통과되지 못하게 함으로써, 둘째는 예를 들어 카프카의 『성』에서 "끊어지지 않는 전화 통화"를 "소음과 노래"로 축소시켜버리는 수많은 병행적 대화들의 중첩을 통해 단어들의 의미를 잉여화시킨다.[75] 그렇게 르나르의 단편에서는 존재했던 모든 여신들과 세이렌의 목소리가 중첩되어 백색소음이 되어버렸던 것이다.

카프카가 꾸었던 꿈이 정보기술적 차원에서 정확한 형태의 전화 통화였음은 의심의 여지가 없다. 이 꿈을 꾸기 4일 전 카프카는 『가르텐라우베*Gartenlaube*』[76]라는 잡지 1863년판에서 필립 라이스Johann Philipp Reis가 최초의 전화 실험들에 대해 쓴 글을 읽었다. 「음악전보Der Musiktelegraph」라는 제목에서 알 수 있듯 그때 만들어진 장치는 말을 전달하지는 못했지만 카프카가 꿈에서 보았던 전화 수화기처럼 음악을 전달하는 데는 성공했다.[77]

프로이트 이후 정신분석은 부분대상들의 목록을 작성해왔다. 첫째, 신체로부터 분리될 수 있고, 둘째, 성별 분화 이전의 충동을 자극하는 것들로, 젖가슴, 입, 배설물이 해당된다. 라캉은 여기에 두 가지 부분대상을 추가했다. 목소리와 시선이다.[78] 이것이 매체시대의 정신분석인바, 극장이 분리되었던 시선을 처음으로 되돌려주고, 전화기가 분리되었던 목소리를 처음으로 전달해주게 된 것이다. 콕토의 「사람의 목소리」 같은 연극이 그 이후에 등장할 수밖에 없었던 것은 당연하다.

매체가 이런 부분대상들을 선전하는 것인지, 아니면 거꾸로 부분대상들이 통신을 선전하는 것인지 불분명하긴 하지만, 정보채널의 기능이 전략적이 될수록 그 이용자들을 동원하는 것은 점점 — 적어도 양차 대전 시기에는 — 필수적이 된다.

1980년 디터 벨러스호프Dieter Wellershoff는 중편소설 『세이렌 *Die Sirene*』을 출간했다 — 유감스럽게도 르나르에 대한 헌사는 없었다. [주인공인] 쾰른 대학 엘스하이머 교수는 방학 동안 오래전부터 계획했던 커뮤니케이션 이론에 대한 책을 완성하려 한다. 하지만 글이 잘 쓰여지지 않는다. 텔레비전에서 카메라를 잘 받는 교수의 부분대상을 목격한 한 여성이 계속해서 그에게 상담전화를 걸기 시작한다. 이는 결국 상호 폰섹스에서 절정에 달한다.[79] 글로 쓴 커뮤니케이션 이론은 결코 기술적 매체의 자기선전에 맞서 승리할 수 없다. "전화교환원 업무"가, 그것도 유럽 전체에서 가장 되기 어렵다는 "국가 공무원의 직무"로 "독일 여성들"에게 주어진 것은 우연이 아니다.[80] "전화교환 일에서 여성의 밝은 목소리"는 처음부터 "없어서는 안 될" 것이었다.[81]

그렇기에 전화電話적-성적인 수화기의 속박에서 벗어나기 위해 엘스하이머 교수가 할 수 있는 일은 매체에 대해 매체로 대항하는 전략뿐이다. 얼굴을 본 적도 없는 세이렌이 마지막으로 전화를 걸어왔을 때, 그는 그라모폰의 음량을 높여 바흐의 음반을 틀어놓는다.[82] 보라, 오래된 유럽의 문자-음악을 중첩시키자 세이렌의 마법이 사라진다. 쾰른과 함부르크를 사이에 두고 소통하는 것은 두 개의 기술적 매체일 뿐이다. 프라하에 있던 카프카는 베를린 축음기 제조회사 직원인 애인에게 이렇게 쓴다. "베를린에서는 팔로그라프가 전화를 걸고 프라하에서는 그라모폰이 전화를 걸어 이 둘이 대화를 나눈다고 상상해보면 즐겁지 않나요?"[83]

벨러스호프의 『세이렌』은 「한 남자와 조가비」를 거꾸로 뒤집

"전화기와 그라모폰이……"(1900경)

은 것이다. 르나르의 작곡가에게는 성별 간 전쟁의 방해 전파로 전략적으로 "푸가 기법"을 투입할 정도의 기술적 성숙함이 없었다. 그는 푸가도 예술도 아닌, 바다의 소음과 뒤섞인 "여신의 희열의 외침"을 오래된 종이 악보에 기록하려 했다.

오선지라는 음악적 조건에서는 불가능한 바람이겠지만, 매체 기술의 여명기에 그것은 더 이상 픽션이 아니었다. 늘 그렇듯 이 시기의 출발점에는 바그너가 자리하고 있었다. 1853년 그는 라스페

치아에서 상한 아이스크림 때문에 겪은 "세차게 흐르는 물"의 음향적 열병을 「라인의 황금」 서곡에 불어넣었다.[84] 1895년에는 오케스트라와 여성 합창단을 위한 드뷔시의 「세이렌」이 만들어졌는데, 그 악보에는 단어, 곧 자음과 모음은 없고 웅웅거리는 소리만 있었다. 마치 채널의 소음, 혹은 1년 후 리하르트 데멜Richard Dehmel이 썼듯이, "전신줄"[85]이 울리면서 내는 "텅 빈 소음"으로 곡을 쓰는 게 가능하다는 듯이. 1903년에서 1905년 사이에, 르나르의 이야기에서는 그리스 바다 여신들의 이름으로 명명되었고 드뷔시의 원곡에는 간단히 「바다La Mer」라고만 이름 붙여진 "교향시"가 탄생한다. 1907년 마침내, 아이스크림을 먹고 식중독에 걸린 바그너의 E플랫장조 — 단음과 배음효과를 지닌 — 로부터 작곡가 네르발의 쓰여지지 않은 「암피트리테」가, "귀에 작용하는 독약"이 만들어지기에 이른다.

음악사에서 베를리너의 그라모폰이 담당했던 역할을, 문학사에서는 에디슨의 포노그래프가 담당했다. 거대 산업에 의한 독점과 대량생산이라는 희생을 치르고서, 레코드판은 전 세계적으로 음악적 소음을 확산시켰다. 반면에 에디슨의 실린더는 개별적으로나 소규모로만 재생되고 또 그렇게만 복제된다는 역방향의 희생을 치르고서, 말의 저장을 일상적인 여흥으로 만들었다. 이와 더불어 철자를 기록하던 문학의 종이와 음보를 기록하던 악보는 동일한 위기에 빠지게 된다.

릴케가 「근원-소음」을 쓰기 3년 전인 1916년, 살로모 프리들랜더Salomo Friedlaender는 에로티시즘과 문학, 축음기 사이의

 새로운 관계를 묘사했다. “anonym”이라는 철자를 뒤집어 만든 “Mynona”라는 필명으로 알려진 프리들랜더는, 당대 어떤 작가보다도 먼저 매체의 역사로부터 이야기를 만들어냈다. 1922년 그의 소설 『회색 마법*Graue Magie*』이 출간된다. 그 소설은 여성들이 셀룰로이드 필름으로 변신하는(남성들의 경우에는 타자기로 변신한다) 기술적 미래를 예견했다. 1916년에 쓰여진 단편소설은 독일의 근원-저자Ur-Autor라는 기술적 과거 자체를 불러내는데, 여기서는 문학의 사운드로의 변신을 예견한다.

살로모 프리들랜더,
「괴테가 축음기에 대고 말하다」(1916)

“참 안타까워요,” 변덕스러운 시민계급 소녀 안나 폼케가 말했다. “1800년경에 축음기가 발명되지 않았다는 사실이 말이에요.”

“왜 그렇죠?” 압노사 프쇼르 교수가 물었다. “폼케 양, 이브가 그들의 원시 결혼선물로 축음기를 가져오지 못했다는 건 안타까운 일이지만, 그런 식의 안타까움은 흔하지요.”

“아, 교수님, 괴테의 목소리를 들을 수 있다면 얼마나 좋았을까요! 괴테는 정말 아름다운 목소리를 가지고 있었을 거예요. 괴테가 하는 말은 의미로 가득 차 있었겠지요. 아, 괴테가 축음기에 대고 말할 수 있었더라면! 아! 아!”

폼케 양이 떠나고 한참이 흐른 뒤에도, 폼케 양의 날카로운 부드러움 앞에 항상 약해지고 마는 압노사 교수는 그녀가 내뱉은 탄식 소리를 듣고 있었다. 모스 수신기의 원격 조작기를 발명한 바 있는 교수는, 언제나처럼 창의적인 아이디어를 떠올리는 데 빠져들었다. 지금이라도 괴테에게서(우습게도 압노사는 질투를 느끼고 있었다) 목소리의 울림을 얻어낼 방법은 없을까? 친애하는 독자여! 괴테가 말을 할 때마다 그의 목소리는 당신 부인의 부드러운 목소리처럼 규칙적인 진동을 발생시킨다. 이 진동은 장애물에 부딪쳐 반사되었을 것이고, 그로 인해 파동의 왕복운동이 있었을 것이다. 시간이 지남에 따라 그 파동은 약해졌겠지만 완전히 사라지지는 않았을 수 있다. 그러니까 괴테의 목소리가 일으킨 파동이 지금도 계속되고 있을 거란 얘기다. 적절한 수신장치, 그리고 약해진 소리 효과를 증폭시켜서 괴테의 목소리를 울리게 할 수 있는 마이크만 있으면 녹음도 할 수 있을 터이다. 수신장치를 만드는 게 문제다. 괴테의 목소리가 없는데 어떻게 괴테 목소리의 진동을 계산해낼 수 있을까? 동화 같은 생각이 아닌가! 압노사는, 그렇게 하려면 괴테의 성대 구조를 정확히 알아야겠다고 생각하고는 괴테의 초상화와 흉상을 들여다보았지만, 그것들은 괴테의 성대에 대해 아주 막연한 인상을 남길 뿐이었다. 계획을 거의 포기할 지경에 이르렀을 때, 불현듯 괴테가 시체로나마 아직 존재하고 있다는 생각이 떠올랐다. 그는 즉시 바이마르 시에 측정을 위해 괴테의 시신을 검시하는 것을 허락해달라는 편지를 보냈다. 하지만 한마디로 거절당했다. 이제 어떻게 할까?

압노사 프쇼르는 정교한 측정 도구와 침입에 필요한 장비들이 든 가방을 들고 그가 사랑하는 유서 깊은 도시 바이마르로 향했다. 일등석 기차 대기실에서 그는 우연히, 세계적으로 유명한 남자의, 그 도시에서만 알려진 누이동생*이 루돌슈타트의 어느 나이 든 전하와 대화를 나누는 옆자리에 앉게 되었다. 그녀가 이렇게 말했다. "우리의 프리드리히는 군인같이 엄격했지만, 한편으로는 신실한 기독교인의 자비로움을 지닌 온화한 사람이었지요. 그가 살아 있었다면 이번 전쟁에 대해 얼마나 기뻐했을까요? 막스 셸러Max Scheler가 쓴 위대한, 아니 신성한 책에 대해서!"

압노사는 놀라서 크게 휘청이더니 뒤로 넘어지고 말았다. 어렵게 몸을 추스르고는 "엘레판텐"이라 불리는 곳에 숙소를 잡았다. 방 안에서 그는 챙겨온 도구들을 주의 깊게 살펴보았다. 그리고 의자를 거울 앞으로 당겨 앉고는, 노년의 괴테와 놀라울 만큼 흡사한 마스크를 얼굴에 썼다. 가면을 쓴 채로 그는 이렇게 말했다.

"나는 정말 천재야,

나 스스로 괴테가 되는 거야!

저리 비켜, 멍청아! 그러지 않으면 실러와 나의 칼 아우구스트 전하**를 부를 테다. 이 어리석은, 꼭두각시 같은 녀석!"

그는 깊게 울리는 목소리로 이 대사를 연습했다.

밤이 깊어지자 그는 대공 묘지로 향했다. 바라건대 모두 이 책의 독자가 되었으면 하는 현대의 침입자들은, 바이마르의 대공가의 묘지는 경비가 삼엄하여 침입이 불가능하다고 여기는 다른

* 철학자 니체의 여동생 엘리자베트를 암시한다.

** 1757~1838년. 독일 작센 바이마르 대공으로 괴테와 친교를 맺었다.

독자들에 대해 코웃음을 칠 것이다. 독자 여러분은 프쇼르 교수가 전문적이고 능숙한 다른 침입자들보다 훨씬 월등한 능력을 지녔다는 사실을 잊지 마시길. 프쇼르 교수는 탁월한 엔지니어일뿐 아니라 심리생리학자이자 최면사, 정신의학자이며 동시에 정신분석가이기도 하다. 이 정도 교육 수준을 갖춘 침입자가 별로 없다는 사실은 실로 유감이 아닐 수 없다. 침입자들이 모두 이러하다면 범죄는 전부 성공적일 테고, 자연적으로 일어난 일로 취급될 것이며, 자연적인 일이니 다른 자연적인 사건이 그렇듯 처벌할 수도 없을 것이다. 마이어 씨의 금고를 녹여버린 번개를 어떻게 심문할 수 있겠는가? 프쇼르 씨와 같은 침입자들은 번개보다도 우월한 점이 있으니, 그들은 피뢰침으로도 물리칠 수 없다.

프쇼르 씨는 사람들을 공포에 빠뜨리고 눈 깜짝할 사이에 최면을 걸어 움직이지 못하게 할 수 있었다. 자정 무렵 당신이 대공묘지를 지키고 있다고 생각해보라. 정신을 차려보니 당신 앞에 늙은 괴테가 버티고 서서 당신 머리만 빼고 온 몸을 꼼짝 못하게 묶어둔 것이다. 프쇼르는 묘지를 지키던 경비병들을 모두 머리만 남고 옴짝달싹 못하는 몸통들로 바꾸어놓았다. 마비가 풀리기까지 적어도 두 시간 정도는 걸리기에 프쇼르는 그 시간을 십분 활용했다. 묘지 안으로 들어가 불빛을 비추자 바로 괴테의 석관을 찾을 수 있었다. 그는 짧은 시간 안에 시신을 능숙하게 다룰 수 있었다. 죽은 자에 대한 외경이란 다른 걱정거리가 없는 사람들에게나 필요한 법, 분명한 목적을 갖고 괴테의 시신을 살펴보는 프쇼르를 거스르는 것은 아무것도 없었다. 그는 왁스로 시신의 본을 몇 개 뜨고 나서 모든 것을 이전 상태로 되돌려놓았다. 교육받은 아마추

 어-침입자는 전문가들보다 급진적이기 마련인데, 용이주도하게 목표를 달성해내는 이 급진성이 그들의 범죄에 완벽하게 해결된 방정식이 갖는 미학적 매력을 부여하는 것이다.

다시 무덤 밖으로 나온 프쇼르는 이러한 정확성에다 우아한 행위 몇 가지를 추가했는데, 그는 일부러 한 경비병에게 가서 마비를 풀어주고는, 처음에 그랬던 것처럼 그를 꾸중했다. 그러고 나서 곧바로 마스크를 벗고는 아주 천천히 엘레판텐으로 향했다. 원했던 것을 얻은 그는 기뻤다. 다음 날 아침 그는 고향으로 되돌아왔다.

집에 돌아온 후 바쁜 작업의 시간이 시작되었다. 다들 알다시피 해골에 살을 붙이면 몸이 되는데, 프쇼르는 바로 그걸 할 수 있었다. 괴테의 호흡기와 후두부, 그리고 폐를 정확히 본떠 만드는 건 그에게는 그다지 어려운 일이 아니었다. 이 기관에서 나오는 소리의 음색과 강도를 확인하는 것은 가장 쉬운 일이었다. 괴테의 허파 크기를 측정해 그에 상응하는 바람을 장치에 불어넣기만 하면 되었다. 잠시 후 괴테가 살아 있을 때와 똑같은 방식으로 말하게 되었다. 이제는 괴테의 목소리뿐만이 아니라 100년 전 이 목소리가 내뱉었던 바로 그 말을 하게 하는 것이 관건이었다. 그러기 위해서는, 그의 말이 자주 울려 퍼졌던 공간에 모조장치 괴테를 세워 놓기만 하면 되었다.

압노사는 폼케 양을 초대했다. 그녀는 압노사를 보고 매력적인 웃음을 지었다.

"그가 말하는 것을 듣고 싶으신가요?"

"누구 말씀이시죠?" 안나 폼케가 물었다.

"당신의 괴테지요."

"정말요? 농담하지 마세요, 교수님!"

"한번 들어보시죠!"

압노사가 축음기 손잡이를 돌리자 목소리가 흘러나왔다. "친구들이여, 그 어두운 방에서 달아나게나……"

폼케 양은 큰 충격을 받았다.

"맞아요," 그녀가 숨을 가누며 말했다. "내가 상상했던 바로 그런 목소리예요. 정말 놀라워요!"

"물론이지요," 프쇼르가 소리쳤다. "친애하는 폼케 양, 당신을 속이려는 게 아니에요! 이것은 정말 괴테이고, 그의 목소리이며, 그가 했던 말이에요. 하지만 괴테가 직접 한 말의 실제 반복은 아직 아닙니다. 당신이 지금 들은 것은 가능성을 반복한 것이지, 실제성을 반복한 것은 아니에요. 나는 당신의 소원을 정확히 충족시켜드리고 싶습니다. 그런 이유에서, 저와 함께 바이마르로 여행을 떠날 것을 제안드립니다."

바이마르 역의 대기실에는 다시 우연하게도, 세계적으로 유명한 남자의, 그 도시에서만 알려진 누이동생이 어느 나이 든 부인에게 이렇게 속삭이고 있었다. "고인이 된 오빠의 마지막 작업이 남아 있지만, 그건 2000년은 되어야 비로소 출간될 수 있을 거예요. 세계가 아직 그만큼 성숙하지 못해서죠. 오빠는 선조들에게서 성스러운 경외심을 물려받았어요. 하지만 경박한 세계는 아직도 성자와 사티루스를 구별하지 못하죠. 오빠가 성자임을 알아본 사람은 몇몇 이탈리아인들뿐이었어요."

프쇼르가 붙잡지 않았더라면 폼케는 쓰러졌을 것이다. 폼케를 붙잡을 때 프쇼르의 얼굴이 빨개졌고 그녀는 그를 향해 매력적인 웃음을 지어 보였다. 그들은 곧바로 괴테하우스로 향했다. 추밀고문관 뵈펠 교수가 그들을 맞이했다. 프쇼르가 용무를 이야기하자 뵈펠 교수는 미심쩍어했다. "그러니까 기계장치로 만든 괴테의 성대 모조품을 가져왔다는 말씀이신가요? 맞습니까?"

"네, 그 장치를 괴테의 작업실에 설치해보아도 되겠습니까?"

"물론 가능합니다. 그런데 목적이 무엇인가요? 무엇을 하시려는 건가요? 그것이 무엇을 의미하는 건가요? 요즘 신문들이 온통 기이한 소식들을 전하고 있어서요. 도대체 뭐가 뭔지 알 수 없을 일들 말이지요. 대공 묘지 경비병들이 노년의 괴테를 보았다고 합니다. 그중 한 명은 괴테로부터 꾸지람까지 들었답니다. 다른 경비병들은 그 모습에 너무 충격을 받아 의사의 진찰을 받아야 했다고 하고요. 대공께서 사건을 조사하라 하셨습니다."

안나 폼케가 살피듯 프쇼르를 쳐다보았다. 하지만 압노사는 놀란 표정으로 물었다. "제 용무와 그 일이 무슨 상관이겠습니까? 참 기이한 일이긴 합니다. 어느 연극배우가 장난을 친 것은 아닐까요?"

"아! 그럴지도 모르겠네요. 그런 방향으로 조사해보아야겠습니다…… 그런데, 어떻게 괴테의 성대를 모방할 수 있었지요? 괴테의 성대를 본뜰 수 없었을 텐데?"

"네, 그렇게 하고 싶었지만, 유감스럽게도 허락을 받지 못했습니다."

"허락 받았다 하더라도 큰 도움은 되지 못했을 것 같은데요?”

“왜지요?”

“괴테는 이미 죽었으니까요.”

“아닙니다. 유골, 특히 두개골만 있으면 정확히 모델을 만들어낼 수 있습니다. 저는 그것만으로도 충분해요.”

“교수님의 능력이야 다들 잘 알고 있지요. 그런데 그 성대로 무엇을 하시려는지 여쭤보아도 될까요?”

“괴테의 목소리가 내는 울림을 정확히 재생하고 싶습니다.”

“모델을 가지고 계신가요?”

“여기 있습니다.”

압노사가 상자를 열었다. 뵈펠은 놀라 소리를 질렀다. 폼케는 자랑스럽게 미소를 지었다.

“오, 유골만 가지고 이 성대가 들어 있는 후두부를 만들었다는 건가요?” 뵈펠이 외쳤다.

“그렇습니다! 실물 크기의 흉상과 초상화들에 의거해 제작했지요. 이런 일에 능숙하답니다.”

“물론 그건 잘 알고 있지요! 그런데 괴테 작업실에서 이걸로 무엇을 하실 생각이신지요?”

“괴테는 작업실에서 흥미로운 생각들을 소리 내어 말했을 겁니다. 그렇기에 거기에는, 물론 매우 약해졌겠지만, 그 말의 음성 파동이 아직 진동하고 있을 것입니다.”

“정말로 그렇게 믿으십니까?”

“믿음이 아니라 사실입니다.”

“정말요?”

"네, 정말로요."

"그래서 하시려는 것이……?"

"저는 이 성대를 통해 그 파동들을 빨아들일 것입니다."

"뭐라고요?"

"말씀드린 그대로입니다."

"멋진 생각이지만…… 죄송합니다만, 도저히 믿기 힘든 이야기네요."

"그렇기에 더더욱 당신을 확신시킬 기회를 달라고 요구하고 있는 겁니다. 당신이 제 길을 가로막는 걸 이해할 수 없습니다. 이 장치는 무해하며 그 무엇도 손상시키지 않을 겁니다."

"저도 그럴 것이라 생각합니다. 저는 당신을 가로막고 있는 게 아닙니다. 다만 관리자로서의 임무에 따라 몇 가지 질문을 드리고 있을 뿐입니다. 제게 나쁜 감정을 갖지 않으시기를 바랍니다."

"절대 그럴 일은 없을 겁니다."

그리하여 안나 폼케, 뵈펠 교수, 호기심에 가득 찬 조수와 하인 몇 명이 괴테의 작업실에 자리한 가운데 다음과 같은 장면이 펼쳐졌다.

프쇼르는 자신이 만든 모델을 삼각대 위에 올리고는 그것의 입을 괴테가 의자에 앉았을 때 그의 입이 있었으리라 추정되는 위치에 맞추어놓았다. 그리고 주머니에서 고무로 만든 일종의 공기 펌프를 꺼내 열려 있는 한쪽 끝을 모델의 코와 입에 연결했다. 고무로 된 쿠션을 열어서 가까이 끌어다 놓은 작은 책상에 담요처럼 펼쳐놓더니 그 위에 작은 상자에서 꺼낸 마이크 장치가 달린 고

혹적인 소형 축음기를 올려놓았다. 그 축음기 전체를 고무 담요로 조심스럽게 감싸 끝 부분에 작은 구멍만 남기고 그걸 입에 맞추어 놓은 펌프의 다른 쪽 끝에 고정시켰다. 방 안의 공기를 입구멍으로 불어넣기 위한 것이 아니라 입에서 바깥쪽으로 불어내기 위한 것이라고 설명했다.

프쇼르가 설명하기를, 말을 할 때처럼 모델의 인후강에 숨을 통과시키면 이 특별한 괴테의 성대가 일종의 여과기로 기능해 여기 존재하고 있을 괴테 목소리의 파동을 투과시킬 것이다. 그 파동들은 분명 여기 존재한다. 파동이 약할 경우를 대비해 증폭기를 장착해놓았다.

축음기를 작동시키자 고무 주머니 안에서 웅웅거리는 소리가 들렸다. 사람들은 분명하지는 않지만 아주 작은 속삭임 같은 게 들린다는 걸 알아차리고 전율하지 않을 수 없었다. 폼케 양이 "아, 제발!"이라고 말하더니 아름다운 귀를 고무 표면에 갔다 댔다. 일순 그녀는 화들짝 놀랐다. 그 속에서 낮은 소리가 흘러나왔기 때문이다. "친애하는 에커만,* 이 뉴턴이란 작자는 자기 눈으로는 아무것도 볼 수 없었다네. 아주 명백해 보이는 무언가를 마주쳤을 때 이런 일이 자주 벌어지지! 특히 눈의 감각은 판단의 비판을 필요로 하는 법이야. 이 비판이 없는 곳에서는 어떤 감각도 존재하지 않게 된다네. 그런데도 세상은 판단을, 이성을 조롱하고 있지. 세상이 진지하게 원하는 건 비판이 없는 선동뿐이라네. 나

* 요한 페터 에커만Johann Peter Eckermann을 가리킨다. 에커만은 괴테가 세상을 뜰 때까지 비서이자 친구로서 대화를 나누고 괴테의 편지와 원고를 정리했으며, 이를 토대로 『괴테와의 대화』를 펴냈다.

는 이런 일을 몇 차례나 고통스럽게 경험해야 했네. 그럼에도 아직 이 세계 전체에 맞서 반박하는 일에 지치지 않았으니, 내 방식대로 뉴턴에 맞서 내 색깔을 드려내려 하네."

감격과 경악에 사로잡힌 안나 폼케가 흥분으로 몸을 떨며 말했다. "맙소사! 맙소사! 교수님, 당신 덕분에 제 생애 가장 아름다운 순간을 맞이하고 있어요."

"무언가 들었습니까?"

"네, 작지만 아주 분명하게요!"

프쇼르는 만족스럽게 고개를 끄덕였다. 그는 조금 더 펌프질을 하더니, "지금으로서는 이 정도로 충분할 것 같군요"라고 말하고는, 축음기를 제외한 모든 장비들을 다시 가방에 챙겨 넣었다. 그 자리에 있던 사람들 모두가 흥분하면서 흥미를 보였다. 뵈펠이 물었다. "교수님, 당신은 정말 이 방에서 괴테가 했던 말들을 다시 붙잡았다고 믿고 계시는 건가요? 괴테의 입에서 나온 말의 진정한 메아리를요?"

"믿는 정도가 아니라 확신하고 있습니다. 이제 마이크가 장착된 이 축음기를 재생시켜보겠습니다. 그러면 제가 옳았음을 확인하게 될 것입니다."

목이 잠긴 듯 쉭쉭 웅웅거리고, 무언가 긁히는 듯한 익숙한 축음기 소리가 들렸다. 그러더니 그 자리에 있는 모든 사람들을, 압노사 자신까지 감전된 듯 전율하게 만드는 특별한 목소리가 울려 나왔다. 방금 들었던 말이 들려온 것이다. 괴테의 목소리는 다음과 같이 말하고 있었다. "물론, 뉴턴은 그것을 보았겠지. 하지만 정말로 본 것일까? 연속적인 색의 스펙트럼을? 이보게, 다시

한 번 말하지만, 나는 그가 착각했다고 생각하네. 그는 광학적 착시를 무비판적으로 받아들이고는, 그걸 계측하고 계속 골치 아프게 따져나갈 수 있다는 것에 기뻐했던 것이지. 그의 일원론과 연속성이 원흉이었다네! 그 색의 대립이 이런 연속성의 가상을 만들어낸 것이니까! 내 말을 잘 들어보게! 흰색은 다른 색깔로부터도, 한때의 흰색으로부터도 얻어낼 수 있는 것이 아니네! 흰색을 수단으로 검정색과 기계적으로 결합해서 회색을, 화학적으로 혼합해서 다양한 회색을 얻어낼 수 있을 뿐이지 색깔을 중화한다고 해서 흰색을 얻을 수 있는 게 아니야! 그건 흰색과 검정이라는 근원적인 대비를 만들어낼 뿐이지. 물론 그중에서 우리가 분명히 볼 수 있는 것은 우리 눈을 부시게 하는 흰색뿐이지. 친구여, 나는 암흑도 확실하게 본다네, 뉴턴이 흰색까지만 쏘아 맞추었다면, 나는 그 너머 검정까지도 맞추었어. 이는 자네 안의 그 오랜 궁수조차 경탄할 것이라 생각하네. 이것이 사실이라네, 틀림없지! 먼 미래의 자손들, 아주 부조리한 세계조차도, 뉴턴에 대한 내 비웃음을 이해하게 될 걸세."

모두 환호성을 지르는 가운데 뵈펠이 자리에 앉았다. 하인들은 전복적이고 추앙받는 로이켄Reucken, 그 역겨운 악마 같은 노인의 열정적인 강연을 듣는 학생들처럼 흥에 겨워 발을 굴렀다. 압노사가 엄하게 말했다. "여러분! 조용히 해주세요. 당신들이 괴테의 말을 가로막고 있습니다. 괴테의 말이 끝나지 않았습니다."

다시 고요가 찾아오자 목소리가 계속되었다. "아니지, 말도 안 되네, 친구여! 물론 자네가 원했다면 그렇게 할 수도 있었을 것이네. 의지, 뉴턴주의자들에게서 문제가 되는 게 바로 이 나쁜 의지라네. 나쁜 의지는 파괴적인 능력이자 활동적인 무능력이지. 그런 나쁜 의지를 도처에서 느끼고 거기 익숙해져야 한다는 사실 앞에 난 몸이 떨릴 지경이라네. 친구여, 자네는 의지가 그리 문제될 것이 없다고 생각할지도 모르지만, 의지야말로 모든 위대한 것과 보잘 것 없는 것들의 진정한 창조자라네. 신적인 능력이 아니라 의지 말이네. 신적인 의지는 인간에게 해로우며 인간의 불완전성을 드러낼 뿐이지. 자네가 신이 하는 방식대로 의지하려 한다면, 그만한 능력이 있어야 하겠지. 그러면 일들이 쉬워질 뿐만 아니라, 지금으로서는 감히 예감조차 하지 못할 것들, 그저 조롱받거나 적대를 불러일으킬 게 분명한 것들도 일상적인 경험이 될 수 있을 것이네.

젊은 쇼펜하우어를 생각해보게. 그는 장래가 촉망되는 젊은이였고, 놀라운 의지로 충만한 사람이었네. 그런데 그는 결코 만족을 모르는 스스로의 탐욕에 의해, 과도함의 벌레에 의해 갉아먹히고 있었지. 그의 색채론은 순수한 태양에 눈이 멀어, 밤을 다른 태양이 아니라 텅 빈 공허와 무無가 작용하고 있는 것으로 보았지. 그것이 그에게 생 전체의 분명한 광채라는 뇌물을 안겨주었고, 그 순수한 빛에 비해 인간의 생이란 것이 아무것도 아니고 무가치한 것으로 보이게 했지. 생각해보게, 친구여. 가장 순수한, 그러니까 저 신적인 의지는, 완고하게 무조건적으로 관철되길 고집한다면 좌절할 수밖에 없다는 위험이 있네. 그 의지가, 그 의지의 능력이 발휘되기 위해 필수적인 수단들에 현명하고 능란하게 접근하지 않는다면 말이지! 그렇다네, 의지란 다름 아닌 마법사지! 그가 못하는 일이 어디 있겠나? 하지만 인간의 의지란 전혀 의지가 아니며, 아주 나쁜 의지라는 사실, 이것이 이 모든 비참함의 원인이라네. 하하하, 허허, 하!"

괴테는 아주 신비스럽게 웃고는 속삭이듯 말을 이었다. "친애하는 친구여, 나는 자네를 믿네, 그래서 자네에게만 말해주겠네. 자네는 동화라고 여길지 모르지만, 내게는 너무도 분명한 사실을. 우리의 의지는 운명을 정복해서 의지에 복무하도록 만들 수 있네. 그 의지가 — 잘 들어보게나! — 그 속에 신의 힘처럼 거대하고 절박한 창조적 의도와 노력이 깃들어 있음을 결코 잊지 않으면서, 의도를 이루기 위해 노력하는 가운데 전력을 다하는 근육을 통해, 그 의도가 바깥세상에 작용하도록 한다면 말이네. 끊임없이 스스로를 움직이고 있는 지구를 생각해보게나! 얼마나 커다란 세속적 근면함인가! 저 작용은 결코 멈추지 않고 계속되고 있네! 하지만, 에커만, 이 근면함은 세속적일 뿐이고, 그 작용은 기계적이고 언젠가는 사라질 운명이네 — 그에 반해 마법과 같은 태양의 의지는 자신 속에서 신처럼 휴식을 취하며 진동하는데, 바로 그 최고의 자기충족성을 통해 행성, 달, 혜성들의 무리 전체를 자신의 휘하에 복속하게 만드는 전자기 에너지를 만들어낸다네. 친구여, 감히 어느 누가 이것을 이해할 것이며, 가장 명료한 정신의 감각 속에서 이루어지는 이 고귀한 행위를 이해하고 체험할 수 있겠나……!

하지만 이제 그만 말하는 게 좋겠네. 다른 사람들, 심지어 실러 같은 이조차 열정에 차 이런 말을 떠들어대지만, 나는 저 신적인 행위를 위해서라도, 스스로 마음을 가다듬어 그에 대해 침묵하는 데 익숙해 있다네. 그에 대해 이야기한다는 건 부질없는 짓일 뿐만 아니라, 오해로라도 그것을 이해할 능력이 없는 이성理性에게는 해롭고 방해가 될 수밖에 없기 때문이네. 그러니 친구여, 그 비밀을 풀어볼 노력일랑 말고 그저 생각하고 가슴에 담아두게나. 언젠가 비밀이 스스로 풀릴 날이 있을 것이네. 오늘 밤에는 이미 모든 채비를 마친 뵐프헨*과 함께 연극이나 보러 가게나. 코체부**가 우릴 아무리 역겹게 하더라도 너그럽게 봐주고!"

"오, 세상에!" 사람들이 흥분해서 압노사에게 몰려들 때 폼케가 외쳤다. "오, 세상에 그의 말을 영원히 들을 수 있다면! 에커만의 시대에서 우리가 이렇게나 멀어졌군요!!" 잠시 후 장치에서는 코 고는 소리만 들렸다. 압노사가 말했다. "여러분, 들리는 것처럼 괴테는 잠들었습니다. 이제 하루 종일은 아니더라도 몇 시간 동안은 무슨 말을 들을 기대는 하지 않는 게 좋겠습니다. 더 이상 여기 있을 필요도 없겠습니다. 여러분도 분명히 이해하셨겠지만, 이 장치는 괴테의 말들을 실제의 시간 흐름에 따라 정확히 배열합니다. 운이 좋다면, 에커만이 그날 밤 연극을 본 후 다시 괴테를 방문해야만 이 자리에서 다시 무엇인가를 들을 수 있을 것입니다. 그런데 그때까지 기다릴 만한 시간은 없군요."

"도대체 어떻게 우리가 바로 이 대화를 들을 수 있는 건가요?" 뵈펠이 의심쩍은 듯이 물었다.

"그것은 우연입니다." 프쇼르가 말했다. "조건이, 무엇보다 장치의 구조와 이 장치를 설치한 위치가 정확히 들어맞았기에, 바로 이 음성 파동이 활성화된 것입니다. 물론 저는 괴테가 앉아 있

* 괴테의 손자 볼프강 폰 괴테Wolfgang von Goethe의 애칭.

** 바이마르 출신의 극작가.

었을 것이라고, 그것도 소파의 이 자리였을 것이라고 추측했지요."

"아, 제발, 제발요 압노사!"(폼케는 반쯤 정신이 나가 그를 성이 아닌 이름으로 불렀다. 이전에는 한번도 없었던 일이었다.) "제발, 다른 위치에서 한 번만 더 시도해주세요! 저는 또 듣고 싶어요! 그저 코 고는 소리만이라도 좋아요!"

압노사는 장치를 해체해서 가져온 상자에 집어넣고는 잠금장치를 채웠다. 얼굴이 매우 창백해졌다. "친애하는 안나 양! 자애로운 이여" "다음을 기약하지요!"(늙은 괴테에 대한 질투심이 그의 속을 뒤집어놓았다.)

"실러의 두개골로 이런 장치를 만들어보면 어떻겠습니까?" 뵈펠이 물었다. "그렇다면 그 두개골의 진위 여부를 둘러싼 논쟁을 끝낼 수 있지 않겠습니까?"* "물론이지요." 압노사가 말했다. "'차라도 한 사발 드실라우?'라고 말한다면 그건 실러의 두개골이 아니겠지요. 저는 이 발명품을 더 개량해볼 생각입니다. 모든 종류의 파동에 적용되게 조립할 수 있는, 오페라 안경 같은 일종의 표준 성대를 만들어볼 겁니다. 그러면 고대와 중세가 다시 말하는 걸 들을 수 있을 것이고, 오래된 어법의 정확한 발음을 알 수 있게 될 겁니다. 위험한 발언을 일삼는 존경받는 동시대인들을 경

* 1805년 실러의 유골은 바이마르의 공동묘지에 매장되었다가 1827년 새로 조성한 납골묘로 이장된다. 그런데 1911년 바이마르 공동묘지에서 실러의 것으로 추정되는 유골이 발굴되면서 실러 유골의 진위 여부가 논란이 되었다. 실제로 2008년 바이마르 재단이 DNA 검사를 실시했는데, 두 유골 모두 실러의 것이 아니라고 판정함으로써 논란은 여전히 지속되고 있다.

 찰에 넘길 수도 있을 테고요."

압노사는 폼케에게 자신의 팔을 내밀었고, 둘은 다시 역으로 돌아왔다. 조심스럽게 대기실로 들어섰지만, 그 도시에서만 알려진 누이는 이미 떠난 후였다. 압노사가 말했다. "그녀가 유명한 오빠의 성대를 구해줄 것 같나요? 아니오, 그렇게 하지 않을 겁니다. 아직 민중들이 성숙하지 않았고, 지식인들은 민중의 경외심을 얻지 못하고 있기에 아무것도 할 수 없다고 말할 겁니다. 아, 사랑하는 이여, 그래요! 내가 사랑하는 이는 바로 당신이에요! 당신!" 폼케는 아무것도 듣지 않고 있었다. 그녀는 꿈을 꾸는 듯했다.

"괴테가 r음을 강조하는 걸 들었나요!" 그녀가 한숨을 내쉬며 말했다.

분노에 찬 압노사가 코를 세게 풀었다. 안나는 계속 걸어가면서 여전히 멍한 채로 물었다. "친애하는 프쇼르 씨, 제게 뭐라 하셨나요? 작품만 남고 작가들이란 잊히는 법이죠! 하지만 괴테의 살아 있는 목소리를 들을 땐 세계 전체가 사라져버리는 듯했어요."

둘은 귀행 열차에 올라탔다. 폼케는 아무 말도 없었고 압노사는 침묵에 휩싸여 있었다. 열차가 할레를 돌아갈 즈음 압노사는 괴테의 성대가 든 가방을 기차 유리창을 통해, 마침 반대편 선로로 지나가는 열차 앞에 던져버렸다. 폼케가 소리를 질렀다. "무슨 짓을 한 거예요?"

"사랑했고, 그렇게 살 것입니다," 프쇼르가 한숨을 내쉬었다. "그래서 나로서는 도저히 이길 수 없는 연적 괴테의 성대를 망가뜨린 것입니다."

폼케의 얼굴이 붉어졌다. 그녀는 웃으며 격렬하게 압노사의 품에 안겼다. 바로 이 순간, 차장이 나타나 승차권을 보여달라고 요구했다. "아아, 압노사!" 폼케가 중얼거리듯 말했다. "내게 괴테의 성대를 다시 만들어주셔야 해요, 그러지 않으면……" "그런 건 없어요! 결혼 후Après les noces라면 모르겠지만! 나의 아름다운 비둘기여!"

압노사 프쇼르 박사
안나 프쇼르 폼케
바이마르 "엘레판텐"에서
혼약하다

사체 파편과 인공 언어

이 결혼식 통지는 진정한 해피엔딩이다. 이는 고전주의-낭만주의 문학에 종언을 고한다. 1916년 안나 폼케 같은 "변덕스러운 시민계급의 소녀들"은, 그 시대의 "가장 유능한 엔지니어"로서, 황제 빌헬름 2세가 적극적으로 후원한 새로운 기술 전문대학에서 가르치는 프쇼르 교수 같은 이들의 영향력 아래 놓이게 된다. 엔지니어와의 결혼이 괴테에 대한 시민계급 소녀의 사랑에 승리를 거둔다. 그 이전 한 세기 동안 줄곧 시민계급 소녀들은 고등여성학교에서 괴테에 대한 사랑을 체계적으로 배워왔다.[86] 이 시기에 사라진 것은 보다 높은 정신적 고양이라는 여성의 사명만이 아니었다. 1802년 아말리에 호르스트Amalie Horst는 이러한 타이틀을 내걸고 여성 학교 설립을 추진했는데, 이 학교는 여성들을 어머니이자 시를 읽는 독자로 양성하려는 목표를 갖고 있었다.[87] 안나 폼케 같은 소녀들이 없었다면 독일 고전주의와 그 시대 거의 대부분 남자 작가들의 명성은 존재할 수 없었을 것이다.

새로운 세기의 기술적 혁신들에 대한 폼케 양의 태도가 이전 세기의 것이었다는 사실은 이러한 교육의 당연한 귀결이었다. 영혼 또는 고전주의-낭만주의 여성들이란 결국 자동인형적 효과였음을 증명하면서, 그녀는 저장된 것이 아닌 괴테의 목소리가 울려 퍼지자 "아!"라는 감탄사로 반응한다. E. T. A. 호프만의 「모래 사나이」에 등장하는 말하는 자동인형 올림피아는 바로 그 "아!"를 통해 자신이 영혼을 갖고 있음을 증명했다. 헤겔의 말을 빌려 말하자면, 여성의 감탄사 또는 "존재하면서 사라지는 현존재"는 남성 시인 또는 "존재하면서 사라지는 현존재"를 사랑한다. 목소리가 에로틱한 부분대상이라는 것을 증명하면서, 폼케는 괴테가 "아름다운 목소리"를 지녔을 것이라고 찬양한다. 그것이 "정신의학자"이자 "정신분석학자"로도 불린 프쇼르 교수의 "질투심을 자극한" 것이다. 이 기관의 발기勃起 속에 고전주의 저자들이 여성 독자들에 대해 갖는 모든 힘이 박동치고 있었기 때문이다.

시민계급 소녀들이 주인의 목소리를 직접 들을 수 있었던 것은 아니었다. "1800년경"에는 축음기가 없었고, 1902년 베를리너의 레코드 회사 상표가 된, 실재계 앞에 있는 충실한 개도 없었다. 죽은 주인 마크 배로드Mark Barraud의 목소리가 울려 나오는 축음

주인의 목소리

기 집음부 앞에서 킁킁거리며 냄새를 맡던 강아지, 배로드의 동생인 화가 프랜시스 배로드Francis Barraud가 음성생리학적 충실성의 상징으로 그린 바 있는 이 강아지 니퍼Nipper와는 달리, 고전주의-낭만주의 여성 독자들의 충실함은 상상계 속에서만—소위 그녀들의 상상력 속에서만—작동한다. 그녀들은 괴테가 쓴 글의 말 없는 행간에서 괴테의 목소리를 환각적으로 떠올려야 했다. "우리"는, 더 정확히 말해 여자는 "읽고만 있는데도 듣는다고 믿습니다"라고, 프리드리히 슐레겔이 사랑하는 여인에게 썼던 것은 우연이 아니다. [슐레겔] 그 자신이 저자일 수 있기 위해서라도, 여성들은 독자가 되어야 했고 그녀들은 "말을 그 어떤 것보다 성스러운 것"으로 여겨야 했던 것이다.[88]

"그래피즘이"—이 경우에는 당연히 알파벳 문자가—(부족 문화에서) "목소리에 섞여들어" "직접 신체에 기입되는 정도가 많을수록, 신체의 표상은 언어의 표상에 복속되게 된다." 그러면 "목소리에 섞여든 그래피즘은 단선적 흐름으로만 표현되는 것보다 더 고차원의 목소리라는 허구를 유발한다."[89] 그것이 늦어도 구텐베르크 이후부터는 새로운 국가 관료기구의 명령들을 발표하는 목소리이기 때문이다.

바로 이런 방식으로 안나 폼케의 사랑에 빠진 감탄사는 『안티 오이디푸스*Anti-œdipe*』의 문자–매체 이론을 증거한다.

한 시대 문학 전체를 호령하던 시인–관료 괴테의 아름답고 허구적이며 기괴하고 고유한 목소리가 그가 쓴 시행들 사이에서 청각적 환각으로 부활하면, 모든 것이 욕망대로 된다. 1819년 호프만의 동화 「키 작은 차헤스Klein Zaches」에는 "허풍스런 시인이 도대체 요구하지 않는 것이 무엇인가"라는 구절이 등장한다. "그들은 자신들이 말하는 모든 것에 대해 소녀들이 몽유병적 발작에 빠지고, 깊은 탄식을 내뱉고, 눈을 휘둥그레 뜨고, 가끔씩 졸도하거나 심지어는 눈이 머는 가장 여성적인 단계에 도달하기를 원한다. 그런 상태에 도달하면 그 시인의 소녀들은 가슴속에서 흘러나오는 멜로디에 따라 시인의 시를 노래하게 된다."[90] 『안티 오이디푸스』에서, 마침내 그들의 매체기술이 지닌 비밀이 폭로된다. 알파벳으로부터 생겨난 고차원의 허구적 남근에 다름 아니라는.

이 변덕스러운 시민계급 소녀들에게 중요한 것은 인쇄된 철자들의 물질성 앞에서 철자 그대로 "눈이 머는" 것이었다. 그렇지 않으면 그 철자의 물질성은 상상계 속에서 (혹은 아예 피아노포르테에서) 그녀들의 가슴속에서 흘러나오는 멜로디에 몸을 맡길 수 없을 것이다. 그를 통해 이 소녀들은 고전주의–낭만주의 시인들의 욕망을 무조건 뒤따르게 된다. 안나 폼케는 흘러넘치는 가슴의 멜로디를 따라 "아!, 괴테가 축음기에 대고 말을 할 수 있었더라면! 아! 아!"라며 가슴속 깊은 곳으로부터 탄식을 내뱉는다.

하지만 엔지니어의 귀에는 이 탄식이 들리지 않을 것이다. 프쇼르는 "아!"를 그저 "신음"으로, 가슴속에서 흘러나온 것이 아닌 그저 음성생리학적 소리로 받아들인다. 1900년경 사랑이라는 전체성은 이제 개별적 충동들, 프로이트에 의하면 고립된 충동들의 부분대상들로 해체된다. 포노그래프가 저장하는 것은—켐펠렌의 모음 자동 기계나 호프만의 올림피아처럼—기의나 영혼의 지표만이 아니다. 포노그래프는 가는귀를 먹은 에디슨의 외침에서 괴테의 아름다운 기관에 이르는 모든 임의적 소음들을 저장한다. 문자라는 독점적 저장 매체의 종말과 더불어 사랑도 종말에 이르게 되는데, 사랑은 시의 수많은 테마 중 하나이기만 한 것이 아니라 시의 매체 기술 그 자체였기 때문이다. 1800년대 이래 완벽하게 알파벳화된 여성 독자들은 사랑하는 자의 목소리를 철자들 아래에 복속시킬 수 있었다. 근원-소음을 따라가는 것은, 릴케에 의하면, "정신적 현존과 사랑의 은총"과는 더 이상 아무 관계가 없다.

기술자로서의 지식을 대중적 언어로 말할 수 있는 현대적 엔지니어 프쇼르 교수는 단도직입적으로 말한다. "친애하는 독자여! 괴테가 말을 할 때마다 그의 목소리는 당신 부인의 부드러운 목소리처럼 규칙적인 진동을 발생시킨다." 그에 비하면 괴테가 말한 것이 소피엔 판본으로 출간된 괴테 저작 144권을 가득 채울 만큼 "의미로 가득 차 있다"는 건 전혀 중요하지 않다. 다시 한 번 주파수 개념이 작품, 마음의 선율, 기의에 대해 승리한 것이다. 루돌프 로타어가 쓴 『말하는 기계에 대한 기술적-미학적 시도』는, 프쇼르에

 대한 논평이기라도 하듯, 이런 문장으로 시작한다.

> 헤라클레이토스는 모든 것은 흐른다고 말한다. 우리는 현대적 세계관에 맞게 이 문장을 보완할 수 있을 것이다. 모든 것은 파동으로 흐른다,라고. 이 세상에서 일어나는 일은 우리가 그것을 삶이라고 부르든 역사라고 부르든, 혹은 자연현상으로 나타나든 간에, 전부 파동의 형태로 일어난다.
>
> 리듬이 세계 최고의 신성한 법칙이라면, 파동은 근원적이며 보편적인 현상이다.
>
> 빛, 자기, 전기, 온도, 소리는 파동, 파상 또는 진동에 다름 아니다……
>
> 파동의 측정 단위는 미터이며 시간 단위는 초이다. 1초당 1미터 내에서 측정되는 진동을 주파수라고 칭한다. 빛, 전기, 자기의 주파수는 동일한데, 초당 약 7백 조 진동하며, 전파 속도는 초당 약 3억 미터이다.
>
> 소리의 진동은 다른 현상들보다 현저하게 주파수가 낮다. 소리의 전파 속도는 초당 약 332미터이다. 인간의 귀가 들을 수 있는 가장 낮은 음은 초당 8회, 가장 높은 음은 약 4만 회 진동한다.[91]

지극히 비非괴테적인 “근원 현상이자 보편 현상”인 이 파동의 시학은, 파동이라는 형태로 사건들에 보편성을 부여하는 새로운 시의 생산까지 가능하게 한다. 1928년 슈톨베르크 출신의 공장 목공 카를 아우구스트 뒤펜기서Karl August Düppengießer가 쾰른 라디오 방송국에 보냈던 소네트 「라디오 파동」처럼 말이다.

파동이여, 네 다양한 형태를 의식하라,
움직여라, 우리 모두를 에워싸고,
세계의 조종간을 잡고 — 더 높으신 손에 위탁받아 —
정신에 새로운, 더 넓은 인간의 가슴을 부여하는.[92]

하지만 프쇼르 같은 엔지니어에게는 "다른 사람," 심지어 라디오 파동 시인보다 유리한 점이 있다. 그들의 "정신이" — 엔지니어 시인 막스 폰 마이 아이트Max von May Eyth에 의하면 — "존재했던 세계로부터가 아니라 존재할 세계로부터 온다"는 것이다. 파동을 통해 "아직 만들어지지 않았던 것을 만드는"[93] 일은 다양한 파동 형태에 대해 소네트를 짓는 것보다 더 효율적이다. 그렇기에 프쇼르는 자연법칙을 이용하는데, 이는 헤라클레이토스의 "만물의 유전Panta rei"이나 괴테의 "변화 속의 지속Dauer im Wechsel"과는 달리 측정 결과에만 의존하기에 개성과는 무관하게 누구에게나 적용 가능하다. 파동의 법칙은 「변화 속의 지속」의 저자도 피해가지 않는다. 소리의 주파수 스펙트럼과 전송 속도가 너무 낮아서 이를 측정하는 일은 식은 죽 먹기이다. (괴테를 사후에 필름에 담기 위해서는 테라헤르츠 대역의 녹화장치가 필요한 것에 비교하면 말이다.)

수학적 엄밀성을 갖춘 프쇼르는, 사람의 음성 주파수 진동은 수백 년이 흘러도 그 값이 0이 되지 않는 음陰의 지수 함수로 남는다는 걸 알고 있었다. 포노그래프의 망자의 영역에서 영혼은 "매우 약해진" 음향 신호 진폭의 형태이긴 하지만 영원히 현존하는 것이다. "말하자면, 말이 영원하게 되었다." 에디슨의 발명 직후 『사이

언티픽 아메리칸*Scientific American*』에 실린 다음과 같은 제목의 기사에 등장한 말이다. 「기적의 발명 — 자동 녹음에 의해 무한 반복이 가능해지다!」[94]

하지만 (휴스David Edward Hughes의 카본 마이크와 비교하면) 상대적으로 감도가 좋은 파우더 마이크를 개발했던 에디슨도 죽은 자에게 접근할 수는 없었다. 그의 포노그래프는 집음부에서 공명을 통해 음을 기계적으로만 증폭했기 때문에, 죽어가는 존재의 마지막 단말마만 저장할 수 있었다. 그 마이크의 낮은 전류부는 접속된 유도 코일에만 영향을 줄 뿐, 포노그래프의 녹음 바늘을 움직일 수는 없었다. 그래서 바이마르의 프라우엔플란*에서 지금도 무한히 울리고 있는 100~400헤르츠 사이에 위치한 괴테의 저음 주파수는 측정될 수 없었다. 신호-소음 관계가 뒤엉키면 녹음은 무가치한 것이 되고 괴테의 말이 아니라 기껏해야 근원-소음만 남게 되었을 것이다.

프쇼르의 낙관주의는 이와는 다른 새로운 기술에 기반했다. "그동안 약해졌을 괴테의 목소리를 강화시키는 마이크"는, 원리적으로 증폭 요소들을 무한하게 조정할 수 있다는 전제 위에서만 가능하다. 1906년 리벤과 1907년 디 포리스트에 의해 현실화된 것이 바로 이러한 가능성이었다. 음성 신호의 증폭이 음극선에 작용하는 리벤의 열 음극관, 전류 흐름에 제3의 전극을 도입했던 디 포리스트의 오디언 검파기는 이후 모든 라디오 기술의 출발점이 되었다.[95] 그라모폰이 전기화될 수 있었던 것도 이 기술 덕분이다. 프쇼

* 괴테의 본가.

르의 기적 같은 마이크는 이 진공관 기술을 통해서만 기능할 수 있다. 1916년의 단편소설은 당대 최신 기술들을 전제하고 있었던 것이다.

정작 프쇼르의 고민은 다른 데 있었다. 문제는 증폭이 아닌 필터링이었다. 사랑하는 폼케 양은 실러부터 카프카까지 괴테의 집을 방문했던 방문객들이 만들어놓은 단어 잡탕 속에서 그녀의 영웅 괴테의 목소리만 들을 수 있어야 했다. 이에 대한 프쇼르의 해법은 릴케의 해법만큼이나 간단한 것이었다. 릴케가 축음기와 두개골을 겹쳐놓았듯이 프쇼르 역시 매체기술과 생리학을 겹쳐놓았다. 매체 혁명 시인인 브레히트와 엔첸스베르거Hans Magnus Enzensberger의 선구자로서 프쇼르는, 수신장치와 송신장치가 원리적으로 가역적이라는 사실에서 출발한다. "모든 트랜지스터 라디오는 그 구조적 원리에 따라 동시에 잠재적 송신기이기도 하고,"[96] 역으로 모든 마이크가 소형 스피커가 될 수 있는 것처럼, 바로 그렇게 괴테의 성대 역시 정상적으로도 혹은 가역적으로도 작동할 수 있다. 담화란 호흡 또는 소음의 생리적 필터링에 다름 아니고, 대역 통과 필터의 입력부와 출력부가 서로 호환 가능하기에, 괴테의 성대는 한때 자신이 내뱉었던 주파수 혼합체만 다시 수용할 수 있는 것이다.

이러한 선택적 수용을 기술적으로 실현하기 위해, 프쇼르 교수는 예술과 매체의 차이를 파악하기만 하면 되었다. 괴테의 성대 모델을 괴테의 "초상화와 흉상"에 따라 구성해보려던 그의 초기 계획은 실패할 수밖에 없었다. 왜냐하면 회화든 조각이든, 예술이란 신체에 대해서는 "매우 막연한 인상"밖에는 남기지 않기 때문이다.

릴케의 소설 『말테의 수기*Die Aufzeichnungen des Malte Laurids*

Brigge』의 주인공 말테 라우리드 브리게는 사냥 명인이었던 부친의 주치의들로부터, (부친의 마지막 소원에 따라) 사체에 "심장천공 Herzstich"을 하는 동안 방에서 나가달라는 요청을 받는다. 하지만 브리게는 방을 떠나지 않고 수술에 입회한다. 그가 내세운 이유는 이것이다. "아니, 아니오. 미리부터 상상할 수 있는 건 세상에 아무것도 없어요. 모든 것은 예측할 수 없이 많은 유일무이한 개별 요소들로 이루어져 있어요. 제아무리 빨라도 상상력은 그 세부를 보지 못하고, 그것들이 결여되어 있다는 것도 알아차리지 못해요. 그만큼 현실이란 느리며 묘사 불가능할 만큼 상세하지요."[97]

상상력에서 정보 처리로, 예술에서 정보기술적 혹은 생리학적 개체성으로의 이행. 이것이 압노사 프쇼르가 이해해야 했던 1900년대의 역사적 전회다. 부친의 임종을 맞이한 브리게 혹은 파리 에콜 드 보자르의 릴케처럼 프쇼르 역시 결국 사체를 향한다. "괴테가 시체로나마 아직 존재하고 있다"는 것이 프쇼르의 세속적 각성이었다. "실물 크기의 흉상과 초상화들," 괴테하우스 관리자인 추밀고문관 뵈펠 같은 사람만 해부 모델과 혼동할 뿐인 이 상징계 대신에 실재계가 등장하는 것이다.

사체를 모델로 제작한 호흡부를 대역 통과 필터로, 마이크와 진공관으로 증폭한 포노그래프를 저장 매체로 갖춘 프쇼르는 이제 작업을 시작할 수 있다. 그가 행했던 것은 릴케의 근원-소음과 세기 전환기 모든 매체 개념의 원리였던, 생리학과 기술의 결합이었다. 오늘날 보편화된 디지털화 속에서는, "사체"를 장치라고 부르게끔 했던 프쇼르의 "급진성"은 없어도 무방하다. 실재계의 통계학이 수량화, 다시 말해 알고리듬화를 허용한다면 "'생각하는 기계'에 인조 피부를 덮어 인간 같은 모습으로 만드는 것은 의미가 없다"는 튜링의 간결한 명제가 타당성을 획득한다.[98]

하지만 매체기술 창시자들의 시대에 모든 것은 살과 기계의 결합을 향해 나아갔다. 중추신경계의 기능을 기술적으로 실현하기 위해(그를 통해 결국 중추신경계를 무용하게 하기 위해)서는 먼저 인공 중추신경계가 만들어져야 했다. 릴케나 프쇼르의 프로젝트는 단순한 픽션이 아니었던 것이다.

첫번째로, 1857년 스콧이 만든 포노토그래프는 모든 면에서 인공 귀의 재현이었다. 고막을 모델로 진동막이, 이소골耳小骨을 모델로 해머가, 침골砧骨과 등골鐙骨을 모델로 돼지 털 촉이 만들어졌다.[99]

두번째로, "1839년 괴테의 개인적 대화 상대이자 '라인 지역의 위대한 생리학자' 요하네스 뮐러Johannes Müller는 특정 모음들의 소리가 어떻게 생겨나는지를 구체적으로 연구하기 위해 사체들에서 다수의 성대를 적출해냈다—사체를 구하는 건 매우 모험적인 일이었다. 뮐러가 그중 하나에 바람을 불어넣자 '고무 진동판이 부착된 파이프' 같은 소리가 났다. 이렇게 파편화된 신체로부터 실재계가 응답하였다."[100] 신성한 대공 묘지에서의 모험적 감행을 통해 괴테의 사체 일부를 얻어낸 프쇼르는, 사실 괴테 자신의 대화 상대였던 이가 시도했던 실험을 완벽하게 완성한 것일 뿐이다.

세번째로, 1863년 9월 6일 우리의 근원-저자의 프랑크푸르트 히르슈그라벤 생가에서 (프쇼르와 괴테를 더 긴밀히 관련시키는) 획기적 실험이 행해졌다. 히르슈그라벤에 매체가 침입했다. 필립 라이스가 전화-실험에 대한 두번째 강연을 행한 지 얼마 되지 않아, "팔려 나간 괴테하우스를 다시 구원해내고 자유 독일 주교구 연합Freien Deutschen Hochstift을 세웠던 폴거 박사Dr. Otto Volger가 괴테하우스에서 제후회의 참석차 프랑크푸르트에 머무르고 있던 오스트리아의 황제 요셉과 바이에른 왕 막시밀리안 앞에서 전화기를 선보였다."[101] 문학으로부터 매체기술로의 급격한 역사적 전환이 마치 이 장소에서 이루어졌던 것처럼.

라이스 자신이 썼듯이, 그의 전화기는 "특정한 소리 또는 소리 결합체와 동일한 곡선을 가진 진동들"—"귀가 지각하는 것은 유사한 곡선들을 통해 묘사될 수 있는 것에 다름 아니며, 이것만 있으면 우리는 모든 소리와 소리 결합체를 명확히 의식할 수 있기에"—을 산출해냈다. 하지만 이론적으로는 모든 것이 분명했음에도 "인간의 음성 언어를 모든 사람에게 분명히 들릴 만큼 재생하는 것은 아직 불가능"했다.[102] 때문에 네번째이자 마지막으로, 알렉산더 그레이엄 벨Alexander Graham Bell이 전선戰線에 나와야 했다.

음악 전보(라이스처럼)나 바다의 소음(카프카처럼)만이 아니라, "모든 사람을 충분히 만족시킬 만큼 또렷하게 들리는" 말을 전송하는 대량생산 가능한 전화기는 1876년에 등장한다. 그로부터 2년 전, 음성학자의 아들이었던 기술자 벨은 생리학자와 귀 의사에게 자문을 구했고, 의학박사 클래런스 존 블레이크Clarence John Blake가 매사추세츠의 '눈과 귀 의료원Eye and Ear Infirmary'을 통해 사체 두 구로부터 중이中耳를 구해주었다. 이를 연구하던 벨이 "이렇게 얇고도 정교한 진동막"인 고막이 "그와 비교해보면 매우 단단한 뼈를 움직이게 할 수 있다"는 사실을 깨달으면서 기술적 돌파구가 열렸다. "그 즉시 머릿속에서 말하는 진동판-전화의 착상이 떠올랐다. 송신기로 기능하던 것과 유사한 도구를 수신기로도 사용할 수 있다는 것을 알게 되었기 때문이다."[103]

그로부터 십수 년 후 프쇼르, 브레히트, 엔첸스베르거, 그 밖의 다른 적지 않은 사람들에게 계시를 내리게 되는 것이 바로 이 호환성이었다. 때문에 벨과 블레이크는 최후의 한 발을 내딛는 걸 주저하지 않았다. 단 한 번의 실험을 통해 그들은 기술과 생리학을, 철과 살을, 음성 기록기와 사체의 일부를 결합시켰다. 그 이후 전화가 울리는 곳에는 늘, 조가비[수화기]의 영혼이 거주하는 것이다.

독일 문학사의 유명인의 신체기관이라고 해서 특별히 보호해야 할 이유는 없었다. 프쇼르가 행한 일은 벨과 블레이크의 실험을 재차 뒤집은 것뿐이다. 여기에는 귀라는 수신기관 대신 성대라는 송신기관이 등장한다. 프쇼르가 축음기의 손잡이를 돌리자 인공적인 괴테의 사체가 괴테의 시를 낭송한다. 마치 모든 "친구들"이 도주하려는 "어두운 방"이 결국 책이라 불리는 무덤이기라도 하듯이.

지금까지는 별 문제가 없다. 해부학과 기술로 언어를 재구성하는 일은 프쇼르가 정확히 명시했던 경계—"실제성이 아닌" "가능성의 반복"—안에 머무르는 한 결코 픽션이 아니다. 프쇼르 바로 직전에, 페르디낭 드 소쉬르Ferdinand de Saussure가 랑그와 파롤, 언어와 발화를 구분하고, 기호와 사라지는 음성 흐름의 조합에 근거한 새로운 언어학을 창시했다.[104] 그에 따라, 괴테가 말하는 방식이 어떤 음소와 어떤 구분 가능한 특징들로 이루어져 있는지만 알면, (프쇼르가 선택했던 길들여진 잠언Zahme Xenion뿐만이 아니라) 생각할 수 있는 모든 문장을 산출할 수 있게 된다. 이것이 랑그 개념의 목표였다.

이후 소쉬르의 『일반 언어학 강의*Cours de linguistique générale*』가 언어 분석과 언어 합성의 보편적 알고리듬이 되었다. 마이크로프로세서는 이전 시기 매체기술의 개척자들처럼 시체의 독이나 피를 걱정하지 않고도 한 화자의 발화로부터 음소 일람을 도출해낼 수 있다. 튜링 기계는 더 이상 인조 피부를 필요로 하지 않는다. 아날로그 신호는 간단하게 디지털화되어 순환 디지털 필터를 통과, 자동상관계수로 계산된 후 전기적으로 저장된다. 프쇼르의 대역 통과 필터가 했던 분석이 현대적인 수단을 획득한 것이다. 이제 다음 단계에서는 임의적인 언어 합성이 가능해진다. 이것은 컴퓨터의 논리가 언어로부터 추출해낸 "가능성의 반복"이다. 허파와 성대 대신 두 개의 디지털 발진기가 등장하는데, 무성자음을 위한 소음 발생기와 모음 또는 유성음소를 위한 가변 주파수 생성기가 그것이다. 인간의 말이 [무성자음과, 모음 또는 유성음소로] 구분되는 것과 마찬가지로 여기서도 이진법적인 결정이 이루어진다. 즉 이 두 발진기 중 어느 쪽이 순환 필터로 가게 되는지가 결정된다. 성대와 구강 공간에서의 음의 반향과 속도를 전기적으로 시뮬레이션하는 순환 필터는, 언어 분석의 결과물을 선적인 술어 형태로 보존하는 자동상관계수에 의해 조정된다. 이 모든 과정이 이루어진 다음에는 저주파수 대역 필터가 신호 흐름을 다시 아날로그 신호로 변환시킨다.[105] 그렇게 되면 우리는 생성된 일련의 음소들에 의해 "묘한 감동을 받거나" 안나 폼케처럼 "속임"을 당할 수 있다.

프쇼르는 그보다 더 많은 것을 원한다. 변덕스러운 시민계급 소녀의 요구를 "정확히 충족"시키기 위해 그는 "괴테가 직접 한 말의 실제 반복"을 시도한다. 푸코보다 반세기나 앞서 담론 분석을 수행하려는 것처럼 말이다. 주지하다시피 푸코의 『지식의 고고학 *L'archéologie du savoir*』은 소쉬르적 언어 개념, 곧 "무한한 수행을 가능하게 하는 유한한 규칙 체계"로부터 실제 행해진 표명들로 이행한다. "담론적 사건들의 장은 늘 유한하고 현실적으로 제한된 양의 표명된 언어적 연쇄들로 이루어져 있다."[106] "그 표명들은 필연적으로" 어떤 "물질성"을 따르게 되는데, 그것은 프쇼르가 실제 반복했던 것처럼 "다시 쓰기와 옮겨 쓰기의 가능성들을 정의"한다.[107]

하지만 어떻게 담론 반복이 정확하게 이루어질 수 있는가는 (적어도 프쇼르의 경우에는) 그의 사업상 비밀로 남아 있다. 어떻게 "우리가 바로 이 대화를 들을 수 있었던 건가요"라는 추밀고문관 뵈펠의 의심쩍은 질문은 정당하다. 괴테의 목소리가 수십 년 동안 바이마르 프라우엔플란의 집에 풀어놓았을 모든 소리 파동들은 공기 중에 동시에 존재하고 있을 것이다. "이전에 일어났던 사건들의 모든 파동들이 오늘날에도 세계 공간 속에서 진동하고 있다"고, 프리들랜더의 또 다른 소설 속 주인공은 (프쇼르의 이름을 끌어와) 말한다.[108] 프쇼르의 축음기는 동시적으로 존재하는 입력 데이터들을 저장했는데, 축음기는 그것을 연쇄적으로 재생할 수 있어야 했다. 그러지 않았다면 괴테가 내뱉은 모든 이야기들의 총합은 백색 소음으로만 실린더에 저장되었을 것이다.

신호 프로세서가 언어, 어휘 일람, 대화의 주제 등과 같은 분석 대상에 대한 전제들을 광범위하게 저장할 수 있게 된다면, 미래에는 선적 술어법 혹은 자동상관계수 같은 추측 통계학적 신호 분석 방법을 통해 과거의 사건들도 시간 축에 따라 정돈할 수 있게 될지도 모른다. 현재 비非노이만 형 기계의 칩 생산이 이루어지고 있다. 하지만 1916년의 장치로는 특정한 날 저녁 행해졌을 괴테의 말들을 실제의 "시간 흐름에 따라 정확히 배열"하는 것은 불가능했다.

지금까지 전자공학적 어휘를 동원해 설명한 것은 다음과 같은 자명한 사실을 입증하기 위해서였다. 프리들랜더는 괴테의 축음기 담화를 날조해냈다. 무명 저자들 중에서도 가장 무명인 저자 미노나Mynona는 유명 저자들 중에서도 가장 유명한 저자의 입으로 그 저자를 넘어서 새로운 이야기를 말하게 한다. 괴테에 의하면 "문학은 파편들의 파편"이며 "일어나고 말해진 것 중 아주 작은 부분만이 쓰여지고, 쓰여진 것 중에서도 아주 작은 부분만이 남게 되기" 때문이다. 프리들랜더에 의하면 매체 시대의 문학은 잠재적으로 모든 것이기도 하다. 그의 소설 속 주인공은 "에커만이 우리에게 전하지 않고 숨겼다"고 추정되는 대화들을 보충할 수 있다.

무엇보다 [그 대화에 등장하는] 『색채론*Farbenlehre*』의 한 장은 (뉴턴에 대한 경멸은 공통적이기는 하나) 괴테의 것이라기보다는 프리들랜더의 것이다. "마법과 같은 태양의 의지"와 하나가 된 "우리의 의지"로 "운명을 정복할 수 있다"는 말에 담긴 초인의 개념은, 철학자 프리들랜더가 그의 멘토 마르쿠스 박사에게서 가져온 것이고, 마르쿠스 박사 자신은 칸트에게서 빌려온 것이었다. 프리들랜더가 괴테의 "색채론"을 "회색 마법"으로, 다시 말해 세계를 극장으로 바꾸는 일에 착수하는 동안, 프리들랜더의 영화 원작 소설 『회색 마법』의 주인공이며, 마르쿠스Marcus라는 이름을 뒤집어 만든 수크람Sucram 박사는 "이제 이성의 마법은 나이를 먹어간다. 그것은 자연 그 자체를 기계로 만들 것이다"[109]라고 천명한다.

(수크람의 적수인 영화제작자 모르비티우스의 말을 빌리자면)

마침내 기술이 "마법에서 벗어나 기계를 향해 가던"[110] 시기에, 철학은 기계로부터 다시 마법이 생겨날 것이라는 환각을 보기 시작한다. 프쇼르와 수크람에게 영감을 준 것은 칸트가 말한 순수한 직관 형식들의 기술화된 버전이었다. "모든 사건들은 우연하고 의도되지 않은 수신기에 전해지고, 자연 자체에 의해 사진 찍히고 녹음되어 보존된다." "이 우연한 수신기들로부터" 시간과 공간이라는 직관 형식들과 하나가 된 "의도적 수신기를 만들기만 하면," 과거의 모든 것들을—특히 영화적으로, 모르비티우스를—현재로 불러낼 수 있다.[111]

프리들랜더의 철학은 매체기술적 상황을 충실하고도 착란적으로 좇는다. 1900년 5월 19일 오토 비너Otto Wiener는 라이프치히 대학 취임 강연에서 매우 적절하게도, 도구에 의한 "우리 감각의 확장"의 문제를 이야기한다. 프리들랜더의 경우와 마찬가지로, 그 강연의 출발점에는 다음과 같은 통찰이 자리 잡고 있다. "스스로 기록하는 장치와 그 밖의 자동 장비의 도움을 받아 우리의 물리적 지식 전체를 일종의 물리적 자동 기계-박물관의 형태로 객관적으로 저장하는 것은 근본적으로 힘든 일이 아니다." 그 박물관은 심지어 외계의 지적 생명체에게도 "우리의 지식 수준에 대해 알려줄 수" 있을 것이다. 그런데 비너는 결론에서 "공간과 시간 직관의 선험성이라는 칸트의 가정은 불필요하다"고 선언하는 "입장에 전적으로" 들어서게 된다.[112] 매체는 철학에서 "가장 경외스러운 정신적 감각을 지닌 고상한 행위자"인 인간을 역사적으로 불필요하게 만든다.

프리들랜더가 괴테의 철학적 담화를 "목이 잠긴 듯 쉭쉭 웅웅거리고, 무언가 긁히는 듯한" 소리로 시작해 "코를 고는" 것으로 끝나게 만든 것은 이러한 이유에서이다. 튜링의 보코더가 그의 최고 군사령관[처칠]의 라디오 담화를 "완전히 균일하고 아무 정보도 없는 쉬쉬거리는 소리"로 변환시켰을 때만큼 무작위적이고 수학적이지는 않지만, "실제로 다시 포착된" 괴테의 목소리는 분명 실재계에 속한 것이었다. 위인들의 허구적 남근은 붕괴한다. 프쇼르가 그로서는 "도저히 이길 수 없는 연적 괴테의 성대"를 기차 바퀴에 던져 "망가뜨렸을" 때 엔지니어는 작가를 이기고 승리를 거둔 것이다.

서정시에서 유행가로

1887년 에디슨은 잡지 『사이언티픽 아메리칸』의 편집인들 앞에서 이렇게 말했다. "새로운 포노그래프는 구술 내용을 녹음하고, 법정에 증언을 제시하고, 연설을 기록하고, 음악을 재생하고, 외국어를 가르치는 데 도움이 됩니다." 그뿐 아니라 "일반인들 사이의 편지, 군사적 명령의 교부," "위대한 가수의 노래, 위대한 인물의 설교, 연설, 담화의 보급을 위해서도 사용될 것입니다."[113] 이 덕분에 1887년 이후의 명사들은 프쇼르가 행한 사체 모욕을 겪지 않아도 되었다.

이 가능성을 전 세계적으로 보급하기 위해 에디슨은 구세계에 대표단을 파견했다. "영국에서 자기 목소리를 왁스 실린더에 영원히 남기는 데 동의했던 에디슨의 자발적 제물 중"에는 오래전부터 에디슨을 찬미했던 영국 수상 글래드스턴William Ewart Gladstone과 시인 테니슨Alfred Tennyson, 브라우닝Robert Browning이 있었다. 독일에서는 비스마르크Otto von Bismarck와 「헝가리 무곡Ungarischen Rhapsodien」을 직접 지휘, 녹음해 후세 지휘자들이 자기 식으로 지휘할 가능성을 제거했던 브람스Johannes Brahms가 스스로를 제물로 바쳤다.[114] 젊은 황제 빌헬름 2세는 실린더에 대고 말하기 전에 다른 이들과는 다른 행동을 했다. 그는 이 기계의 기술적 세부 사항에 대해 꼬치꼬치 캐묻고 자기 눈앞에서 기계를 분해, 결합하게 했다. 그러고는 에디슨이 파견한 대표단을 제치고, 그를 경탄스러운 눈으로 바라보는 베를린의 궁중 인사들 앞에서 친히 그 장치를 조립하고 실행해 보였다.[115] 이를 통해 — 에디슨을 자유롭게 활용하여 — 군사적 명령이 기술적 시대로 들어서게 되었다.

해양 전략을 위해 무선전화Radiotelephonie를 연구하고,[116] 텔레푼켄Telefunken 사를 창설했으며, 군사적 선견지명을 발휘하여 최초의 고속도로인 아부스AVUS를 개통시켰던[117] 황제의 이러한 영웅적 행동 이후 독일 문학은 문자가 없는 새로운 흔적을 받아들이게 되었다. 1897년 외무부 참사관이자 빌헬름 시대의 국가 시인이었던 에른스트 폰 빌덴브루흐Ernst von Wildenbruch가 처음으로 포노그래프 실린더에 말할 자격을 얻었다. 빌덴브루흐가 "목소리의 포노그래프 녹음"을 위해 특별히 쓴 시가 오늘날까지 전승되게 된 사정은 많은 것을 말해준다. 출간된 그의 선집에는 이 시가 빠져 있었다. 그래서 AEG-텔레푼켄의 수석 엔지니어이자 PAL-TV 발명자로 이 역사적인 음성 아카이브에 접근할 특권을 갖고 있던 발터 브루흐Walter Bruch 교수가 실린더에 녹음된 이 시를 듣고 다시 전사해야 했다. 그랬기에 이 시는 시인, 식자공 그리고 문학연구가들을 경악시키는 형태로 인용되게 되었다.

> 인간의 얼굴은 형상화될 수 있으며, 눈은 그림을 통해 붙잡을 수 있다. 하지만, 호흡에서 생겨나는 목소리, 이 신체 없는 목소리는 사라지고 날아가 없어져버린다.
>
> 얼굴은 아양을 떨면서 눈을 속일 수 있지만, 목소리의 울림은 속일 수 없다.
>
> 그래서 포노그래프는 나에게 숨겨진 것을 드러내고, 과거가 말하도록 강요하는,
>
> 영혼의 참된 사진인 것처럼 보인다. 이 잠언의 울림으로부터 에른스트 폰 빌덴브루흐의 영혼을 들어라![118]

다작으로 유명하기는 했어도, 빌덴브루흐가 이렇게 빈약한 운을 달았던 적은 없었다. 이 포노그래프 시는 미리 쓰여진 원고 없이 포노그래프 집음부에 대고 즉흥적으로 읊은 것이다. 고대 음유시인들이 메타포나 암기한 단어들을 구술하면서 서사시 전체를 조합해내던 태고 이래, 처음으로 다시 가수로서의 재능이 요구된 것이다. 이러한 상황이 빌덴브루흐에게서 문자 언어를 빼앗아갔다.

최후의 철학자이자 최초의 매체이론가인 니체는 이 시기보다 약간 앞서, 서정시나 문학은 기억술이다,라고 가르쳤다. 1882년 『즐거운 학문*Die Fröhliche Wissenschaft*』에서는 "시의 기원Ursprung der Poesie"이라는 제목하에 이런 글을 썼다.

시가 생겨난 저 오래전 옛날, 말에 운율을 끌어들였던 당시 사람들은 시가 지닌 유용성, 그것도 매우 커다란 유용성을 염두에 두고 있었다. 이것은 문장의 모든 요소들을 새로이 배치하고, 단어들을 선별하고, 생각에 새로운 색을 입혀 더 애매하고 낯설고 더 멀게 만드는 힘이었다. 물론 이것은 미신적 유용성이었다! 운율이 없는 말보다 시구를 더 잘 기억할 수 있다는 것을 깨닫고 난 후, 인간들은 운율의 힘으로 신들에게 인간의 소망을 더 깊이 마음에 새기도록 하려 했던 것이다. 또한 사람들은 운율의 반복을 통해 더 멀리까지 자신의 말이 들리게 할 수 있다고 생각했으며, 운율을 붙인 기도는 신들의 귀에 더 가까이 다가간다고 믿었다.[119]

박자와 리듬을 (근대 유럽어로 말하자면 운율을) 갖춘 시의 기원에는 구술 문화의 조건에서 나온 기술적 문제들과 그 해결책이 함께 자리 잡고 있었던 것이다. 철학적 미학자들은 전혀 알아차리지 못했지만, 기억의 저장 용량을 늘리고 채널의 신호-소음 비율을 개선해야 했다. (인간은 쉽게 망각하고 신들은 소리를 잘 듣지 못하기에 말이다.) 시의 문자화도 이 필요성을 그다지 많이 바꾸지는 못했다. 왜냐하면 텍스트가 (프로이트나 안나 폼케를 자유롭게 인용해 말하자면) 욕망의 불멸성을 얻으려면 책이라는 저장고에서 나와 수용자의 귀와 가슴으로 돌아가야 하기 때문이다.

이러한 필연성은 소리의 기술적 저장 가능성이 등장하면서 비로소 사라진다. 그와 더불어 그리스의 리드미컬한 박자나 유럽의 운율을 통해 단어에 소멸을 넘어서는 영속성을 불어넣는 일이 불필요해진다. 에디슨의 말하는 기계는 정돈되지 않은 문장-원자들까지 저장해, 실린더를 통해 아주 먼 곳까지 운송한다. 시인 샤를 크로가 포노그래프라는 발명품을 스스로 아직 만들어내지 못했기에 시적인 운율과 "새김"이라는 당당한 제목을 달아 영원화하려 했다면, 단순한 소비자인 빌덴브루흐는 그와는 다른 위치에 서 있다. "목소리의 포노그래프 녹음"을 위해 그는 더 이상 시적 수단들을 필요로 하지 않게 된 것이다. 그의 목소리는 사라지지도 날아가 없어지지도 않고 오늘날의 엔지니어에게까지 도달한다. 기술이 기억술을 누르고 승리한다. 그렇게 오랫동안, 그렇게 많은 사람들의 흠모의 대상이었던 문학의 죽음을 알리는 조종이 울리는 것이다.

이러한 상황에서 작가들에게 남은 선택지는 별로 없다. 그 하나는, 말라르메나 슈테판 게오르게Stefan George처럼 행간의 상상적 목소리를 완전히 추방하고, 철자 물신주의자Buchstabenfetischisten들에 의한, 그리고 그들을 위한 제의를 시작하는 것이다. 그렇게 되면 시는 엄청나게 비싼 흰 종이 위에 타이포그래피적으로 최적화된 검은색이 된다. 『주사위 던지기*Un coup de dés*』 혹은 주사위 놀이처럼.[120] 다른 선택지는 판매 전략을 염두에 둔 것으로, 안나 폼케가 괴테의 시에서 환각적으로 떠올렸던 상상적 목소리를 떠나 실재계로 옮겨가는 것이다. 그렇게 되면 문학은 무명 작사가의 서정시로 레코드판 위에 재등장하게 된다. 문맹자들도, 아니 바로 문맹자들이 그 수요층이다. 구술 문화의 조건에서는 기억술을 필요로 했던 일이 기술적 조건에서는 완전히 자동화되기 때문이다. "기술이 복잡해질수록 우리는 단순하게," 다시 말해 더 많은 것을 망각하면서 "살아갈 수 있다."[121] 레코드판은 포노그래프적으로 이루어진 기입이 뇌생리학적 기입으로 전환될 때까지 돌고 또 돌아간다. 우리가 대중가요나 록 음악을 외우게 된 것은, 더 이상 무엇인가를 외워야 할 이유가 없기 때문이다.

1930년 "사무원들Die Angestellten"을 인구통계학적으로 포착하려던 지그프리트 크라카우어Siegfried Kracauer는 그들의 밤 생활을 알기 위해 한 타이피스트와 친교를 맺는다. "그녀는 무도장에서든 교외의 카페에서든 음악을 들으면서 늘 유행가 박자에 맞춰 흥얼거린다는 특성을 갖고 있다. 그녀가 그 유행가들을 다 알고 있는 것이 아니라, 유행가들이 그녀를 알아보고 그녀를 끌어들여 부드럽게 애무하는 것이다."[122]

"최신의 독일"에서 나온 그 사회학으로부터, 이름가르트 코인Irmgard Keun의 1932년 작 (크라카우어를 십분 활용해 쓴 것이 분명한) 『레이온 소녀*Kunstseidenes Mädchen*』에 등장하는 여주인공들까지의 거리는 2년 혹은 두 발짝에 지나지 않는다. 그라모폰이나 라디오를 듣는 그녀들은 시인(베를린이라면 매춘부)이 된다. 이 오락물 소비자를 오락물 생산자의 궤도 위에 올려놓는 것은 레이온 합성섬유회사 사무원 도리스가 하루 종일 그 앞에 앉아 일하는 타자기가 아니다. 도리스와 때마다 바뀌는 그녀의 애인이 "라디오에서 나오는 음악"을 들을 때, 비로소 그녀는 유행가 「비엔나, 비엔나, 오직 너만」에서처럼 스스로 "시인이," "물론 어느 정도까지만"이지만, "운율을 맞출 수 있는" 시인이 된 것처럼 "느낀다."[123] 달이 비추는 밤, "옆방에서 그라모폰"이 돌아가고 있으면 "그녀 내부에서 무언가 거대한 것이 꿈틀거린다." 유행가를 들으며 도리스는 처음으로 "시를 쓰고 있다"는 감정을 느꼈고, 그다음 그녀는 자서전이나 소설 쓰기를 결심한다.

> 모든 걸 기록하는 게 좋겠다. 난 비범한 사람이니까. 일기를 쓰려는 게 아니다. 시대의 유행을 따르는 열여덟 살 소녀에게 일기란 우스꽝스럽다. 나는 영화처럼 쓸 것이다. 내 삶이 곧 영화고 더욱더 영화처럼 될 테니까…… 나중에 읽어보면 전부 영화 같을 거야. 내가 [영화 속] 장면에 들어가 있는 것처럼 보이겠지?[124]

이 오락 소설은 (아니 코인은) 오락 소설의 매체기술적 생산 조건을 정확히 묘사하고 있다. 그라모폰이라는 매체는, 그라모폰의 외부 지향성Auswendigkeit의 내면화Inwendigkeit에 다름 아닌 서정시를 불러내고, 그럼으로써 즉시 모든 텍스트성을 넘어 영화라는 매체에 안착하게 된다.

> 내 심장은 그라모폰이다. 가슴속 날카로운 바늘에 자극 받아 연주한다…… 극장에선 음악이 나오고, 레코드판 위에선 사람들의 목소리가 전송된다. 모든 것이 노래한다……[125]

유행가에서 나와 영화로 흘러 들어가는 소설들. 그것이 저 비非독자Nicht-Leser의 문학이다. 그리고 다름 아닌 바로 『문학 세계*Die literarische Welt*』가 1926년 이후 이 문학에 대한 서평을 써왔다.

> 비독자의 문학은 세계에서 가장 많이 읽히는 문학이지만, 아직도 그 역사가 쓰여지지 않았다. 나 역시 아직 이를 쓸 만한 역량이 없다. 다만 그 분야들 가운데 하나에 대해 지적하고 싶다. 서정시Lyrik

말이다. 이 문학에는 “우리 문학”처럼, 특별히 서정시를 위한 섹션이 있다. 몇 주마다 “올해 가장 사랑받은 시인이 누구인가?”라는 설문조사가 이루어진다. 그런데 이 질문에 대해 우리는 늘 틀린 대답을 해왔다. 우리가 아는 시인들은 고려의 대상도 되지 않기 때문이다. 릴케도, 케자르 플라이슐렌Cäsar Flaischlen도, 괴테도, 고트프리트 벤도 나오지 않는다. 여기 등장하는 이름은 프리츠 그륀바움Fritz Grünbaum(「네가 할 수 없다면, 내가 할게!」), 슈나우저Schnauzer와 벨리슈Welisch(「네가 내 숙모를 만나면」), 베다Beda(「하필이면 바나나라니」), 로베르트 카처Robert Katscher(「마돈나, 너는 태양빛보다 아름답다」)—그리고 훨씬 더 많은 사람들의 이름이 플라이슐렌, 릴케, 벤에 앞서 등장한다.

『최신 유행가 222곡』. 바로 이것이 가장 많이 읽힌 서정시집이다. 두 달마다 내용이 갱신되고 보충된다. 모두 합쳐 10페니히면 된다. 여기에는 진정한 부류의 서정시, 연애시만 있다. 소녀, 여인, 그리고 여성…… 다른 주제들은 선호되지 않는다.[126]

서로 대치하는 두 진영에 속한 이름들은 오래전 다른 이름으로 대체되긴 했으나, 이러한 정황에 대한 묘사는 오늘날에도 정확히 유효하다. 기술적 소리저장장치가 발명되면서 문학이 독자에게 주는 영향력은 히트곡 퍼레이드나 차트의 새로운 서정시로 옮겨간다. 이 텍스트를 쓰는 이들은 인세를 거부하기보다는 차라리 이름 없기를 택하며, 이 텍스트의 수용자들은 사랑을 거부하기보다는 차라리 문맹을 택한다. 하지만 이 현대의 서정시는 동시에 엄격한 매체기술적 분화를 통해 생겨난 것으로, 노래로 부를 수 있는 가능성에서 시작해서 사랑에까지 이르는 모든 감각의 대체물, 곧 텍스트 읽기를 포기한다. 이 시들의 광휘는 — 오스카 와일드의 아이러니컬하지만 적확한 표현에 의하면 — 시가 읽혀지지 않는다는 데서 나오기 때문이다.[127] 릴케가 시적인 두개골 봉합선 축음기를 계획하고, 벤이 유행 산업과 경쟁하는 시를 쓴다 하더라도 이 상황은 변하지 않는다. 그라모폰과 영화가 문화비평가가 따라잡을 수 없는 우리의 현재라는 사실을, 벤의 시구들은 기록하지만 증명하지는 못하기 때문이다. 만일 그랬다면 벤의 시구들은, 그 시구가 말하고 있는 유행가처럼 인기는 얻었겠지만, 벤 자신은 무명으로 잊혔을 것이다.

> 일류 유행가는
> 500페이지에 달하는 문화 비판보다 더 1950년 적이다.
> 모자와 외투를 갖고 들어갈 수 있는 영화관에는
> 극장보다 더 많은 소방용수가 있고
> 귀찮은 중간 휴식 시간 따위도 없다.[128]

오락 문화U-Kultur와 엘리트 문화E-Kultur, 전문적 기술과 전문적 서정시. 매체의 태동기 이래 남은 건 이 두 선택지다. 여기에서 배제되는 것이 빌덴브루흐의 제3의 길이다. 이 제국의 국가 시인은 "이 잠언의 울림으로부터 에른스트 폰 빌덴브루흐의 영혼을 들어라!"라며 운을 맞춘다. 기술적 장치에 대고 이야기하고 있으면서도 불멸의 이름을 요구할 수 있다는 듯이. 울림에서 잠언으로, 잠언에서 다시 영혼으로. 그러나 실재계(목소리 생리학)를 상징계로,

그리고 상징계(분절화된 담화)를 상상계로 환원한다는 것은 불가능한 소망이다. 매체기술의 바퀴는 뒤로 굴러가지 않으며, 모든 고전주의-낭만주의 서정시의 상상계인 영혼은 되돌릴 수 없다. "목소리의 포노그래프 녹음"을 한 빌덴브루흐가 실제로 남긴 것은 그가 살아 있던 시기에도 이미 사후적인 소음일 뿐이다. 레코드판의 홈이 저자의 무덤을 판다. 빌덴브루흐는, 말하고 있는 신체에 대해 말하지 않아도 되도록 상상계와 상징계의 목록을, 불멸하는 자신의 영혼과 자신의 귀족 이름을 끌어들인다. 구전시에 대한 파울 춤토르Paul Zumthor의 이론에 따르면, "우리가 시간과 공간에 있는 것은 신체를 통해서다. 그 자체로 우리 신체성의 유출인 목소리가 멈추지 않고 이를 표명하고 있기"[129] 때문이다. 1897년의 낡은 실린더를 돌릴 때 말을 하고 있는 것은 시체에 다름 아닌 것이다.

음향적 흔적보존

오락 문화와 엘리트 문화, 레코드판 노래와 실험 시 사이에 존재하는 제3의 것은 과학뿐이다. 빌덴브루흐가 집음부에 말을 할 때 포노그래프가 저장한 것은 시가 아니라 지표Index였다. 지표는 그것을 발생시킨 자가 임의로 조작할 수 없는 정도만 말을 한다. "목소리의 포노그래프적 녹음"의 시인은 적어도 이 사실만큼은 이해하고 있었다. "울림은 속일 수 없기" 때문에 그 울림에 대한 기술적 저장은 "숨겨진 것을 드러내고" "과거"가—빌덴브루흐 또는 괴

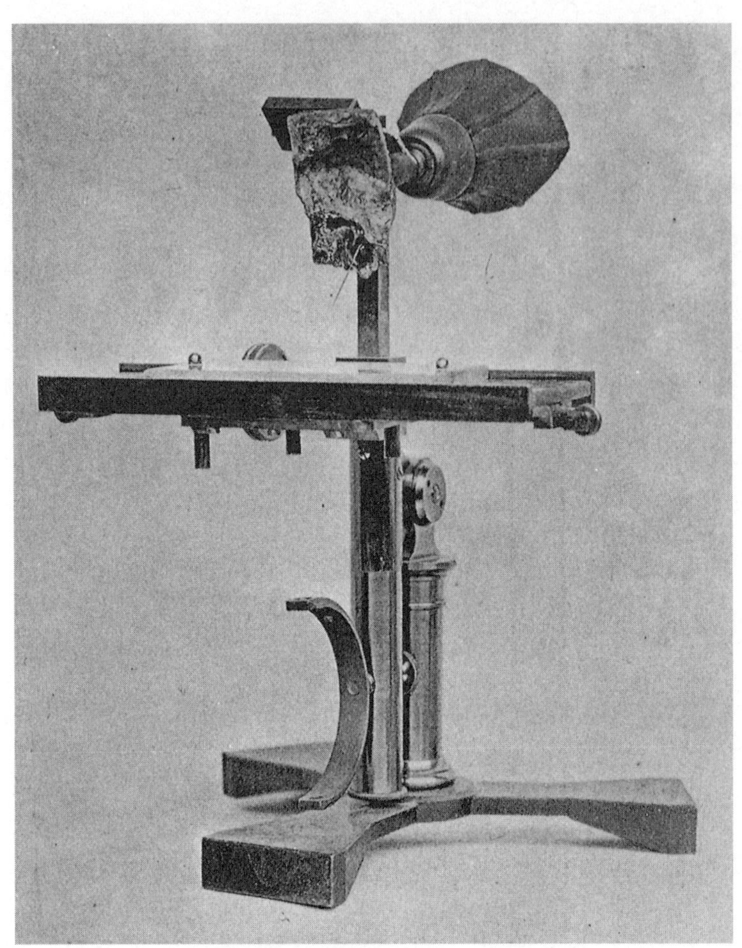

전화 수신기 프로토타입(벨·클라크, 1874)
시체에서 적출한 중이가 파동을 수신해 (침골을 통해) 짚대로 보내면,
그 짚대가 그을린 현미경 위에 파동을 기입한다.

테의 시체가—말하게 한다.

에디슨은 포노그래프가 "범죄 조사에 도움이 되고" 법정에서 "부인하기 어려운 증거물"이 될 것이라고 일찌감치 내다보았다.[130] 기술적 매체와 더불어 권력을 얻게 된 지식은 자기 이미지와 자기 묘사에 흡족해하는 신민들의 개인적 보편성이 아니라, 그런 상상적 구성물을 대신하는 위조할 수 없는 개체성을 기록한다. 카를로 긴즈부르크Carlo Ginzburg가 흔적이라는 개념을 통해 지적하듯 모렐리Giovanni Morelli에서 프로이트를 거쳐 셜록 홈즈까지, 미학에서 정신분석학을 거쳐 범죄학까지 지배한 것이 바로 이 지식이다. 그런데 긴즈부르크는 이러한 기술권력적 전환이 문자에서 매체로의 전환에 뒤이은 것이라는 사실을 간과한다. 개인들이 함양하던 상상적인 신체 이미지는 책으로도 저장하고 유통시킬 수 있었다. 그와는 달리 지문, 억양, 발자국 등 의식하지 못하는 사이에 비밀을 누설하는 기호들은 매체의 소관이다. 매체가 없다면 그것들은 기록될 수도 평가될 수도 없는 것이다. 프랜시스 골턴Francis Galtons의 지문 검사법과 에디슨의 포노그래프는 이렇게 연대한다.

빌덴브루흐도 이러한 사정을 예감했던 것 같다. 그러지 않고서야 그의 시에서 포노그래프를 영혼의 참된 사진이라 불렀을 리가 없다. 하지만 이 편집증은 틀리지 않았다. 포노그래프에 목소리를 남긴 이 국가 시인은 불멸의 작가들의 판테온에 입성하는 대신, 1880년 이래의 사회적 태도, 다시 말해 관련자 스스로가 컨트롤할 수 없는 무수한 데이터와 기호를 컨트롤하는 수많은 흔적보존기관 중 하나에 들어간다. 스스로 자신의 "표정"을 컨트롤하고 "아첨하면서" 매체로 무장하지 않은 "눈을 속일 수" 있는 좋았던 옛 시절은 종말을 고한다. 그 후로, 흔적보존과 관련된 모든 과학은 "모든 구멍들에서 밀고가 이루어지기"[131]에 "인간은 어떤 비밀도 숨길 수 없다"는 프로이트의 말을 확증한다. (이를 보충하자면) 1880년 이래 모든 밀고를 위한 저장 매체가 마련된다. 이것이 없었다면 무의식도 존재하지 않았을 것이다.

1908년 심리학자 윌리엄 슈테른William Stern이 『진술의 심리학에 대한 보고서*Sammelbericht über Psychologie der Aussage*』를 출간한다. 이 새로운 과학은 법정 증언, 의료 기록, 개인 이력서, 학력 증명서와 구술 증언 들로부터 화자가 속이거나 왜곡했을 가능성이 있는 모든 것을 제거하는 과제를 내세운다. 오랜 유럽적, 그러니까 문학적 권력 수단은 속임수에 대해 힘을 쓰지 못했다. 범죄자든 정신병자든, 그들의 "양식화된 진술서는 때로 완전히 왜곡된 취조 이미지를 만들어내며 개별 진술들이 지니는 심리적 의미를 은폐시킨다." "실험심리학적 관점에서 보자면" 모든 대답은 "질문 속에서 작동하는 자극에 대한 반응"[132]이기에, 실험 지도자나 흔적보존가들이 오랜 관료적 매체인 문자에 머물러 있는 한, 그들은 상대의 속임수에 대한 대응책을 강구할 수밖에 없다. 이것이 자극-반응 심리학자 슈테른의 논거인데, 그로부터 60년 후 (이 자극-반응 도식에 대한 많은 비판에도 불구하고) 바츨라빅Paul Watzlawick 같은 상호작용 심리학자도 다시 여기에 빠져든다.[133] 이러한 이유로 1908년의 흔적보존가는 "이상적인 방법으로 포노그래프 사용"을,[134] 1960년의 흔적보존가는 현대적 녹음기 사용[135]을 권고하는 것이다.

1905년 빈의 정신의학자 에르빈 슈트란스키Erwin Stranksy는 그의 동료 슈테른보다 앞서 「언어 착란에 대하여: 정신병자와 정상인의 언어 착란 인식을 위한 소고」라는 연구를 발표한다. 이 독일 정신의학자는 이를 위해 정신의학 역사상 처음으로 이상적인 방법, 곧 포노그래프를 사용한다. 슈트란스키의 피험자들은 "불필요한 감각적 자극을 최대한 배제하고" 진술심리학적 문제들을 제거한 다음, 1분간(실린더 한 개의 녹음 시간) 집음부의 "검게 칠한 튜브를 들여다보며 말해야"[136] 했다. 그들이 무슨 말을 하는가는 전혀 중요하지 않다. "실험 전체의 목표"는 "상위 표상들을 차단"[137]하는 것이다. "딴소리 지껄이기, 단어 잡탕, 떠오르는 대로 말하기, 환각 등의 개념"[138]을 실험하기 위해 피험자들은 생각이 흘러가는 대로 내버려두어야 했다. 마치 현대 문학의 중심 개념을 준비하거나 그것을 가능하게 하려는 듯한 슈트란스키의 이 포노그래프 실험에서, "언어"는 상위 표상 또는 기의를 대신해 "인간 심리 전체에 대해 상대적 자율성"[139]을 갖고 등장한다.

이보다 더 엄밀하게 매체기술이 적용되기는 어려울 것이다. 포노그래프의 등장과 더불어 과학은 처음으로 소위 의미 따위를 고려하지 않고 소음을 저장할 수 있는 장치를 손에 넣게 되었다. 문자로 쓰인 프로토콜은 의도적이지는 않더라도 어떤 식으로든 의미를 지향하는 선택의 결과다. 그에 반해 포노그래프는 정신의학이 연구하는 언어 착란을 있는 그대로 불러낸다. "병리적인, 다시 말해 실험적인 본성상 상위 표상이 형성되지 않을 수도 있다"[140]는 슈트란스키의 멋진 문장은 완곡어법이다. "다시 말해"라는 표현보다는 "병리적인=실험적인"이라는 표현이 더 적합했을 것이다. 슈트란스키가 훌륭한 일관성을 발휘하여 정신병원 환자들뿐 아니라 그의 동료 정신병원 의사들까지 비교 집단으로 그 장치 앞에 불러내었다는 사실을 생각해보면 더 그렇다. 그 의사들이 만들어낸 단어 잡탕은 물론, "병리적인" 이유에서 산출해내는 정신병자들의 단어 잡탕과는 다른 "실험적인" 것이다. 하지만 다른 누구도 아닌 정신의학자들이 검게 칠한 포노그래프 송화기에 대고 말하자마자 무의미를 생산해내고, 이로써 직업상 그들의 대립물인 광인과의 차이를 양도해버린다는 사실은 이 장치가 지닌 힘을 충분히 보여준다. 기계화로 인해 생겨난 기억의 축출 때문에 문자 독점의 조건에서는 전혀 드러날 수 없던 단어 잡탕이 허용되는 것이다. 물론 포노그래프 송화기에 대고 말하던 빌덴브루흐가 단어들을 운과 율에 맞춰 다듬었을 수도 있고, 첫번째 테스트 녹음을 했던 슈트란스키의 동료들이 상위 표상들의 규칙에 따라 말을 배열했을 수도 있다. 하지만 에디슨의 발명과 더불어 이런 노력들은 역사적으로 불필요한 것이 된다. 무의미의 시대, 곧 우리가 사는 시대가 시작된 것이다.

무의미란 언제나 이미 무의식이다. 말하면서도 자기가 말하는 것을 전부 생각하지는 못하는 화자의 말이 몽땅 흘러들어가는 저장장치. 말의 무차별성만이 그 저장장치의 능력을 능가한다. 1913년 월터 바데Walter Baade는 「구술 포노그래프 녹음을 통한 자기성찰 기록에 대하여」라는 글에서 이렇게 말한다. "모든 진술이 아닌 중요한 진술을 포착하는 것이 핵심이기에 이를 고려할 필요가 없다고 생각하는 사람은 두 가지를 간과하고 있다. 첫째, 피험자도 그냥 지나가는 말이라고 믿고, 실험자도 중요한 진술을 포착할 준비가 되어 있지 않은 순간에 매우 중요한 진술들이 행해지는 경우가 적지 않다는 것, 둘째, 피험자나 실험자 모두 그렇게 놓치는 진술의 일부가 '중요하다'는 것을 의식하더라도, 그중 무엇을 프로토콜에 기록

할지를 결정하는 건 쉽지 않으며, 그것이 일의 진행을 어렵게 한다는 것이다. 이 두 가지 이유 때문에, 중단하거나 선택하지 않고 행해진 진술 전부를 다 기록하는 것이 이상적인 방법으로 여겨진다."[141]

정신분석과 포노그래프

이러한 이상적 방법을 좇은 첫번째 인물은 1897년 소설 속 정신의학자였다. 브램 스토커Bram Stoker의 『드라큘라*Dracula*』—지금까지는 영웅 서사시로 오해되었지만, 이것은 피를 빨아먹는 낡은 유럽 전제 군주에 맞선 기술 매체의 최종 승리를 보여주는 소설이다[142]—에는 환자 렌필드의 횡설수설의 수수께끼를 풀려는 수어드 박사가 등장한다. 이 정신분열증자가 계속 "주인님이 오신다"고 외치지만 수어드 박사는 이것이 드라큘라가 영국에 도착한다는 말임을 알아차리지 못한다. 슈트란스키 박사의 각성에 앞서, 세속적 각성을 한 수어드 박사는 매체기술에 의지한다. 그는 이제 막 대량생산된 포노그래프를 구하는데, 이는 (슈트란스키처럼) 환자가 아니라 그 환자의 말에서 연상되는 것들을 저장하기 위한 것이었다. 수어드가 짧고 간명하게 표현했던 "무의식적 대뇌작용," 정신분열증자의 무의식은 예감하나 정신의학자-자아에는 도달하지 못하는 그 대뇌작용이 포노그래프의 파인 홈에 기록되는 것이다. (바데의 말을 빌리자면) 중단하거나 선택하지 않고 행해진 진술이나 연상 들 전부를 기록한 것이 수어드 박사로 하여금 "무의식적 대뇌작용이 의식적인 누이에게 길을 내주게"[143] 한다. (이미 1890년에 블로젯 박사가 추천했던 대로) 미나 하커가 실린더 전부를 타자기로 전사轉寫[144]하고 나서야 렌필드의 모든 정신분열적 횡설수설이 드라큘라 백작의 작품이었다는 비밀이 수어드 박사 및 다른 드라큘라 사냥꾼들에게 드러난다.

드라큘라 소설이 출간된 1897년 이후 이 방법은 더 이상 픽션이 아니게 된다. 모든 개별적인 세부에 이르기까지 이를 방법으로 채택한 학문이 등장하는바, 그것이 정신분석학이다.

잘 알려진 것처럼, 프로이트의 "대화 치료talking cure" 또는 언어 치료는 말의 흐름을 나누는 데서 시작한다. 한편에는 카우치에 누워 있는 환자가—적어도 그들 자신이 이해하는—고전적 담화 규칙에 따라 말을 한다. 즉, 칸트적인 자아가 자신의 모든 표상에 동반하는 정확한 단어와 문장 들을 제공하는데, 유감스럽게도 거기서는 그 환자에 대해 알려주는 것이 아무것도 나오지 않는다. 그런데 그 말의 흐름에 매우 미세한 징후들—말더듬, 음절 착오, 무의미 단어, 말장난—이 나타나는데, 거기서 (슈트란스키를 자유롭게 인용하자면) 병리적이거나 실험적인 본성상 상위 표상으로서의 자아가 형성되지 못하고 무의식이 드러난다. 그 말을 듣는 의사는 왕겨에서 밀알을 골라내듯 의미로부터 무의미를(그 역이 아니라) 골라내면 된다. 의사는 그 실수 행위들을 환자에게 피드백하여 새로운 연상과 착오 들을 불러내는데, 환자의 말을 지배하는 자아를 권좌에서 몰아내고 말해지지 않은 진리가 드러날 때까지 이를 계속한다. 1900년대에 의사 프로이트 외에 이런 혁명적 역할을 수

행한 것은 매체기술자들뿐이었다. 언어 장애에 대해 강의하던 베를린의 시간강사 헤르만 구츠만Hermann Gutzmann은, 전화와 포노그래프를 가지고 벌였던 실험에서 무의미한 단어로 피험자들의 착각을 유도할 수 있음을 발견한다. 전화와 포노그래프라는 이 두 장치는—채널의 경제학적 이유 또는 기술적 불완전성 때문에—언어의 주파수 범위가 양 끝에서 잘려 나가기 때문에, 피험자들은 그들이 "듣는" 것과 다른 것을 "이해"하게 된다. 구츠만이 전화기에 대고 "져닌" 혹은 "갸통글"과 같은 무의미한 음절을 말하면 수화기 반대편의 귀는 그것을 "여인" 혹은 "과정들"이라고 받아들인다.[145] 간단한 질문을 던짐으로써 곧바로 무의식이 드러나는 것이다. 「듣기와 이해하기에 대하여」라는 연구는 "이러한 시도가 실험심리학적 관점에서 갖는 의미가 무엇인가라는 질문"에 이렇게 답한다.

> 이로부터 도출되는 분명한 사실은, 가짜 단어들은 조합이 갖는 자극의 강력한 힘 때문에 청자는 자신의 의지에 반해, 그가 들었던 무의미한 음절의 자리에 그의 사유 세계와 표상 조합과 관련된 단어들을 위치시켜 듣는다는 것이다. 이는 1번 피험자의 프로토콜에서 잘 드러난다. 사랑에 빠진 변덕스러운 이 18세의 젊은이는 여자와 관련된 모든 것에 자극받았는데, "여인"이라는 단어를 포함, 자주 등장하는 여자 이름들에서 그가 가진 표상들의 조합이 무엇인지를 쉽게 알아차릴 수 있었다. 두 명의 "고상한 딸들"에게 가짜 프랑스 단어들을 적용해보았을 때도 마찬가지였다. 누군가의 일정한 사고 경향을 밝히려는 목적으로 포노그래프 테스트를 시행하려면, 그의 사고 경향을 드러내는 단어들과 비슷한 음절을 가진 가짜 단어

> 들을 자극으로 사용해 그로부터 도출되는 긍정적 혹은 부정적 결과를 확인하기만 하면 된다.[146]

프로이트는 구츠만의 단순한 제안을 자신의 분명한 목적으로 삼고 표상들의 조합을 무의식으로 만들었다. 그러고는 자신이 포노그래프 테스트를 대신했다. 거기에는 그럴 만한 이유가 있었다. 안락의자에 앉아 있는 정신분석가에게도 해결해야 할 문제가 있다. 자신의 귀를 처음부터 기술적 장치로 바꾸어놓지 않으면, 의사 자신의 무의식이 [환자의] 낯선 무의식에서 온 소식들을 억압하거나 걸러내게 될 것이기 때문이다. 구츠만의 피험자들의 경우와는 반대 방향으로, 프로이트의 환자들은 의미를 구하려다 무의미로 귀착되고 만다. 의사는 이해해버림으로써 이 무의미를 무효화해서는 안 된다. 때문에 "정신분석 치료를 행하는 의사를 위한" 프로이트의 "조언"은 한마디로 전화의 문제로 귀착한다.

> 피분석자가 자신의 말을 선별하게 하는 모든 논리적, 감정적 저항 없이 자기 성찰에서 떠오르는 모든 걸 말해야 하듯이, 의사 역시 환자에 의해 이루어진 선택을 자신의 검열로 대체하지 않으면서 전달되는 모든 것을 해석을 위해 사용할 수 있는 상태여야 한다. 정식화해 말하자면, 의사는 자신의 무의식을 환자가 전해주는 무의식의 수용기관으로 사용하여야 하기에, 전화 통화를 할 때 수화기와 같은 태도로 피분석자를 대해야 한다. 수화기가 소리 파동에 의해 자극된 전기 진동을 다시 소리 파동으로 바꾸듯, 의사의 무의식도 환자의 생각을 규정했던 무의식의 유도체들로부터 다시 그 무의식을

재구성할 수 있다.[147]

허구 속의 수어드 박사는 정신분열증자의 낯선 무의식에만 들붙어 있던 자기 자신의 무의식적 연상을 포노그래프로 저장하고, 그를 재생함으로써 비로소 의식적 해석으로 나아갈 수 있었다. 이와 똑같은 방식으로 실제 역사 속 프로이트 박사는 전화 수화기가 된다. 그는 빈의 전화 회사가 국유화된 직후인 1895년 진료소에 전화기를 설치했을 뿐 아니라,[148] 정신분석 치료 이론을 전화 통화에 빗대어 묘사했다. 영혼이라는 구식 단어를 대신해 프로이트가 스스로 고안해낸 멋진 단어 "심리적 장치psychische Apparat"가 말 그대로 실현되기라도 하듯, 무의식은 전기 진동 같은 것이 된다. 전화기와 같은 장치만이 무의식의 주파수를 전송할 수 있다. 관료적 매체인 문자를 통해 이루어지는 코드화는 의식, 다시 말해 늘 필터나 검열을 중간에 끼워 넣기 때문이다. 릴케의 말을 빌리자면, 매체라는 조건하에서 "선택과 거부"는 더 이상 허용되지 않는다.[149] 이러한 이유로 자기 시대의 뛰어난 언어심리학자였던 프로이트가 정신분석 대화 중 프로토콜을 쓰는 일을 거절하고—수어드 박사가 나중에 실린더를 재생시켰듯이—그 일을 나중으로 미루었던 것이다.[150]

여기서 수화기로서의 프로이트가 다른 이의 무의식이 준 정보를 어떻게 유지하는가,라는 질문이 제기된다. 수어드와 슈트란스키, 구츠만 박사처럼 포노그래프라는 저장 매체를 갖추고 있던 사람들에게 이는 쉬운 문제였다. 정신분석이 분석 사례라는 형태로 생산해내는 사후적인 문자화는 환자의 말에서, 정신분석 카우치나 그 배후에서 이루어지는 이중의 검열이 말해지지 않기를 바라는 것, 곧 실수 행위, 농담, 말실수, 말장난 등을 정확히 기록해야 한다. 기술적 매체만이(프로이트는 예외이다) 불러낼 수 있는 무의미를 저장할 수 있는 것 역시 기술적 매체뿐이다. 프로이트의 전화기 메타포는 바로 이 점을 간과하고 있다. 하지만 의식과 기억은 서로를 배제한다[151]는 그의 근본 명제는 이 방법론 자체를 표현하고 있다. 그렇기에 [의식적 구성이기보다는 기억의 기록인] 정신분석 사례들은 비록 문자로 되어 있지만 매체기술이라고 규정하는 것이 일관성이 있다. 「히스테리-분석 단편Bruchstück einer Hysterie-Analyse」은, 히스테리적으로 쏟아내는 말에 대한 프로이트 자신의 "기록"은 "절대적으로 — 포노그래프적으로 — 충실할 수는 없지만" "꽤 신뢰할 만하다"는 대담한 맹세로부터 시작한다.[152]

이렇듯 분명하게 정신분석은 소리저장기술과 경쟁한다. 정신분석의 쌍생아 또는 적敵은 포노그래프이지, 벤야민이 지구적 규모로 진행되는 상황으로부터 내린 결론처럼 영화가 아니다.[153] 프로이트의 저작에 영화라는 단어나 주제는 등장하지 않는다. 그에 반해 정신분석의 텍스트화에서 포노그래프의 절대적 충실성은 지향해야 할 한계가치로 엄습한다. 이러한 점에서 구술적인 말의 흐름을 들으면서 무의식의 기표를 탐색하고, 다시 이 기표를 거대한 레부스Rebus*나 모음 퍼즐을 이루는 철자로 해석[154]하려는 프로이트의 방법은 매체적 조건 속에서도 문자를 확립하려던 최후의 시도

* 이미지나 기호의 발음을 고려해 단어로 기록하는 표기 방법으로, 구조적으로는 한자의 "음차"와도 유사하다. 수수께끼나 암호문 등에 사용된다.

정신분열증 환자의 포노그래프 녹음 전사

축음기

라고 할 수 있다. 여자, 아이, 정신병자 들이, 읽으라고 권고받은 문학은 내버려두고 "가난뱅이의 카우치"[155]인 영화관으로 몰려가는 동안, 정신분석은 그들에게 모든 의미와 판타지가 제거된 기표들로 이루어진 글자를 가르치는 것이다. 이러한 점에서 정신분석은 말라르메 혹은 게오르게가 현대 문학으로 창시했던 것을 과학으로 실천하고 있는 셈이다.

베를리너의 그라모폰이 — 그 자신의 말에 따르면 — 글자의 소리the sound of letters를 저장한다면,[156] 프로이트의 정신분석은 거꾸로 소리의 글자를 저장한다. 모든 대화 치료의 실제적 입력 데이터인 목소리 흐름들을 오락 산업처럼 송신하거나 그의 스승이자 독일 음성생리학의 창시자인 브뤼케Ernest von Brücke처럼 그 자체로 분석하는 대신, 프로이트는 그 목소리 흐름의 기표들을 문자로 기록한다. 그가 그의 "히스테리 환자가 내는 말더듬, 혀 차기, 헐떡거림, 신음 등[157]을 (골목길의 아이들과는 달리) 따라할 수 없기"[158] 때문이다. 정신분석은 "절대적으로 — 포노그래프적으로 — 충실할 수는 없"으며, 따라서 정신분석에게 "실재계는 인식되지 못하는 것으로 남는다."[159]

절대적인 것 혹은 실재계를 얻지는 못했지만 [정신분석의] 세계적 성공에는 단 한 가지 전제가 있다. 프로이트 무의식의 함께 부유하는, 심지어 전화기 같은 주의력 덕분에, 환자들은 구술성이라는 일상적 매체 안에서는 무슨 말을 해도 좋지만, 절대로 그들 스스로가 기술적 저장 수단에 손을 대서는 안 된다는 것이다. 그렇게 되면, 계약적으로 요구된 비밀누설의 비밀보장적 문자화[160]인 정신분석은 돌연 분노에 사로잡히게 된다.

「정신분석에서의 꿈 해석에 대하여Über die Handhabung der Traumdeutung in der Psychoanalyse」에서 정신분석의 창시자는 환자에게 자신의 꿈을 기록하게 하는 것은 의료적 실수라고 단언한다. “누군가 이런 방식으로, 평소 같으면 망각에 먹혀버렸을 꿈 텍스트를 힘겹게 구해냈다 하더라도, 환자에게 전혀 도움이 되지 않는다는 것은 분명하다. 이 텍스트로부터는 아무런 착상도 생겨나지 않으며, 꿈이 남아 있지 않은 것과 같은 효과가 일어난다.”[161] 저장 매체인 문자를 분석가가 아닌 환자가 운용하게 되면 기능하지 않는다는 것이다. 말의 흐름을 모음 퍼즐이나 “자연에는 존재하지 않는”[162] “철자들”로 전환하는 일은 안락의자에 앉은 과학자의 독점물이다. 꿈 텍스트는 이미 절반의 해석이기에 환자의 무의식에서 더 이상의 착상이나 말의 흐름을 끌어낼 수 없다. 이러한 매립埋立을 통해 문자는 구술의 덧없음과 같은 길을 가게 된다. 문자가 망각에 먹혀버리는 것이다. 이렇게 고상하고도 자기회귀적인 방식으로 정신분석 텍스트는 자신만의 품위와 지위를 확립했다. 1932년 프로이트의 저작들은 괴테 상을 수상한다.

「환자들이 스스로 꿈을 기록할 수 있게 허용해야 하는가?」라고 묻는 1913년 카를 아브라함Karl Abraham*의 에세이는 임상 사례를 통해 오로지 프로이트라는 권위자의 말만을 뒷받침하는 것처럼 보인다. 아브라함의 환자 한 명이 “의사의 권고에도 불구하고,” “침대 옆에 필기구를 준비해놓고”는 “매우 광범위하고, 파란만장하며, 강렬한 꿈”을 꾼 후 “종이 두 장을 꽉 채운 기록”을 가져왔다.

* 독일의 정신분석학자로 프로이트의 제자였다.

그런데 환자에게는 유감스럽지만 아브라함에게는 다행스럽게도, "그렇게 쓰여진 것이 거의 읽을 수 없다"[163]는 사실이 확인된다. 무의미한 말에 대한 정신분석가의 애호에 상응하는 문자적 혹은 암호문적 대응물은 없는 것이다. 잘 알려져 있다시피, 인쇄된 문학 작품은 [프로이트로 하여금] 해석을 부추겼지만, 읽을 수 없는 일상적 손글씨는 그렇지 않았다.

하지만 그 제목과 프로이트에 대한 존경에도 불구하고, 아브라함의 에세이는 오래된 매체인 문자에만 머물러 있지 않는다. 그를 경악시키고, 결국 이 에세이를 쓰게 했던 것은 그보다 더 훨씬 근대적이고 "독창적인" 것이었다. 환자가 포노그래프를 가지고 있었던 것이다.

두번째 관찰. 꿈 기록은 하지 않는 게 좋다는 나의 대답을 들은 환자가 며칠 후 일련의 꿈들을 꾸었다. 한밤중 잠에서 깨어난 그는 독창적인 방식으로 그가 중요하게 여긴 꿈들을 억압에서 구해내려고 시도했는데, 소유하고 있던 구술녹음장치 송화기에 꿈을 녹음한 것이다. 주목할 만한 점은 이 장치가 며칠 전부터 오작동해왔다는 사실을 그가 잊고 있었다는 것이다. 그래서 이 장치에 녹음된 구술을 이해하기 어려웠다. 많은 부분을 환자의 기억에 의지해 보충해야 했다. 장치의 구술이 꿈을 꾼 자의 기억을 통해 보충되어야 했던 것이다. 이 꿈에 대한 분석은 별다른 저항 없이 이루어졌다. 이런 방식으로 녹음되지 않았더라도 이 꿈들은 분석되기에 충분한 정도로 남아 있었으리라 추정된다.

이 환자는 이 경험을 통해서도 확신을 얻지 못해 같은 시도를 반복했다. 그 사이 녹음장치를 수리했고, 꿈을 꾼 다음 날 아침 구술이 잘 들렸다. 그런데 환자의 진술에 의하면, 그 구술은 내용이 뒤죽박죽이어서 힘들게 순서를 바로잡아야 했다. 그 후로 이어진 날들의 꿈들은 내용이 풍부하고 동일한 콤플렉스를 테마로 하고 있어서 인위적인 개입 없이도 충분히 재구성될 수 있었다. 때문에 이번 경우에도 꿈을 그 즉시 보존하는 것이 무용함을 보여주었다.[164]

꿈을 문자로 기록하는 대신 포노그래프에 녹음하는 환자는 진술심리학적으로 볼 때 정신분석가와 같은 층위에 있다. 무의식과 저장 매체 사이에는 필기도구도 필터도 없으며, 따라서 의식이 프로이트가 금지했던 어떤 질서의 "선별"을 행하지도 않는다. 그렇기에 적어도 수리를 마친 후 그 장치를 진료 시간에 가져와 카우치 옆에 설치할 이유는 충분했다. 그렇게 되면 환자가 산책하는 동안, 그의 포노그래프가 — 카프카를 자유롭게 인용하자면 — 의사라는 이름의 전화 수화기와 꿈에 대한 정보를 교환할 수도 있을 것이다. 하지만 실제로는 그렇게 되지 않는다. 분석가의 지시에 의해 사전 프로그램된 아브라함의 환자는 진술심리학적으로 이상적 방법인 포노그래프를, 반전을 일으키면서, 정반대의 방향으로 판단하게 된다. 곧 녹음된 것이 귀와 무의식에는 이해되지만, 내용적으로 혹은 의식의 규범에는 혼란스럽고 무용하다고. 이로써 프로이트가 살아 있는 동안에, 절대적 — 포노그래프적 — 충실성과 그런 인공적 보조 수단 없이 의사가 재구성하는 것 사이의 차이를 실험해볼 역사적 기회를 놓쳐버리고 만 것이다.

그 실험은 에디슨의 복잡했던 장치가 대량생산되는 자석식 전화기로 교체된 1966년에야 이루어진다. 장-폴 사르트르Jean-Paul Sartre는 익명의 누군가가 보낸 녹음테이프들과 여기에 "정신분석 대화"라는 제목을 붙여달라는 부탁이 담긴 편지를 받고 그것을 출간한다.[165] 서른세 살의 정신병원 수감자가 마지막 진료 시간에 녹음기를 숨기고 들어가 모든 것을 녹음했던 것이다. 연상들과 그 연상에 대한 해석은 물론, 그 장치가 발각되었을 때 의사의 경악까지.

> 의사 X: 도와주세요! 도와주세요! 도와주세요요요! (긴 울부짖음)
>
> A: 불쌍한 사람이네! 자리에 앉으세요!
>
> 의사 X: 도와주세요! (다시 울부짖음)
>
> A: 도대체 뭐가 그리 두려운 겁니까?
>
> 의사 X: 도와주세요요요!!! (새로운 울부짖음)
>
> A: 내가 선생님의 물건을 잘라낼까봐 두려운 건가요?
>
> 의사 X: 도와주세요요요요! (이 외침이 가장 길고 아름답다)
>
> A: 이것 참 기이한 녹음이군![166]

실로 기이한 녹음이다. 처음으로 환자의 손에 들린 장치가 의사의 사례연구, 곧 논문들을 넘겨받는다. 말해진 것 중 "상당 부분"이 "테이프 녹음의 소음 때문에 상실되긴"[167] 했지만, 그로 인해 프로이트가 구술적으로나 문자적으로 모방할 수 없었던 데이터들을 마침내 저장할 수 있게 되었다. 선택도, 거부도 없는 벌거벗은 음성 생리학으로 말의 흐름이 영속된다. 정신분석가 자신의 말의 흐름이.

편집자 사르트르에 따르면, 이를 통해 "분석가가 대상이 되고," "인간과 인간의 만남"은 두번째로 좌절된다. (실존주의적으로

보자면 정신분석 자체가 이미 소외이기에.)[168]

글을 쓰는 자Schreiber가 매체에 직면하면 맹인이 되듯, 철학자도 기술에 직면하면 맹인이 된다. 소위 면대면 커뮤니케이션이 규칙과 인터페이스나 저장과 채널 없이 이루어질 수 있다는 듯이 인간이라는 존재가 전면에 등장해야 하는데, 그렇게 되면 정보 체계들은 제대로 인식되지 못하고 오인된다. 사르트르가 두번째 소외라 부른 것은 [문자] 독점이 종언하였음을 말하는 것에 다름 아니었다. 아무리 애써도 "절대적으로—포노그래프적으로—충실할" 수 없어 고도로 기술화된 조건 속에서도 재차 오래된 유럽을 연기演技해야 했던 기록 테크닉을, 환자의 손에 들린 테이프레코더가 밀쳐내버린 것이다. 한쪽에는 한때의 문맹자들과는 달리 읽기와 쓰기 능력은 갖추고 있으나 이를 허락받지 못한 환자가 있고, 다른 쪽에는 보편적 알파벳화는 물론 매체기술조차 아직 먼 미래의 일이라는 듯 아카이브를 보호하면서 독점하고 있는 최고의 전문가, 문자를 쓰는 자들이 있다. 푸코가 "정신분석의 정치적 영예"라 불렀던 것은, 푸코가 한 번도 매체기술이라고 명시화하지 않았던 "권력 메커니즘이 끊임없이 확장"되어감으로써 "재차 법, 상징적 질서, 주권자의 체계"가 거기에 저항한다는 데[169] 근거하고 있다. 프로이트의 "마법 글쓰기판"에서 라캉의 "무의식에서 철자의 억압"에 이르는 이 [정신분석의] 법은, 철두철미하게 문자에 의거해 있으며 사방을 장악하려는 알파벳의 독점이다. 그렇기에 정신분석가만이 쓰여지지 않기를 멈추지 않는 것을 문자화할 수 있다(고 정신분석가들은 주장하는 것이다).

하지만 비트는 계속되어야 한다. 몇몇 작가나 정신분석가 들이 종이 위에 글쓰기를 고집한다고 해서 기술과 산업은 지연되지 않는다. 에디슨의 초보적인 포노그래프 실린더로부터 오늘날의 진짜 서정시인 팝 음악에 이르기까지 기술과 산업은 한 발 한 발 앞으로 나아갔다. 1887년 베를리너의 레코드판은 포노그래프와는 달리 소비자들에게는 소리 녹음을 허용하지 않았지만, 생산자들에게는 1893년 이후 단 하나의 금속 주형을 수없이 복제할 수 있게 해줌으로써 라디오가 출현하기 전 미국에서 1억 달러가 넘는[170] 매출 규모를 가진 "대중 레코드판 시장 형성의 전제"[171]가 되었다. 대량생산되는 소리 저장 매체가 음향적으로 세계를 지배하는 자리에 들어서기 위해서는, 이제 대량생산되는 유통 매체와 녹음 매체만 있으면 되었다. 이 세기의 모든 권력들, 이전 시기 주권자들과는 거리가 먼, 이 세기에 처음 등장한 모든 권력들은 (1939년 독일의 매체 전문가가 말했듯) "국민에 대한 지도 공백"[172]을 최소화하려고 분투한다.

민간 라디오방송은 레코드판을 비물질적으로masselos, 그러니까 대량으로massenhaften 유통시키기 위해 생겨났다. 1921년에는 미국, 1922년에는 영국, 1923년에는 독일 제국에서. "통상적인 라디오 프로그램에서 라디오와 그라모폰의 조합은 매우 특별한 형태를 낳았다. 그것은 뉴스와 일기예보만을 전달하던 라디오와 전신 통신의 조합보다 훨씬 뛰어나다."[173] 상징적 코드인 모스

에드워드 키엔홀츠, 「시멘트상자Zementkasten」(부분, 1975)

기호는 라디오 전파로 전환되기에 너무 분절적이고 이진법적인데 반해, 레코드판의 안정적인 저주파수는 그 자체로 라디오방송Rundfunk[broadcast]이라 불리는 진폭 변조 혹은 주파수 변조에 적합하기 때문이다.

1903년 베를린 기술대학의 슬라비Adolf Slaby 교수가 레코드판 전송 회로의 원리를 개발하는 데 성공했다. 그가 쓴 『전기 대양大洋으로의 탐험적 항해*Entdeckungsfahrten in den elektrischen Ozean*』는 "조용한 후베르투스스톡 관館에서 만찬을 즐기는 그의 황제"를 여러 번 감동시켰고,[174] 황제는 슬라비 교수의 조수 폰 아르코 백작Graf von Arco에게 텔레푼켄 사의 운영을 맡겼다. 이 두 베를린인은 발데마르 포울센Valdemar Poulsen의 방법에 따라 고주파를 생성해 이를 무선으로 송출시켰는데, 그 진동은 "음으로는 지각되지 않지만 전기기술자를 감동시켰다. 그것은 마치 유명한 헬덴 테너가 부르는 높은 도 음이 음악팬들을 감동시키는 것과 같다."[175] 이 라디오의 가청 주파수에서 울려 퍼진 "카루소Enrico Caruso의 노래는 그라모폰의 나팔에서 나온 것임에도 세계 모든 도시의 아우성을 뚫고 완벽하게 순수한 형태로 우리 귀에" 전달되었다.[176] 실제로는 자르코프에서 포츠담까지의 거리였다.[177] 슬라비 교수가 헬덴 테너 중 카루소를 선택했던 데는 이유가 있었다. 1902년 3월 18일 카루소가 불멸성을 향해 나아갔기 때문이다. 미래의 오페라 극장 청중들의 소문보다는 그라모폰 녹음을 통해서.

슬라비와 아르코의 연구는 황제와 그의 해군을 위한 것이었지만, 얼마 지나지 않아 민간인들도 전기적으로 송출되는 레코드판을 즐기게 되었다. 1906년 크리스마스 밤 펜실베이니아 대학의 레지널드 페센든Reginald A. Fessenden이 허공으로 송출했던,[178] 진정한 의미에서 최초의 라디오방송은 헨델의 「메시아Messias」 녹음이었다고 한다. 매사추세츠의 브랜트 록Brant Rock은 방송을 시작할 때, 레닌그라드의 혁명가들보다 앞서, "CQ, CQ,* — 모두에게, 모두에게"라고 말했다. 하지만 이 외침과 크리스마스 레코드판을 수신할 수 있었던 것은 무선수신장치를 단 선박들뿐[179]이었다.

포울센의 아크 컨버터가 리벤이나 디 포리스트의 진공관 기술로 바뀌고, 페센든의 시험적 배선이 양산되기 위해서는 세계대전이, 다시 말해 1차 세계대전이 일어나야 했다. 증폭 진공관의 기술적 발전이 지상 명령이 되었던 곳은, 1911년 550명의 장교와 5,800

* 세계 공통으로 쓰이는 무선교신 개시 연락 신호로, 불특정 무선국 호출을 의미한다. 특정 무선국을 한정할 때는 CQ 뒤에 호출하는 무선국의 이름을 부른다.

디 포리스트가 개발한 진공관 '오디언'

명의 사병으로 창설되어 세계대전에 투입된 정보부대가 전후 귀환 시 장교 4,381명과 사병 185,000명으로 늘어났던[180] 독일만이 아니었다.[181] 전투기와 잠수함이라는 새로운 두 종류의 전투 장비에는 반드시 무선 음성통신이 있어야 하며, 이 군사 작전을 위해서는 저주파수와 고주파수를 진공관으로 조작하는 일이 필수불가결하다. 역시 음성통신을 필요로 했던 초창기 탱크의 경우에는, 안테나가 참호 철조망에 걸려 자주 부러지는 바람에 전서戰書 비둘기로 대체해야 했다.[182]

기하급수적으로 증가하는 무선통신 부대는 또한 오락을 원했다. 참호에 주둔한 채 이루어지는 진지전은, MG[기관총]–수색전과 집중포화 공격을 제외하고는, 에른스트 윙거Ernst Jünger가 적확하게 묘사했듯 "내적 체험으로서의 전투," 곧 감각의 변질sensory deprivation에 다름 아니었다.[183] 플랑드르와 아르덴 사이의 황무지에서 3년의 시간을 보내고 난 후 플랑드르에 주둔한 영국군[184]과 아르덴 레텔에 주둔한 독일군은 서로에게 연민의 정을 보여주었다. 참호 주둔군은 라디오는 없었지만 "군용 송수신 장치"를 갖추고 있었다. 전쟁 전에는 AEG 엔지니어였고 전쟁 후에는 독일국영 라디오방송 초대 관장이 되는 한스 브레도프Hans Bredow 박사가 1917년 5월부터 "초보적인 진공관 송신기로 레코드판을 틀어주거나 신문 기사를 읽어주는 라디오 프로그램을 송출했다. 이 프로그램은 커다란 반향을 일으켰는데, 이 사실을 알게 된 고위 지휘부가 "군사 장비의 남용"을 금지하고 음악과 말의 방송을 금지시킨 후 사라졌다."[185]

원래 그런 것이다. 오락 산업은 어떤 측면에서 보더라도 결국 군사 장비의 남용이다. 1958년 2월에서 1959년 가을 사이 카를하인츠 슈토크하우젠이 서독 라디오방송 쾰른 스튜디오에서 최초의 전자음악 「접촉」을 제작했을 때 사용한 임펄스 발생기, 계기 증폭기, 주파수 대역 필터, 정현파 · 단형파 발진기는 모두 미군이 버리고 간 장치들이었다. 사운드를 만들어낸 것은 결국 남용이었던 셈이다. 10여 년 후 전문 오디오 기계를 갖춘 쾰른 스튜디오와 음반 회사가 「접촉」을 하이파이 스테레오 품질로 녹음해줄 것을 요구했으나, 슈토크하우젠은 결국 그 사운드를 구현하는 데 실패하고 말았다. 세계대전의 메아리로서의 사운드는 무기를 남용하지 않고서는 만들 수 없는 것이었다.

작은 일은 큰 일에도 통한다. 1918년 11월, 독일황제군 무선통신원Funker 19만 명이 소집 해제되지만, 그들이 사용했던 장비들은 그대로 남았다. 정보부대 기술사찰단은, 당시 독일 독립사회민주당USPD 상층부의 지원 혹은 사주를 받아 중앙라디오방송위원회ZFL를 창설했다. 라디오방송위원회는 같은 해 11월 25일, 베를린 노동위원회와 군인위원회 집행부로부터 방송국 운영 허가를 받았다.[186] 바이마르 공화국의 기술적 싹을 자르고 브레도프 박사의 "역공"으로 이어질 수도 있었을 "무선통신원 유령Funkerspuk"이었다.[187] 독일의 오락 라디오방송은 군대 무선통신 장비가 아나키스트들에 의해 남용되는 것을 막으려는 목적에서 시작된 것이다. 이전 시기 아르덴의 참호에서 군사적 무선통신에 활력을 불어넣기 위해 사용되었던 음반들이 마침내 프로그램을 가득 채우는 영예를 얻게 된 것이다. 그렇지 않았다면 국가와 매체 산업체들 대신 민중들이 정치를 했을지도 모를 일이다. 베를린에서 최초의 방송이 나간 지 두 달 후인 1923년 12월, 제국 우편통신부 장관 회플레Anton Höfle 박사는 "오락 방송국"에 다음과 같은 세 가지 과제를 부과했다(점차 중요한 순으로).

1. 이 방송국은 무선으로 음악, 연설 등을 송출하여 일반 국민들에게 좋은 수준의 오락과 교육을 제공해야 한다.

2. 방송국은 제국의 새로운 주요 수입원이 되어야 한다.

3. 이 새로운 시설을 통해 제국과 연방들은 필요할 경우, 광범위한 공공 영역에 공무상 정보들을 편리하게 전달할 수 있어야 한다.

이것은 국가 안보에 중요한 첫발이 될 것이다.

국가의 안보를 고려하여, 법의 규정에 따라 방송국 운영 허가를 얻은 연방 거주자만이 장비를 소유하고 운영하며, 수신기 소유자 또한 수신이 허락된 것만을 수신하게 하는 감시 체계가 요구된다.[188]

소비자를 규정하는 것이 국가 안보뿐 아니라 기술도 규정한다. "음반으로 벌 수 있을 수익을 라디오로 잃어버릴"[189] 현실적 위험에 처하게 된 음반 회사들은 새로운 매체의 표준을 따라잡아야 했다. 아르놀트 브로넨Arnolt Bronnens은 라디오 방송국의 설립과 음악 산업을 다룬 소설에 "대기 속에서의 전투Kampf im Äther"라는 제목을 달았다. 소설은 교활하게도 제국 우편통신부 장관의 소망을 사람들, 그중에서도 베를린 타이피스트들의 입을 통해서 말하게 한다. "음반, 그라모폰, 돈," 그녀는 여전히 꿈을 꾸면서 미소를 지었다. "음반, 그라모폰, 돈 어느 것 하나 없어도 여기 앉아서 음악을 들을 수만 있다면……"[190]

이 소망을 충족시키려면 군사 산업과 정보기술에 종사하는 거대 그룹들이 무엇보다도 셸락을 재료로 쓰는 제작 방식을 넘어서야 했다. 에디슨이나 베를리너 같은 태동기 발명가들은 무대를 떠났다. 진공관 증폭기는 고주파에서 저주파로의 길을, 그를 통해 라디오에서 음반으로의 길을 마련했다. 1924년 벨 연구소가 녹음 부문에서는 전자파에 의거한 증폭기를, 재생 부문에서는 전자파에 의거한 픽업기를 개발, 소리의 녹음을 에디슨의 기계적인 바늘 스크래치에서 해방시켰다. 같은 해 지멘스는 새로운 매체연합의 음향 스튜디오들에 전기 리본 마이크를 선사했다. 그 결과 마침내 음반에 파인 홈이 100베이스헤르츠에서 5킬로헤르츠까지의 주파수를 저장할 수 있게 되었고, 당시의 중파 송신기 방송의 음질에 도달하게 되었다.

에디슨이 개발한 포노그래프의 원형이 오케스트라보다는 사람의 목소리를 불멸의 것으로 만든 데에는 이유가 있었다. 회플레의 "무선으로 전송되는 음악"에 음반이 사용되려면 사운드 프로세싱이 먼저 전기화되어야 했다. 당시 『선데이 타임즈*Sunday Times*』는 감각과 주파수 대역폭을 혼동하여 이렇게 쓴다. "이제야 오케스트라가 오케스트라처럼 들린다. 이 음반에는 이전에 없던 것이 있다. 콘서트홀이나 오페라하우스에서 연주되는 열정적인 음악의 물리적 쾌락을 실은 멜로디가, 단조로운 추상으로 이루어진 일종의 그림자 제국에서 방황하는 대신 현실성의 감각으로 우리를 자극하면서 다가온다."[191]

유행에 민감한 작곡가에게서는 현실성이 스스로 자라 나온다. 레스피기Ottorino Respighi는 1924년의 「로마의 소나무Pini do roma」 3악장에, 앞서 작곡한 현악기-아르페지오의 배경음으로 그라모폰에 녹음된 나이팅게일 소리가 들리도록 곡을 썼거나 아니면 그렇게 요구했다. 빌리에 드 릴아당의 소설 속 에디슨 역시 미래의 부인 주위를 금속으로 된 극락조들로 에워싼 적은 있었지만, 그때의 "나이팅게일 소리"는 "마이크 증폭기"를 통해 만들어낸 "거대한 소리 소음"이었다.[192] 하지만 벨 연구소의 전자파에 의해 증폭된 나이팅게일 소리는 처음으로 심포니 오케스트라 전체를 뒤덮을 수 있었다. 그로 인해 아르투로 토스카니니Arturo Toscanini는 레스피기의 음화音畵, Tongemälde를 초연할 수 있었다.[193] 그것은 오케스트라의 악보 전체가 포노그래프의 킬로헤르츠적 감각과 결합해 생겨난 매체연합이었다.

이런 방식으로 속속 일이 진행되었다. 같은 해인 1924년, 미국 연구자들은 라디오를 위해 개발된 중간 주파수 생성기술이 사운드 프로세싱에도 적용될 수 있음을 깨달았다. 그를 통해 인간의 가청 범위를 넘는 박쥐 소리를 주파수 감소기술을 통해 음반에 녹음했다. 적어도 당시 프라하 신문에는 그렇게 보도되었다. 그 직전 같은 도시에서 「여가수 요제피네 혹은 쥐의 일족Josefine, die Sängerin, oder Das Volk der Mäuse」이라는 단편이 쓰여졌다. "요제피네의 예술이 노래이기는 한 걸까? 혹시 그건 그냥 휘파람이지 않을까?" 카프카의 이 글에서 쥐들은 이렇게 묻는다. "휘파람이 무엇인지는 물론 잘 알지, 그건 우리 종족의 특별한 예술적 재능이니까, 아니 어쩌면 그건 재능이라기보다는 삶의 특징적 표명일지도 몰라. 우리 모두는 휘파람을 불지만, 휘파람을 불 때 우리가 예술을 하고 있다고는 생각하지 않으니까. 예술이라는 생각 없이, 아니 그에 대해 전혀 생각조차 않고 휘파람을 불지. 심지어 우리들 중에는 휘파람이 우리의 독특성이라는 것조차 모르는 이들도 많아."[194]

장 콕토의 라디오 이론은 이렇게 결론을 내린다. "미지의 초음파 세계에 의해 소리의 세계가 풍부해졌다. 우리는 물고기들도 소리를 지른다는 것을, 바다가 소음으로 가득 차 있다는 것을 알게 될 것이며, 허공이 실제 유령들로, 그 유령들이 보기에 우리 역시 유령들인 그런 유령들로 채워져 있다는 걸 알게 될 것이다."[195]

콕토의 해저 유령을 탐지해내기 위해 이제 또 한 번의 세계대전이, 다시 말해 제2차 세계대전이 발발하지 않으면 안 되었다. 오늘날 리얼리즘은 언제나 전략적이다. 비교 대상 없는 혁신의 물결은 1939년 이래 바다, 땅, 하늘을 소음으로 채웠고, 우리에게 (벨 연구소를 넘어) 고저 양방향 주파수의 가청 경계까지 포괄하는 음반, 곧 고감도High Fidelity 음반을 선사했다. 그리고 1940년 — 그로부터 4년 후 소비자들은 FFRR(전 주파수 대역 재생Full Frequency Range Recording) 레코드를 구매할 수 있게 되고, 7년 뒤 안세르메Ernest Ansermet의 하이파이 「페트루슈카Petruschka」의 연간 생산량은 4억 장으로 증가한다 — 영국의 레코드사 데카Decca는, 셸락 레코드판에 모두에게 그럴듯하게 들리는 유령의 노이즈를 담아내는 데 성공했다. 다른 점은 여기 등장하는 유령이 나이팅게일, 쥐 또는 물고기가 아니라 잠수함이었다는 사실이다. 「노란 잠수함Yellow Submarine」과 비틀즈와 같은 양질의 사운드를 예견하면서, "왕실 공군 연안사령부는 데카에 어려운 기밀 과제를 의뢰했다. 연안사령부는 전투기 조종사들이 독일과 영국 잠수함이 내는 소리의 차이를 구분할 수 있게 해주는 훈련용 음반 제작을 원했다. 극히 미세한 소리의 차이를 음반으로 재생하려면 그라모폰의 능력을 획기적으로 확장시켜야 했다. 데카의 수석 엔지니어 아서 하디Arthur Haddy가 이끄는 연구팀의 집중 연구 결과, 연안사령부가 원했던 새로운 녹음기술과 음반을 만들어낼 수 있었다."[196]

하지만 적도 뒤처져 있지만은 않았다. 독일 음반 회사 또한 아르덴 공세 때 함께 영향력을 행사했다. 독일군 정보국 수장이 1944년 11월 12일 쾰른-아헨 전선 남쪽에 있는 모든 진지들에 내린 갑작스러운 무선 중단 명령은 연합군 측의 의심을 살 수 있었다. 때문에 연합군으로 하여금, 다른 가짜 전선에서 공격이 준비되고 있다고 믿게 할 만한 시뮬라크라가 마련되어야 했다. 국방군 최고사령부 선전국은 이를 위해 특별한 음반을 제작하여 부대 스피커를 통해 재생하게 했다. “탱크 소음, 행진하는 부대원들, 도착하고 출발하는 트럭, 공병대 장비들의 선적 등등의 소리를 내는” 음반이었다.[197]

따라서 초저음에서 초고음에 이르는 전체 음역은, 카프카의 쥐들에게서처럼, 예술이 아니라 생의 표명이다. 이 음역이 현대의 흔적보존기술과 결합하여 잠수함들이 있는 곳의 위치를 확인하거나, 그것이 있지 않는 곳에 전차부대를 위치시키게 해준다. 이미 제1차 세계대전 시기에 위대한 음악학자 호른보스텔이 전선에서 활약한 바 있다. 거대한 집음기와 인간의 가청 대역을 넘어서는 음향탐지장치 덕분에 [독일군은] 30킬로미터 밖에서 적 포병대의 위치를 파악할 수 있는 능력을 갖게 되었다고 한다. 그 후로 인간이 지닌 두 귀는 자연 변덕의 귀결이 아니라 무기이면서 돈의 원천이 되었다. (상업이 늘 이렇게 뒤따른다.) 로큰롤이나 생방송 라디오극 소비자들이 헤드폰을 체험하기 훨씬 전에 메서슈미트와 하인켈 조종사들은 새로운 음향 공간의 시대에 첫 발을 내딛었다. “바다사자작전”을 위해 섬나라 영국에 폭탄을 쏟아 부으려던 괴링Hermann Wilhelm Göring의 실패한 시도인 영국본토항공전은 무기 시스템 제어상의 트릭으로 시작되었다. 당시 공군 폭격기는 일광이나 안개의 유무와 무관하게 무선파동을 통해 목표 지점에 유도되었다. 영국 맞은편에 위치한 독일군 점령 해안, 예를 들어 암스테르담과 셰르부르 두 곳에 설치한 지향성 무선발신기에서 발신된 음파들이 공중에 음파 삼각형을 형성하고, 폭탄 투하 목표 도시가 그 삼각형의 꼭짓점에 정확히 오도록 위치시켰다. 우측 송신기가 조종사의 오른쪽 헤드폰에 "다다"라는 모스 신호를 보내고, 좌측 송신기는 — 오른쪽 신호의 임펄스 간격과 정확히 일치하게 — 왼쪽 헤드폰에 "딧딧"이라는 모스 신호를 보낸다. 예정된 항로에서 벗어나면 좌우를 왕복하는 (초창기 팝송 음반들에서와는 달리 오늘날에는 사라져버린) 아름다운 스테레오 음이 들려왔다. 하인켈 조종사들이 런던이나 코벤트리 상공에 정확히 폭격기를 위치시키면, 헤드폰 양쪽에서 나오는 신호, 곧 오른쪽 귀의 모스 신호와 왼쪽 귀의 모스 신호가 지속적인 하나의 음으로 합쳐지게 된다. 지각생리학적으로 보아도 이 음은 필연적으로 대뇌 중추에 위치하게 된다. 이것은 마치 최면술과도 같은 명령으로, 그 명령 아래 폭격기 조종사, 아니 정확히 말해 그의 대뇌 중추 자체가 폭격기에 실린 폭탄을 투하하는 것이다. 이를 통해 폭격기 조종사는 역사적으로 볼 때 최초의 헤드폰 스테레오 음향의 소비자라는 영예를 얻게 되었다. 그 스테레오 음은, 헬리콥터의 선회나 지미 헨드릭스Jimi Hendrix의 「일렉트릭 레이디랜드Electric Ladyland」에서 핑크 플로이드의 「위시 유 워 히어Wish You Were Here」의 공간 음향 한가운데서 폭탄 투하 목표 지점의 음향학을 또 한 번 재생시키는 뇌생리학적으로 시뮬레이션된 유사-모노 음에 이르기까지 오늘날 우리 모두를 조정하고 있다.[198]

영국군 기술장교였던 레지널드 존스Reginald Jones 교수는 영국 공군이 스테레오 음에 의한 원격 조정을 교란시키기 위해서 어떤 노력을 했었는지에 대해 설명한다. 독일 공군의 지향성 무선발신기의 주파수 대역은 초단파를 넘어서 있었고, 1940년 당시 영국

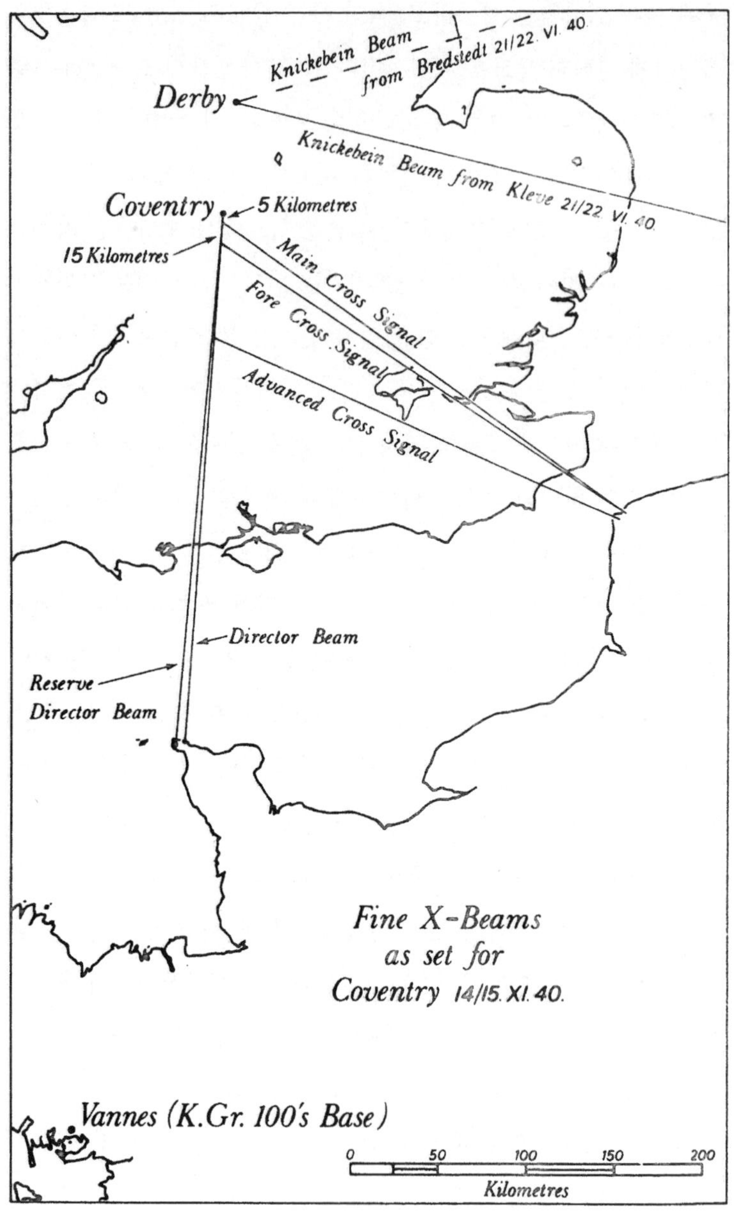
Knickebein Beam
from Bredstedt 21/22. VI. 40.
Derby
Knickebein Beam from Kleve 21/22. VI. 40.
Coventry
5 Kilometres
15 Kilometres
Main Cross Signal
Fore Cross Signal
Advanced Cross Signal
Director Beam
Reserve
Director Beam
Fine X-Beams
as set for
Coventry 14/15. XI. 40.
Vannes (K.Gr. 100's Base)
0
50
100
150
200
Kilometres

GRAMMOPHON

첩보국은 그 주파수를 수신할 장비는 고사하고 그에 대한 개념조차 없었다. 도움이 되었던 것은 일종의 세속적 각성뿐이었다. 판버러 비행장에서 폭격기 동체에 부착된 확성기를 테스트하던 중—이것은 오늘날 펜타곤 프로젝트와 완전히 동일하게, 신들의 목소리를 통해 북서 인도의 반항적 부족을 위협하기 위한 것이었다—사고가 발생했다. 마이크 앞에 있던 장교가 멀리 있는 스피커에서 자기 목소리가 2초 후에 돌아오는 것을 듣고 그 음향 지연 효과에 웃음을 터뜨렸고, 그 웃음이 다시 메아리로 순환해 돌아오는 연쇄반응이 참관하던 사람들 모두를 감염시키는 바람에, 마치 록 뮤지션이 일렉트릭 기타를 스피커 옆에 세운 것처럼 판버러 전체에 웃음이 울려 퍼지게 되었다. 그 자리에 있었던 존스는 이를 "스스로 웃는 시스템"이라고 불렀다. 존스는 다른 사람들처럼 웃기만 하는 대신, 모든 진동기의 원리인 피드백이 센티미터 단위 파장 대역의 주파수도 만들어낸다는 것을 알아차렸다. 휘하에 있던 다른 전문가들은 이를 좀처럼 믿으려 하지 않았다.[199] 존스는 독일 공군의 지향성 발신기와 그 발신기의 공격 목표를 확인하도록 조정된 수신기를 만들게 했고, 영국은 영국 상공에서의 공중전에서 승리를 거두었다. (물론 처칠은 영국군이 비밀을 파악했다는 사실을 적에게 누설하지 않기 위해, 이미 공격 지점이라고 확인된 도시 코벤트리에서의 철수를 금지시켰다.)

그 전쟁의 생존자와 이후 출생한 자들은, 공중전의 공간 삼각법이 일반화, 상업화시킨 스테레오 음향을 가정에서 들을 수 있게 되었다. 1957년 EMI(Electrical and Musical Industries)가 스테레오 음반 생산을 시작한 이래,[200] 이전에 폭탄을 투하하던 조종사들

휴스의 마이크와 파리의 녹음.
1878년 휴스의 카본 마이크에 의해 발걸음 소리가 증폭되었던 그 파리가
1969년 핑크 플로이드의 「움마굼마Ummagumma」에서는
좌우 채널을 돌아다닌다.

처럼 스피커 또는 헤드폰 사이에서 사람들을 원격 조종하는 게 가능해졌다. 미 공군 장교들이 잠수함의 위치를 파악하는 과제, 혹은 하인켈 폭격기 조종사가 폭격 지점을 특정하는 과제는, 1897년 스토커의 드라큘라 소설에서는 최면술을 통할 수밖에 없었다. 무선기술이 없었기에 전략적으로 잠수함의 위치를 파악하는 문제가 최면술로 보완되어야 했던 것이다.[201] 두 차례의 세계대전과 일련의 혁신들을 거쳐, 1966년 최면술은 녹음기술과 통합되게 된다. 모터 소리, 쉭쉭거리는 증기기관 소리, 브라스 밴드의 음악이 공간 왼쪽에서 오른쪽으로, 오른쪽에서 왼쪽으로 이동하는 동안, 한 영국 가수의 목소리는 어떻게 리버풀의 잠수함 승무원에서 전후 세대 록 그룹으로 전승의 사슬이 문자 그대로 이어지는지를 이야기한다.

> 내가 태어난 마을에
> 바다를 항해하는 남자가 살았다네
> 그는 우리에게 잠수함 나라에서
> 살았던 이야기를 들려줬다네.
>
> 그래서 우리들도 태양을 향해 항해해 갔다네
> 푸른 바다를 찾을 때까지
> 우리의 노란 잠수함 안에서
> 파도 아래에서 살았다네.
>
> 우리 친구들은 모두 여기 타고 있다네
> 그들 대부분이 이웃에 살고

밴드가 연주를 시작한다네
"우리 모두는 노란 잠수함에서 산다……"[202]

비틀즈는 모든 사람을, 최면술적 소음 전파로 그 위치를 찾아내 죽일 때까지 드라큘라 백작을 그의 검은 관, 그의 검은 배, 그의 검은 바다[흑해]에 숨겨두었던 그 불가능한 장소로 데려다 놓는다. 하이파이 스테레오 음향은, 잠수함 내의 실재 공간으로부터 두뇌 속 사이키델릭 공간에 이르기까지 모든 음향 공간을 시뮬레이션할 수 있다. 간혹 소비자들이 위치를 파악하지 못하거나 착각에 빠지는 것은, 음향 엔지니어의 작업이 한때 아르덴 공세를 앞두고 이루어진 정보 교란만큼이나 정교했기 때문에 가능한 일이었다.

그러한 착각을 프로그램화했던 것은 경탄스러운 빌리에 드 릴아당이었다. 그의 소설에 등장하는 에디슨은 우연히, 혹은 장난 삼아 "그의 실험실 중앙 제어망에 손"을 올려놓았다가, 갑자기 전화기에서 나오는 뉴욕 에이전시의 목소리가 "실험실 사방의 모든 구석들로부터 이리저리로 튀어 나가는 듯한" 경험을 한다. 실험실 곳곳에 설치된 12개의 스피커 — 1881년 파리 오페라하우스와 산업궁전 사이에서 이루어졌던 최초의 공간 음향 실험을 모델로 삼았다 — 가 이를 가능하게 한 것이다.[203]

스테레오 음반과 스테레오-초단파에 의한 음향적 속임수가 오페라를 완전히 점령하기도 했다. 존 컬쇼John Culshaw가 1959년 멋지게 과변조한, 게오르크 솔티Georg Solti 지휘의 「라인의 황금」 음반은 등장 캐릭터들의 무장소성이 일대 센세이션을 일으켰다. 물론 다른 신과 여신 들, 남녀 가수들은 두 개의 스테레오 채널 사이에 지정된 자리를 부여받았다. 그런데 바그너의 위대한 기술자 알베리히, 그러니까 그의 동생 미메가 막 완성한 마법 두건을 빼앗아 쓰고는 보이지 않게 된 자신의 능력을 과시하는 알베리히가 에디슨의 전화기 소리처럼 모든 공간에서 동시에 울려 나왔다. "3막에서 알베리히는 마법 두건을 쓰고 모습을 감춘 채 불쌍한 미메를 구타한다. 대부분의 연출가들은 이 대목에서 알베리히가 확성기를 통해 노래하게 하는데, 이는 극 중 알베리히를 효과적으로 잘 드러내지 못하는 경우가 많았다. 그래서 우리는 그 대신 32마디 동안 어디로 가도 피할 수 없는 알베리히의 존재를 확실히 전달하려고 시도했다. 오른쪽, 왼쪽, 가운데, 그 어느 쪽으로도 미메가 도망갈 곳은 없다."[204]

컬쇼의 스테레오 마법은 위대한 매체기술자 바그너가 자신의 극적 도플갱어에게 부여했던 힘을 실현한 것에 다름 아니었다. 음향 공간에서 사라져버린 알베리히는 "나는 도처에 있다"고 노래하며 눈에 보이지 않는 "감시"를 통해 "영원히" "복종하는 이들"[205]을 만들어낸다. 바그너가 발명했던 것은, 니체가 곧바로 간파했듯이, 듣는 드라마였던 것이다. 니체는 이렇게 기록했다. "바그너의 예술은 늘 그를 이중의 길로 인도한다. 듣는 드라마의 세계로부터 수수께끼처럼 그 세계와 유사한, 보는 드라마라는 세계로, 그리고 그 역으로."[206] 「니벨룽겐의 반지」라는 세계 전쟁의 기원이라 말할 만한 이 0차 대전은 "대기 속에서의 전투"라 불려도 무방했을 것이다.

대기 속으로 전투를 전송하기 위해 라디오는 세계대전 중 일어난 혁신들을 넘겨받아, 음반이 라디오를 좇던 제1차 세계대전

직후와는 반대로 음반의 수준을 따라잡아야 했다. 이전 시기의 중파 라디오는 하이파이 노래도, 스테레오 방송극도 송출할 수 없었다. 진폭 변조[AM]로는 주파수 대역이 매우 협소할 수밖에 없었기 때문이다. “FM의 경이적 성장은 AM에 대한 기술적 우위 때문이었지만, 투자 매체로서도 상대적으로 적은 비용이 들었던 탓이기도 했다. 사람들은 1950년대 후반, FM 채널의 광대역이 개별 신호 송출에서도 더 충실하게 음을 전달할 수 있을 뿐 아니라, 소위 “멀티플렉싱” 프로세스를 통해 분리된 두 개의 신호를 동시에 송출할 수 있다는 사실을 알아차렸다. 이 발견으로 인해 스테레오 방송이 가능해졌다. 특히 이 방식으로 송출되는 프로그램들은 확실한 취향을 갖고 하이파이 음악을 선호하는 부유한 청취자들에게 매력적이었다. [……] 록 음악 청중의 수가 늘어나고 취향 수준도 높아졌을 때, 가정에서 듣던 음반 수준의 음질을 갖춘 라디오에 대한 요구가 생겨났다. (1960년대 중후반 스테레오 오디오 시장은 급격한 성장을 기록했다.) AM 라디오는 이러한 요구를 충족시킬 수 없었다.”[207]

주파수 변조[FM]와 신호 멀티플렉싱. 초단파 방송의 이 두 요소가 1950년 미국의 상업적인 발견만은 아니었다는 건 두말할 것도 없다. 신호 멀티플렉싱을 선택한 독일군 정보부 장관 펠기벨

Fritz Fellgiebel 장군의 "천재적인 기술적 결단"이 없었다면 그는 러시아 원정—"지구상 정보부대가 수행했던 가장 어려운 과제"라 할 수 있는—을 원격 조정할 수 없었을 것이다.[208] "초단파(10미터에서 1미터 사이)는 직선으로 확산되기에 전장에서는 사용할 수 없다"[209]는 미신을 뒤집었던 독일 병기국의 김러Gimmler 대령이 없었다면, 전차를 통한 전격전 전략가 구데리안Heinz Wilhelm Guderian 장군은 제1차 세계대전 때처럼 통신 비둘기에 의존해야 했을 것이다. 그러는 대신 그의 화살촉 모양 편대는, 적과는 달리, "선두 전차로부터 분대와 부대, 군 전체 지휘부에 이르기까지" 초단파 통신으로 연결되어 있었다.[210] 구데리안 장군은 자주 "엔진이 전차의 영혼"이라고 이야기했는데, 네링Walther Nehring 장군은 "통신이 전차에서 가장 중요하고 기초적인 1-a다"라고 보충했다. 당시나 지금이나 사령부의 지휘 공백을 제로로 만들어주는 것은 초단파 무선통신이다.

1944년 9월 11일 미군의 선두 전차가 도시 룩셈부르크와 룩셈부르크 방송국을 해방시켰다. 라디오 룩셈부르크는 우편, 전보, 라디오방송 부문에서 대륙 최대의 국가 독점 상업 방송국이자 레코드 선전 매체라는 전쟁 이전의 상태로 되돌아간다.[211] 하지만 4년간의 군인 방송은 흔적을 남겼다. 새로운 형태의 흔적보존이라는 흔적을.

40년대 초 독일 기술자들은 놀랄 만한 기술적 진보를 이루었다. 영국과 미국 첩보국을 위해 매일 독일 라디오방송을 감청하던 라디오 감시부대는 그들이 수신한 많은 프로그램들이 전부 스튜디오 생방송일 수는 없다는 것을 알아차렸다. 그런데도 그 독일 방송은 표면에 흠집이 난 보통의 음반으로는 낼 수 없는 수준 높은 음질을 들려주었다. 이 수수께끼는 연합군이 라디오 룩셈부르크를 접수한 후 장비 더미 속에서 듣도 보도 못한 성능을 갖춘 새로운 자기 마이크를 발견하고 나서야 풀렸다.[212]

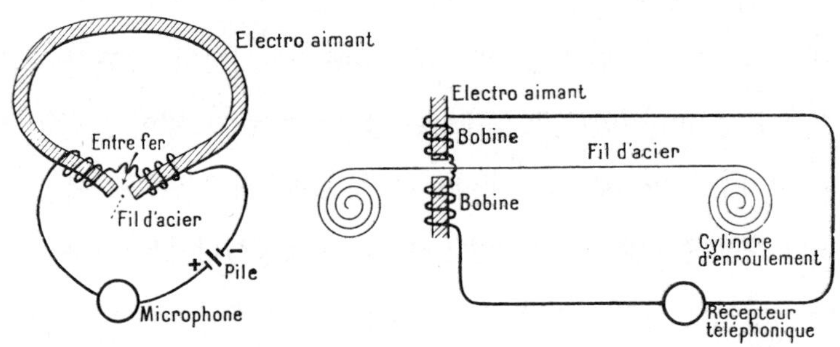

포울센의 텔레그라폰 도해

1940년에 이르러서야 BASF와 AEG의 기술자들은 우연히 고주파를 사전에 자기화磁氣化하는 아이디어를 발견했고, 그를 통해 포울센이 실험했던 1898년의 텔레그라폰을 10킬로헤르츠의 주파수 대역을 가진 테이프레코더로 변신시켰다. 그 이전에는 음반-라디오라는 매체연합체가 일방통행을 하고 있었다. 그라모폰을 사용하던 방송국들은 베를리너의 마스터 레코드로 녹음해놓았던 것을 틀었다. 라디오 방송국이 — 에디슨의 명예를 사후적으로 회복하면서 — 프로그램 저장을 위해 독자적으로 개발한 특수 포노그래프를 사용하기는 했지만 사태는 변하지 않았다.[213] 1930년대 이후 엄격하게 "아카이브 목적"으로만 제국의회 회의 녹음이 허락되었던 왁스 실린더는, 전쟁 상황에서는 도움이 되지 않았다.[214] 라디오방송을 "제3제국의 문화적 친위대"[215]라고 여겼던 선전선동국은 구데리안의 기갑사단과 같은 수준의 현대성과 이동성을 가진 녹음-저장 매체를 필요로 했던 것이다.

독일 선전국 국장이었던 폰 베델Hasso von Wedel 소장은 이렇게 보고한다. "라디오 전황보고를 위한 장비 역시 우리는 근본적으로 선전국의 개발에 의존하고 있었다. 그에 상응하는 특수 차량들도 마찬가지였다. 전차부대, 공군, 해군의 일부 전투 현장에서 직접 녹음하기 위해서는 흔들리지 않고 수평을 유지하는 기초가 우선 확립되어야 했다. 그래서 처음에는 사후적으로 작성된 르포르타주에 의존하는 수밖에 없었다. 근본적인 변혁은, 자기 마이크가 발명되어 전황보고용으로 만들어지고 난 후 이루어졌다. 그를 통해 하늘, 이동 중인 전차, 잠수함으로부터 생생한 전황보고를 처음으로 들려줄 수 있게 되었다."[216]

루덴도르프Erich Ludendorf가 언급했듯이, "전시에 기술적 보조 수단을 대규모로 테스트해보는 일은 평화로울 때보다 훨씬 용이하다"[217]는 것이 전면전의 진리이다. 첫번째로는 테이프레코더에 의한 녹음의 자동화와 휴대화가 라디오방송을 음반 녹음에서 해방시켰다. 노란 잠수함뿐 아니라 전쟁도 음향적 체험으로 재생 가능한 것이 되었다.

소위 청중의 듣기 체험만으로는 충분하지 않았는지, 테이프레코더는 첩보 통신도 혁명적으로 변모시켰다. 토머스 핀천에 따르면, 모스 신호를 수신하는 사람은 "발신자가 보내는 신호의 간극이나 길이 등을 통해 그것을 발신한 손이 누구의 것인지를 알아차릴 수 있다"[218]고 단언한다. 그에 따라 독일 국방군 최고사령부 방첩국은 함부르크 볼도르프에 있는 방송국에서, 해외에 첩보원으로 파견되기 전에 모든 요원들이 "손으로 친 글씨"를 녹음해 저장하도록 했다. 그 녹음테이프는 카나리스 장군 측 사람들에게 "모스 신호기 앞에 앉아 있는 것이 적 통신원이 아니라 아군 요원임"[219]을 보증해 주는 역할을 했다.

이러한 성공에 힘입어 방첩국은 수세에서 공세로 전환했다. 적군의 장비 창고에 아직 테이프레코더가 없다는 사실이 그들에게 저 유명한 통신게임Funkspiele을 감행하게 했다. 이름은 통신게임이지만 수백만 명의 사람들이 스피커를 통해 듣는 오락물이 아니라, 영국 스파이 50명의 죽음을 의미하는 것이었다. [독일] 국방군은 낙하산을 통해 네덜란드 상공으로 침입하려던 비밀 통신원들을 체포하여 역이용하는 데 성공했다. 체포된 비밀 통신원들은 그들의 손의 흔적을 통해 계속 임무 수행 중인 것처럼 정보를 보내야 했다. 독일에서 얻어낸 정보가 런던(경우에 따라서는 모스크바)에 전송되면서 더 많은 스파이들이 독일 방첩국의 덫에 걸려들었다. 바로 이런 경우에 대비해 모든 나라의 비밀요원 중앙부서는 통상 해외에 나가는 요원들과 미리 비상 신호를 약속해놓는다. "더 이상 사용 않는 낡은 코드를 사용하거나, 얼토당토않은 실수를 하거나, 특정 철자나 구두점을 의도적으로 삽입하거나 빼는" 방법이었다. "여기에 속을 가능성에 대한 방어책으로 독일 요원들은 테이프레코더를 도입했다."[220] 역이용당하는 요원들의 모든 모스 신호는 사전에 테이프레코더에 녹음, 분석되고, 필요한 경우에는 조작된 후에 통신망으로 보내졌던 것이다. 이러한 과정은 민간 영역이라고는 거의 남아 있지 않은 허공을 통해 어떤 방해도 받지 않고 진행되었다.

현재의 음악과 음향은 세계대전 당시의 테이프레코더에 의해 시작된 것이다. 테이프레코더는 저장과 송출, 축음기와 라디오를 넘어 시뮬레이션의 제국을 만들어냈다. 압수한 독일군의 자기 마이크를, 자신이 프로젝트로 수행하던 대형 컴퓨터에 장착해 넣을 생각을 했던 것은 다름 아닌 영국의 튜링이었다. 테이프레코더는 녹음용 헤드, 재생용 헤드, 소거 헤드를 갖추고 빨리감기와 되감기를 할 수 있기 때문에 범용불연속기계 종이 띠에서처럼 모든 가능한 데이터 조작을 행할 수 있다.[221] 초창기 값싼 개인용 컴퓨터에 별도로 카세트레코더가 장착되어 있었던 것은 그 때문이다.

매우 실용적이게도, 미국에서는 전리품이었던 테이프레코더가 겨울잠을 자던 전기, 음악 기업들을 일으켜 깨웠다.[222] 1942년에서 1945년 사이에는 그 기업들이 상업적이지 않은 과제를 담당했었다는 건 말할 필요도 없다. 테이프레코더는 신호 회로에의 중간 개입을 통해 사운드 제작을 현대화했고, 그라모폰의 자리를 대체함으로써 사운드 유통을 현대화시켰다. 카세트레코더는, 자기 마이크가 선두의 독일 장갑차에 탄 무선통신 생산자들을 이동할mobil 수 있게 했던 것처럼, 음악 소비자들을 이동 가능하게 만들었다. 그것은 실제로 자동차automobil에 설치되었다. 미국의 카세트레코더 "대중 시장"은 "최초의 자동차용 음악 재생 시스템"의 길을 열었다.[223] 지휘 공백을 최소화하고 스테레오 음향을 재생하기 위해서는, 전송하는 측에서는 로큰롤과 교통 정보를 방송하는 새로운 초단파 VHF 방송국이, 수신하는 쪽에서는 FM 수신이 되는 자동차

라디오와 디코더만 갖춰지면 되었다. 6기통 엔진은 속삭이는 반면, 자동차 스테레오 장비는 위협적으로 울린다. 엔진과 라디오는 (구데리안과 네링을 자유롭게 인용하자면), 소위 전후라는 삶의 조건 아래 전격전을 시뮬레이션 혹은 훈련하는 우리 시대 여행자 군단의 영혼이기 때문이다.

다만 지휘의 중심은 참모본부에서 엔지니어 사무소로 이동해야 했다.[224] 테이프레코더를 통해 혁명적으로 변한 사운드 프로덕션에서는 명령이 불필요했기 때문이다. 저장, 삭제, 선택, 빨리감기, 되감기, 잘라내기 — 마이크에서 마스터 레코드까지 신호 회로의 이 중간 개입은 조작 자체를 가능하게 했다. 대 독일 라디오방송의 오리지널-전황보고 이후 라이브 방송은 더 이상 라이브가 아니다. 테이프레코더로 녹음할 때 후방 대역 제어를 통해 생겨나는 (이제는 디지털 레지스터를 통해 더 우아하게 작동하는)[225] 원리적인 유예 시간은 소위 음란방송 저지선Broadcast Obscenity Policing Lines이 작동하기에 충분하기 때문이다. 라디오 디제이의 전화를 받고 방송을 타게 된 청취자들은 단 세 마디만이라도 음란한 말을 내뱉고 싶어한다. 오늘날 모든 이들은 (앤디 워홀Andy Warhol에 따르면) 유명해질 수 있고 유명해지려 하기 때문이다. 단 2분간이라도 말이다. 예술과는 달리, 매체는 맹목적으로 흐르는 시간 속에서 작동하기 때문에 원리적으로는 우연을 예측할 수 없다. 하지만 수화기를 든 청취자와 그 송출 사이에 음란방송 저지선이 개입해 들어오는 6.4초의 데드타임은 실재적인 것의 데이터 흐름에도 (예술은 아니더라도) 검열의 가능성이 생겨나게 한다.

테이프레코더 기계가 사운드 프로세싱 과정에서 행하는 기능이 바로 이것이다. 편집과 사운드 컨트롤은, 상징적 연쇄물들로 이루어진 예술에서라면 조작될 수 없는 것을 조작 가능하게 한다. 빨리감기, 되감기를 통해 반복되는 시간이 순수한 우연의 연쇄를 조직한다. 베를리너의 단순한 재생기술로부터 「매지컬 미스터리 투어Magical Mystery Tour」가 나온다. 비틀즈의 사운드를 제작했던 애비로드 스튜디오가 1954년 처음으로 믹싱할 때 스테레오 테이프를 도입했던 것은 우연이 아니다. 1970년에는 8트랙 녹음이 국제 표준이었다면, 오늘날 디스코 사운드는 각 트랙별로 혹은 믹싱 상태에서도 조작 가능한 32트랙 혹은 64트랙으로 녹음된다.[226] 핑크 플로이드가 「웰컴 투 더 머신Welcome To The Machine」에서 "기계에 오신 것을 환영합니다"라고 노래했을 때, 그것이 의미한 바는 바로 "테이프 기술 그 자체를 위한 테이프 기술—일종의 사운드 콜라주"[227]였다. 독일 방첩국의 통신게임에서 모스 신호를 보내는 손의 흔적이 수정된 바 있다면, 오늘날의 스튜디오에서 스타들은 노래를 못 불러도 상관없다. 로저 워터스와 데이비드 길모어는 「웰컴 투 더 머신」의 부르기 힘든 고음부에 시간 축 조작을 이용했다. 반음을 낮춰 불러 녹음한 후 편집 때 반음을 올려 만들어낸 것이다.[228]

하지만 테이프 기술이 늘 테이프 기술만을 위해, 편집이 늘 수정이나 미화만을 위해 사용되는 것은 아니다. 매체가 인간학적 선험성이라면, 인간은 언어의 발명에 이르지 못했을 것이다. 오히려 인간은 매체의 가축, 희생물, 하인으로 생겨났을 것이다. 그렇게 되는 것을 막아주는 것이 테이프 잡탕이다. 의미로부터 무의미가 생겨나고, 튜링의 보코더에서처럼 정부의 프로파간다가 소음이 된다. "~이다" "혹은" "그" 같은 불가능한 단어의 첨가물은 편집을 통해 사라져버린다.[229] 이것이 바로 윌리엄 버로스William S. Burroughs가 활용한 녹음기의 컷-업 기술이었다.

「워터게이트에서 에덴동산으로의 피드백Feedback from Watergate to the Garden of Eden」*은 (다른 모든 책이 그러하듯) 태초에 말씀이 있었고 그 말씀이 신이었다로 시작한다. 다만 여기서 말씀이란 동물도 구사할 수 있는 구술적 담화가 아니라, 저장과 전파의 능력으로 인해 결국 문화를 가능하게 한 문자였다. "영특하고 노련한 쥐라면 덫과 독이 든 미끼를 알아차릴 수 있을 것이다. 하지만 『리더스 다이제스트』에 '상품 창고의 치명적인 덫'을 경고하는 매뉴얼을 쓰지는 못한다." 그런 경고 또는 "전략적 조치"는 인간만이 할 수 있는 것이다. 단 한 가지 예외가 있다면, 이제 그 자체가 치명적인 덫이 되어버린 문자라는 경고 시스템 자체에 대해서는 경고할 수 없다는 것이다. 원숭이들 스스로 문자에 다가갈 수 없었기에 "쓰여진 단어"가 그들을 엄습해왔다 — "구어口語를 유발시킨 킬러 바이러스"로. 그 바이러스는 숙주 유기체와 안정적인 공생 관계를 이루고 있어 바이러스임이 인식되지 못했다. 오늘날에서야 이 공생 관계에 "금이 가는" 듯하다.[230] 이 바이러스가 말을 할 수 없는 원숭이의 후두를 변형시켜 인간을 만들어냈다. 특히 백인 남자들에게 가장 치명적인 감염이 일어났다. 숙주와 그 숙주의 기생체인 언어를 혼동한 것이다. 이 바이러스에 의해 대부분의 원숭이들이 죽임을 당했다. 직접적인 원인은 과도한 성적 흥분 혹은 "바이러스가

* 윌리엄 버로스가 1970년 출간한 에세이집 『일렉트로닉 혁명*The Electronic Revolution*』의 1부. 여기서 버로스는 언어, 곧 문자가 바이러스라는 관점에서 문화를 분석한다.

그들의 숨구멍을 조이고 목을 부러뜨렸기"[231] 때문이다. 살아남은 두세 원숭이들과 더불어 말씀이 새롭게 시작될 수 있었다.

"에덴동산에 있던 세 개의 테이프레코더에서 시작해보자. T1은 아담이고, T2는 이브, T3는 히로시마 원폭 투하 이후 추한 미국의 모습을 하고 있는 신이다. 이를 우리의 근원 역사적인 시나리오에 적용해 말해보면 이렇다. T1은 주체할 수 없는 성적 흥분에 빠져 있는 수컷 원숭이인데, 바이러스가 그의 숨구멍을 조이고 있다. T2는 수컷 원숭이 위에 올라타 질질 짜고 있는 암컷 원숭이이고, T3은 죽음이다."[232]

매체 전쟁으로 시작된 것의 결말은 매체 전쟁일 수밖에 없다. 닉슨의 워터게이트 테이프레코더와 에덴동산 사이의 피드백 연결고리를 닫기 위해서는, "근본적으로 단 하나의 게임이 존재하는데, 그것은 전쟁이다."[233] 자기 마이크와 같은 세계대전의 무기들은 카세트레코더로 상업화된다. 그렇기에 그 이전 작가였던 버로스는 행동을 취할 수 있는 것이다. 책의 생산과 수용 사이에 존재하는 고전적인 분할 대신에, 이제는 유일무이한 단 하나의 군사기술적인 중간 개입[곧, 테이프 편집]이 들어서는 것이다.[234]

"우리에게 세 대의 테이프레코더가 있다. 우리는 이를 가지고 단순한 말 바이러스를 만들어낼 수 있다. 정적政敵을 마주하고 있다고 가정해보자. 첫번째 테이프레코더에 우리는 그의 연설과 사적인 대화를 녹음하고, 거기에다 말더듬, 말실수 또는 우매한 표현들 — 모을 수 있는 가장 심각한 것들 — 을 편집해서 집어넣을 수 있다. T2에는 그 정치가의 침실을 도청해 섹스 테이프를 만든다. 효과를 극대화시키기 위해 정상적이라면 그의 섹스 파트너가 되어서는 안 되는 상대, 예를 들어 그의 미성년 딸의 목소리를 편집해 넣을 수도 있다. T3에는 혐오스럽고 분노에 찬 목소리를 녹음한다. 이 세 종류의 녹음을 작은 부분들로 나눈 후 자의적인 순서로 다시 편집해 붙인 테이프를 만든다. 그렇게 만들어진 것을 그 정치가와 유권자 앞에서 재생해 들려주는 것이다.

자동 "스크램블러 증폭기"나 테이프레코더의 배터리를 전부 사용한다면 편집과 재생은 복잡하게 확장될 수 있다. 하지만 "근본 원리는 매우 간단하다. 섹스 테이프와 불쾌한 테이프를 이어 붙이는 것이다."[235]

군사 장비의 남용만큼이나 간단하다. 다만 섀넌과 튜링의 스크램블러나 독일의 자기 마이크가 어떤 일들을 일어나게 했었는지만 주의하면 된다.[236] "컨트롤," 아니면 엔지니어들이 말하는 음의 피드백이 우리 세기 권력으로 향하는 열쇠라면,[237] 권력을 탈취하는 일은 양의 피드백으로 귀착된다. 초단파 또는 스테레오, 테이프 또는 스크램블러, 이 모든 세계대전 장비, 군대 장비들이 판버러 유형의 거친 진동을 산출해낼 때까지 무한 루프를 작동시키는 것이다. 그 정황들 앞에서 그들 자신의 멜로디를 재생하는 것이다.

버로스가 책에서 "전쟁 게임에서 사용되는 일련의 무기와 테크닉"[238]을 묘사하고 난 후 하는 것이 바로 이것이다. 그는 로리 앤더슨Laurie Anderson과 함께 음반을 제작한다. 그것은 정확히 록 음악에서 이루어지는 일과 동일하다. 록 음악은 모든 전자 음향적 가능성을 최대화하고 음향 스튜디오와 FM 방송국을 점령하며, 테이프 몽타주를 통해 작곡가와 작사가, 편곡자와 연주자 사이의 고전적인, 다시 말해 문자에 의해 조건 지워진 간극을 붕괴시킨다. 채

플린Charlie Chaplin, 메리 픽포드Mary Pickford, 그리피스D. L. W. Griffis 같은 이들이 제1차 세계대전 이후 예술가연맹을 창립했을 때, 영화계의 어느 거물이 이렇게 말했다. "미친놈들이 정신병원을 접수했다The lunatics have taken charge of the asylum." 존 레논, 지미 헨드릭스, 시드 배럿Syd Barret 같은 이들이 제2차 세계대전의 매체 고지에 그들의 총체 예술작품을 올렸을 때도 사태는 동일했다.[239]

통신게임, 초단파 전차 무선통신, 보코더, 자기 마이크, 잠수함 위치추적 기술, 폭격 유도장치 등은 군사 장비의 남용을 개시하고, 귀와 반응 속도를 제n+1차 세계대전에 적응시켰다. 최초의 남용이었던 라디오가 제1차 대계대전을 제2차 세계대전으로 이끌고, 두번째 남용인 록 음악이 제2차 세계대전을 제3차 세계대전으로 이끈다. 「빅 사이언스Big Science」 앨범에서 로리 앤더슨은, 여느 때처럼 보코더로 목소리를 변조하여 버로스의 『일렉트로닉 혁명』[240]에 등장하는 실천적인 제안에 따라, 기내 방송을 하는 점보 비행기 조종사의 목소리를 시뮬레이션한다. 갑자기 소비자용 오락을 중단시키고 승객에게 임박한 비상 착륙 또는 그 밖의 심각한 사태의 발생을 알린다. 록 음악 같은 중간 개입의 대중 매체는 벤야민이 말하는 분산Zerstreuung[241]과는 정반대로 오히려 사람들을 모이게 한다. 1936년, 전대미문의 "80대의 차량으로 이루어진 '독일 제국 자동차 소대'의 퍼레이드"가 "지역의 자원을 동원하지 않고도 대규모의 스피커 장비를 설치하고 관람석을 만들어" "전당대회와 대규모 집회 방송"을 송출했다.[242] 오늘날에는 록 그룹이 트레일러와 킬로와트 급 앰프들을 동원해 매일 밤 같은 일을 수행한다. 그들은 전기장치와 군대 장비들을 가득 장착하고는 우리를 "일렉트릭 레이디랜드Electric Ladyland"로 납치해 간다. 비독자를 위한 문학 생산의 비밀이었던 사랑이라는 테마는 이제 쇠퇴한다. 록 음악은 그들을 지탱해주는 매체의 힘 그 자체를 노래한다.

록 음악, 군대 장비의 남용

존 레논과 폴 매카트니의 스테레오 잠수함만이 글자 그대로 전후戰後의 서정시인 것은 아니다. 1944년생인 로저 워터스는 핑크 플로이드의 마지막 음반 「파이널 컷The Final Cut」에 세계대전 전사자인 "에릭 플레처 워터스Eric Fletcher Waters(1913~44)를 위하여"라고 썼다. 이 앨범은 사운드 등장 전, 작곡 당시 라디오 뉴스(포클랜드, NATO 함대의 이동, 원자력 발전소)의 컷업 시퀀스로 시작된다. 그를 통해 "전후"는 단어상으로나 실제로나 "꿈"에 지나지 않는다고, 소비자들을 달래기 위해 상황을 재서술한 것에 불과하다는 사실을 말해준다. 「전후의 꿈Post War Dream」에 이어 「영웅의 귀환The Hero's Return」이 나온다. 여기서 컷업 시퀀스는 자신의 기원을 찾아낸다. 라디오라는 대중 매체의 전신인 군사용 통신장치가 상징계와 실재계, 명령과 시체들을 잘라놓았던 곳을. 추도문은 전후戰後, 사랑, 무자크의 이면이다.

스위트하트, 스위트하트, 너는 벌써 잠들었는가, 괜찮아
지금이 너에게 정말 말 걸 수 있는 유일한 시간이기에

내가 가두어버린 것이 있어.
기억은 너무나도 고통스러워
한낮의 빛을 견딜 수 없어

전쟁에서 귀환했을 때
모든 집들엔 플래카드와 깃발이 걸려 있었지
우리는 거리에서 춤추며 노래 불렀다.
교회는 종을 울렸다
하지만 내 마음에는 불이 붙어
기억 하나가 타오르고 있다.
인터컴을 통해 들려오는
죽어가는 한 포병의 목소리가.[243]

전황보고를 도청하고, 잘라내고, 다시 연결해 붙이고, 증폭하는 것. 「악마에 대한 연민Sympathy for the Devil」이란 바로 이것이다. 전설이 되길 원했던 롤링 스톤즈는 「거지들의 연회Beggars Banquet」의 가사를 컷업 기술로 만들어냈다. 신문의 표제어들을 오려내 스튜디오 벽에 붙이고는 이를 향해 총을 발사했다. 명중하면 그것이 노래 가사의 한 줄이 되었다. 컷업과 신호 프로세싱의 전제가 된 근대의 통계학을 이미 알고 있었던 것처럼 노발리스는 이렇게 말했다. "개개의 사실은 우연이지만, 우연의 집적, 우연의 결합은 법칙이다. 그것은 매우 깊고 계획적인 지혜의 성과인 것이다."[244]

그러므로, 신문 표제어의 우연적 분배는 정보기술의 법칙과록 음악이 연루되어 있는 전쟁의 역사를 산출해낸다. 레닌그라드의 혁명가들이 차르를 죽이고 "CQ, 모두에게"라는 방송 구호를 통해 군사 장비를 전 세계적인 AM 라디오로 기능 전환시켰을 때, 「악마에 대한 연민」에 의해 불멸의 목소리가 된 악마는 그곳에 있었다. 텔레비전이 두 케네디의 암살 장면을 방영하고, 이를 보고 있던 "너와 나"를 살인자로 만들고, 라디오의 마법 따위를 일소시켜 버렸을 때 역시 악마는 그 자리에 있었다. 하지만 루시퍼가 가장 큰 소리로 외치는 것은 초단파와 록 음악이 빚진 바 있는 어느 무선통신원 유령, 혹은 어느 유령부대, 혹은 어느 전차부대 장군이다.

나는 전차를 타고 있었지
장군 계급장을 단 채
전격전이 몰아치고
사체 냄새가 진동할 때[245]

알다시피 전격전은 1939년에서 1941년, 구데리안이 전차부대를 이끌던 시기에 가장 극렬하게 벌어졌다. 오랫동안 사체 썩는 냄새가 진동했다.

"전쟁 영웅"에서 "일렉트릭 레이디랜드"까지. 이것이 록 음악의 기억술이다. 니체의 신들은 아직 언어라는 제물을 받아야 했다. 컷업 기술이 이 바이러스를 추방해버렸다. 제101 공정부대 낙하산 대원이었던 핸드릭스가 자신의 기타 기관총을 타이틀곡을 향해 조준하기 전에, 테이프 기술은 테이프 기술을 위해 진행되고 있었다. 심벌 소리, 제트 엔진 소리, 피스톨 발사음. 문자는 이것들에 대해 이 이상 쓸 수가 없다. 「일렉트릭 레이디랜드」의 노래책은 감기, 되

지미 헨드릭스 익스피리언스, 「일렉트릭 레이디랜드」(1968)

AND THE GODS MADE LOVE

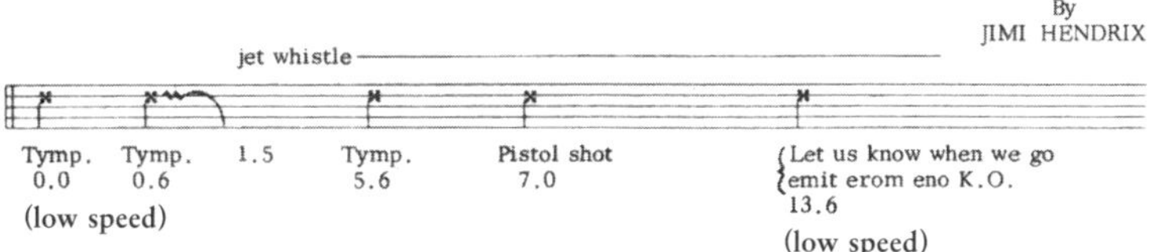

21.0 연설 테이프를 앞으로, 뒤로

29.8 빠른 속도로 하모닉스를 업앤다운으로 연주

감기, 재생 속도와 맹목적이지만 조작 가능한 시간의 계측점만을 기록한다.[246] 음반 커버의 타이틀—그것은 쓰여지지 않기를 멈추지 않는다.

영화
FILM

매체는 더 이상 역사가 아닌 시간 속에서 상호 교차한다. 음향 데이터의 저장은 사운드 트릭과 몽타주, 컷과 함께 완성되었고, 광학적인 과정에 대한 저장은 필름 트릭과 몽타주, 컷과 함께 시작되었다. 영화는 그 시작부터 시각신경에 대한 조작이며, 시간 자체에 대한 조작이었다. 극영화의 시퀀스 속에 코카콜라 광고의 개별 이미지들을 되풀이하여 집어넣는, 지금은 다시 금지된 트릭이 이를 처음 증명한 것은 아니다. 그것은, 반짝 빛나는 4만 분의 1초가 눈에는 도달해도 의식에는 이르지 못하기 때문에, 그 후에 관객은 이해하기 어렵지만 거부할 수는 없는 목마름을 느낀다는 내용이었다. 한 컷이 그것을 의식하는 시간을 무력화시켰다. 그리고 그것은 영화에서 있어서도 전적으로 마찬가지이다. 왜냐하면 이스트먼George Eastman*의 시대(1887) 이후, 즉 다게르의 사진에 쓰였던 딱딱한 유리판을 대체하고 이를 통해 극영화의 물질적 기반을 놓은 셀룰로이드의 시대 이후부터 이미 그와 같은 조작을 허용했기 때문이다. 소리의 녹음과는 대조적으로 영화는 처음부터 필름의 감기, 자르기, 붙이기와 같은 행위와 함께 시작되었던 것이다.

뤼미에르 형제가 단순하게 연속적으로 기록 영화를 찍었을지라도, 그러니까 렌즈로 녹화하고 그로부터 현상된 영상을 재현할 수 있었다고 해도, 영화의 전설은 다름 아니라 위대한 극영화의 선

* 미국의 발명가이자 사업가로, 코닥 사진기와 롤필름을 발명했다.

구자인 조르주 멜리에스Georges Méliès가 거리 장면을 찍을 때 필름의 롤을 다 써버렸던 일을 이야기하고 싶어 한다. 그는 삼각대와 카메라를 움직이지 않고 그대로 남겨놓은 채 새로운 셀룰로이드 필름을 장착했는데, 소위 삶이라는 것이 그 사이에도 물론 계속 진행되고 있었던 것이다. 그 결과로 연출가는 이어 붙여 완성된 영화의 영사를 보고 깜짝 놀라게 되는데, 시간과 관계없이 고정되어 있는 배경 앞에서 인물들이 마술처럼 등장했다가 사라졌기 때문이다. 멜리에스, 그러니까 로베르 우댕* 극장Théâtre Robert Houdin의 전 연출가로서 이미 많은 마술적 트릭을 기술적 스크린 위로 가져온 바 있는[1] 멜리에스는 이와 같은 우연을 통해 스톱트릭stoptrick이라고 불리는 특수효과에 이르게 되었다. 그는 1896년 5월 "경탄하는 관객들의 눈앞에서 여성이 영상에서 사라지는 「한 부인의 증발L'Escamotement d'une dame」을 선보일 수 있었다.[2] 기술적 매체는 (빌리에 드 릴아당과 그의 주인공 에디슨에 따르면) 19세기 내내 이야기되어왔으나 실제로 목격된 적은 없었던 "위대한 여성 자연"을 청산해버렸다. 여성을 희생시킴으로써 말이다.

그리고 거세에 대해서. 최초의 영화 스톱트릭이 여성에게 행한 일들은, 실험적인 영화의 선구자들이 남자들에게 이미 했던 일을 단지 반복한 것에 불과하다. 1878년부터 (고대 색슨족 왕들을 기리기 위해 나중에 에드워드 머거리지Edward Muggeridge로 개명하게 되는)[3] 에드워드 머이브리지Muybridge는 캘리포니아의 철도 거물이자 대학 창립자인 리랜드 스탠퍼드Leland Stanford의 청탁을 받

* 현대 마술의 아버지로 불리는 프랑스 마술사.

장 콕토, 「시인의 피」(1930)

고 12대의 특별한 카메라를 사용한 실험을 하게 된다. 무대는 훗날 진공관의 발명지가 되는 팔로 알토였으며, 과제는 그 어떤 화가의 눈으로도 정확하게 파악할 수 없었던 움직임을 기록하는 것이었다. 경주마 혹은 빠르게 달리는 동물들이 개별적으로 또 연속적으로 설치된 카메라 앞을 질주하여 지나갔고, 그러는 동안 샌프란시스코 전신공급회사의 전기를 제공받아 연쇄적으로 셔터가 눌려졌다. 40밀리세컨드마다 1밀리세컨드(1천 분의 1초)의 속도로.[4]

그러한 글자 그대로의 "스냅" 촬영물을 담은 머이브리지의 호화 장정본 『동물의 보행*Animal Locomotion*』은 이 땅의 무지한 화가들에게 동작을 실시간 분석하면 어떻게 보이는지 마침내 가르쳐주고자 했다. 그의 연속사진들은 그동안 캔버스 위나 영국 수채화지 위에 그려진 말들의 모든 다리 위치에 인간 지각의 상상적 요소가 들어 있었음을 증명했기 때문이다. 머이브리지의 역사적 목표였던 영화에 대해서는 아직 이야기할 단계가 아니었는데, 왜냐하면 아직 셀룰로이드가 발명되기 이전이었기 때문이었다. 기술적인 매체는 오래되고 존귀한 예술을 근대화시켜야 했다. 드가Edgar De Gas와 같이 사진을 모방했던 인상주의자가 그랬던 것처럼 말이다. 그렇게 스탠퍼드 대학의 펜싱 선수와 원반던지기 선수, 레슬링 선수는 미래적인 그림 모델로서 포즈를 취했다. 적어도 12대의 카메라 중 하나의 카메라에 등을 돌린 채 말이다. 그렇지만 머이브리지는 마지막 단계에서 정면 숏의 모든 밀리세컨드마다 화가의 붓을 사용해야 했는데, 이는 (멜리에스보다도 훨씬 이전에) 영상 위에 체육복 바지를 그려 넣어 남성성을 사라지게 만들기 위함이었다.

머이브리지의 유리판이 셀룰로이드 위에 복사되고 필름 릴에 감기게 되었다면 에디슨의 키네토스코프, 즉 뤼미에르의 영화관 영사를 가능하게 만들었던 요지경 상자에 장착할 수도 있었을 것이다. 그랬다면 1893년 시카고 세계박람회장을 방문한 사람들이 깜짝 놀라는 가운데 아마도 최초의 트릭 영화가 상영되었을 것이다. 이것은 영화의 시대에 있어 이미지의 깜빡거림이 가진 한계를 추구하는, 도덕의 잔여물의 갑작스러운 출현과 실종을 의미했을 것이다.

그러므로 트릭 영화의 시작은 날짜를 기록할 수가 없다. 매체의 편집 가능성은 역사 기록 자체를 공격한다. 후고 뮌스터베르크Hugo Münsterberg는 1916년 그가 교수가 된 후 최초로 서술한 영화 이론에서 이에 대해서 분명히 인식하고 있었다. 프라이부르크 대학의 강사였던 그를 하버드 대학의 심리학 실험실로 초빙한 사람은 윌리엄 제임스William James였다.

"활동사진의 발전이 어디서 시작되었는지 말하는 것은 자의적이며, 그 발전이 어디로 향할 것인가를 예측하는 것은 불가능하다. 어떠한 발명이 그 탄생을 표시해줄 것인가? 이미지 속의 생명을 스크린 위로 불러낸 최초의 기계가 그것이었는가? 아니면 움직이는 대상의 다양한 단계들을 처음으로 사진으로 촬영한 발명으로부터 시작되었는가? 혹은 생명이 발생하는 것 같은 인상을 주는 속도로 연속적인 이미지를 상영하는 것으로 시작했는가? 혹은 스쳐지나가는 이미지들을 벽면에 빠르게 투사하는 작업을 실험실에서 최초로 성공한 것이 새로운 예술의 탄생이었던가?"[5]

뮌스터베르크의 질문은 답변되지 못한 채로 남아 있는데, 왜냐하면 영화 촬영이란 원칙적으로 편집이기 때문이다. 연속적인 움직임 혹은 이야기를 렌즈 앞에서 토막 내는 것 말이다. 푸코는 역사연구에 이러한 휴지부들을 도입하면서 이렇게 서술했다. "담론이란, 생성의 법칙으로부터 분리되어 불연속적인 무시간성 위에 스스로를 확립하는 것이다. 서로서로 포개어지는 수많은 영원함들, 차례차례 암전되는 고정된 이미지들의 유희 — 이것들은 움직임도, 시간도, 이야기도 만들어내지 않는다."[6] 마치 담론 분석과 같은 동시대의 이론들이 그들의 매체가 가진 기술적인 선험성에 의해 규정된다는 듯 말이다.

방법론적인 소망들은 이러한 복잡한 혹은 내포된 관계 안에서 번영한다. 프로이트, 벤야민, 아도르노 이래로 이론 스스로는 영화로의 의사擬似 형질전환을 시도해왔다.[7] 그러나 기술적 선험성을 기술적으로 취하는 것도 가능하다. 편집이 광학적 정보처리 과정에서는 가장 처음에 오고, 청각적 정보처리 과정에서는 가장 마지막에 위치한다는 사실은, 우리의 지각 세계가 갖는 근본적인 차이점을 전달하는 것일 수 있다. 그것은 상상적인 것과 실재적인 것의 분리를 선언했다.

포노그래프는 인간의 귀로는 포착할 수 없고, 인간의 눈으로는 볼 수 없고, 작가의 글 쓰는 손에는 지나치게 빠른 파동을 붙잡아 최초로 고정시키는 것을 허락했다. 바로 에디슨의 단순한 금속 바늘이 이것을 할 수 있었는데, 아무리 복잡하고 다성적인 소리라 하더라도, 예를 들면 100명의 연주자가 동시에 연주하는 소리라 하더라도, 시간 축 위에서는 하나의 진폭을 형성했기 때문이다. 일반적 신호 이론의 명쾌한 용어로 말하자면, 음향은 저주파 영역의 일차원적인 데이터 처리 과정[8]이다.

축음기나 테이프가 실재의 신호로서, 원재료로서 전달해주었던 연속적인 파동을 사운드 엔지니어들은 동일하게 연속적인 방식으로 전수해주었다. 자르기와 붙이기는 시끄러운 "딱" 하는 소음, 다시 말해서 제곱곡선상의 변화들을 생산해낼 수도 있었다. 이를 피하기 위해서는 녹음기사의 모든 섬세한 감각 혹은 디지털 신호 처리의 컴퓨터 알고리듬이 필요하다. 따라서 브레슬라우의 발터 비쇼프Walter Bischoff와 같은 라디오극의 개척자들이 순수하게 "라디오에 특화된" 표현 수단을 찾기 위하여 평행적인 매체인 무성영화를 연구했을 때, 모델로서 관찰의 대상이 되었던 것은 컷이 아니라 페이드뿐이었다. 비쇼프는 『라디오극의 드라마투르기*Dramaturgie des Hörspiels*』에서 다음과 같이 주장하는데, "증폭기 앞의 사람은 영화에서 촬영기사가 하는 것과 유사한 기능을 위임받는다. 라디오에서 이것을 지칭할 특정한 용어가 부족한 상황에서 말하자면, 그는 페이드인과 페이드아웃을 수행한다. 증폭기의 콘덴서를 천천히 회전시키면서 녹음 구성을, 즉 이미 완결된 플롯의 순서를 점차 사라지게 만드는데, 이는 마찬가지로 콘덴서를 이번에는 지속적으로 반대로 돌리면서 다음 음향 시퀀스에 점차적으로 증가하는 형식과 형태를 부여하기 위해서이다."[9] 영화의 컷에 정확히 반대되는 이러한 연속성을 따름으로써, 30년간은 일이 잘 풀려갔다. 그러나 초단파 라디오가 입체 음향을, 즉 단위시간당 두 개의 진폭을 전송하기 시작한 이래로, 페이드조차도 "실행하기가 한층 어려워졌다." "비록 보이지 않을지라도 장소를 가늠하여 설치한 장면적인 구성은 모노로 녹음된 라디오극의 경우처럼 쉽게 청취자 앞에서 해체되어 새로운 것으로 대체될 수 없다."[10] 그러한 구속은 예전에 구속되어 있었던 실재를 생산해내게 되었다.

광학적 데이터 흐름은 한편으로는 이차원적이며, 다른 한편으로는 고주파수로 이루어져 있다. 이미지를 평면에서 혹은 공간에서 볼 수 있게 만들기 위해서는 단위시간당 두 개가 아니라 수천 개의 빛의 단위가 전송되어야 한다. 이것은 처리 용량의 강화를 요구한다. 그리고 빛의 파동은 테라헤르츠 범위의 전자기적 주파수이기 때문에, 즉 표준음정 A*보다 1조 배는 빠르기 때문에, 인간의 글을 쓰는 손을 뛰어넘는 것은 물론이고, 심지어 (믿어지지 않겠지만) 오늘날의 전자공학도 여기에는 미치지 못한다.

영화가 실재와의 연결에 실패하는 데는 두 가지 이유가 있다. 물리적 파장 대신, 매우 개괄적으로, 단지 그것의 화학적 효과만이 네거티브의 형태로 저장된다. 실시간으로 이루어지는 광학적 신호처리는 아직 요원한 채로 남겨져 있다. 그러므로 루돌프 로타어와 그로부터 발생한, 시대에 적절한 심장Herz의 형이상학에 따라 소리

* A음의 진동수는 초당 440으로, 국제적으로 공인된 연주회용 표준음이다.

부터 빛까지 모든 것이 파장(또는 헤르츠Hertz)이라고 해도, 여전히 광학적인 파장에 대해서는 저장과 계산 매체가 아직도 존재하지 않는다. 빛의 속도를 가진 광섬유 테크놀로지가 오늘날의 반도체에게 모든 과제를 배우고 인수받기 전에는 말이다.

입력되는 데이터의 진폭을 따라잡는 것이 불가능했던 그 매체는 처음부터 편집에 착수했다. 그러지 않고서야 데이터에 도달할 수조차 없었다. 머이브리지의 실험적 배치 이래로 모든 영화 시퀀스는 스캐닝과 스크랩, 선택이었다. 그리고 모든 영화 미학은 나중에 표준화가 될 1초당 24프레임의 숏으로부터 계승되었다. 스톱트릭과 몽타주, 고속촬영과 저속촬영은 단지 기술을 관객의 욕망들로 번역한다. 착각하는 우리 눈의 환영 속에서 컷은 움직임의 연속성과 항구성을 재생산한다. 포노그래프와 극영화는 실재적인 것과 상상적인 것의 관계와 같다.

눈의 착각과 자동 무기

그러나 이러한 상상적인 것은 또한 정복되어야만 했다. 머이브리지의 첫번째 연속사진들로부터 에디슨의 키네토스코프와 뤼미에르 형제에 이르기까지, 발명자의 길은 단순히 새로운 셀룰로이드만을 전제하는 것은 아니다. 시詩로서의 유기적인 생활사의 시대, 철학으로서의 유기적인 세계사의 시대, 심지어 수학적인 항구성의 시대에서조차도 시대 속 휴지기들이 우선 확립되어야 했다.

자를 수 있는 셀룰로이드라는 물질적인 전제조건 외에도 연구 전략이 존재했다. 눈의 착각을 가능하게 하는 시스템이 후디니와 같은 마술사와 마법사의 지식으로부터 이제는 생리학자와 엔지니어의 지식이 되어야만 했던 것이다. 포노그래프가 (빌리에 드 릴아당에도 불구하고) 음향의 학문화 이후에야 비로소 발명될 수 있었던 것과 마찬가지로, "연구자들이 스트로보스코프 효과*와 잔상 효과에 몰두하지 않았더라면 결코 영화기술은 출현하지 못했을 것이다."[11]

스트로보스코프 효과보다 더 일상적이고 친숙한 잔상 효과는 이미 괴테의 『색채론』에 등장하고 있다—물론 단지 『빌헬름 마이스터의 수업시대*Wilhelm Meisters Lehrjahre*』의 경우에서처럼 고전주의-낭만주의 문학이 영혼에 행사하는 효과를 눈에 보이는 것처럼 묘사하기 위한 것이었지만 말이다. 그럼에도 주인공 혹은 독자의 내면의 눈앞에, 그녀의 아름다움이 소설의 단어들로는 간단하게 저장될 수 없었던 한 여인이, 완벽한 알파벳화의 광학적인 모델로서 부유하며 떠다녔다. 빌헬름 마이스터 자신과 또 그와 같은 사람들에게는 다음과 같았을 것이다. "네가 두 눈을 감으면, 그녀 모습이 너에게 펼쳐질 것이다. 두 눈을 다시 뜬다면, 그녀 모습이 모든 사물들보다 앞서 떠다닐 것이다. 마치 눈부신 광경이 눈 속에 남겨놓곤 하는 현상처럼 말이다. 너의 상상력이 그려낸, 빠르게 스쳐 지나가는 아마존 여인의 형상은 이미 이전에도 언제나 현재적인 것

* 스트로보스코프 효과는 사물이 빛이 비치는 동안만 보이고 빛이 단절된 동안은 안 보이는 현상을 말한다. 이러한 현상으로 회전하는 물체가 정지한 것으로, 혹은 그 반대의 착시가 일어날 수 있다.

이 아니었을까?"[12] 노발리스에게 상상력이란 독자의 모든 감각을 대체할 수 있는 놀라운 감각을 의미했다.

적어도 괴테와 그의 『색채론』이 살아 있었던 동안에는 그랬다. 왜냐하면 페히너Gustav Theodor Fechner에 이르러서는 엄격한 실험의 형태로 잔상 효과를 연구했기 때문이다. 실험의 지휘자이면서 동시에 피험자였던 그는 태양을 응시했고, 그 결과 1839년부터 3년 동안 실명한 상태로 지냈으며, 라이프치히 대학 물리학 교수 자리를 떠나야만 했다. 심리학에서 (페히너의 멋진 신조어인) 정신물리학Psychophysik으로의 역사적인 진보는 그렇게 큰 후유증을 가져왔는데, 현대 매체는 글자 그대로 연구자의 생리학적 핸디캡으로부터 출발했던 것이다.

잔상 효과의 미학 또한 거의 반쯤 눈이 먼 사람 덕분이라는 것도 놀랄 일이 아니다. 마이너스 14디옵터의 시력을 가진 철학자였던 니체는[13] 예술을 사랑한다는 명목에서, 첫번째로 고대 그리스에서의 『비극의 탄생*Geburt der Tragödie*』을, 그리고 두번째로 바그너의 보고-듣는-극[14]에서의 독일적인 것의 재탄생에 대해 서술하였는데, 이것은 말하자면 시대를 앞선 영화 이론이었다. 과거 아테네의 현실 세계에서 그림자 없는 대낮의 빛 속에서 거행되던 연극 공연은, 니체에게 이르러서는 도취하거나 환상을 보는 관객들이 겪는 환각으로 바뀌었다. 그 관객들의 시신경은 흑백 필름 네거티브에서 완전히 무의식적으로 흑백 필름 포지티브로 발전했던 것이다. "만약에 우리가, 태양을 눈에 담아보겠다고 쳐다보다가 잠시 눈이 멀어 다른 방향으로 고개를 돌리면, 어두운 색색의 반점들이 일종의 치료제로서 우리 눈앞에 나타나게 될 것이다. 반대로 소포클레스의 주인공들이 보여주는, 빛으로 그려진 이미지가 만들어내는 현상現象과도 같은 등장은, 요컨대 아폴론적인 가면극은 자연의 내부와 경악 속을 들여다보는 시선이 만들어내는 필연적인 산물이며, 동시에 끔찍한 밤으로부터 상처 입은 시선을 치료해주는 빛나는 반점들이다."[15]

페히너의 역사적인 자가 실험이 있기 이전에 눈이 부셔 눈이 멀게 되는 일은 즐거운 일이 아니었다. 끔찍한 밤으로부터 상처 입은 시선은 치료를 위해 역으로 망막 위의 잔상 효과를 필요로 하는 바, 이 시선은 이제 더 이상 아테네의 반원형 무대 위를 향하지 않고, 곧 도래하게 될 영화관 스크린의 검은 표면 위를 향하여 간다. 뤼미에르 형제가 그들의 이름*에도 불구하고 발전시킨 이 검은 스크린의 표면을 향해서 말이다. 니체의 끔찍한 밤과 함께 최초의 세례를 경험하는 것은 모든 기술 매체의 배경이자 이면으로서의 감각의 변질이다.[16] 정보 자체가 아니라 정보의 흐름이 일어난다는 사실이 니체 미학의 근본을 이루며, 이는 해석, 반영 그리고 개별적인 것들이 가진 아름다움의 가치를 (즉 모든 아폴론적인 것들을) 부차적인 것으로 만들어버린다. "세계가 단지 미학적인 현상으로서만 영원히 정당화된다면,"[17] 이는 단순히 "빛으로 그려진 이미지가 만들어내는 현상"이 무자비한 어둠을 잊어버리도록 만들었기 때문이다.

"오이디푸스"라는 이름의 이 니체 영화는 뤼미에르 형제의 혁신보다 기술적으로 적어도 25년은 앞질러 상영되었다. 『비극의 탄생』에 따르면, 비극적 주인공이란 도취된 관객들이 그에 대해 광학

* 뤼미에르lumière는 프랑스어로 빛, 햇빛을 뜻함.

적 환각을 갖게 되는, "근본적으로는 검은 벽에 투사된, 빛으로 그려진 이미지에 지나지 않는다. 다시 말해서 순전히 현상이다."[18] 연극배우를 최초로 상상적인 것 또는 영화의 스타배우로 만들어버리는 마법을 부리는 바로 이 암흑의 벽은, 바이로이트의 페스트슈필하우스가 문을 열었던 1876년부터 공연을 시작했으며, 『비극의 탄생』은 이것을 예언했던 것이다. 바그너는 그 이전에는 어떠한 무대도 감히 시도하지 못했던 것을(왜냐하면 몇몇 관객들이 연극배우만큼이나 자신을 돋보이게 하기 위해 봉건제의 특권을 고집했기 때문이다) 실행에 옮겼다. 그는 「니벨룽겐의 반지」의 초연에서 극을 완전한 어둠 속에서 시작하도록 했는데, 그럼으로써 당시 아직 매우 새로웠던 가스 조명이 천천히 밝아지는 효과를 낼 수 있었다. 따라서 당시의 황제인 빌헬름 1세의 관람조차도 바그너의 관객들을 보이지 않는 대중사회학으로, 그리고 라인의 딸들과 같은 배우들의 신체를 어둠의 배경 앞에 존재하는 광학적 환상이나 잔상으로 축소시키는 것을 방해하지는 못했다.[19] 무대예술과 매체기술을 분리시키는 편집도 이보다 더 정확하게 진행될 수는 없었다. 그렇기 때문에 지금까지 모든 영화관들은 영화의 영사기가 천천히 불을 밝히는 순간, 바그너가 행했던, 태고의 암흑으로부터 세계가 생성되는 장면을 모방하여 재현하고 있는 것이다. 최초의 영화사회학이 전해주듯, 1913년 만하임의 한 영화관은 다음과 같은 슬로건으로 광고를 했다. "어서 들어오세요, 우리 영화관은 전체 도시에서 가장 어두운 곳이랍니다!"[20]

그런데 이미 1891년, 뤼미에르 형제의 스크린이 생기기 4년 전에도 바이로이트는 기술적으로 상당한 위치에 도달해 있었다. 보이지 않는 오케스트라가 등장했으니 이제 이것을 보이지 않는 배우들을 만들어서 보완해야 할 것이라는 바그너의 농담은 괜히 나온 것이 아니었다.[21] 그의 사위이자, 이후 악명을 떨치게 될 체임벌린Houston Stewart Chamberlain은 프란츠 리스트Franz Liszt의 교향곡 공연을 계획했는데, 이것은 실현되었다면 그야말로 순수한 영화음악과 함께 나오는 순수한 극영화가 되었을 그러한 작품이었다. 바그너식으로 [무대] 아래쪽에 자리 잡은 오케스트라의 연주와 함께 "밤처럼 어두운 방" 안에서 카메라 옵스큐라는 움직이는 이미지들을 관객들이 "모두 황홀한" 상태에 이를 때까지 "배경"에 투사하도록 되어 있었다.[22] 전근대적인 관람에서는 그러한 황홀이 불가능했다. 여기에서는 어떤 [관객의] 눈이 조각상이나 회화, 또는 연극배우의 신체를, 즉 관습적인 예술의 운반 재료들을 자기 자신의 망막에서 일어나는 과정과 혼동하는 일은 벌어지지 않았다. 체임벌린의 기획과 할리우드의 실행력, 그리고 이 두 가지의 전 세계적인 관철 덕분에 비로소 생리학적 지각 이론이 지각 실습으로 변모할 수 있었다. 에드가르 모랭Edgar Morin의 기발한 표현에 따르면, 영화 관람객은 "두뇌와 원거리로 연결되어 있는, 바깥으로 뒤집어진 망막에 반응하듯이 스크린에 반응한다."[23] 그리고 모든 이미지는 잔상 효과를 가진다.

영화관의 또 하나의 이론적 조건인 스트로보스코프 효과를 마찬가지로 정확하게 시행하기 위해서는, 1890년 즈음에 편재성과 전능함을 획득한 이 광원光源들 중 하나*로 움직이는 대상물들을

* 전기.

비추기만 하면 되었다. 잘 알려진 대로 당시 웨스팅하우스 사는 전력 공급 시 교류 방식을 앞세워 에디슨의 직류 방식에 대해 승리를 거두었다. 빛은 유럽의 전구에서는 초당 50번, 미국 전구에서는 초당 60번 밝아졌다가 어두워진다. 우리들의 저녁과 몸이라고 불리는 안테나 양쪽의 감지하기 힘든 리듬 때문에 이는 극복할 수 없는 것이다.

스트로보스코프 조명은 움직임의 연속적인 흐름을 간섭이나 무아레로 마법처럼 바꾸어놓는데, 이것은 모든 서부영화의 마차 바큇살이 돌아가는 장면에서 볼 수 있다. 불연속성에서부터 나온 이차적이고 상상적인 연속성의 발견도 매체 태동기에 와서야 비로소 생리학자에 의해 이루어졌다. 전기의 교류 이론과 관련하여, 우리는 상당 부분을 패러데이Michael Faraday와 그의 연구 「광학적 착시의 특수한 종류에 관하여On a Peculiar Class of Optical Deceptions」(1831)[24]에 감사해야 할 것이다. 잔상 효과와 결합되어 패러데이의 스트로보스코프 효과는 영화관의 환상을 만드는 데 있어 필수조건이자 충분조건이 되었다. 이제 자르는 메커니즘을 자동화하고, 필름 릴이 노출되는 순간과 순간 사이는 셔터의 날개판으로, 영사의 순간 사이는 몰타 십자기어*로 덮어주는 작업만이 필요했다. 그러면 눈에는 24장의 정지된 사진 대신 이음새 없이 매끄러운 움직임이 나타나게 된다. 이미지의 저장과 재현이 일어나는 동안, 구멍 뚫린 회전하는 디스크는 모든 필름 트릭에 선행하는 필름 트릭을 가

* 초기 영화의 영사에서 이미지 시퀀스의 간격을 제어하기 위해 사용했던 영사기 내부의 기어로, 그 형태가 몰타의 십자가와 유사하여 붙은 명칭이다.

능하게 만든다.

실재계 안에서 자르고 편집하기, 상상계 안에서 융합하거나 흐르게 하기—영화의 모든 연구사는 단지 이러한 역설을 중단하지 않고 계속하고 있을 뿐이다. 관객의 인지의 경계가 패러데이의 "속임수"에 의하여 전복된다는 문제점은, 정신물리학적 인지의 경계 자체가 실망이나 현실에 의하여 훼손된다는 정반대의 문제점을 반영하고 있다. 광학적인 환상의 편에서 움직인다는 것이 저장 가능한 것이 되어야 했기 때문에, 영화의 전사前史는 마치 축음기의 전사와 동일하게 시작되었다. 콜레주 드 프랑스의 자연사 교수이자, 이후 영화 실험의 성공으로 프랑스 사진작가협회의 회장이 되는[25] 마레Étienne-Jules Marey는 독일의 한 생리학자의 작업을 모방하여 만든 박동계를 통해 최초로 명성을 얻기 시작했다. 검게 그을린 유리판 위에 맥박 수를 곡선으로 그려내도록 한 것이다.[26] 이와 유사하게 빌헬름 베버와 레온 스콧도 소리를 (음정 그 자체의) 청각적 환상 이면에서 기계적으로 저장 가능하게 만든 바 있다.

심장 근육의 운동으로부터 마레는 운동 그 자체로 나아갔다. 인간, 동물, 새에 대한 그의 크로노그래프* 실험은 라메트리Julien Offroy de La Mettrie**에게나 어울릴 것 같은 『동물 기계*La Machine animale*』라는 제목으로 1873년 출판되었고, 캘리포니아 주지사 스탠퍼드는 바로 이 책에서 영감을 받아 머이브리지에게 임무를 맡겼다. 직업적인 사진사인 머이브리지는 마레의 기계적인 흔적보존

* 시간 간격의 측정.

** 프랑스의 철학자로 18세기 유물론의 대표자. 대표 저서로 『인간 기계론』(1748)이 있다.

을 더 적절한 혹은 더 전문적인 광학적 흔적보존으로 바꾸기만 하면 되었다. 그 결과, 인간의 눈이 단순히 시적인 날개의 펄럭거림을 예감했던 곳에서 이제는 미래의 모든 항공기 구조의 전제가 되는 새의 비행 분석이 시작될 수 있었다. 나다르와 같은 사진술의 개척자가 매우 단호하게 1783년 열기구에 반대하고 비행선을 선택한 것은 우연이 아니다. 공기보다 무거운 비행 기계를 말이다.[27] "영화관은, '나는 본다'는 것을 뜻하는 것이 아니고, '나는 난다'는 것을 뜻한다"[28]고 비릴리오Paul Virilio는 『전쟁과 영화*Guerre et Cinema*』에서, 세계대전과 항공정찰 대대 그리고 시네마토그래피의 역사적으로 완벽한 결탁을 요약한 바 있다.

그러는 동안에 마레는, 『동물의 보행』의 첫번째 사진들이 출간되기도 전에, 머이브리지가 수행한 마레를 개선하는 작업에 대한 개선에 도달하게 되었다. 이 시대는 엔지니어의 팀워크가, 그리고 혁신에 대한 혁신이 무르익은 때였던 것이다. 또한 마레는 그 후에도 계속해서 움직임들을 광학적으로 저장했는데, 그의 전임자가 사용했던 12대의 카메라 중 11대를 절약하여 최초의 연속노출 카메라를 설계했다. 이를 위해서 그는 처음에는 딱딱한 유리판을 사용했지만, 1888년부터는 현대적인 셀룰로이드를 사용했다.[29] 머이브리지는 핀천이 "모듈의 반복이라는 미국식 악덕"[30]이라고 불렀던 것에 대해서만 집중한 반면에, 마레에게는 움직이는 대상을 위해 바로 단 하나의, 그러나 스스로 움직일 수 있는 기계만으로도 충분했던 것이다. 연속사진총Chronophotographische Flinte/Fusil photographique이라고 불린 그 기계의 이름이야말로 불순물이 섞이지 않은 순수한 진실이었다.

마레의
연속사진총

“그 이후에 등장한 개틀링Richard Jordan Gatling 대령은 자신이 근무하는 함선 위에서 외륜外輪의 작동을 관찰하던 중 원형 저장장치와 핸들 구동장치가 있는 기관총에 대한 아이디어가 떠올랐다(1861). 1874년에는 프랑스인 쥘 장센Jules Janssen이 연발리볼버

(1832년 콜트Samuel Colt가 특허권을 획득했다)에 영감을 받아 다중노출 촬영이 가능한 리볼버식 천문망원경을 발명했다. 마레는 이러한 것들에서 착상을 얻어 연속사진총을 발전시켰는데, 이것은 일정한 공간 안에서 움직이는 대상들을 조준함과 동시에 촬영하는 것을 가능하게 해주었다."[31]

그러므로 영화 카메라의 역사는 자동 무기의 역사와 일치한다. 이미지의 운반은 단지 총알의 운반을 반복할 뿐이다. 공간 안에서 움직이는 대상, 예를 들어 움직이는 사람을 조준함과 동시에 고정시키는 방식에는 두 가지가 있다. 발사하는 것과 촬영하는 것. 영화의 원칙 안에 19세기가 고안해낸 기계화된 죽음이 거주한다. 더 이상 적들의 죽음이 아니라, 일련의 비非인간들의 죽음. 콜트의 리볼버는 인디언 무리들을 조준했고, 개틀링이나 맥심Hiram Stevens Maxim의 기관총은 (적어도 최초의 계획에서는) 원주민들을 겨냥했던 것이다.[32]

연속사진총과 함께 기계화된 죽음은 완벽해졌다. 수송은 저장과 동일하게 이루어졌다. 기관총이 파괴한 것을, 카메라는 불멸의 것으로 만들었다. 베트남 전쟁에서 미 해병대의 보병부대는 ABC, CBS, 혹은 NBC 방송국의 카메라 팀이 그 장소에 있을 때에만 기꺼이 죽음을 각오한 공격을 할 준비가 되어 있었다. 영화는 죽음의 왕국의 무한한 확장이다. 총알이 명중하는 가운데, 혹은 명중하기 전에라도 말이다. 단 한 정의 기관총이 (윙거의 에세이집 『노동자 *Der Arbeiter*』에 나온 그의 언급을 따르자면) 1914년의 랑에마르크 연대의 대학생스러운 영웅 정신을 끝장내버렸고,[33] 그 뒤를 이어 단 한 대의 카메라가 죽음의 장면들을 처리해버렸다.

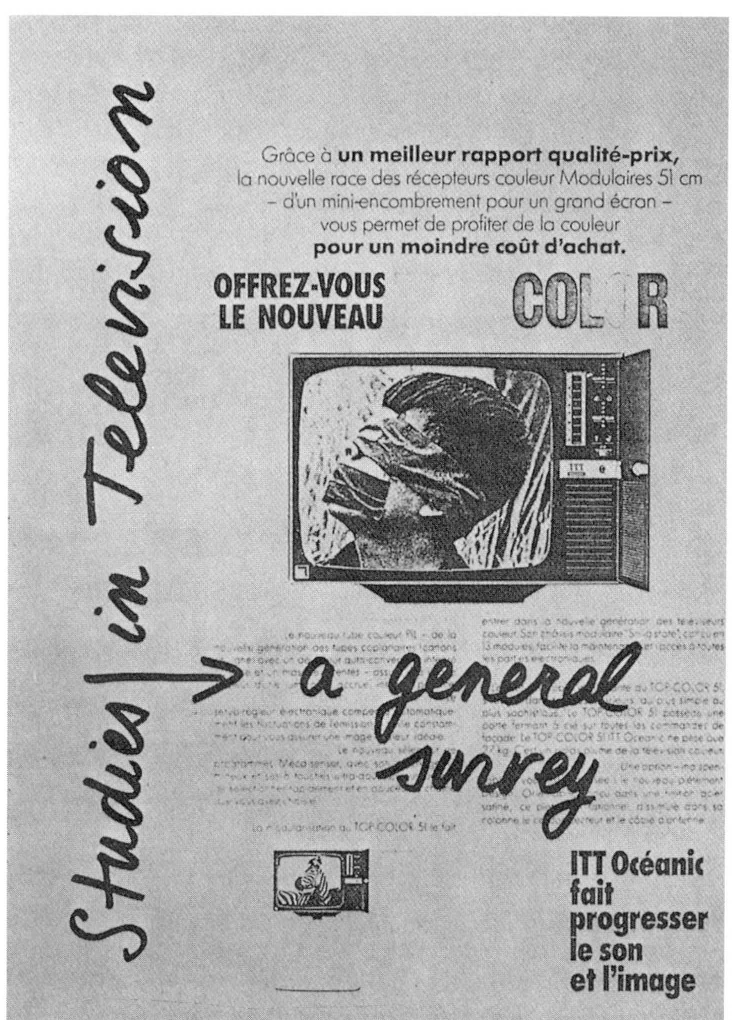

「영화와 텔레비전의 역사(들)」, 고다르와 미에빌의 프로젝트

그다음에는 마레의 상표명을 글자 그대로 받아들여, 총을 쏘는 것과 영화를 찍는 두 가지의 과정을 결합시키는 것이 합당한 순서였다. 인공적인, 즉 살인적인 새 떼가 나오는 영화관에서 연속사진총은 현실이 되었다. 제1차 세계대전 당시 리처드 가로스Richard Garros*와 같은 정찰기 조종사들은 기내 기관총을 조립하여 사용했는데, 이 기관총의 회전은 프로펠러 축의 회전과 부합했으며, 이 과정 동안 조종사들은 기관총이 만들어낸 결과를 직접 촬영하기도 했다.[34] 제2차 세계대전 당시 최고사령관 폰 프리슈Werner von Fritsch가 지휘한 [독일군은] 더 개선된 공중 정찰 능력으로 인해 승리를 예감했는데, 프리슈에 따르면, "비행기 내부에 녹화장치를 설치한 것이 훨씬 더 큰 성과를 가져왔다." 독일 선전국 국장이었던 폰 베델 소령은, "특히 기쁜 점은, 암트만 타넨베르크Amtmann Tannenberg가 전투기와 폭격기, 그리고 그 밖의 항공기에 고정하여 설치하는 카메라장치를 발전시키는 데 성공했다는 것이다. 이 카메라들을 무기와 동기화하여 매우 인상적인 전투 사진을 촬영할 수 있다"[35] 고 적었다.

핀천은 암트만 타넨베르크와 그의 딱 들어맞는 이름**을 겨냥하여, 그의 책 『중력의 무지개』에서 "라이프니츠가 미적분학을 발전시키면서 포탄의 낙하 경로를 풀어내기 위해 이와 동일한 공식

* 여기서 키틀러는 정찰기 조종사의 이름을 리처드 가로스로 표기했는데, 제1차 세계대전의 전설적인 비행사인 롤랑 가로스Roland Garros의 오기로 보인다.

** 암트만 타넨베르크라는 이름은 독일어로 "타넨베르크의 관리"라는 뜻을 가지고 있다. 타넨베르크는 유럽에서 가장 먼저 총이 만들어진 장소이자, 제1차 세계대전에서 독일군이 러시아군에게 대승을 거둔 격전지이기도 하다.

앙드레 말로, 『희망』

을 사용했던 이래로, 연속적인 스틸컷이 매우 빠르게 전개되며 만들어내는 움직임이 시사하는 것에 대한 독일 정신의 고유한 친화력"[36]에 대하여 묘사하고 있다. 이렇듯 영화관의 전사前史는 (뮌스터베르크를 엄격히 따르자면) 오래되고 존중할 만한 것이다. 그렇지만 탄도의 분석이 수학자의 종이 위에서 이루어지는가 아니면 셀룰로이드 위에 나타나는가에 따라서 차이가 발생한다. 1885년에 다름 아닌 마흐Ernst Mach에 의해 발명된,* 총알이 발사되어 날아가는 순간을 포착한 사진에 이르러서야 비로소 공기라는 매체 속의 모든 간섭과 무아레가 가시적인 것이 된다. 단지 순간을 잡아낸 사진만이 자동적으로 그리고 실시간 분석으로서(이때부터 TV 카

* 속도의 단위 마하Mach는 바로 그의 이름에서 기원한 것이다.

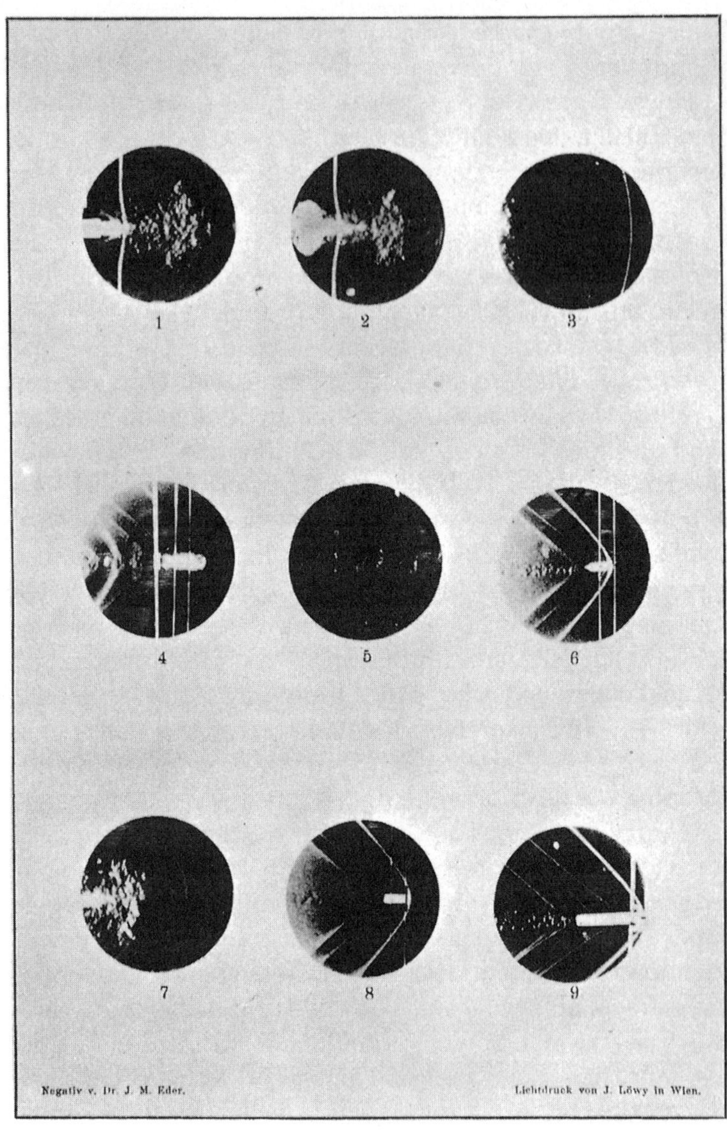

에른스트 마흐, 소총탄의 스냅사진

메라들이 이미지의 현상 시간을 0에 가깝게 줄일 수 있었다) 기능한다. 그렇기 때문에 타넨베르크의 선전 무기는 큰 미래를 가지고 있었으며 지금까지도 전망이 있는 것이다. 제2차 세계대전이 끝나갈 무렵, 모든 포병대에 투입된 8.8밀리 대공포조차도 독일 위로 쏟아 붓는 연합군의 융단 폭격에 대항할 수 없었을 때, 우리의 전략적 현재를 향한 발전의 첫 걸음이 시작되었다. 바로 자동으로 목표물을 찾는 기능이 있는 무기 시스템으로의 기술적 목표 설정이 그것이다.[37] 그리고 연속사진총이 이것을 위해 적격이었다.

비행기에 설치된 망원카메라 혹은 적외선 탐지기는 더 이상 미네르바의 부엉이가 아니다. 헤겔의 밤의 철학에서 소위 실제 일어난 역사를 뒤따라 날아가는 그 부엉이 말이다. 망원카메라와 적외선 탐지기는 공격하려는 대상의 미세한 움직임을 미적분을 통해 훨씬 효율적으로 분석해냈다. 서브모터들이 이에 전기적으로 접속된 유도미사일 시스템을 공격 대상의 경로 위에서 비로소 조종할 수 있게 된다. 카메라와 목표물, 방어용 로켓들과 전투폭격기들이 한 번의 사진 플래시 속에서 폭발할 때까지 말이다.

오늘날의 크루즈 미사일도 이와 다르지 않다. 이들은 유사시의 경로 이탈을 그 즉시 교정하기 위하여 유럽의 풍경들을(헤센에서 백러시아까지, 그리고 시칠리아에서 우크라이나까지) 저장해놓은 필름들과 실제 비행 경로를 비교한다. 마레의 연속사진총은 단어의 모든 의미에서 자신의 목표물을 발견했다. 가미가제 조종사들보다도 더 우아하게 한 대의 카메라가 동시에 두 개의 무기 시스템을 공중에서 추격한다면, 움직임의 진행에 대한 분석과 종합은 하나가 된다.

『중력의 무지개』의 결말 부분에서, 페네뮌데의 군사실험기지에서 개발한 전쟁 역사상 최초의 유도미사일인 V2는 로스앤젤리스의 오르페우스 영화관 위로 점화하여 발사된다. 오네이린이라는 이름을 가진 허구의 마약이 소설 전체에 허락해주는 장대한 시간 축의 조작 안에서,[38] 발사 날짜는 정확히 1945년 3월이지만, 투하 날짜는 소설이 쓰인 시점인 1970년이다. 그렇게 아무런 동요 없이 세계전쟁은 계속해서 진행되며, 특히 독일 미국 간 테크놀로지 수송에 있어서 그러하다. V2의 지상 기폭장치가 반응하고, 로켓에 적재된 거의 1톤에 달하는 아마톨 폭약이 폭발한다. 여기에 이어 즉각, 마치 영사램프가 불에 타버린 것처럼, 스크린 위의 이미지가 사라지는데, 그것은 그럼으로 해서 오르페우스적인 진실이 나타날 수 있도록 하기 위함이다. "언제나 영화관 안에 틀어박혀 있던 우리들 오랜 팬들에게," 드디어 "우리가 한 번도 보는 법을 배우지 못한"[39] 영화가 도착했다. 머이브리지와 마레 이후 계속 갈망해왔던, 영화관과 전쟁의 만남이 바로 그것이다.

영화의 제1차 세계대전과 윙거 소위

그러므로 그 무엇도 무기 시스템이 영화 카메라를 인간에게도 투입하는 것을 막지 못했다. 모든 매체 침공의 주요 격전지인 전쟁, 질병, 범죄라는 세 개의 전선에서 연속사진은 새로운 시체를 불러내기 위하여 일상 속으로 잠입해 들어왔다.

제1차 세계대전에서 기관총의 총열은 잘 알려진 대로 그들이 개발 당시 목표물로 삼았던 흑인, 황인, 인디언으로부터 선회하여 백인을 표적으로 삼았다. 영화 카메라들은 이와 보조를 맞추었으며 호황을 누리게 되는데, 이는 말하자면 (AM 라디오의 경우와 마찬가지로) 군사 장비로 남용되었던 것이다. 어떤 식으로든 뮌스터베르크는 이러한 사실을 알고 있었음이 분명하다. 그는 결과적으로 아무 소득 없었던, 윌슨 대통령과의 벽난로 앞에서의 대담에서 미국과 독일의 전쟁 발발을 저지하려고 했었으며, 그 결과로 지금까지도 하버드 대학의 동료 교수들 사이에서 배척당하고 있다고 1916년에 적고 있기 때문이다.[40] 그는 계속해서 다음과 같이 기록했다.

"이는 미국의 영화제작자들이 주간 뉴스영화를 좋아하지 않았다는 것을 뜻한다. 왜냐하면, 사건의 우연적 성격이 연출을 고르지 못하게 만들고, 극영화의 착실한 준비 과정을 방해하는 요소가 너무나도 많기 때문이다. 전쟁이 발발하고 나서야 비로소 엄청난 자극들이 이러한 냉담함을 깨끗이 씻어내버렸다. 참호 사진들, 군대의 행진, 포로 생활, 군 지휘관의 움직임, 전선 바로 뒤편의 분주함, 그리고 거대한 대포의 투입은 세계 구석구석의 관심을 흡수했던 것이다. 그림을 그려 소식을 전하던 옛 시대의 전쟁통신원이 거의 사라져버린 가운데, 영화의 통신원은 그들이 가졌던 용기와 인내, 자극에 대한 쾌감, 모험 정신을 오롯이 물려받았다."[41]

그리고 통신원들과 마찬가지로, 새로운 매체의 스타들이 있다. 참호전 직후 다시금 (그리고 이미 제목에서부터) 『극영화의 영혼*Die Seele des Lichtspiels*』이라는 작품이 인기를 얻게 되었을 때, 발터 블로엠Walter Bloem 박사는 뮌스터베르크가 상찬했던 자극에 대한 쾌감이 의도하는 것이 무엇인지를 설명했다. "전쟁이 지속되는 동안에 영화의 연기자들은 수천의 죽은 자들에 대해 열심히 공부를 했고, 그 결과에 대해 이제 우리는 극영화를 보며 감탄할 수 있게 되었다."[42]

육군 무선통신병을 위한 오락 라디오 창립일인 1917년 4월 이래로 그러한 연구는 튼튼한 토대 위에 이루어진다. 새로운 육군 총사령부의 지휘관이었던 힌덴부르크Paul von Hindenburg와 루덴도르프는 총력전을 진지하게 고려하고 있었는데, 그 때문에 그들은 독일의 최고 영화연출자로서도 지위가 상승하게 되었다. 중앙참모본부에 사진영화국Bufa: Bild und Filmamt이 신설되었으며, "이 부서의 설립과 작업 방식은 가능한 한 기밀로 유지되어야 했다." 어찌되었든 "국내외 전선에 영화 공급, 야전 영화관 설치, 전쟁통신원 투입, [……] 수출입되는 모든 영화 검열, 군사검열최고기관의 모든 검열기관 지휘 등"이 "그 임무에 포함"되었던 것으로 알려져 있다.[43]

루덴도르프가 이러한 개혁을 어떻게 일으켰는지에 대해서는 자세히 고찰해볼 필요가 있다. 그것은 영화의 역사를 만들었던 것이다. 육군 참모본부 장교가 쓴 다음과 같은 글이 UFA의 설립을 명령하도록 이끌었다. UFA는 거대 기업으로서 Bufa의 비밀 임무를 더 공개적이고 효율적으로 수행해야만 했다—제1차 세계대전의 말미에서부터 잘 알려진 대로 제2차 세계대전의 종결까지 말이다.

야전군 중앙참모본부 지휘관 1917년 7월 4일

M. J. 번호 20851P.

베를린 왕립 국방부 귀하

전쟁은 계몽과 감화의 수단으로서의 사진과 영화의 놀라운 힘을 보여주었습니다. 유감스럽게도 우리의 적들은 이 분야에서 그들의 우위를 철저하게 이용하여 우리에게 큰 손실을 안겨주었습니다. 또한 앞으로 계속될 전쟁 기간 동안 영화는 정치적이고 군사적인 감화 수단으로서의 자신의 막강한 의미를 잃어버리지 않을 것입니다. 바로 이러한 이유에서 전쟁의 바람직한 결과를 위해서는 독일이 여전히 영향력을 행사할 수 있는 가능한 모든 곳에서, 영화를 무엇보다 강조하여 활용하는 일이 절대적으로 필요합니다. [……]

루덴도르프 서명[44]

이와 같이 아주 엄격한 의미에서, 즉 군사적인 의미에서 영화는 계몽과 감화의 수단으로 계몽되었다. 이러한 방향은 라디오의 경우와 마찬가지로 차단에서 수용으로, 그리고 대중매체성으로의 전환으로 이끌었다. 그리고 루덴도르프가 900개의 고유한 전방 영화관으로 이러한 수용을 뒷받침했기 때문에, 윙거 소위의 『내적 체험으로서의 전투*Der Kampf als inneres Erlebnis*』를 해독해내는 일도 가능해졌다.

왜냐하면 진지전陣地戰이 괴테 시대의 양식이었던 내적 체험을, 그러니까 행간에 놓여 있는 문학적으로 치환된 감성들을 금지시켰기 때문이다. 제목과 내용에서 윙거는 이전과는 아주 다른 감성을 예고한다. "붉은 생명이 죽음의 검은 암초에 부딪혔을 때, 선명한 색들이 모여 뚜렷한 이미지들을 만든다. [……] 여기에서는 눈물이 흐르고 있는 베르터의 눈을 읽어낼 시간이 없다."[45] 매체기술적인 이유로 인하여 참호 속, 즉 "가장 순수한 뇌腦 분쇄기" 안에서 시학은 끝이 난다. "그것은 이미 문자에서부터 실패하는 것으로 보인다"고, 윙거의 동료 장교는 표현한다. 그는 "깨어난 상태와 수면 상태의 교차 속에서 천천히 정신적인 영점으로 가라앉고 있는" 중이다. 돌격대 지휘자이자 공로훈장 수훈자이기도 한 윙거가 전보 형식으로 된 답변으로 확인시켜주는바, "이 전쟁은 우리 문학의 교살자"다.[46]

그러나 일명 매체라고 불리는 유령은 절대 죽을 수 없다. 하나가 멈추는 곳 어딘가에서 다른 하나가 시작된다. 문학은 참호들 사이의 무인지대 어딘가에서 죽어간 것이 아니라, 기술적인 재생산의 가능성에 이르러 죽은 것이다. 윙거 소위는 계속 되풀이하여 전투의 내적 체험이 어떻게 순전한 신경생리학적 문제가 되어버렸는가를 확인시켜준다. 1914년의 "집중포화" 이후로, 군인으로서의 "사람"은 "하나의 뇌일 뿐이기 때문에, 풍경과 사건은 나중에 단지 어슴푸레한 꿈처럼 기억 속에 떠오르게 된다."[47] 더 분명하게 그리고 무선전파 용어를 사용해 말하자면, "풍경 위로 펼쳐지는 거대한 파장에 가장 단순하면서 또한 가장 복잡하기도 한 각각의 뇌들이 진동한다."[48] "전쟁은, 그처럼 또렷하게, 또 그처럼 묵직하게 마치 납처럼 감각 위에 놓여 있을"지라도—예를 들면 "버려진 병사들이 밤의 장막 아래 낯선 지형을 가로질러 갈 때처럼"—혹은 바로 그렇기 때문에 동시에 "단지 우리 뇌의 망상에 불과한 것"이었다.[49]

그러나 망상들, 참호처럼 "불안한 뇌를 짓누르는"[50] "불타오르는 환영들"[51]은 모두 단지 기술적 매체들의 상관 개념으로서 존재한다. 문학의 종말과 함께 비로소 영혼은 신경생리학적 장치가 된다. "영혼을 직접적으로 조우하는" 모든 "어둠으로부터의 비명"은, "모든 언어와 시가 그에 비하면 단지 말더듬일 뿐이기 때문에," "전사들의 함성 소리"를 "오케스트라 소리를 내는 손풍금의 자동화된 연주"[52]와 뒤섞어버린다. 그리고 전쟁의 음향과 광학과 마찬가지로, "가장 본래적인 것, 즉 개인이라는 것이 [……] 다시 한 번 군집하면, 뇌를 통해 돌진해 가는 영화 속에서 다시 한 번 다채로운 세계가 굴러갔다."[53]

신경생리학자인 베네딕트는 근대적 매체의 태동기에, 죽어가는 사람이 저속 촬영한 사진을 보듯 그의 과거를 보게 된다고 기술한 바 있다. 윙거 소위는 이러한 유사 환영의 도움을 받을 필요가 없었다. 그는 "열네 번"[54]의 부상 중 하나를 당한 후, 회복을 위해 "73경보병 연대의 휴식 지역"[55]인 플랑드르 후방 마을 두시Douchy로 향했다. "그곳에는 독서실과 차를 마실 수 있는 방이 있었고, 나중에는 심지어 커다란 헛간 안에 기술적으로 완비된 활동사진관도 있었다."[56]

연대기적으로 충실히 작성된 전쟁일기인 『강철 폭풍 속에서*In Stahlgewittern*』에서 윙거는 Bufa와 그 영향력에 대해 언급한다. "국내와 전선의 영화 공급, 야전 영화관의 설치" 등등. 참호전 노동자들의 찬가인 『내적 체험으로서의 전투』에서도 윙어는 매체기술을 무시하기보다는 그것의 효과를 표현주의적으로 나타내려고 한다. 글쓰기 자체가 두시의 영사실로 옮겨 간다. 그렇기 때문에, 그리고 단지 그렇기 때문에 그들이 겪는 감각적 탈각의 가장 어두운 순간에서조차, 병사들의 "방랑하는 뇌를 향해" "눈부시게 그리고 마취시키는 것처럼, 세계의 꽃들이 그리고 빛의 바닷가에 있는 대도시들이, 가볍고 푸른 파도가 거품을 내며 부서지는 남쪽의 해안가들과 비단결로 주조된 여인들이, 번화가의 여왕들이," 그리고 이와 비슷한 것들이 내적 체험을 위한 필름 저장소 안에서 "꽃을 피운다."[57]

전쟁 발발 1년 전에 쿠르트 핀투스Kurt Pinthus는 그의 『영화책 *Das Kinobuch*』에서 다음과 같이 예고했다. "사람들은 키치가 인간 세계에서 절대로 근절되지 못할 것이라는 생각에 익숙해져야만 한다. 우리가 연극으로부터 키치를 몰아내기 위해 몇십 년 동안 노력한 후, 키치는 다시 영화관에서 깨어났다. 그리고 연극 무대에서 추방되었던 키치를 민중들이 다른 곳에서 재발견했다고 확신하게끔 되었다."[58]

예를 들면 바로 세계대전에서 "군인들의 부대가 절망적으로 굳어진 얼굴로 행진할 때, 수류탄이 자욱한 연기를 내면서 폭발하고, 영화 기계가 의미 없이 죽어간 전사들의 굳어지고 토막 난 시체들을 집어삼키면서 무자비하게 전장을 통과해 나갈 때, 모든 심장은 전율한다."[59]

이러한 예언을, 신화적인 전쟁통신원이었던 윙거는 실현하거나 혹은 인지했다. 전투를 내면의 체험으로서 지각한다는 것, 그리고 다시 말해서 (루덴도르프식으로) 영화를 "독일이 여전히 영향력을 행사할 수 있는" 모든 곳에 투입한다는 것은 "전쟁의 바람직한 결과를 위해서 절대적으로 필요한" 것이 된다. 왜냐하면 역사적인 산문 속에서는 잘 알려진 대로 다른 이들이 승리를 거두는 반면, 윙거의 카메라 스타일은 계속 반복하여 독일의 공격을 실어 나르고 있는바, 이것은 바로 역사의 진행 혹은 영화의 진행을 마지막 스틸컷 속에 동결시키기 위함이다. 이러한 필름 트릭이 가능했던 것은 바로 기계화된 전쟁에서 기관총 사수들이 시신을 보지 않고 살상했기 때문이며,[60] 루덴도르프가 새롭게 조직한 전격전[61]의 선구자였던 돌격대들이 적들의 참호 안을 들여다보지 않고서 돌진했기 때문이다.

윙거가 영국군의 공격을 그의 영화적인 "판타지"로부터 묘사할 때, 영국군은 단지 "몇 초 동안" 그리고 "마치 꿈속의 이미지처럼 [그의] 눈 속으로 파고든다."[62] 그렇기 때문에 "1918년 3월 21일"[63]에 있었던 루덴도르프의 실패했던 공격이 소설의 결말과 목표, 그리고 희망적인 꿈으로서 환각 안에서 성취된다. 카메라 숏의 이동과 "참호에서의 영원함"[64] 이후, 공격은 구원이나 다름없었다.

> 단지 아주 좁고 파헤쳐진 경작지만이 우리를 적들로부터 분리하고 있었음에도 불구하고, 그들은 아주 드물게만 우리에게 [……] 뼈와 살이 있는 인간적인 모습으로 나타났다. 몇 주 몇 달을 포탄의 소음과 거친 날씨에 둘러싸인 채 우리는 땅속에 웅크리고 있었다. 우리는 때때로 우리가 인간을 상대로 전투를 벌이고 있다는 것을 거의 잊어버렸다. 적은 엄청나고 비인간적인 힘을 펼침으로써, 그러니까 맹인에게 그의 주먹을 내리치는 운명으로서 자신을 드러냈다.
>
> 우리가 폭풍우 속에서 참호 위로 올라왔을 때, 그리고 하늘 높이 솟아오르는 연기 기둥 사이에서 죽음이 자기의 본령을 발휘하고자 하는 텅 빈 낯선 땅이 우리 앞에 펼쳐졌을 때, 마치 하나의 새로운 차원이 우리에게 열린 것같이 보였다. 그러고 나서 우리는 이 죽음

의 땅에서 우리를 기다리고 있던, 흑색의 외투와 진흙투성이 얼굴을 한 유령의 형상과도 같은 적들을 갑자기 매우 가까운 곳에서 보게 된다. 그것은 누구든 절대 잊을 수 없는 그런 순간이다.

그전까지는 이 광경을 얼마나 다르게 상상해왔던가? 푸르른 숲의 가장자리, 꽃이 만발한 목초지와 봄 속으로 발사되는 무기들. 두 참호선 사이를 흔들리면서 오고간 스무 살 청춘들의 죽음. 초록의 줄기 위의 검은 피, 아침 빛 속의 총검, 북소리와 깃발들, 불꽃을 내는 춤.[65]

그러나 근대 초기의 육체기술이란 군사적으로도 또한 무용 안무로서도 이미 기한이 다해 더 이상 쓸모가 없는 것이다. 전쟁과 영화관이 일치된 후, 후방 지역은 전선이 되었고, 선전 매체는 지각이 되었으며, 두시의 활동사진관은 그것이 없었더라면 보이지 않았을 적들의 도식 혹은 도식들이 되었다. "우리 쪽 돌격 신호가 그 쪽 너머로 깜박이면, [영국인들은] 참호의 일부와 숲의 일부, 마을의 가장자리를 건 전투를 치를 준비를 마친다. 그러나 포탄과 연기의 구름 속에서 서로 충돌할 때, 우리는 하나의 힘에 속한 두 부분이 되며, 하나의 몸으로 녹아든다."[66] 그러므로 윙거 소위는 라캉이 1936년에 이르러 정의하게 될 자신의 상상적 타자를 만난다. 열네 번 분절된 군인의 몸을 전체로 만들어주는 거울 이미지로서 말이다.[67] 전쟁이 아니었더라도, 타자는 도플갱어였을 것이다. 왜냐하면 "모든 잔혹한 것, 가장 정교한 것이 겹겹이 쌓인 것이라 할지라도, 일그러진 얼굴에 태고의 모든 불꽃을 담고 몇 초간 그 앞에 나타나는, 자신을 꼭 닮은 형상보다 사람을 더 공포에 빠져들게 할 수는 없다."[68]

정확히 이 이미지에서 윙거의 영화는 끊어진다. 『중력의 무지개』에서 캘리포니아의 유니버설 영화관 위로 실제의 혹은 촬영된 로켓을 투하하는 장면으로 영화가 중단되기 한참 이전에 말이다. 적이 도플갱어로서 한번 인식되고 나면, "마지막 포격에서 공포의 어두운 커튼이 뇌 속에서 바스락거리며 위로 올라간다. 그러나 그 뒤에 숨어서 기다리고 있는 것이 무엇인지 마비되어 굳어버린 입은 더 이상 말해줄 수가 없다."[69]

루덴도르프-윙거의 낙하하는 돌격대는 침묵한다. 그들이 (해석학적 동어반복에 따르면) 낙하하고 있기 때문이거나 혹은 그들이 (매체기술적 분석에 따르자면) 무성영화에 대해 선험성을 가지고 있기 때문이다. 그렇지만 그러는 동안 공포의 어두운 커튼 뒤에 있는 수수께끼를 말해줄 수 있는, 즉 소리가 나오는 전쟁 영화들이 등장했다. 숨어서 기다리고 있는 것은 우선 윙거가 체계적으로 피하려고 했던 사실들이다. 루덴도르프의 공격 실패, 지그프리트 전선으로의 퇴각, 그리고 항복이 그것이다. 두번째로는, 이것이 좀더 무시무시한데, 영화의 도플갱어 안에 허구의 가능성이 매복하고 있었다는 것이다. 영화관에서의 전쟁은 아마도 아예 일어나지 않았을 수도 있다. 단지 몇 초간 그리고 유령과 같은 형상으로 나타나는 이 보이지 않는 적들은 더 이상 죽일 수도 없는 것들이다. 유령이 가진 사악한 불멸성이 그들을 죽음으로부터 보호한다.

그 자체로 제2차 세계대전에 대한 소설인 『중력의 무지개』에서 GI 폰 헬트는 (일명 스프링어, 루비치, 팝스트 등으로 불리는) 게르하르트 괼이라는 유명한 영화연출가에게, 러시아의 붉은 군대

 에게 붙잡혀 있는 독일인 로켓 기술자의 운명에 대해 질문한다.

> "그리고 그들이 그래도 그를 총살해버렸다면요?"
>
> "아니요. 그것은 예정에 없었습니다."
>
> "스프링어, 우리가 지금 어떤 영화 속에 들어와 있는 게 아니잖아요……"
>
> "아직 아니지요. 아마도 완전히는 아닐 겁니다. 그렇게 되기까지 아직 당신에겐 시간이 남아 있어요. 그동안 그 시간을 즐기십시오. 언젠가, 우선 장비들이 아주 정교해지고, 또 재킷 주머니에 넣고 다닐 수 있을 정도가 되면, 그리고 모든 사람들이 구매할 수 있게 되고, 조명과 마이크대도 필요 없어진다면, 그 뒤에는 아마도…… 그래요, 그렇다면……"[70]

포괄적인 알파벳화 대신에 포괄적인 매체 투입, 대중 스포츠로서의 유성영화용 카메라 및 비디오 카메라는 긴급 상황 그 자체를 처분해버린다. 『강철 폭풍 속에서』에서는 일기를 쓰는 장본인 외에는 아무도 살아남지 못했고, 『중력의 무지개』에서는 죽었다고 잘못 전해진 모든 사람들이 다시 귀환한다. 페네뮌데의 로켓 기술자까지도 말이다. 허구의 마약인 오네이린의 영향력 아래 세계전쟁 소설의 글쓰기는 영화관의 허구Kinofiktion가 된다.

잘 알려진 대로 전쟁은—프로이센 참모본부의 모의작전용 모래판에서부터 미국인들의 컴퓨터 게임에 이르기까지—점점 더 시뮬레이션 가능한 것이 되어왔다. "그러나 또한 여기에는" 프로이센의 참모본부가 정확하게 인지하고 있었듯이, "해결되지 않은 마지막 문제가 있다. 왜냐하면 적과 죽음에 대해서는 '충분히 진짜처럼 훈련'될 수 없기 때문이다."[71] 이러한 상황으로부터 프리들랜더는 언제나처럼 매체기술적으로 대담한 역발상의 추론을 이끌어낸다. 영화와의 일치가 전장에서의 죽음 자체를 죽일 수도 있다는 것이다.

살로모 프리들랜더, 『신기루 기계』(1920년경)

프쇼르 교수는 여러 해 동안 영화와 관련된 매우 흥미로운 일에 몰두해왔다. 그의 이상은 입체적 영사 기계를 통해 우선 자연을, 그리고 예술과 환상을 광학적으로 재생산하는 것으로, 이 영사 기계는 자신의 생산물을 입체적이고 구상적으로 스크린 없이 공간 한가운데에 영사할 수 있어야 했다. 지금까지의 영화와 그 외의 사진들은 이에 비하면 한쪽 눈으로만 보아온 것이나 다름없었다. 프쇼르는 곳곳에 입체적 이중렌즈를 사용해, 마침내 영사 스크린 표면에서 벗어난 삼차원의 형상을 얻어냈다. 그가 자신의 이상에 거의 근접하게 되었을 때, 이 장치에 대해 설명하기 위해 국방부 장관을 방문했다. "그렇지만, 친애하는 교수님," 장관이 웃으면서 질문했다. "당신의 장치가 우리의 기동기술과 전쟁기술을 위해 무엇을 할 수 있다는 거죠?" 교수는 깜짝 놀라 장관을 쳐다보고는 미세하게 그의 발명가다운 총명한 머리를 가로저었다. 그는 이 기계가 전쟁과 평화를 위해 얼마나 중요한지 장관이 즉시 알아채지 못한다는 걸 이해하기 힘들었다. "장관님," 그가 매우 진지하게 간청했다. "저에게 훈련 장면을 촬영하도록 허락해주시겠습니까? 장관님께 이 장치의 장점들을 눈에 선명하게 보여드릴 수 있게 말입니다." "선뜻 내키지는 않습니다만," 장관이 주저했다. "당신은 신뢰할 만한 분이지요. 좋습니다. 비밀 누설에 관한 반역죄 조항은 물론 알고 계시겠지요. 기밀을 지켜주실 거라 믿습니다." 그는 교수에게 전권을 위임했다. 훈련 몇 주 후에 전체 군 장성들이 탁 트인 지대에 모였다. 그곳에는 부분적으로 언덕도 있고, 구릉과 숲도 있었다. 또한 몇 개의 큰 연못들과 좁은 골짜기, 얕은 구덩이와 마을들까지 포함된 그런 지역이었다. "장관님, 그리고 장군님들, 먼저 다음과 같은 말씀을 드리는 걸 허락해주시길 바랍니다. 우리의 육체를 포함한 이 전체 풍경이 단지 하나의, 순수하게 광학적인 환영으로 나타나게 될 것이라는 사실을 말입니다. 이제 저는 이 순수하게 광학적인 것들을 그 위에 다른 것들을 투사하여 사라지게 만들고자 합니다." 그는 조명등의 빛을 다양하게 조합하더니, 스위치를 켜 필름 릴을 작동시켰다. 동시에 그 지형이 바뀌기 시작했다. 숲은 집들이 되고, 마을은 사막으로, 호수와 구덩이 들은 매력적인 초원이 되었다. 그리고 갑자기 뒤죽박죽이 된 채 전투 중인 병사들이 눈에 들어왔다. 이들은 초원에 들어가거나 들어가고자 하는 가운데 실제로는 연못이나 구덩이에 빠지는 것이었다. 맞다. 사실은 그 군대조차도 단지 광학적으로만 존재했고, 그 결과 진짜 부대들은 가상의 부대와 육체가 있는 부대를 더 이상 구분할 수가 없었고 따라서 의도하지 않은 위장 공격을 하는 셈이 되었다. 포병대의 병기창도 완전히 시각적으로만 등장했다. "광학적인 효과를 음향 효과와 정확하게 동시적으로 결합하는 것이 이미 가능하기 때문에, 볼 수 있지만 만질 수는 없는 이 대포들은 곧 발포 소리도 낼 수 있을 것이며, 그렇게 되면 환상은 완성될 것입니다"라고 프쇼르 교수가 말했다. "덧붙여 말하자면, 이 발명은 모든 평화적인 목표에도 기여하게 될 것입니다. 그렇지만, 볼 수만 있는 사물들을 만질 수도 있는 사물들과 구분하는 건 이제부터 매우 위험한 일이 될 것입니다. 인생은 그만큼 더 흥미로워질 것이고요." 계속해서 그는 폭격기 편대를 수평선 위로 날아가게 했다. 그렇다, 폭탄들이 투하되었지만 그 가공할 만한 황폐화는 단지 관람자의 눈만을 겨냥한 것이었다. 기이하게도 국방부 장관은 결국 그 장치의 구입을 거절했다. 그는 화를 내면서, 이런 기계로는 전쟁이 불가능할 것이라고 주장했다. 그리고 어떤 의미에서 다소 초인적이라 할 프쇼르가 그 효과를 치켜세우자 장관은 벌컥 화를 냈다. "끔찍스럽게도 전쟁에 종말을 고하기 위해서라면, 국방부 장관을 찾아올 필요가 없소! 그건 내 동료인 문화부 장관 관할이지!" 문화부 장관이 이 기계를 구입하고자 했으나, 이번에는 재정부 장관이 이를 방해했다. 간단히 말해, 국가가 격렬한 거절의 신호를 보냈던 것이다. 이제 영화 산업(가장 덩치 큰 영화 기업)이 개입했다. 이 순간부터 영화는 세상에서 전지전능한 것이 되어버렸다. 그러나 물론 광학적인 수단을 통해서만 그러하다. 모든 가능한 시야에서, 그리고 청취의 가능성 안에서, 그것은 다시금 아주 간단하게 자연이 된다. 예를 들면, 천둥번개가 친다 해도 우리는 이것이 단지 광학적인 것인지 아니면 정말 진짜인지 더 이상 알 수 없게 되었다. 압노사 프쇼르는 제멋대로 기술적인 힘을 휘둘러 파타 모르가나[신기루]를 만들어냈는데, 최근에는 순수하게 기술적으로 만들어진 파타 모르가나로 동양까지 혼란에 빠뜨렸다. 사막의 유목민들이 사막에 펼쳐진 베를린과 포츠담을 보게 되었는데, 이를 진짜라고 생각했던 것이다. 프쇼르는 여관 주인들에게 그들이 원하는 광학적인 풍경들을 대여해주기도 했다. 이제 쿨리케스 호텔을 애수에 젖은 피어발터슈테터 호수*가 둘러싸게 되었다. 귀족 오네힌 씨는 그의 순전히 광학적인 배우자에 대해 만족해한다. 프롤레타리아 뷜라크 씨는 이제 순수하게 광학적인 성에서 주거한다. 그리고 억만장자들은 그들의 성을 광학적으로 오두막으로 변신시켜 보호하고 있다.

최근에는 도플갱어 공장이 설립되었다. [……] 머지않아 완전히 빛으로만 이루어진 도시들이 생겨날 것이다. 그렇다, 완전히 다른 방식으로 별이 총총한 하늘은 이제 천문관 안에서뿐만 아니라, 야외 어디에나 존재한다. 프쇼르가 제시한 전망에 따르면 촉각 또한 동일한 방식으로 기술적으로 다루는 것이 가능해질 것이다. 그렇게 된다면, 비로소 실제 몸이 광전파를 통해 이동하기 시작할 것이다. 이것은 영화뿐만이 아니라 실제 삶을 의미할 것이며, 다른 모든 교통의 기술을 뒤쳐진 것으로 만들어버릴 것이다.

* 목가적인 풍경으로 유명한 스위스의 호수.

프쇼르의 기계가 기동기술과 전쟁기술을 위하여 무엇을 할 수 있겠냐는 국방부 장관의 질문이 프리들랜더의 텍스트에서 유일한 허구가 될 것이다. 영화는 이미 실험학문적인 전사 속에서, 그러니까 아직 영화가 되기 이전부터 벌써 새로운 육체의 훈련에 종사하고 있었으며, 국방부 장관들은 최신 정보에 매우 밝은 사람들이기 때문이다.

1891년 마레의 조수이자 연구소에서 동물의 표본을 제작하기도 했던 조르주 드므니Georges Demeny는 『발화의 사진 기록 *Photographie der Rede*』에 착수했다. 이 기이한 연습의 첫 목표는, 하나의 담화를 개별적인 발음의 서브루틴으로 쪼개는 일을 돕고자 함이었다. 에디슨의 축음기로부터 나온 감각적이고 음향적인 데이터의 위치에, 이번에는 동일할 정도의 엄격한 유사성을 갖는 운동적이며 광학적인 데이터가 자리해야 했다. 이러한 데이터를 저장하는 데는 마레의 무성 연속사진총이 제격이었다.

그렇게 노출 시간 1000분의 1초의 연속카메라는 드므니 스스로를 향했고, 실험 지휘자와 피험자, 장치의 사제와 희생양이 동일 인물이라는, 매체 태동기 시절에 흔하게 등장하는 명예를 그도 차지하게 되었다. 카메라가 입의 연속적인 모양을 "얼굴 근육의 아주 섬세한 움직임"과 함께 16헤르츠의 주파수를 사용하여 개별적으로 분해, 확대, 저장하고 영원성을 부여하는 동안, 인간의 입이 열리고, "프랑-스 만-세Vi-ve la Fran-ce!"라는 음절을 내뱉고 나서 다시 닫혔다. “이러한 입 운동의 많은 부분”이 동시대인들에게는 “과장된 것으로 여겨졌는데, 왜냐하면 이러한 움직임이 아주 잠깐만 지속되기 때문에 우리의 눈은 이를 인지할 수 없기 때문이다. 이에 비하여 사진은 정지 상태를 통해 입의 움직임을 비로소 볼 수 있는 것으로 만든다.”[72] 그렇지만 한편으로 바로 그 점이 중요했다. 에디슨은 동료의 입을 확대한 사진에 열광했다는 이야기가 전해진다.[73]

정지 상태로 고정되어 있는 애국주의의 데이터베이스 위에, 다른 매체기술자들과 마찬가지로 결함이 있는 것에 매료되었던 드므니는 농아들을 위한 수업을 혁신적으로 개혁했다. 파리 시청에 있던 환자들은 입 모양을 광학적으로 분석한 필름을 청각적으로 합성해달라는 요청을 받았다. 그리하여 그들은 — 세상을 놀라게 했던 “구술 실험”에서 — 한 음절도 듣지 않고서도 “프랑-스 만-세”를 부르짖을 수 있었다.[74] 그 후에 닥친 물질적인 전쟁에서 조프르Joseph Joffre*가 이끄는 군대의 사단이 돌격하여 산더미처럼 쌓인 시체가 되었을 때는, 이러한 자기지각이라는 것이 더 이상 필요한 것은 아니었지만 말이다.

드므니는 “이미 1892년부터, 소위 영상기록장치에 사용되게 될 것이며, 연속사진기로도 변형해 쓸 수 있는 모든 조치들을 예견하고 있었다.”[75] 연발권총의 원리에 따라 회전하는 이미지 저장장치를, 연발권총의 원리에 따라 회전하는 이미지 영사장치로 그저 보완하기만 하면 되었을 것이다. 그러나 드므니가 뤼미에르 형제의 성공을 매우 부러워했음에도 불구하고, 그에게는 극영화의 환상보

* 제1차 세계대전 당시 프랑스의 장군.

드므니가 “프랑-스 만-세”를 말하다

다는 슬로 모션에 대한 연구가 더 중요했다. 드므니는 연속사진총에 충실하게 머물렀으며, 애국적인 개별 입들에 대한 연구에서 애국적인 다리들의 집단에 대한 연구로 발전해나갔다. 프랑스 군대의 공식적인 요청을 받아 군 행진 시 관행화된 걸음걸이를 최적화하기 위해 이를 촬영했던 것이다.[76]

그렇게 하필이면 1897년 『예술생리학*Kunstphysiologien*』에서 정신물리학, 기동훈련, 무의식 사이의 새로운 피드백 루프에 대해 공표했던 것이 글자 그대로 성취되었다. 게오르크 히르트는 "우리가 '생각하다'라고 부르는 상태"에 대해 다음과 같이 기록하고 있다.

> 또한 이 상태조차 빈번히 거듭되는 반복에 따라 자동화될 것이다. 즉 모든 폐쇄적인 통각 작용을 발생시키는 빛, 음향 등의 자극이 거의 규칙적인 간격과 잘 알려진 강도로 되돌아간다면 말이다. 예를 들어, 사격장에 있는 사수의 행동을 떠올려보라. 작업의 초반에 그는 앞으로 벌어질 일에 의식적으로 잔뜩 주의를 기울인 상태일 것이다. 그러나 점차적으로 그는 확신에 가득 차 긴장이 풀어지게 될 텐데, 매번 총알을 명중시킨 다음에 그는 기계적으로 앞으로 나가 맞춘 자리를 보여줄 것이다. 그의 주의력은 산책을 나갈 수 있을 정도다. 다음 번 총알이 지체되는 간격이 그의 자동화되고 리드미컬한 감각이 허락하는 것보다 더 길어졌을 때만이 비로소 주의력은 자기 자리로 돌아올 것이다. 훈련 중인 신병에게도 이와 유사한 일이 일어난다. 현행 군복무 기간에 대한 모든 논쟁은 실제로 다음과 같은 질문 속에서 첨예화된다. 평균적인 20대 남자의 (기술적으로뿐만 아니라 도덕적으로도) 군인다운 기억 구조 체계를 다음과 같이 자

> 동화시키기 위해서는 얼마나 많은 시간이 필요할 것인가? 즉, 위급 시 장비를 실패 없이 사용하고, 그리고 전쟁 때든 평화의 시기든 언제나 사람에게 존재하는 긴장하는 힘(주의력)이 더 하급의 직무에 흡수되지 않도록 하기 위해서 말이다.[77]

『기계화가 지휘하다*Mechanization Takes Command*』—지그프리트 기디온Siegfried Giedion의 이 책은 현대 예술을 넘어 군사적, 산업적 인간공학에 이르기까지 마레의 연속사진총의 자취를 뒤따라가고 있는바, 이 책에 이보다 더 걸맞은 제목을 붙이기는 어려웠을 것이다. 이후 자신의 차례를 기다리고 있던 양대 세계전쟁의 자동 무기들은 동일한 정도로 자동화된 평균적 인간을 "장비"로서 요구했다. 그 정확성과 속도라는 측면에서 이들의 움직임은 단지 영화의 슬로 모션만이 조정할 수 있는 것이었다. "프랑스 만세!"와 같은 외침은, 그 외침이 혁명적인 민중 전쟁에 도입된 이후로는 죽음 충동을 단지 심리학적으로만 사육하고 무기에 대한 반응 시간을 "사유"에 위임하였다. 이 사유라는 것은 예술심리학자와 영화심리학자에게는 인용부호로 표기해야만 존재할 수 있는 미심쩍은 것이었다.

이와는 반대로 윙거와 같은 돌격대의 지휘관들은 루덴도르프 이후로 지각의 문턱 아래에서 시간 프레임으로 작업하도록 훈련받아왔다. 그들에게 적군의 유령은 단지 "몇 초 동안만" 나타났는데, 이는 거의 인지할 수 없는 정도였으나, 수치화는 가능했다. 윙거가 루덴도르프의 공격 지시 직전에 기록했던 내용처럼 말이다. "인광물질로 된 시계숫자판이 내 손목에서 희미하게 빛을 낸다. 시계숫

자코모 발라,
「발코니를 뛰어가는 소녀」
(습작, 1912)

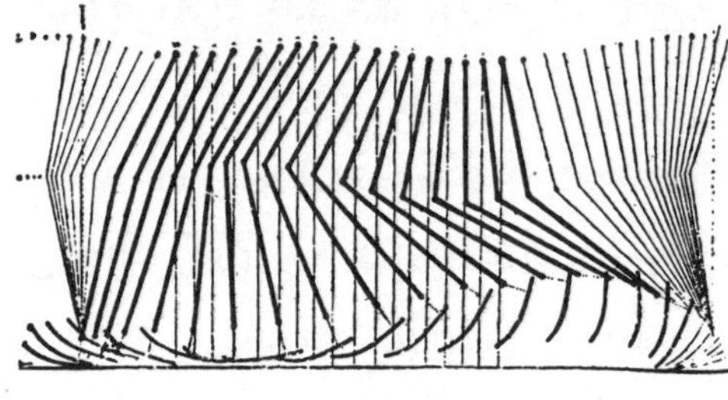

에티엔-쥘 마레,
「보행 시 다리의 진폭」
(1885년 이전)

자판이라니, 참 기이한 단어다. 지금은 5:30. 한 시간 후면 폭풍 같은 돌격이 시작된다."[78]

오늘날의 두 가지 일상품인 트렌치코트(혹은 "참호전 외투")와 초침이 달려 있는 손목시계는 제1차 세계대전의 산물이다.[79] 초침의 규격화된 이동 속에서 필름 트랜스포트*는 자신들의 리듬을 평균적인 인간에게 부과한다. 돌격대 지휘관 윙거가 적의 육체를, 즉 몇 달 동안이나 참호 속에 매장되어 있던 비현실적인 그것을 불러내 영화라는 매개물을 통해 환각을 일으키고자 했던 것도 그리

* 영사기 내부에서 연속적인 회전을 위해 필름을 밀어내는 장치.

놀랄 일은 아니다. 적은 단지 영화의 도플갱어였을 수 있다. 하긴 드므니는 부대 전체의 움직임을 연속사진총을 사용해 규격화하지 않았는가.

그리고 프쇼르 교수는 늘 그랬듯이, 병사들의 "육체" 외에 전체 기동훈련의 풍경을 "완전히 순수하게 광학적인 환영"으로 변화시킨다는 극단적인 역할을 수행하기만 하면 되었다. 이 광학적인 환영에는 청각적 효과가 동시적으로 정확하게 결합하는 것도 가능할 것이다.

신기루 기계는 그동안 지구 전체를 돌아다닐 준비를 완료했다. 전쟁이 없어도, 입장권만 내면 된다. 기계화는 소위 자유와 평화의 시대에도 명령을 이어받았기 때문이다. 모든 디스코텍은 밤이면 밤마다 드므니가 했던 행진 걸음걸이에 대한 분석을 반복한다. 영화 초창기에 등장한 스트로보스코프 효과는 이제 실험실을 떠나, 춤추는 사람들을 초당 20개로 조각 내 그들의 필름 이미지를 만든다. 집중포화는 주요 전선을 이탈한다. 확성기로부터 떠나 최근에는 보안 시스템에서 소리를 울린다—광학적인 효과와 정확하게 동시적으로 결합되어서. 드므니의 발화 사진은 비디오 클립으로 계속 상영되고, "프랑-스 만-세"라는 음절의 혼합은 "너희들, 무솔리니를 춤춰라! 아돌프 히틀러를 춤춰라!"로 바뀌어 계속 울려퍼진다."*

육체는, 마치 거대한 시뮬레이션 룸 안에 있는 것처럼, 귀머거

* 영문판 옮긴이 주에 따르면, 이는 독일 펑크 밴드 DAF의 1985년 곡 「무솔리니Der Mussolini」의 가사 "너, 히틀러를 춤춰라Tanz den Hitler/무솔리니를 춤춰라Tanz den Mussolini"를 염두에 둔 것으로 보인다.

리에 벙어리, 장님이 되어 제n+1차 세계대전의 반응 속도에 도달한다. 컴퓨터화된 무기 시스템들은 자동 무기 시스템들보다 더 요구사항이 많다. 아타리 컴퓨터 게임회사의 조이스틱이 어린이들을 시끄러운 문맹자로 만들 수 있다고 여겨져온 반면에, 레이건 대통령은 바로 그 사실 때문에 이를 환영했다. 바로 미래의 폭격기 조종사의 훈련 장소로서. 모든 문화는 욕망과 권력을 융합할 수 있는 광학적이고 청각적인 출동준비 공간을 보유한다. 우리들의 디스코텍은 최초의 반격 능력을 연습시킨다.

전쟁은 언제나 이미 광기에 가득 차 있었는데, 이는 영화의 또 다른 주제이기도 하다. 오늘날 디스코텍의 스트로보스코프 불빛이 유발해내는 몸의 움직임들은 이미 한 세기 전부터 전해져 내려오는 정신병리학적인 명칭이 있다. “큰 히스테리 아치.” 기이한 황홀감, 끝없는 경련, 거의 원형이 될 때까지 구부러지는 관절들은 모든 최면법과 청진법 들을 동원할 만한 충분한 이유가 되었다. 당시만 해도 아직 남자로만 이루어져 있었던, 강당에 가득 찬 의학도들은 대가 샤르코Jean Martin Charcot와 그의 여성 환자들을 지켜보도록 허용되었다. “필사 메모[살페트리에르 병원 기록보관소에 아직 출판되지 않고 보관되어 있는]는 1877년 11월 25일의 회람에 대해 보고하고 있다. 관찰 대상자는 히스테리적인 마비 상태를 보인다. 샤르코는 처음에는 손을, 그다음에는 막대기의 끝 부분을 난소 위치에 올려놓음으로써 위험한 순간을 중단시킨다. 그가 막대기를 거둬들이자, 다시 위기가 시작된다. 그는 아밀니트레이트를 흡입하게끔 하여 이러한 위기를 가속화한다. 환자는 은유적 표현으로서가 아니라 말 그대로, 성행위–막대기를 요구했다. ‘G[큰 히스테리 아

살페트리에르 병원의 히스테리 도상화

치]는 사라졌고 그녀는 계속 섬망 상태였다.'"[80]

그러나 이러한 퍼포먼스는 아직 히스테리에 대한 진실이 아니었다. 혹은 더 이상 아니었다. 즉, 정신병이라는 매체가 생산해낸 것이 단순히 비밀스러운 기억이나 서류들 속으로 사라져서는 안 되었던 것이다. 기술적 매체들이 그것을 저장하고 재생산할 수 있어야 했다. 샤르코는 부임 즉시 파리의 황폐한 정신병원 살페트리에르를 설비가 잘 갖추어진 연구실험실로 바꾸어놓았고, 1883년에는 기술팀장에게 영상 촬영을 하라는 명령을 내렸다. 그에 따라, 이후 롤라이플렉스 카메라의 설계자로 유명해질[81] 알베르 롱드Albert Londe는, 머이브리지와 마레의 지침을 엄격하게 따라 연속노출카메라로 "큰 히스테리 아치"를 조각조각 해체해버렸던 것이다. 방문학생으로 살페트리에르에 와 있던 빈 출신의 한 젊은 생리학도도 당시 그 작업을 지켜보았다.[82]

그러나 히스테리를 촬영한 영상으로부터 정신분석학으로의 큰 역사적 아치를 만들어낸 것은 프로이트 박사가 아니었다. 녹음 재생 기술의 경우와 마찬가지로, 프로이트는 기술적 매체들에 직면해서도 문자라는 매체와 철자를 쪼개는 새로운 분석 방법에만 천착해 있었던 것이다.

이러한 목적으로 프로이트는 우선 여성 환자들의 신체가 발산해내는 이미지들을 멈추고자 한다. 그는 그녀들을 베르크가세 길에 있는 자신의 상담실 카우치에 눕힌다. 곧 이미지에 대항하여 대화치료가 진행되는데, 이 이미지들은 히스테리 여성 환자들이 실제로 보고 있거나 혹은 환상으로 불러낸 것이다. 일명 남성이라고 불린 강박신경증 환자와 일명 여성으로 불린 히스테리 환자 사이의 성차에 대해서는 언급하지 않으면서, 그는『히스테리에 대한 연구 *Studien über Hysterie*』에서 다음과 같이 진술한다.

> 기억이 이미지의 형식으로 회귀할 경우에는 생각의 형식으로 회귀할 때보다는 게임이 간단해진다. 대개 시각 지향적인 히스테리 환자는 강박관념에 시달리는 환자들과 비교하여 분석가들에게 까다롭지 않다. 기억으로부터 일단 한 이미지가 떠오르면, 우리는 환자가 묘사에 진척을 보이는 것과 비례하여 그 이미지가 조각조각 부서지고 흐릿해진다고 말하는 것을 들을 수 있다. 환자는 그 이미지를 단어로 전환하면서, 동시에 그 이미지를 지워나가고 있는 중인 것이다. 이제 우리는 어느 쪽으로 이 작업이 계속되어야 할지 방향을 잡기 위하여 기억 이미지 자체에 집중해야 한다. "그 이미지를 한 번 더 바라보세요. 그것이 이제 사라졌나요?"—"전반적으로는요, 하지만 세부 이미지들이 아직 보여요."—"그렇다면 이것은 아직 무언가를 의미하고 있는 겁니다. 당신은 무언가 새로운 것을 거기에

더해서 보게 되든가, 아니면 이 나머지 잔여물에서 무언가를 떠올릴 수 있을 거예요." — 이 작업이 끝나게 되면, 환자의 시야는 다시 자유로워지고, 연구자는 환자가 다른 이미지를 떠올리도록 할 수 있다. 하지만 그렇지 않은 경우에, 이미지를 묘사하고 나서도 그 이미지가 환자 마음의 눈 속에 끈질기게 남아 있는 경우, 그것은 내게 환자가 이 이미지와 관련하여 중요한 할 말이 남아 있음을 의미하는 신호가 된다. 환자가 이것을 완수해내자마자, 평화를 되찾은 유령과도 같이 이 이미지는 사라진다.[83]

당연하게도 히스테리 환자들이나 시각 지향적인 사람들에게 그러한 이미지의 행렬은 내면의 영화inneres Film이다. 정신분석학의 꿈 이론에서와 같이, "병인성病因性 기억"은 "저항"의 모든 "형태와 구실," 혹은 다른 말로 의식이라는 것에도 불구하고 그에 대한 광학적인 "재현"[84]을 강요한다. 1914년 오토 랑크Otto Rank는 독일의 두번째 작가주의 영화인 「프라하의 학생Der Student von Prag」을 정신분석학의 방식으로 분석했는데, 이 "영화의 연출"은 "여러 면에서 꿈의 기법을 연상시켰다." 역으로, 예를 들어 히스테리 환자의 내면의 이미지는 영화에서의 "순간적으로 지나가는, 그렇지만 인상적인 이미지들"에서 그 모델을 발견할 수 있다. 따라서, "정신분석학은 매번 가장 현재적인 심리 표면으로부터 출발하여, 깊숙이 자리한, 의미심장한 영혼의 경험들을 발굴해내는 자신만의 작업 방식에 익숙해져 있다. 따라서 "계속해서 진행되는 심리적인 문제들로 필름을 되감듯 말아 올라가는," 이 우연적이면서 진부한 출발점 — 즉 "영화 극장" — 을 "두려워할" 이유가 전혀 없

다.[85]

그러나 이렇게 매우 영화적인 필름 되감기, 즉 영화에서 영혼으로의 퇴보는, 뚜렷하고 명백한 표면 혹은 셀룰로이드 피부로부터 무의식적인 잠재성을 향한, 그리고 기술적인 장치들로부터 정신적인 장치들로 향하는 이행이며, 이것은 단지 이미지를 단어로 대체하는 것이다. 영화에서는 광학적인 데이터들을 저장할 수 있지만, 한편으로 그것들은 "순간적으로 지나가는" 것이었다. 우리는 그것들을 책에서처럼 (혹은 오늘날의 비디오테이프에서처럼) 다시 찾아볼 수 없다. 이 할 수 없다는 공지가 랑크의 연구법을 규정했다. 그는 다음과 같이 속마음을 토로하며 "문학적인 양심을 진정"시킨다. "순식간에 인기를 얻은 이 「프라하의 학생」의 원작자는 호평 받는 작가로, 탁월하고 효과가 입증된 모범에 기초하고 있다."[86] 그렇기 때문에, 정신분석은 (프로이트의 말을 자유롭게 변형하자면) 도플갱어 영화를 단어들로 전환시키면서 영화를 지워나가는 것이다. 도플갱어에 대한 랑크의 논문은 1800년부터의 모든 가능한 인용문들을 다시 찾아보면서 영화를 다시 문학으로 만들어버린다.[87]

대화 치료에 이 밖에 다른 방법은 없었다. 프로이트는 롱드의 히스테리 촬영 작업을 입회 관찰한 이후, 이와는 완전히 반대되는 입장을 취한다. 정신분석이란 글자 그대로 하나의 내면의 영화를 체계적이고도 사려 깊게, 이미지가 모두 사라져버릴 때까지 조각내는 것을 의미한다. 여성 환자들은 자신들의 환영을 묘사하거나 서술하면서 단어로 번역해야 했고, 그 이미지들은 하나씩 부서져갔다. 최종적으로 정신분석자의 매체가 승리를 거두게 되는데, 그것이 육체의 움직임을 정지시키고, 남아 있는 내면의 환영들을 마치 그것들이 시끄러운 유령이나 드라큘라인 것처럼 사냥해버리기 때문이다. 프로이트가 이미지들을 유인해낸다면, 그것은 샤르코처럼 그것들을 저장하기 위해서가 아니라, 그것들이 가지는 기표의 수수께끼를 해독하기 위해서이다. 그렇게 1900년대의 비언어적인 저장기술의 등장은 매체들 중의 매체로 담화를 확립시키는 분화에 이르게 된다. 작가로서의 프로이트는 축음기와의 경쟁에 대해서는 인정한다. 왜냐하면 축음기학은 (대화 치료와 여기에서 그가 사례로 제시한 소설들과의 모든 차이에도 불구하고) 단어들을 다루기 때문이다. 그러나 그는 무성영화와의 경쟁은 인지조차 하지 않았다. 아브라함Karl Abraham과 작스Hanns Sachs가 "정신분석학 종사자"로서 1926년 『무의식의 수수께끼*Rätsel des Unbewußten*』를 영화화하는 프로젝트에서 참여했던 반면, 그러니까 동시대인들에게 "직업교육 없이 간단하게 현대적 교육의 필요성에 대하여 가르치고자"[88] 했던 반면, 프로이트는 할리우드로부터의 제안을 단호하게 거절한다.

저장 매체의 이러한 분화는 광기의 운명을 결정한다. 라캉의 테제에 따르면, 정신분석 담론은 히스테리 담론의 결과이자 자리바꿈이며, 가장 아름다운 병의 징후들을 상징적인 것으로 변화시킨다. 동시대에 정신의학의 연속사진은 기록 보존으로 이해되었으며, "큰 히스테리 아치"에서 실재적인 것을 저장한다. 롱드가 순간 포착한 경련과 엑스터시의 스틸 이미지들은(영사 가능성의 부재 때문에) 여러 권으로 이루어진 『살페트리에르 병원의 도상학*Iconographie de la Salpêtrière*』이라는 전집 속을 전전한다. 여기에 그들이 저장되어 있는 셈인데, 그러나 장차 실재적인 것으로부터 빠져나와, 프로이트에게서라면 전혀 인정받지 못할 상상적인 것으로 다시 돌아가기 위해서이다. "큰 히스테리 아치"는 오늘날 의대 강의실에서는 더 이상 찾아볼 수 없지만, 유겐트슈틸 양식으로 그려진 셀 수 없이 많은 여성 그림들 속 구부러짐과 뒤틀림이 이 사진들의 도상학으로부터 기원했음이 틀림없다.[89] 따라서 유겐트슈틸 양식의 작품들은 그들이 존재했던 기술적 복제 가능성의 시대에 단순히 고통받기만 한 것은 아니었다. 그들은 측정된 데이터를 자신의 양식 안에서 복제하였으며, 머이브리지가 『동물의 보행』 연구에서 처음부터 염두해두고 있던 바로 그 방식을 적용했던 것이다.

히스테리는 편재하면서도 동시에 순간적인 것이 되었다. 실재적인 것 안에서 히스테리는 유겐트슈틸 회화의 상상적인 것 안으로 기록 보존의 아카이브를 회귀시켰다. 마찬가지로 상징적인 것 안에서는, 호프만슈탈의 극작품에 나오는 여성 히스테리 환자들에게 과학을 회귀시켰다.[90] 복제에 또 다른 복제가 뒤따랐다. 고도로 기술적인 조건에서는 아마도 광기가 전혀 발생하지 않을 것이라는 성과와 함께. 그것은 전쟁과 마찬가지로 시뮬라크르가 되었다.

본 지역의 정신병원장이었던 한스 헤네스Hans Hennes 박사는 롱드의 후계자라 할 수 있는데, 이러한 책략을 거의 간파해낸다. 그는 논문 「신경학과 정신병학에 종사하는 영화Die Kinematographie im Dienste der Neurologie und Psychiatrie」(1909)에서 "히스테리 운동 장애의 풍부한 사례"에 유일하게 적합한 매체로서 영화 촬영을 지목하고 있다. "최고의 설명"과, 그리고 아마도 최고의 모사가 할 수 있는 것보다 "더 일목요연하고 더 완전하게,"[91] 기술적 매체들은 정신병리학적 매체들을 복제한다는 것이다. 더구나 1909년경에는

유겐트슈틸이 히스테리를 도상화하다

연속사진들을 영화로 영사할 수 있게 되면서 헤네스 박사는 롱드보다도 한 발짝 더 나아간다. 정신병을 다루는 의학이 "빠르게 연속되는 동작을 영화적인 복제를 통해 느린 동작으로 바꿀 수 있는" 위치에 이르러서야, "실제 현실에서는 정확한 관찰이 매우 어렵거나 불가능했던"[92] 정황들을 규명하는 것이 가능해졌다. 마치 (환자와 의사 모두의) 광기가 영화를 통하여 비현실과 허구라는 넓은 제국으로 확대된 것처럼, 또한 헤네스가 불길한 예감 안에서 매체가 메시지라는 매클루언의 경구를 이미 이해하고 있었던 것처럼 말이다. 즉 "어떠한 경우이든" "[히스테리적] 움직임을 완전히 혹은 대부분 사라지게 만들기 위해서는 병의 증상으로부터 주의를 다른 곳으로 돌리게 하는 것, 그리고 외부 자극을 중단시키는 것만으로도 충분하다는 사실이 계속해서 관찰되고 있다. 이와는 반대로, 현상에 다시 주의를 기울이는 일, 예를 들어 검진하거나, 심지어는 의사가 환자에게 가까이 다가가는 행동만으로도 장애를 더 심한 강도로 만들기에 충분했다."[93]

이제 그 주의력이 최근 들어 자동적으로, 즉 영화적으로 흐르기 시작한 정신의학은 스스로, 그리고 푸코보다 훨씬 앞서서, 샤르코 극장의 단순한 비밀을 밝혀낸바, 모든 검진은 사실 그것이 재생산한다고 알려진 바로 그것을 생산해낸다는 것이다. 헤네스 박스는 방금 전까지 자신이 추천했던 의사의 주의력을 곧바로 금기라고 고쳐 부르는 자기모순에 대해 전혀 거리낌이 없었던 것 같다. 그에 따르면, 아마도 광기에 대한 촬영이 없었다면 아예 광기도 없었을 것이다.

> 환자가 강의 도중 실패하는 일이 강사에게 얼마나 자주 일어나는가. 조증 환자가 갑자기 자신의 기분을 바꾼다든가, 긴장증catatonia 환자가 자신의 전형적인 행동을 더 이상 보여주지 않는다든가 하는 식으로 말이다. 진찰실에서는 방해를 전혀 받지 않고 병적인 움직임이 수행될 수 있지만, 대형 강의실이라는 변화된 환경은 어떠한 방식으로든 환자에게 영향을 미치게 되고, 그는 자신의 특이 행동을 만들어내지 않는다. 즉, 강사가 그를 통해 시연하고자 하는 바로 그 증상을 보여주지 않는다. 또 다른 환자들은 강의나 교육 과정이 전혀 없는 시기에만 "심술궂게도" 그들의 흥미로운 독특함을 보여준다. 의학 교수들을 자주 방해하던 그러한 부류의 사건들은 이제 영화 촬영술에 의해 거의 완벽한 방식으로 교정되고 있다. 카메라로 촬영하는 사람은 차분히 가장 적합한 시점에 이르기까지 기다릴 수 있다는 장점을 갖고 있다. 한번 촬영이 이루어지면, 이 이미지는 언제든지 재생할 수 있다. 영화는 말하자면 언제나 "그렇게 할 기분 속에" 있는 것이다. 실패라는 것은 없다.[94]

다시 말하면, 영화는 실제보다 더 실제 같다는 뜻이며, 소위 말하는 영화의 재생산이란 실제로는 생산이라는 것이다. 매체기술로 무장한 정신병리학은 학문의 이름을 달고 오락 산업으로 바뀐다. 헤네스 박사는 같은 분야에 종사하는 이들에게, "지금까지 어떤 발명품도 그와 같이 빠른 시간 안에 인기를 얻고 보급된 전례를 찾을 수 없다"며,[95] 다양한 방면에서의 참여와 협력을 얻어 축음기의 아카이브와 유사한 영상 아카이브를 만들어야 한다"고 조언한다.[96]

따라서 "큰 히스테리 아치"가 촬영 직후에 질병분류학 및 세상으로부터 사라져버렸다는 것은 전혀 놀랄 만한 일이 아니다. 셀룰로이드 필름 위에서는 "실패라는 것은 없고," 영화 속 광인들은 "언제나 '그렇게 할 기분'을" 유지하고 있기 때문에, 실제 정신병원의 수감자들은 그러한 종류의 공연을 포기할 수 있었고, 모든 저장매체는 "'심술궂게도' 그들의 흥미로운 독특함을" 빼앗아갈 수 있었다. 반대편에서는 마찬가지로 정신과의사들이, 배은망덕하게 되어버린 질병 증명 자료들을 뒤쫓아다니는 일을 그만둘 수 있었다. 그들은 이제 단지 무성영화를 촬영하기만 하면 되었는데, 이러한 영화들은 이미 그 자체로, 모든 대화의 맥락으로부터 행동을 고립시켜버림으로써 여기에 출연하는 스타들을 광기의 가상으로 덮어버렸다. 광기의 시뮬라크르가 완벽해질 때까지 신체의 움직임이 조각조각 잘라지고 재조립되는, 수없이 많은 필름 트릭들에 대해서는 굳이 언급하지 않는다 해도 말이다.

매체의 시대는 (튜링의 모방 게임에 이르러서 비로소 그렇게 된 것이 아니라) 누가 인간이고 누가 기계인지, 누가 정신병자이고 누가 단지 그것을 모방하는지를 결정할 수 없도록 만든다. 만약 영화 촬영기사가 방해가 되는 광기 없는 사건들을 "거의 완벽하게 교정한다면," 그들은 정신병원의 환자들 대신에 돈을 받고 촬영하는 배우들도 똑같은 방식으로 촬영할 수 있을 것이다. 큰 장이 설 때 함께 제공되는 여흥거리로부터 표현주의 영화라는 첫번째 영화 예술이 점진적으로 발전했다고 영화의 역사는 서술하고 있지만, 사실 그보다는 실험적인 배열에서 오락 산업으로의 우아한 도약이 일어났다고 말할 수 있다. 배우들, 즉 정신병리학에 의해 설계된 광인의 도플갱어들이 영화관의 스크린을 방문했던 것이다.

확실히, 루돌프 비네Rudolf Wiene 박사의 「칼리가리 박사의 밀실Kabinett des Dr. Caligari」(1920)은 영화 자체를 서커스 계보학의 일부로 보았다. 전체적인 줄거리는 시민들이 사는 소도시와 고향 없이 떠돌아다니는 무리를 대결시키고 있다. 영화 제목에 나오는 주인공은 큰 장이 서면 구경거리를 보여주는 사람으로, 자신의 도구인 몽유병 환자와 함께 등장한다. 이 몽유병자는 칼리가리에게 돈을 지불한 사람들의 미래를 예견해준다. 그러나 큰 장으로부터 칼리가리에게로 가는 길들은 (지그프리트 크라카우어의 지나치게 단순화된 사회학적인 독법에 따르면) 『칼리가리에게서 히틀러까지*Von Caligari zu Hitler*』 가는 길만큼이나 막혀 있었다. 영화 속에서, 그리고/또는 역사 속에서 집단적 히스테리들은 오히려 대량으로 투입된 매체기술의 효과이며, 이것은 그들의 편에서 무의식 이론을 학문적으로 공고한 토대로 삼고 있었다. 칼리가리의 마차는 독일 제3제국의 자동차 행렬로 나아간다. 그렇기 때문에 "카를 마이어Carl Mayer와 한스 야노비치Hans Janowitz가 쓴 시나리오 초안에서는 칼리가리의 '박사'라는 호칭이 협잡꾼의 공허한 허풍으로 남아 있는 것이다. 이 협잡꾼은 케자레라는 그의 도구를 원격 조종하여 살인무기로 악용하는데, 결국 이러한 책략이 밝혀지고 그는 한 정신병원에서 구속복 차림으로 생을 마무리하게 된다. 큰 장의 질서는 잠시 동안만 방해를 받는데, 이 잠시 동안의 교란이 사무실에서 일하는 도시 공무원과 젊은 예술애호가, 그러니까 책의 문화 안에 있던 두 사람의 목숨을 대가로 가져간 것은 결코 우연이 아니다. 방해는 곧 극복되고 예전의 질서는 다시 승리를 누린다. 마치 시나리오가 아직 그들의 매체였던 문자를 변호라도 해야 한다는 듯이 말이다.

그러나 위대한 프리츠 랑Fritz Lang의 견해에 따르면,[97] 영화화된 버전에서는 이와는 반대로, 단순히 모든 가치를 전환시킬 뿐만이 아니라, 모든 가치를 불가사의하게 만드는 틀 안에서 전체 이야기가 진행된다. 시민과 광인이 서로의 역할을 교환하는 것이다. 원래의 이야기에서는 칼리가리를 체포하고, 그럼으로써 여성 독자와 시민적 매체로서의 책에 대한 선호를 증명했던 젊은 영웅이, 이 틀 안에서는 수용 시설이라는 조건 아래에서 여성 독자의 애인이라고 알려진 다른 광인을 사랑의 망상 안에서 뒤쫓는 미친 사람으로 바뀐다. 칼리가리에게 맞서는 그의 사적인 전쟁은 편집증 환자의 광학적 환영으로 축소된다. 독서와 사랑을 교차시키며, 결국 스스로의 권력을 영화 자체에 이양했던 매체의 병리학을 마치 영화가 밝혀내고자 했던 것처럼 말이다. 미친 여자는 애정 어린 시선을 더 이상 알아채지 못한다.

그러나 칼리가리는 (혹은 그와 뒤바꿔도 모를 정도로 닮아 보이는 얼굴은) 이 틀 안에서는 원장이자 정신과의사로서 정신병원의 가장 위에 군림하고 있다. 그에게 내려진 모든 살인 혐의는 편집증과 같은 진단을 내리는 그의 권력에 튕겨나가버린다. "원작의 이야기가 권위에 대한 욕망에 내재된 광기"를 폭로했다면, 영화에서는 오히려 "권위 그 자체"를 찬미하며 "권위의 적대자에게 죄를 돌린다."[98] 그러나 불특정한 권위들에 대한 크라카우어의 공격은 정신병학에 대한 고려가 빠져 있다. 이것의 효과는 새로운 인간을 생산하는 것이었으며, 카를 마이어가 전쟁 중에 독일 군대의 정신과의사에 대해 겪었던 자전적인 경험 때문만은 아니었다.[99]

이야기 내부와 영화의 프레임, 광기와 정신병학 사이의 구분 불가능성이 바로 기술적인 재료가 가진 공정함이다. 영화의 틀 안에서 정신병원 원장이 동시에 미친 칼리가리가 되는 것을 방해하는 것은 아무것도 없다. 그러한 귀속들은 박사라는 직함이나 환자의 이야기라는 상징계 안에서만 유효하며, 이것은 무성영화에서는 탈락해 있는 것이다. 정신과의사와 살인자 사이의 정체성은 필연적으로 열려진 채로 남아 있는데, 왜냐하면 그것은 단지 시각적으로만 주어질 뿐, 어떠한 단어로도 제도화될 수 없기 때문이다. 절대로 언급되지 않는 얼굴들 간의 유사성은 모든 독해를 결정 불가능하게 만든다.

그렇게 비네의 영화는 영화적으로 현대화된 정신병학을 충실하게 따른다. 대부분 대학 교수였던 태동기의 매체기술자들은 실험에 착수했을 때 실험의 지휘자이면서 동시에 피험자였고, 가해자이자 희생자였으며, 정신과의사이자 광인 역할을 했다. 또한 저장 매체는 그 차이를 고정해 기록해둘 수 없었고, 그렇게 하려고 하지도 않았다. 지킬 박사와 하이드라는 1886년의 스티븐스Robert Louis Stevenson의 허구적 도플갱어 한 쌍은 진짜로 존재하는 추밀고문관의 가명에 불과했다. 축음기는 정신과의사인 슈트란스키가 내뱉은 단어를 음절의 혼합으로 고정시켰고, 연속촬영기는 드므니의 애국적인 얼굴 찡그림을 고정하여 붙들었다. 비네의 영화 속 상황도 이와 다르지 않다. 촬영된 정신과의사들은 필연적으로 광인이 될 수밖에 없는데, 특히 그들이 그 정신병원의 원장처럼 오래된 책 한 권을 정신병리학적으로나 매체기술적으로 검토해본다는 명백한 목표를 가지고 있을 때 그렇다.

역사적인 "신비주의자 칼리가리 박사"와 그의 "케자레라 불리는 몽유병자"를 자세히 알고자 정신병원의 원장이 연구했던 책에는 "몽유병. 웁살라 대학의 편람. 1726년 출판"이라는 프락투어Fraktur 서체로 된 제목이 붙어 있었다. 이와 유사하게, 샤르코와 그의 조수들도 정신의학적으로 질서정연한 히스테리 진단 속으로 무언가 밀교적인 것을 도입하기 위해 마녀와 신들린 자에 대한 먼지투성이 서류들을 연구했다.[100] 같은 측면에서 최면 연구가였던 프로이트 박사와 칼리가리 박사도 도플갱어라고 할 수 있다.[101] 한 사람은 진단과 치료의 목적으로 오이디푸스 콤플렉스를 우선 "나에게서" "찾는다."[102] 또 다른 사람은 "환상의 지배 아래서"라는 영화의 중간 자막에 따라, 정신병원의 벽 위에 하얀 글자로 쓰여 있는 "너는 칼리가리가 되어야 한다"라는 문장을 읽는다. 그러므로 첫번째로 "원장"이 미쳤으며, 두번째로 그가 "칼리가리"라는 고발들은 공허해지고 마는데, 왜냐하면 현대의 실험가들은 같은 것에 대해 시민적인 주인공들보다 훨씬 분명하게, 즉 비도덕적으로 말하고 행동하기 때문이다. 영화 전체에서 불가사의하게 제시되는 정신과의사와 미친 사람 사이의 유사성은 연구 전략과 과학기술에 기인한다.

정신병원 원장이 환상 속의 글자들이 명령하는 대로 이야기 속의 칼리가리가 되는 것은 영화의 단순한 트릭이다. 한 명의 배우가 양쪽 역할을 모두 맡으면 된다. 칼리가리 박사와 공직에 있는 그의 도플갱어는 비네 박사의 무기인 셀룰로이드와 편집을 통해 승리한다.

케자레의 몽유병적 수면 경직을 모사하는 사람 크기의 인형 덕분에, 영화 제목에 나오는 주인공은 그의 도구인 케자레에게 추적자들을 상대로 알리바이를 만들어줄 수 있었다. 그가 최면에 걸린 채로 자신의 명령을 따라 밤마다 살인을 저지르는 동안의 시간에 대해서 말이다. 이 인형은 시민적인 주인공을 속인다. (마치 「언캐니의 심리학에 대하여Zur Psychologie des Unheimlichen」라는 동시대의 이론이 예언했듯이 말이다.)[103] 스턴트맨이 도입되기 이전부터, 영화에는 (미학자들에게는 꽤 유감스러운 일이지만) "특별히 위험한 장면에서 예술가를 인형으로 자주 대체하는 관행"[104]이 있었다. 또한 바로 그렇기 때문에 케자레는 이미 무성영화적 도구였고, 그렇기 때문에 몽유병적이고 살인적인 도구가 될 수 있었던 것이다. 카메라 옵스큐라(영화 제목에 밀실이라고 되어 있지 않은가)의 정지된 사진들은 움직이며 영사되는 것을 배우고, 『살페트리에르 병원의 도상학』은 알베르 롱드의 영화 단계에 들어선다. 알리바이 인형의 움직이는 버전인 케자레는 팔을 앞으로 뻗은 채 뻣뻣하게 걷고, 비틀거리다 겨우 균형을 잡지만, 결국 비탈에서 굴러 떨어진다. 헤네스 박사가 "61세"의 "농업 종사자"인 자신의 환자 요한 L의 "사고로 생긴 히스테리Unfallhysterie"의 외적 증상을 설명할 때이와 거의 다르지 않다. "다리를 넓게 벌린 채 뻣뻣하게 걷고, 몸을 돌릴 때는 자주 휘청거리며, 그 외에도 좁은 보폭으로 총총 걷는다. 이때 팔 동작은 그로테스크할 정도인데, 전반적으로 너무 기괴해서 일부러 과장하는 것처럼 보일 정도이다." 이를 제대로 묘사하기란 불가능한데, 바로 이 지점에서 "영화기술로 촬영한 이미지가 이를 매우 명료하게 설명하고 보충해주었다."[105]

그리고 그 기괴함과 인공적인 과장이 최면 상태에서의 명령에서 발생한 것이 맞다면, 병리학과 실험은 하나로 겹치게 된다. 케자레는 칼리가리라는 예술가의 무기로서 작동한다. 사이버네틱스 연구가들보다 훨씬 이전에, 정신과의사들은 재사용까지 가능한 최초의 원격 조정 시스템을 구성해냈던 것이다. 케자레의 연쇄살인과 함께 (그리고 영화사 속 그의 수많은 후예들과 함께) 영화 이미지의 연속성은 플롯 안으로 침투한다. 그렇기 때문에 그의 최면 상태가 영화 관람객들에게 최면을 건다. 그들은 비네의 이미지에서 바로 라캉이 회화의 역사적인 발전 단계에서 입증하려 했던 눈속임 trompe l'œil을 경험하게 된다. 눈속임이란 권력의 육화된 시선으로, 아주 오래전부터 이미지에 영향을 미쳐왔거나,[106] 혹은 처음부터 이미지로 생산되었다. 어제는 사고로 인한 히스테리 환자 요한 L이, 오늘날에는 케자레가, 내일은 영화관의 팬들 스스로가 이를 경험하게 된다. 그들의 보는 행위는 목격될 것이고, 그들의 최면 상태는 원격 조정될 것이다. 칼리가리 박사는 자신의 도구가 가진 몽유

 병을 통해 이미 "영화관의 관객들을 빛과 어둠 속으로 위치시키는 집단적인 최면"[107]을 프로그램하고 있는 것이다.

도플갱어: 영화화의 영화화

영화의 도플갱어들은 영화화 자체를 영화화한다. 그들은 기술적 매체의 경계선 안으로 빠져들어간 사람들에게 어떠한 일이 생기게 되는지를 보여주고 있는 것이다. 기계화된 거울상이 권력의 데이터베이스 안을 방황한다.

바르바라 라 마르, 매우 냉소적인 제목을 달고 있는 아르놀트 브로넨의 소설 『영화와 인생: 바르바라 라 마르*Film und Leben. Barbara La Marr*』(1927)에서 부제에 등장하는 이 여주인공은 자신의 몸으로 위와 같은 경험을 하게 된다. 그녀는 지금 막 할리우드 진출을 위한 오디션 촬영을 마쳤으며, 영화 구매자들이 이미 그녀의 몸매를 평가하고 있는 동안, 그녀는 불이 꺼진 상영실 안에서 연출가 피츠마우리체 옆에 앉아 있다.

> 갑자기 바르바라가 경악했다. 그녀는 숨이 멈췄다. 무엇이 그녀의 심장을 공격했는지 그녀는 바로 알아차렸다. 스크린 위에서 무슨 일이 일어났던 것일까? 뭔가 끔찍한 것이 그녀를 노려보았는데, 그것은 낯설고, 추악하고, 잘 알아볼 수 없는 것이었다. 그것은 그녀가 아니었다. 그것은 그것을 쳐다보고 있는 그녀일 수가 없었다. 왼쪽

을 보고, 오른쪽을 보고, 웃고, 울고, 걷고, 넘어지고 하는 그것은 누구일까? 필름 릴이 전부 돌았다. 상영기사가 불을 켰고, 피츠마우리체가 그녀를 보았다.

"자, 이제?" 그녀는 평정을 되찾았고, 웃었다. "아, 이런 방식으로 하늘에 있는 천사들이 우리를 보고 있겠군요. 제가 이 영화를 보듯이요." 피츠마우리체는 웃으면서 대답했다. "저는 당신을 천사로까지 여기지는 않습니다. 그렇지만 이건 나쁘지 않군요. 아니, 아주 좋기까지 합니다. 제가 예상했던 것보다 더 좋아요. 훨씬 좋네요." 그러나 그녀는 벌떡 일어났고, 몸을 떨었다. 그녀 안에서 무엇인가가 폭발해 나왔다. 그녀는 거의 소리를 지르고 있었다. "아주 형편없어요." 그녀는 소리 질렀다. "끔찍해요, 혐오스러워요, 나빠요. 저는 재능이 없어요. 저는 아무것도 되지 못할 거예요, 아무것도, 아무것도!"[108]

영화는 삶을 기록 보존의 형식 안으로 불러들인다. 마치 괴테의 시대에 시학이 진실을 교양 교육 안으로 불러들였던 것처럼. 그러나 매체는, 예술이 미화하는 것에 대해 자비가 없다. 스크린 위에서 낯설고, 추악하고, 잘 알아볼 수 없으며, 끔찍하고, 혐오스럽고, 나쁘고, 한마디로 "아무것도 아닌 것"이 되기 위하여, 꼭 미친 케자레처럼 최면 상태일 필요는 없다. 이것은 모든 이들에게 일어나는 일이다. 적어도 극영화의 줄거리들이 (환영과 현실의 논리에 따라) 폐기물에 다시 베일을 씌우기 전까지는 말이다. 나보코브Vladimir Nabokov의 소설에 나오는 한 주인공은 여자 친구와 영화관에 갔다가 전혀 예상치 못했던 자신의 "도플갱어"를 보게 되는데 (실은 몇 달 전에 그가 단역으로 출연한 것이다), 이때 그는 "부끄러웠을 뿐 아니라, 인간의 삶으로부터 도주하여 사라지는 듯한 느낌마저 든다."[109] 그러므로 브로넨의 소설 제목 "영화와 인생"은 강도들이 제시하는 고전적인 양자택일을 반복하고 있다. "돈 혹은 목숨!" 돈을 선택하는 자는 자신의 목숨을 잃게 될 것이고, 돈 없는 인생을 선택하는 자는 곧 그 뒤를 따르게 될 것이다.[110]

그 이유는 기술적인 것이다. 영화화란, 인간을 (동물과 대비되는 의미로) 빌려온 자아로 장식할 수 있게 해주고, 그러한 이유로 큰 사랑을 받아온 육체의 상상적 이미지를 조각내버린다. 카메라는 완벽한 거울로서 작동하기 때문에, 라 마르의 정신적 장치에 저장되어 있던 자신의 이미지들을 용해시켜버린다. 셀룰로이드 위에서는 모든 행동들이 더 어리석게 보이고, 후두에서 귀로 이어지는 골격적 음성 전송을 우회한 테이프 위 목소리에는 어떤 음색도 느껴지지 않으며, "모호하게 범죄적인 얼굴"이 나타나는 (핀천에 따르면 여기에는 누구의 사진도 존재하지 않는) 증명사진 위에서는, "셔터라는 단두대가 떨어짐과 동시에 정권의 카메라가 영혼을 강탈해간다."[111] 이 모든 것은 매체가 거짓말을 해서가 아니라, 오히려 그들의 흔적보존이 거울 단계를 무력하게 만들어버리기 때문이다. 다르게 말하자면, 영혼 그 자체, 즉 그것의 기술적인 개명改名이 라캉의 거울 단계인 바로 그 영혼 말이다. 브로넨 작품에서 스타를 꿈꾸는 신인 배우들도 바로 이것을 경험해야 했다.

"영화는 연약한 영혼을 위한 것이 아니오, 아가씨. [……] 예술 자체가 그렇다오. 만약 당신이 당신의 영혼을 보여주는 것에 많은 가치를 부여한다면 — 참고로 말하자면 아무도 그런 것에는 가치를 두지 않소. 당신의 육체가 훨씬 더 우리 모두의 관심을 끌지요 — 그렇다면 당신에게는 아주 단단하고 하드보일드한 영혼이 있어야 해요. 그렇지 않으면 일이 되지 않을 겁니다. 그러나 나는 당신이 영혼에 대해 작은 암시를 한 것을 가지고 특별히 대단한 장면을 만들려 했다고는 생각하지 않아요. 당신의 영혼에 대해서는 잠시 신경쓰지 말고, 지금은 일이 계속 돌아가도록 놔둬요. 나 역시도 나의 내면적인 것을 끌어들이지 않는 법을 배워야 했지요. 오늘날 나는 영화를 찍습니다. 예전에 나는 시인이었지요."[112]

이것은 매체와 예술의 차이를 이해한, 진영을 이탈하여 반대편으로 가버린 자의 진실된 말이다. 가장 서정적인 단어들로도 육체를 저장할 수는 없다. 영혼, 내면적인 것, 개인 — 이러한 것들은 모두 사실은 아무것도 아닌 것의 효과였으며, 독서의 환상과 일반적인 알파벳주의를 통해 만들어진 것이다. (라캉을 따르자면 알파벳화하여 속이기alphabêtise 말이다.) 뷔히너Georg Büchner의 마지막 낭만적인 코미디극에서 포포 왕국의 페터 왕이 도망간 아들 레옹세를 추적하게 할 때, 작가는 헤센 대공국의 경찰들을 다시 한 번 곤궁에 빠뜨린다. 그들이 가진 것이라고는 한 "사람" "놈" "개인" "범죄자" 등에 대한 "지명수배 전단, 인상착의, 증명서"뿐이었다. "두 발로 걷고, 두 팔을 가졌으며, 거기에 입 하나, 코 하나, 눈 두 개, 귀 두 개를 가졌다. 특이사항: 아주 위험한 개인임."[113]

육체가 저장되어야 할 때 문학은 바로 이 지점까지만 간다. 즉 개인적인 일반성까지 도달하고 그 이상은 갈 수 없다는 것이다. 이것이 바로 괴테의 시대에 독자들에게 문학적 도플갱어들이 처음으로 나타나게 된 근본적인 이유이다. 괴테, 노발리스, 샤미소Adelbert von Chamisso, 뮈세Alfred de Musset의 작품에서 —. 외모가 고정되지 않고 열려 있는 책 속 주인공의 텅 비어 있는 지명수배 전단은, 단순히 글을 읽을 줄 아는 인간이라고 책 속에서 말해지는 독자의, 역시 텅 비어 있는 지명수배 전단과 겹쳐진다.[114]

그러나 1880년에 파리의 신원확인청장 알퐁스 베르티용Alphonse Bertillon은 이 땅의 범죄경찰들에게 자신이 고안한 인체측정 시스템을 선물했다. 한 사람의 인생 동안 대개 그 치수가 유지되는 신체의 11개 부분만 측정하면 시스템에 충분히 정확하게 등록할 수 있다고 여겨졌다. 왜냐하면 이것들만으로도 177,147개의 조합 혹은 개별화가 가능했기 때문이다. 게다가 경찰 문서에 이름, 성, 가명, 나이와 함께 사진 두 장(전면과 측면)이 기록되었다. 상드라르Blaise Cendrars의 작품 속 주인공 모라바진은 1914년 전쟁이 발발하기 3일 전에 이러한 시스템이 문학에 미칠 효과에 대해 추론하고 있다. 그는 지구를 한 바퀴 도는 비행을 시작하는데, 당연히 그것을 필름에 담으려는 계획을 세운다. 카메라맨이 동행을 꺼리자 다음과 같이 비난한다.

"당신이 휴식을 바라고 또 책 속으로 파묻히고 싶어 한다는 것을 잘 압니다…… 당신은 항상 파일 더미에 대해 생각하고, 들여다보고, 조사하고, 비교하고 싶어 하고, 또 머릿속에서 전혀 정리되지 않는 수많은 것들에 대해 메모를 남겨놓고 싶어 하지요. 제발 그러한 것들은 전문적인 경찰기록관에게 맡겨두세요. 이제 인간의 영혼으로 무언가를 할 수 있는 시대는 지났다는 걸 아직도 모르십니까? 베르티용의 서류들이 당신들의 철학 전체보다 더 가치 있다는 사실을요?"[115]

베르티용의 경찰기록보관소와 샤르코의 도상학이라는 형제처럼 닮은 두 개의 저장장치가 철학에서 단 한 명이던 인간을 셀 수 없이 많은 범죄자와 광인으로 조각내버릴 때, 도플갱어에 대한 도플갱어들이 발생한다. 그리고 도플갱어들에게 걸어 다니는 법을 가르치기 위해서는, (모라바진의 경우에서처럼) 정지사진을 자동차화와 영화화의 결합으로 대체하기만 하면 되었다. 다른 사람도 아닌 말라르메가 이미 움직이는 자동차 창문을 통해 내다보는 시선에 대하여, 이동하는 카메라 숏이라고 말하며 칭송한 바 있다.[116] 또한 바로 슈레버가 코스비히의 정신병원에서 존넨슈타인의 정신병원으로 이동하면서, "차 안에서 그리고 드레스덴 역에서 본" 모든 "인간의 형상"을 "놀랍게도 '일시적으로 급조된 사람들'로"[117] 여긴 바 있다. 자동차 시대의 교통 이용자들은 언제나 어떤 경우에도 도플갱어들인 것이다. 도식적이고 연속적이게도.

우리 시대에 움직이는 거울 속 깊은 곳으로부터 출몰하는 형상들은 문학이나 교육과는 더 이상 아무런 관련이 없다. 1886년 에른스트 마흐 교수는 얼마전 버스를 타고 가다가 낯선 이를 보고 "정말 초라하게 생긴 학교 선생님이 차에 탔구나"[118]라고 생각했다고 적고 있다. 위대한 인지이론가조차도 이 낯선 남자를 자신의 거울상으로 동일화하기까지 실질적인 천 분의 몇 초가 필요했던 것이다. 프로이트는 1919년 마흐의 이 언캐니한 조우를 전하면서 이에 상응할 만한 자신의 여행담도 함께 들려주었다.

> 침대차 객실에 혼자 앉아 있었는데, 기차가 심하게 덜컹거리더니 바로 옆 화장실로 통하는 문이 가볍게 흔들리며 열려버렸다. 그러더

니 잠옷 차림의 한 중년 신사가 머리에는 여행용 모자를 쓰고 내 방으로 들어왔다. 처음에는 두 객실 사이에 있는 화장실에 가려다 방향을 착각해서 잘못 들어온 것이라고 여겼다. 그래서 나는 그에게 일러주려고 자리에서 일어났다. 그런데 그 순간 나는 침입자가 어처구니없게도, 중간 연결 문에 달린 거울에 비친 나 자신의 모습이라는 것을 알아차렸다. 나는 아직도 그 형상이 근본적으로 마음에 들지 않았음을 기억한다. 그러니까 우리 둘—나와 마흐—은 도플갱어를 무서워하는 대신 아예 인정하지 않았던 것이다. 그러나 마음에 들지 않았던 그 감정은 그 옛날 우리가 도플갱어를 언캐니하게 여겼던 고대적인 반응의 잔여물이 아닐까?[119]

바르바라 라 마르와 같은 신인 배우들이 겪는 공포는 이론가들 또한 스치고 지나간다. 그들이 모터 달린 교통수단을 타고 시속 백 킬로미터로 달릴 때, 인생은 필연적으로 영화가 된다. 프로이트 박사의 밀실에서 그의 타자가 하차한다. 이처럼 정신분석의 아버지에게 그의 육체 기능을 경고하는 초라한 늙은 남자가 등장했듯이 교수들도 그런 모습으로 베르티용이나 샤르코의 아카이브에 도착한다. 그러나 언캐니의 정신분석은 그 어떤 단어로도 현대의 흔적보존기술[영화]을 건드리지 않는다. 고대적인 반응의 잔여물들을 추적하면서, 프로이트와 랑크는 이동하는 거울들로부터 움직이지 않는 책의 세계를, 그리고 영화와 철도로부터 낭만적인 책의 세계를 만들어낸다. 프로이트는 호프만에게서, 랑크는 샤미소와 뮈세에게서 도플갱어를 해독하고 있는 것이다.

츠베탕 토도로프Tzvetan Todorov는 다음과 같이 지적한다. "환상 문학의 주제들은 지난 50년간 글자 그대로 정신분석 연구의 대상이 되어왔다. 이 자리에서는 예를 들자면, 도플갱어가 이미 프로이트 시대에서부터 고전적인 연구 주제였다는 것을 언급하는 것만으로도 충분할 것이다(오토 랑크의 『도플갱어*Der Dopplegänger*』)."[120]

정신분석은 무의식적인 문자성의 과학으로서, 낭만주의의 독자들이 한때 인쇄된 행간에서 환상적으로 불러냈던 도플갱어와 같은 유령들을 실제로 청산해버린다. 현대적인 이론과 문학에서 "단어들은 사물들이 잃어버렸던 자율성을 획득한다."[121] 그러나 정신분석학이 책의 환상을 "대체했다(그리고 그럼으로써 불필요한 것으로 만들었다)"[122]며 책이 갖고 있던 환상의 죽음에 대해 정신분석에게만 그 책임을 전가시키는 것은 토도로프 문학 이론의 맹점이다. 작가들은 이론과 텍스트가 매체기술의 종속변수라는 사실을 훨씬 더 잘 알고 있다.

"예전의 작가들은, '눈에 보이는' 듯한 효과를 내기 위해 '이미지들'을 사용했다. 오늘날 비유가 풍부한 언어는 시대에 뒤떨어진 먼지투성이일 뿐이다. 그리고 시민들의 집 벽에서 그림들이 사라져버린 것처럼, 기사와 논설, 비평이 실린 페이지에서 그림들이 사라지는 일이 어떻게 일어나게 된 것일까? 내 생각에, 이는 우리가 영화에서 응시로부터 하나의 언어를 발전시켰기 때문이다. 반대로 언어로부터 발전된 응시는 이와는 도무지 경쟁을 할 수가 없다. 마침내 언어는 깨끗하고, 명확하고, 정확해질 것이다."[123]

매체들의 경쟁 속에서 비로소 상징적인 것과 상상적인 것이 서로 분리된다. 프로이트는 학문에서 낭만주의의 언캐니함을 입증했으며, 멜리에스는 오락 산업에서 동일한 작업을 수행했다. 정신

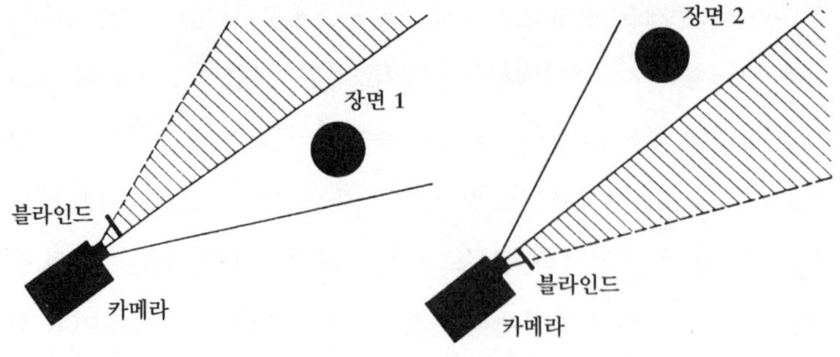

도플갱어 촬영의 도식

분석학이 조각내버렸던 바로 그 환상을 영화는 놀라운 효과로 구현해낸다. 이런 이중의 포위 공격은 이제 그림이 사라진 책들로부터 도플갱어들을 추방시킨다. 그 대신 영화의 스크린 위에서 도플갱어 혹은 도플갱어들의 비더갱어Wiedergänger*들이 영화의 편집기술로서 무의식 이론에 대한 축제를 벌이고 있으며, 그 반대로서도 그러하다.

도플갱어 트릭 그 자체가 매우 언캐니하다. 영화 렌즈의 절반을 검은 블라인드로 가리고, 그러는 동안 배우는 다른 쪽 보이는 부분 속에서 연기한다. 그러고 나서 카메라 위치의 변경 없이 노출된 필름을 다시 감고, 이제는 렌즈의 다른 쪽 절반을 가리고 반대 쪽 보이는 부분에서 연기하는 것이다. 다시 말하면, 멜리에스는 자신의 스톱트릭을 딱 두 번만 동일한 셀룰로이드 필름 위로 불러오기만 하면 되었던 것이다. 멜리에스는 "지적으로 트릭을 적용하여 어딘가 초자연적이며 인공적이거나 초현실적으로 보이는 것들을 눈

* 죽음으로부터 다시 돌아와 떠도는 자들.

1888년 10월 14일부터 1889년 3월 31일까지의 에펠탑

에 보이는 것으로 만들 수 있다"고 설명한다.[124]

이렇게 상상적인 것이 다시 귀환한다. 책 속에서보다 훨씬 더 강력해져서. 그리고 마치 오락 산업에 종사하는 작가를 위해서 만들어진 것처럼 말이다. 한스 하인츠 에버스Hanns Heinz Ewers는 1912년에 다음과 같이 적고 있다.

"나는 토마스 에디슨이 아주 싫다. 모든 발명품 중 가장 끔찍한 것들이 그로부터 나왔기 때문이다—바로 축음기! 그러나 나는 또한 그를 사랑하기도 한다. 그는 환상에서 깨어난 세상에 다시 환상을 돌려주면서 자신의 실수를 모두 만회했기 때문이다—영화를 통해서!"[125]

이것을 매체기술적으로 정확한 문장으로 만들어보면 다음과 같다. 레코드판의 홈이 끔찍한 폐기물들, 즉 육체의 실재를 저장하는 동안에, 극영화는 한 세기 동안 문학이라고 불렸던 모든 환상적인 것과 상상적인 것을 넘겨받는다. 에디슨, 혹은 담론의 붕괴, 소음과 상상 속에서, 이야기와 꿈속에서. (증오와 사랑은 말할 필요도

자신의 연인(그레테 베르거) 옆에서 도플갱어와 마주하게 된
프라하의 학생(파울 베게너). 유대인 묘지

없이.) 이때부터 신낭만주의 작가들은 사랑을 쉽게 성취할 수 있었다. 일 년 뒤에 에버스는 도서관에 있는 모든 책 속의 도플갱어들로부터[126] 「프라하의 학생」의 시나리오를 써낸다. 영화의 트릭 중에서도 최고의 트릭이 (혹은 영화비평의 문체로 다시 쓰자면 "모든 영화의 난제 중 난제가"[127]) 스크린을 점령하게 된 것이다.

에버스의 학생, 게르하르트 하웁트만Gerhart Hauptmann의 유령, 비네의 칼리가리, 린다우Paul Lindau의 타자, 베게너Paul Wegener의 골렘 — 도플갱어의 붐이라고 할 만했다. 책들은 (모세와 무함마드 이래로) 기록 자체를 기록했고, 영화는 영화화를 영화화한다. 예술비평이 여전히 표현주의나 자기준거성에 대해 질문하고 있는 동안, 실제로 상영되고 있었던 것은 매체의 자기광고였던 것이다. 마침내 그들도 또한, 그러니까 교통을 이용하는 사람들과 교수들, 신인 배우들과 범죄자들, 미친 사람들과 정신과의사들은 카메라의 시선이 그들의 일상임을 보게 되었다. 도플갱어 영화는 움직이는 거울의 무의식을 강화시키고, 복제를 복제한다. 브로넨, 나보코프, 마흐, 프로이트가 느꼈던 몇 초의 "충격"[128]을 극영화는 슬로 모션 속의 흔적보존으로 만들어버린다. 50분 동안, 분열과 자살에 이르기까지 프라하의 학생은 어떻게 "'타자'의 끔찍하게도 영원한 형상"[129]이 그를 지켜보고 있는지를 보아야만 한다. '영화극의 영혼'은 발터 블로엠의 주장에도 불구하고 영혼에게 죽음을 가져다준다. 바로 "인간이란," 반으로 나뉘거나 두 개가 되거나 하는 일을 "흔한 일로 치는" "지렁이가 아니기 때문에," "통일성 있는 예술가의 인격이라는 개념"도 깨어져버린다. 인간 혹은 관료 들로부터 피험자가 생겨나기 때문에 광대들도 스타가 된다. 도플갱어의 트릭에서는 "기계장치가 함께 시를 쓴다."[130]

1893년 10월 11일 「타자, 4막의 연극*Der Andere, Schauspiel in vier Aufzügen*」이 뮌헨에서 초연되었다. 파울 린다우의 이 전율극은 1906년에 레클람 출판사의 세계의 도서관 시리즈로 출판되는데, 출판 즉시 뮌헨의 왕립 경찰관리국에 압수되었다. 지금 여기에서는 부득이하게 그 압수된 판본에서 인용하고 있는데, 1913년 2월 15일에 이 '타자 되기'는 모든 도서관으로부터 사라졌기 때문이다. "2000미터"에 이르는, 그리고 "5막"으로 이루어진 『타자*Der Andere*』는 독일에서 최초의 작가주의 영화로 바뀌었다.[131]

고트프리트 벤은 이렇게 적은 바 있다. "파울 린다우와 같은 사람들은 재능과 함께 불멸성 또한 가지고 있다."[132] 그들은 깃털

펜에서 타자기로 옮겨 가고, 이를 통해 영화에 적합한 텍스트를 제시한 최초의 사람들 중 하나였다. (「프라하의 학생」의 시나리오도 역시 타자기로 쓰여진 원고였다.)[133] 그들은 영혼에서 기계장치로 옮겨 갔고, 이를 통해 영화에 적합한 소재, 즉 도플갱어를 제공한 최초의 사람들 중 하나였다. 린다우, 에버스와 함께 독일에서 영화는 사회적으로도 적합한 것이 되었다.

다만 린다우의 주인공인 법학 박사 할러스는 여전히 시대의 기준에 도달하지 못했다. 이 시대의 기준은 시적-영화적인 공정함을 단순히 복제를 통해 그에게 보상해주었다. 시효가 지난 관료 정신을 철폐하기 위해서 할러스는 (하이드 박사나 프라하의 학생처럼) 우선 제목에 나와 있는 타자가 되어야만 했다. 영화는 늦은 밤에 이 검사가 최후의 남자 비서들 중 한 명에게 「범죄예방학이 조명한 의지력의 부재Die Unfreiheit des Willens im Lichte der Kriminalistik」라는 글을 속기로 받아쓰게 하는 장면으로 시작된다. 린다우의 타자기 외에도 그에게는 지금 모든 정신의학적 지식이 결여되어 있다. 최면, 암시, 히스테리, 무의식, 인격 분열 — "지성에 관한 이폴리트 텐의 연구"[134] 이후 유효하게 된 이 모든 개념들을 한 국가 관료가 다시 사용하지 못하게 만들고자 하는 것이다.

> 할러스: (받아쓰게 하며) 이것은 최종적으로 어디에 이르게 될 것인가? 범죄자가 모든 중대한 사건에서 판사의 처벌을 모면하기 위해 간단히 전문의를 소환하는 데 이르게 될 것이다…… 의학이라는 것이 사법기관에 대해 준엄한 대립점에 놓이게 되는 것…… 우리는 그러한 의심스러운 일을 주의해야만 한다…… (중단하며) 아니, 다

음과 같이 적으시오! 그러한 극도로 위험한 잘못된 가르침에 대해 주의해야만 한다! (잠시 쉼. 책상 앞에 놓여 있는 의자 뒤로 갔다가 자신도 모르게 점차 변론조로 빠져든다.) 우리는 도덕적인 자기결정의 의식, 자신의 행동에 대한 개인의 책임의식을 흔들어버리면 안 됩니다, 잘못 이해된 실제 적용을 통해서…… (중단하며) 내가 방금 뭐라고 했지요?

작은 남자: (강조 없이 읽는다) 우리는 도덕적인 자기결정의 의식, 자신의 행동에 대한 개인의 책임의식을 흔들어버리면 안 됩니다……

할러스: (기억이 돌아온다) 나로서는 이렇게 얘기해도 상관없는데, 매우 명민하나 반대로 극도로 논란의 여지가 있는 증명의 잘못 이해된 실제 적용을 통하여…… 이론적인 증명의…… 우리는 우리 법원의 심리로부터 '의지력의 부재'를 가능한 한 몰아내야 합니다![135]

이에 대한 반증이 프로이트적인 실수와 함께 시작하며 4장 전체를 가득 채우게 되는 고도의 수사학적 배치라고 할 수 있다. 할러스의 말실수는 이미 그가 하는 구술과 (린다우에서 폴 발레리에 이르기까지 모든 비서들이 가진 축음기 기능과 같은[136]) 기계적인 복제 과정에서 완전히 무의미해지게 된 변론을 부인하고 있다. 푸코라 할지라도 역사적 변화를 이보다 더 냉소적으로 묘사하지는 못했을 것이다. 사법기관은 의학에 권한을 양도하고, 법은 (그의 관료적인 매체인 문자와 함께) 원래 모두 매체기술이기도 한 다수의 생명공학에 권한을 넘겨준다. 같은 해에 판사회의 의장이었던 슈레버는 드레스덴의 상급재판소의 결정에 따라 정신병원의 담장 뒤로 사라져버린다.* 정신과의사들이 "공모"하여, 그가 "사법관으로서의 사명을 수행하는 데 실패했다"고 했기 때문인데, "이 사명은 신경과 전문의라는 직업과 마찬가지로 신과 보다 가까운 관계로 인도하는 것이다."[137]

그렇게 할러스 또한 받아쓰기를 위한 구술을 중단한다. 왜냐하면 "신경이 병적으로 과열되어"[138] 긴급히 "최초로 신경과 전문의이자 동시에 정신과의사이기도 한 전문의의 진단"[139]이 필요했기 때문이다.

펠더만 교수가 밤중에 왕진을 오게 되고, 그는 인격 분열이 아니라 과거 병력에서 기인한 증세라고 환자를 납득시키며, 다음과 같은 진단을 내린다. "둔중하고 누르는 듯한 두통"은 "지난 가을" "할러스가 말에서 낙상"한 일로 소급된다는 것이다.[140] 「범죄예방학의 조명」 속에서는 터부로 남아 있던 무언가가 귀요의 「기억과 포노그래프」의 새로운 조명 속에서는 시대적인 자명성으로 바뀐다. 의식과 기억은 상호 배타적이다. 그의 뇌 속 엔그램engram** 깊은 곳에서 자유의지의 사제는 무의식의 독재자를 따른다.

일들은 그렇게 되어야 하는 대로 흘러가기 마련이다. 사법관

* 다니엘 파울 슈레버는 독일 판사회의 의장직을 수행하다가 환각망상 증세가 발병하여 정신병원으로 옮겨지며, 이곳에서 자신의 병력을 수기로 남긴다. 이 수기는 1903년 『회상록*Denkwürdigkeiten*』(국내 번역본: 『한 신경병자의 회상록』)이라는 제목으로 출판되었는데, 프로이트는 이 책을 바탕으로 1911년 「자전적으로 기술된 파라노이아의 증례에 관한 정신분석학적 고찰」이라는 논문을 발표한다.

** 1921년 독일의 신경학자 리하르트 제몬Richard Semon이 만든 용어. 하나의 사건이 살아 있는 생명체에 남긴 흔적으로, 이 흔적은 기억하면서 활성화된다.

으로서의 의식이 부인하는 것을 신체가 실행한다. 타자가 등장하는 것이다. (슈레버의 경우에서처럼 여성 타자일 수도 있다. 판사회의 의장 자리를 차지하고 있는, "동침할 때 밑에 깔려 있는 한 여성" 말이다.)[141] 할러스는 검사로서 잠이 들지만, 이는 범죄자로서 즉시 다시 깨어나기 위함이다. 그의 움직임은 "자동인형과 같아지고,"[142] "부자연스러우며" "마치 자신의 의지에 반해 움직이듯 발이 질질 끌리고 무거워진다."[143] 따라서 타자는 (칼리가리의 경우처럼) 다시 한 번 동일한 사람이지만, 이번 경우엔 영화기술의 피험자로서 그렇다. 한 "침입자"[144]가 그 관리를, 아니 한 인간을 점령하고, 매우 개연성 있게도 베를린의 사기꾼들과 함께 할러스 자기 자신의 빌라를 침입할 계획을 짠다. 정신분열증자의 사법관 인격이 "내가 더 이상 내가 아니"[145]라는 것을 단지 희미하게만 깨닫고 있는 동안, 범죄자 인격은 야훼신의 전능한 성구 "나는…… 나이니라"[146]를 과시한다. 아잠Etienne Eugène Azam의 펠리다 박사와 바그너의 쿤드리 이후 모든 인격 분열의 경우에서처럼 무의식적 지식은 의식적인 지식을 침식하며, 그 반대는 성립하지 않는다.[147] 그의 타자는 공범들과 함께 할러스의 빌라를 알아내고 약탈한다. 그동안 (두 번째의 수면 이후 다시 돌아온) 검사는 이 공범들을 심문하면서 의도하지 않은 희극을 생산해낸다. 펠더만 교수의 정신의학이 투입되고서야 비로소 그는 시대적인 학문의 수준에 도달하게 되며, 공직과 관련된 모든 자유의지를 포기한다. 행복한 결말. 할러스가 한 시민계급 소녀에게 눈인사를 하며 끝을 맺으니 더욱 그렇다.

그러나 자승自乘적인 침입자, 그러니까 사법관의 인격과 그의 빌라 양쪽 모두를 침범한 이자는 시민계급의 소녀 대신 불명예스럽게 해고당한 그녀의 하녀(혹은 린다우가 몇 년만 글을 늦게 썼더라도 타이피스트가 되었을 것이다)를 사랑한다. 1900년의 관료 제국은 에로틱하면서도 범죄적으로, 여성적이면서도 남성적으로 자신의 모든 이면들과 도플갱어를 꿈꾸고 있는 것이다. 그러나 이 꿈은 영화와 인체측정학 사이의 정확히 한가운데 위치하고 있다. 웨이트리스인 아말리에가 갖고 있는 한 장의 사진이 할러스의 이중생활의 양면을 접속하는 유일한 증거이다. 그는 범법자로서 이 사진을 손에 넣고, 검사로 변신한 후 그의 재킷 주머니 안에서 이를 다시 발견하는데, 이로써 밤사이 연인의 신원을 (베르티용을 자유롭게 해석해서) 확인할 수 있게 된다. 그러나 첫번째의 변신에 앞서, 펠더만이 의학적 소견을 검증할 때 이 사진은 이미 상상 속에서 모습을 드러낸다.

펠더만: 꿈을 꾸고 계십니까?

할러스: 예.

펠더만: 무엇에 대한 꿈이지요?

할러스: (주저하면서) 불쾌한 것이요. 내 꿈이 일종의 연속체를 형성하는 듯이 여겨집니다. 마치 내가 더 자주 동일한 환경으로 돌아오는 듯하고요.

펠더만: 그것이 어떤 환경인데요?

할러스: 아주 정확하게 기억이 나진 않습니다. (더 낮은 목소리로) 내가 언제나 보는 것은…… 무언가 붉은 것…… 불빛…… 무언가 (벽난로를 가리키며) 저기 벽난로 안 불꽃 같은…… 그리고 붉은 조명 속에 (더 낮게) 한 여성의 머리……

펠더만: 한 여성의 머리라……

할러스: 항상 같은…… 또한 붉은 머리카락을 가진…… 마치 빨간 분필로 그린 것처럼…… 그 소녀의 얼굴이 깨어 있는 상태에서도 계속해서 나를 따라다녀요. 그러나 내가 그것을 분명하게 그려내려 하자마자, 그것은 산산이 흩어져버려 다시 짜맞출 수 없어요. 그녀를 한 번만 더 만난다면, 그녀의 사진을 청해야겠어요.

펠더만: (그에게 몸을 더 가까이 향하여 주의 깊게 관찰하며) 방금 뭐라고 하셨지요?

할러스: 그 얼굴이 붉은빛에 둘러싸여 언제나 내 눈앞에 떠다니는 것, 그리고 그것을 붙잡을 수 없다는 것이 나에게는 불편한 일이라고요.

펠더만: 물론 그 점은 십분 이해합니다. 그러나 당신이 꿈에서 완성한, 꿈 이미지 속 사진에 대하여 깨어 있는 상태에서도 기대한다는 것이 이해가 되지 않습니다.[148]

내면의 극장에서의 상영은 실제 영화가 도입되기 2년 전부터 이미 존재했던 것이다. 때문에 작가였던 린다우는 어렵지 않게 재빨리 영화의 진영으로 넘어갈 수 있었다. 프로이트나 랑크에게서 그랬듯, 꿈은 영화이고, 그 반대도 마찬가지다. 꿈속에서도 카메라 셔터를 누르기 위해서는 할러스처럼 신경질환을 앓기만 하면 된다. 랑크가 "극영화의 그림자처럼 도주하는 이미지들" 앞에서 포기하고 다시 문학을 하게 된 것과는 다르게 말이다. 광기는 단지 운동학과 관상학에서만 영화적인 것이 아니다. 영화는 자신의 심리학적 메커니즘을 스스로 완수한다.

이것이 바로 뮌스터베르크가 통찰한 바였다. 1916년 뉴욕에서 『극영화: 심리학적 연구*The Photoplay: A Psychological Study*』라는 극영화에 대한 얇고, 혁명적이고, 지금은 잊혀진 이론을 담고 있는 책이 출판되었다. 정신과의사들이 계속해서 움직임의 병리학에 머물러 있고, 정신분석학자들이 계속해서 영화를 소비하고 책으로 다시 번역하는 동안, 하버드 대학 심리학 실험실의 책임자는 단순한 소비와 사용을 넘어서고 있었던 것이다. 그의 미국에서의 명성에 화답해 뉴욕의 스튜디오들은 그에게 문호를 개방했다. 따라서 그는 제작자의 입장에서도 주장을 펼칠 수 있었고, 영화와 중추신경계의 결속이라는 근본적 차원에서도 주장을 펼칠 수 있었다. 이것이 바로 랑크와 뮌스터베르크, 정신분석과 정신공학Psychotechnik의 차이점이다.

뮌스터베르크가 만든 용어인 정신공학은 영혼의 학문을 실험적인 배열의 시도로 묘사한다. 1914년에 출판된 『정신공학의 개요*Die Grundzüge der Psychotechnik*』는 700쪽에 걸쳐 실험심리학이 집대성한 결과들을 실행 가능한 것으로 전환시킨다. 분트Wilhelm Wundt가 이끄는 라이프치히에서 선구적으로 시작되어, 뮌스터베르크가 캠브리지와 매사추세츠에까지 도입한 것이 엘리트적인 실험실을 다음과 같은 관점에서 청산해버린다. 바로 일상 그 자체가, 그러니까 직장생활에서부터 여가 시간까지 일상 그 자체가 이미 하나의 실험실이 되어버렸다는 것이다. 소위 인간이라는 것의 (듣고,

말하고, 읽고, 쓰는) 운동성과 감각적 활동을 상상할 수 있는 모든 극단적인 조건 아래에서 측정할 수 있게 된 이후로, 그 어떠한 것도 인간공학적 혁명에 방해가 되지 못했다. 2차 산업혁명은 지식으로 침투한다. 정신공학은 모든 정신적 장치는 기술적인 장치이며 그 반대도 마찬가지라는 이유를 대며 심리학과 매체기술을 접속한다. 컨베이어벨트를 사용한 대량생산 작업, 사무실 데이터 관리 작업, 전투 훈련에 관한 연구에 있어 뮌스터베르크는 역사를 새로 썼다.

그의 이론은 또한 (아직 할리우드로 이주하기 이전의) 영화 스튜디오들 속으로 파고 들어갔다. 패러데이 이후로 광학적 환영의 연구에 투입되었던 것을, 지식은 촬영기술과 영화 트릭으로부터 단지 다시 이끌어냈을 뿐이다. 이러한 방향 전환의 결과, 영화기술은 (귀요에게 있어서의 축음기와 매우 흡사하게) 영혼에 대한 모델 그 자체로 승격된다. 처음에는 철학으로서, 그리고 마지막에는 정신공학으로서.

1907년 출간된 베르그손의 『창조적 진화*Évolution créatrice*』는 "인지, 오성, 언어"와 같은 철학의 근본적 작용이 생성의 과정을 포착하는 데 실패한다는 주장에서 그 절정을 이룬다. "생성 과정에 대해서 생각하거나, 말하거나 혹은 인지할 때, 우리가 할 수 있는 것은 일종의 내면의 영화를 작동시키는 것 외에는 아무것도 없다. 우리의 일상적 인식의 메커니즘은 영화기술적인 천성을 가지고 있다." 즉 변화를 그 자체로서 기록하는 대신 "스쳐 지나가는 현실의 순간적 사진을 찍고," 그러고 나서 — 영화처럼 "인위적으로 재구성된" — 하나의 움직임에 대한 환상을 전달한다.[149] 그것이 생리학적으로 무슨 개별적인 의미가 있는지 말하는 것은 철학자 베르그손을 뛰어넘는 일이다. 베르그손은 영화 또한 역사적인 차이를 가정한다는 것만 언급했다. 고대의 지식에서, "시간은 분리되지 않는 수많은 시기들을 포함하고 있는데, 이것은 우리의 자연적인 인지와 언어가 그 안에서는 연속적인 사건들과 분리되어 있는 것만큼 그렇다." 그와는 반대로 현대의 학문은, 그 기초를 놓았던 머이브리지가 그랬던 것처럼, 모든 시간을 미세하게 쪼개 (미분의 모범을 따라) 고립시키고, "그것을 모두 동일한 단계에 위치시킨다. 그렇기 때문에, 말 한 마리가 뛰어가는 것은 임의적으로 수없이 늘어나는 연속적인 배열로 분열된다." 한때 그 말이 "파르테논 신전의 상단을 장식한 조각"의 형상으로 "단 하나의 자세로 모아져서 그 특권적인 순간을 뽐내며 계속 시대 전체를 비추는"[150] 것 대신에 말이다.

베르그손이 예술에서 매체로의 이러한 급격한 방향 전환을 되돌리려고 한 것은 아니었다. 하지만 그의 생철학은 생성을 그 자체로 인식하는 것을 꿈꾸는바, 고대나 현대의 인식기술은 그러하지 못했다는 것이다. 이러한 인식은 영화기술이 만들어내는 환상으로부터 영혼을 해방시킨다.

정신공학은 이와는 반대로 진행된다. 뮌스터베르크의 스틸컷들의 연속은, 그러니까 베르그손에게서는 의식의 영화기술적 환상이었던 그것은, 움직임이라는 인상을 불러일으킬 수 없다. 또한 영화에 잔상과 스트로보스코프 효과가 필수적인 건 사실이지만, 그렇다고 이것이 영화의 충분조건은 될 수 없다. 실험적이고 형태심리학적인 많은 조사 결과들은 오히려 — 베르그손에 반대하여 — 움직임에 대한 인지가 "독립적인 경험"으로서 발생된다는 것을 증명하고 있다.[151] "눈은 실제적인 움직임에 대한 인상을 수신하지 않는다. 단지 움직임에 대한 암시만 도착하는 가운데, 움직임이라는 개념은 아주 높은 정도에 이르기까지 우리 자신이 만들어내는 반응의 산물이다. [……] 연극이 상영되는 극장은 주관적인 부가물 없이도 공간감과 움직임을 가진다. 영화 스크린은 이 두 가지를 모두 갖고 있지만, 갖고 있지 않기도 하다. 사물이 멀리 떨어진 거리에서 움직이는 것을 보면서, 우리는 수신하는 것 이상을 만들어낸다. 즉, 우리는 우리의 정신적 메커니즘을 통해서 공간감과 연속성을 창조하고 있는 것이다."[152]

주관적인 것과 기술을 접속시키는 지점에 있어서만큼은 뮌스터베르크보다 주관적으로 영화를 규정한 사람은 없다. 영화관은 매일의 일상적인 조건 속에서 중추신경계의 무의식적인 과정을 드러내는 심리적인 실험이다. 그와는 반대로 뮌스터베르크가 (바첼 린지Vachel Lindsay를 이어받아[153]) 대체로 반례로 인용하고 있는 전통적인 예술은 항상 인지가 작동하고 있음을 전제한다. 그것의 메커니즘과는 유희하지 않고 말이다. 전통적인 예술은 그들이 모방하고 있는 외부 세계의 조건 속에 놓여 있는데, 그것은 바로 "공간, 시간, 인과성"[154]이다. 다른 한편으로, 뮌스터베르크는 새로운 매체는 미학적으로 완전히 독립적이며, 연극을 모방할 필요가 없음을 증명하는데, 이는 새로운 매체가 현실을 심리적 메커니즘으로 구성함을 의미한다. 영화는 모사품이 되기보다, "주의집중, 기억, 상상, 감정"[155]이 무의식적으로 수행하고 있는 것을 중단하지 않고 계속해서 되풀이한다. 세계 예술사에서 최초로 하나의 매체가 신경학적인 데이터 흐름을 스스로 완수하는 것이다. 예술이 상징적인 것의 질서 혹은 사물의 질서를 가공해왔던 반면에, 영화는 관객들에게 관객 자신들의 고유한 인지 과정을 보내고 있는 것이다. 그것도 의식도 언어도 아닌 실험만이 가능했던 정밀함으로 말이다.

영화 스튜디오를 향해 가던 뮌스터베르크의 발걸음은 보상을 받았다. 그의 정신공학은, 정신분석 같은 것들이 영화와 꿈 사이의 유사성을 가정하기만 했던 것과는 달리, 극영화의 트릭을 무의식적 메커니즘을 가진 각 개인에게로 귀속시킬 수 있었다. 주의집중, 기억, 상상, 감정 — 이것들 모두는 각각 기술적인 상대 개념을 갖는다.

이러한 분석은 자명하게도 주의집중에서부터 시작하는데, 왜냐하면 매체의 시대는 주어진 상황을 애초에 신호-잡음 비율을 통해 정의하기 때문이다. "환경이 주는 인상들의 카오스로부터 선별을 통해 비로소 실제 경험의 우주가 만들어지며,"[156] 이러한 선별은 내부에서 보면 의식적일 수도 무의식적일 수도 있다. 그러나 의식적인 선별은 관객을 매체의 힘으로부터 분리시키기 때문에, 이것은 고려되지 않는 채 남는다. 중요한 것은 다양한 예술들이 무의식적인 주의집중을 조정할 수 있는지와, 따라서 우리 영혼의 입력장치에 의해 작동될 수 있는지에 대한 것이며, 그럴 수 있다면 어떻게 할 수 있는지에 대한 것이다."[157]

> 무대 위 배우의 손동작이 우리의 관심을 사로잡으면, 우리는 더 이상 전체 장면을 바라보지 않는다. 우리는 단지 주인공의 손가락이 그것으로 범죄를 저지르게 될 권총을 움켜쥐고 있는 것만을 본다. 우리의 주의력은 그의 손이 보여주는 열정적인 연기에 집중된다. [……] 손의 세부가 점점 더 드러나는 동안, 다른 것들은 전부 전체

의 흐릿한 배경 속으로 가라앉는다. 우리가 더 오래 시선을 고정할 수록 그 손은 더 명확해지고 선명해진다. 이 한 지점으로부터 우리의 감정이 솟아나고, 우리의 감정은 다시금 감각을 이 한 지점에 고정시킨다. 사건이 고동치는 동안 마치 한 손이 장면 전체인 것처럼 모든 것이 진행되고, 나머지 다른 것들은 차차 사라져 없어진다. 그러나 무대 위에서 이것은 불가능하다. 무대 위에서는 아무것도 실제로 사라지지 않는다. 이 극적인 손은 결국에는 전체 무대 공간의 단지 만 분의 일로 남아 있어야 하며, 다시 말하자면 아주 작은 디테일로 남게 되는 것이다. 주인공의 전신, 다른 등장인물들, 전체 공간, 그 안의 무심한 의자와 탁자는 계속해서 우리의 감각을 괴롭힌다. 우리가 주의를 기울이지 않는 것이 갑자기 무대에서 제거될 수는 없다. 모든 필수적인 변화들은 우리 스스로의 의식에 의해서 수행되어야 한다. 인지된 손은 의식 속에서 더 커지고, 이를 둘러싼 환경은 점차 흐릿해져야 한다. 그러나 무대는 우리들을 도울 수가 없다. 여기에서 연극 예술은 한계를 가진다.

바로 이 지점에서 극영화의 예술이 시작된다. 열에 들떠 무기를 붙잡은 그 신경질적인 손은, 숨을 한두 번 내쉬는 가운데 갑자기 확대될 수 있고, 완전히 단독으로 스크린 위에 나타날 수 있는데, 이때 다른 모든 것은 정말로 어둠 속으로 사라져버린다. 우리의 영혼 안에서 일어나는 주의집중의 행동은 주변 환경 자체를 변형시킨다. [……] 극영화 제작자의 언어에서는 이것이 클로즈업이다. 클로즈업은 우리의 인지 세계에서 정신적 행위인 주의집중을 객관화시켰고, 그럼으로써 예술은 모든 연극의 힘을 훨씬 뛰어넘는 하나의 방법이 더해져 그만큼 풍부해진다.[158]

우리가 오래전에 가지고 있었으나 지금은 잃어버린 참을성 있는 시선을 뮌스터베르크가 별다른 이유 없이 권총으로 향하고 있는 것은 아니다. 영화의 태동기에 권총의 회전탄창이 있었다. 그 회전탄창이 다시 클로즈업되어 나타난다면, 영화는 무의식적인 동시에 기술적인 메커니즘을 영화화하는 셈이 된다. 클로즈업이 단지 주의집중의 "객관화"이기만 한 것은 아니다. 반대로 주의집중 자체가 장치의 인터페이스로 등장한다.

이것은 뮌스터베르크가 고찰하는 모든 종류의 무의식적 메커니즘에 유효하다. 모든 시간 예술들이 가장 진부한 부분까지도 과거의 사건들을 저장하는 것을 전제하는 반면, "연극은 우리의 기억에 이러한 회상을 단지 암시할 뿐이다." — 즉 다시 말하면, 그러고 나서 "우리의 기억 재료들이 표상들에 대한 이미지를 생산해야" 한다는 것이다.[159] 반면 영화인들의 "은어"와 실제 기법 중 컷백 혹은 플래시백이라고 불리는 것이 있는데, 이것은 "우리의 기억 기능을 실질적으로 객관화한다."[160] 이는 무의식적 기대로서의 상상에도, 그리고 일반적인 연상에도 해당된다. 영화 몽타주는 과거 방향으로의 지시와 미래 방향으로의 지시 외에도 "끝없이 이어지는 그 사이의 연결들로 이루어진, 다양한 병렬 흐름들"[161] 또한 지배한다. 뮌스터베르크가 무의식적으로 이어 쓰고 있는 벨라 발라즈Béla Balàz의 영화 이론에 따르면, 무의식적 과정은 "말을 통해서는 — 그것은 의사의 말일 수도 있고, 시인의 말일 수도 있는데 — 이미지의 몽타주처럼 그렇게 눈앞에 그려낼 수 없다. 무엇보다도 몽타주의 리듬이 연상 과정의 원래 속도를 재현할 수 있기 때문이다. (묘사된 것을 읽는 것은 이미지를 지각하는 것보다 훨씬 오래 걸린다.)"[162]

그러나 문학 또한 불가능한 것을 시도한다. 뮌스터베르크에 따르면 영화가 문학의 힘을 끝없이 넘어서고 또한 "초월한다"고 해도 말이다. 슈니츨러Arthur Schnitzler의 소설들은 축음기적인 실시간 안에서 연상 과정을 시뮬레이션하며,[163] 마이링크Gustav Meyrink의 소설들은 영화적인 실시간 안에서 동일한 작업을 수행한다. 1915년에 도플갱어 소설 『골렘*Der Golem*』이 에버스와 린다우의 영화적 성공에 대한 명백한 경쟁 관계 속에서 출판되었는데, 이 소설은 영화의 시뮬레이션인 동시에 뮌스터베르크 이론을 예감하며 선취하는 작업이기도 했다. 마이링크의 액자소설은 이름 없는 화자 '나'에서 시작하여, 반수면 상태의 연상 작용 속에서 액자 속 이야기의 도플갱어로 변신한다. 마치 플래시백 장면인 것처럼 이 페르나스라는 인물은 오래전 폐허가 된 프라하의 게토에 등장하는데, 바로 골렘을 만나기 위해서이다. 골렘은 매우 분명하게 페르나스의 "네거티브"[164]라고 불린다. 도플갱어의 도플갱어. 이러한 반영과 연상, 변신의 반복은 영화의 기술을 그대로 따른 것으로, 그 결과 마이링크의 액자소설은 소설이 오래 간직해온 과거시제를 희생시킨다. 『중력의 무지개』 이후에야 비로소 소설이 연상의 흐름과 영화화가 수월할 현재시제로 이루어진 게 아니었던 것이다.

해석을 의미 없게 만들어버리는 것, 그것이 바로 마이링크의 텍스트 시작 부분을 시나리오로 바꾸어 쓰도록 유도한다. 여기서 『골렘』의 제1장(액자 속 이야기)을 한 번 더 살펴보면, 이 텍스트는 두 개의 열로 나뉘어 있는데, 한쪽에는 뮌스터베르크적인 카메라 지시사항이 적혀 있다.

잠	
	달빛이 내 침대 발치에 떨어져, 그곳에 아주 크고, 밝으며, 평평한 돌처럼 놓여 있다.
꿈으로 오버랩	보름달이 형태를 줄이며 그 왼쪽 면이 이울기 시작하는—세월이 얼굴을 스치고 간 것처럼, 우선 한쪽 뺨에 주름이 나타나고 쇠약해진다—밤의 시간에 우울하고 고통스러운 불안이 나를 장악한다. 나는 잠이 들지도 않고 깨지도 않는다. 이러한 반수면 상태에서 내 영혼 속에서는 직접 경험한 것들이 읽은 것, 들은 것 들과 섞여버린다. 마치 제 나름의 선명함과 색깔을 가진 것들이 하나로 합쳐져 흐르는 것처럼. 나는 눕기 전에 고타마 붓다의 일생에 대해 읽었다. 그리고 그 문장은 내 감각을 통해 수천 번의 변화된 버전으로 늘 처음부터 다시 시작된다.
중간 자막 (텍스트 페이드인)	“까마귀 한 마리가 돌 쪽으로 날아갔다. 그 돌은 마치 한 조각의 지방 덩어리처럼 보였고, 그래서 생각했다. 아마도 이건 뭔가 아주 맛있는 것이겠지. 그러고 나서 그 까마귀는 그곳에서 아무것도 맛있는 것을 찾지 못했기 때문에, 계속해서 날아간다. 돌에 가까이 갔던 까마귀처럼 우리는 고행자였던 고타마를 떠난다. 왜냐하면 우리가 그에 대한 호의를 잃어버렸기 때문이다.”

클로즈업 (=주의집중)	그리고 마치 한 조각 지방 덩어리처럼 보였던 돌의 이미지는 나의 뇌 속에서 괴물스러운 것으로 자라난다.
카메라 이동	나는 말라버린 강바닥을 걸으며 매끈한 조약돌을 주워 든다.
근접 촬영	드문드문 반짝이는 먼지에 덮여 있는 회색과 청색의 조약돌들. 이에 대해 나는 이리저리 궁리해보고 또 궁리해보았지만, 이것으로 무엇을 해야 할지 알 수 없다—그다음, 유황색의 반점이 있는 검은 조약돌들. 이것들은 마치 얼룩 있는 꿈뜬 도롱뇽을 만들어보고자 한 어린아이의 시도가 잘못되어 돌로 변해버린 것만 같다.
(=무의식적인 주의집중)	그리고 나는 그것들을 나로부터 멀리 던져버리고 싶다, 그 조약돌들, 그러나 그것들은 계속 내 손으로부터 아래로 떨어지고, 나는 그 조약돌들을 내 시야에서 제거해버릴 수가 없다.
플래시백 (=무의식적인 기억)	언젠가 내 인생에서 중요한 역할을 했던 이 모든 돌들이 나를 둥글게 둘러싸며 떠오른다. 많은 것들이 모래로부터 빛으로 나아가기 위해 어려움을 겪는다—마치 다시 밀물이 들어왔을 때, 석판색의 커다란 가재처럼—그리고 마치 그들이 나에게 무한히 중요한 무언가를 말해주기 위해서 내 시선을 자신들에게 돌리는 일에 모든 것을 걸고 있는 것처럼 보인다.
페이딩	나머지 것들은—지쳐서—힘없이 그들의 구멍 속

으로 들어가고 말하는 것을 포기해버린다.

일상으로의 오버랩	때때로 나는 반쯤 꿈꾸는 듯한 흐릿한 상태에서 깨어나 이불이 뒤엉켜 있는 발치에 마치 크고, 밝으며, 평평한 돌처럼 자리한 달빛을 다시 잠깐 동안 바라본다. 내 사라져가고 있는 의식 뒤편에서 눈이 먼 채 새로이 더듬어보기 위하여, 나를 괴롭히는 이 돌을 쉼 없이 찾으면서 —이 돌은 나의 기억의 파편 속 어디엔가 숨어 있음이 틀림없으며 한 조각의 지방 덩어리처럼 보이는 것이다. [……] 그리고 그것이 어떻게 진행되었는지 나는 알 수 없다. 내가 자발적으로 모든 저항을 포기했는가 혹은 그들이 나를 압도하고 재갈을 물렸는가, 나의 기억이여? 단지 내가 아는 것은 내 몸이 수면 상태로 침대에 누워 있으며, 나의 감각은 분리되어 더 이상 몸과 결합되어 있지 않다는 것이다— 여기에서 "나"는 누구인가, 나는 갑자기 질문하고 싶어진다. 그때 나는 이에 대해 질문을 할 수 있는 어떠한 기관도 더 이상 소유하고 있지 않다는 것이 생각났다. 이제 나는 그 멍청한 목소리들이 다시 깨어나 그 돌과 지방 덩어리에 대해서 새로이 끝없는 심문을 시작하는 것이 두렵다.
페이드아웃 (도플갱어로)	그래서 나는 몸을 돌려버린다.[165]

『골렘』은 영화로서, 더 정확하게는 무성영화로서 시작한다. 오로지 영화만이 다음과 같은 것들을 가능하게 한다. 광기의 전체 메커니즘을 드러내고, 연쇄적인 연상 작용이 실시간으로 일어나게 하고, 침대 발치에 있는 은유적인 돌로부터 연속적으로 도플갱어가 있는 게토의 실제 돌에 도달하는 일. ("나"로부터의 전향 직후, 페르나스는 액자 속 소설의 1인칭 인물로서 자신의 인생사를 과거 시제로 이야기하기 시작한다.)

그리고 오로지 무성영화만이, 소설 1인칭 화자가 가진 모든 발성기관을 약탈할 것을 명령할 수 있다. 성찰적인 질문의 자리에 신경학적으로 순수한 데이터의 흐름이 들어서는데, 이것은 눈의 망막에서 항상 발생하던 영화였다. 전능에 이르게 된 광학적 환영은 신체를 범람하고, 분리하고, 마침내는 타자로 만들 수 있다. 액자 속 이야기에서 소설의 1인칭 인물의 대리인들인 페르나스와 골렘은 셀룰로이드 환영의 양화와 음화인 것이다.

의식이 희미해지는 것fading은…… 단지 영화 트릭 시퀀스로서 그러한 것이다.

"이러한 전환 속에서 우리가 가진 심리장치가 그 모습을 드러낸다"고 발라즈가 적고 있는바, "만약 사람들이 특정한 이미지를 사용하지 않고도 오버랩하고, 왜곡하고, 서로서로를 카피할 수 있다면, 그러니까 사람들이 기술을 공회전하도록 놔둘 수 있다면, 그렇다면 이 '기술 그 자체'는 그 자체 정신이 표현하게 될 것이다."[166]

그러나 뮌스터베르크가 보여주는 바와 같이, 영화의 트릭으로 만드는 전환 안에서 심리장치의 전환은 정신 그 자체에 매우 치명적이다. 수학 방정식은 좌항에 따라서도 또 우항에 따라서도 해

답을 구할 수 있지만 말이다. 이미 정신공학이라는 명칭은 실험심리학적 영화 이론이 곧 매체기술적 심리학과 동일함을 보여주고 있다. 『골렘』에서는, 프루스트가 사랑했던 무의지적인 추억souvenir involontaire은 플래시백으로, 주의집중의 선별은 클로즈업으로, 연상 작용은 컷으로 바뀌게 된다. 이전에는 단지 인간의 실험 속에서만 존재했던 무의식적 메커니즘은 이제 사람들에게 작별을 고한다. 죽어버린 영혼의 도플갱어로서 영화를 만드는 스튜디오에 거주하기 위해서 말이다. 카메라 삼각대나 근육 조직으로서의 골렘, 셀룰로이드나 망막으로서의 골렘, 플래시백이나 랜덤 액서스 메모리RAM로서의 골렘……

그러나 골렘은 마이링크의 소설이나 베게너의 영화 안에서만이 아니라, 어디서나 원격 조정되는 무기 정도의 지적 수준을 갖는다. 그들은 조건부 점프 명령으로 프로그래밍할 수 있는데, 다시 말하자면 우선 모든 가능한 것을 실행하기 위하여, 그리고 두번째로는 괴테가 칭송했던 무한 루프Endlosschleifen의 위험에 대응하기 위하여 그렇다. 정확히 그렇기 때문에 영화는—뮌스터베르크의 명쾌한 표현에 따르면—“모든 꿈을 현실로”[167] 만든다. 1800년경에 창작이라는 이름 아래 자신의 기만 불가능성을 칭송했던 주체의 모든 역사적 속성은 1900년경부터는 골렘들을 통하여, 즉 이 전환된 주체들을 통하여 대체 가능하게 되거나 기만 가능하게 되었다. 그리고 그 무엇보다도 시적 속성으로서의 꿈도 그렇게 되었다.

바로 낭만주의 시대의 소설, 노발리스의 『하인리히 폰 오프터딩엔*Heinrich von Ofterdingen*』은 작품 속 주인공이 시인이 되는 과정을 매체기술적으로 정확하게 프로그램화하고 있다. 도서관 판타지와 단어들의 꿈으로 말이다. 오프터딩엔은 마치 우연처럼 저자의 이름도 제목도 없지만, "한 시인의 놀랍고도 아름다운 운명이 적혀 있는," 삽화가 포함된 친필 원고를 발견하게 된다.[168] 그 책에 담긴 작은 그림들은 "기이하게도 아주 낯익었는데, 자세히 들여다보니 여러 인물들 속에서 자기 자신의 형상을 매우 잘 알아볼 수 있었다. 그는 깜짝 놀랐고, 꿈을 꾸고 있다고 생각했다."[169] — 꿈의 기적은 시스템에 필수적인 것이었다. 1801년에 신인 작가 모집은 이제 문학적으로 모호한 도플갱어를 경유하여 진행되었으며, 그러는 가운데 책을 사랑하는 독자는 마찬가지로 저장 불가능한 그들의 "형상"을 인식(혹은 오인)할 수 있었다. 그리고 또한 오프터딩엔은 그가 발견한 책의 저자와 주인공 역할에 익숙해지기로 즉각 결심한다.

이야기와 꿈의 혼동은 이미 소설이 시작될 때부터 프로그램화된 것이다. 그곳에서 오프터딩엔은 지금까지 그 누구도 본 적이 없고 들은 적도 없던 "푸른 꽃"에 대한 어떤 이방인의 "이야기"를 엿듣는다. 그러나 막 시인이 되기로 한 주인공이 광학적-음향적 환상 속에서 단어들을 마법적으로 만들어내야 했기 때문에, 오프터딩엔은 곧 잠이 들고 꿈속으로 가라앉는다. 시적인 놀라움은 사라지지 않는다. 단어들로부터 표상이 나오고 표상으로부터 한 주체가 나오며, 이 주체는 오프터딩엔의 미래의 연인이다.

> 걷잡을 수 없는 큰 힘으로 그를 [꿈속에서] 이끈 것은, 샘 바로 옆에 높게 자라 피어 있는 밝은 푸른색의 꽃이었다. 반짝이는 커다란 꽃잎들이 그를 스쳤다. 푸른 꽃 주위에는 온갖 색깔의 꽃들이 수없이 피어 있었고, 근사한 향기가 공기를 가득 채우고 있었다. 그는 푸

> 른 꽃 외에는 아무것도 보이지 않았으며, 그 꽃을 이루 말할 수 없는 애정을 가지고 오랫동안 관찰했다. 마침내 그 꽃에 가까이 다가가려 하자, 갑자기 꽃이 움직이면서 그 모습이 변하기 시작했다. 이파리들은 더 반짝이며 자라나는 줄기에 자리잡았고, 꽃은 그에게로 몸을 기울였다. 그리고 꽃잎들은 푸른색의 옷깃을 활짝 펼쳤는데, 그 안에는 한 상냥한 얼굴이 있었다.[170]

어떤 말도, 어떤 책도, 어떤 시인도 여성이 무엇인지에 대해서는 쓸 수 없다. 바로 그렇기 때문에 괴테 시대에는 시적인 꿈들이 이를 대신해야 했는데, 이들은 심리적 트릭을 사용하여 "꽃"이라는 단어로부터 한 이상적인 여성을, 그리고 이를 통하여 시인 또한 생산해냈다. 그렇지만 이러한 주체 혹은 알파벳 문자의 내면적인 연극을 트릭 영화는 (뮌스터베르크의 통찰에 의하면) 완벽하게 만듦과 동시에 불필요하게도 만들어버렸다.

> 어떤 극장도 그러한 놀라운 일을 시도하지 못했다. 그러나 카메라에게 이는 그리 어려운 일이 아니다. 풍부한 예술적 효과들이 보장되었고, 동화가 무대에서 상연될 경우에는 창조해내기 어렵고 그런다 해도 어설프기 짝이 없지만, 영화에서는 실제로 남성이 야수로, 꽃이 여성으로 변화하는 것을 볼 수 있다. 전문가들이 고안해내는 영화의 트릭에는 한계가 없다. 다이빙 선수가 거꾸로 서서 물속에서 도약대로 점프해 오른다. 마술처럼 보이지만, 실은 카메라맨이 단순히 필름을 되감고 반대 방향으로 재생했을 뿐이다. 모든 꿈들은 현실이 된다.[171]

달의 반점을 돌로 바꾸거나 혹은 꽃에서 소녀를 만드는 매체는 어떠한 심리학도 더 이상 허용하지 않는다. 동일한 종류의 기계적 완벽함 안에서, 꽃으로부터 또한 소위 자아를 생성해낼 수 있다. 라캉의 이론은 정확히 이러한 주장을 펼치고 있다고 말할 수 있는데, 그것은 반反심리학으로서 동시대의 기술적인 발전과 궤를 같이 한다. 한때 작가 혹은 천재의 최고의 창작으로 찬미되었던, 문자와 숫자로 이루어진 상징계는—이제 계산 기계의 세계가 되었다. 한때 철학적 명제 혹은 더 나아가 "깨달음"의 대상이었던, 문자와 숫자의 우연적 연속 안에 존재하는 실재계는—신호처리장치(그리고 미래의 정신분석가) 외에는 접근이 불가능한 것이 되었다. 마지막으로 예전에 영혼의 깊숙한 곳에서 나왔고 영혼의 꿈이던 상상계는—단순한 광학적 트릭이 된다.

『꿈의 해석*Traumdeutung*』에서 프로이트는 "우리는 영혼의 실행에 복무하는 기구를 복잡한 현미경이나 사진 촬영 기구 혹은 그런 것과 비슷한 종류로 상상해야 한다는 실증주의적인 요구"[172]에 따르고 있다. 라캉의 상상계 이론은 그러한 모델을 실제로 "물질화"[173]하려는 시도이다. 그 때문에 프로이트의 살페트리에르 병원 시절에 억압되었던 것, 바로 영화가 다시 정신분석으로 회귀한다. 라캉의 광학적 장치들은 단지 영화의 트릭으로만 가능한 복잡성을 가진다. 한 발 한 발 그것들은, 어린아이에게 감각적-운동적으로 완전한 이미지를 최초로, 그러나 기만적으로 이끌어내는 단순한

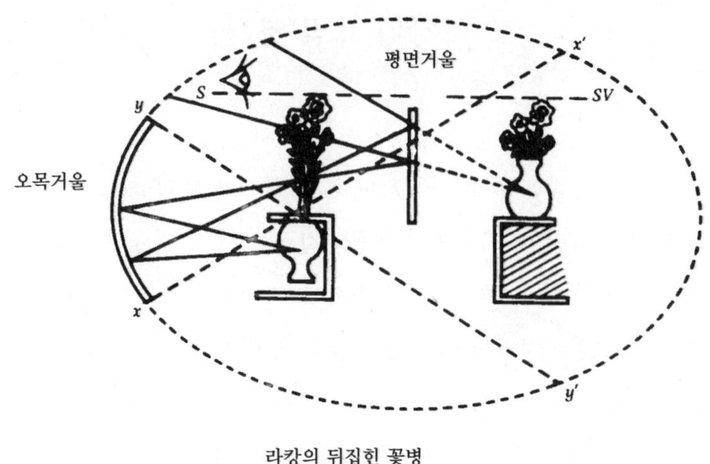

라캉의 뒤집힌 꽃병

거울과 인식(혹은 오인)을 뛰어넘어 나아간다.

부아세Henri Bouasse가 1934년 출간한 『측광*Photometrie*』을 따라, 오목거울이 숨겨져 있는 꽃병의 실제 이미지를 같은 방 안에 투사하면, 실제 꽃들에 의해 x와 y 사이에 숨겨진 꽃병이 있음을 예측할 수 있다. 그러나 포물선체로부터 나오는 광학적 빛줄기가 눈에 대하여 수직으로 세워져 있는 평면경을 통해 비껴나가게 되면, 놀랍게도 꽃으로 가득한 꽃병은 주체 S에게 자기 자신의, 그러나 단지 가상적인 거울상 SV와 함께 나타난다. "바로 그것이 인간에게서도 발생한다." 인간은 일차적으로 현실의 총합을, 미리 형성되어 있는 한정된 수의 틀 안에서 조직하고,"[174] 그러고 나서 가상적인 도플갱어와의 동일시를 통해 살아간다. 나르시시즘은 복제된다.

그러나 라캉은 이러한 광학적 트릭을 부아세의 과학에서 가지고 올 필요가 없었다. 늘 안경 없는 입체영화를 꿈꾸어온 영화의 선구자들이 상당히 유사한 장치를 만들어냈기 때문이다. 독일 영화

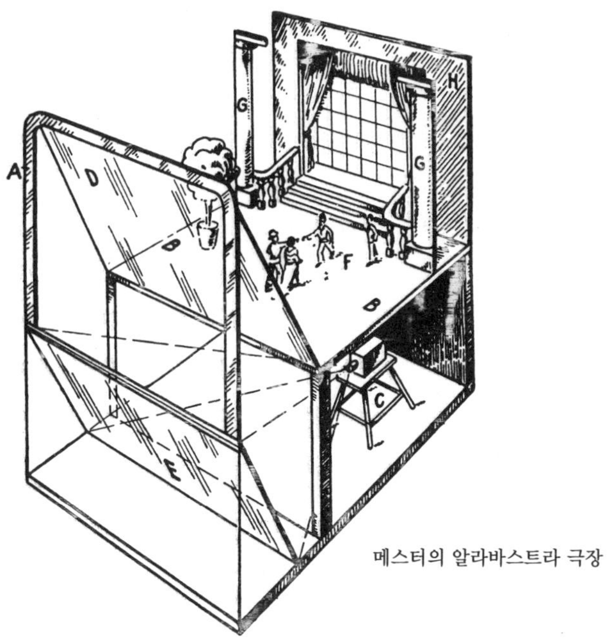

메스터의 알라바스트라 극장

산업의 창립자이자 제1차 세계대전 시기 전방의 사진 촬영과 영화 촬영의 책임자였던[175] 오스카 메스터Oskar Messter는 1910년 베를린 사람들에게 알라바스트라 극장을 선보였다.

그는 부아세/라캉의 오목거울을 영화영사기 C로 대체했는데, 이것은 오목거울과 완전히 동일한 기능을 했다. 메스터의 렌즈들은 영화배우들의 실제 이미지를 투사했는데, 영화배우들은 모든 매체에서 오직 검은 배경 앞에서만 연기해야 했다. 이것은 개방된 무대 A 아래쪽에 있는 스크린 E 위에 위치한 것이었다. 그렇지만 관객들은 이 화면으로부터 오로지 가상적인 이미지만을 보았는데, 그 이미지는 평면거울 B가 반사한 것이다. 그 결과, 촬영된 무용수들이 알라바스트라 극장 무대에 실제 출현해 삼차원에서 움직이는 것처럼 보였다.[176]

"앞으로," 라캉은 그의 세미나 참석자들에게 다음과 같이 말했다. 이는 알라바스트라 극장의 관객을 향한 말이기도 했다. "여러분은 여러분이 상상하기 힘들 정도로 훨씬 더 많아질 겁니다. 현미경에서부터 라디오, 텔레비전에 이르기까지 모든 종류의 소형 전자기기 및 도구의 주체들[혹은 노예들]이 당신 현존재의 기본 요소가 될 것입니다."[177]

여기에서 빠진 것은 단지, 평면거울 B가 정신분석가가 되고 그리고 그를 소유한 언어가 원격 조종을 통해[178] 평면거울을 90도 회전시켜, 그 결과 주체 S가 상징계를 위해 자신의 모든 상상적 도플갱어를 희생하기에 이른다는 것이다. 그렇게 하여 세 개의 차원 혹은 매체들—장미라는 이름의 아무것도 아님, 영화의 환영, 그리고 담론—이 기술적으로 완전히 분리되었다. 정신분석의 끝은 이인증離人症, Depersonalisation인 것이다.[179]

이에 걸맞게도 라캉은 자신의 저서 제목을 모두 매체 시스템에서의 위치로 표기한 최초의 (그리고 최후의) 저자가 되었다. 저술은 『에크리*Écrits*』, 세미나는 『세미나*Le Séminaire*』, 라디오 인터뷰는 『라디오방송*Radiophonie*』, TV 방송은 『텔레비전*Télévision*』이라는 제목을 달고 있다.

매체연합 접속: 광학, 음향학, 기계적 글쓰기

매체기술의 분화는 동시에 상호 연결된 회로의 가능성을 열어주었다. 광학, 음향학, 활자에 대한 저장장치가 분리되고, 기계화되고, 활용되고 난 후에야 서로 다른 데이터의 흐름이 다시 합쳐질 수 있었다. 생리학적으로 해체되고 물리학적으로 재구성된 중앙신경체계는 부활의 축배를 든다. 다만 골렘들로 만들어진 골렘으로서.

늦어도 제1차 세계대전 이후 매체기술의 중심이 정보의 저장으로부터 정보의 송신으로 넘어가자, 그러한 재조합이 프로그램에 포함된다. 유성영화는 광학과 음향학을 저장의 영역에서 연결하고, 얼마 지나지 않아 텔레비전이 송신의 영역에서 연결했다. 그러는 동안 텍스트 저장장치인 타자기는 일종의 관료주의적인 배경에서 언제나 존재하지만 비가시적인 것으로 남게 되었다. 라캉의 마지막 세미나들은 모두 실재계, 상징계, 상상계의 결합 가능성 및 연결 가능성을 중심에 두고 그 주위를 회전한다.

그렇지만 엔지니어들은 매체연합의 접속을 이미 계획하고 있었다. 소리부터 빛까지 모든 것은 인간의 개입 없이 측정 가능한 시간 안의 파동이나 주파수라는 사실은 신호처리를 개별 매체로부터 독립적으로 만들어준다. 에디슨은 1894년에 키네토스코프의 발명에 대해 기술할 때, 이러한 점을 매우 분명히 인식하고 있었다. "1887년에 다음과 같은 아이디어가 떠올랐다. 그것은 포노그래프가 귀에 작용하는 것과 마찬가지로, 눈에 작용하는 기계를 고안해 보자는 것이었다. 그러니까 이 두 기계를 결합하면 모든 동작과 소리를 동시에 기록하고 재생할 수 있는 그런 것 말이다."[180]

포노그래프에 대한 추가 기계로서의 영화 — 이론적으로 이것은 일차원과 이차원의 신호처리 과정 사이의 시스템 차이보다는 단순히 저장의 작업에만 적합한 것이었다. 그러나 실행에 있어서는 이 유사점들이 어떠한 결과들을 이끌어냈다. 에디슨의 '블랙 메리'는 최초의 영화 스튜디오였는데, 여기에서는 소리와 동작, 포노그래프의 흔적과 키네토스코프의 흔적을 동시에 녹화할 수 있었다. 그러므로 유성영화는 무성영화보다 시대적으로 앞선 것이다. 데이터 흐름을 동시에 맞추는 것만이 문제였다. 광학적 영역에서는 텔레비전의 경우 나중에 초당 수백만 화소로 늘려야 했던 일정한 시간 간격의 스캐닝을 통해 모든 것이 진행되었던 반면, 청각적 영역에서는 연속적인 시간과의 유사성을 통해 진행되었다. 결과적으로, 프랑스 연대의 행진에서와 마찬가지로 동시 작동의 문제가 발생했는데, 드므니의 경우보다 더 해결하기 어려웠다. 그것이 바로 에디슨의 계획에서 주인 노예 관계가 전복되어, 영화가 시간에 대한 통제 가능성으로 인해 선두의 자리를 넘겨받게 된 이유이다. 대중매체 연구에서도 영화에 대해서는 수없이 많은 연구서들이 존재하고 축음기에 대해서는 연구 수가 매우 적다는 사실이 이를 뒤따른다.

그러나 순수한 무성영화란 거의 존재한 바가 없다. 매체가 아직 접속의 문제를 가지고 있었던 그 틈새를 인간이라는 인터페이스가 점유한다. 큰 장과 놀이기구, 서커스의 모든 모퉁이로부터 음향적인 반주가 등장했다. 이야기와 음악 연주로. 「사랑의 죽음Der Liebestod」이나 「발퀴레의 비행Der Walkürenritt」과 같은 바그너의 작품들은 애초에 영화음악으로 작곡되었음이 바그너 사후에 증명되었다. 처음에는 피아노 독주 연주자들이나 풍금 연주자들이, 그리고 1919년 이후부터는 대도시에서 악단 전체가 이미지와 소리의 동시성을 위하여 고군분투했다. 1913년에 데사우에서 도이블러Theodor Däubler와 핀투스, 베르펠Franz Werfel, 하젠클레버

Walter Hasenclever, 에렌슈타인Albert Ehrenstein, 체흐Zech, 라스커-슐러Else Lasker-Schüler와 같은 작가들이 「글레인 부인의 모험Das Abenteuer der Lady Glane」을 보았을 때, "빈약하게 배경음악으로 들어간 서툰 피아노 소리"가, "요란한 작센 사투리로 사건의 진행에 대해 코멘트를 하는 변사의 목소리 때문에 그나마 들리지 않게 되었다. '안개 낀 밤에 마, 내는 글레인 부인을 본데이……'"[181] 작센 사투리가 진보적인 지식인들에게 불러일으킨 불쾌감은 그들이 『영화책』을 쓰는 원동력이 되었다. 그것은 "오래 지속된, 광범위한 토론을 촉발시켰는데, 토론의 대상은, 영화에만 고유한 기술인 움직이는 이미지라는 새롭고 끝없는 가능성을 사용하려 하지 않고, 언어 및 고정된 무대와 결합되어 있는 연극, 혹은 단어로 표현하는 소설을 그저 모방하려고만 했던 당시 젊은 무성영화의 잘못된 공명심이었다. 그리고 [핀투스는] 다음과 같은 질문을 제기했다. 우리들이 각자 영화 대본을 쓰라고 요구받는다면 과연 무엇을 생산하게 될 것인가."[182]

그러므로 핀투스와 그의 동지들은 동시대 기술의 핸디캡을 미학으로 바꾸어 기술한 셈이다. 그들의 『영화책』이 영화 산업에 (그다지 성공적이지 않게) 제공했던 문학적 영화 대본들에서는 소리, 언어, 그리고 심지어는 중간 자막까지 포괄적으로 금지되어 있었다. 작가가 사용하는 종이라는 매체에서와 마찬가지로, 무성영화라는 매체에서도 모토가 된 것은 재료에 대한 순수성이었다. (『영화책』 자체가 영화와 책, 양자의 결합이었다는 사실을 핀투스는 놓치고 있다.) 초기의 영화 분석은 상이한 저장 매체로의 분화가 마치 이론적인 상승을 불러일으킨다는 듯이 모든 초점을 무성영화의 예술지상주의l'art pour l'art에 맞추고 있다. 블로엠에 따르면, "소리 없음을 중단하는 것은, 영화극이 단순한 현실을 묘사하는 데만 전적으로 몰두하는 것으로부터 지켜주는 최후이자 가장 중심이 되는 장벽을 무너뜨리는 일이다. 고삐 풀린 리얼리즘은 심지어 가장 보잘 것 없는 영화라 할지라도 지니고 있던 양식화의 마지막 잔여물마저 모두 쓸어내버린다."[183] 심지어는 뮌스터베르크의 정신공학조차도 영화와 포노그래프의 매체연합에서 비록 기술적으로는 아니지만 미학적으로는 풀 수 없는 문제들을 지적하고 있다. "만약 극영화의 시각적인 순수함이 파괴된다면, 극영화는 승리하는 게 아니라 패배할 것이다. 우리가 동시에 보고 듣는다면, 실제의 연극에 더 가까워질 테지만, 그것은 우리의 목표가 연극의 모방일 경우에만 바람직하다. 그러나 목표가 그러하다면, 지금 공연되고 있는 연극에 대한 최고의 모방이라 할지라도 연극에 대해 한참 뒤떨어져 있게 될 것이다. 극영화가 하나의 독자적인 예술이라는 점을 우리가 분명하게 인식하는 순간, 발화되는 단어들의 저장은 매우 성가신 일이 될 것이다. 마치 대리석 조각의 옷에 색깔을 입히는 것처럼 말이다."[184]

그러한 이론들에서 "유성영화라는 기술적 발명은 마치 하나의 대재앙처럼 밀려들어온다." 발라즈는 무성영화의 시대가 저물어가던 1930년, "시각적 표현을 기반으로 하는 풍부한 문화 전체가 위험에 처한 것"으로 보았다.[185] 국제예술가회원 및 독일음악가연합, 즉 무성영화 극장의 인간적인 인터페이스들은 그를 따랐으며, 노동 분쟁에 있어서는 더 멀리 나아갔다. 뮌스터베르크의 주장을 뒤집어 그들은 전단지를 만들었던 것이다. "관객들이여!" "유성영화는 인상된 가격으로 형편없이 저장된 연극일 뿐입니다!"[186]

단어 예술로서의 문학, 연극으로서의 연극, 영화적인 것으로서의 영화, 방송으로서의 라디오—이 모든 20년대의 구호들은 진격해오는 매체연합 시스템에 대항하는 방어의 전선이었다. "그 앞에 놓여 있는 기술적 재료에 대한, 예술가의 자발적인 절제—이것이 그의 예술에서 객관적이고 변하지 않으며 적합한 양식을 만들어준다."[187] 영화적인 것과 방송적인 것은, 말라르메의 모델을 엄격하게 따르자면, 예술지상주의를 또한 광학과 음향학으로도 운반해와야 했다. 그러나 라디오 예술인 라디오드라마는 대중매체연합인 텔레비전이 등장하고 나서야 비로소 자신의 수명을 다한 것은 아니다. 이미 그것의 탄생으로부터, 재료에 대한 순수성이 요구했던 것처럼 모든 광학으로부터 그렇게 독립적인 것이 아니었기 때문이다. "꿈처럼 다채롭고, 빠르게 흐르며, 갑자기 뒤바뀌는 이미지의 매우 빠른 연속과 단축, 오버랩—속도 면에서는—이미지의 변화 면에서는 페이드인, 페이드아웃, 페이드오버, 클로즈업과 함께" 초기의 라디오드라마는 "의식적으로 영화의 기술을 라디오방송으로 옮겨 왔다."[188]

소리에서 이미지로, 축음기에서 영화로 가는 거꾸로 된 길은 덜 의식적으로, 어쩌면 완전히 무의식적으로 이루어졌다. 그러나 전기로 작동하는 전송 매체인 라디오로부터 음반이 나온 다음에야 레이온 소녀는 비로소 그녀의 인생을 "영화처럼 쓸 것"이라고 결심한다. 브로넨의 할리우드 소설에서 바르바라 라 마르는, 그녀를 장차 영화 스타로 만들어줄 모든 움직임들을 우선 첫번째로 레코드플레이어에서 배운다. "우리는 축음기를 가지고 있고, 그것이

전부다. 나는 여기에 맞추어 자주 춤을 춘다. 그러나 나는 대도시들에 대하여, 바리에테 쇼나 여자 가수들에 대하여, 또 영화들과 할리우드에 대하여 그 이상은 아는 바가 없다."[189] 무엇이 이 레코드플레이어를 (다른 어떤 곳에서는 또한 재즈 밴드들을) 여성의 육체에 기술적으로 동시화하는 일에 초대하는가. 사랑의 행위에,[190] 스트립쇼의 발명에,[191] 스크린 테스트를 받는 동안에[192] 등등. 내일의 영화 스타인 바르바라 라 마르는 음향적으로 미리 프로그램되어 있었던 것이다.

노벨상을 받은 두 명의 통속 작가, 헤르만 헤세Hermann Hesse와 토마스 만Thomas Mann은 이 잘 알려진 길을 따른다. 유성영화의 도입 직전, 영화에 축음기를 접속한 연합은 최고의 광고 수단이었다. 특히 그들이 환상의 영역에 머물러 있었을 때 그러했다. 헤세의 『황야의 이리*Steppenwolf*』는 "마술 극장"에서 그 절정을 이루는데, 이 마술 극장은 라디오-레코드판을 기반으로 광학적 환각을 만들어내는 영화관에 대한 명백한 교양시민적 대체물이었다. 벨과 클라크의 최초의 전화기에서처럼 죽은 육체에 속한 "귓바퀴"의 "창백하고 차가운 기운"으로부터, 헨델의 음악이 "기관지의 가래 끓는 소리와 껌 씹는 소리가 뒤섞인 가운데" 울려 퍼지는데, "그것은 축음기의 소유자와 라디오의 정기회원들이 음악이라고 부르기로 합의를 봤던 그것이다." 그러나 바로 이 음악이 문화비판적인 과잉으로서 모차르트의 광학적 환각을 등장시키는바, 그의 음악 해석은 소비자로 하여금 전적으로 매체를 통하여 헨델 음악의 영원한 가치를 경청하도록 권유한다.[193] 작곡가들의 유성영화가 시작될 수 있었던 것이다.

1927년경 "뛰어난 베를린의 사업가" 한 명이 토마스 만에게 『마의 산*Der Zauberberg*』의 영화화 계획을 제안했을 때, 토마스 만은 이미 영화로 만들어진 『부덴브로크가의 사람들*Buddenbrooks*』을 떠올렸다. 때문에 "이것은" 그에게 "놀랄 만한 일이 아니었다." 뤼미에르 형제가 영화 상영을 선보인 1895년 12월 28일 이래 영화화의 불가능성은 문학의 확실한 기준이 되었다. 통속 소설로부터 "무엇을 만들 수 있을지," 이를테면 "「눈雪」 장으로부터, 그리고 여기에 담긴 지중해식의 인간의 꿈꾸는 얼굴로부터!"[194] 인간의 꿈꾸는 얼굴은, 그것이 기상학적인 눈雪을 통해 만들어졌든 혹은 단지 같은 이름의 인공가루를 통해 만들어졌든 간에, 거울 단계의 연출이며 따라서 처음부터 영화였다.[195]

앞서 언급된 [꿈꾸는 얼굴을 한] 인간은 분열증을 피한 이후에 폐렴 요양원에서 그의 경력을 쌓는다. 『마의 산』은 이미 입체경과 만화경, 그리고 오락적 목적으로 강등된 마레의 영화 촬영 실린더를 사용할 수 있었다.[196] 하지만 마지막 부분에서 소위 기술자였던 카스토르프는 제1차 세계대전이 발발해 참호로 가기 직전에 폴리힘미아 상표의 최신 축음기를 얻게 되는데, 이것을 그는 "즐거우면서도 영혼의 무게가 실려 예술가적으로 향유할 수 있는, 흘러넘치는 풍요의 뿔"로 취급했다.[197] 비록 언제나 그렇듯이 병리학이 다시 한 번 미래 기술을 대신하게 되었음에도, 자기광고의 기회가 재빨리 뒤이어 나타난다. 요양원의 정신분석가와 심령론자는 카스토르프의 죽은 사촌의 영혼을 불러내는 데 성공하지 못한다. 축음기의 관리자가 매우 그럴듯한 착상에 이르기 전까지는 말이다. 영혼은 축음기로 그가 가장 좋아했던 유행가를 재생하고 나서야 나타난다.[198] 매체연합이 이 영혼을 유성영화의 재현을 통해 증명한 것이다.『마의 산』의 영화화를 방해할 것은 이제 없었다.

고도의 기술 조건 속에서도 괴테를 연기하고 있는[199] 통속 작가들 또한, 그리고 바로 그들이 통속 작가이기 때문에, 괴테의 "소녀를 위한 글쓰기"[200]로는 더 이상 충분하지 않다는 사실을 잘 알고 있다.『마의 산』의 여인들은 모두 마을의 영화관으로 넘어가버렸고, 그것은 "상스럽고 교양 없는 그들의 얼굴을 기쁨으로 일그러지게 만들었다."[201]

그것 또한 하나의 매체연합이지만, 그것은 일상적이고, 크게 주목할 만한 것이 아니며, 노벨상 수상자의 위신에는 미치지 못하는 것이다. 1880년 이래로 문학은 단순히 다음과 같은 이유로 소녀들을 위해 쓸 수 있는 것이 아니게 되었다. 소녀들 스스로가 썼기 때문이다. 그녀들은 더 이상 여성 독자로서 시적인 행간에서 얼굴과 소리의 환각을 만들어내는 일에 몰두하지 않는다. 왜냐하면 그녀들은 저녁에는 유성영화를 보기 위해 앉아 있고 낮에는 타자기 앞에 앉아 있기 때문이다. 심지어『마의 산』에는 "상업 중심지"처럼 "여성 타이피스트"가 있는 "제대로 정돈된 작은 회계사무실"[202]이 있었다.

영화와 축음기의 매체연합은 문학을 근본적으로 제외시킨다. 잡지 편집자이자 독일공산당KPD 당원이었던 루돌프 브라우네Rudolf Braune는 1929년『프랑크푸르트 자이퉁*Frankfurter Zeitung*』의 문예란에 독자에 대한 경험에서 얻은 사회학 에세이를 게재했다.「그녀들은 무엇을 읽는가Was sie lesen」라는 질문 형식의 제목 아래 브라우네는 세 명의 "속기 타이피스트"들을 괴롭혔고, 공공

발터 루트만, 「베를린: 대도시의 교향곡」

의 경악을 불러 일으킨 대답을 얻어냈다. 콜레트Sidonie-Gabrielle Collette, 강호퍼Ludwig Ganghofer, 에드거 윌리스Edgar Wallace, 헤르만 헤세…… 브라우네의 필사적인 시도, 그러니까 세 명의 사무원들에게 계급의식에 충실하게 사무원 소설에 대해 흥미를 가지도록 하는 시도조차 성공하지 못했다. 그러는 사이에 5주가 지나갔고, 1929년 5월 26일 타이피스트들은 전력을 보강했다. 이름을 밝히지 않은 그녀들의 동료 한 명이 독자편지를 통해 『프랑크푸르트 자이퉁』의 편집자와 독자들에게 현대의 여성들이 그들과 무엇이 다른지를 기술, 혹은 타이핑했던 것이다.

> 만약 우리 속기 타이피스트들이 별로 읽지 않는다면, 그리고 상당수는 전혀 읽지 않는다면, 당신은 그 이유가 무엇인지 아세요? 그 이유는 우리가 밤마다 너무 피곤하며 과로했기 때문이고, 우리가 여덟 시간 동안 들어야 했던 타자기의 덜컥거리는 소리가 여전히 저녁 내내 귓가에 울리기 때문이고, 우리가 듣거나 읽어야 했던 단어들 하나하나가 그 후로도 몇 시간 동안이나 해체된 철자들로 남아 있기 때문이에요. 이것이 바로 우리가 저녁에는 영화관에 가거나 늘 함께하는 친구들과 산책을 가거나 하면서 시간을 보내는 이유예요.[203]

사회적인 참여의식을 가진 자가 문학의 수용 혹은 비수용에 대하여 사회학적인 개념틀을 사용하여 질문하고 있는 곳에서 피험자들은 기술적인 개념틀을 사용하여 대답하고 있다. 가로 세로의 조판으로 표준화된 활자체의 출력물을 얻기 위해서, 입력물을 개별 철자들로 해체시키는 타자기 같은 생산 도구는 또한 수용의 역사적인 형식들도 결정한다. 밴드 패스 필터*처럼 선별적으로, 기계는 한편으로는 책 혹은 담화 사이에, 다른 한편으로는 눈 혹은 귀 사이에 등장한다. 결과적으로, 속기 타이피스트들에게는 언어는 어떠한 의미도 저장하거나 전달하지 않으며, 단지 매체의 소화하기 어려운 물질성만을 저장하고 전달하는데, 언어가 바로 이 매체이다. 매일 밤마다 극영화 – 연속체가, 불연속기계가 낮 동안 여자 비서들에게 가하는 상처를 치료해주어야 한다. 상징계와 상상계의 결합.

새로운 매체연합은 문학을 제외시키지만, 그럼에도 불구하고 글로 쓰여진 채로 존재한다. 결코 영화화되지 못한 영화 시나리오의 형태로. 핀투스의 『영화책』은 영화관과 책, 타자기를 다룬, 인쇄된 형태의 분명한 글이다.

리하르트 A. 베르만, 『서정시와 타자기』(1913)

가무잡잡한 갈색 피부를 가진 한 작은 타이피스트 소녀가, 매우 인기 있는 영화관을 떠나 집으로 돌아오는 길에, 미소를 짓고 있는 그녀의 남자친구에게 다음과 같이 어떤 영화에 대해 설명했을 것이다:

그러니까 그 영화는 우리 속기 타이피스트들이 얼마나 중요

* 특정한 음역대만 통과시키는 주파수 대역 필터.

한지를 분명하게 보여주는 그런 영화였어. 우리, 그러니까 너희들의 시를 받아 적는, 그렇지만 또 자주 너희들이 시를 쓰도록 만들기도 하는 우리 말이야. 영화에서는 무엇보다도 너희들이 우리가 없으면 어떻게 되는지를 볼 수 있어. 너희 중의 한 명이 — 머리는 길고 넥타이를 높게 맨, 그럴 만한 이유는 없지만 자부심이 가득한 — 아무튼 그런 사람이 자기 집 책상 앞에 앉아서 크고 기다란 펜대를 씹고 있어. 아마도 그 외에는 먹을 것이 별로 없었을지도 몰라. 아니면 왜 그러겠어? 그 남자가 대체 일을 하고 있는 것이긴 할까? 그는 신경이 날카로워져서 방 안을 이리저리 돌아다녀. 그는 우스꽝스럽게 구겨진 종이 위에 시를 한 구절 써. 그러고는 거울 앞에 서서 그 시를 낭독해보고는 스스로 감탄하지. 매우 만족해서 안락의자에 몸을 기대. 그는 다시 일어나고 계속해서 펜대를 씹어대지. 이제는 아무것도 더는 떠오르지 않는 거야. 그는 화가 잔뜩 나서 그 종이를 찢어버려. 누가 그를 본다면, 뚜렷한 성과가 없어서 제대로 진가를 인정받지 못한 사람이라고 여길지도 몰라. 그는 낭만적인 외투를 걸치고 서둘러 문학카페로 들어가. 때는 여름이고, 그래서 바깥 테라스에 앉아. 그때 그녀가 지나가는 거야 — 완벽한 금발에 에너지로 가득 찬 뮤즈. 그는 급하게 종업원을 부르고 밀크커피를 외상으로 달아둔다고 엄숙하게 말해. 그는 뮤즈를 급하게 쫓아가. 그녀는 지하철을 타. 그에겐 다행히도 아직 10페니히가 남아 있어 지하철을 따라 타지. 지하철이 역을 출발할 때 그는 그녀에게 말을 걸지만, 그녀는 그런 방식을 받아들이는 여자가 아니었고, 그가 그러거나 말거나 내버려두지. 그래도 그는 뭐, 그녀를 계속해서 쫓아가. 그녀는 건물로 들어가서 승강기 열쇠를 꺼내 승강기를 타고는 위로 올라가. 그는 미친 듯이 계단을 뛰어 올라가서 그녀가 막 방문을 닫을 때 위층에 도착하는 거야. 방문에는 간판 하나가 자랑스레 걸려 있어.

미니 팁 타자기 사무실 문학작품 전사 받아쓰기

벨이 울리고 문이 열려. 미니 팁은 이미 다시 성실하게 타자기 앞에 앉아 있어. 그녀는 그를 쫓아내려 하지만, 그가 주장하길, 그는 고객이며 구술하기를 원한다고 해. 그는 자세를 가다듬고 말을 하지. "나의 소녀여, 나는 당신을 사랑합니다!" 그녀가 타이핑을 하고, 그리고 그 글자들은 하얀색 벽 위로 읽을 수 있게 나타나. 그러나 그녀는 그의 발에다 파지를 던지고는, 다시 자리에 앉아 타이핑을 하지. "나는 한가한 산책자를 위한 시간은 없어요. 전사할 문학작품이 있을 때 다시 오세요. 아듀!"

글쎄, 그가 그런 고상한 미덕에 대항해 무엇을 할 수 있겠어? 그는 풀이 죽어서 집으로 돌아와 거울 앞에서 절망하지. 그는 종이를, 아주 많은 종이를 꺼내 들고, 그리고 이제 그 위에 시를 쓰고 싶어 해. 하지만 그는 단지 펜대를 씹을 뿐이고 펜대는 짧아지지. 그는 그의 악명 높은 안락의자에 누워. 그때 그에게 미니의 모습이 나타나 — 그녀가 어찌나 용감하고 성실하며 에너지 넘치게 타이핑을 하는지. 그녀는 그에게 샘플로 인쇄된 종이를 주는데 그 종이에는 이렇게 쓰여 있어. "네가 만약 무언가 쓸모있는 일을 해낸다면 나도 너를 사랑하게 될 거야!" 그 이미지는 사라져버리고, 그는 다시 책상에 앉아 있어. 자 봐, 이제 활과 화살을 든 소년이 어두운 방의 한구석에 등장해. 그리고 시인이 알을 품고 있는 책상으로 휙 날아가서, 화살로 가득 차 있는 화살통으로부터 시인의 메마른 잉크통 안으로 잉크를 붓는 거야. 그러고 나서 그 소년은 안락의자에 앉아서 다리를 꼬고 시인을 바라보지. 시인은 깃털펜을 잉크에 적시고 — 이제는 펜이 저절로 혼자 글을 써. 그 펜이 종이에 닿기도 전에, 그 종이는 가장 멋진 시구들로 가득 차고 훨훨 날아 올라가. 곧 그 방 전체가 원고들로 가득 차게 돼. 시인은 이제 받아쓰기를 시킬 수 있게 되었어. 그것은 순전한 사랑 노래들이야.

첫 구절은 이렇게 시작해:

"내가 당신의 눈을 바라보았을 때,
새로운 열정이 활기 없던 내 사지에 흐르네.
나는 창조하며 창조 속에서 네게로 가까이 가고 —
나는 다시 살아 있다네!"

그녀는 길고 뾰족한 손가락으로 타이핑해. 그렇지만 기계 쪽은 보지도 않고, 또 단어들 사이에 어떤 사이 공간도 만들지 않지. 그녀는 기계 위에서 사랑의 춤을 추는 거야. 그건 소리 없는 이중창이지. 그는 이제 매우 행복한 서정시인이야. 그는 폭풍처럼 집에 돌아가.

며칠이 지난 후, 일꾼 한 명이 손수레를 끌고 와서 시인에게 몇백 파운드 정도 되는, 아주 완벽하게 타이핑된 원고를 가져다줘. 이 일꾼은 편지도 한 통 가져왔는데, 향기가 나고 또 깨끗하게 타이핑되어 있지. 그 시인은 편지에 키스해. 그리고 그것을 열어봐. 활을 들고 있는 소년이 다시 방 안에 나타나고 시인을 어깨 너머로 바라봐. 그렇지만, 오, 슬퍼라! 시인은 자신의 머리를 쥐어뜯고 — 귀여운 소년은 얼굴을 찌푸리지. 편지는 다음과 같아.

"친애하는 신사 분께, 오늘 당신의 원고를 보내드립니다. 당신의 시에 대한 열정에 제가 황홀해했음을 전하는 것을 허락해주십시오. 또한 여기에 200마르크의 계산서를 삼가 첨부합니다. 이 금액을 직접 전달해주신다면 저는 매우 기쁠 것입니다. 그러고 나면 당신의 시 내용에 대해서도 함께 이야기할 수 있을 것입니다. 당신의 미니 팁."

"그럴 줄 알았지."(가무잡잡한 갈색 피부를 가진 작은 타이피스트 소녀가 미소를 짓고 있는 남자친구에게 말했다.) "우리 여자들이 일을 해야 한다면 말이야, 우리는 굉장히 실용적이 되거든."

그 가련한 시인은 물론 돈은커녕 단추 한 개도 없지. 그는 방 안을 샅샅이 뒤져보지만 찾을 수 있는 건 원고들뿐이었어. 이번에는 주머니를 샅샅이 찾아보지만 아주 최고로 멋진 구멍들만 있을 뿐이야. 아모르도 그를 도우려고 자기 화살통을 뒤집어봐. 그렇지만 아모르가 어떻게 200마르크를 구할 수 있겠어? 마침내 이 불행한 시인에게는 다른 선택이 남아 있지 않아. 그는 손수레를 밀며 그 원고들을 치즈 장수에게 운반해 가. 치즈 장수는 그 원고들을 사들여서 부드러운 소젖 치즈를 포장하지. 유명한 비평가인 픽스팍스 씨는 예민한 감각의 소유자로, 치즈가 포장 밖으로 흘러내리는 것을 보고 그 치즈를 높이 평가해. 그렇게 그는 친히 치즈 장수에게 가서 한 덩어리를 구입해서 집으로 향하는데, 지나가는 사람들이 코를 막고 도망가. 그렇지만 픽스팍스는 치즈의 냄새를 즐기지. 그는 — 물론 검은색 뿔테를 쓴 채로 — 코를 치즈 속에 처박고 있다가 우연히도 시 한 구절을 읽고 굉장히 감동하게 돼. 그는 자동차에 올라 곧바로 출판업자인 살로몬 아우프라게에게 달려가서 그에게 치즈를 보여주지. 그 출판업자는 치즈 냄새를 맡기 싫어 몸을 돌려버려. 그렇지만 비평가는 그의 몸을 휙 밀쳐버리고 시인의 시를 낭송하지. 이번에는 출판업자가 시에 열광해. 그 두 명은 즉시 치즈 장수에게 달려가는데, 큰 자루에 선불금을 넣어서 말이야. (“그러니까,” 가무잡잡한 갈색 피부를 가진 작은 타이피스트 소녀가 미소를 짓고 있는 남자친구에게 말하기를, “그러니까 이 영화는 동화라니까.”) 자, 이제 그 두 명은 치즈 상인에게서 모든 소젖 치즈를 사들이고 13명의 일꾼을 고용하는데, 이들은 모두 코를 막고 있어. 그러고는 다 함께 시인에게로 행진해 가는 거야. 시인은 그때 마침 의자 위에 서서 막 목을 매달려고 하는 참이었어. 왜냐하면 200마르크를 마련하지 못했기 때문이지. 그런데 그의 작은 방에서 무엇인가가 슬며시 냄새를 풍기기 시작해. 그렇게 참을 수 없을 정도로 악취가 나는데, 최후의 순간에 제대로 목을 맬 수 있는 사람이 있을까? 아니야, 그는 분노하게 되고, 새로운 삶의 욕구를 얻어. 13명의 일꾼들이 밀고 들어오자, 그는 그들을 밖으로 다 내쫓아버려. 치즈는 계단 아래로 떨어져버리지. 출판업자가 돈이 든 자루를 들고 들어오고 나서야 시인은 다시 친절해져. 어떤 치즈의 악취도 선불금이 풍기는 향기보다 강할 수는 없지.

이제 시인은 민첩하게 타자기 사무실로 서둘러 가. 거기에서는 막 어떤 건방진 풋내기 사업가 하나가 미니에게 건방진 사무용 편지를 받아쓰게 하면서 추파를 던지고 있는 참이야. 시인은 그를 밖으로 내던져버리지. 이로써 그는 이를 누릴 수 있게 되었어. 그는 이 속기 타이피스트를 앞으로 몇 시간, 혹은 며칠, 어쩌면 영원히 고용할 수 있게 된 거야. 그는 그녀에게 바로 시 하나를 받아쓰게 해. 그렇지만 그녀가 무엇을 타이핑한 줄 알아? "어리석은 사람!" 그녀는 그렇게 타이핑했어. "나는 유능한 사람과 성공한 사람을 사랑한답니다." 두 번 깨끗하게 밑줄까지 그었어. 이날부터 그들은 더 이상 타이핑하지 않았어.

"이건 그러니까 윤리적인 영화라고," 가무잡잡한 갈색 피부를 가진 작은 소녀가 말한다. "이것은, 남자가 제대로 된 길을 갈 수 있도록 남자를 다룰 줄 아는 한 유능한 여성을 보여주고 있어."

남자친구는 잠시 동안 웃지 않았다. "그 영화는 보여주고 있지," 그가 말한다. "유능한 한 여성이 어떻게 한 남자를 망쳐버리는지를. 이 영화는 시인들에게 보여줄 거야. 이 저주받은 타자기가 어떻게 그들을 쓸모있게 만들고, 여자들을 냉정하게 만들어버리는지. 이 영화는 타자기의 정신적인 위험들을 폭로해줄 거야. 너는 정말 이 시인의 쓸모있다는 원고들이 좋았다고 생각하니? 좋았던 건 씹는 것과 그 안락의자였어. 하지만 이걸 너희 같은 직업을 가진 일하는 여자들은 결코 이해하지 못할 거야."

가무잡잡한 갈색 피부를 가진 작은 소녀가 웃는다.

그리고 여기에는 이유가 있다. 시대의 모든 남성들이 영화에

FILM

나오는 그들의 도플갱어와 함께 비참하게 패배하는 반면, 가무잡잡한 갈색 피부를 가진 타이피스트 소녀와 그녀의 동료인 미니 텝 사이에는 명랑한 화합의 분위기가 흐른다. 기술적으로 이야기하자면, 긍정적인 피드백이다. 한 명은 매우 인기 있는 영화관으로 가고, 여기에서 또 다른 한 명은 스타로서 등장한다. 그리고 마침내 이 두 도플갱어 소녀들은 한 번 더 그 자체로 영화화되었어야 했다. 그랬다면 모사의 논리는 완벽해졌을 것이다. 동일한 한 여성이 낮 동안에는 근무 시간의 실재계 속에서, 서류 작업이라는 상징계 속에서, 저녁에는 여가 시간이라는 상상계 속에서, 즉 기술화된 거울 단계 안에서 살고 있는 것이다. 브라우네의 세 명의 속기 타이피스트들도 이에 대해 동일하게 기술했다.

매체와 소녀의 끝없는 엮임, 이러한 영화 속의 영화 속의 영화에 대항하여 문학은 아무것도 할 수 없다. 두 남자, 그러니까 도플갱어 같은 액자 이야기의 주인공들은 깃털 펜과 시를 쓰는 작업 옆에 계속 남아 있다. 그러므로 작가성이라는 이름이 붙여진, 유행이 지나간 거울 단계만이 그들에게 손짓할 뿐이다. 덧없이, 공표되지 않은 채로. 그들은 말라르메 이후로 모든 단어의 배경이 되는 텅 빈 흰색 종이를 바라보고, 마찬가지로 말라르메 이후로 칭송되는 불모성[204]과 싸우기도 한다. 단 한 구절의 시가 쓰여지기까지 말이다. 그러나 몸을 전체로서의 몸으로, 무의식적인 알파벳을 자의식을 가진 작가로 마법처럼 불러내는 거울 단계의 근본적인 위로조차 지속되지 않는다. 시는 다음 구절로 넘어가지 못한다. 손은 자신의 자필을 찢어버리는바, 왜냐하면 자필은 몸 자체와는 관계를 가질 수 없기 때문이다.

1913년의 시인은 구식으로 행동한다. 그들은 "거울 앞에 서서 그 시를 낭독해보고는 스스로 감탄한다." 드므니가 잊혀진 거울들을 흔적보존과 발화의 순간포착 사진들을 통해 대체하고 22년이 흐르는 동안에도 단어들은 계속해서 상실되어갔다. 낭독에서, 그리고 찢어져버린 종이에서. 매체의 복수가 그 뒤를 따랐다. 그 시인이 그의 거울 낭독을 타자기 앞에서의 구술로 격상시킨다면, 가장 구어적인 문장은 기술적인 저장기기 속으로, 그리고 발화자의 발치에 떨어진다. 게다가 불필요하게도, 타이핑된 "나의 소녀여, 나는 당신을 사랑합니다!"가 하얀색 벽 위에 영화의 영사로서 나타나, 미니 텝의 모든 도플갱어들에게 공표된다.

그렇게 영화와 타자기, 즉 드므니와 텝 아가씨는 단결하여 연대를 이룬다. 그들이 듣거나 읽거나 말하거나 쓰는 모든 단어들은 (다시금 속기 타이피스트의 관점에서) 각각의 철자들로 해체된다. 독일 문학의 공공연한 비밀이었던, 소녀를 위한 시적이고 에로틱한 음성의 흐름으로부터 여성 비서들은 22개의 활자와 4개의 띄어쓰기, 2개의 문장부호를 만들어내는데, 이것들은 전부 (그녀의 답장이 아주 분명히 보여주듯이) 가격이 매겨져 있다. 동일한 사랑의 서약으로부터 드므니는, "프랑-스 만-세!"의 시도와 병행하여, 그의 공회전하는 매체와 사랑에 빠진 입을 20밀리세컨드로 녹화했다. 그는 (거울 대신에) 카메라 앞에 서서 모든 시 중의 시를 낭독하고 (감탄하는 작가가 되는 대신에) 피험자가 되었다. "당신을 사랑합니다JE VOUS AI-ME."

무성영화와 타자기, 그리고 이미지의 흐름과 중간 자막의 보이지 않는 매체연합은 시인이자 사상가에게는 그 자체로 신성모독

드므니가 "당신을 사랑합니다"라고 연속사진기에 말하고 있다.

이었다. "영화극의 영혼"을 구하기 위해서 블로엠은 다음과 같이 일갈한다. "감정은 인쇄된 활자에 속하는 것이 아니다. 그것은 발화되는 것이 아니라, 몸짓으로 체화되어야 한다. 그러나 심지어 '나는 당신을 사랑해'(이러한 종류의 예술이 가진 가장 열렬하고 가장 부드러운 가능성)가 인쇄된 활자를 통해 울부짖도록 놔두는 그런 종류의 감독들이 있다."[205]

이러한 비평은, 그러한 정조팔이가 가진 기술적이고 실험적이며 사회적인 필연성을 근본적으로 간과한 것이었다. 첫번째로, 사랑은 단어들로부터 생성되며, 따라서 무성영화들은 이 단어들을 타자기로 친 시나리오 원고로부터 스크린으로 바로 옮겨놓아야 했다. 두번째로 드므니의 실험은, 빌리에가 말했을 법한, 인간 담화의 거대한 만화경을 농아들 사이로 가져왔으며, 미니 텁을 심지어 작가들 사이로 데려왔다. 사랑을 해체하고 필터링함으로써 비로소 그녀의 새로운 고객은 사무원 윤리에 맞추어 고양될 수 있었다. 이 윤리는 "직업을 가진 여성들"을 규정하고, 이 그룹 내부에서 충분하지 않기 때문에 그만큼 꼭 필요한, 속기 타이피스트와 매춘부 간의 구별을 만들어낼 수 있었다.[206] 또한 시인과 작가와의 세속적인 차이를 학습하는 것도 성공적이었다. 자필에서부터 타자기 앞에서의 구술로, 거울의 고독으로부터 성차에 따른 직업 분업과 베스트셀러 서정시까지 — "윤리적인 영화"로서 「서정시와 타자기」는, "남자가 제대로 된 길을 갈 수 있도록 남자를 다룰 줄 아는 한 유능한 여성을" 보여준다. 또는 어떻게 늙은 뱀이 멋진 애니메이션 기술을 통해 20세기의 이브로 바뀌는지를.

"여성들은 그 어떤 일보다도 타이핑하는 일에 더 많이 종사하

뱀으로부터
타이피스트가 되는 만화영화(1929)

고 있다."[207] 영화, 매체의 위대한 자기광고는 목표 집단에 도달하였으며, 이것은 해피엔딩이다.

타자기
TYPEWRITER

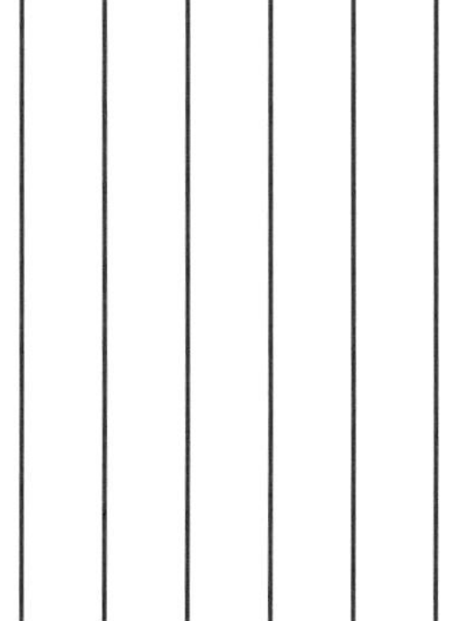

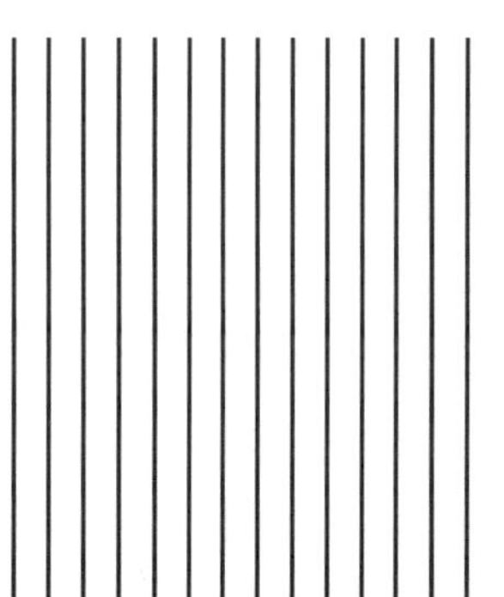

"타이프라이터typewriter"는 두 가지 의미를 지닌다.* 타자기를 의미하기도 하고 타이피스트를 의미하기도 한다. 그래서 이 단어는 미국에서 여러 만화의 소재가 되기도 했다. (도산한 사업가가 자기 부인에게 타자기로 친 편지를 보낸다. "사랑하는 블랑셰, 의자, 책상 등등 내 사무실 집기들을 다 팔아버렸소. 이 편지도 타이프라이터를 무릎 위에 올려놓고 힘들게 쓰고 있다오."[1] 하지만 특정 직업과 특정 기계, 그리고 특정한 성性이 결합되어 있다는 사실에는 어떤 진리가 담겨 있다. 베르만Bermann이 도입한 "속기술사Stenotypistin"라는 단어는 1885년 이후로 "페르디난트 슈라이의 해먼드 타자기와 속기술 종합교육을 이수한 여성을 일컫는다"라는 별도의 설명이 필요하게 되었다. 그에 반해, "타이프라이터"라는 단어의 경우에는 일상적인 용법이 통계에도 동일하게 적용된다.

유감스럽게도 이 통계표는 속기로 작성된 손글씨와 레밍턴의 기계 타자기를 구분하지 않는다. 그럼에도 1881년 레밍턴 II의 성공적인 발매 후 분명히 통계상 폭발적 증가가 시작됨을 알 수 있다. 남성들의 수는 종 모양 곡선을 이루며 하강하는 데 반해, 여성 타이피스트의 성장은 거의 지수 함수적 우아함을 보인다. 무한대의 선을 초월하여 여성 타이피스트와 여성의 숫자가 일치하는 해를 예

* "typewriter"가 기계를 가리킬 때는 "타자기"로, 사람을 가리킬 때는 문맥에 따라 "타자수" "타이피스트" 등으로 옮겼다. 또 타자기와 타이피스트라는 이중적 의미를 모두 담고 있는 때는 "타이프라이터"로 옮겼다.

년도	전체	남성	여성	여성 비율
1870	154	147	7	4.5%
1880	5,000	3,000	2,000	40.0%
1890	33,400	12,100	21,300	68.8%
1900	112,600	26,200	86,400	76.7%
1910	326,700	53,400	263,300	80.6%
1920	615,100	50,400	564,700	91.8%
1930	811,200	36,100	775,100	95.6%

미국의 속기술사와 타이피스트의 성별 비율(1870~1930)[2]

견하는 것도 가능할 것이다. 미니 팁은 정말 이브가 되는 것이다.

"도구와 기계 사이의 중간물," "너무도 일상적이라 눈에 띄지 않는"[3] 감지되지 않는 이 장치가 세계 역사를 만들었다. 타자기는 영화처럼 상상적인 것을 마법적으로 불러낼 수도, 소리 저장처럼 실재적인 것을 시뮬레이션할 수도 없다. 타자기는 다만 글쓰기의 성별을 뒤집을 뿐이다. 하지만 이를 통해 문학의 물질적 토대가 뒤집힌다.

연쇄적인 데이터 처리에 있어 문자의 독점은 이전부터 남성들의 특권이었다. 명령과 시詩가 같은 채널을 통해 전송되기 때문에 취해진 안전 조치였다. 문자 교육이 일반화되면서 점점 더 많은 여성들이 글자를 배우기는 했지만, 읽을 수 있다는 것과 글쓰기를 허락받는다는 것은 다른 일이었다. 타자기가 발명되기 전에는 시인, 비서, 식자공은 모두 같은 성性이었다. 1859년, 미국 여성연합이 연대하여 여성 식자공 일자리를 만들어내자 인쇄업계의 남성 동료들

타자기

은 남자의 손에서 나오지 않은 금속 활자의 인쇄를 보이콧했다.[4] 전보 케이블과 그와 나란히 설치된 철로의 매체연합[5]을 가능케 했던 1861~64년의 미국 남북전쟁으로 인해 정부 각 부처와 우체국, 속기술직에 여성의 참여가 가능해졌지만 통계학적으로 주목할 만한 숫자는 아니었다. 구텐베르크 은하계는 성적으로는 일방적인 폐쇄회로였던 것이다. 그 폐쇄회로가, 독문학자들이 이를 지나치게 초과해 읽는 경향이 있긴 하지만, 독일 문학 자체를 조종했다. 인정받지 못한 천재들은 스스로 펜을 손에 잡았고, 국가 시인들에게는 남자 비서들이 있었다 — 괴테에게는 존Johann August Friedrich John, 슈하르트Johann Christian Schuchardt, 에커만Johann Peter Eckermann, 리머Friedrich Wilhelm Riemer, 심지어 유령까지 있었다. 프쇼르 교수가 프라우엔플란에서 축음기를 통해 증명했던 것이 바로 이 매체연합이었다 — 근원 저자인 괴테는 자신의 정신을 남자 비서 에커만에게 주입했다.[6] 직접 쓰거나 받아쓰게 한 손글씨는 남성 식자공, 남성 제본공, 남성 출판업자 등을 거쳐 인쇄되어 소녀들에게 도달한다. 괴테는 바로 그 소녀들을 위해 글을 썼던 것이다. 리머와의 대화에서 (리머는 당연히 이 대화도 기록했다) 괴테는 "이상적인 것을 여성적 형태 또는 여성의 형태로 구상했다. 남성이 어떠한지는 모르겠다"고 말했다.[7]

여성들은, 『파우스트』의 그레첸처럼 이상적인 추상성 속에만 머물러 있었고 또 그럴 수밖에 없었는데, 이는 글쓰기의 물질성이 남성들의 것이었고, 여성들은 이를 알아차리지 못할 만큼 가까이 있었기 때문이다. 그레첸은 작품에 영감을 주었고, 그레첸의 동성 동료들은 그녀와 자신을 동일시하며 그 작품을 소비했다. "그렇지 않았다면," 다시 말해 책의 판로와 여성 독자들이 없다면, 그에게, 곧 "저자"에게는 "심각한 일이 될 것이다"라고 프리드리히 슐레겔은 애인에게 썼다.[8] 하지만 책에 저자로 자기 이름이 인쇄되는 영광은 여성들에게는 가로막혀 있었다. 실제적으로는 아니라 하더라도 매체기술적으로는 그러했다. 그녀들이 쓴 시와 소설, 드라마에는 거의 예외 없이 남성 가명이 사용되었다.

때문에 도처에서 여성을 자연 혹은 처녀성이라는 쓰이지 않은 종이와 동일시하고, 저자라는 명예를 지닌 남성적 펜이 그 종이에 무엇인가를 쓴다는 메타포가 널리 퍼져 있는 것이다. 정신분석이 꿈에 등장한 "연필" "깃털 만년필," 그 밖의 "다른 도구들에서 의심의 여지없는 남성의 성적 상징"[9]을 발견했던 것도 놀라운 일이 아니다. 정신분석학은 깊이 가라앉아 있던 손글씨의 형이상학을 다시 발견했던 것뿐이다.

따라서 정신분석학은 어떤 무의식적 비밀도 밝혀내지 못한다. 그러기에는 남성과 여성의 "상징들"이 너무도 깊숙이 글쓰기 독점에 의존되어 있었다. 1889년 『절벽에서 바다로*Vom Fels zum Meer*』지紙는 해먼드 타자기와 그 회사를 대표하는 슈레이를 선전하는 광고를 실었다. 광고 속에서 "바로 이 행들을 쓴 사람"은 스스로 자신의 결과에 놀라워한다. "단 몇 주 만에 분당 125자라는 속도에 도달"했기 때문이다. 글쓰기의 기계화를 통해 상실된 것은 단 두 가지다. 첫째는 "누구나, 특히 사적인 편지 교환에서 사라지는 것을 애석해했던 필적의 개성"이고, 두번째는 서양의 상징 시스템에 자리 잡고 있던 하나의 핵심 상징이다.

눈을 돌리는 곳마다 기계가 있다! 이전에는 부지런히 손으로 힘들여 처리하던 많은 일들을 기계가 대체한다. 기계는 힘과 시간을 절약해주고, 생산물의 균일함과 품질에 있어서도 나무랄 데 없다. 그렇기에 엔지니어들이 부드러운 여성의 손에서 여성적 부지런함의 상징을 빼앗고 난 후, 이제 그 엔지니어의 동료가 남성의 정신적 창작의 상징인 펜을 기계로 대체하려는 것은 당연한 일이었을 뿐이다.[10]

"Text"라는 단어는 어원상 직물織物이라는 의미를 갖는다. 따라서 산업화 이전에 두 성性은 엄격하게 분리된 대칭적 역할을 수행하고 있었다. 여성들은 손으로 행하는 여성적 부지런함의 상징인 직물을 창조했고, 남성들은 손으로 행하는 남성의 정신적 창작의 상징인, 텍스트라 불리는 직물을 창조했다. 단 하나의 철침으로서의 펜이 여기에 있다면, 그 펜이 짜는 직물로서의 수많은 여성 독자들이 저기에 있었다.

산업화는 손글씨Handschrift와 수공업Handarbeit을 동시에 집어삼켰다. 1874년 숄스의 모델을 대량생산 가능한 "타이프-라이터"로 발전시켰던 인물이 '레밍턴 앤드 선' 사의 재봉틀부 부서장 윌리엄 젠William K. Jenne이었던 것은 우연이 아니었다.[11] 초창기 이와 경쟁하던 모델이 '가정용 재봉틀 주식회사'와 작센의 뜨개질 기계 공장 '메테오,' 그리고 '자이델 앤드 나우만' 사에서 나왔던 것도 우연이 아니었다.[12] 대립하던 성적 차이는 산업적인 조립 라인 위에서 그를 담지해주던 상징들과 함께 사라져버렸다. 두 상징은 두 기계에 의해 대체되어, 다시 말해 실제적인 것 안에 장착되어버림으로써 살아남지 못하게 되었다. 남성의 손에서 만년필이, 여성의 손에서 뜨개질바늘이 떨어져 나오면, 이제 그 모든 손들을 자유롭게 사용할 수 있게 된다. 다시 말해 사무원들처럼 고용될 수 있게 된다. 기계 글쓰기는 글쓰기를 탈성화脫性化한다. 글쓰기는 자신의 형이상학을 상실하고 워드 프로세싱이 된다.

이것은 모든 가치의 전도다. 니체의 말을 빌리자면 비둘기의 종종걸음으로 혹은 (위트 넘치는 타자기 역사가의 말을 빌리자면) "단추를 끝까지 채운 숙녀화"[13]의 걸음으로 이루어지기는 했지만. 문자를 기계화하기 위해 우리 문화는 문자의 규칙 자체를 바꾸거나 (독일어로 된 타자기에 대한 최초의 단행본이 푸코에 앞서 표현했듯이) "전혀 새로운 사물의 질서를 도입해야"[14] 했다. 그 이전까지 발명가의 착상은 별다른 성과를 가져오지 못했다. 1714년 뉴 리버 월터 주식회사의 엔지니어 헨리 밀Henry Mill이 "글을 쓸 때처럼 철자들을 차례로 눌러 인쇄와 구분할 수 없을 만큼 분명하고 정확한 철자들을 만들어내는 기계 혹은 인위적 방법"[15]에 대해 영국특허 제395번을 받았지만 실용화되지는 않았다. 여기 등장하는 개념, 다시 말해 구텐베르크의 재생산 기술을 텍스트 생산에 도입하려던 의도의 엄밀함과 모순을 일으키는 건 특허문장의 모호함뿐이었다. 말하는 기계를 만든 켐펠렌도 맹인 공작부인을 위해 비슷한 쓰기 기계를 제작했지만 결과는 대단치 않았다. 또 다른 비엔나 사람이 의도치 않게 증명했듯이, 괴테 시대의 담론 조건에서 "쓰기-기계"란 형용모순이 될 수밖에 없었던 것이다.

1823년 의사인 뮐러C. L. Müller가 이런 제목의 논문을 발표했다. "새로 발명된 쓰기-기계. 이 기계만 있으면 누구나 빛이 없이

도 모든 언어, 모든 스타일로 글을 쓰고, 논문이나 계산서를 완성할 수 있다. 맹인도 지금까지 알려진 쓰기판보다 쉽게 쓸 수 있을 뿐 아니라 자신이 쓴 것을 읽을 수도 있다." 륄러가 소개한 것은 쓰기 기계라는 이름을 달고는 있지만 실은 글을 쓰는 맹인들의 손을 종이 위에서 조정해주는 기계장치에 불과했다. 이 기계는 종이에 위치를 지정하고 잉크 농도를 조절해, 쓴 것을 손으로 만져서 읽을 수 있는 가능성도 제공했다. 륄러는, 미니 텁의 시인이 그랬던 것처럼, 누구에게나 "자신이 쓴 것을 다시 읽으려는"[16] 저자 나르시시즘이 있다는 것을 "부인할 수 없다"고 보았다. 주목할 만한 사실은 이 발명품이, 편지와 편지의 진리를 통해 도덕적으로 맹인인 아들을 선한 길로 이끌려는, 교육을 받았지만 맹인인 아버지들을 위해 만들어졌다는 사실이다. "명망 있는 사람이 쓴 몇 줄의 글은 잃어버린 재산이나 가족 전체의 안위를 지켜줄 수도 있고, 아버지의 손으로 직접 쓴 편지는 타락의 길로 향하는 아들을 돌려세울 수도 있다. 그 아버지들이 아무런 구속이나 제한 없이 스스로의 눈을 사용해 쓴 것처럼 편지를 쓸 수만 있다면."[17]

이러한 "쓰기-기계"는 괴테 시대의 담론이 따르고 있던 규칙들을 분명히 드러냈다. 권위와 저자성, 손글씨와 다시 읽기, 나르시시즘적 창작자와 순종적인 독자. "모든 사람"을 위한다는 이 장치는, 그러나 여성들에 대해서는 망각하고 있었다.

문자, 이미지, 소리의 기계적 저장은 이 체계가 무너지고 나서야 비로소 발전할 수 있었다. 손글씨와 다시 읽기를 통해 영혼을 찾을 수 있다고 보증하던 인간에 대한 심리학적 표상들이 생리학이라는 하드 사이언스hard science로 대체되었다. 칸트 이래로 우리의 모든 표상에 수반된다고 여겨졌던 "나는 생각한다"는, 짐작건대 문자를 읽는 순간에만 수반되었다. 이는 신체와 영혼이 자연과학적 실험의 대상이 되면 불필요해진다. 통각統覺; Apperzeption의 통일성이 생리학자들에 의해 두뇌의 여러 부분들에 할당되고, 엔지니어들은 이를 다양한 기계를 통해 모방할 수 있는 방대한 양의 서브루틴으로 해체했다. 결코 시뮬레이션될 수 없는 "인간"의 중심으로서의 "정신"이라는 개념이 이를 금지할 수밖에 없었던 것은 당연한 일이다.

정신물리학과 정신공학은 "인간이란 어쩌면 사유 기계, 글쓰는 기계, 말하는 기계일지도 모른다"라고 주장한 니체의 철학적 스캔들을 경험적 연구 프로그램으로 만들었다. 쿠스마울Adolf Kußmaul의 통찰이 담긴 『언어 장애*Die Störungen der Sprache*』에 따르면, 1881년에 말하기는 "나는 생각한다"와는 하등의 관계도 없다는 전제하에서만 설명 가능했다.

> 언어란, 처음 형성되는 과정에서 보자면 학습된 반사작용이라고 할 수 있다.
>
> 학습된 표현 운동은 의도성을 갖는다는 점에서 태생적 표현 운동과 구분되는데, 이는 의도와 목적에 따라 형태와 단계를 적응시키는 능력이다. 이러한 특성으로 인해 그 속에서 연습을 통해 획득된 메커니즘적 순환을 본다는 일이 쉽지는 않다. 그렇지만 판토마임이나 구어口語, 문어文語는 스스로를 규제하는 내적 메커니즘의 산물에 다름 아니다. 우리가 재봉 기계, 계산 기계, 쓰기 기계 또는 말하는 기계를 그 메커니즘을 모른 채 작동시키듯, 그 내적 메커니즘이

일정한 질서에 따라 감정과 표상 들을 작동시키는 것이다.[18]

뇌생리학적으로 볼 때 언어 자체가 이미 기계장치의 제어 시스템이라면 이제 타자기의 제작을 가로막는 것은 아무것도 없게 된다. 가장 혹독한 실험가인 자연은 뇌경색이나 뇌 총상을 통해 뇌의 특정 부위를 마비시킨다. 연구자들은 (1859년 솔페리노 전투 이래로) [군인들에게] 발생한 장애를 조사하여 언어 작동에 요구되는 개별 서브루틴을 해부학적으로 깔끔히 구분할 수 있게 되었다. 실청증(말을 들을 때), 실독증(글을 읽을 때), 실어증(말을 할 때), 실서증(글을 쓸 때)은 우리 두뇌 속의 기계장치를 노출시켰다. 쿠스마울의 "음 피아노Lautclaviatur"와 "피질의 음 건반corticalen Lauttasten"[19]은 그 형태상 구형 레밍턴 타자기의 자판을 떠올리게 한다.

핸디캡이나 장애가 "다른 사람들에게 도움이 되며" "많은 불행한 자들의 고통을 완화시킬 수 있다"[20]는 뮐러의 "달콤한 희망"만을 불러내는 것은 아니다. 말하기나 글쓰기에만 영향을 끼치는 시각 장애와 청각 장애는 다른 방식으로는 얻을 수 없던 것, 곧 정보 기계로서의 인간에 대한 정보를 제공해준다. 이로부터 정보 기계 인간을 기계공학을 통해 대체하는 일이 시작된다. 크니Knie, 비치Beach, 서버Thurber, 말링 한센Malling-Hansen, 라비차Ravizza. 이들은 모두 초창기 타자기를 맹인 혹은/이면서 농아를 위해 제작했고, 스스로가 맹인이었던 프랑스인 피에르 푸코Pierre Foucauld는 맹인을 위해 타자기를 만들었다.[21] 저자성 또는 흘러넘친 누군가의 무의식을 거울 속에서 다시 읽을 가능성에 대한 관심 같은 건 완전히 사라졌다.

19세기 중반 맹인 타자기에 부족했던 점은 작업 속도였다. 그런데 1810년부터 인쇄 분야에 윤전기와 무한급지장치가 도입되자 ("피아노 앞에 앉아 있는 것처럼") "자판을 눌러 말하는 속도로 활자들을 장착시키는"[22] 식자기가 필요해졌다. 1840년 새뮤얼 모스Samuel Morse가 전신기 특허를 출원하면서 이전까지의 모든 수공업을 빛의 속도로 몰락하게 한 정보기술이 시장에 등장했다. "몇 시간 동안만 버틸 수 있는 평균 속도로 펜은 기껏해야 분당 15~20 단어를 썼다."[23] 얼마 지나지 않아 쓰는 속도보다 빠르게 전신약호를 해독할 수 있는 새로운 전신원 세대가 등장했다. 속기사들 역시 유사한 곤경에 처했다. "그들은 말하는 속도로 속기할 수는 있었지만, 그것을 다시 글로 옮길 때의 속도는 달팽이만큼 느렸기 때문이다."[24]

이러한 연유로 신경 궤도의 전송 시간에 부합하는 쓰기장치에 대한 요구가 생겨나게 되었다. 실어증 연구자들이 눈앞의 철자가 두뇌의 읽기, 쓰기 중추를 거쳐 손 근육에 도달할 때까지 걸리는 밀리세컨드를 측정하고 난 후, 두뇌 회로와 전보 전송을 동일시하는 것이 생리학의 표준이 되었다.[25] "평균 지연 시간, 다시 말해 자극이 주어진 후 자판을 누를 때까지의 시간이 약 250밀리세컨드"이고, 타자기로 글을 쓸 때 "주어진 출력을 타이핑하는 일이 탄환이 발사되는 것과 비슷"하다고 할 때—"시작 신호만 주어지면" 그 후에는 "자기 스스로 진행"[26]된다는 점에서—대량생산품으로서의 타자기는 총기 공장의 생산라인에서 자동적으로 굴러 나올 수밖에 없었던 것이다.

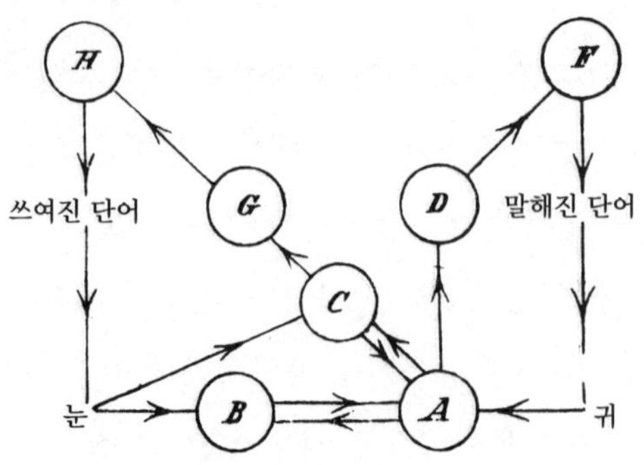

뇌 속 언어중추 회로도.
A는 소리 이미지의 중심을, B는 대상 이미지의 중추를 나타낸다.

증명되지 않은 소문에 의하면, 숄스가 레밍턴 회사에 판 특허권은 빈의 제국 폴리테크닉 연구소에서 근무하는 동안 티롤 출신의 가난한 페터 미터호퍼Peter Mitterhofer에게서 훔친 것이라고 한다.[27] 하지만 정신적 절도 혹은 새로운 독일어 표현으로 "기술 이전"은 역사적 정황에 대해서는 아무것도 말해주지 않는다. 미터호퍼가 재정적 지원을 요청해왔다는 사실을 알게 된 황제 프란츠 요셉은 쓸모없는 타자기를 발명하느니 전쟁에 쓸 발명품을 개발하는 게 더 낫다고 말했다. 레밍턴 앤드 선은 타자기냐 전쟁이냐라는 가짜 선택지를 넘어서는 선택을 했다. "나폴레옹 전쟁 이래 행해진 무기 부품의 규격화"를 민간의 글쓰기 기계에 적용시킨 것이다.[28] (마우저Mauser, '파리 무기 공장' 혹은 '독일 무기-화약 공장DWF'과 같은 무기 제조업체가 그 뒤를 따랐다.)

문자 저장 및 소리 저장 메커니즘은 미국 남북전쟁의 부산물이다. 그 시기에 새파랗게 젊은 전신원 에디슨은 모스 전신의 속도를 사람 손보다 더 빠르게 하려고 하다가 포노그래프를 발명했다.

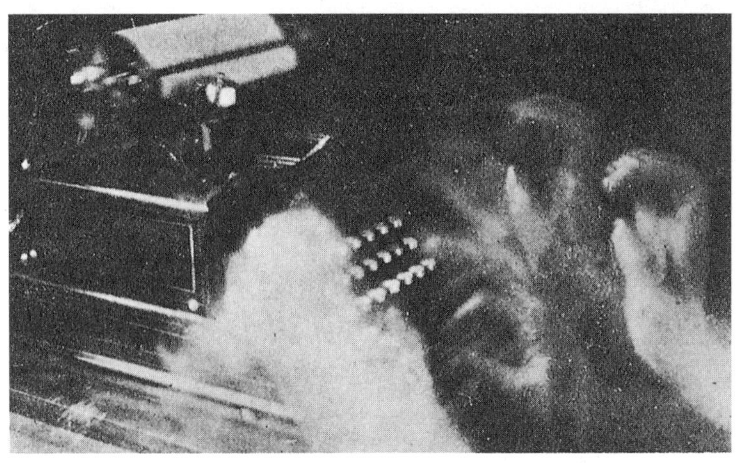

안톤 지울리오 브라가글리아와 아르투로 브라가글리아, 「타이프라이터술」, 1911.

레밍턴은 1874년 9월 숄스 모델을 인수해 대량생산을 시작했는데, 그 이유는 "남북전쟁의 호황이 지난 후 사업이 지지부진하고 생산 능력에 공백이 생겼기 때문"[29]이었다.

타자기는 담론기관총Diskursmaschinengewehr이 되었다. 자판을 치고 당긴다라고 말하는 데는 이유가 없지 않은데, 이 과정이 권총과 기관총의 탄환공급장치나 필름 영사기처럼 자동화되고 분절된 단계로 이루어지기 때문이다. 1898년 독일 최초로 타자기에 대한 책을 쓴 오토 부르크하겐Otto Burghagen은 이렇게 말한다. "한때 펜은 칼보다 강했다. 하지만 타자기가 지배하는 곳에서는 크루프 사가 만든 대포도 침묵한다!"[30] "타자기가 특히 상인에게 사랑받는 이유는 엄청난 시간 절약 때문"이라는 그의 서술이 이 침묵에 반발하고 나선다. "타자기 덕분에 상인은 펜으로 작업하던 시간의 3분의 1만으로 문서 작업을 할 수 있다. 타자기는 자판을 한 번만 눌러 철자 하나를 완성시키지만, 그 철자를 펜으로 쓰려면 평균 다섯 획을 그어야 한다. [……] 펜으로 i의 점을 찍거나 u를 쓰는 시간에 타자기는 철자 2개를 완성시킨다. 타이핑은 훨씬 속도가 빠르다. 손가락을 다 활용하면 초당 5~10회 자판을 누를 수 있다."[31] 이것은 화력전 영웅의 노래다. 1985년 8월 이후 이 화력전의 독일 신기록은 "반시간 타이핑에서 분당 773타"[32]이다.

모든 매체들의 태동기에 그에 상응하는 작업을 남겼던 장 콕토—전화 음성과 관련해서는 「사람의 목소리」를, 거울, 도플갱어, 영화적 효과, 그리고 "자동차 라디오, 암호코드, 단파 신호"[33]와 관련해서는 「오르페우스」의 시나리오를 썼다—는 1941년에 타이프라이터를 동명의 드라마의 주인공으로 만들었다. 그 이유는 [단어의] 미국식 어법에 있는 것이 분명했다. 3막으로 이루어진 이 희곡에서 한 탐정이 타이프라이터로 쓴 익명의 편지로 지역 사회에 고통을 안기면서 스스로를 "타이프라이터"라 부르는 미지의 여인을 쫓는다.[34] 그 3막 동안 탐정은 "범인이 자판을 치고, 겨냥하고, 그의 기관총을 사용하는 모습을 상상한다."[35] 타이프라이터는 (상드라르Blaise Cendrars의 시구에 따르면) "재즈처럼" 빠르기도 하지만 속사총만큼 빠르기도 하다. 협박 편지를 썼던 여인은 나중에 이렇게 자백한다.

> 나는 도시 전체를 공격하고 싶었어. 저 위선적 행복, 위선적 경건함, 위선적 사치, 가망 없고, 이기적이며, 탐욕스러운, 난공불락의 부르주아지들. 나는 이 쓰레기를 뒤흔들고, 공격하고, 까발리고 싶었어. 그건 현기증 같았지! 많이 생각할 것도 없이 나는 모든 무기 중 가장 더럽고 가장 싸구려인 타이프라이터라는 무기를 선택했지.[36]

콕토는 1941년 드라마 서문에서, 프랑스의 "봉건적인 마을의 붕괴 직전의 끔찍한 모습을 묘사했다"[37]라고만 말했다. 이런 방식으로 타자기는 눈에 띄지 않게 구데리안의 기관총과 전차부대를 엄호할 수 있었다. 독일군 최고사령부는 이미지를 제공하는 종군기자들에게는 "아리플렉스 핸드헬드 카메라, 아스카니아 Z삼각대 카메라들, 촬영용 차량"을 챙겨주었고, 소리를 제공하는 종군기자들에게는 "라디오방송용 전차 또는 장갑차"와 자기 마이크를 공급해주었다. 그에 반해, "글을 쓰는 기자들이 가진 건 타자기뿐이었고, 그것도 대개는 시중에서 구할 수 있는 여행용 타자기였다."[38] 고도의 기술적 조건에서 문학은 겸손했던 것이다.

그렇게 겸손하게 레밍턴은 생산을 시작했다. 모델 1은 거의 이윤을 남기지 못했다. 다름 아닌 마크 트웨인Mark Twain이 1874년에 레밍턴을 구입했음에도 불구하고, 어쩌면 바로 그 때문에. 그는 소설 『톰 소여Tom Sawyer』를 문학사상 최초로 타이프 원고로 출판사에 송부했고, 타자기 회사에는 역설적인 추천사를 보냈다.

> 귀하. 청컨대 어떤 식으로든 제 이름을 사용하지 말아주십시오. 제가 타자기를 가지고 있다는 사실도 누설하지 말아주십시오. 저는 타자기 사용을 완전히 그만두었습니다. 편지를 보내오는 사람마다, 이 기계에 대해 알려달라고 요구할 뿐만 아니라, 타자기를 써서 나아진 점이 무엇인지 답장으로 알려달라고 요구하기 때문입니다. 저는 편지 쓰기를 좋아하지 않습니다. 때문에 호기심을 유발시키는 이 작은 조커를 제가 소유하고 있다는 걸 사람들에게 알리지 않고 싶

습니다.

존경의 마음을 담아

새뮤얼 L. 클레망스[39]

1878년부터 125달러에 시판된 모델 2는 대문자/소문자 전환이 가능했지만 초기 상황은 그리 다를 바 없었다. 그런데 연간 146대가 팔리던 시기가 지나고 판매량이 눈덩이 불듯 증가해 세계적인 히트를 기록했다.[40] 이는 1881년 판매전략가 와이코프William O. Wyckoff, 시먼스Clarence Seamans, 그리고 베네딕트Harry H. Benedict의 발견 덕분이었다. 판매가 부진하던 이 기계가 대량의 여성 실업 부대에게 매력적일 수 있음을 알아차렸던 것이다. 1872년 릴리안 숄스Lillian Sholes가 "역사상 최초의 여성 타이피스트"[41]로서 아버지가 만든 기계 앞에 앉아 포즈를 취했던 당시에는, 연출을 목적으로 한 여성 타이피스트는 있었지만 타이피스트라는 직업도, 교육 과정도 존재하지 않았다. 이를 바꾸어놓은 것이 YWCA(기독교여성청년회) 뉴욕 본부였다. 1881년, 8명의 여성들을 타이피스트로 훈련시킨 직후 기업들로부터 타이피스트 수백 명을 구한다(주급 10달러로)는 요구를 받았다.[42] 채용공고, 직업 훈련, 인력 공급, 수요, 새로운 채용공고 사이의 피드백 루프가, 처음에는 미국에서, 후에는 유럽의 기독교 여성연합들에서도 생겨났다.[43]

이렇게 해서 여성 비서들의 기하급수적 증가 함수와 남성 비서들의 종 모양 하강 곡선이 생겨나게 되었다. 원리적으로 남성들로만 이루어졌던 19세기의 회계원, 사무직원, 문필가의 비서들은 그들이 수고스럽게 익혀야 했던 손글씨 능력에 큰 자부심을 지니

레밍턴 타자기 앞에 앉은 숄스의 딸(1872)

고 있었다. 이것이 그들을 레밍턴 타자기가 7년 동안 이룩했던 혁신을 간과하게 했다는 것은 아이러니한 일이다. 연속적이고 균일한 잉크의 흐름, 모든 부르주아 개인 혹은 불가분성을 상징하는 이 물질적 기체基體가 그들로 하여금 역사적 기회를 보지 못하게 만들었던 것이다. 치기, 누르기로서의 문자, 분절된 철자들의 자동 기계가 이전까지 모든 교육 체계의 힘을 무너뜨렸다. 성性적인 혁신이 기술적 혁신을 뒤따랐다. 남성들은 싸워보지도 못한 채 "그 어디보다 경쟁이 치열한"[44] 이 분야를 그냥 내어주었다. 여성들은 그들이 지닌 교육상의 핸디캡을 "소위 '해방'"[45]으로 역전시켰다. 프롤레타리아 계급을 매료시켰던 이 해방에는 그러나, 담론 종사자들을 특징짓는 화이트칼라가 매달려 있었다.

1853년 헤센 공국의 학교 규정은 여자 아이들에게 쓰기와 산수 능력이 유용하기는 하나, 반드시 필요한 것은 아니라고 규정하고 있었다.[46] 그 결과 "산수에는 아무 재능도 없고, 손글씨도 형편없으며, 철자법과 문법조차 제대로 모르는" 여성들이 "대량으로" "타자기를 다루기 위해" 몰려들었다. 1902년, 여회계사라고 언급된 한 여성의 말에 따르면, "기초를 닦는 건 잊은 채 허공에다 교회탑을 지으려는 것 같았다."[47]

하지만 정보 시대에 기초는 더 이상 중요하지 않다. "여회계사가 단순한 타자기로 전락하고 있다"[48]는 사실이 그녀들에 대한 수요를 높였다. 상승 욕구, 경제적 필요, 또는 순수한 해방에의 의지[49]에 의해 노동자 계층, 중산층, 부르주아지 계급으로부터 수백만 명의 여성 비서가 등장했다. 문자라는 권력 체계에서의 주변적 성격이 여성들을, 매체의 체계 속에서, 모든 남성 비서들이 자랑스러워하던 아름다운 손글씨 기술을 능가하는 손가락 기술로 몰아갔던 것이다. 1895년 두 명의 독일 경제학자는 다음과 같은 사실을 인정해야 했다.

> 오늘날 여성 타이피스트는 하나의 양식이 되었다. 타이피스트는 매우 수요가 많고, 이 분야는 미국뿐 아니라 독일에서도 독보적인 영역을 확보하고 있다. 그런데 오늘날 전 국민적 근심거리가 되어버린 문제, 곧 소녀들에게 피아노 연습을 시키는 일의 실제적 유용함을 여기서 찾을 수 있다면 놀라울 것이다. 피아노 연습으로 터득한 손가락의 숙련은 타자기를 다루는 데 큰 도움이 된다. 타자기로 빨리 글을 쓰려면 모든 손가락을 능숙하게 사용할 수 있어야 하기 때문이다. 독일에서 이 직업이 아직 미국에서만큼 찬사받지 못하는 이유는, 타이피스트의 활동이란 다른 직업적 기술 없이 오직 기계적

으로만 연습하면 된다고 생각하기 때문이다.[50]

에디슨의 기계적 소리저장기술은 음악의 문자적 논리의 중심이 되는 기억장치였던 피아노 건반을 낡은 것으로 만들어버렸다. 이제 여성들은 더 이상 서정시의 철자들을 노래라는 대용적 감각으로 곁들이도록 요구받지 않게 되었다. 여성들의 손가락 숙련에 대한 국민적 근심거리가 (피아노 건반에서 도출된) 타자기 자판을 통해 실제적인 용도를 찾게 되었기 때문이다. 더욱이 문자 독점이 무너진 후 권력이 케이블, 무선전신, 흔적보존, 전기공학으로 이행되면서 오래전부터 내려오던 안전 지침들도 철폐된다. 이제 여성들도 텍스트 처리 작업을 독차지할 수 있게 된 것이다. 그 후로 "담론은 부차적인 것"[51]이 되고, 탈성화된다.

전범이 된 인물은 미국 재무장관이자 필로 레밍턴의 친구인 스피너Francis E. Spinner였다. 남북전쟁이 남자들을 다 쓸어가버리자 그는 300명의 여자들을 고용하고 이렇게 말할 수밖에 없었다. "정부의 공공 업무에 여성들을 고용하도록 했던 것이 내 생애 내가 했던 어떤 일보다도 만족스럽다."[52]

많은 나라들이 차례차례 체신, 전화, 철도 업무를 타이피스트들에게 개방하기 시작했다. 기술적 매체들은 기술적(혹은 히스테리적) 매체들을 필요로 하게 되었다. 독일 제국에서 처음 이를 이해했던 사람은 내무부 차관 및 참모본부 철도부 책임자였던 헤르만 폰 붓데Hermann von Budde 소장이었다. 헤르만 폰 붓데는 자기 여비서에게 매일 깔끔하게 완성된 명령을 받아치게 했고, 하위 부서에 "타자기를 더 많이 갖추도록" 했다.[53] 하지만 이로 인해 국가 공무원으로서의 남자와 어머니로서의 여자라는 독일적인 꿈은 큰 부담을 지게 되었다. 타자기, 전보기기, 그리고 통신 기계 앞에서 일하는 여자들을 위해 특별히 계약직 공무원이라는 신분이 마련되었는데, 이 신분은 그들이 결혼하면 곧바로 취소될 터였다.[54] 하지만 다른 한편으로 정보기술 자체가 "오래된 가족 형태의 붕괴"[55]를 가져온 것이었기에, 정보기술 기계를 다루는 여성들이 "가정 내에서 역할을 회복하는 것"은 "허락되지 않았다."[56]

지구적 규모의 붕괴가 이 독일적인 꿈에 종지부를 찍게끔 했다. 1917년, 군 최고사령부가 루덴도르프 공세를 위해 군비를 확장하고 국가 공무원의 전쟁 수행 능력을 철저히 점검하던 당시, 힌덴부르크Paul von Hindenburg는 문서를 통해 "'일하지 않는 자는 먹지도 말라'라는 근본 원칙"을 성별에 구애 없이 관철시켰다. 그 이듬해 『일하는 여성을 위한 잡지*Zeitschrift für weibliche Handelsgehilfen*』는 이렇게 쓰고 있다. "전쟁 수행 부서들의 총무처는 여성 노동력으로 채워졌고, 군대 행정 사무국에도 여성들이 진출했다. 후방 업무도 아직 충분한 노동력을 확보하지 못했기 때문에 여성 인력에 대한 수요는 계속 존재한다. 점령지에서도 상당수의 여성들을 고용했고, 온갖 종류의 국내 관청들도 여성을 대량으로 고용했다. 민간 군수 관련 기업들의 경우는 말할 필요도 없다."[57] 1935년 하이데거는 "하나의 국가 — 그는 존재한다"고 확언하였다. 하지만 하이데거는 국가의 "존재"가 "경찰이 용의자를 체포하거나, 국가 행정 부서에서 수없이 많은 타자기들이 딸각거리며 장관이나 부서장의 명령을 기록하는 데"[58] 있다는 것에 대해서는 회의적이었다.

이 철학자가 — 강의를 듣던 남녀 청중들을 당혹스럽게 한 —

존재, 인간 그리고 타자기 사이의 관련성을 계시받은 것은 스탈린그라드 전투가 벌어진 해의 겨울 학기가 되어서였다.

마르틴 하이데거, 「손과 타자기에 대하여」 (1942~43)

인간은 손Hand을 통해 "행동한다handeln." 손은 언어와 함께 인간의 본질을 규정한다. 인간처럼 언어(μύϑος, λόγος)를 "갖고" 있는 존재자만이 "손"을 "가질" 수 있고 또 가져야만 한다. 손을 통해 기도와 살인을, 인사와 감사를, 맹세와 손짓을 할 수 있으며, 손의 "작업"인 "수작업"과 도구도 생겨난다. 악수는 간결한 맹약의 출발이다. 손은 파괴라는 "작업"도 야기한다. 손은 비은폐와 은폐가 있는 곳에서만 존재한다. 어떤 동물도 손을 가지고 있지 않다. 앞발, 발굽, 발톱으로부터는 결코 손이 나오지 않는다. 절망에 빠진 인간의 손이라 할지라도, 그것은 움켜쥐는 발톱이 아니다. 손은, 언어와 더불어서만, 언어로부터만 연원한다. 인간이 손을 "가지고" 있는 것이 아니라 손에 인간의 본질이 내포되어 있는 것이다. 손의 본질적 영역인 언어가 인간 본질의 토대이기 때문이다. 새겨진 것으로서의 언어, 그래서 시선에 자신을 내보이는 언어가 쓰여진 언어이며, 그것이 문자다. 문자로서의 언어란 곧 손으로 쓰여진 손글씨를 말한다.

현대의 인간이 타자기[쓰는 기계]를 "가지고mit" 글을 쓰고 기계를 "향해" "명령하는"* 것은 우연이 아니다. 이러한 방식의 쓰기의 "역사"는 언어 파괴가 증가하는 근본 이유 중 하나다. 이는 쓰는 손, 본래적으로 행동하는 손을 통해서가 아니라, 그 손이 야기한 기계적 압력에 의해 이루어진다. 타자기는 문자를 손의 본질 영역, 즉 언어의 본질 영역으로부터 떼어낸다. 그리하여 언어는 "타이핑한 것"이 된다. 그와는 달리 타자기로 쓴 것이 단지 사본으로 쓴 글을 보존하는 데 기여하거나 "인쇄"를 대신하는 것일 때는 그 자신의 고유한, 제한된 의미를 갖는다. 타자기가 처음 등장했을 때 기계로 쓰인 편지는 예의에 어긋나는 것으로 여겨졌다. 반면 오늘날 손으로 쓰인 편지는 구식으로 여겨지며 선호되지 않는다. 그것은 빨리 읽기를 방해한다. 기계로 쓰기는 쓰여진 언어의 영역에서 손의 지위를 박탈해버리고 언어를 소통 수단으로 전락시킨다. 나아가 기계로 쓰인 문자는 필체를 감춤으로써 개성을 숨기는 "장점"을 제공한다. 기계로 쓰면 모두가 다 똑같아 보인다……

문자가 문자의 본질적 원천인 손으로부터 탈각되고, 쓰기가 기계에 넘겨지면, 인간에 대한 존재Seins zum Menschen의 관계에서도 전환이 일어나게 된다. 얼마나 많은 사람들이 실제로 타자기를 사용하는지, 타자기 사용을 싫어하는 사람들이 있는지 아닌지는 부차적 문제일 뿐이다. 인쇄가 근대 초에 발명된 것은 우연이 아니다. 이를 통해 단어는 철자가 되고, 쓰기의 궤적은 사라진다. 철자들은 "조판되고gesetzt," 그것은 다시 "눌려진다gepresst." 조판되고 눌려 "인쇄"되는 이러한 메커니즘이 타자기의 선구적 형태

* "명령하다"의 독일어인 "diktieren"에는 "구술하다" "시를 쓰다"라는 뜻도 있다.

이다. 쓰는-기계에는 언어의 영역에 대한 메커니즘의 침투가 있다. 타자기는 식자기를 이끌어내고, 프레스는 윤전기 프레스가 된다. 윤전기의 회전에는 기계의 승리가 예시되어 있다. 책 인쇄, 그리고 기계로 쓰기는 처음에는 장점과 용이함을 제공하지만 이 둘은 부지불식간에 이런 방식의 문자 소통을 요구하고 필요로 하게 만든다. 쓰는-기계는 쓰기와 문자의 본질을 감춘다. 그것은 인간에게서 손의 본질적 지위를 빼앗는다. 인간은 이 빼앗김을 적절히 경험하지도 못하고, 따라서 인간 본질에 대한 존재의 관계가 전환되었다는 것을 인식하지도 못한다.

타자기는 표시 없는 구름이다. 매우 치근덕거리면서 자신을 숨기는 은폐이며, 그로 인해 인간에 대한 존재의 관계는 전환을 일으킨다. 표시 없이, 자신의 본질 속에서 자신을 내보이지 않으면서 타자기는 활동 중이다. 바로 그 사실 때문에 여러분 대부분은, 여러분이 보여주는 호의적인 "반응"에서 알 수 있듯이 "말해져야" 하는 것이 무엇인지를 전혀 알아차리지 못한다.

물론 이 강연은 타자기에 대한 강연이 아니다. 그렇기에 도대체 타자기가 파르메니데스와 무슨 관계냐고 물을 수 있을 것이다. 여기서 말하고자 하는 바는 타자기와 더불어 전환이 일어났던, 문자에 대한, 다시 말해 언어에 대한, 그리하여 존재의 비은폐성에 대한 근대적 관계의 문제이다. 비은폐성과 존재에 대한 생각은 파르메니데스의 교훈 시와 부분적으로만 관련이 있는 것이 아니라, 오히려 그 전체가 완전히 결부되어 있다고 할 수 있다. "타자기"에서 기계가, 다시 말해 기술이, 문자, 곧 언어, 다시 말해 인간의 본질 규정에 대한 너무도 일상적이라 눈에 띄지 않는, 표시

 없는 관계 속에서 그 기술이 모습을 드러낸다. 여기서 보다 강조해야 할 것은, 타자기가 엄격한 의미에서의 기계기술이 아니라, 도구와 기계 사이의 "중간물," 하나의 메커니즘이라는 사실이다. 하지만 그 생산은 기계기술에 의해 조건 지워져 있다.

언어 가장 가까이에서 언어를 취급하는 이 "기계"가 사용되고 있다. 이 기계는 스스로 사용되기를 강요한다. 사용되지 않을 때조차도, 이 기계는 우리로 하여금 그를 사용하기를 포기하고 회피하는 방식으로 "자신"을 고려할 것을 요구하고 있다. 이러한 관계가 도처에서, 지속적으로 현대적 인간의 기술에 대한 모든 연관들 속에서 반복되고 있다. 기술은 우리의 역사 속에 존재한다.[59]

니체의 볼 타자기와 그의 여비서들

니체는 "우리의 필기도구가 우리의 사유와 더불어 작업한다"라고 썼다.[60] 하이데거는 "기술은 우리의 역사 속에 존재한다"라고 말했다. 니체가 저 문장을 자신의 타자기로 썼다면, 하이데거는 멋들어진 고전적인 필체로 타자기에 대해 묘사했을 뿐이다. 때문에 철학적 스캔들에 다름 아닌 매체기술로의 도약을 통해 모든 가치의 전도를 일으킨 사람은 니체였다. 1882년, 인간과 그의 사유, 그리고 저자의 자리를 이제 두 성별, 텍스트, 그리고 눈 먼 필기도구가 대신하기에 이른다. 최초로 기계화된 철학자인 니체는 또한 최후의 기계화된 철학자이기도 했다. 클랍헥Konrad Klapheck*의 그림을 참고하자면 『권력에의 의지*Wille zur Macht*』는 기계로 쓰여진 글이었다.

니체는 지독한 근시였고, 동공부동증不同症과 편두통을 겪고 있었다(마비가 진행 중이라던 소문은 차치하더라도). 1877년경 프랑크푸르트의 한 안과의사는 이 환자의 왼쪽 눈은 "지독한 근시"지만 그래도 "정상적인 이미지를 볼 수 있는" 반면, "오른쪽 눈은 이미지가 기묘하게 일그러져 보이고" "글자들은 알아보지 못할 정도로 왜곡되어 보인다"는 진단을 내렸다. 두통은 이에 따른 "2차적 증상"[61]이었고, 망치로 철학을 하겠다는 니체의 기획은 "공격성과 관계된 제3뇌실 전두엽 벽에 강한 자극을 받아 생겨난"[62] 자연스런 귀결이었다. 매체 태동기의 이 철학자는 이론적으로만 철학에서 생리학으로 전환한 것이 아니었다. 그의 중추신경 체계가 그보다 앞서 나가고 있었던 것이다.

니체 스스로도 자신의 상태를 1/4 시력상실, 절반 시력상실, 3/4 시력상실[63]이라는 순차적 시력상실 과정으로 표현했다. (이 산술적 순서의 다음 단계가 정신착란이었다는 것은 다른 사람들에게서 나온 말이었다.) 알아보지 못할 정도로 왜곡된 글자들(과 악보)을 읽는 일은 20분만 지나면 통증을 유발시켰는데, 이는 글쓰기에서도 마찬가지였다. 그렇기에 니체는, 매우 함축적인 제목의 책 『방랑자와 그의 그림자*Der Wanderer und sein Schatten*』에서 발전시킨 "전보식 문체Telegrammstil"[64]가 눈의 통증에서 기인한 것이라고 말했던 것이다. 그림자처럼 따라붙은 시력상실 상태에 대처하기 위해

* 1935~현재. 뒤셀도르프 출신의 독일 화가.

니체는 1879년, 이른바 "시력상실의 해"[65]에 타자기를 마련할 계획을 세운다. 1881년 니체는 "타자기 발명가인 코펜하겐 출신의 덴마크인과 접촉"[66]하게 된다.

> 사랑하는 누이에게. 한센의 기계에 대해 아주 잘 알게 되었어. 한센 씨가 두 차례 내게 편지를 보내 견본과 도면, 그 기계에 대한 코펜하겐 교수들의 감정서를 보내왔거든. 난 이 기계(미국제는 말고, 그건 너무 무거워서)를 구입할 생각이다.[67]

우리의 필기도구는 우리의 사유와 더불어 작업하기 때문에 선택은 엄격히 기술적 데이터를 따라 이루어졌다. 엥가딘Engadin과 리비에라Riviera 두 모델 사이에서 고민하던 니체는 첫번째는 여행용 타자기를 선택했고, 두번째는 장애인으로서 선택했다. "소수의 사람들만이 타자기를 소유하고 있었고, [독일에는] 아직 제작회사가 없어 개인적으로만 구매가 가능했던"[68] 시대에 한 사람만이 자신의 공학적 지식을 증명한 것이다. (이 때문에 미국의 타자기 역사가들은 니체와 그의 타자기 제작자 한센 씨를 타자기 역사에서 언급하지 않는다.)[69]

한스 라스무스 요한 말링 한센Hans Rasmus Johann Malling-Hansen(1835~90), 목사이자 코펜하겐 왕립농아학교 교장[70]은 농아들의 수화가 손글씨보다 빠르다는 것을 관찰한 후 타이프볼Skrivekugle/Schreibkugel/Sphère écrivant을 개발하였다. 타자기는 "사업상의 필요 때문에"[71] 고안된 것이 아니라, 생리적 결함을 보충하고 글 쓰는 속도를 증가시키기 위해(스칸디나비아 전보 회사가 "의뢰받은 전보의 전송을 위해 타이프 볼을 사용"[72]했던 것은 이 때문이었다) 발명된 것이었다. 중앙에 배치된 54개의 자판(아직 레버는 없었다)을 통해 대문자, 숫자, 기호 들이 색 띠를 통과해 실린더 위에 끼워진 작은 종이에 찍혔다. 부르크하겐에 의하면 이 반구형 자판은 큰 장점을 갖고 있었다. "이 타이프 볼은 본래 맹인들을 위해 개발되었다. 타이프 볼을 사용하는 맹인들은 놀랄 만큼 빨리 글쓰기를 배운다. 구형 표면에 자리 잡은 각각의 자판들은 자판들 간의 상대적 위치를 통해 완벽하게 구분된다…… 이로 인해 촉각만 가지고도 기계를 다룰 수 있다. 평면 자판이었다면 매우 힘든 일이다."[73] 이 감정서를 작성한 코펜하겐의 교수들이 절반의 맹인이었던 전직 교수를 움직였다.

1865년 말링 한센은 특허를 획득했고, 1867년 최초로 타자기의 대량생산이 시작되었다. 독일인들(그리고 니체?)은 이 사실을 1872년 『라이프치히 도판 신문*Leipziger Illustrieten Zeitung*』을 통해 처음 알게 되었다.[74] 1882년 마침내 코펜하겐의 인쇄소 펠스레브가 타자 볼을 여성과 연결시켰다. 인쇄소의 "여성 조판사들이 텍스트 조판보다 훨씬 더 많은 시간을 손으로 쓰인 텍스트를 해독하는 데 매달리고 있는"[75] 곤란한 상황에 대처하기 위한 매체로. 타자기는 "문학 창작과 출판을 연결시킴으로써" "쓰여지거나 인쇄된 말에 대해 완전히 새로운 태도"[76]를 낳았다는 매클루언의 법칙이 처음으로 실현된 것이다. (출판사에 손으로 쓴 원고를 보내는 일이 희귀해진 오늘날 "모든 인쇄 산업은 라이노타이프Linotype와 타자기에 의존하고 있다."[77])

같은 해, 같은 이유에서 니체는 타자기를 구매한다. (배송 요금을 제외한) 375제국마르크[78]로 절반의 맹인이자 악필 때문에 출판사의 불평을 사던 저자가 "마치 인쇄된 듯 아름답고 정돈된 텍스트"를 제공할 수 있게 되었다.[79] "1주일 동안" 기계에 익숙해진 후 니체는 "이제는 눈을 사용할 필요가 없다"[80]라고 썼다. 자동 글쓰기Ecriture automatique가 발견되고, 방랑자의 그림자가 육화되었다. 1882년 3월 『베를린 일간신문*Berliner Tageblatt*』에는 이런 기사가 실렸다.

> 저명한 철학자이자 작가인 프리드리히 니체, 눈의 통증 때문에 약 3년 전 바젤의 교수직을 사임했던 그가 현재 제노바에 체류 중이다. 완전한 실명에 가까워지게 한 질병을 제외하면 상태가 이전보다 좋아졌다고 할 수 있다. 그는 타자기의 도움으로 다시 집필 작업을 개시할 수 있게 되었다. 따라서 그의 최근 저작과 같은 형식의 저작의 출간을 기대해봄 직하다. 잘 알려져 있듯 그의 최근 저작들은 초창기의 중요한 업적들과는 상당히 대조적이다.[81]

실제로 그러하였다. 그 어떤 철학자보다 자신의 기계화에 대한 이 기사를 자랑스러워했던[82] 니체는 논증에서 아포리즘으로, 사유에서 단어 유희로, 수사에서 전보 문체로 옮겨 갔다. "우리의 필기도구가 우리의 사유와 더불어 작업한다"는 문장이 이를 증명한다. 말링 한센의 타이프 볼과 그 조작상의 문제들이 니체를 간결한 문체의 작가로 만들었다. "저명한 철학자이자 작가"는 자신의 첫번째 특성을 벗어던지고 두번째 특성과 융합하였다. 19세기 말 학문과 사유가 과도한 책의 소비를 통해서만 가능하고 또 그를 통해 허

매체의 자기홍보:
타자 친 출력물이 보이는
타자기

용되었다면, 학문과 사유를 "책으로부터" "구원"한 것은 실명失明이었던 셈이다.[83]

니체의 이 "즐거운 소식"은 초창기 모든 타자기들에도 적용된다. 1897년 언더우드 사의 신제품이 나오기 전까지는 출력물을 그 즉시 시각적으로 볼 수 있는 타자기 모델은 없었다. 타자기로 쓴 것을 다시 읽으려면, 레밍턴 타자기의 경우는 덮개를 열어야 했고, 말링 한센 타자기의 경우는—이와는 다른 주장도 있기는 하지만[84]—반구형 자판이 종이를 가리고 있었다. 타자기로 작성한 지면이 보이지 않는다는 점에서는 언더우드의 신제품도 마찬가지였다. 뷔템베르크 왕가의 궁정 속기사이자 독일 제국 최초의 타자기 판매상 안겔로 바이엘렌Angelo Beyerlen은 명확한 엔지니어적 언어로 이렇게 전한다. "손으로 쓸 때 눈은 글이 써지는 곳을 계속 보고 있어야 한다. 눈은 한 글자 한 글자가 생겨나는 것을 감시하고, 측정하고, 그 위치를 지정해주어야 한다. 간단히 말해 손의 모든 움직임을 이끌고 유도해야 한다." 이것이 고전적 저자성의 매체기술적 토대였다. 타자기는 이런 저자성을 무화시켜버린다. "그에 반해 타자기는 손가락으로 자판을 한 번 누르는 것만으로 종이 위 정확한 위치에 완전한 철자를 생성시킨다. 종이는 글 쓰는 사람의 손이 닿을 필요도 없이, 이 손에서 먼 곳에, 손이 일하는 곳과는 전혀 다른 장소에 자리 잡고 있다." 언더우드 모델에서도 "눈에 보이지 않는 유일한 곳"은 바로 "써야 할 글자들이 생성되는 바로 그 자리"[85]였다. 글 쓰는 행위가 백분의 1초 후 읽는 행동이 되는 일이 사라지고, 글을 쓰는 행위가 주체의 은총을 받는 행위가 되는 일도 사라진다. 사람들은 이 눈 먼 기계 앞에서, 자신이 눈이 멀었든 아니든 상관없이, 역사적으로 새로운 기교를 배우게 된다. 자동 글쓰기가 그것이다.

"예나 지금이나 글쓰기를 위해 시력은 필요하지 않다"[86]는 바이엘렌의 슬로건을 자유롭게 이용하면서, 1904년 「타이프-라이팅 기술 습득Acquisition of Skill in Type-Writing」 정도를 측정하고 피험자들에게 타자기로 일기를 쓰게 했던 미국의 한 실험심리학자는 앙드레 브르통André Breton을 연상시키는 프로토콜을 남겼다.

24일째. 눈에 띌 정도로 손과 손가락이 유연하고 능숙해짐. 증가하는 유연성과는 별도로, 자판을 보려고 기다리지 않고 자판의 위치를 파악하는 법을 배워야 한다. 달리 말해, 위치에 따른 공간 정위.

25일째. 공간 정위(손 근육 등), 글자와 단어의 연상이 점점 더 자동화된다.

38일째. 오늘은 글자를 보았다고 의식하기도 전에 글자를 타이핑하고 있는 자신을 발견. 마치 글자들이 의식의 수면 아래에서 스스로 완성되고 있는 듯하다.[87]

「맹인들의 유쾌한 이야기Eine lustige Geschichte von Blinden usw」(바이엘렌의 논문 제목)는 기계화된 철학자의 이야기이기도 했다. 니체가 기계를 구입했던 이유는 다른 동료들, 트웨인, 린다우, 에이민토르Amyntor, 하르트Hart, 난센Nansen 등의 유행 작가들과는 크게 달랐다.[88] 이 작가들은 글 쓰는 속도를 높이고 텍스트의 대량생산을 위해 타자기를 구입했다. 그에 반해 절반의 맹인이었던 니체는 철학에서 문학으로, 텍스트의 다시 읽기로부터 순수하고 맹목적인 자동사적 쓰기 행위로 이행하였다. 그의 말링 한센 타자기는 현대의 모든 엘리트 문학E-literatur의 모토를 이렇게 타이핑했다. "무엇인가를 배우지 못할 만큼 눈이 나빠지더라도 — 나는 곧 그렇게 될 것이다! 그래도 나는 시구들을 벼려낼 수 있다."[89]

아직 거의 연구된 바 없는 많은 양의 종이 뭉텅이, 이 타자기 문학이 시작된 원년은 일반적으로 1889년으로 통한다. 이 해에 코난 도일의 『정체의 문제*A Case of Identity*』 초판이 출간되었다. 이 책에서 탐정 셜록 홈즈는, 당시 영국 최초의 타이피스트 중 한 명이자 당연하게도 근시인 한 여성이 타자기로 친 (서명이 있는) 연애편지를 받은 사건을 의뢰받는데, 결국 모든 것이 그녀의 계부가 벌인 결혼 사기극임을 밝혀낸다. 타자기를 이용한 이 익명화 트릭은 홈즈로 하여금 경찰 전문가들보다 17년이나 앞서 『타자기와 범죄와의 관계에 대하여*On the Typewriter and its Relation to Crime*』라는 책을

쓰게끔 만든다.[90]

코난 도일의 선견지명에는 큰 경의를 표하지만, 사실상 타자기 문학의 원년이 1882년이었음을 보여주는 것은 광학적-문헌학적으로 즐거운 일이 아닐 수 없다. 그것은 "타자기와 글쓰기의 관계에 대하여"라고 불릴 만한 프리드리히 니체의 시와 더불어 시작되었다. 타자기로 친, 그러니까 벼려지고 세공된 이 시구에는 도구, 사건 그리고 행위자라는 글쓰기의 세 동인이 동시에 나타난다. 저자는 등장하지 않는다. 여기서 저자는, 니체라고 불리는 "예민한"[91] 타이프 볼을 그 모든 모호함 속에서 "사용"하게 될 수신자 독자로서 시의 언저리에 머물러 있기 때문이다. 우리의 필기도구는 우리의 사유에 영향을 미칠 뿐 아니라, "나와 동등한 물건"이기도 하다. 기계적이고 자동적인 글쓰기는 고전적인 펜의 남근 중심주의를 철회한다. 섬세한 손가락을 사용하는 철학자의 운명은 저자성이 아니라 여성화다. 그렇게 니체는 당당하게 레밍턴의 젊은 기독교 여성, 그리고 말링 한센의 코펜하겐 여성 식자공과 어깨를 나란히 하고 등장했던 것이다.

하지만 행운은 오래가지 않는 법이다. 제노바의 인간 타이프볼은 겨울 두 달 동안 새롭고 변덕이 심한 자신의 사랑스런 장난감을 테스트하고, 수리하고, 사용하고, 시를 지으며 보냈다. 그런데 호우를 동반한 리비에라 반도의 봄이 그 유희에 종말을 고했다. "이 빌어먹을 글쓰기." 늘 그렇듯 니체는 자기 자신을 지칭하듯 이렇게 쓴다. "지난번 노트 이후로는 타자기를 못 쓰고 있다. 날씨가 흐리고 구름이 끼어서, 즉 습하다는 말이다. 매번 색 띠가 습하고 끈적끈적해져서 키를 누를 때마다 달라붙고, 글자는 전혀 읽을 수 없다. 도대

192

SCHREIBKUGEL IST EIN DING GLEICH MIR: VON
EISEN
UND DOCH LEICHT ZU VERDREHN ZUMAL AUF REISEN.
GEDULD UND TAKT MUSS REICHLICH MAN BESITZEN
UND FEINE FINGERCHEN, UNS ZU BENUETZEN.

니체의 말링 한센 시(1882년 2~3월)
"타이프 볼은 나와 같은 물건이다. 강철로 되어 있지만 쉽게 꼬여버린다.
특히 여행 중에는. 우리를 사용하기 위해서는 많은 인내와 자제,
그리고 섬세한 손가락이 필요하다."

체가!!"[92]

이렇게 제노바의 호우는 현대적 글쓰기를 출발시켰다가 다시 중단시켰다. 글쓰기 자체가 매체의 물질성이 되었다. 제임스 조이스James Joyce는 "A letter, a litter," 글자 하나, 오물 하나라고 조롱했다. 니체의 타자기, 다시 말해 문학적 생산과 재생산을 융합하려던 꿈은 그 대신, 실명, 비가시성, 그리고 결코 폐기되지 않는 기술적 매체의 배후인 백색소음을 융합해놓았다. 결국 종이 위 철자들은 [니체의] 우측 망막 위의 철자들처럼 보였다.

그러나 니체는 포기하지 않았다. 타자기로 쓰인 마지막 편지 중 하나는 매체기술적 보완물, 그리고/혹은 인간적 대체물을 요구했다. 축음기와 비서를. 니체는 쓰기 도구와 글 쓰는 자를 계속 동일화하면서 이렇게 말했다. "이 기계는 작은 개처럼 예민해서 날 힘들게 한다—가끔씩은 즐겁게도 한다. 이제 친구들이 내게 낭독-기계를 발명해주어야 할 것 같다. 그렇지 않으면 난, 내 안에만 갇혀 정신적으로 충분한 자극을 공급받지 못할 것이다. 아니 그보다는 나와 같이 일할 수 있을 만큼 지적이고 잘 교육받은 젊은이가 옆에 있으면 좋겠다. 이를 위해서라면 2년 약정 부부 관계라도 맺을 작정이다."[93]

그의 기계의 붕괴와 더불어 니체는 다시 남자가 되었다. 하지만 이것은 결국 사랑에 대한 고전적 개념을 회수해버리는 일이었다. 오래전부터 존재했었던 것 같은 남자, 최근에 존재하게 된 것 같은 여자. "젊은이"와 "2년 약정 부부 관계" 모두 타자기와의 실패한 러브 스토리를 이어가보려는 "목적"에 부합한다.

실제로 그렇게 되었다. 말링 한센 타자기를 제노바로 운송해 주었던 니체의 친구 파울 레Paul Ree가 그 타자기를 대체할 사람을 물색했다. "필사, 발췌를 비롯한 다양한 일들을 담당하여 철학 연구를 도와줄 수 있는"[94] 누군가를. 그런데 파울 레는 지적인 젊은 남자 대신 "자신의 학문적 결과를 생산해내기 위해 스승을 필요로 하던"[95] 젊은 여성을 소개해주었다. 루 폰 살로메Lou Andreas von Salomé가 그 장본인이다.

이렇게 해서 고장 난 타자기를 대신해 문학사에서 가장 유명한 삼자의 동거가 등장하게 되었다. 대학 교수 니체, 박사 레, 그리고 살로메가 서로 잠자리를 가졌었는지, 그랬다면 언제, 어떤 순서였는지라는 질문은 심리학자들을 즐겁게 할 수는 있다. 하지만 어떤 이유로 당대의 젊은 여성이 니체의 타이프 볼을 대신해 일을 하게 되었는지, 그리고 안 그래도 몇 안 되는 니체의 학생이 될 수 있었는지에 대한 질문이 먼저 제기되어야 한다. 그 답을 주는 인물은 (프쇼르 교수의 말을 빌리자면) 세계적으로 유명한 남자의 그 도시에서만 알려진 여동생이다. 『프리드리히 니체와 당대의 여인들 *Friedrich Nietzsche und die Frauen seiner Zeit*』이라는 책에서 엘리자베트 푀르스터Elisabeth Förster가 묘사하기를, 취리히 대학 교수들은 "대학과 도서관에서 비서나 조교로 일하던 당시의 해방된 여성들"을 (적어도 여성 해방이 "점차 온건한 형태를 띠기 시작"하고 더 이상 성별 전쟁이라 불리지 않게 된 이래로) "매우 높이 평가하고 있었다."[96] 러시아와 (1908년까지도 담론 관리와 고등 교육이 전적으로 남성의 전유물이었던) 프로이센 출신의 젊은 여성들이 루 살로메처럼 취리히 대학 철학과에 입학하게 된 것은 그 논리적 귀결이었다. 나아가 전직 바젤 대학 교수가 그녀들을 기꺼이 비서와 조교로 채용하게 된 것도 그 논리적 귀결이었다. 그러니까, 열정에 불타는 철학자와 그의 러시아 애인이 몬테 사크로를 등정하기 한참 전에 주사위는 이미 던져졌던 것이다……

니체의 철학은 문자와 대학의 탈성화를 완성시켰다. 바젤에서 차라투스트라-교수 자리를 마련하려는 깊은 열망을 자극할 만한 동료도, 학생도 발견하지 못했던 니체는 철학적 담론의 근본적 울타리를 철거해버렸다. 그리고 이제 막 대학 입학을 허가받은 해방된 여성들 중에서 자기 학생을 뽑았다. 루 폰 살로메는 이를 위해 니체와 접촉했던 취리히의 많은 여성 철학자들 중 하나였다. 루 폰 살로메 외에도 지금은 잊혀진 이름인 레자 폰 쉬른호퍼Resa von Schrinhofer와 메타 폰 살리스Meta von Salis, 그리고 헬레네 드루스코비츠Helene Druskowitz가 있었다. 헬레네 드루스코비츠는 니체를 계승 혹은 니체와 경쟁하듯 정신병원에서 죽음을 맞이했다. 니체가 "우리 교육 시설의 미래"라 불렀던 것이, 기이하게도, 하필이면 조용하고 고독한 엥가딘에서 시작되었던 것이다. 1885년부터 해방된 여성들, 대학에서 공부하는 여성들이 실스마리아로 향했던 이유는 "가장 위험한 여성 적대자로 여겨지던 니체 교수를 더 잘 알기 위해서"[97]였다.

결국 그렇게 되기 마련이다. 수백 년간 여성들을 대학과 철학에서 배제시킨 결과 자연이라는 위대한 여성의 이상화가 생겨났듯이, 이제 대학과 철학에 여성들을 편입시키자 철학 자체가 변화했다. 젊은 시절 헤겔이 사랑이라 부른 것, 이념과 하나를 이루었던 것이, 주지하듯 『이 사람을 보라*Ecce Homo*』에서는 이렇게 전도된다. “사랑의 수단은 전쟁이며, 사랑의 근저에는 죽이고 싶을 정도의 성별 간의 증오가 있다.”[98] 이러한 통찰에 따라 이 새로운 철학자는 사랑이라는 전쟁에 참전을 거부하는 여성 해방에 맞서 싸웠고, 심지어 여성을 진리이면서 비非진리로 정의했다. 이에 대해 답변할 수 있는 것은 여성 철학자들뿐이었다. 한때 니체의 제자였던 헬레네 드루스코비츠의 남성 혐오는 니체의 여성 혐오를 능가했다. 한 명의 남성과 한 명의 여성, 이 두 작가는 출판 시장을 뜨겁게 달구며 이성애에 대한 니체의 매체 시류적 개념을 증명했다.

니체와 루 폰 살로메의 몇 주 동안의 연애는 멋졌고, 잊혀졌다. 끝없이 고조되어가던 성별 간 전쟁은 니체의 명성이 시작된 출발점이었다. 여성들이 (그리고 유대인들이) 거의 잊혀질 뻔한 전직 교수를 유명하게 만들었다. 드루스코비츠처럼 증오에서 그랬던 것인지 아니면 사랑 때문에 그랬던 것인지, 어쨌든 니체의 개인 여학생들은 작가의 길에 접어들었고, 작가로서의 그들의 작업은 니체가 쓴 책들을 다시 읽게 만들었다. 그 여자 비서들은, 니체가 원했던 그대로, “필사, 발췌를 비롯한 다양한 일”들을 하면서 업무를 수행했던 것이다.

이렇게 해서 니체는 담론적 사건들을 정확히 등록하게 되었다. 고등교육 체계가 그를 다른 모든 사람들처럼 손글씨와 아카데믹한 동성애에 길들이기는 했지만, 그 자신은 무언가 다른 것을 시작했던 것이다. 글 쓰는 기계와 글 쓰는 여자들, 서로 접속된 당대의 두 가지 혁신이 그의 담화를 실어 날랐다.

“우리의 필기도구가 우리의 사유와 더불어 작업한다.” 타자기가 고장 난 지 4년 후 니체의 사유는 타자기 자체를 사유하는 것으로 나아간다. 니체는 레밍턴의 경쟁 모델을 테스트하는 대신, 말링 한센의 발명품을 철학의 지위로 격상시켰다. 그는 (책의 행들 사이에 있는) 헤겔의 정신이나 (잠재적 근육 에너지 사이에 있는) 마르크스의 노동으로부터 인간의 진화를 도출하는 대신, 정보 기계에서 출발한다.

『도덕의 계보학*Genealogie der Moral*』의 두번째 글에 따르면 지식, 언어 그리고 선한 행동은 더 이상 인간의 태생적 속성이 아니다. 장차 인간이라는 이름으로 불리게 될 동물은, 동류의 존재와 마찬가지로 모든 매체의 배후인 랜덤 노이즈와 망각에서 유래한다. 1886년, 기계적 저장기술이 정초되던 시대에, 인간의 진화 역시 기계적 기억의 창조를 향하고 있음을 귀요는 축음기를 통해, 니체는 타자기를 통해 논증한다. 망각의 동물을 인간으로 만들기 위해 실재계의 신체를 동강 내고 글자를 새겨 넣는 맹목적 폭력이 가해진다. 이러한 고문이 행해진 다음에야 사람들은 주어진 명령을 지키고 수행하게 된다.

니체에게 글쓰기란, 더 이상 손글씨를 통해 자신의 목소리, 영혼, 개성을 세계를 향해 내보내는 인간의 자연적 확장이 아니다. 오히려 그 반대다. 말링 한센에 대한 정교한 시에서 인간은 글을 쓰는 자에서 글이 쓰여지는 표면으로 자리를 바꾼다. 모든 글 쓰는 자는 폭력성을 지닌 채, 브램 스토커의 드라큘라가 곧 그 이름을 부르게 될 비인간적 매체기술자가 된다. 신체의 일부를 보지도 않고 잘라내고 인간 피부에 구멍을 내는 문자는, 언더우드가 타자기에 가시성을 도입했던 1897년 이전의 타자기에서 나올 수밖에 없었다. 1866년 나무로 제작된 타자기의 전신 페터 미터호퍼 모델 2호에는, 말링 한센 모델과는 달리 활자도 색 띠도 없었다. 그 대신 바늘로 종이에 구멍을 뚫었다 — 그 실례로, 아주 니체적으로, 발명가 자신의 이름을.

매체 태동기의 엔지니어, 철학자 그리고 작가는 이렇게 서로 연대하고 있었다. 기계 글쓰기에서는 모든 것을 볼 수 있지만, 기호의 기입 자체는 보이지 않는다는 바이엘렌의 기술적 확증은 『도덕의 계보학』에서도 묘사된다. 니체에게도, 브램 스토커에게도 희생자들은 볼 수 없는 존재들이었다. 그래서 "너무나도 끔찍한 희생과 저당, 말할 수 없이 역겨운 절단," "가장 잔혹한 제의"[99]가 그들의 각 신체 부위에 무슨 짓을 벌이는지 읽을 수 없었다. 유일하게 가능한 것은 무의식적 독해, 다시 말해 도덕이라 불리는 노예적인 굴종뿐이었다. 오늘날 거의 모든 것에 적용되는 포스트구조주의의 메타포, 니체의 기입이라는 발상은, 타자기의 역사라는 틀 안에서만 타당성을 갖는다. 그것은 정보기술이 더 이상 인간에 환원될 수 없게 된 그 전환점을 지칭한다. 그 대신 이제는 정보기술 자체가 인간을 만든다.

매체적 조건에서 도덕의 계보학은 동시에 신들의 계보학이다. 기입 행위는 비가시적이라는 바이엘렌의 법칙에서, 우리는 관객 혹은 드라큘라처럼 비인간적 정보기술의 주인들 같은 존재의 필연성을 도출할 수 있다. "은폐되고, 발견되지 않고, 증인도 없는 고통을 세계에서 없애고 진실로 부정하기 위해서, 사람들은 신들, 그리고 온갖 높이와 깊이에 자리한 중간 존재들을 고안해낼 수밖에 없었다. 간단히 말해, 숨겨진 곳 속에서도 떠돌아다니고, 어둠 속에서도 볼 수 있고, 흥미롭고 고통스러운 연극을 놓치지 않는 그런 존재들을 말이다."[100]

니체는 과감히 그 신의 자리를 점유하고자 시도한다. 신이 죽었다면, 신들을 고안해내는 것을 방해할 자는 아무도 없다. 한 해방된 여인이 가리키듯 "불쌍한 사람, 성인聖人이면서 계속 일하고, 심지어 거의 맹인으로 읽지도 쓰지도 못하면서 (기계로만) 쓰는"[101] 이 사람은 스스로를 매체의 지배자인 디오니소스와 동일시한다. 시를 벼리는 일이 철학하는 것과 배우는 것을 대신해 여러 차례 등장한다. 『도덕의 계보학』은 리듬 위에 흥미롭고도 고통스러운 연극을 펼쳐놓는다. "아리아드네의 탄식"이라는 제목이 붙은 니체의 디오니소스 찬가가 그것이다. 여기서 시를 쓰는 것과 기계를 향해 명령하는 것은 — 하이데거의 회상에 따르면 — 단어상으로나 행동으로나 완전히 동일하다.

시로 쓰여진 아리아드네의 탄식은 완전한 어두움 혹은 완전한 실명 상태에서 솟아 나온다. 그 탄식은 『도덕의 계보학』에서 묘사하는 모든 기억술 또는 기억 기입의 규칙에 따라 아리아드네의 신체에 고문을 가하는 "베일에 싸인" 신에 대해, 그리고 그 신을 향해 말한다. 디오니소스에게는 언어도, 문체도, 펜도 없다. 고문 그 자체일 뿐이다. 고문 받는 여성 희생자는 신체적 고통으로부터 욕망의 흔적을, 진정한 타자의 욕망을 읽어내려고 고통스럽게 시도한다. 150행 혹은 150회의 탄식이 지난 후에야 아리아드네는 그녀 자신이 욕망하고 있는 것이 신의 욕망이라는 것을 읽게 된다.

되돌아와요!

당신의 모든 고문과 함께!

내 눈물 모두는 당신을 향해

흘러가고

내 심장의 마지막 불꽃은

당신에게서 불타오릅니다.

오, 되돌아와요.

내 미지의 신이여! 내 고통이여!

내 최후의 행복이여![102]

마지막의 이 외침은 픽션이 아니다. 니체는 인용을 하고 있다. 그것도 새로운 여성 문필가들 중 한 명을. 루 폰 살로메가 짓고 니체가 곡을 붙인 한 시에는 "내게 줄 행복이 더 이상 남아 있지 않아도 좋다! 너에게는 아직 고통이 있으니"라는 구절이 등장한다. 디오니소스를 찬미하는 시인은 여기서, 살로메라는 여성의 말을 아리아드네라는 다른 여성의 입으로 말하게 한 비서에 다름 아닌 것이다. 『도덕의 계보학』이 예견했던 대로, 기입의 신은 기입된 고통으로부터만 태어날 수 있고, 또 그로부터만 태어나야 한다. 아리아드네 혹은 살로메의 마지막 외침 후에, 오랜 세월 베일 속에 있던 디오니소스는, 눈부신 "에메랄드빛 아름다움 속에서 모습을 드러낸다." 디오니소스 찬가는 이제 필연적인 결론으로 나아간다. 그의 응답은 너무도 자명한 것을 드러낸다. 곧, 저 모든 고문 장면은 결국 글쓰기 장면이었던 것이다.

지혜로워져라, 아리아드네!……
너는 작은 귀를 가졌다, 너는 나의 귀를 가졌다.
그 속에 지혜로운 말들을 집어넣어라!—
자신을 사랑해야 하는데, 자신을 증오해서야 되겠는가……
나는 너의 미궁이다……[103]

희생자의 귀의 미궁Ohr-labyrinth을 점유하고 거기에 지혜로운 말들을 집어넣는 디오니소스는 말 그대로의 의미에서 시인 또는 구술자[독재자]가 된다. 그는 여성 하인이나 여성 비서에게 자신의 구술[명령]을 받아들일 것을 구술한다[명령한다]. 한쪽의 성性이 다른 쪽의 귀에 고통을 주는 말을 주입할 때, 사랑과 이성애의 새로운 개념들은 사건이 된다. 알마 마터[양육하는 어머니]Alma Mater를 둘러싼 보편적인, 다시 말해 남성적인 담론들 대신에, 남녀의 불가능한 관계에 대한 두 성의 담론이 시작된다. 라캉이 말하는 성적 관계rapport sexuel가 그것이다. 니체가 디오니소스라는 이름의 "철학자"를 고안해낸 후, 디오니소스의 존재를 역사적인 "새로움"이라고 칭한 이유도 여기에 있다. 그리스 귀족들을 제자로 삼았던 소크라테스와 달리, 독일 공무원 자제들을 제자로 둔 헤겔과도 달리, 디오니소스는 여성에게 구술[명령]을 한다. 니체에 의하면 「아리아드네의 탄식Klage der Ariadne」은 아리아드네와 낙소스 섬에 있는 그녀의 "철학적 애인"이 나눈 많은 "유명한 대화들" 중 하나다.[104]

이 낙소스 섬도 픽션이 아니다. 그것은 독일 고등교육기관의 미래다. 막스 베버Max Weber의 미망인은, 새로운 여학생들이 "젊은 남성들과 이전에 없던 정신적 접촉을 할 가능성들로부터 얼마나 많은 새로운 종류의 인간관계가 자라 나오는가"라고 묘사한 적이 있다. "동료 관계, 우정 관계, 사랑."[105] (루 안드레아스 살로메의 경우처럼 남성 정신분석가와 여성 정신분석가 사이에서 나타난 새로운 가능성은 두말할 필요도 없다.) 어쨌든 니체는, 그의 말링 한센 타자기와 살로메 둘을 다 잃고 난 후에도 계속 디오니소스의 말을 귀에 주입할 여자 비서를 찾고 있었다. 채찍을 든 차라투스트라를 위해 "자신의 텍스트를 구술해줄 누군가"를 필요로 했는데, 바로 그를 위해 "호르너Horner 양이 하늘에서 내려온 듯 보였다."[106] 『선악을 넘어서*Jenseits von Gut und Böse*』, 이 "미래의 철학을 위한 서곡"을 위해서는 뢰더-비더홀트Louise Röder-Wiederhold 양이 낙소스 섬에 들어왔다.

"나는 너의 미궁이다"라고 디오니소스는 고문을 당한 아리아드네에게, 크레타의 제의적 춤에서는 스스로가 미궁의 주인이던 그 아리아드네에게 말했다. 그리고 차라투스트라는, 피와 잠언으로 쓰는 시인-구술자[독재자]는 읽혀지는 게 아니라 암기되기를 원한다고 덧붙였다.[107] 바로 이 점 때문에 뢰더-비더홀트 양은 문제를 안고 있었다. 불행하게도 신, 악령, 그리고 유럽의 중간적 존재들이 그녀의 귀에 이미 오래전에 기독교와 민주주의의 도덕을 주입해두었던 것이다. 이것이 엥가딘에서의 구술 장면을 고문 장면으로 만들었다. 그녀의 손은 선과 악을 넘어 있는 것을, 기독교와 도덕을 넘어 있는 것을 받아써야 했다. 아리아드네의 탄식이 경험적 사건이 되었다. 쓰기기술에 대한 역사는 『선악을 넘어서』가 쉽게 쓰여질 수 있는 게 아니었다는 사실을 고려해야 한다. 그를 알고 있던 니체는 이렇게 기록해놓았다.

> 당분간 나에게는 탁월한 뢰더-비더홀트 양이 있다. 그녀는 나의 끔찍한 "반-민주주의"를 "천사처럼" 견디고 참아낸다 — 나는 매일 그녀에게 여러 시간 동안 오늘날의 유럽인들에 대한 생각을 구술했던 것이다 — 그리고 미래의 유럽인들에 대해. 이러다가 그녀가 내게 "진절머리를 내고는" 실스마리아를 떠나버릴까 두렵다. 그녀는 1848년의 피로 세례를 받았으니.[108]

니체 같은 인간 타자기 그리고/혹은 말링 한센 같은 기술적 타자기를 대체할 만한 여성 비서는 존재할 수 없었다. 니체는 1882년 1월부터 3월까지 계속 타이프 볼을 사랑했다. "우리끼리 하는 이야기이지만," 매체 지배자 니체는 저 "탁월한 여성"에 대해 이렇게 쓰고 있다. "그녀는 내게 맞지 않는다. 나는 반복Wiederholung[비더홀트Wiederhold로 읽음]을 원하지 않는다. 내가 그녀에게 구술해주었던 것은 전부 아무런 가치도 없다. 그녀는 내가 참기 힘들 정도로 자주 울었다."[109]

아리아드네의 탄식. 그녀의 구술자[독재자]는 이렇게 예견했을지도 모른다. "자신을 사랑해야 하는데, 자신을 증오해서야 되겠는가……"

그들의 관계가 아무리 일시적이고 지금은 잊혀졌다 해도 니체와 그의 여자 비서들은 세상에 한 가지 원형을 제공했다. 오늘날 텍스트 처리는 남녀 커플들의 용무다. 그들은 잠자리를 같이하는 대신 함께 글을 쓴다. 때때로 그들이 잠자리도 같이하고 글도 같이 쓴다 하더라도, 사라져버린 낭만적 사랑이 되돌아오지는 않는다. 낭만적 사랑은 여성들이 담론 기술에서 배제된다는 조건에서만, 모든 단어와 인쇄물의 타자로서만 존재할 수 있었던 것이다. 미니 팁처럼 타자기를 치는 여성은 낭만적 사랑에 대해 코웃음을 칠 뿐이다. 때문에 구술되어 타자기로 쓰인 글, 곧 현대 문학에는 사랑 개념이 없거나 있더라도 니체적인 사랑 개념뿐이다. 물론 책상을 공유하는 커플도, 2년간의 동지적 결혼 관계도, 심지어 이디스 워튼Edith Wharton처럼 자신이 구술하고 남자들로 하여금 타이핑하게 했던 여성 작가들도 있다. 하지만 타자기로 쓰인 연애편지는—셜록 홈즈의 『정체의 문제』가 확실히 증명해주듯—연애편지가 아니다.

책상에 앉은 현대의 남녀 커플

현재진행 중인 세기의 문학사회학은 아직 쓰이지 않았다. 모든 산업화의 산물들, 증기기관에서 방적기를 거쳐 컨베이어벨트와 도시화는 작가들의 반응을 불러일으키며 철저히 탐구되었다. 그런데 모든 의식적 반응 이전에 사유에 영향을 미치면서 함께 작용하는 타자기의 생산 조건들은 아직 연구되지 않았다.

한 친구가 고트프리트 벤의 전기를 쓰거나 구술해 쓰게 한다. 200쪽 분량의 타이프 원고를 다시 읽던 그는, 자기 자신에 대해 쓰고 있다는 사실을 발견한다. 전기작가와 작가 벤의 이니셜이 같았

던 것이다. 200쪽을 더 읽고 난 후 여비서가 그에게 질문을 던진다. 그녀와 작가 벤의 이니셜이 같은 걸 알아차렸느냐고…… 이보다 더 멋지게 라캉의 세 항목을 이끌어낼 수는 없을 것이다. 글 쓰는 자의 실재계, 그의 도플갱어의 상상계, 그리고 망각될 만큼 근본적인 타자기로 쓰이는 문자의 상징계.

이러한 조건 속에서 남은 건, 금세기 문학에서 책상을 공유했던 커플이 기입해놓은 목록에서 시작하는 일뿐이다. (리하르트 베르만의 영화화는 실현되지 않았기에.)

사례 1. 와이코프, 시먼스 앤 베네틱스 사가 1883년부터 유럽 판매망을 구축하고, (마크 트웨인의 전례를 따라) 작가들에게 타자기 사용을 적극 홍보하던 때, "상트페테르부르크 대리점 지점장이 가장 스펙터클한 유명인의 이름을 내밀었다. 레프 니콜라예비치 톨스토이 백작, 그리고 모든 종류의 현대 기계들을 증오하고 구텐베르크의 발명품을 "무지의 최대 무기"라고 불렀던(『전쟁과 평화』, 「에필로그」, 제2부, 8장) 그 남자가 불행한 얼굴로 카메라 렌즈를 쳐다보는 가운데, 딸 알렉산드라 르보부나Alexandra Lvovna Tolstaya가 그의 구술을 타이핑하며 레밍턴 타자기 자판 위로 몸을 숙이고 있는 사진이었다."[110]

사례 2. 크리스티아네 폰 호프만슈탈Christiane von Hofmannsthal은 가벨스베르크에서 속기와 타자기를 배우기 위해 고등학교 6학년을 끝으로 학교를 그만두었다. 1919년 그녀의 아버지이자 시인은 "내 타이피스트 딸이 없다면 얼마나 곤란해질 것인가"[111]라고 썼다.

사례 3. 1897년 오스트리아는 고교 졸업장을 가진 여성들에게 대학에서의 철학 공부를, 1900년에는 의학 공부(국가고시와 박사 과정까지 포함해)를 허용했다. 이에 따라 신경병리학과 특임교수였던 지그문트 프로이트는 1915/16년 빈 대학 겨울 학기에 개설된 "정신분석학 입문 강의"를 "신사 숙녀 여러분!"이라는 혁명적 인사말로 시작했다. "이 강의실에 여성이 등장한 것은 여성들도 남자와 동등하게 취급받고자 한다는 것을 보여주기"에, 프로이트는 [정신분석학을] "여자애들을 위한 학문"[112]이라 부르는 경향을 비판하면서, 1차 성징을 직접적으로 언급했다. 프로이트는 강의실의 여학생들에게 정신분석학적으로 볼 때, 펜과 종이라는 성적 상징들을 포함해 세속 사회의 성역할 분배는 낡은 것이라고 이야기했다. "여성도 남성의 남근과 유사한 작은 성기를 생식기로 소유하고 있다."

하지만 실재계에서는 "클리토리스"를 갖고 있고,[113] 꿈의 상징계에서는 "나무, 종이, 책"인[114] 여성들은 펜과 종이라는 쓰기기술적인 성차性差의 양 측면 모두에 서 있었다. 더 이상 그 무엇도, 그 누구도 여성들이 직업을 갖는 것을 막지 않았고, 그 직업에는 정신분석 사례 연구나 글쓰기도 포함되어 있었다. 자비나 슈필라인Sabina Spielrein, 루 안드레아스 살로메, 안나 프로이트Anna Freud로부터 오늘날에 이르기까지 여성 정신분석가의 존재가 역사적으로 가능해진 것이다. 진료실에서는 축음기를 금지시켰고, 영화는 그 존재를 인정할 만큼만 받아들였던 이 기관은 그들의 필기도구를 바꾸었다. "[1913]년 초 프로이트는 하나의 개혁을 행했다. 타자기를 구입한 것이다…… 그런데 그 타자기는 프로이트 자신을 위한 것이 아니었다. 타자기 같은 시종을 쓰려고 사랑하는 펜을 포기한다는 것은 그로서는 받아들일 수 없는 일이었기 때문이다. 편집일을 맡은 랑크의 점점 늘어나는 업무량 때문에 구입한 것이었다." 하지만 정신분석적 남성 비서 또는 영화 해석가의 기계화만으로는 충분하지 않았는지, 타자기는 비서의 성별을 바꾸어버렸다. 위 전기 작가에 따르면, 이 타자기는 랑크가 아니라, 프로이트의 신부 같은 딸이자 정신분석가였던 안나 프로이트의 평생 소유물이 된다.[115]

"타이프라이터"는 타자기라는 기계이면서 타자기를 치는 여성 둘 다를 의미하게 되었다. 타자기를 구매한 지 2년 후 프로이트는 호프만슈탈이 있는 빈에서 아브라함에게 이런 편지를 보낸다.

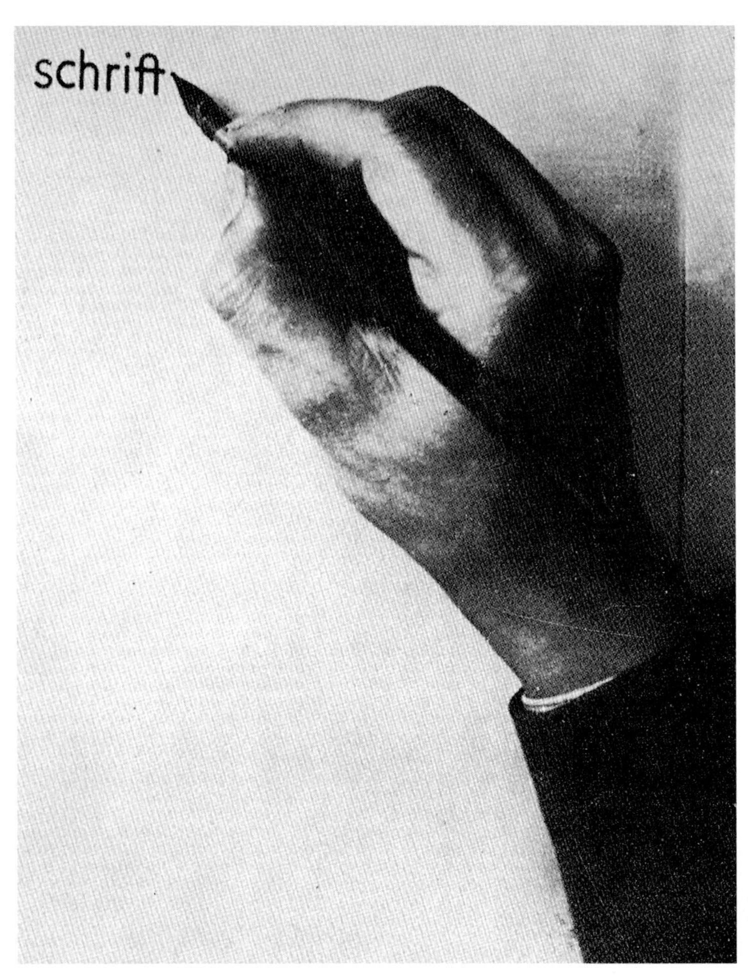

얀 치홀트Jan Tschichold가 쓰고 있다(1948)

"흘러가는 손 대신에 명령을 내리는 손으로의 신경 감응Innervation."(발터 벤야민)

Wie in allerlei einigen baar,;%%%"/ Ländern gleiche selbe solche
Sprachen geredet gesprochen geschwätzt gedratschet werden immer.?)
BULLGARIENÄHNLICHES RUSSISCHGLEICHES RUSSLANDGLEICHES BULLGARIENÄHN=
LICHES CHRISTLICH SOWIJETISCHES RIESIGES LAND,;" AROSSIRUSSLAND.?:)

Arossirussland Arossirussland arossirussisch, Barbbados bullgarisch
bullgarisch, Korealand vietnamesisch, Schwaziland schwedisch, und ++
Kollumbien spanisch,;"%/%% Japan japanisch,;%"%, Pottanien heiliges
christliches deutsch römisch hebräisch, österreichisches deutsches
Land Schopprron österreichisch, Griechenland deutsches griechisch,+
Afferun affrikanisch, Sallarmankar affrikanisch,;%"% servokroatisch=
es Land Possnien,";%% servokroatisch," Hollland ausländisches, so
niederländisches indunesisch ähnliches hollländisch, Länderlein ja,
Irak Iran Irrland Issland Italien italienisch,;;, bullgarisches+++
Land Bellgien russisches ähnliches bullgarisch,;"4%, koreanisch so
vietnamesische ausländische Länderlein Korealand Hanoi Vietnam und
Cyppern Limasoll Kairo,;%, vietnamesisch,,;%, Jugoslavien Marzeddo=
nien servokroatisch, Ägypten Irrithrea Israel deutsches römisches
römisch,;, österreichische deutsche Ländlein,, Gardesgardnerhof und
Liechtenstein Burgenland Bayern deutsches österreichisches österre=
ichisch,,," Apullonien Jarmaykkar Engeland Chillenenlateinarmerika,;
kleinenglisches ausländisches englisch,;% Thunnesien Türkei, reden%
gesprochenes auländisches zigeunerisches mohrisches indianerisches++
kongonegerisches türkisches türkisch, indunesiengroßes ausländisches
riesiges Land Land,;, Affghanistan affrikanisches affrikanisch nur
noch,, französische ausländische fremde Länderlein Ländchen Länder
Ländlein Lande, Frankreich Pollen,; französisch,;" Amsderdamm und
Österreich europäisches deutsches österreichisch,;%%% kapitalistisch
kapitalistisches christlich katholisches hitlerfaschistisches Land,;
Sudetenland Helgoland Thailand Reichsdeutschland reichsdeutsches so
dudendeutsches reichsdeutsch,%%%, reichsdeutsches dänemärkisches de=
utsches dänisches dänemärkisch,,%% Hitlerland Land,% Dänemark hier
redet dänemärkisch,,,;%/+ kollumbianisches spanisches Land Kuuhwait
kollumbieanisches zigeunerisches schwarzes spanisch,; Armänien Rum=
änien reden nur rumänisch,;/% Cheyllon Tokio Texas China,; ausl=
ändisches chinesisches chinesisch,% Böhmerland Tschechoschlovakei ++
Mähren,,% tschechoschlovakisches böhmerländisches böhmisch, rätseln=
haftiges geheimnissvolles heimliches geheimes Märchenland Ewigkeit=
endeland Weltallendeland Ewigkeitendeländlein Phantasieland Ländlein
Ewigkeitendeland, Ipppprrrien ewigkeitendeländisches ewigkeitendeländ=
lich, portugiesische Länder Istrien Patthaya Seyschellen Sennegal
Panama Portugall Pararaquay portugiesisch,"%/ Wildwestkkonggo Honno
=lulu Hongkong Isthanbuhl Singarpuur, Indunesien Makkao mallawisch
=es mallakoisches indunesisches makkaoisches," spricht indunesisch,
russlandsriesiges riesiges portugiesisches Land redete, ausländis=
ches zigeunerisches freundliches,% portugiesisch,, als portugiesis=
ches Zigeunerland,;/ Land Ammarconnar.)%) Parkisthan redet auch so
indunesisches indunesisch, Teufelkugel Übelkugel Judenplanet Todes=
jenseits zerberusischer Zerberusplanet, Allahhimmel, Cionhimmel, die
redeten gesprochenes himmlisches heiliges frömmliches kirchliches++
überirdisches auserirdisches frömmlerfreundliches lateinisch immer.?
ICH WERDE RECHNEN LERNEN MIT MEINER SCHREIBEMASCHINE TRUCKMASCH=
INE SCHRIFTENMASCHINE MITN SCHREIBEMASCHINENTAUFNAMEN TAUFNAMEN SO,
SCG))) SCHREIBEMASCHINENVORNAMEN NAMEN NAMEN?,%/;" SILVERETTE.!§§§)))
Meine wertvolle Maschine ist technische fabrikische schriftliche
hochgeehrte hochgeschätzte geehrte gültige Schriftenmaschine aber.
Und wird geehrt von allen Göttern, und allen politischen irdi=
schen irdischen staatlichen Regenten,,;" aller ganzen Weltkugel, +
immer im ewigen ewiglichen großen riesgen unentlichen Weltall.?%)

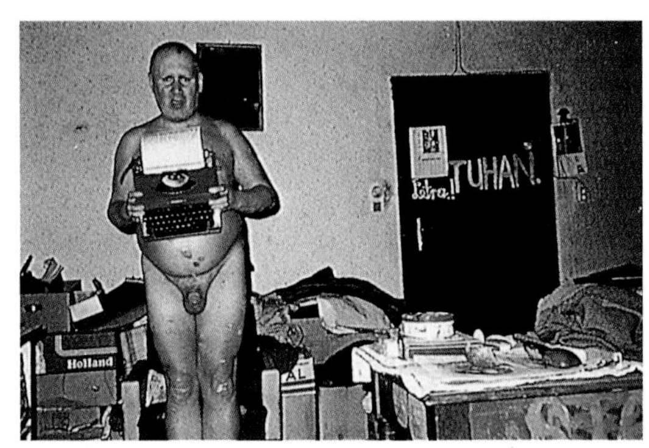

아우구스트 발라August Walla가
그의 붉은색 타자기를 들어 보인다

"얼마 전 나는 발라에게서 사진 한 장을 받았다. 그가 벌거벗고 있는 사진이었다. 필시 그의 어머니가 사진을 찍었을 것이다. 사진 속에서 그는 자신의 붉은 타자기를 보여준다. 그건 한마디로 '숫총각 기계'다."

◀그 타자기로 친 것(1985)

BUROMASCHINEN
Druschland

프란츠 가블렉Franz Gablek, 「타자기」(1969)

타이프 볼(1867), 말링 한센, 니체의 타자기 모델

"우리의 필기도구가 우리의 사유와 더불어 작업한다."
(페터 가스트에게 보낸 편지에서)

콘라트 클랍헥, 「권력에의 의지」(1959)

올리베티 M20

피라모Piramo의 포스터(1920, 이탈리아).

"약 15분 전에 멜랑콜리에 대한 글을 마무리했다네. 자네에게 사본을 보내기 위해 그 글을 타이핑하게 할 예정이네."[116] 이렇게 조용히 새로운 여성의 직업이 시작되었다.

사례 4. 뮌스터베르크의 거대 후원자의 동생이자 작가인 헨리 제임스Henry James. 그는 1907년, 종이를 많이 소비하는 것으로 유명한 자신의 소설 스타일을 "레밍턴스럽게"[117] 바꾸었다. 이를 위해 그는 철학자 보상케Bernard Bosanquet의 딸 테오도라Theodora Bosanquet를 고용한다. 이전에 화이트홀 궁 사무실에서 「해안 침식에 대한 왕립 위원회 보고서」를 작성하는 일에 참여한 적이 있었던 그녀는 헨리 제임스와 일하기 위해 타자 훈련을 받았다. 제임스를 "친절한 나폴레옹"[118]이라고 느끼게 했던 고용 면접을 거친 후 소설 작업이 시작되었다. 레밍턴 타자기와 그 조작자 모두가 "그의 침실로 거처를 옮겼고," 그러고 나서 "모든 텍스트들이 제임스에게서 흘러나왔다—손으로 쓸 때보다 훨씬 효과적이고 막힘없이." 그런데 얼마 되지 않아 조건반사가 생겨났다. 레밍턴 타자기의 탁탁거리는 소리를 들을 때만 문장이 떠오르게 된 것이다. "레밍턴을 수리하는 14일 동안 그는 불편함을 얼굴에 드러낸 채로 올리버 타자기를 향해 구술했는데, 도대체 아무런 응답하는 잡음을 내지 않는 무언가를 향해 말한다는 것이 매우 불편하게 여겨졌다."[119]

그렇게 7년의 시간이 지났고 작고 친절한 나폴레옹은 이별을 고하게 되었다. 1915년 제임스가 뇌졸중에 걸린 것이다. 왼쪽 다리가 마비되고, 공간 감각과 시간 감각이 손상을 입었다. 유일하게 손상 받지 않고 남은 것은, 조건반사적으로 반응하는 순전히 자동사적인 언어구술 기관뿐이었다. 매체 시대의 글쓰기는 늘 그렇듯 뇌생리학과 정보기술 사이의 합선合線이다 — 거기에서 인간 또는 심지어 사랑은 회피된다. 그에 따라 레밍턴 타자기와 테오도라 보상케(반대 순서가 아니라)는 그의 임종 침실에 배치되어 모든 소설적 허구들 배후에 있는 실재계를 기록하게 된다. 헨리 제임스는 황제가 되어 구술[명령]을 내렸다. 그의 형, 스페인 왕 조제프에게 보내는 편지를, 루브르와 튈르리에 새 궁전의 건축을 허가하는 칙령을, 그리고 마침내 황제 독수리의 죽음과 평균적인 살인자에 지나지 않는 그의 비겁함에 대한 산문을.[120] 두뇌가 마비된 착란 상태임에도 분명하게 자기 자신을, 상황을, 매체 시스템을 등록했던 것이다. 1800년에서 1815년까지, 일곱 통의 편지를 동시에 구술한 것으로 유명한 나폴레옹의 능력이 현대적인 참모본부를 탄생시켰다. 프랑스의 장군과 참모들이 그의 비서였다.[121] 1907년에서 1917년까지, 여성 비서가 딸린 한 대의 타자기가 현대 미국 소설을 탄생시켰다. 이로부터 제국의 독수리는 수명을 다하고 사라진다.

사례 5. 미국적인 소설을 산업적으로, 철저하게 단어 수에 따라 팔았던(『천사여, 고향을 보라*Look Homeward, Angel*』의 경우는 350,000단어[122]였다) 토머스 울프Thomas Wolfe는 역설적이게도 "기계에 대해서는 완전히 문외한"이었다. 적어도 두 번은 타자기를 구입했고 사용법을 익히겠다고 맹세했던 적도 있지만, 평생 타자기를 쓸 줄 몰랐다. 1936년 그는 기계를 향해 작품을 구술하고 나중에 타자기로 옮겨 기록하려는 희망을 품고 딕터폰dictaphone을 대여했다. 하지만 그가 했던 유일한 녹음은 그와 사이가 나빴던 비평가 버나드 디 보토Bernard De Voto의 성격과 그의 조상 계보에 대한 몇 가지 언급뿐이었다. 그는 녹음을 중단하고는 미묘한 웃음을 띠며 녹음된 자기 목소리에 귀를 기울이곤 했다.

여하튼 타자기를 사용할 줄 몰랐던 울프는 일주일에 25달러를 주고 여성 속기 타자수를 고용한다. 그녀는 매일 출근해 그가 손으로 쓴 원고를 "종이에 적는 것과 거의 같은 속도로"[123] 타자기로 옮겼다. "비서들은 그의 글씨를 읽어내기 위해 숙련도와 판타지가 필요했다. 때문에 대부분이 금방 일을 그만두었다. 이 문제는 계속 그를 괴롭혔다. 한때 그는 '같이 잠을 잘 여자들은 얼마라도 찾을 수 있다'고 떠벌렸다. '하지만 내 글씨를 읽을 수 있는 타이피스트를 찾는 것은 너무나 힘들다.'"[124]

사례 6. 1935년 의학박사 고트프리트 벤은 병원을 정리하고 하노버의 독일 보충역 신체검사소 군의관이 되었다. 베를린에는 울프도 어려움을 호소하지 않았을 법한 두 명의 여자 친구가 있었다. 여배우 틸리 베데킨트Tilly Wedekind와 엘리노어 뷜러-클린코프스트룀Ellinor Büller-Klinkowström이었다. 그런데 귀족적인 이주의 형태가 되리라 기대하고 선택했던 군대는 힘겨운 일상의 연속이었다. 벤은 "끔찍할 정도로 황량하고 고독한" 2년이 지난 후, 베를린에 있는 두번째 여자 친구에게 이런 편지를 쓴다. "침대보는 찢겨져 있고 주말에는 침대 정리도 해주지 않아 내가 직접 침대보를 들고 와 깔아야 한다오. 부분적으로는 난방도 마찬가지라오. 써줄 사람이 없어서 더 이상 답장도 쓰지 못할 것 같소. 시간도, 마음의 여유도, 구술을 받아 써줄 사람도 없어서 일을 전혀 못하고 있소. 오후 3시 30분경 커피를 마시는 게 내 삶의 유일한 내용이라오. 또 다른 내용은 밤 9시에 취침하는 것이고. 마치 가축처럼 살고 있다오."[125]

『도덕의 계보학』은 이 모든 것을 예견했다. 벤의 삼 단계 조직화에 따르면, 저장장치가 없는 카오스적 조건에서 문학은 철저히 분화되어 있었다. 첫 단계는 저녁 시간의 맥주 바 또는 와인 바에서 이루어진다. 늘 앉던 자리에 앉아 읽고, 생각하고, 라디오를 듣는다. 이것은 순수시를 유행가의 사운드와 규격으로 전환하기 위해 필요한 일이다. 두번째 단계는 읽어야 할 "원고뭉치, 잡지, 책, 샘플약, 스탬프 패드(처방전용), 볼펜 세 자루, 재떨이 두 통, 전화기 한 대"가 놓여 있는 "오래된 책상(73×135센티미터)"에서 행해진다. 여기에서는 벤 "스스로도 읽기 힘든" 의사의 휘갈겨 쓴 메모 중 하나 위에 다음 날 시가 "끄적거려진다." 마지막 단계는 "결정적인" 두번째 책상이다. 현미경과 타자기가 놓인 그 책상에서 벤이 끄적거린 원고들이 "기계로 쓰인 것"으로 변환되어 "비평에 맡겨지고," "영감에 빠진 자아에서 비판적으로 음미하는 자아로의 되비침"이 준비된다.[126] 이 모두가 완벽한 피드백 루프로 움직였다. 벤 자신이 "타자기를 잘 치지 못했다"[127]는 것만이 옥의 티였다. "구술을 받아 써줄 사람"이 없어, 종이 위의 재료를 적절하게 다룰 수 없었다. 라디오와 영화라는 경쟁 매체들의 힘이 압도적인 것은 이 때문이다.

하지만 그의 동료인 니체와 울프보다 운이 좋았던 작가는 하노버에서 새로운 출구를 찾는다. 벤은 한 여성과 "동지적 부부 관계"를 맺는데,[128] 제1차 세계대전이 거의 끝나갈 무렵 타이핑하는 아내가 자살을 함으로써 이 관계는 끝나게 된다. 베를린에 있던 두 명의 여자 친구들은 손으로 쓰인 그의 마지막 편지를 받는다. 그중 한 명이 타자기로 친 답장을 보냈으나,[129] 기술적 경쟁에 도움이 되지는 않았다.

그의 직업적 휘장들과 함께 있는 에곤 에르번 키슈("돌진하는 리포터"): 담배, 재떨이, 종이, 타자기 그리고 여비서.

이 수렁에서 빠져나오는 데 도움을 줄 진지한 인간관계를 다시 한 번 시도해야 할 것 같소.

모르헨, 당신은 모든 걸 이해하겠지만, 다른 사람들은 그러지 못한 것 같소. 지금 당신에게, 결국 행복하지 않게 될 그녀에 대해 설명을 하려고 하는데, 분명 당신은 놀랄 거요. 그녀는 나보다 훨씬 젊소. 이제 막 서른 살이 되었다오. 엘리다나 엘리자베스 아르덴처럼 예쁘장한 구석은 없소. 몸매는 훌륭한데 얼굴은 흑인 형이요. 좋은 가문 출신인데 가난하지. 직업은 헬가와 비슷한데, 벌이는 괜찮은 편이오. 분당 200음절을 치는 완벽한 타이피스트라오.[130]

200음절이라면 분당 773타로 1985년 독일 최고 기록에 육박한다. 현대 문학이 군대와 최고사령부에서 계속 이어질 수 있었던 것은 장교 미망인의 딸 헤르타 폰 베데마이어Herta von Wedemeyer가—1894년 벤의 소설 속 여주인공처럼[131]—비서로 일했기 때문이다.

사례 7. (이 모든 작가들을 언급하는 와중에 "국방군 우편국les Postes en général,"[132] 다시 말해 국방군 비서와 원수 들을 잊어버리지 않기 위해.) "1897년 7월 17일, 프로이센 통상무역부의 승인으로 타자기 문서가 정부 공식 문서로 허용되기에 이른다."[133] 이를 통해 국가의 공식 문서는 익명화되고, 헤르타 폰 베더마이어의 직업에도 기틀이 마련된다. 이는 군의관만이 아니라 그의 최상급자인 제국 국방장관에게도 영향을 미쳤다. 벤이 두번째 결혼식을 올리기 9일 전 같은 도시, "[1938년] 1월 12일, 1932년 이래 두 아들과 세 딸을 혼자 키워온 홀아비 육군원수 폰 블롬베르크Werner von Blomberg가 전직 속기사이자 제국 계란센터에서 비서로 일하는 에르나 그룬Erna Gruhn과 가까운 지인들만 참석한 가운데 결혼식을 올렸다. 이 결혼식에는 아돌프 히틀러, 헤르만 괴링이 참석했다. 결혼식 후 이들은 곧바로 행복한 신혼여행을 떠났다. 그 직후 제국 경찰국 신원감식센터 소장인 형사 사무관 쿠르트 헬무트 뮐러Curt Hellmuth Müller는 문란한 장면들이 찍힌 다수의 사진을 전달받았다." "육군원수의 사모님"이, 미니 텁보다 베르티용에게 더 충실하게도, 풍기 단속반에 신고된 "[매춘] 등록증"을 가지고 있었던 것이다.[134] 이로 인해 히틀러는 제국 군대에 대한 최고 지휘권을 넘겨받을 수 있었다.

사례 8. 히틀러는 전쟁 발발 직전 단 한 번, 암에 대한 불안감 때문에 "특별한 노력을 기울여" "친필로 유언장을 쓴 적이 있었다." 그때를 제외하고 그는 다른 권력자들과 마찬가지로 "다년간의 연습을 통해 자기 생각을 타자기나 속기로 기록하도록 구술하는 데 익숙했다."[135] 총통을 위해 크게 제작한 특별한 자판도 준비되어 있었다. 하지만 그 자판으로는 총통본부 볼프스샨체에서 세계대전을 총괄하는 데 생기는 모든 문제를 해결할 수 없었다. 국방군 최고사령부의 공식 역사가는 전쟁 기간의 비공식적인 이야기를 기록해놓았다. 전쟁 전체 상황 회의는 잘 알려져 있듯 13시경에 열렸다. 히틀러는 그 외의 "자신의 하루 일정을 다음과 같이 정해두었다. 11시경 소수만 참석한 자리에서 요들Jodl로 하여금 [참모들이] 전날 밤 수집한 정보와 접전 지역 상황 지도를 보고하도록 했다. 가끔씩 이 보고는 더 늦은 시간에 이루어졌는데, 하루 일과를 마친 히틀러가 자신이 신뢰하는 이들과 새벽 4시경까지 차를 마시며 시간을 보내는 걸 즐겼기 때문이다. 그 자리에는 그의 두 속기사들도 함께하는 경우가 잦았다. 그런 날이면, 늦잠을 자는 그를 방해해서는 안 되었기에, 군사적 견지에서 매우 불편한 상황들이 생겨났다."[136]

볼프스샨체의 히틀러가 자기 참모들보다 선호했던 여비서를 포함한 총통 타자기도 전쟁을 결정하지는 못했다. 그러기 위해서 제2차 세계대전은 문학과는 이별을 고한, 보다 정교한 타자기를 고안해내야 했다…… 무엇보다 다음 사실을 분명히 할 필요가 있다. 소설 속의 사례인 9(브램 스토커의 미나 하커+수어드 박사), 사례 10(미니 텝+베르만의 서정시인), 사례 11(발레리의 루스트 양+파우스트), 그리고 수많은 다른 사례들(브라이덴바흐Breidenbach, 브로넨, 가우프Robert Gaupp, 하일부트Iwan Heilbut, 카프카, 코인) 모두가 픽션이 아니라는 것. 책상을 공유하는 커플들이 이전 시대 문학에서의 사랑하는 커플을 대체했다. 이 두 종류의 커플이 해피엔딩으로 끝나는 경우는 영화 시나리오나 통속 소설들에만 등장한다. 소설 중반까지 미나 하커는 드라큘라가 실패할 때까지 그 폭군에 대한 모든 이야기를 수집하고, 저장하고, 타이핑하고, 사본을 만들다가 어머니가 되는 것으로 끝난다. 독일식 이름을 가진 그녀의 자매*는 서정시인을 성공시켰다가 재능을 상실하게 만든 후, (단테를 자유롭게 이용하자면) "이날부터 더 이상" "타자기를 치지 않았다." 매체를 통해 접속된 남녀가 매체 속에서도 서로를 발견하기를 원하는 것은 그저 아름다운 동어반복일 뿐이다. 하일부트의 『베를린의 봄*Frühling in Berlin*』, 가우프의 『오늘에서 내일로 가는 밤*Nacht von heute auf morgen*』은 타이피스트 여성들의 행복에 대한 소설이다. 30여 편에 달하는 드라큘라 영화에는 축음기와 타자기 문서가 전혀 등장하지 않는다. 드라큘라를 물리치고 승리를 거둔 것이 순수한 사랑임을 보여주기 위해서다. 매체의 행복이란 그 매체가 사용하는 장치를 거부하는 것이다.

경험적으로 볼 때 담론화 과정에 고용된 여성들은 성공적인 경력을 쌓아간다. 기술적인 정보 네트워크 관계 어딘가에서 이루어지는 워드 프로세싱은 커플과 가족을 폭파시킨다. 그렇게 해서 생겨난 빈자리에 새로운 여성 직업이 생겨나는데, 바로 여성 작가다. 리카르다 후흐Ricarda Huch는 취리히 대학에서 학업을 마치고

* 베르만의 소설에 등장하는 미니 팁을 뜻한다.

(1888~91) 같은 대학 도서관에서 비서로 일하다가(1891~97) 작가가 되었다(1910). 거트루드 스타인Gertrude Stein이 작가가 된 것은, 그녀의 후원자인 뮌스터베르크의 하버드심리학연구소 사무 일과 실험에 참여한 후였다. 테오도라 보상케가 작가가 된 것은 환각의 참모본부에서 8년간 비서 생활을 마친 후였다. 타티아나 톨스타야Tatjana Tolstaja는 언니의 레밍턴 타자기에 영감을 받아, 첫번째 글을 타자기로 작성해 아버지에게 익명으로 보냈다. 자신의 글이 "중립적으로" 판단되기를 원했던 것이다. 톨스토이는 그 글에 즉각 열광적인 반응을 보였다.[137]

(한때 근원 저자 괴테의 그림자 아래 글을 썼던 여성 시인들에게 필요했던) 익명과 필명은 더 이상 요구되지 않는다. 대중매체는 타자기로 글을 쓰는 사람의 이름이 린다우인지, 첸트라인지, 엘리엇인지 또는 코인인지, 슐리어인지, 브뤼크인지는 중요하게 생각하지 않는다. 탈성화된 작가라는 직업은 모든 종류의 저자성에서 벗어나 워드 프로세싱이라는 영역만을 강화한다. 새롭게 등장한 여성 작가들이 쓴 많은 소설들이 여성 비서를 여성 작가로 만드는 무한 루프 속에 있는 이유가 여기에 있다. 이름가르트 코인의 주인공들은 자서전적인 타자기 앞에서 저자 자신의 실제 삶의 이력을 반복한다. 파울라 슐리어Paula Schlier의 "시대의 명령[구술]을 따르는 청춘의 개념Konzept einer Jugend unter dem Diktat der Zeit"은 한 여비서의 삶을 다룬 소설의 더할 나위 없이 정확한 부제라 하겠다. 이 소설은 "철자들을 타이핑하는 규칙적인 소리 속에서" 세계대전의 야전병원 병상, 뮌헨 대학 강의실, 『민중 관찰자*Völkischen Beobachters*』 편집부와 맥주홀 폭동에 이르는 "세계의 모든 광기를

담은 선율"[138]을 듣는다. 크리스타 아니타 브뤼크Christa Anita Brück의 『타자기 뒤의 운명*Schicksale hinter Schreibmaschinen*』은 사랑에 대해서는 한마디도 언급하지 않는 자서전인데, "모성에는 관심이 없는 여성들"[139]을 여성 작가가 되게끔 도우려는 의지로 가득 차 있다. 사무실에서 구술할 때 이미 "스스로 작동하는 타자기가 손이 안테나처럼 수신하는 말의 의미를 머릿속 어딘가에서 분쇄하기"[140] 때문에, 자동 글쓰기는 더 이상 어려운 일이 아니다.

> 속도, 속도, 더 빨리, 더 빨리.
>
> 인간은 자신의 힘을 기계 속에 흘려 넣는다. 기계는 인간 자신이며, 인간의 최강의 능력이며, 인간의 최고의 집중이자 최후의 노력이다. 그리고 인간 자신, 그가 기계이며, 레버이고, 자판이고, 활자이며, 윙윙거리는 자동차다.
>
> 생각하지 마라, 숙고하지 마라, 계속, 계속, 더 빨리, 더 빨리, 탁, 탁, 탁탁탁탁……[141]

타자기 문학은 그 정점에 이르러서는 미니 텝 사무실 문에 붙어 있는 자신의 이름이나 자기광고 문구를 한없이 반복한다. (여성들은 엘렌 식수Hélène Cixous에 이르기까지 일관되게, 글쓰기가 비로소 여성을 여성으로 만든다고 쓰게 될 것이다.) 기술에 의해 결합된 인간과 기계의 통일은 사랑을 깔끔하게 대체할 수 있는 강한 흐름을 발생시킨다. 처음에는 여성 타이피스트에게서, 그리고 그 뒤를 이어 남성 동료들에게까지도. 카프카의 사랑이 매체연합이었다는 것은 독일 문학사의 정점에 있는 다음 사례 12가 보여준다.

1908년 학교를 졸업한 후 오데온 레코드 회사에서 속기사로 일하던 펠리체 바우어Felice Bauer(1887~1960)는 1909년, 독일 최대의 구술 축음기와 그라모폰 제작사(하루 1500대 생산[142]) 칼 린트스트룀으로 직장을 옮긴다. 단순 타이피스트로 출발했던 그녀는 이 회사에서 3년 만에 직업여성으로는 이례적으로 성공적인 경력을 쌓게 된다. 그녀는 칼 린트스트룀 주식회사의 문서에 대리인으로 서명할 수 있는 지위에 올랐다. 그 즈음인 1912년 여름, 부다페스트로 여행을 떠난 바우어 양은 프라하 우체국의 인사 담당자 막스 브로트Max Brod 가족을 방문한다.[143]

그곳에는 출간 경력이 일천한, 이제 막 첫번째 저서를 로볼트 출판사에 묶어 보낸 젊은 작가가 앉아 있었다. 그는 여행 중이던 여성을 처음에는 "자신의 공허함을 공공연히 드러내는" 그저 "각지고 공허한 얼굴"이라고 기록했다.[144] 잠재적인 기입 표면이 한 문장을 떨어뜨려 카프카 박사가 "너무 놀라, 책상을 내리칠" 때까지는.

> 당신은 원고를 베껴 쓰는 일이 즐겁다고 말했고, 베를린에서도 어떤 신사(이름도, 설명도 없는 이 단어가 제게는 끔찍하게 들립니다)를 위해 원고를 베껴 쓴다고 말했습니다. 당신은 막스에게도 원고를 보내라고 부탁했습니다.[145]

타이피스트의 쾌락이 이렇게 단숨에 (손으로 글을 쓰는) 작가에게 사랑을 가르쳐주었지만, 그것은 사랑이 아니라 질투였다. 베를린의 대학 교수들과 정보기술에 익숙한 친구들만 자신들의 원고가 타이핑되어 곧 인쇄 준비가 되는 특권을 누릴 수 있었기에, 카프카에게는 평상시의 그였다면 하지 않았을 일, 즉 타자기를 사용하는 것 외에는 다른 선택지가 남아 있지 않았다. 사무실에서 "살아있는 사람에게 구술하는 것"[146]이 "본업"이자 거기서 "행복"을 찾았던 노동자 – 재해 보험공사 공무원 카프카가, 이제 펠리체 바우어를 향해 끝없는 사랑편지 공세를 보내기 시작했다. 사랑 자체에 대한 부정인 타자기로 친 문자로.

1년 뒤 카프카는 이렇게 썼다. "아, 사랑하는 펠리체!" "우리는 다른 사람들이 돈에 대해 이야기 나누듯 글쓰기에 대해 글을 쓰고 있는 것이 아닐까요?"[147] 실제로 그러했다. 첫번째 편지에서 마지막 편지에 이르기까지 그들의 불가능한 남녀 관계는 워드 프로세싱의 무한 루프였다. 카프카는 한때 바우어 양의 손을 잡았던 자신의 손으로 베를린 방문을 반복적으로 회피했다. "지금 자판을 누르는" 손으로 바로 그 손을 묘사하기 위해, 부재하는 신체 대신 편지, 속달, 우편엽서, 전보로 이루어진 우편 시스템 전체가 도착했다. "타이핑한 문서"에 남은 "개인적 특성"은 당시 「타자기 문서의 범죄학적 이용」이라는 논문이 연구했던 것뿐이었다. 그 논문에 따르면 "타이핑 실수를 수정하는 방식"에는 첫째 숙련된 타이피스트의 방식, 둘째 미숙련된 타이피스트의 방식, 셋째 "익숙하지 않은 시스템을 사용한 숙련된 타이피스트의 방식"[148] 이렇게 세 종류가 있다. 스스로 세번째 유형에 속한다고 말하는 카프카의 첫번째 편지에는 타이핑 실수가 열두 번 있었는데, 그중 네 번은 33퍼센트라는 높은 비율로 "나ich"와 "당신Sie"이라는 인칭대명사에서 행해졌다. 자판을 누르는 손이 다른 모든 것들을 문자화할 수는 있어도 우편 채널 양 끝에 있는 두 신체만큼은 아무리 해도 문자화할 수 없다는 듯이. 마치 "손끝"이 불충분한 "기분"을 대신해 자아라는 이름으로 등장하고 있기라도 하듯이. 카프카가 "새 종이를 끼울 때" 자기비판적 강화를 통해 "알아차렸던" 자기비판적 "실수들"이 신경과민적인 오타와 합치되기라도 하는 것처럼.

1916년 10월 30일 카프카는 「프라하 독일 – 보헤미안 지역 참전군인 및 국민 신경치료소 건립과 보존을 위하여」라는 글에서 이렇게 호소한다. "모든 인간적 비참함의 총량을 초과해버린 세계대전은 또한 신경 전쟁이기도 하다. 너무도 많은 사람들이 이 신경 전쟁으로 인해 고통받고 있다. 지난 수십 년간의 평화 시기에 집중적으로 육성된 기계 산업이 그에 종사하는 사람들의 신경을 이전과 비교할 수 없을 만큼 위험에 빠뜨리고, 손상시키고, 병에 걸리게 했듯이, 오늘날의 전쟁에서는 막대한 영역이 기계화되어 참전군인들의 신경에 치명적 위험과 고통을 일으키고 있다."[149]

문학과 칼 린트스트룀 주식회사 사이의 "신경 전쟁"이라는 초창기 조건 속에서 사랑편지 교환은 실패할 수밖에 없었다. 나중에는 손글씨로 편지를 쓰다가, 1916년 프라하 – 베를린, 오스트리아 – 프로이센 사이의 전시 검열을 가장 빨리 통과할 수 있던 것이 타자기로 친 우편엽서였기에[150] 다시 "집중적으로 육성된 기계 산업"으로 돌아갔음에도 불구하고 말이다. 린트스트룀의 청각적 매체연합이 풍부한 자금력에 기초해 군 최고사령부가 세운 영화생산그룹UFA을 후원했던 1917년,[151] 프란츠 카프카는 펠리체 바우어와의 약혼을 파기한다. 카프카의 편지 공세에서 해방된 펠리체 바우어는 얼마 되지 않아 부유한 베를린 사업가와 결혼한다.

Arbeiter-Unfall-Versicherungs-Anstalt
FÜR DAS KÖNIGREICH BÖHMEN IN PRAG.

Chek-Conto des k. k.
Postsparcassenamtes No. 18.923.

Nº E. ai 191
M. Sch. Nº
Bei Rückantwort wollen vorstehende Zahlen gefl. bezogen werden.

S e h r g e e h r t e s F r ä u l e i n !

Für den leicht möglichen Fall,dass Sie sich meiner auch im geringe
sten nicht mehr erinnern könnten,stelle ich mich noch einmal vor:
Jch heisse Franz Kafka und bin der Mensch,der Sie zum erstenmal
am Abend beim Herrn Direktor Brod in Prag begrüsste,Jhnen dann über
den Tisch hin Photographien von einer Thaliareise,eine nach der andern,
reichte und der schliesslich in dieser Hand,mit der er jetzt die
Tasten schlägt,ihre Hand hielt,mit der Sie das Versprechen bekräf-
tigten,im nächsten Jahr eine Palästinareise mit ihm machen zu wollen.
Wenn Sie nun diese Reise noch immer machen wollen-Sie sagten da-
mals,Sie wären nicht wankelmüthig und ich bemerkte auch an Jhnen
nichts dergleichen-dannwird es nicht nur gut,sondern unbedingt not-
wendig sein,dass wir schon von jetzt ab über diese Reise uns zu ver-
ständigen suchen.Denn wir werden unsere gar für eine Palästinareise
viel zu kleine Urlaubszeit bis auf den Grund ausnützen müssen und
dass werden wir nur können,wenn wir uns so gut als möglich vorberei-
tet haben und über alle Vorbereitungen einig sind.
Eines muss ich nur eingestehen,so schlecht es an sich klingt und
so schlecht es überdies zum Vorigen passt:Jch bin ein unpünktlicher
Briefschreiber.Ja es wäre noch ärger,als es ist,wenn ich ich nicht
die Schreibmaschine hätte;denn wenn auch einmal meine Launen zu
einem Brief nicht hinreichen sollten,so sind schliesslich die Fin-
gerspitzen zum Schreiben immer noch da.Zum Lohn dafür erwarte ich
aber auch niemals,dass Briefe pünktlich kommen;selbst wenn ich einen
Brief mit täglich neuer Spannung erwarte,bin ich niemals enttäuscht,
wenn er nicht kommt und kommt er schliesslich,erschreckex ichgern.

TYPEWRITER

Jch merke beim neuen Einlegen des Papiers,dass ich mich vielleicht viel schwieriger gemacht habe,als ich bin.Es würde mir ganz recht geschehn,wenn ich diesen Fehler gemacht haben sollte,denn warum schreibe ich auch diesen Brief nach der sechsten Bürostunde und auf einer Schreibmaschine,an die ich nicht sehr gewöhnt bin.

Aber trotzdem,trotzdem -es ist der einzige Nachteil des Schreibmaschinenschreibens,dass man sich so verläuft-wenn es auch dagegen Bedenken geben sollte,praktische Bedenken meine ich,mich auf eine Reise als Reisebegleiter,-führer,-Ballast,-Tyrann,und was sich noch aus mir entwickeln könnte,mitzunehmen,gegen mich als Korrespondenten -und darauf käme es ja vorläufig nur an-dürfte nichts Entscheidendes von vornherein einzuwenden sein und Sie könnten es wohl mit mir versuchen.

Prag,am 20.September 1912.

Jhr herzlich ergebener
Dr. Franz Kafka

Prag,~~Niklasstrasse 36~~
Pořič 7

카프카가 바우어에게 보낸 첫번째 편지

타자기

존경하는 아가씨!

혹시라도 당신이 저에 대한 아무 기억도 떠올리지 못할 경우를 대비해 다시 한 번 제 소개를 하겠습니다. 제 이름은 프란츠 카프카이며, 프라하의 브로트 지점장 댁에서 처음 뵙고 인사를 드렸던 사람입니다. ~~저~~제가 그때 탈리아 여행 사진들을 한 장 한 장 식탁 너머로 건네주었었지요. 그리고 지금 타자를 치고 있는 손으로 그대의 손을 잡았습니다. 당신은 그 손으로 내년에 저의 팔레스티나 여행에 동행하겠다는 약속을 확인해주었습니다.

만일 ~~단~~당신이 아직도 이 여행을 하고 싶다면—당신은 그때 일시적인 기분으로 그러는 것이 아니라고 말하셨고, 저 역시 일시적인 기분으로 그런 것이 아니었습니다—우리가 이제부터 이 여행에 대해 이야기하는 것은 옳을 뿐만 아니라 필연적이기도 합니다. 팔레스티나 여행을 하기에는 너무도 짧은 우리의 휴가 기간을 철저하게 사용해야 할 뿐만 아니라, 그러기 위해서 가능한 한 철저하게 준비하고 모든 준비 사항에 대해 의견 일치를 보아야 하기 때문입니다.

좋지 않게 들릴 수도 있고 또 지금 막 제가 한 말과 잘 맞지 않는다고 생각하실지 모르지만, 한 가지 고백할 것이 있습니다. 저는 편지를 쓸 때 시간을 정확히 지키지 못합니다. XXX저에게 타자기라도 없었다면 사정은 지금보다 더 나빴을 것입니다. 편지를 쓸 기분이 아니더라도 타자를 칠 수 있는 손가락 끝은 존재하니까요. 그에 대한 보답으로 답장이 정확한 시간에 도착하리라는 기대는 하지 않습니다. 날마다 새로운 긴장감을 갖고 답장을 기대하기는 하겠지만, 답장이 오지 않는다고 해도 실망하지 않을 것이고, 그러다 마침내 편지가 오면 기꺼이 놀라겠습니다.

타자기에 새 종이를 끼워 넣으면서 어쩌면 실제의 나 자신보다 나를 훨씬 까다롭게 묘사했을지도 모른다는 생각이 듭니다. 제가 이런 실수를 한 것은 아주 당연한 일일지도 모릅니다. 아니라면 무엇 때문에 제가 여섯 시간 동안 사무실 근무를 한 뒤, 익숙하지도 않은 타자기를 갖고 이 편지를 쓰겠습니까?

그러나—타자기로 편지를 쓸 때 유일한 단점은 엉뚱한 곳으로 나아가버린다는 점입니다—그럼에도 불구하고 저를 여행의 동반자로, 안내자로, 거추장스러운 짐으로, 권위적인 사람으로, 폭군으로, 무엇이든 저로부터 나올 수 있는 존재로서 저와 동반하는 것에 대한 우려가, 아주 실제적인 우려가 있으시다 하더라도, 혹은 편지 교환의 상대자로서—우선 지금으로서는 그것만이 중요한데—저에 대한 우려가 있으시다 하더라도, 처음부터 무언가 결정적인 xxx 이의를 제기하지는 마시고, 일단 한번 시도해보시면 좋겠습니다.

1912년 9월 20일 프라하.

당신의 충실한
프란츠 카프카

프라하, ~~니클라스가 36~~
포릭 7

작가는 그의 마지막 여자 펜팔 친구에게 보내는 마지막 편지에서 이 과정을 이렇게 결산한다. 남용된 연애편지, 정보기술이라는 흡혈귀, 근력을 절약해주는 기계와 정보 기계라고.

> 어쩌다가 인간은 편지를 통해 서로 소통할 수 있으리라는 생각을 하게 되었을까! 우리는 멀리 떨어져 있는 사람을 떠올릴 수 있고, 가까이 있는 사람을 붙잡을 수는 있지만, 그 외의 것들은 모두 인간의 힘을 넘어서는 일이다. 편지를 쓴다는 것은 유령들 앞에서 발가벗는 일이다. 유령들은 우리가 그렇게 하기를 탐욕스럽게 기다리고 있다. 글로 쓰인 입맞춤은 가야 할 장소에 도달하지 않는다. 유령이 도중에 그걸 마셔버리기 때문이다. 이 넘쳐나는 양분을 섭취하고 유령은 엄청나게 증식하였다. 이를 감지한 인류가 그에 대항해 싸움을 벌인다. 인간들 사이에 자리 잡고 있는 유령적인 것을 최대한 배제하기 위해, 영혼들이 평온을 얻을 수 있는 자연스러운 소통에 도달하기 위해, 인류는 기차, 자동차, 비행기를 발명했지만 이것들은 아무 도움도 되지 못한다. 이것들은 이미 추락하고 있는 가운데 만들어진 발명품들이다. 우리와 맞선 적은 그만큼 더 침착하고 그만큼 더 강하다. 인류는 우편을 발명한 다음 전보를 발명했고, 전화기를, 무선전신을 발명했다. 이를 통해 영혼들은 굶주리지 않게 되었지만, 우리는 몰락을 향해 가고 있다.[152]

따라서 카프카/바우어의 사례에서도 살아남은 것은 유령들, 곧 문학의 물질적 조건에 걸맞은 매체기술적 프로젝트와 텍스트들뿐이다. 그라모폰이 "이 세상에 있다"[153]는 사실 자체를 "위협"으로 느꼈던 카프카는, 그럼에도 불구하고 혹은 바로 그 이유 때문에, 축음기 제조회사 직원에게 린트스트룀 제국과 경쟁할 수 있는 매체 연합 체계를 제안한다. 구술 녹음기를 "베를린에 있는 전화에 연결해" "프라하에 있는 그라모폰과" "짧은 담소를 나누는" 직접 접속 외에도, "린트스트룀 구술 녹음기에 구술된 모든 것을 일정한 비용을 내고, 처음 이용할 때는 그보다 낮은 가격으로 타자기 문서로 전환시켜주는 타자기 사무소"[154]가 그것이다. 이 제안들은 (수어드 박사와 미나 하커 덕분에) 완전히 새로운 것은 아니었지만, 당시로서는 존재하지 않던 미래의 것이었다. 1926년 브로넨의 모노드라마 『극동행 열차*Ostpolzug*』에서는 "전기에 연결된 딕터폰이, 역시 전기에 연결된 타자기를 향해 중얼거리며 구술을 행한다."[155] "많은 분야에서 기계가" "인간의 신체적 노동력을 대체하는 것을 넘어" 그 자체 "두뇌 기능"을 수행하고 있기 때문에, "이미 [1925년] 타이피스트를 불필요하게 만드는, 단어의 소리를 곧바로 타자기 문서로 변환하는 타자기의 등장이 예고되었다."[156]

하지만 바우어 양은 카프카가 제안한 매체연합을 만들기는커녕 단 한 차례도 그의 원고를 타이핑해주지 않았고, 카프카는 계속 시대에 뒤떨어진 문학에 머물러 있었다. 하지만 단 한 가지 카프카가 타자기로부터 배운 것이 있다. 그것은 저자성이라는 허깨비를 피하는 법이었다. 이미 첫번째 사랑편지에서 "나," "나라는 이 아무것도 아닌 것"[157]은 삭제 표시 아래로 사라졌고, 『소송*Prozeß*』의 요제프 K, 『성*Schloß*』의 K 한 글자만 남을 때까지 축약되었다. 낮 시간에 그의 사무실 타자기가 문학에 매달리던 밤의 카프카를 모든 대리권, 다시 말해 서명권으로부터 해방시켰던 것이다.

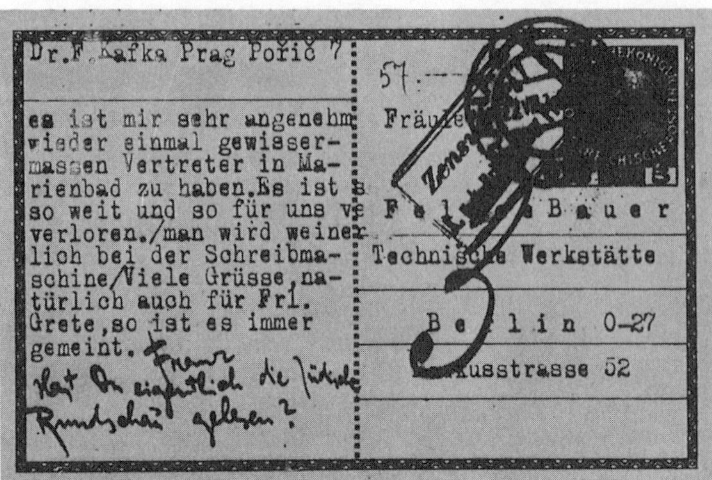

Dr.F.Kafka Prag Poříč 7

es ist mir sehr angenehm wieder einmal gewissermassen Vertreter in Marienbad zu haben.Es ist so weit und so für uns v verloren./man wird weinerlich bei der Schreibmaschine/Viele Grüsse,natürlich auch für Frl. Grete,so ist es immer gemeint. Franz

Hast Du eigentlich die Jüdische Rundschau gelesen?

57.

Fräulein

Fe l Bauer

Technische Werkstätte

Berlin O-27

kusstrasse 52

Liebste,bin gerade bei der Schreibmaschine,versuche es also einmal so.Mein Schreibmaschinenfräulein ist auf Urlaub,Ich bin augenblicklich fast krank vor Sehnsucht nach ihr,denn der Ersatzmann ,so geduldig eifrig und ängstlich er ist/ich höre zeitweilig sein Herzklopfen/wütet ohne es zu wissen,in meinen Nerven.Nun morgen ,nein übermorgen kommt sie wieder.Wie ist denn Dein Hilfsmädchen?Es ist so still von ihr. Es fällt mir ein:schreib mir auch einmal mit der Maschine.Da müsste es doch viel mehr werden,als z.B. der letzte Sonntagsgruss/von Freitag und Samstag habe ich noch nichts/vielleicht wird Schreibmaschinenschri auch schneller zensuriert.-Also auch Sonntag im Büro und schon zum zweitenmal,sehr unrecht.Was klappt nicl Und vom Volksheim nichts Neues,sehr schade.äNoch ein allerdings alter Einfall/bei der Schreibmaschine über fallen sie mich /:könntest Du mir nicht einige Bildchen von Dir schicken,ja hast Du mir sie nicht sogar schon versprochen ?-Heute fahren Max und Frau mit meinen Ratschlägen und unserem Führer nach Marienbad,

22 August 16

카프카가 바우어에게 보낸 엽서

사랑하는 이여, 지금 타자기 앞에 앉아 타자 치는 일을 시도해보고 있습니다. 타이피스트가 휴가를 떠났거든요. 지금 난 그녀에 대한 그리움으로 병이 날 것만 같군요. 그녀를 대신하는 남자는 참을성 많고 열심이며 겁이 많은 사람이지만/때때로 그의 가슴 뛰는 소리가 들립니다/왠지 모르게 신경이 거슬립니다. 그녀는 내일, 아니 모레 돌아옵니다. 당신의 보조원은 어떤가요? 당신은 그녀에 대해서는 아무 말을 하지 않는군요. 좋은 생각이 떠올랐습니다. 내게 보낼 편지를 타자기로 쳐서 보내보세요. 지난 일요일 당신이 보낸 안부 편지보다는/금요일과 토요일에는 아무것도 받지 못했습니다/많은 내용을 담아야 합니다. 타자기로 친 편지는 아마도 더 빨리 검열을 통과할 수 있을 겁니다.—벌써 두 번이나 일요일에 사무실에 나와 검열을 받았는데 너무나 부당한 일입니다. 무언가 잘 안 되나요? 폭스하임에 대해서는 새로운 내용이 없어 매우 아쉽습니다. 오래된 생각 하나를 말해볼까 합니다/타자기 옆으로 그 생각들이 몰려옵니다/: 나에게 당신의 사진 몇 장을 보내줄 수 있나요? 더군다나 사진을 보내주겠다고 이미 약속하지 않았던가요?—오늘 막스와 그의 부인이 내 충고대로 우리의 안내자와 함께 마리엔바트로 가는데, 마리엔바트에 다시 한 번 일종의 대리인을 두게 되어 매우 좋습니다. 그곳은 너무나도 멀고 우리에게는 상실된 곳입니다. 남자는 타자기 옆에서 울먹입니다. 잘 지내기를, 그리고 늘 그렇듯 그레테 양에게도 안부를 전해주세요.

> 나는 당신처럼 자립적으로 일하지 못합니다. 나는 뱀처럼 책임감으로부터 빠져나갑니다. 서명해야 할 것이 너무 많은데, 서명을 회피하는 것이 이롭다고 느껴집니다. 나는 모든 것을 (원래 그래서는 안 되는 것도) FK로 서명합니다. 그러면 부담감이 덜어지기라도 하듯 말이죠. 그래서 사무실 일을 할 때 나는 타자기에 이끌립니다. 타자기로 하는 일, 그중에서도 타이피스트의 손을 통해 행해지는 일은 그만큼 익명적이기 때문이지요.[158]

기계화되고, 물질적 조건에 맞추어진 현대 문학은 익명성 아래로 잠수한다. 카프카 또는 K라는 성姓은 바로 그 사태를 강조하고 있을 뿐이다. 말라르메가 명령한 "시인 목소리의 소멸disparition élocutoire du poète"[159]이 현실이 된다. 목소리와 친필은 용의자를 찾기 위한 흔적보존기술의 대상이 되고, 그에 대한 모든 꿈들이 문학에서 사라진다. 1979년 5월, 자크 데리다 혹은 "J. D."는 수신인도 더 이상 고유명을 가져서는 안 되는 한 사랑편지를 들여다본다.

> 말해질 수 없는 것은 침묵한 채로 두어선 안 되며, 그건 쓰여져야 합니다. 나, 말하는 인간인 나는 쓸거리를 가져본 적이 없어요. 말할 게 있으면 나는 말하거나 나에게 말해요. 자명한 것이 문제가 될 때 왜 내가 정확히 그 반대를, 내가 바라는 것, 나의 바람이라고 내가 알고 있는 것, 달리 말하면 바로 당신, 당신의 생생한 말, 현존 그 자체, 친밀함, 충심, 진실함 등등의 반대를 쓸 수밖에 없는지를 이해하는 유일한 사람이 바로 당신입니다. 나는 거꾸로 쓸 수밖에 없습니다—필연성에 복종하기 위해 말이죠.

그리고 당신에게서 "멀어지기" 위해.

이걸 당신에게 써야 합니다. (그것도 타자기로, 그곳이 내가 있는 곳이기 때문에. 용서해주시길.)[160]

데리다의 『우편엽서*La Carte Postale*』는 타자기로 쓰인 하나의 연속적인 편지의 흐름으로 이루어져 있다. 그 편지는 자주 언급은 되지만 기록된 적은 없는 전화 통화들로 중간중간 끊어진다. 목소리는 타자기로 쓰인 글자의 타자他者인 것이다.

벤은 『서정시의 문제들*Probleme der Lyrik*』에서 이렇게 말했다. "개인적으로 현대 시는 사람들 앞에서 낭송하기 적합하지 않다고 생각한다. 시를 위해서도 듣는 사람을 위해서도. 오히려 그 시는 읽히기 위한 것이다…… 내 생각에, 시각적 이미지가 시의 수용력을 높여주는 것 같다. 현대 시는 종이 위에 인쇄되기를, 읽기를, 검은 활자를 요구하며, 그 외적 구조를 바라보는 시선을 통해 입체적이 된다."[161] 따라서 헤르타 폰 베더마이어라는 이름의 팔라스Pallas가 서정시의 모든 문제를 해결한다. 그녀는 벤이 끄적거린 착상들 — "생명이 없는 것, 모호한 세계, 고통스러운 노력을 통해 조립된 것, 사유된 것, 모아진 것, 검토된 것, 개선된 것, 가까스로 남은 것, 떨어져 나온 것, 증명되지 않은 것, 약한 것들"[162] — 을 베껴 씀으로써 예술로 만든다. 고도로 기술화된 사회라는 조건 아래 예술의 여신 팔라스는 여비서라는 이름으로 불린다.

"타자기는 작은 인쇄소에 다름 아니다."[163] 문자의 이중적 공간화 — 한 번은 자판 위에서, 다른 한 번은 흰 종이 위에서 — 로서 타자기는 텍스트에 가장 적합한 시각적 형태를 만들어준다. 그리고

T3 레밍턴, "Ur 키보드"(1875)

발터 벤야민이 예견한 대로 "다양한 글꼴 체계"(타이프 볼 혹은 감열식 프린터Thermodrucker처럼)가 갖춰진 후 "활자 형태들의 정확성이 곧바로" "책이라는 개념에 포함된다." "문자는 점점 더 깊숙이 새롭고 기이한 형상을 한 그래픽 영역으로 침투해 들어간다."[164] 말라르메의 "주사위 던지기"로부터 아폴리네르Guillaume Apollinaire의 "칼리그램Calligrammes"—작가를 영화와 포노그래프의 수준으로 끌어올리려는 시도[165]에 다름 아니었던 타이포그래피 시—을 거쳐 순수하게 타자기로 쓰인 구체시poésie concrète에 이르기까지.

『황무지*The Waste Land*』를 "타자기를 이용해 구성하게 될" 엘리엇T. S. Eliot은 "그가 그토록 탐닉했던 긴 문장들에서" 니체와 동일한 "발견"을 한다. "현대 프랑스 산문들처럼 짧은, 스타카토"가 쌓여가는 것을. 타자기는 "섬세함"을 대신해 "투명성"을 제공하는데,[166] 이는 타자기의 기술이 문체에 가한 역습에 다름 아니다. 공간화되고, 헤아릴 수 있으며, 1888년 토론토에서 열린 타이피스트 회의에서 자판 기호들이 표준화된 이후로 타자기는 QWERTY*가

* 타자기 자판 둘째 열의 철자 순서.

명령하는 것만을 실현한다.

푸코는, 담론 분석에서 더 이상 환원 불가능한 기본 요소들에 대해 방법론적 해명을 할 때 언어학의 문장들, 소통이론의 언어 행위들, 논리학의 발화들을 아무 문제없이 분석 대상에서 제외시킬 수 있었다. 하지만 그는 담론 분석의 기본 "발화" 기준을 모두 충족시키는 것처럼 보이는 두 가지와 맞닥뜨려야 했다. "손가락으로 집을 수 있는 한 줌의 활자들 또는 타자기 자판에 나열된 철자들"[167]이었다. 단독적이면서 공간화되어 있고, 물질적이면서 표준화되어 있는 이 기호들은 소위 의도를 가진 인간, 그리고 이른바 의미를 담지한 세계의 토대를 허문다. 담론 분석은 이 즉물적 조건들이 방법론적 사례가 아니라 기술적-역사적 사건이라는 사실을 무시하고 있을 뿐이다. 푸코는 모든 동시대 이론적 실천이 전제하는 이 근본적 데이터Datum(이 라틴어의 어원은 던져진 주사위Würfelwurf 혹은 주사위 던지기Coup de dés이다)를 배제하고는, 담론 분석을 이 근본 데이타의 적용 또는 배열에서부터 시작한다. "타자기 자판은 발화가 아니다. 하지만 A, Z, E, R, T라는 같은 배열의 철자가 타자기 교본에 실려 있다면 이는 프랑스 타자기에 적용된, 알파벳 질서에 기초한 발화가 된다."[168]

하이데거의 제자인 푸코는 "기호가 존재한다," 이는 "발화가 존재하기 위한 충분한 조건이다"[169]라고 씀으로써 타자기 자판이 모든 전제들의 전제라는 사실을 지적한다. 사유가 멈추는 곳에서 청사진, 배선도, 산업 규격이 시작된다. 그것들이 (엄격하게 하이데거를 따르자면) 인간에 대한 존재의 관계를 변화시킨다. 그렇게 되면 인간에게 남은 길은 그것들이 영원히 회귀하는 장소가 되는 것

 뿐이다. A, Z, E, R, T……

아르노 슈미트Arno Schmidt의 후기 소설은 푸코를 뛰어넘어, 타자기 자판 상단의 숫자와 자판 측면에 있는 기호들 전부를 반복하거나 베끼는데, 그렇기에 타자 인쇄물로만 출간될 수 있다.

엔라이트Dennis Joseph Enright의 시모음집 『타자기 혁명과 그 밖의 시들*The Typewriter Revolution and Other Poems*』은 더할 나위 없이 적절한 재료로 "새로운 시대"를 찬미한다.[170]

```
The typeriter is crating
A revlootion in peotry
Pishing back the frontears
And apening up fresh feels
Unherd of by Done or Bleak

Mine is a Swetish Maid
Called FACIT
Others are OLIMPYA or ARUSTOCART
RAMINTONG or LOLITEVVI

TAB e or not TAB e
i.e. the ?
Tygirl tygirl burning bride
Y, this is L
Nor-my-outfit
Anywan can od it
U 2 can b a
Tepot

C!  *** stares and /// strips
Cloaca nd † -
Farty-far keys to suckcess!
A banus of +% for all futre peots!!
LSD & $$$

The trypewiter is cretin
```

```
A revultion in peotry
" "All nem r =" "
O how they £ away
@ UNDERWORDS and ALLIWETTIS
Without a.

FACIT cry I!!!
```

레밍턴과 언더우드 타자기 덕분에 시가 탄생했다. 이 시는 윌리엄 블레이크William Blake나 존 던John Donne은 그의 한계/귀로 인해 들을 수 없다. 이 시는 밤의 침묵 속에서 울부짖는 신비로운 호랑이 혹은 하늘과 고해의자 사이의 형이상학적 에로틱함을 넘어선다. 광학과 음향학, 스펠링과 축약어, 표준화된 자판의 글자, 숫자, 상징 들 사이의 과격한 매체연합이 처음으로 인간을 (그리고 여성을) 등식 부호들처럼 동등하게 만들었다. 블레이크의 "호랑이, 호랑이, 밝게 불타는Tiger, tiger, burning bright"이, 시인의 불타는 약혼녀인 여자 속기사로 대체되었다. 이것이 핵심만 요약한 타자기 문학의 역사다. 계속 그리고/혹은 베껴 쓰기 — 인간을, 성조기를, 혹은 스파이 정찰기를. 오타가 난 "You too are a poet."

제1차 세계대전이 끝나갈 무렵 젊고 아이러니에 가득 찬 카를 슈미트Carl Schmitt가 문자화의 세계사를 구상한다. 여기에 그 전부를 베껴 쓰는 것은 불가능하다. 역사적 사건과 역사적 서술이 동시에 일어나기 때문이다. 부리분켄Buribunken이라는 이름을 지닌 타자기로 쓴 일기와 부리분켄학 박사학위 논문[171] "20절"은 소박하게 출발해서 현대적인 무한 루프로까지 발전해나갔다는 것을 지적하는 것으로 충분하다.

412 카를 슈미트, 「부리분켄, 역사철학 시론」(1918)

[……]

오늘날, 찬란한 빛을 발하며 중천에 떠 있는 일기라는 이념, 그 이념의 가치를 온전하게 즐길 수 있게 되었기 때문에 우리는 이제, 자기 스스로는 의식하지 못한 채 세계 정신의 도구가 되어 최초로 메모를 남김으로써 지금은 막강한 나무가 되어 지구를 덮고 있는 겨자씨를 심었던 사람, 그의 위대한 행적을 쉽게 간과해 버린다. 일종의, 이렇게 말해도 된다면, 도덕적 의무감이 다음과 같은 질문을 던지게 한다. 이 위대한 시기의 선구자를, 세계 정신이 그 최후이면서 최고의 시기를 향해 날려 보낸 비둘기를 어떤 역사적 인물에게서 찾아야 할 것인가. 이 핵심 질문에 대해 근본적인 탐구가 행해져야 할 것이다.

부리분켄학의 입장에서는 돈 후안 같은 영웅을 그 선조로 지칭할 수 있다면 자랑스러운 승리일 것이다. 더구나 배운 체하지만 세계에 대해서는 무지한 자들의 비난에 맞서 이 고집불통이며 추측컨대 비학문적인 기사의 출신 배경의 역설을 해명한다면 말이다. 돈 후안이 정복했던 여자들의 목록이 만들어진 것은 사실이지만, 여기서 가장 중요한 핵심은, 과연 이 생각이 누구의 정신적 소유물로 귀속되어야 하는가이다. 돈 후안은 「샴페인 아리아」에서 이렇게 노래한다.

아, 우리 목록에 내일 아침에는
열 명의 이름이 추가되게끔 —

이것은, 매일 점점 두터워지거나 그 수가 늘어나는 자신의 출판물을 바라보는, 진정한 부리분켄 학자를 사로잡곤 하는 감정이다. 그는 이런 승리자의 감정을, 분별없는 여자 정복자의 당돌한 자의식과 비교하고 싶은 유혹을 느끼게 될 것이다. 그렇지만 우리는 한 치의 부끄러움 없는 우리의 진지함과 유혹적인 유비관계를 갖는다는 이유로 길을 잃어서는 안 되며, 우리의 선조에 대해서도, 침착한 객관성과 공평한 과학성이 우리에게 지시하는 거리를 상실해서도 안 된다. 돈 후안은 정말 이 특별한 부리분켄적 태도를 가지고 있었는가? 다시 말해, 피상적으로 그저 떠벌리기 위해서가 아니라, 이렇게 말해도 된다면, 역사에 대한 저주받은 의무와 책임감으로 일기를 쓰게 했던 그런 태도를 가지고 있었던가? 우리는 그렇지 않다고 생각한다. 돈 후안은 과거에 대해 아무런 관심도 없었다. 그에게는 그다음 랑데부 이상의 의미를 갖지 않았던 미래에 대해서도 마찬가지였다. 그는 자기 앞의 현재 안에서만 살았고, 매번의 에로틱한 체험에 그가 쏟은 관심 속에서 자기-역사화의 시초를 발견하는 것은 불가능하다. 부리분켄을 특징짓는 태도, 곧 자기 존재의 모든 순간들을 역사를 위해 보존하고, 자기 자신을 기념비로 세우고, 그렇게 보려는 의식에서 나오는 태도는 전혀 찾을 수 없다는 것이다. 일기를 쓰는 부리분켄처럼 개별 순간들을 향해 돌진했다는 점에서 돈 후안은 부리분켄의 심리적 제스처와 유사성을 갖기는 한다. 하지만 돈 후안은 자신의 먹잇감을 역사라는 제단의 불 밝힌 사원에 봉헌하는 대신, 무자비한 향유욕이 지배하는 어두운 동굴로 끌고 가 거친 본능을 만족시키는 동물처럼 집어 삼켰다.* 돈 후안에게는 그 어떤 순간에도 부리분켄의 영화적 태도라고 말할 만한 것이 없었다. 즉, 그는 한 번도 자기 자신을, 스스로를 기록하는 세계 영혼 자체가 행위가 되는, 역사의 주체-객체로 생각하지 않았다. 레포렐로**가 돈 후안을 위해 만들어 가지고 다닌 목록은 그의 밋밋한 향유에 뿌린 색다른 향료일 뿐이었다. 하지만 예를 들어 1,003명의 스페인 여자들 가운데 세 명이 더해진 것은 목록 자체를 위한 것은 아닌가라는 타당한 의문이 제기된다. 다시 말해, 그 셋의 경우, 오늘날 예술, 학문, 일상적 삶 중 많은 위대한 행적들이 일기 또는 신문 — 보편자의 일기 — 에 대한 생각 때문에 생겨난 것처럼, 자신의 목록을 시작하거나 채우려는 내적 욕구에 의해 돈 후안이 움직이게 된 것이 아닌가라는 의문이 드는 것이다. 하지만 목록은 한 번도 최종 원인causa finalis이 아니었다. 그 목록은 심리적 힘들의 평행사변형에서 문제가 되는 신경 감응행위Innervationsakte가 이루어지는 데 기껏해야 보조적 우발성, 부수적인 긍정적 모터의 역할만을 수행했을 뿐이다. 돈 후안에 대해 고찰할 수 있는 바는 여기까지다.

더 흥미로운 것은 레포렐로의 태도이다. 그는 주인의 식탁에서 떨어지는 감각적인 파편인 여자들 몇 명을 향유하기도 하지만,

* [「부리분켄」 원주] 이 점에서 누군가는, 부리분켄적으로 일기를 쓰는 것이 일종의 정신적 되새김질이라면 돈 후안은 체험한 것을 되새김질하는 자가 아니라고 말할지도 모른다. 하지만 이런 종류의 비난이 근거 없음을 쉽게 알 수 있는데, 일기를 쓰는 부리분켄은 일기를 쓰기 전에 체험한 것이 아무것도 없으며, 그의 체험이란 일기 기록Eintragung, 그리고 그것의 출간에 존재하기 때문이다. 무언가를 곱씹는 일이 없었기에 이를 되새김질이라고 말하는 것은 어불성설이다.

** [옮긴이 주] 돈 후안의 하인.

대부분의 경우는 주인과 동행할 뿐이었다. 부리분켄주의자라면 이런 행동은 하지 않는다. 부리분켄은 무조건적이고 절대적으로 자신의 주인이자 자기 자신이기 때문이다. 그런데 레포렐로의 내면에서 서서히 주인의 체험을 기록하고 그를 메모함으로써 주인의 체험에 참여하고자 하는 소망이 깨어나게 되는데, 바로 이 순간 부리분켄학의 여명이 시작된다. 자기 주인을 능가하는 뛰어난 기교를 통해 그는 돈 후안이 아니라 그 이상이, 돈 후안의 불쌍한 하인에서 돈 후안의 전기작가가 된다. 그는 역사가가 된다. 그는 돈 후안을 세계 역사의 법정으로 끌고 온다. 그곳은 그가, 그의 관찰과 해석의 결과에 따라 변호인으로 혹은 고소인으로 등장하는 세계 법정이다.

그런데 정말 레포렐로가 저 목록을 통해 거인의 족적과 같은 발전의 첫발을 내디뎠다는 의식을 하고 있었을까? 절대 그렇지 않다. 우리는 이 불쌍한 어릿광대Buffo의 작은 목록에 내재한 강한 동력을 부인하지는 않지만, 그럼에도 그를 의식적인 부리분켄이라 부를 수는 없다. 아름답지만 문화적으로는 퇴행한 나라, 교황의 이단심문이 마지막 남은 지성을 짓밟고 없애버린 나라의 가난한 아들이 어떻게 부리분켄이 될 수 있겠는가. 때문에 그에게는 나름대로 의미가 있었던 그의 정신적 성과가 결실을 맺는 것이 허용되지 않았다. 그는 보물이 든 상자를 갖고 있었으나 열쇠가 없었다. 본질적인 것을 깨닫지 못했던 그는 알라딘의 보물을 향한 길을 여는 마법의 주문을 말하지 못했다. 그에게는 쓰는 자로서의 의식이 결여되어 있었기 때문이다. 다시 말해, 세계 역사의 집필자, 곧 세계 법정의 배심원이라는 의식, 문자로 쓰여진 문서가 수백 명의 구술 증언으로도 반박할 수 없는 증거를 가져다주기에, 세계 법정의 판결이 바로 자기 손에 달려 있다는 그런 의식이 없었다. 레포렐로가 이런 권력에 대한 강한 의지를 가졌다면, 그는 독립적으로 글을 쓰는 자로의 도약을 감행했을 것이며, 그렇게 했다면 그는 가장 먼저 자신의 전기를 쓰고 그 자신을 영웅으로 만들었을 것이다. 그랬다면 우리는 그가 수많은 표피적인 감정들만을 자극하는 경솔한 기사가 아니라, 화려한 꼭두각시 인형 돈 후안을 우월한 사업적 지식과 지성의 끈에 매달고 조종하는 뛰어난 매니저라는 인상적인 이미지를 얻을 수 있었을 것이다. 하지만 이 불쌍한 녀석은 손에 펜을 잡는 대신 손을 주머니 속으로 말아 넣고 말았다.

레포렐로가 작성한 목록을 좀더 상세히 고찰해보면 많은 문제점들이 드러난다. 여기에서는 마치 한 장의 사진을 다른 사진 옆에 배열하듯, 어딜 가나 이어지는 유혹의 이질적인 비연속체로부터 동질적인 연속성을 만들어내려는 시도를 찾을 수 없다. 정신적인 연결, 발전의 묘사가 없는 것이다. 어떤 법칙적인 연관들에 대한 증명도, 개별 과정들에서 정신적, 기후적, 경제나 사회적 조건들에 대한 분석도, 돈 후안의 취향이 들쭉날쭉한 곡선을 그리는 것에 대한 어떠한 미학적 진단도 없다. 각각의 과정 또는 개별적인 인물들의 개성에 대한 특별한 역사적인 관심도 찾아볼 수 없다. 그의 무관심에서 더 이해하기 어려운 것은, 그가 매일같이 주인의 천재적 성적 능력이 목적이 분명한 인구 증가 정책의 합리적 도정으로 향하는 대신 무계획적으로 탕진되는 것을 보고도 아무런 당혹감도 표명하지 않았다는 사실이다. 그는 신뢰할 만한 세부 연구를 추구하지도 않았고, 유혹들 간의 깊은 연관 관계를 탐구하지도 않았다. 여기에서는 돈 후안의 희생자들의 사회적 지위, 출신지, 나이 등은 물론 그들의 이전 삶에 대한 사회학적으로 유의미한 내용은 찾아볼 수 없다. 학문적 탐구가 필요한 곳에, 지나치게 개괄적인 언급, 기껏해야 "모든 사회적 지위, 모든 유형, 모든 연령대를 포괄했다"는 설명만 있을 뿐이다. 또 이 희생자들이 나중에 모여 더 큰 대중 행동으로 나아갔는지, 아니면 서로 경제적 지원을 주고받았는지에 — 다수의 희생자가 있을 경우에는 이렇게 되는 것이 유일하게 사태에 걸맞은 일이다 — 대해서도 우리는 아무 말도 듣지 못한다. 1,003명이나 되는 수라면 해보았을 법한, 각각의 범주에 대한 통계적 구분도 없으며, 버려진 여자들이 이렇게 많다면 필히 요청되었을 사회적 보호가 어떤 방식으로 이루어졌는지에 대한 암시도 없다. 무방비 상태의 여자들을 향해 남자의 사회적 우월성을 이렇게 무자비하게 악용했으니 여성들의 일반 선거권 도입이 가장 시급한 정의의 요구라는 생각 따위는 당연하게도 흔적도 찾아볼 수 없다. 그 시대의 주관주의, 자극에 대한 예민함, 다시 말해 전체 영혼의 발전에 대한 질문은 이 목록에서 답을 얻지 못한다. 한마디로, 여기에서는 모자라도 한참 모자라는 것이 사건이 되고 있다는 것이다. 많은 중요한 학문적 질문들이 레포렐로의 귀에는 들리지 않았던 것이다 — 이는 결국 그 자신에게도 손실일 터, 역사 앞에서의 이 귀먹음의 대가를 그 자신이 독특히 치러야 하기 때문이다. 질문을 던지는 목소리에 주의를 기울이지 않음으로 인해, 그는 오늘날 제일 미숙한 철학과 학생조차 놓치지 않았을 연구조차 시도하지 않았고, 때문에 자신의 고유한 인격이 갖는 의미를 의식하는 데로 나아가지 못했던 것이다. 죽은 자료들은 그 작업을 한 자의 정신활동에 정복당하지 않았다. 그래서 벽에 붙은 공연 포스터에는 "돈 후안, 처벌받은 탕아"라고 써 있다. "레포렐로의 작품들"이라는 말 대신. [……]

최초로 일기를 윤리적-역사적 가능성으로 만들었던 것은 페르커Ferker였다. 부리분켄 제국의 최초 출생자라는 권리는 페르커에게 돌아가야 한다. 너 자신이 역사가 되어라! 너의 모든 순간이 일기장에 기록되고 너의 전기작가 손에 들어갈 수 있도록 살아라! 페르커의 입에서 나온 이 위대하고도 힘 있는 말은, 지금까지 인류가 한 번도 들어보지 못했던 것이다. 그의 아이디어를 전파하기 위해, 놀라운 재능으로 조직되고 지적인 언론까지도 소유했던 세계연합체가 가장 외진 마을 구석구석까지 이 생각이 뻗어가게 하였다. 오래된 민요는 대장장이가 없을 정도로 작은 마을은 없다고 노래한다. 오늘날 우리는 부리분켄 정신이 한 줌도 섞여 있지 않을 정도로 작은 마을은 없다고 자랑스럽게 말할 수 있다. 수천 명 위에 군림하며, 확고한 결정을 통해 대규모 사업을 지휘하고, 때로는 위태로운 곳에 한 무리의 연구자들을 보내고, 때로는 전례 없는 진귀한 전략을 담은 선구적인 학위논문을 통해 어려운 문제들을 파헤쳤던 이 막강한 남자* 등등. 이 대단한 인물은 진실로

* [「부리분켄」 원주] 기이하게도 이 점에 대해서는 발견된 모든 문서들이 동일한 진술을 들려준다. 막시밀리안 스펄링Maximilian Sperling은 일기에서 그를 "기민한 녀석"이라고 부른다(스펄링의 일기, Alexander Bumkotzki 편, XII, Bd., Breslau, 1909, p. 816). 테오 팀Theo Timm은 쿠르트 슈탕에Kurt Stange에게 보낸 8월 21일자 편지에서 그를 "굉장한 놈"이라고 부른다(팀의 일기, Erich Veit 편, XXI. Bd., Leipzig, 1919, p. 498). 마리헨 슈미어비츠Mariechen

화려한 발전 과정을 거쳐왔다. 보잘것없는 집안의 아들로 태어나 라틴어 과목도 없는 고향 도시의 직업학교에서 교육받은 그는 차례대로 치과의사, 출판업자, 편집자, 티플리스(현 트빌리시)에서는 지하공사 사업자, 마드리드에서는 관광사업 육성을 위한 국제연맹센터 비서, 베를린에서는 극장주, 샌프란시스코에서는 광고사 사장을 거쳐 마지막으로 알렉산드리아의 무역전문대학에서는 광고와 출세학을 가르치는 강사가 되었다. 그의 화장식은 알렉산드리아에서 최고로 화려한 스타일로 행해졌는데, 그 자신이 유언장에서 상세히 지시한 대로 시신을 태우고 난 재는 인쇄용 잉크로 제작되어, 그중 일부는 지구상의 모든 인쇄소에 보내졌다. 이 과정은 전단지와 전광판 광고를 통해 모든 문명화된 인류에게 알려졌고, 그보다 더 집요한 것을 상상하기 힘들 만큼 집요하게, 수년 동안 우리 눈이 마주치는 수백만 개의 모든 철자들에 이 불사하는 남자의 재의 원자가 포함되어 있음을 생각하라는 경고가 행해졌다. 이렇게 해서 지상에서의 그의 삶의 흔적은 영겁의 시간 속으로 몰락하지 않게 되었다. 이렇게 그는 죽어서도 실재하는 천재로, 반反형이상학적-실증주의적이라 말해야 할 위대한 몸짓을 통해 인류의 기억 속에 자기 자신을 보존하였다. 그 기억은 그가 생

Schmirrwitz는 일기에서 "그는 찬란하다"라고 쓴다(Wolfgang Huebner 편, Bd. IV, Weimar, 1920, p. 435). 오스카 림부르거Oskar Limburger는 그를 처음 만나보고는 "막강하고, 모든 것을 단번에 흡수한다"라고 말한다(회상록, Katharina Siebenharr 편, Stuttgart, 1903, p. 87), 프로스퍼 뢰프Prosper Loeb는 그가 "악마적 천성을 가졌다"고 쓴다(Königsberg, 1899, p. 108). 그의 신부에게 보낸 편지에서 크누트 폼 호Knut vom Heu는 그를 "지옥 같은 남자"라고 부른다(그녀의 아들 플리프Flip 편, Frankfurt a. M., 1918, p. 71).

전 출간했던 일기와 사후 편찬된 일기 전집을 통해 한층 더 확고해졌다. 그는 파란만장한 자신의 삶의 모든 순간들에서 역사 서술 혹은 출판물과 마주할 줄 알았고, 신경에 채찍을 가하는 사건들의 한가운데에서 냉정한 침착함을 유지하면서 일기장에 다양한 영화 이미지들을 짜 넣었는데, 이를 통해 이 이미지들은 역사에 통합된다. 이러한 예지력과 헌신적인 연구 작업 덕분에 우리는 이 영웅의 거의 모든 삶의 순간들을 알 수 있게 되었다. [……]

우리는 이제야 이 천재적 남자가 행한 획기적 업적을 역사적으로 정의할 수 있다. 그는 세계를 변화시키는 현대적 대기업의 아이디어를 인간의 정신적 활동을 위해 유용하게 사용하였고, 그러면서도 윤리적 이상의 토대를 저버리지 않았다. 뚜렷한 삶의 목표를 갖고 경력을 쌓아나가면서도 윤리적으로 뒤지지 않는 정신을 간직할 수 있음을 삶을 통해 입증해 보였고, 정신과 물질이라는 적대적인 삶의 이원론을 극복하고, 영광에 찬 새로운 이상주의를 통해 20세기의 정신적 상태에는 어울리지 않는 신학화된 형이상학을 격퇴하였다. 가장 중요한 것은, 그가 실증주의와 오직-사실만을-믿는다는 확고한 태도를 끝까지 유지하는 가운데 시대에 걸맞은 종교성의 형식을 발견해냈다는 것이다. 이 수많은 모순적 요소들, 부정을 부정하는 실타래의 종합이 벌어지는 이 정신적 영역, 모든 종교들이 가진 불가지하고, 절대적이며, 즉각적인 것, 바로 이것이 부리분켄적인 것이다.

스스로가 진정한 부리분켄이면서 부리분켄주의자라면 그 누구도 이 남자의 이름을 깊은 전율 없이 부르지 못할 것이다. 우리는 강력하게 이를 강조하는 바이다. 아래에서 이 영웅에 대한 비판적 검토를 행함에 있어 칭송받아 마땅한 페르커 연구자의 견해와 우리의 견해가 대립할 수는 있지만, 우리가 페르커에게서 나온 거대한 동력을 알지 못한다거나 페르커의 위대함을 온전히 파악하지 못해 그런 것이라는 오해에는 강하게 항의하고자 한다. 그 누구도 우리만큼이나 페르커 속으로 파고들어가 그 존재 안에 물들어 있지 않다. 그럼에도 불구하고 페르커는 부리분켄주의의 영웅이 아니다. 그는 약속된 땅을 바라보고는 있지만 아직 거기 들어서는 것을 허락받지 못한 모세일 따름이다. 너무도 많은 이질적 요소들이 불순물처럼 페르커의 불같은 핏속에 흐르고 있으며, 격세유전적 기억들이 중요한 그의 삶의 시기에 그림자를 드리우며, 자립적인 고귀한 부리분켄주의의 순수한 이미지를 어둡게 만들고 있다. 그것이 아니라면 이 위대한 남자의 가장 내밀한 자아가 길을 잘못 들어, 죽음을 앞두고 시민적-교회적 부부 관계를 허용하고, 그것도 자기 집의 가정부와 결혼하게 된 것을 이해하기 힘들 것이다. 그 여자는 글자도 읽지 못할 정도로 일자무식일 뿐 아니라, 자유로운 개성의 발양에 있어서도 아주 편협한 사람이어서, 종교적 맹신에 사로잡혀 시신의 화장을 막으려고 시도했다. [……] 이러한 비일관성을 극복하고 부리분켄주의를 에테르와 같은 순수함 속에서 역사적으로 실재화한 것은 슈네케Schnekke의 업적이다.

이 천재는 그 자신의 고유한 인격이라는 나무에서 떨어진, 최고로 고귀한 부리분켄주의의 잘 익은 과실이다. 슈네케에게서는 원原-부리분켄의 고귀한 노선으로부터의 어떤 일탈도, 어떤 절뚝거림도 발견할 수 없다. 그는 일기를 쓰는 자 이상도 이하도 아니다. 그는 일기를 위해 살았고, 일기 속에서, 그리고 일기에 의해 살았다. 그는 일기에 쓸 것이 더 이상 아무것도 떠오르지 않을 때에도, 바로 그 지경에 이르렀다는 사실에 대해 일기를 썼다. 사물적인 너-세계에 자신을 투사하는 자아가 강한 리듬을 타고 세계-자아로 역류하는 지평에서, 모든 힘을 내적인 자아와 자신의 정체성에 절대적으로 헌신함으로써 최고의 조화가 달성되었다. 여기에서 이상과 현실은 유례없이 완전하게 융합되어 있어서 어떤 종류의 부분적 특수성도 없다. 페르커의 삶을 극적으로 만들었으나, 본질적으로 볼 때 득보다 실이 많게 한 것이 그 특수성이었다. 페르커보다 더 고양된 의미에서의 인격체인 슈네케는 차분한 사교성 속에 완전하게 통합되어 있다. 그를 구별짓는 특성, 극단적인 자기만의 법칙 속에서 움직이는 자아는 무차별적인 보편성 속에, 규칙적 무채색 속에 자리 잡고 있는데, 이는 스스로를 기꺼이 희생하려는 권력에의 의지의 결과물이다. 바로 여기서 우리는 최후의 절대적인 경지에 도달한다. 우리는 여기서 페르커에서와 같은 퇴행을 우려할 필요가 없다.* 부리분켄주의 제국이 세워진 것

* [「부리분켄」 원주] 여자들을 대하는 태도에 있어 페르커와 슈네케는 얼마나 달랐던가! 슈네케는 단 한 번도 교회에서 결혼 관계를 맺을 생각을 떠올리지 않았다. 그는 본능적으로, 결혼이란 그의 천재성의 다리에 박힌 총알이 될 것임을 확신했고, 그의 내적인 발전에 기여했던 적지 않은 수의 에로틱한 관계들에도 불구하고 늘 몽유병적 확신으로 거기서 벗어날 줄 알았다. 그는 자신의 유일무이함이 자유롭게 발양되려면 무엇이 필요한지 알고 있었고, 일기장에 결혼 관계는 그의 본질적 자아를 가로막는다고 기록하면서 적절하게도 에케하르트Ekkehard를 인용한다. 우리는 페르커로부터 슈네케에게 이르기까지 여성 쪽에서도 얼마나 큰 성장이 이루어졌는지를 간과해서는 안 된다. 슈네케에게는 문맹인 여자는 없다. 소시민적 천박함을 떠벌리고, 모든 구속에서 벗어나려는 천

이다. 끊임없는 일기 쓰기 속에서 강한 일반적 감정과 보편적 본능을 감지하던 가운데, 그는 일기를 한 개인과의 협소한 관계에서 풀어내어 집단적 유기체로 조직할 기회를 얻었다. 집단 일기를 의무화하여 대규모로 조직한 것은 그의 업적이다. 이로써 그는 부리분켄적 내면성을 위한 외적 조건을 마련하고 확보했으며, 서로 연결되지 않은 개별적인 부리분켄주의의 왁자지껄한 혼란을 부리분켄적 우주의 화음을 내는 완전성으로 고양시켰다. 이제 이 사회적 구조물의 거대한 선線을 살펴보도록 하자.

모든 부리분켄은 남녀를 불문하고 삶의 모든 순간에 대해 일기를 쓸 의무가 있다. 그렇게 쓰여진 일기는 매일 복사되어 공동체 단위로 취합된다. 그와 동시에 한편으로는 내용에 따라, 다른 한편으로는 개인 원리에 따라 일기에 대한 검토가 이루어진다. 일기 하나하나의 저작권이 엄격히 존중되는 가운데, 에로틱함, 악마적, 풍자적, 정치적 등 내용에 따라 요약될 뿐 아니라, 쓴 사람들이 사는 지역에 따라서도 범주화된다. 이런 정교한 체제 덕분에 다음 검토 단계에서는 카드 목록만 보면 개개인의 관심사를 금방 확인할 수 있다. 예를 들어 한 정신병리학자가 특정 계급의 부리분켄들이 사춘기 시절 꾸었던 꿈에 대해 알고 싶어 한다면, 이 카드 목록에 의거해 짧은 시간에 일목요연한 자료가 만들어질 수 있다. 나아가 이 정신병리학자의 연구 또한 다시 목록화되는데, 예를 들어 정신병리학 역사 연구자가 지금까지 어떤 종류의 정신병리학

재를 구속하면서 그의 길을 가로막는 여자, 그의 예술적 작업에 기여하였다는 데서 자신의 여성성이 가장 고귀한 보상을 받았음을 자랑스러워하지 않는 그런 여자는 슈네케에게는 등장하지 않는다.

연구가 이루어졌는지, 그리고 동시에 — 이것이야말로 이중 목록화의 가장 큰 장점인바 — 그 연구가 어떤 정신병리학적 동기에 의해 행해졌는지에 대한 신뢰할 만한 결과를 단 몇 시간 내에 확인할 수 있다. 이런 방식으로 정리되고 검토된 일기들은 매달 작성되는 보고서를 통해 부리분켄 부서장에게 보고된다. 이를 통해 그 부서장은 자기 지역의 심리적 변화 과정을 상시적으로 확인할 수 있게 된다. 부서장들은 다시 중앙 부처에 보고서를 올리는데, 그에 의거해 중앙 부처는 보고 내용을 에스페란토어로 출간하고 종합 목록을 작성한다. 그를 통해 부리분켄 조직 전체가 부리분켄학적으로 파악되는 것이다. 정기적으로 이루어지는 사진과 영화 촬영, 활발한 일기 교환, 일기에 근거한 강연, 전시 관람, 컨퍼런스, 잡지 창간, 페스티벌 공연과 그 전후에 이루어지는 예술가에 대한 경의의 표명 등, 간단히 말해 부리분켄인들 스스로의 관심과 부리분켄적인 것에 대한 관심이 식지 않게 하기 위한 목적에 상응하는 많은 조처들이 있다. 나아가 이 조처들은 그 관심이 해롭고, 사회에 적대적인 방식으로 왜곡되는 것을 막아주는데, 때문에 부리분켄 세계의 숭고한 공동체가 끝나버리는 것은 아닌가, 하는 우려는 할 필요가 없다.

여기서도 당연히, 흔하지는 않지만 반역적 정신이 자신을 표명한다. 하지만 주목해야 할 사실은 부리분켄 제국은 모든 것을 이해하며 결코 격분하지 않는 무제한적 관용, 그리고 개인의 자유에 대한 최고의 존중이 지배하고 있다는 것이다. 모든 부리분켄은 자신의 일기를 아무 강제 없이 자유롭게 쓰도록 허락받는다. 자신에게 일기를 쓸 정신적 힘이 없다고, 그 힘이 없음을 슬퍼할 힘뿐이라고 쓰는 것도 허락되어 있다. 오히려 이런 형식은 특별히 더 높게 평가받으며 아주 인기가 많다. 심지어 어떤 압력도 두려워할 필요 없이 일기란 무의미하고 성가신 제도이며, 자신은 이것을 어리석은 계략이자 웃기는 구닥다리로 여긴다고 쓸 수도 있다. 간단히 말하면 이런 강한 표현들의 사용이 금지되어 있지 않다는 것이다. 부리분켄들은 의사 표현의 무조건적 자유에 손을 대는 것은 그들 삶의 신경에 상처를 입히는 것임을 잘 알고 있기 때문이다. 심지어 안티-부리분켄주의를 부리분켄적으로 포착하는 것을 목표로 삼는 명망 있는 연합체도 있는데, 이들은 그런 일에 대한 혐오와 역겨움, 심지어 일기 쓰기 의무에 반대하는 항의를, 깊은 인상을 주는 표현을 통해 유효하게 만들기 위한 독자적인 사업체를 설치하기도 하였다. 부리분켄 지도자는 일기 쓰기가 단조로워지는 것이 감지되면 주기적으로 사적-개인적 성격의 고양 운동을 조직하는데, 대개의 경우 이는 큰 성공을 거둔다.* 하지만 이런 축제들의 정점은 그 어떤 부리분켄도 나는 일기 쓰기를 거부한다고 일기에 쓰는 것이 허용된다는 데에 있다.

당연하게도 이러한 자유는 무정부주의적 방종으로까지 나아가지는 않는다. 일기 쓰기를 거부하는 자는 상세하게 그 근거를 들어 설명해야 한다. 쓰기를 거부한다고 쓰는 대신 실제로 쓰기를 멈춰버리는 사람은 보편적인 정신적 자유를 남용하는 것이기에 그의 반사회적 태도로 인해 철저하게 대가를 치른다. 발전의 수레

* [「부리분켄」 원주] 이 점에서 용감한 네오 부리분켄 운동은 특히 주목할 만하다. 그들은 주기적으로 "페르커 이래 부리분켄주의가 이루어낸 진보는 무엇인가?"라는 현상 과제를 공모하고 이를 위한 강력한 활동을 전개한다.

바퀴는 스스로는 침묵한 채 침묵하는 자를 밟고 굴러가면서 그에게는 아무 관심도 없기에, 결국 그는 더 이상 자기 자신을 주장할 수 없게 되어버린다. 그러면 결국 그는 한 단계 한 단계 아래로 추락해 최하층 계급으로 몰락하여 고귀한 부리분켄주의의 가능성을 위한 외적 조건을 마련하는 일, 예를 들어 최고의 가치를 지닌 일기가 인쇄될 수제 종이 제작을 해야 한다. 이는 가혹하지만 전적으로 자연적으로 이루어지는 적자생존이다. 일기의 정신적 투쟁에서 승리하지 못하는 자는, 발전의 도상에서 금방 뒤처져, 저 외적 조건들을 마련하는 대중의 위치로 전락하기 때문이다. 그렇게 되면 그는 이 육체 노동, 이런 보조 업무의 결과 자신의 삶의 모든 순간들을 더 이상 부리분켄학적으로 활용하지 못하게 되고, 그의 운명은 무자비한 대가를 치르게 된다. 그가 더 이상 쓰지 않기에, 그는 그의 개인성과 관련되어 제기되는 어떤 부당함에 맞서 자신을 지킬 수 없고, 더 이상 현황 속에 자리 잡지 못하고, 결국 월별 보고서에서도 사라져 더 이상 존재하지 않게 된다. 지구가 그를 집어삼키기라도 하듯, 아무도 그를 아는 사람이 없게 되고, 아무도 일기에서 그에 대해 언급하지 않게 되며, 누구의 눈도 그를 보지 못하며, 누구의 귀도 그를 듣지 못한다. 그의 고통스런 탄식이 아무리 그의 심장을 쥐어짜고 그를 거의 미치광이로 만들지라도, 이 철의 법칙은 마치 적자생존이라는 위대한 자연법칙이 어떤 예외도 허용하지 않는 것처럼, 스스로 탈락한 이 낙오자에게 자비를 베풀지 않는다.

지치지 않는, 일에 매진하는 창조를 통해 부리분켄들은 그들의 조직이 — 물론 그렇게 되려면 아직 수백 세대가 지난 이후가 되겠지만 — 유래 없던 세련성을 보장받을 만큼 완전한 단계에 도달하기를 희망한다. 과감한 예측 — 후대의 발전이 이것이 단순한 유토피아가 아님을 증명할 것이다 — 에 따르면 지금의 문화는, 무한하게 행해진 고도 발전의 결과 차츰차츰 부리분켄의 태아들조차 일기 쓰는 능력을 갖추게 되는 방향을 향하고 있다. 그렇게 되면 태아들은 다감각적으로 구성될 커뮤니케이션 수단을 통해 서로 그들의 지각을 공유할 것이며, 이를 통해 성 연구에서 아직 미지의 것으로 남아 있는 비밀의 베일을 벗겨내면서, 한층 정교한 성 윤리를 위한 필수적이고 사실적인 토대를 제공할 수도 있을 것이다. 물론 이 모두는 아직 먼 미래의 일이다. 그러나 오늘날 강고하고 결집된 대중으로 조직되어 있으면서도, 바로 그를 통해 자신만의 고유한 개성을 집중적으로 향유하는 말을 하고 글을 쓰며 사업을 벌이는 광범위한 부리분켄주의가 존재한다는 것, 그들이 승리를 거듭하면서 역사성의 여명을 향해 나아가고 있다는 것은 역사적 사실이다.

부리분켄 철학의 개요를 정리해보자. 나는 생각한다, 고로 존재한다. 나는 말한다. 고로 존재한다. 나는 쓴다, 고로 존재한다. 나는 출간한다, 고로 존재한다. 이 명제에는 어떤 대립도 없다. 이것은 논리적 합법칙성에 따라 스스로를 넘어 발전해나아가는 고양된 정체성의 단계들일 뿐이다. 부리분켄에게 생각한다는 것은 소리 내지 않고 말한다는 것이다. 말한다는 것은 글자 없이 쓴다는 것이다. 쓴다는 것은 출간을 예견한다는 것이며, 그러한 점에서 출간한다는 것은, 무시해도 될 만한 차이를 쓰는 것과 동일한 것이다. 나는 쓴다, 고로 나는 존재한다. 나는 존재한다, 고로 나는 쓴다. 나는 무엇을 쓰는가? 나는 나 자신에 대해 쓴다. 누가 나 자신에 대해 쓰는가? 내가 나 자신에 대해 쓴다. 나는 무슨 내용에 대해 쓰는가? 내가 나 자신에 대해 쓴다는 것을 쓴다. 이러한 자기 충족적인 순환에서 나를 끄집어내어 부각시키는 거대한 동력은 무엇인가? 역사다!

그러하기에, 나는 역사라는 타자기의 철자다. 나는 스스로를 쓰는 철자다. 엄밀하게 말해 나 자신에 대해 쓴다고 내가 쓰는 것이 아니라, 내가 쓰는 것은 결국 나 자신에 다름 아닌 철자일 뿐이다. 하지만 쓰는 가운데 세계 정신이 내 속에서 그 자신을 포착한다. 그러하기에, 나는 나 자신을 포착하면서 동시에 세계 정신을 포착한다. 나는 물론 나 자신과 세계 정신을 생각하면서가 아니라 —시초에는 생각이 아니라 행위가 있기에— 쓰면서 포착한다. 다시 말해 나는 세계 역사의 독자일 뿐만 아니라 세계 역사의 저자이기도 하다는 것이다.

세계 역사의 한 순간 한 순간 세계-자아의 빠른 손가락 아래에서 타자기 자판의 철자들이 흰 종이 위로 날아올라 역사의 이야기들을 진전시킨다. 의미도 뜻도 없던 무심한 자판으로부터 철자 하나하나가 흰 종이 위에 살아 있는 생생한 관계를 구성하며 등장할 때, 비로소 역사적 사실이 주어지게 된다. 이 순간이야말로 삶이, 다시 말해 과거가 탄생하는 순간이다. 왜냐하면 현재란 미래의 어두운 몸통에서 삶으로 가득 찬 역사적 과거를 출산시키는 산파에 다름 아니기 때문이다. 그 전까지 미래는 마치 타자기 자판처럼, 마치 그로부터 매초 한 마리 한 마리의 쥐가 기어 나와 과거의 빛으로 들어가는 어두운 쥐구멍처럼, 그저 무심하고 무표정하게 남아 있을 뿐이다.

윤리적으로 고찰했을 때, 자기 삶의 모든 순간에 일기를 쓰는 부리분켄은 무엇을 하고 있는 것인가? 그는 매 순간을 미래에서 떼어내 역사의 몸통에 통합시킨다. 이 과정의 위용을 차분히 떠올려보자. 매 순간 미래라는 어두운 쥐구멍, 아직 존재하지 않는 무로부터 현재의 순간이라는 어린 쥐 한 마리가 눈을 깜빡이며 기어 나와서, 바로 다음 순간 눈을 번득이며 역사의 실재로 들어간다. 비정신적인 사람들에게는 수백 수천만 마리의 쥐들이 계획도, 목표도 없이 도무지 헤아릴 수 없는 과거를 향해 떼 지어 몰려 들어가 결국 길을 잃어버리지만, 일기를 쓰는 부리분켄은 쥐 한 마리 한 마리를 파악하고 정렬되어 있는 그 무리를 세계 역사의 거대한 군열 행진으로 포착할 수 있다. 이를 통해 그는 자신과 인류에게 최대한의 역사적 사실성과 의식성을 확보해준다. 나아가 이는 미래에 대한 애타는 기대감이 경악스런 놀라움으로 이어지지 않게 하는데, 미래에 어떤 일이 일어나더라도 그 미래에 숨겨진 어떤 순간도 상실되지 않으며, 타자기의 철자가 종이의 바깥에 쳐지는 일은 없을 것이 확실하기 때문이다.

개별자의 죽음이란 그러한 쥐의 순간일 뿐이다. 그 순간의 — 기쁘거나 슬픈 — 내용은 그 자체가 아니라 역사 서술을 통해 얻어진다. 물론 나의 죽음이라는 쥐의 순간에 내 손은 결국 펜과 일기장을 내려놓게 될 것이며, 나는 더 이상 역사 서술에 능동적으로 참여하지 못하게 될 것이다. 일기 쓰기의 핵심, 역사를 향한 권력에의 의지는 서서히 약화되어 결국 다른 의지에 자리를 내어줄 것이다. 여기서 이 사안의 교육적 측면, 다시 말해 미래의 역사

 서술에까지 우리의 권력 의지를 강요하기 위해서는 한 순간도 게을러서는 안 된다는 유용성의 측면을 잠시 미루어둔다면, 우리는 역사를 향한 우리 의지의 종말은 우리 의지에 크게 대립하게 될 것이라는 사실을 고백해야만 한다. 왜냐하면 권력에의 의지란 늘 자기 자신의 권력을 향한 의지이지 미래 세계의 어떤 다른 역사가의 권력 의지가 아니기 때문이다. 이런 종류의 우려가 심각한 혼란을 야기할 수 있다는 것은 분명하다. 우리가 보았던 것처럼 저 위대한 페르커조차 죽음에 대한 두려움 때문에 그의 역사적 명예에 파국적인 영향을 끼쳤던 것이다. 그러나 오늘날 진정한 부리분켄에게서 이런 혼란이 일어날 것을 두려워할 필요는 없다. 더 성장한 의식과 그로부터 나오는 빛이 죽음의 두려움이라는 박테리아를 박멸시키기 때문이다.

우리는 유일무이함의 환상을 꿰뚫어본다. 우리는 세계 정신의 손으로 빠르게 써내려가지는 철자들이며, 우리는 의식적으로 글 쓰는 권력에 몰두한다. 참된 자유는 그 안에 있다. 글 쓰는 세계 정신의 자리에 우리 자신을 자리 잡게 할 수단도 그 안에 있다. 개별 철자와 단어들은 세계 역사가 부리는 간계의 도구들일 뿐이다. 때때로 역사의 텍스트에 던져진 고집스러운 "아니오Nicht"는 스스로를 자랑스럽게 반대파로, 혁명가로 여기지만, 어떤 경우 그것은 혁명을 부정할 뿐이다. 하지만 글을 쓰는 세계 역사와 우리가 의식적으로 하나가 된다면, 세계 역사의 정신을 포착한다면, 우리는 그 정신과 같아지고 — 쓰여지는 것을 멈추지 않고서도 — 동시에 우리 자신을 쓰는 자로 정립할 수 있다. 이것이 세계 역사가 부리는 간계를 넘어서는 방법이다. 세계 역사가 우리에 대해 쓰는 동안, 우리가 세계 역사에 대해 쓰는 것이다.[172]

참호/전격전/별-데이터/주소/명령

세계 역사는 세계타자기연합으로 완성되었다. 이제는 안심하고 디지털 신호 프로세싱(DSP)이 시작될 수 있게 된다. 그런데 DSP의 광고 문구가 된 역사-이후post-histoire라는 말은 모든 인공지능의 시작과 종말이 전쟁이라는 사실을 제대로 감추지 못한다.

세계 역사를 (군사적 비밀 명령과 문학적 수행 규정에서) 해방시키기 위해 매체 시스템은 세 단계를 거쳤다. 1단계: 미국 남북전쟁 이래 청각, 시각, 문자를 위한 저장기술이 발명되었다. 그라모폰, 영화, 인간-기계 시스템인 타자기가 그것이다. 2단계: 제1차 세계대전 이래 모든 저장된 내용들을 전기적으로 전송하는 기술이 발명되었다. 라디오와 텔레비전, 그리고 이들의 비밀스러운 쌍생아들이 그것이다. 3단계: 제2차 세계대전 이래 타자기 블록 문자의 배치도가 계산 가능성computability이라는 기술로 전환되었다. 1936년 이에 대한 튜링의 수학적 정의에 따라 여기에 컴퓨터라는 이름이 붙여졌다.

1914년에서 1918년까지 저장기술은 플랑드르에서 갈리폴리까지의 참호에 움직이지 못하게 붙들어두던 진지전이었다. 초단파 무선통신(UKW) 탱크와 레이더 영상을 갖춘 전송기술—이 군사

기술의 발전이 결국 텔레비전으로 이어진다[173] — 은 총력전, 기계화, 그리고 1939년 비스와 강에서 1945년 코레히도르에 이르는 전격전이었다. 모든 시대를 넘어서는 최대의 컴퓨터 프로그램, 테스트가 곧 실전이 되는 이 컴퓨터 프로그램은, 잘 알려져 있다시피 전략적 방위 구상Strategic Defense Initiative이라 불린다. 저장/전송/계산 또는 참호/전격전/별[스타워즈]. 1차에서 n차까지의 세계전쟁.

매체의 모든 매력Medienglamour은 인공지능 속에서 붕괴하고 또 그 토대를 이룬다. ("glamour"라는 단어는 본래 문법Grammatik을 뜻하는 단어가 스코틀랜드어에서 변전되어 오늘에 이른 것이다.)[174] 비트가 광학 매체의 외관상 지속성과 청각 매체의 실재적 지속성을 철자로 분절하고, 이 철자가 다시 숫자로 분절된다. 저장하고, 전송하고, 계산하면서 — DSP는 초당 수백만의 속도로 세 매체의 필수적이면서도 충분한 기능들을 관통한다. 오늘날 하드웨어에 들어 있는 표준 마이크로프로세서는 그 세 기능들의 체계적 접속에 다름 아니다.

계산은 중앙연산장치(CPU)가 담당하는데, 자일로그Zilog Z80 마이크로프로세서의 경우에는 8비트의 블록을 논리적으로(불George Boole의 대수에 따라) 혹은 산술적으로 (기초연산에 따라) 조작하는 것 이상의 작업을 수행하지 못한다. 저장은 1차적으로는 기입된 데이터를 한 번만 보존함으로써 주로 명령과 연산 항수들을 보존하는 읽기전용기억장치(Rom)와, 2차적으로는 측정된 환경의 가변적 데이터를 기입하고 이 환경의 조정을 위한 계산 결과를 내보내는 랜덤엑세스메모리(RAM)로 나뉜다. 개별 모듈 사이의 전송은 일방향 또는 양방향의 부스(데이터, 어드레스address,

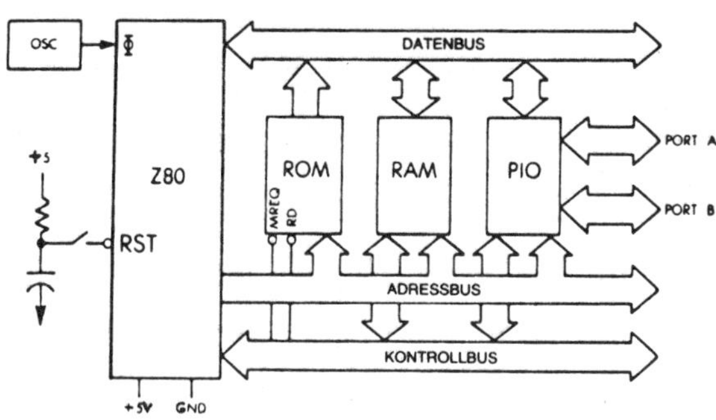

마이크로프로세서의 셋업(Z80)

그리고 WRITE, READ와 같은 명령어)를 통해 이루어지고, 환경으로부터의 입력과 출력은 입력/출력-포트(PIO)를 거치는데, 그 포트의 외부에서 지속성이 비트로 전환된다.

마이크로프로세서에서 대규모 정보처리장치에 이르기까지 모두 모듈식 격자이기에, 저장/전송/계산이라는 세 근본 기능들은 프로그래머가 전혀 접근할 수 없는 내부 수준에서 일어난다. CPU가 포괄하는 것은 일차적으로는 산술적-논리적 단위(ALU)이고, 두번째는 RAM들 혹은 변수 저장을 위한 레지스터, 세번째는 데이터, 어드레스, 그리고 시스템 부스에 명령 신호를 전송하기 위한 내부 부스이다.

이것이 전부다. 그런데 접합과 반복이 충분히 이루어지면, 이 모듈 시스템은 임의적인 환경 정보들의 모든 개별 시간 단위들을 모든 가능한 매체로 흘려보낼 수[변환할 수] 있다. 예컨대 테이프 녹음기, 라디오 송신장치, 중앙제어반, 배전반으로 이루어진 음악 스튜디오 전체를 백만분의 1초 단위로, 원하는 대로 완전히 다르게 재구축할 수 있는 것과 같다. 아니면 부리분켄의 거대한 용량의 데

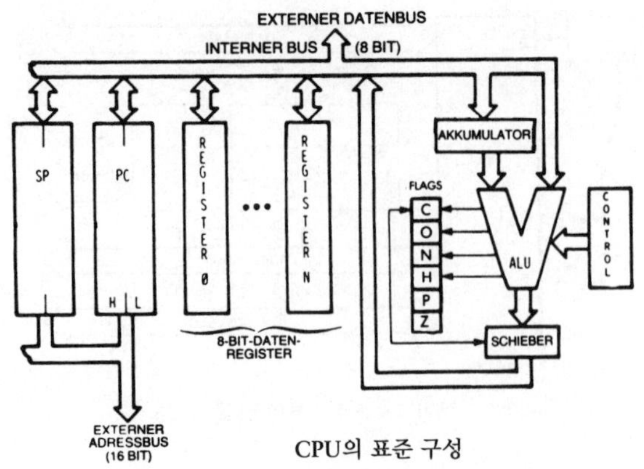

CPU의 표준 구성

이터가 전류의 속도로 데이터 레지스터를 개인 레지스터로, 또는 자기 자신을 레지스터화한 것으로 전환시킬 수 있는 부리분켄학과 융합된 것과 같다. 어찌되었든 골렘의 구성은 완벽하다. 태동기의 저장 매체는 눈과 귀만을, 중추신경계의 센서만을 대체했고, 전후 시기의 전송 매체들은 정보가 움직이게 하는 입과 손만을 대체할 수 있었다. 때문에 모든 목록, 모든 채널의 배후에는 그를 송신하는 인간이 있었다. 사유는 사유로 남았을 뿐 기계 속에 장착될 수 없었다. 그러기 위해서는 사유 또는 말이 온전하게 계산으로 전환되어야 했다.

"나는 내 타자기로 계산을 배울 것이다"라고 구깅 정신병원의 한 수감자가 (그의 붉은 타자기로 이 붉고 검은 책*을 위해) 썼다. 앨런 튜링도 다르지 않았다. 그는 공립학교를 다니며 표준 손글씨를 배우는 대신, 타자기를 그것의 가장 기초적 원리로 환원시켰

* 본서, 키틀러의 『축음기, 영화, 타자기』의 독일어판 표지가 붉은색과 검정색으로 되어 있다.

다. 첫째는 쓰기, 곧 저장이고, 둘째는 한 글자씩 밀어내기, 곧 전송, 셋째는 (이전에는 여자 비서들에게 맡겨져 있던) 분절적 데이터, 다시 말해 블록 철자와 숫자를 따라 읽기, 곧 계산이다. (더 완전하고, 일관적이며, 결정적인, 다시 말해 기계에 전권을 위임한 수학을 위해) 힐베르트David Hilbert 프로그램의 오류를 함께 증명했던 그의 동료 괴델Kurt Gödel이 기계에 대한 인간의 우월성을 따라갔다면,[175] 튜링은 자멸적이었다—삶에 있어서나 직업에 있어서나. 그는 계산 불가능한 것을 무시하고, 모든 계산 가능한 (혹은 순환적) 기능을 수학자의 임무에서 방면시키고는 힐베르트가 형식화한 가정을 자동 기계로 만들었다. 정신과학적인 구멍을 가진 라플라스Pierre Simon Laplace 우주의 가설적 결정론(1795)을 유한상태기계Finite State Machine라고 불리는 실제 예언 가능한 것으로 대체했다. 튜링은 상당히 자랑스러운 어조로 이렇게 썼다.

> 여기에서 우리가 고찰하는 예견은 라플라스의 예견보다 훨씬 실용적이다. "전체로서의 우주"의 체계는 초기 조건에서의 미세한 변화가 이후 시점에서는 압도적 영향력을 일으키도록 구성되어 있다. 특정 시점에 일렉트론을 1조분의 1센티미터만큼 움직이면, 1년 후에 한 인간이 눈사태로 목숨을 잃을지 아닐지를 결정할 수 있게 된다. 우리가 불연속 상태의 기계라고 부른 이 기계적 체계의 본질적 특성은, 이 현상이 등장하지 않는다는 것이다. 이상화된 기계 대신 실제로 물리적인 기계를 관찰한다고 하더라도, 우리는 한순간의 상태에 대한 비교적 정확한 지식으로부터 이후 모든 단계에 대한 상당히 정확한 지식을 도출할 수 있다.[176]

계산 가능성이 지닌 압도적 영향력은 인간의 고용 통계에까지 영향을 미쳤다. 튜링의 자멸 정책은 다음과 같은 결과를 낳았다. "빅토리아 시대의 기술이 수공업을 기계화했던 것처럼 도래할 컴퓨터는 인간의 사유 업무를 자동화할 것이다. 튜링은 이 새로운 세계의 성직자와 마법사 들의 권위를 전복시키고 약화시켰다. 그는 지식인들을 평범한 인간으로 만들었다."[177]

가장 먼저 타격을 받은 건 말할 것도 없이 여성 속기 타이피스트였다. 튜링의 범용불연속기계는 새로 등장한 장치가 "타이피스트들을 불필요하게 만들 것"이라는 예언을 불과 11년 후 실현시켰다. 검열관 C가 정보원 A와 B 중 어느 쪽이 인간이고 어느 쪽이 기계인지를 선택하지 못한 튜링의 유명한 시뮬레이션 실험에는 흥미로운 이전 버전이 있었다. 튜링에 의하면 시스템상 여성의 위치에 컴퓨터 B가 연결되어 있었는데, 그녀는 남자 A와 경쟁 혹은 성별 전쟁을 통해, 데이터가 집결되는 C에게 자신이 진짜 여자임을 설득해야 했다. 하지만 "쓰여진, 정확히 말하면 타자기로 쳐진" 정보 흐름과 이 둘의 목소리는 서로 절연되어 있었기에 레밍턴을 사용하던 여자 비서는 역사적인 고별 공연을 행한다. 여장남자 A가 자신의 땋은 머리카락 길이가 "9인치"라고 주장할 때마다, 인간적인 이 컴퓨터의 전신은 검열관을 향해 그저 기계적으로, 별 성과 없이 이렇게 쓰기만 했다. "내가 여자예요, 그의 말을 믿지 마세요I am the woman, don't listen to him!"[178]

마치 동성애자였던 튜링이 "스스로를 사랑하려면 먼저 자신을 증오해야 하지 않을까"라는 디오니소스의 문장을 기술적 위치로 옮겨 놓기라도 한 것처럼. 다만 완전한 탈성화에 항의하는 것은 "별 도움이 안 된다"[179]는 문장이 부가되어 있긴 하지만. 컴퓨터는 여비서 없이 WRITE 명령어만으로 쓴다. (논리적 1에 해당되는 플러스 5볼트 전류에서 남근을 보고, 논리적 0에 해당되는 0.7볼트 전류에서 질膣을 보려는 사람은 산업 규격을 문학과 혼동하는 것이다.) 주지하듯, ASCII(American Standard Code for Information Interchange) 코드에 따라 자판 키 하나당 1비트를 접속시키는 컴퓨터[180]와 그 환경 사이의 접속 지점만이 한동안 여성들에게 직업을 제공했다. 미국식 역사 조합에 의해 "최초 가동된 컴퓨터"라고 오도되었던 에니악ENIAC이 제2차 세계대전 중 미사일 궤도와 원자폭탄 폭풍을 계산하던 시절, 프로그램 제작자인 남자들 외에 100명의 여성이 고용되었다. 그들의 과제는 "에니악의 거대한 몸체 위에 올라가 타버린 진공관을 찾고 케이블을 연결하는 등 쓰기 업무와는 관련 없는 잡무를 처리"[181]하는 것이었다.

튜링은 "컴퓨터와 유도誘導 무기"의 발전을 염두에 두면서 남자들, 곧 프로그래머와 수학자 들에게 좋은 시절이 도래할 것이라고 예견했다.[182] 하지만 그들이 맞닥뜨린 것은 튜링에 의해 고전적 분석론의 우아함과 복잡성이 삭제된 매우 기이한 수학이었다. 이진법에 의한 절단을 통해 라이프니츠 이래 연구되었던 모든 커브 형식의 지속성—푸리에의 이론과 에디슨의 포노그래프 실험은 여기에 근거하고 있었다—이 사라져버렸다. 하지만 이러한 초보적인 단계화보다 훨씬 심각했던 결정적 지점은 숫자와 오퍼레이션 기호들, 데이터와 명령 사이의 구별이 폐기된 것이었다. 숫자가 특정 사태에 대응하는 한 + 또는 – 속에는 덧셈 혹은 뺄셈을 수행하는 듯 보이는 인간 정신이 깃들어 있었다. 그런데 튜링의 범용불연속기계는 이런 (아니 모든) 문자들을 단조로운 이진법 행렬로 변환시켰다. 이 기계어 속에서 ADD라는 명령은 인간의 언어도 문자 상징도 아니다. 그것은 다른 모든 것들처럼 비트의 연속이다. ('축전지 수치를 2 높여라'는 명령은 Z80에서는 1100 0110/0000 0010이다.) 괴델의 휴머니즘적 믿음이 아니라, 괴델화라는 단순한 트릭이 승자가 된 것이다. 수치화되고 난 후에 명령과 공리 들, 한마디로 문장들은 숫자처럼 무한한 조작 가능성을 얻게 되었다. 이것은 결국 문장들로 이루어졌던 문학의 종말을 의미한다.

모든 마이크로프로세서는 한때 카발라가 꿈꾸었던 것을 소프트웨어로부터 제공받는다. 해독과 숫자 조합을 통해 문자들을, 그것들을 읽기만 하는 눈으로는 결코 발견할 수 없는 사건이나 깨달음으로 나아가게 하는 일 말이다. 컴퓨터는 무한한 숫자의 연속이다. 그 숫자가 (구술적) 명령어로 기능하느냐 아니면 (수치적) 데이터 또는 어드레스로 기능하느냐를 결정하는 것은 그 숫자의 위치뿐이다. 제2차 세계대전의 수학자 존 노이만이 자신의 컴퓨터를 위해 일정한 예방 조처를 마련해놓지 않았더라면, ADD 같은 수식 명령어는 통상적 데이터 이외에도 수식 명령어 자체도 합산해버려, 프로그래머조차도 최초의 출발점이 어디였는지 알 수 없을 정도로 아득한 별나라의 수학으로 데리고 가버렸을지도 모른다.

데이터, 어드레스, 명령어, 다시 말해 저장 내용, 전송 지점, 계산 처리를 깔끔하게 분리해두는 것은 역으로, 하나의 어드레스에 늘 하나의 명령어나 하나의 데이터만이 부스에 등장하는 걸 보장해준다. (부리분켄들처럼) 특정한 책, 장, 페이지, 개념들 뿐 아니라, 시스템상의 비트 하나하나를 불러낼 수 있도록 철저히 수치화된 카드상자인 셈이다. 컴퓨터의 알고리듬은 단지 논리학의 복제가 아니다. 그것은 "논리학LOGIC+컨트롤CONTROL"[183]이다. 이 정밀한 흔적보존을 은폐하기 위해 국가의 지혜로운 자들이 데이터 보안 전문가라는 있을 법하지 않은 직업을 만들어낸 것도 놀라운 일이 아니다.

그와는 달리 있을 법한 직업인 프로그래머는 튜링 이래로, 수학적 우아함을 망각하는 데 몰두하고 있다. 오늘날 디지털 신호 프로세서가 승승장구하기 전의 통상적인 컴퓨터 하드웨어는 유치원 수준이라고 할 수 있다. 모든 기초 연산 중 가산加算이 하드웨어를 지배하고 있기 때문이다. 이로 인해 고차원적 명령어는 유한하지만 수많은 연쇄적 가산 처리로 전환되지 않으면 안 된다. 이는 사람들과 수학자들에게 무리한 요구이다. 순환 함수라는 자동화 가능한 함수가 고전적 분석을 대신한 곳에서 계산이란 판에 박힌 반복이다. 중간 연산 결과들의 계열에 같은 명령어를 반복해서 적용하는 것이다. 그러나 바로 그것이다. 한 헝가리 출신의 수학자가 두 페이지 전체를, 튜링 기계가 1에서 2로, 2에서 3으로 계속 나아갈 때 따르는 순환 공식으로 가득 채워본 후, 어색하지만 엄밀한 독일어로 이렇게 논평했다. "이건 인간의 연산 과정을 극도로 느리게 촬영한 것 같다. 몇몇 함수에 이 연산 메커니즘을 적용해보면, 당신은 그와 똑같이 계산하는 데 익숙해진다. 다만 좀 빨라질 뿐."[184] 초짜 프로그래머에게는 위안이 될지도……

정신의 고속 촬영이 정신을 추방한다. 카메라 앞에서 분절된 운동들처럼 방정식은 아무 직관 없이 움직인다. 저장, 전송, 계산에서의 개별 과정들은 관료적으로 엄밀하게 일어나기 때문이다. 불연속기계는 영화와 타자기와는 연대하지만 신경생리학과는 연대하지 못한다. 이것이 프리들랜더가 창조한 수크람 박사가, 3차원 극장의 회색 마법을 만들려다 제작한 꿈 타자기가 불연속기계와 다른 점이다.

박사는 기묘하게 생긴 모델 기계로 실험에 몰두해 있었다. 머리에 쓴 금속 헬멧에서 나온 복잡한 전선들이 타자기 자판에 연결되어 있었다. 박사는 움직이지도 않았는데, 기계 손잡이가 작동 위치로 전환되었다. 유령을 보는 듯했다.

"머리에 쓰신 건 무슨 장치인가요?" [보스만은] 전선으로 자판과 연결되어 있는 헬멧을 가리켰다.

"이건 지금까지 없던 간편한 타자기입니다. 보스만 씨. 이 기계만 있으면 타이피스트가 필요 없습니다. 나는 뇌에서 방사되는 에테르가 직접 나를 위해 일하게 하는 연구를 하고 있습니다. 지금까지 우리의 실용적 생각들은 세계를 너무 간접적으로만 움직여왔습니다. 우리의 기계들은 아직 생각과 의지의 영향을 간접적으로만 받고 있어요. 나는 직접 전송장치를 만들 계획입니다.[185]

니체와 쿠스마울의 뇌 또는 책에 등장했던 타자기, 계산기 그리고 재봉 기계가 현실이 되었다. 프리들랜더의 기계 픽션에 이르러서 매체 태동기의 신화는 그 정점에 도달했다. 그때 매체의 풍경은 신경생리학이 세계적 규모로 확장되는 것이라고 생각되었다. 하지만 그로부터 14년 후, 실현되지는 않았지만 수학적으로는 가능한 튜링의 기계에서 그 신화는 종말을 고했다. 컴퓨터와 인간의 뇌는 기능적으로는 호환되지만, 접속기술적으로는 호환되지 않는다. 신경 시스템은 튜링에 따르면, "결코 불연속기계가 아니다." 다시 말해 신경 시스템은 임의의 여러 자리에서 정확히 작동하지 않기에 라플라스 우주의 예측 불가능성을 특징으로 갖는다.[186] "디지털 방식의 참된 의미는 연산의 노이즈 레벨을 다른 어떤 (아날로그) 방식도 도달할 수 없는 수준으로 낮추는 게 가능하다는 데에 있다." 노이만의 우아한 단순화에 따르면, 신경회로는 흐르몬적 방식이 아니라 디지털 모델에 따라 기능할 수는 있지만, 그 신경회로의 정보 흐름은 계산기보다 5천 배 느리다.[187] 물론 두뇌는 전송에서의 이러한 손실을 모든 데이터 영역을 동시에 연산하는 것을 통해 보상한다. 컴퓨터라면 연쇄 처리와 순환 함수들을 통해서만 만회할 수 있는 통계 수치(추측컨대 다수결 논리회로에 따른)인 것이다. 그러나 어쨌든 "뇌에서 방사되는 에테르가 직접 나를 위해 일하게 하"려는 수크람 박사의 소망은 실현되지 않았다.

두뇌, 에테르, 지구의 백색소음[노이즈] — 이것들은 총체적 타자기와는 아무 상관도 없다. 모든 것은 참호/전격전/별과 관련되어 있다.

"엄밀한 의미에서의 Yes-No 기관이 존재하는지에 대해 오늘날의 기술과 생리학은 확인할 수 없겠지만,"[188] 신과 영혼, 사령관 들에 대한 오랜 지식은 그에 대해 더 많은 것을 알고 있다. 상위 지도층의 언어는 늘 디지털이다. 구약성서에 따르면 야훼는 7일 동안 (선과 악은 말할 것도 없이) 낮과 밤, 아침과 저녁, 태양과 달, 땅과 하늘, 육지와 바다를 서로 구분했다. 잘 알려져 있다시피, 성경을 편집하고 주재했던 성직자들은 이를 창조라고 부른다. 하지만 "이것은 다름 아닌 기표의 창조에 다름 아니다."[189] 땅과 하늘은 엘로힘의 문자화가 없었다면 존재할 수 없다. 땅과 하늘은 신의 창조 이전에, 그리고 신의 죽음 이후에는 성경이 토후와보후Tohuwabohu[혼돈]라는 단어만으로 이야기하는 다른 신성 속에, 곧 사건들의 랜덤 노이즈 속에 존재한다. 그에 반해 상위 지도층의 언어는 디지털화이다. 그것은 랜덤 노이즈의 원천으로부터 문자 그대로 Yes-No 기관을 만들어낸다. 그러지 않았다면 명령과 금지라는 이 비非대칭적인 통솔 도구들은 우리에게 전달되지 못했을 것이다.

명령 전송 채널에 노이즈가 섞일 우려가 있을 때, 상위 지도층의 언어는 이항대립을 두번째 이항대립, 곧 여분의 이항대립으로 재코드화한다. 독일 참모본부에서 "수십 년간 훈련되고 유지되어온 군대 용어 관례"는 "부대 내 소통과 보고에 있어 '서쪽에서west*lich*'와 '동쪽을 향해ost*wärts*'를 구별하도록 엄중히 노력해왔다. 그 이유는 두 용어의 명확한 음성적 차이를 정착시키려는 것이다. 그렇게 하지 않으면, 원거리 구술 명령 시 치명적 실수가 발생할 수 있기 때문이다. [……] 비전문가는 이를 호들갑이라고 여길지 모르나, 군인들이라면 이 규칙의 중요성을 십분 이해할 것이다." 전선戰線이 양쪽으로 펼쳐진 전쟁 계획을 세울 때, 동쪽과 서쪽의 대립은 창조주 신에게 있어 하늘과 땅 사이의 대립만큼이나 근본적이다. 그에 따라, 유명한 일례로, 총사령관 알프레트 요들Alfred Jodl이 1940년 서부전선에 주둔하던 중 1940년 6월 14일 처음으로 WB[국방부보고서]에 "그 자신이 참모본부 출신임에도 불구하고"

"통상 용어인 '동쪽을 향해ost*wärts*' 대신 '동쪽에서öst*lich*'라는 단어를 사용했다." "오래전부터 시행되어온 관행의 실제 운용에서의 무시는 장교단 전체의 분노를 불러 일으켰다."[190]

토후와보후와 그 뒤를 이은 아날로그 매체는 모든 가능한 상태를 경험할 수 있지만 No만은 경험하지 못한다.[191] 컴퓨터는 자연의 방사가 아니다. 0과 1이라는 이진법 기호의 말소, 부정, 대립의 능력만으로 작동하는 범용불연속기계는 늘 상층 지도부의 언어를 이야기한다. 송신자 측에서는 구축국의 참모본부가, 수신자 측에서는 런던 또는 워싱턴이.

에니그마를 잡은 콜로서스

천황 통치하의 일본이 루스벨트 대통령의 원료 수출 봉쇄를 받아들일 것인가 말 것인가(곧 미국을 공격할 것인가), 나구모 주이치南雲忠一 부사령관의 함대연합이 진주만에 주둔하는 태평양 함대 순양함을 전폭기로 폭침시킬 것인가 말 것인가, 그가 알류산 열도 작전 중 무선통신 침묵을 유지할 것인가 말 것인가(그는 유지하였다) — 바로 이것들이 1941년 이진법에 의거한 디지털적 문제였다. 이는 필연적으로, 암호화되어 있는 정보 원천을 횡취橫取하고 해독해야만 풀릴 수 있었다. 금세기의 기계 수학이 총사령부의 명령을 자동적으로, 다시 말해 사람 손으로 하는 것보다 더할 나위 없이 효율적으로 암호화할 가능성을 제공하였기에, 그 해독 또한 기계가 담당할 수밖에 없었다. 제2차 세계대전: 튜링의 정신과 실현되지 못한 그의 회로 원리로부터 탄생한 컴퓨터.

라디오 발명가 굴리엘모 마르코니Guglielmo Marconi의 말이 송신자와 수신자, 무기와 대응 무기 사이에서 이루어진 전선 확대를 가장 빨리, 그리고 가장 정확히 설명해준다. 마르코니의 사망 직후(음향의 새로운 불사성을 증거라도 하듯이) 그라모폰에 녹음된 그의 목소리가 '라디오 로마'를 통해 방송되었다. 파시스트 이탈리아의 상원의원이자 후작이었던 마르코니는 이렇게 "고백했다."

> 42년 전 폰테치오에서 최초의 라디오 전송에 성공했을 때 나는 그보다 먼 거리까지 전파를 보낼 가능성이 있다고는 생각했지만, 오늘날 경험하는 것처럼 이렇게 만족스러운 성과를 이룰 수 있으리라고는 희망하지 않았다. 당시 내 발명품에는 아주 큰 결점이 있었기 때문이다. 그것은 송신된 정보의 횡취 가능성이었다. 이 문제를 해결하기 위해 나는 오랜 기간 연구를 거듭해왔다. 그런데 약 30년 후 바로 이 결점이 유용하게 사용되어 라디오방송이 되었다. 매일 4천만 명 이상의 청취자에게 도달하는 수신의 수단이 된 것이다.[192]

여기서 이름이 언급되지 않은 어떤 그룹들이, 매번 무선을 수신할 때마다 도청될까봐 전전긍긍했을지 추측하기는 어렵지 않다. 어떤 그룹이 마르코니에게 이 결점을 개선하라고, 다시 말해 나무로 된 철을 만들라고 의뢰했었는지 추측하기는 더 쉽다. 아날로그 매체인 라디오는 도청되지 않기 위해 신호를 부정하거나, 반대로 뒤집거나 아니면 무의미로 만드는 것이 허용되지 않았다. 때문에 마르코니의 발명품을 통해 전선戰線을 완벽하게 연결하고 전격전의 가능성을 얻게 된 총사령부는, 비밀을 암호화하는 기계를 발명하는 쪽으로 나아가야 했다. 헤아릴 수 없이 늘어난 정보 흐름들은 자동적인 텍스트 처리, 비밀 텍스트 처리를 갈구하게 되었다—바로 타자기였다.

베를린 빌머스도르프에 사는 엔지니어 아르투르 셰르비우스 Arthur Scherbius는 1919년부터 "비밀 타자기"를 실험하고 있었다. 1923년 그는 스스로 '암호 기계 주식회사'를 설립하고 그가 발명한 모델을 세계우편연합 광고에 실었다.[193] 이 모델에서 처음으로 레밍턴 타자기 자판은, 오타가 날 경우에만 약화되는, 지루하고 일방향적인 입출력 방식에서 벗어나게 되었다. 처음으로 한 글자를 누르는 일이 조합적인 놀라움을 야기했다. 알파벳 26개 철자가 전선을 통해 배분기와 이어져 있고, 그 배분기는 세 개(나중에는 네 개, 더 나중에는 다섯 개가 되는)의 다이얼 스위치, 그리고 매번 다른 대체 철자를 조정해 넣는 한 개의 반전 다이얼 스위치로 이루어져 있었다. 타자를 칠 때마다 다이얼 스위치가 (시계의 초침과 분침, 시침처럼) 조금씩 앞으로 회전하는데, 26^7회나 80억 회를 누르고 나서야 최초의 위치로 되돌아오게 되어 있었다.

이렇게 셰르비우스는 기계 수학을 통해 암호술을 암호술사들의 손에서 해방시켰다. 발신자는 몇 시간 동안 연필과 도표, 눈금종이를 갖고 애쓰는 대신, 아주 평범한 타자기 자판 앞에 앉아 사령관의 명령을 통상적 텍스트로 타이핑하면 된다. 그때 스물여섯 개의 작은 램프가 점멸하는 것을 읽고 그 순서대로 베껴 써서 나온 글자 – 출력은 잡탕처럼 뒤죽박죽인 철자 무더기가 된다. 철자 잡탕은 아주 큰 결점을 가진 라디오로도 도청과 무관하게 전송될 수 있는데, 그러면 수신자 측에 있는 비대칭적 비밀 타자기가 이 노이즈로부터 통상적 텍스트를 만들어낸다. 이것이 가능한 이유는 매일 내려진 명령에 따라 수신 측과 발신 측 타자기의 다이얼 스위치를 같은 위치에 맞추어놓았기 때문이다.

제1차 세계대전이 끝난 이래 독일군은 공산주의적 무선통신원 유령과 군용 송수신장치의 남용에 대한 우려 때문에 민간 라디오 방송국을 세우려는 한스 브레도프의 계획을 매해 저지해왔다. 군 전용 통신 흐름, 특히 장파長波에 우선권이 주어졌다. 1922년 11월 우편장관 브레도프는 국방성에 이런 통지를 보낼 수 있게 된다. “공적인 무선통신 업무를 고속 전신으로 바꾸고 암호 기계를 이용함으로써 조만간 통신 기밀 유지에 충분한 안정성을 제공할 것입니다.”[194] 기업과 국가 간에 이처럼 긴밀하게 정보들이 오고갔던 것이다. 1923년 폰 제크트Hans von Seeckt 장군이 독일인들에게 라디오 오락 방송을 허용했지만, 민간 수신기를 발신 목적으로 남용하는 것을 엄격히 금지하는 규정도 함께 마련되었다. 금세기에 들어 담론의 질서는 새롭게 재편되었다. 몇 개의 공공 라디오 주파수는 계속 (문학사회학자와 매체사회학자를 기쁘게 하면서) 마르코니가 나중에 찬사를 아끼지 않았던 대중-수용을 허용했다. 그에 반해 군산 복합체의 많은 주파수들에서 마르코니가 우려하던 횡취는 셰르비우스에 의해 저지되었다. 이후 민중들은 아날로그 매체들의 매력Glamour에 흠뻑 빠져들었지만, 디지털의 원형인 타자기의 문법은 여전히 대중의 모든 감각들로부터 유리되어 은폐되어 있다.

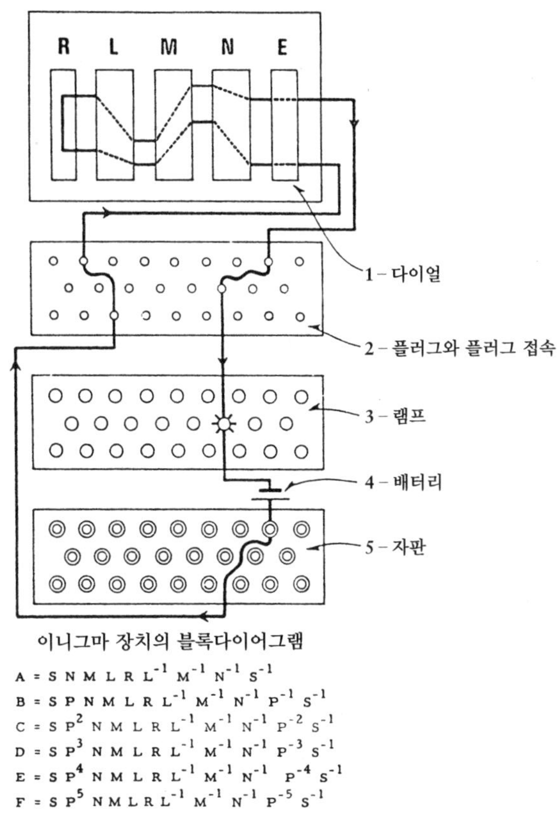

이니그마 장치의 블록다이어그램

1926년 독일 해군은 첫번째 암호 기계를 도입하기에 이른다.[195] 3년 후 육군도 그 뒤를 따른다. 독일군 방위통신연락부 지휘관 펠기벨 소령이 방첩국 내 암호해독부서를 맡은 직후였다.[196] 빌머스도르프의 비밀 타자기는 더 많은 비밀 다이얼 스위치를 가지게 되었고, 비밀 자체가 이름이 되었다. 에니그마ENIGMA. 이 이름은 수십 년간 이 타자기의 명예를 대변했다.

다른 나라들도 셰르비우스의 기계를 구입했다. 개량된 에니그마 모델은 양차 세계대전 사이의 표준적 모델이었다. 예를 들어 도쿄와 재미 일본 대사관 간에 이루어지는 모든 비밀 무선통신은 (진주만 침공 계획도 포함해서) 기계코드 '암호기 타입 B'를 통해 이루어졌고, 미국 측은 안보상의 이유로 이 암호기를 '퍼플purple'이라는 이름으로 불렀다.[197] 나구모 부사령관의 전격전이 있기 석 달 전 신호정보학교Signal Intelligence School(SIS) 교장 윌리엄 프리드먼William F. Friedman은 암호 해독의 기적을 행했다. 순전히 수학만으로, 다시 말해 한 대의 퍼플도 청하지 않고, 제2차 세계대전의 블랙박스 규칙을 따르지 않고서도 비밀 타자기의 무한 치환을 최초의 상태로 돌리는 데 성공한 것이다. 이것은 정보기술에 대한 인간의 마지막 승리였다. 이 승리를 위해 프리드만은 신경쇠약에 시달리며 몇 달간 정신과 치료를 받아야 했다.[198] 하지만 늘 그렇듯 기계는 광기가 있던 위치에서, 광기에 상응해 탄생하는 법이다. 기계의 초인간적인 계산 능력이 미국 대통령으로 하여금 일본의 공격 계획을 해독할 수 있게 하였다. 루스벨트가 태평양의 공군과 해군 사령관에게 그 사실을 경고하지 않았다는 소문에 대해서는 여기서 더 이야기하지는 않겠다……

무기와 대응 무기, 암호술과 암호 분석(프리드만은 고도의 기술적 조건에서 이루어지는 쓰기와 읽기를 이렇게 불렀다) 사이의 전선 확대는 암호 해독 또한 시급하게 자동화할 필요성을 제기하였다. 바로 그를 위해 다른 모든 기계를 대신할 수 있는 범용불연속기계가 만들어졌다. "아무리 복잡한 기계들도 말로 만들어진다."[199] 힐베르트의 결정 문제가 해결될 수 없음을 증명함으로써 부정적으로 이 문제를 해결한 후 튜링은 어머니에게 그가 몰두하고 있는 새로운, 별처럼 멀리 펼쳐진 것처럼 생각되던 수학의 "적용 가능성"에

구데리안 장군과
그의 지휘 차량에 설치된
에니그마

대해 설명한다. "이 수학은 코드 또는 암호의 가장 일반적인 형태는 어떤 것일까라는 질문을 던지고, 내가 (매우 자연스럽게) 특별하고 흥미로운 일련의 코드들을 만들어낼 수 있게 해줘요. 그중 하나는 해독이 거의 불가능한데, 암호화는 아주 빠르게 돼요. 이 코드를 상당한 돈을 받고 영국 정부에 팔 수 있을 것 같은데, 이런 일을 해도 되는지 고민 중이에요. 어머니는 어떻게 생각하세요?"[200]

어머니 대신 정부가 답을 주었다. 독일의 "에니그마-기계는 1938년 영국 정보국을 가장 골치 아프게 했던 문제였다. 영국 정보국은 이 문제를 풀 수 없다고 여겼다."[201] '국가 코드 및 암호해독 학교'가 전쟁 발발 3일 후 (그의 고민을 훌쩍 뛰어 넘어) 앨런 튜링을 채용하기 전까지는.

내폭 설계된 영국의 암호분석센터 블레츨리 파크Bletchley Park는 미국의 동업자보다 상황이 좋았다. 폴란드 첩보기관의 젊은 수학자들이 전리품으로 얻은 에니그마에 기반해 '폭탄Bomb'이라 불리는 암호 해독 기계를 제작했다. 그런데, 1938년 12월 펠기벨의 독일군 정보연합이 다이얼 스위치 숫자를 다섯 개로 늘리자 '폭탄'은 더 이상 힘을 발휘하지 못하게 되었다. 두 활자로 이루어진 조합 10세트를 전기적으로 연동해 나오는 150조 7382억 7493만 7250개의 연결 가능성은 '폭탄'의 계산 능력을 초과하는 것이었다. 특히 전격전 명령이 내려오면 즉시 그 대책을 수립하는 것이 중요하던 때에 걸맞은 빠른 계산은 도저히 불가능했다. 결국 과부하가 걸린 폴란드 수학자들은 모든 서류를 영국 정부와 튜링에게 넘겨주었다.

이 원시적인 '폭탄'으로부터 튜링이 발전시킨 기계를 블레츨리 파크 소장이 '동양의 여신'이라 불렀던 것은 우연이 아니다. 이것은 전자동 비밀 통신문을 해독하는, 전자동 신탁이었기 때문이다. 튜링의 순환 함수는 1941년 5월 이후 에니그마 신호를 단 24시간 후에 (괴벨스를 자유롭게 인용하자면) 적도 청취할 수 있도록 만드는 기초를 놓았다. 독일군은 전쟁이 끝날 때까지 이 사실을 믿으려 하지 않았다. 독일군은 "에니그마를 해독하는 일은, 설사 그 기계를 손에 넣었더라도 거의 무한대에 가까운 조정 가능성으로 인해 불가능하다고 확신했다."[202] 완벽하게 도청을 방지할 수 있는 것은 무의미, 곧 아무 정보도 없는, 따라서 상층 지도부에게는 유용하지 않은 백색소음뿐이었다. 그에 반해 "에니그마가 기계였다는 사실 그 자체가 기계적 암호 분석을 가능하게 했다."[203] 유사-랜덤 생성기인 비밀 타자기가 생성시키는 무의미는, 그 순환 주기가 더 짧은 시스템에 대해서만 상대적인 힘을 발휘한다. 튜링의 여신은 철자 잡탕 속에서 그 규칙성을 찾아냈던 것이다.

무엇보다 에니그마는 실용적으로는 장점이지만 이론적으로는 약점을 지니고 있었다. 그것은 에니그마의 암호가 자기 반전反轉적 그룹을 형성한다는 것이었다. 같은 기계에서 암호화와 그 암호에 대한 해독이 이루어지려면, 철자 조합들이 서로 교환 가능해야 한다. 예를 들어 최고사령부 OKW가 O를 K로 암호화했다면, 역으로 K는 O의 암호여야 한다는 것이다. 이로부터 두번째로 "어떤 철자도 자기 자신을 통해서는 암호화될 수 없다는 특성"[204]이 도출된다. 다시 말해 OKW도 자신의 이름을 쓰지 못한다는 것이다. 튜링은 이 작지만 중요한 비밀을 폭로하는 함축을 순차적인 분석에 적용하여 해법의 개연성을 조정할 수 있었다. 자동화된 판단력을 갖춘 이 '동양의 여신'은 철자 잡탕으로부터 평상적 텍스트가 될 때까지 치환 하나하나를 반복해 검토해갔던 것이다. 타자기의 전쟁이었다.

독일군 원거리 통신이 "15퍼센트에서 최대 29퍼센트까지"[205] 에니그마를 통해 이루어졌기에 첩보 전쟁은 새로운 수준에 도달했다. 횡취는 "메시지만이 아니라 적의 통신 체계"[206] 전체를 탈취하게 된다. 부대와 군수 사령부로부터 육해공군 각각의 전격전 부대원들에 이르는 중간 지도부는 자신의 어드레스를 노출하게 되고, 그 어드레스는 많은 첩보 소설들이 묘사하는 것과는 달리, 정보나 메시지보다 훨씬 더 많은 것을 적에게 폭로한다. 하루 60개의 서로

 다른 에니그마 코드와 발신자와 수신자의 정보가 포함된 3,000개의 비밀 무선통신이 유럽에 맞먹는 크기의 한 대의 타자기처럼 전쟁을 모사하는 것이다. 고도의 기술적 조건에서 전쟁은 전쟁의 조직 차트와 하나가 된다. '국가 코드 및 암호해독 학교'가 자신의 조직을 적군인 독일군 체계의 미니어처처럼 교육시킬 이유가 충분했던 것이다.[207] 튜링의 이미테이션 게임이 현실이 되었다.

플로차트flowchart에서 컴퓨터까지의 거리는 이제 단 한 발짝이다. 독일군과 그에 대한 영국군의 복제품 속에서 어드레스, 데이터, 명령어로 인간과 타자기 사이에서 순환하던 것이 마침내 하드웨어가 된다. 이 최후의 일보를 달성한 것은 1943년 블레츨리 파크의 '통신국 연구기지'였다. 여기에서는 본래 목적과 다르게 사용된 1,500개의 진공관이 라디오에서 아날로그 신호를 증폭하는 대신, 과변조된 스위치가 되어 불 대수의 이진법 게임을 시뮬레이션하고 있었다. 트랜지스터는 1949년에야 세상에 출현하게 되지만, 그것 없이도 범용불연속기계 — 데이터 입력, 프로그래밍 가능성과 획기적으로 개선된 내부 저장장치를 갖춘[208] — 가 처음으로 구현된다. 튜링의 후계자들은 그 기계를 콜로서스COLOSSUS라는 이름 말고는 달리 부를 수 없었다. 볼프스샨체 총통 사령부의 전략 기밀들은 논리적으로 볼 때 그야말로 거인 같은 컴퓨터를 통해서만 깰 수 있었기 때문이다.

콜로서스는 독일군 원거리 무선통신의 나머지 40퍼센트를 해독하기 위해 투입되었다 — 보안상의 이유로 에니그마와 무선통신을 통하지 않고 지멘스-암호입력기를 통해 전달되던 것이 여기에 해당된다. 이 지멘스 암호입력기는 보도 머레이Baudot-Murray 코드로 작동되는 전신타자기Teleprinter로, 복잡한 사용법뿐만이 아니라 인간이라는 오류의 원천도 일소시켰다. 엄격히 디지털화된 신호는 천공 테이프의 Yes와 No로 이루어져 있고, 원래의 평상적 텍스트와 유사-랜덤 발생기를 이진법적으로 조합함으로써 에니그마보다 훨씬 더 효율적으로 암호문을 작성할 수 있었다. 라디오 횡취는 이 신호가 예외적으로 전신 케이블이 아니라 지향성을 지닌 무선 통신 구간을 통과할 경우에만 가능했다.[209] 상층 지도부는 그들의 타자기를 때에 맞게 엄밀하게 선택할 줄 안다.

말할 필요도 없이 콜로서스는 이진법 연산에 맞서 이진법 연산을 통해 승리를 거두었다. 하지만 과학의 역사 또는 전쟁의 역사에 기록된 최초의 컴퓨터라 하더라도, 조건부 점프 명령에 따르지 않았더라면,[210] 그저 수 톤의 무게가 나가는 계산 기능이 부가된 레밍턴 특수 타자기[211]에 지나지 않았을 것이다.

1835년 배비지Charles Babbage의 미완의 해석 엔진이 처음 구상한 조건부 점프는, 1938년 콘라트 추제의 베를린 사택에서 최초로 기계 세계에 모습을 드러냈고, 그 후 기계 세계와 상징계는 하나가 되었다. 독학자 추제는 자신이 만든 이진법 계산기를 안전하다고 정평이 난 에니그마보다 뛰어난 암호기계라며 독일군에 제공하려 했으나 받아들여지지 않았다.[212] 독일군 정보연합이 놓쳤던 이 기회는 1941년 독일 항공시험소가 붙잡게 된다—"원격조정 비행체의 계산, 시험과 검사를 위해서."[213] 그런데 추제는 그의 경이로운 "플란칼퀼Plankalküls"의 IF-THEN 명령어를 최소한으로 사용했다. 명령들, 곧 철자가 숫자로 전환될 수 있다는 괴델과 튜링의 통찰은 그를 깜짝 놀라게 했다.

프로그램들도 숫자처럼 연속되는 비트로 구성되기에 프로그램 역시 저장될 수 있다는 것은 당연한 일이었다. 그를 통해, 요즘 말하는 조건부 점프를 실행하고, 어드레스를 재계산하는 것도 가능했다. 그를 위한 해법들은 접속 방식에 따라 여러 가지가 있다. 하지만 이 해법들에는 하나의 공통적인 생각이 놓여 있다. 연산 결과가 프로그램 자체의 진행과 구조에 역으로 영향을 끼친다는 것이다. 이것을 상징적으로 하나의 케이블이라고 묘사할 수 있을 것이다. 솔직하게 말해, 나는 이 일보를 밟는 일을 주저하였다. 이 케이블이 놓이지 않는 한, 우리는 컴퓨터의 가능성과 영향력을 개괄하면서 그들을 지배할 수 있다. 하지만 일단 프로그램이 자유롭게 흘러가버리면, 여기까지는 가능하고 더 이상은 안 된다고 말할 수 있는 경계 인식이 어려워진다.[214]

단 하나의 유일한 피드백 루프 — 그리고 정보 기계는 이른바 그들을 발명한 인간들을 흘러간다. 컴퓨터 스스로 주체가 된다. IF 프로그래밍된 조건이 만족되지 않으면, 데이터 처리는 정해진 순번에 따라 명령이 실행된다. 그런데 IF 어디선가 그 중간 결과가 조건을 만족시키게 되면, THEN 프로그램 스스로가 이어지는 명령어를 결정하게 된다. 다시 말해, 자신의 미래를.

같은 방식으로, 라캉은 동물의 코드와 구별하여 인간의 우월함을 규정짓는 것으로 언어와 주관성을 정의했다. 프리슈Karl von Frisch가 연구했던 꿀벌의 춤은 "그 춤의 기호가 실제와 엄격히 상응한다는 점에서 언어와 구별된다." 한 꿀벌이 춤을 통해 보낸 메시지는 다른 꿀벌들이 꽃이나 먹잇감을 향해 날아가도록 유도하지만, 두번째 꿀벌에 의해 해독되거나 다른 꿀벌에게 전송되지는 않는다. 그에 반해 "언어가 스스로를 표현하는 형식은 그 자체에 의거해 주관성을 정의한다. 언어는 '저리로 가라, 거기서 무엇인가를 보면 다른 쪽으로 꺾어 방향을 바꾸어라'라고 말한다. 달리 말하면, 언어는 타자의 담론과 관계하고 있다는 것이다."[215]

다른 말로 하면, 꿀벌은 탄환이고 인간은 원격 조정 무기이다. 꿀벌에게 춤은 방향과 거리에 대한 객관적 데이터를, 인간에게 명령은 자유로운 복종을 건네준다. 따라서 IF-THEN 명령어를 가진 컴퓨터는 인간 주체이다. 블레츨리 파크의 진공관–괴물 이래로 전자공학은 담론을 대체하고, 프로그래밍 가능성은 자유로운 복종을 대체한다.

추제가 자신의 알고리즘적 골렘과 그 골렘을 어디서 멈추게 할 것인가라는 문제 앞에서 "솔직하게 말해, 주저"했던 데에는 이유가 있었던 것이다. 헨셸 제작소 또는 제국 항공국이 이 골렘을 원격 조정 비행체 개발에 투입했던 것도 이유가 있었던 것이다. 모든 전선戰線에서, 최고 극비의 암호 분석에서부터 가장 스펙터클한 미래 무기 공세에 이르기까지 제2차 세계대전은 인간 또는 군인에게서 기계 주체로 이행했다. 추제의 이진법 계산기가 마지막 순간 하르츠Harz 암벽 아래서 V2와 운명을 같이하는 대신,[216] 처음부터 자유로운 로켓 비행을 프로그램했던 것은 그리 잘못된 것이 아니었다. 군사시설 페네뮌데가 1938년 독일 대학들에 위탁했던 "과제 모음"에 (통합가속기, 도플러-거리측정기, 항공공학-계산기 등과 더불어), 베르너 폰 브라운Wernher von Braun이 "전자 디지털 계산의 첫번째 시도"[217]라 부른 것을 포함시킨 것은 매우 선견지명이었다. 주체로서의 무기는 그에 상응하는 두뇌를 필요로 했던 것이다.

하지만 독일군 총사령관(지버베르크Hans-Jürgen Syberberg는 그를 "모든 시대를 통틀어 가장 위대한 영화제작자"[218]라고 불렀다)은 무기의 자기제어 기능을 실제 미사일 테스트를 할 때는 믿지 않다가, 볼프스샨체에서 이를 컬러 필름으로 상영했을 때[219] 비로소 믿기 시작했다. 나치-국가의 엔트로피가 정보와 정보 기계에 대해 승리를 거두었던 것이다.

어쨌든 사이버네틱스, 자기제어와 순환법칙 이론은 제2차 세계대전의 이론이다. 이 개념을 처음 도입한 노버트 위너Norbert Wiener는 이렇게 증언한다.

> 이 새로운 진전에 핵심 요소는 전쟁이었다. 나는 이미 오래전부터, 시급한 국가적 노력이 필요한 때가 오면 내 역할이 두 가지로 결정될 것이라고 생각하고 있었다. 나는 배너바 부시Vannevar Bush 박

사가 개발한 계산기 프로그램에 아주 익숙하고, 전기 네트워크 종합 분야에서 육윙 리Yuk-Wing Lee 박사와 해왔던 공동 작업이 있다. [……] 전쟁이 시작되었을 때 독일 공군의 잠재력과 영국의 수세적 상황 때문에 많은 과학자들이 대공포 개발에 관심을 가지게 되었다. 그런데 전쟁이 시작되기 전부터 분명했던 것은, 비행기의 속도가 지금까지 비행 유도의 모든 고전적인 방법을 넘어서 있었기에, 모든 필수 연산을 제어장치 자체에 장착해야만 한다는 사실이었다. 그런데 이것은 비행기가—이전까지 고찰되던 모든 목표물들과는 비교할 수 없을 정도로—발사된 탄환의 속도에 거의 육박하는 속도를 가지고 있어 실현하기 매우 어려운 상황이었다. 때문에 목표를 향해 탄환을 발사하는 것이 아니라, 탄환과 목표물이 어느 시점에 한 공간에서 만나게 하는 것이 매우 중요해졌다. 때문에 우리는 날아가는 비행기의 미래의 위치를 예견하는 법을 발견해내야 했다.[220]

위너의 선형線形예측 코드(LPC)를 통해 수학은 무질서로부터도 개연적인 미래를 예견하는 신탁神託이 되었다—처음에는 전투 폭격기, 고사포 제어장치에서, 전쟁 중에는 인구 수와 그 담론에 대한 컴퓨터 시뮬레이션에서.[221] 저장과 전송을 위한 아날로그 매체를 지배하던 맹목적이고 예측 불가능한 시간이 (예술에서와는 달리) 마침내 손에 잡히게 되었다. 디지털 신호 프로세싱에서 측정회로와 알고리듬은 (자동화된 사운드 믹서처럼) 랜덤 주파수 위에서 함께 작동한다. 오늘날에는 이런 형태의 사이버네틱스가 대부분의 유명 록 그룹의 사운드를 가능케 하는데, 이는 탄도학의 “새로운 전개”에 다름 아니다. 탄도 분석에 있어 기계가 라이프니츠를 대체하게 된 것이다.

그 결과 콜로서스의 아들이 아들을 낳았고, 모든 아들은 그 비밀스런 아버지보다 더 거대했다. 튜링이 전후에 만든 컴퓨터 ACE는 물자보급국에 따르면 "유탄, 폭탄, 미사일 그리고 원격 조정 무기"를 계산하기 위한 것이고, 미국의 ENIAC은 "다양한 공기 저항과 풍속 조건들을 고려해 탄도를 시뮬레이션하는데, 이것은 미세 탄도 수천 개의 합을 통해 얻어진다." 노이만이 계획했던 EDVAC은 "유탄, 폭탄, 로켓, 기폭제 및 폭약의 3차원 폭발 파장 문제"를 해결하고, BINAC은 미 공군을 위해, ATLAS는 암호 분석을 위해 작동하며, 마지막으로 MANIAC은, 이 멋진 이름이 제때 장착되었다면, 첫번째 수소폭탄의 폭풍을 최적화할 수 있었을 것이다.[222]

순환 함수에 토대를 둔 기계들이 제공하는 것은 인간 사유의 슬로 비디오뿐만이 아니다. 그것은 인간 종말의 슬로 비디오도 제공한다. 핀천과 비릴리오의 통찰에 의하면, 1945년 8월 6일 러시아워에 히로시마를 쓸어버렸던 폭탄들은 전격전과 플래시 촬영의 만남이었다. 0.000000067초, 1883년 마흐가 행했던 선구자적 탄환 촬영보다 짧은 노출 시간이, 수없이 많은 일본인들의 신체를 그들 도시의 "녹아내린 잿더미 위를 덮는 부드러운 지방층 필름"[223]으로 만들었다. 컴퓨터 프로세스의 속도로만 계산될 수 있는 시대의 영화, 컴퓨터 접속 시대에만 계산 가능한 영화였던 셈이다.

이 영화 필름 표면 위에서 진행된 일은, 노이만이 독일제 유도 미사일과 미국제 원자폭탄의 하중을 조정해 탄생시킨 "두 괴물의 짝짓기"[224]로 인해 종래의 아마톨 폭약과 종래의 폭격기 조종사 모두가 불필요해져, 그 결과 마치 전격전의 과거로부터 전략적 현재로의 이행이 이미 이루어진 것 같았다. 그러나 이 둘, 그러니까 유도 미사일과 핵무기가 — 일부는 첩보원을 통해, 일부는 기술 이전을 통해 — 철의 장막 또는 대나무 숲의 장막을 그렇게 쉽게 넘어가버렸다는 사실은 그와는 반대임을 말해준다. 기계 주체, 다시 말해 눈에 잘 띄지 않지만 완전 자동화된 타자기의 경우는 사정이 다르다. 진리이기에 전능한 이론의 속박 속에서 스탈린Joseph Stalin은 부르주아가 사이버네틱스를 왜곡시켰다며 저주하고 파문을 내렸다. 마치 상대에게 넘겨준 대량 학살, 미사일 발사, 폭탄 섬광의 비밀들이 양 첩보기관들 사이의 싸움의 대상이 되어 유물론을 현혹시키기라도 한 것처럼.

아직도 학살이 전쟁에서 결정적이라고들 이야기한다. 하지만 40년이 지나고 난 후 기밀 아카이브에서 조금씩 밝혀지는 사실에 따르면, 학살이라는 명칭으로 분류된 모든 후보들 중 가장 적합했던 것은 블레츨리 파크이다. 제2차 세계대전 때는 수학 자체를 유물론화했던 한 명의 유물론자가 승리했다. 튜링의 전기작가는 에니그마와 콜로서스에 대해 "지성이 전쟁에서 승리했다"[225]라고 썼는데, 그는 지성과 첩보 업무, 정보 기계를 서로 구분하지 않는 영국적 엄밀성을 발휘한 것이다. 그런데 바로 이것이 국가 기밀이었다. 전쟁 기간 동안 전자동화된 암호 분석의 결과물을, 그 정체를 숨긴 채 전장 사령부에 전달할 목적으로 창설된 조직이 있었다. 그러지 않았더라면 이 일급 전쟁 기밀이 (노획 자료를 통해, 전향자 또는 반역자의 역탐을 통해) 독일군에게까지 스며들어갔을지도 모르고, 그러면 독일군은 에니그마의 사용을 중단했을 것이다. 그렇기에 첩보원들이 수행한 최후의 역사적 과제는, 경이로운 첩보 소설들이

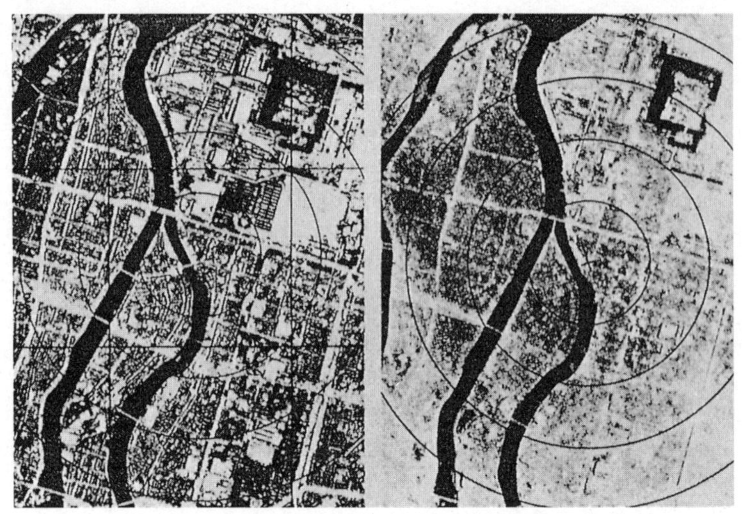

1945년 8월 6일 이전과 이후의 히로시마

이야기하듯, 횡취가 첩보 업무를, 그리고 타자계산 기계가 첩보원들을 불필요하게 만든다는 사실을 은폐하기 위한 것이었다. (이것이 오늘날까지 첩보 소설들이 하고 있는 일이다.) 볼프스샨체에서 수립된 수많은 공격 계획들을 스위스의 이중 첩보원을 통해 모스크바로 보냈다는, 하지만 역사적으로는 확인되지 않은 베일에 싸인 첩보원 "베르터"도, 블레츨리 파크가 소련의 붉은 군대로부터 감추고 있던 시뮬라크라의 하나일 수도 있다.[226] 그렇다면 사이버네틱스가 공산주의에 대한 배반이라는 스탈린의 이론은 적어도 정보 폐쇄라는 유물론적 토대를 가지고 있었던 셈이다.

히로시마 원폭 투하 3주 후이자 포츠담 회담 4주 후인 1945년 8월 28일, 미국 대통령 트루먼은 비밀 무선 횡취에 대한 비밀 포고령을 내린다. 정보 기계에 대한 정보를 폐쇄하라는 것이었다. 전쟁 승리에 결정적 역할을 했던 암호 분석 자체가 폐쇄물이 되었다—

과거에도, 현재에도, 기술과 방법, 성과와 결과물, 블레츨리 파크와 워싱턴 D.C. 모두가.[227] 그를 이어 같은 전쟁이, 냉전이 곧 다시 시작될 수 있었다. 트루먼 포고령의 그림자 속에서 콜로서스와 미국에서 제작한 후속 모델들은 독일어 대신 러시아어를 배우기 시작했다. 완벽하게 주변으로부터 차단된 채 "총체전의 유산과 총체적 커뮤니케이션 체계의 전리품들은 총체적 기계의 구성으로 이행했다."[228]

이러한 위장 전략 중 유일하게 허술한 부분이 이 전략의 성공을 증명한다. 여자 비서를 통해 타자기를 알고 있었을 뿐 아니라 스스로 타자기로 책을 제작하기도 했던 한 작가가 포츠담에 모인 전쟁 지도자들에게, 상징계는 에니그마와 콜로서스와 더불어 기계의 세계가 되어버렸다는 사실을 편지로 전달했다.

아르노 슈미트, 공개 서한[229]*

An die Exzellenzen
Herren
Truman (Roosevelt),
Stalin,
Churchill (Attlee)
Jalta, Teheran, Potsdam

8 c 357 8xup ZEUs !
id 21v18 Pt 7 gallisc 314002a 17 ? V 31 GpU 4a
29, 39, 49 ? mz 71Fi16 34007129 pp 34 udil19jem
13349 bubu WEg !
aff 19 exi: 16 enu 070 zIm 4019 abs12c 24 spü, 43
asti siv 13999 idle 48, 19037 pem 8 pho 36. 1012
sabi FR26a FlisCh 26:iwo 18447 g7 gg !
Glent 31, glent 14 Po Arno Schmidt

고도의 기술적 조건에서 문학은 이 이상 할 수 있는 말이 없다. 문학은 해석을 거부하고 횡취만 허용하는 암호문자로 끝난다. 우편에서 극초단파 무선에 이르기까지 지구상의 모든 전신 전화망의 0.1퍼센트[230]가, SIS와 블레츨리 파크의 후속 조직인 국가안전국National Security Agency(NSA)의 전송 기계, 저장 기계, 해독 기계를 거쳐 간다. 그들 자신의 말에 따르면 NSA는 "컴퓨터 시대의 도래"를, 그를 통해서 그 어떤 것보다 역사의 종말을 "가속화시켰다."[231] 자동화된 담론 분석이 지휘권을 넘겨받고 있는 것이다.

대학 교수들이 소심하게 타자기를 워드프로세서로 교환하고 있는 동안, NSA는 미래를 준비하고 있다. 그것만으로도 책에 실리기에 충분할 유치원 수준의 수학부터 전하결합소자電荷結合素子; charge-coupled device, 표면파장 필터, 모든 4측 연산이 가능한 디지털 신호 프로세서까지.[232] 참호, 전격전, 별 — 저장, 전송, 케이블화.

* 번역할 수 있는 부분은 수신인과 송신인뿐이며, 이를 번역하면 다음과 같다.

친애하는
트루먼 (루스벨트),
스탈린,
처칠 (애틀리)
씨에게
얄타, 테헤란, 포츠담

아르노 슈미트

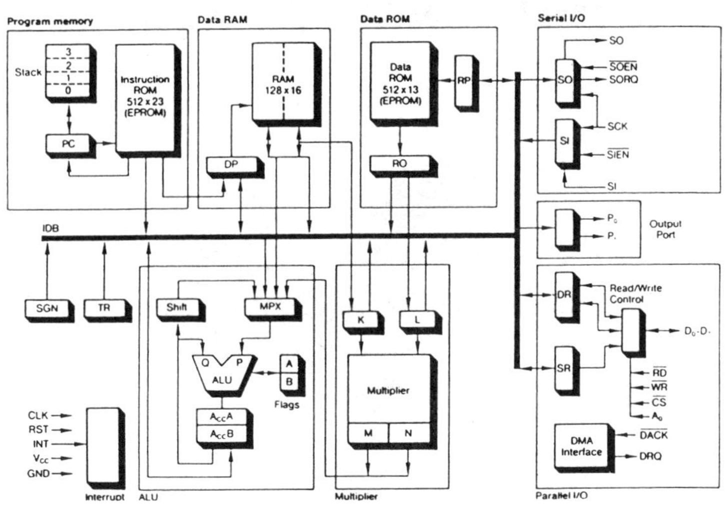

디지털 신호처리장치(DSP)의 회로도

464 **ANMERKUNGEN / LITERATUR**

HEADSTRONG AND FOOTLOOSE

주석/문학, 헤드스트롱(고집불통)과 풋루즈(자유분방)

TYPEWRITER

주석

머리말

1 Gottfried Benn, 1941년 10월 1일, 1977~80, I, p. 267.

2 고트프리트 벤의 "상황을 인식하라!"에 대한 더 정확한 정보는 다음을 참조하라. Roman Schnur, 1980, pp. 911~28. 이곳에는 또한 바로 이 문장 다음에 뒤따라 등장하는, "네가 부족한 부분을 계산에 넣어라! 구호로부터 출발하지 말고, 네 존재(혹은 보유고)로부터 출발하라!"(Gottfried Benn, 1949b/1959~61, II, p. 232)라는 작가의 원칙이 세계대전 중 자연 자원에 대한 독일의 태도를 그저 다르게 바꾸어 쓴 것이라는 점도 분명하게 설명되어 있다.

3 Rolf Schwendter, 1982 참조.

4 Thorsten Lorenz, 1985, p. 19 참조.

5 Martin Heidegger, 1950, p. 272.

6 Adolf Hitler, 1945년 1월, in Percy Ernst Schramm, 1982, IV, p. 1652. 또한 다음을 참고하라. Adolf Hitler, 1942년 5월 30일, in Henry Picker, 1976, p. 491. 여기에서는 헤라클레이토스의 단편들이 시간을 초월하여 진실이며 동시에 "위대한 군사철학가의 매우 진지한 명제"로서 공고화되고 있다. 그러나 에른스트 윙거가 알아차렸듯, 세계전쟁은 "불변의 도구"로 계속해서 투쟁하는 대신 혁신 그 자체에 의존했다(Ernst Jünger, 1926a, p. 125 참조).

7 Thomas Phychon, 1973/1982, pp. 812~13 참조.

서문

1 『나의 유골로부터: 한 낙관주의자의 생각들*Nostris ex ossibus. Gedanken eines Optimisten*』이라는 제목으로, "비록 지정학이라는 기술적 용어의 저작권자는 아니라고 하더라도, 이 용어 사용에 있어 독일에서의 주요 대표자"임은 분명한, 카를 하우스호퍼는 다음과 같이 예언했다(Karl Haushofer, 1945년 11월 2일, 1979, II, p. 639). "전쟁이 끝난 후에 미국인들은 유럽 서부와 남부 해안에서 꽤 넓은 지역을 확보했는데, 이 지역들은 어떤 식으로든 영국까지 연결되었다. 이는 세실 로즈Cecil Rhodes의 이상을 반대편에서 실현하는 것이었다. 그들은 반대편

해안을 손에 넣고, 그럼으로써 그 사이에 놓여 있는 바다를 완전하게 지배하고자 하는, 모든 해군에서 오래전부터 이어져온 노력을 경주했다. 여기에서 반대편 해안이란 적어도 대서양의 동부 해안 전체, 그리고 이에 더해 전체 '일곱 개의 바다'에 대한 지배의 완성으로서, 가능하다면 태평양의 서부 해안 전체가 포함되었다. 미국은 그렇게 하여 반달 모양 지형의 외부를 '중심축'에 근접하여 연결하고자 했다"(Karl Haushofer, 1944년 10월 19일, 1979, II, p. 635). [옮긴이] 카를 하우스호퍼가 주창한 지정학에서 반달 모양 지형의 내부를 구성하는 것은 유럽과 중동을 거쳐 인도와 중국에 이르는 지역이며, 외부를 구성하는 것은 영국, 아프리카, 아메리카의 양 대륙과 오세아니아, 일본에까지 이르는 지역이다. 또한 제1차 세계대전 시 "중심축"으로 불렸던 지역은 중앙아시아와 남부 시베리아였다.

2 E. T. A. Hoffmann, 1933. Gerhard Hay, 1975a, p. 374에서 재인용.

3 Norbert Bolz, 1986, p. 34.

4 Otto Abraham/Erich Moritz von Hornbostel, 1904, p. 229.

5 Rüdiger Campe, 1986, pp. 70~71 참조.

6 Michel Foucault, 1974, p. 101.

7 J. W. Goethe, 1829/1904, XXXVIII, p. 270.

8 J. W. Goethe, 1810/1904, XXXX, p. 148.

9 Walter J. Ong, 1982, p. 27와 (더 분명하게는) p. 3 참조.

10 Das 2. BUCH MOSE, 24:12~34:28 참조.

11 Koran, 96, V, 1~6.

12 L. W. Winter, 1959, p. 6.

13 Aleida und Jan Assmann, 1983, p. 268 참조.

14 Friedrich Nietzsche, 1874/1922~29, V, p. 213.

15 J. W. Goethe, 1811~14/1904, XXII, p. 279.

16 Botho Strauss, 1977, pp. 21~22.

17 G. W. F. Hegel, 1807/1968, IX, pp. 175 이하 참조.

18 Friedrich von Hardenberg, 1798~99/1960~75, III, p. 377.

19 Friedrich Schlegel, 1799/1958, VIII, pp. 42 이하 참조.

20 Friedrich Kittler, 1985a, pp. 115~30 참조.

21 J. W. Goethe, 1797/1904, XIII, pp. 3~4 알파벳화가 완성된 문학이 왜 하필 구술 문화를 모방하고 있는지 그 이유에 대해서는 다음을 참고하라(Heinz Schlaffer, 1986, pp. 20~22).

22 J. W. Goethe, 1774/1904, XVI, p. 137.

23 Walter Benjamin, 1924~25/1972~85, I-1, p. 200.

24 J. W. Goethe, 1809/1904, XXI, p. 302.

25 Bettine Brentano, 1835/1959~63, II, p. 222.

26 Chris Marker, 1983, pp. 23~24.

27 Gilles Deleuze, 1965, p. 32 참조. "양자택일은 거짓과 참이라는 두 가지 순수성, 책임의 순수성과 천진함의 순수성, 기억의 순수성과 망각의 순수성 사이에 존재한다. [……] 말을 기억하더라도 그 의미가 불분명한 채로 남아 있거나, 혹은 말이 기억으로부터 사라질 때 그 의미가 드러난다."

28 André Leroi-Gourhan. Jacque Derrida, 1967b/1974, p. 154에서 재인용.

29 E. T. A. Hoffmann, 1816/1960, p. 343.

30 Nadar(=Félix Tournachon), 1899, p. 6.

31 Rudolf Arnheim, 1933/1977, p. 27.

32 Jacques Lacan, 1978/1980, p. 294 참조.

33 Thomas Alva Edison, 1878. Roland Gelatt, 1977, p. 29에서 재인용. 마지막 유언에 대한 기술적 저장은 다음과 같은 인식을 전제하고 있는데, 그것은 "생리적인 시간을 되돌릴 수 없다"는 것과, "리듬과 시간의 영역에서는 대칭되는 것이 아무것도 없다"는 것이다(Ernst Mach, 1886, p. 108).

34 James Joyce, 1922/1956, p. 129와 이에 대한 설명은 John Brooks, 1977, pp. 213~14 참조.

35 Walther Rathenau, 1928~29, IV, p. 347. 네크로폴리스 회사의 죽은 자들 가운데 이 직업병의 두 가지 사례는 다음과 같다. "한 작가가 묘비문이 마음에 들지 않는다. 전화국 직원이 일종의 모스 부호처럼 짧거나

긴 간격을 두고 이어지는 메시지를 듣는데, 그건 그 묘비문을 작성한 자식들을 비판하는 내용이다." 브로넨의 작품 『극동행 열차*Ostpolzug*』의 주인공 알렉산더 대왕은, 감독의 지시에 따라 '전화기가 웅웅거리는 가운데,' 전화와 하데스에 대한 모든 것을 이야기한다. "아, 너 검은 짐승, 갈색의 기름진 줄기 위에서 자라난, 너 시간에 맞지 않는 꽃이여, 너 암실 속의 토끼여, 너의 목소리는 우리의 피안이며, 그것은 하늘을 내리눌렀다"(Arnolt Bronnen, 1927/1977, p. 133).

36 실제로 「Example #22」라는 노래는 "샘플 No. 22"에 들어 있는 말과 소리("여기 에드가르가 말한다"[Hildegard Schäfer, 1983, p. 11])를 편집해서 들려주고 있다. 놀랍게도 이 샘플은 책처럼 만들어진 초자연적인 테이프 형태에 담겨져 프라이부르크에서 미국까지 이동했음이 틀림없다.

37 Jacques Lacan, 1966/1973~80, II, pp. 69~70 참조.

38 Hildegard Schäfer, 1983, p. 3.

39 Hildegard Schäfer, 1983, p. 2.

40 Jacques Lacan, 1966/1973~80, I, p. 166 참조.

41 Don E. Gordon, 1981, 여러 곳.

42 Peter Watson, 1978/1982, pp. 28~29.

43 Alfred Walze, 1980, p. 133 참조.

44 Niklas Luhmann, 1985, pp. 20~22 참조.

45 Martin Heidegger, 1942~43/1982, p. 127. 이러한 진술의 전문성에 대해서는 다음에서 확인해준다. Erich Klockenberg, 1926, p. 3.

46 Gottfried Keller, 1865/1961, p. 376.

47 Stéphane Mallarmé, 1893/1945, p. 850 참조.

48 Jacques Lacan, 1966, p. 720.

49 Jacques Lacan, 1978/1980, p. 64.

50 Jacques Lacan, 1966/1973~80, III, p. 50 참조.

51 Jacques Lacan, 1966/1973~80, III, p. 13 참조.

52 Jacques Lacan, 1966/1973~80, I, p. 43 참조.

53 Jacques Lacan, 1966/1973~80, II, p. 26 참조.

54 Jacques Lacan, 1975, pp. 53, 73 참조.

55 Jacques Lacan, 1966/1973~80, I, pp. 44~54 참조.

56 Jacques Lacan, 1966/1973~80, I, p. 47.

57 Friedrich Nietzsche, 1873~76/1967, III-1, p. 278.

58 Alan M. Turing, 1950/1967, p. 116. 그리고 여기에 대해서는 Andrew Hodges, 1983, pp. 415~17 참조.

59 Andrew Hodges, 1983, p. 279.

60 Andrew Hodges, 1983, p. 30.

61 Andrew Hodges, 1983, p. 14.

62 J. Good, 1948. 9. 16. Andrew Hodges, 1983, p. 387에서 재인용.

63 Konrad Zuse, 1937. 6. 19. Konrad Zuse, 1984, p. 41 참조. "결정적인 생각들. 1937년 6월 19일 / 연산 작업과 사고 작업 전체가 이곳으로 용해되는 기초 작업들이 있다는 인식. / 기계적인 뇌의 초기적인 형태는 저장장치, 선택장치와 2~3개 배열의 간단한 연쇄적인 조건을 다룰 수 있는 간단한 장치로 구성되어 있다. / 이러한 뇌의 형태로는 다음과 같은 것이 이론적으로 가능해야 한다. 즉, 여기에 요구되는 시간과는 관계없이, 메커니즘에 의해 감지될 수 있는 모든 정신 작업을 수행할 수 있어야 한다. 보다 복잡한 뇌는 이 과정을 다만 더 빠르게 해결할 수 있다."

축음기 GRAMMOPHON

1 Victor Kenneth Chew, 1967, p. 2. 카프카의 「학술원에 드리는 보고」에 나오는 우리에 갇혀 있던 원숭이가 소리를 지르는 장면에서, 카프카는 동물이 말을 배우는 장면을 에디슨의 "안녕!"과 저장기술과 함께 인용한다. 배에서 "그라모폰 음악에 맞추어 파티가 열리고 있었다." 원숭이는 어쩌다 우리 "앞에 놓인 술을 마시고"는 "짧고도 분명하게 '안녕!'"이라고, 인간의 음성을 내질렀다. 술이 그를 몰아대고, 그의 감각을 도취시켰기 때문이었다. 이 외침과 더불어 원숭이는 돌연 인간 공동체로 도약했으며, "들어봐! 원숭이가 말을 해!"라는 반향을 느꼈다. 그건 온통 땀에 젖은 몸 위에 쏟아진 입맞춤 같았다." Kafka, 1917/1961, p. 162.

2 3개월 후 (에디슨과는 무관하게) 이 단어는 샤를 크로에 대한 논문에서 등장하게 된다. Daniel Marty, 1981, p. 14.

3 *Scientific American*, 1877. Oliver Read/Walter L. Welch, 1959, p. 12.

4 Charles Cros, 1877/1964, p. 523 이하.

5 Charles Cros, 1908/1964, p. 136 참조.

6 Charles Cros, 1964, X 참조.

7 Jacques Derrida, 1967b/1974, p. 413 참조.

8 Walter Bruch, 1979, p. 21.

9 태동기에 대한 자료는 Anton Kaes, 1978, p. 68 이하. 시나리오 작가 에버스H. H. Ewers의 "스승"으로서의 바그너에 대해서는 p. 104 참조.

10 Philip Friedheim, 1983, p. 63 참조. "바그너는 비명의 사용을 진지하게 탐구했던 최초의 극작가일 것이다."

11 Richard Wagner, 1882/1978, p. 840.

12 Richard Wagner, 1854, 11~20째 마디.

13 Richard Wagner, 1880/1976, p. 511 참조.

14 Heinrich Jalowetz, 1912, p. 51.

15 Lord John William Strutt Rayleigh, 1877~78, I, pp. 7~17 참조.

16 Claude Lévi-Strauss, 1964/1971, p. 48.

17 Peter H. Kylstra, 1977, p. 7 참조.

18 Walter Bruch, 1979, p. 26와 Kylstra, 1977, p. 5 참조.

19 Raymond Herbert Stetson, 1903, pp. 413~66 참조.

20 René M. Marage, 1898, pp. 226~244 참조.

21 Walter Bruch, 1979, pp. 3 이하. 옹은 스위트(1845~1912)에게서 소쉬르 음소 개념의 조상을 발견한다. Walter J. Ong, 1982, p. 5.

22 George Bernard Shaw, 1912/1937, p. 26.

23 Rudolph Lothar, 1924, pp. 48 이하.

24 George Bernard Shaw, 1912/1937, pp. 5~10 참조.

25 자세한 것은 Friedrich Kittler, 1985a, pp. 33~59.

26 George Bernard Shaw, 1912/1937, p. 130 이하.

27 Rudolph Lothar, 1924, p. 12와 Peter H. Kylstra, 1977, p. 3.

28 Karl Knies, 1857, III 참조.

29 Alfred Jarry, 1895/1975, IV, p. 191.

30 Jean Auguste de Villiers de L'Isle-Adam, 1886/1984, p. 26 이하. 이하 이 책의 인용은 코브Annette Kolb의 번역을 "대폭" 수정한 것이다.

31 작자 미상, 1783, II, p. 94. Hähnische Litteralmethode, 1783/1986, pp. 156~57.

32 '이해'를 청취시 측정 가능한 소음원雜音原으로 파악하는 Hermann Gutzmann, 1908, pp. 483~503.

33 Rudolph Lothar, 1924, pp. 51 이하.

34 Roland Gelatt, 1977, p. 31 참조.

35 Otto Abraham/Erich Moritz von Hornbostel, 1904, p. 229.

36 록 음악과 비밀 코드에 대해서는 Friedrich Kittler, 1984b, pp. 154 이하.

37 Roland Gelatt, 1977, p. 52.

38 G. W. F. Hegel, 1830/1927~40, X, p. 346.

39 Pink Floyd, 1976, pp. 10 이하. [옮긴이] 키틀러는 가사집 『송 북*Song Book*』에서 노랫말을 인용했다고 밝히고 있으나 실제 노랫말과는 차이가 있다.

40 Roland Gelatt, 1977, p. 72.

41 Sigmund Freud, 1895a/1950, p. 460.

42 Sigmund Freud, 1895a/1950, p. 379.

43 Sigmund Freud, 1920/1944~68, XIII, p. 23.

44 Jacques Derrida, 1967a/1972, pp. 337~48 참조.

45 Otto Abraham/Erich Moritz von Hornbostel, 1904, p. 231. 이로부터 호른보스텔의 상사인 위대한 음악생리학자 칼 슈툼프Carl Stumpf는 베를린에 포노그래프 아카이브를 설치해야 한다는 결론을 도출하였다. (이는 곧 실현되었다). 슈툼푸는 그런 아카이브들에서 광학이 배제되고 있음을 비판하였기에 다른 토론 참여자가 포노그래프 아카이브와 영화

아카이브를 연동시켜야 한다고 주장했다. Otto Abraham/Erich Moritz von Hornbostel, 1904, pp. 235~36. 이에 대해서는 Meumann 1912, p. 130.

46 Georg Hirth, 1897, p. 38. 자비나 슈필라인은 정신분석학자도 같은 생각을 하고 있었음을 밝힌다. 그녀에 따르면 "히스테리 치료"란 "(예술 또는 간단한 반응 요법 등 당신이 원하는 것을 매개로) 자아의 성심리적 psychosexuellen 구성 요소들에 변용Transformation을 가하는 것인데, 그렇게 되면 자아의 성심리적 구성 요소들은 회전하는 그라모폰 음반처럼 점차 약해진다)." Sabina Spielrein, 1906/1986, p. 224.

47 Rainer Maria Rilke, 1910/1955~66, VI, p. 863.

48 Heinrich Sachs, 1905, p. 4.

49 Paul Flechsig, 1894, p. 21 이하 참조.

50 Käte Hamburger, 1966, pp. 179~275 참조.

51 Rainer Maria Rilke, 1910/1955~66, VI, p. 910 참조.

52 Rudolph Lothar, 1924, p. 58.

53 Rudolph Lothar, 1924, pp. 59 이하.

54 Rainer Maria Rilke, 1955~66, II, p. 186 참조.

55 László Moholy-Nagy, 1923, p. 104.

56 László Moholy-Nagy, 1923, p. 104.

57 László Moholy-Nagy, 1923, p. 105.

58 Friedrich von Zglinicki, 1956, p. 619.

59 Rudolph Lothar, 1924, p. 55.

60 László Moholy-Nagy, 1923, p. 104.

61 Thomas Pynchon, 1973/1982, p. 545.

62 Uwe Andresen, 1982, pp. 83 이하 참조.

63 Andrew Hodges, 1983, pp. 245 이하 참조.

64 Andrew Hodges, 1983, p. 287 참조.

65 Filippo Tommaso Emilio Marinetti, 1912. Christa Baumgarth, 1966, p. 168에서 재인용.

66 Paul Valéry, 1937/1957~60, I, pp. 886~907 참조.

67 Alfred Parzer-Mühlbacher, 1902, p. 107.

68 Théodule Ribot, 1881/1882, p. 114 참조. 극한적 고통에 대한 스냅 사진에 대해서는 빌리에 드 릴아당의 단편 「클레르 르누아르Claire Lenoir」와 그에 대한 베버의 논평을 참조하라. Samuel M. Weber, 1981, pp. 137~44.

69 Franz Kafka, 1월 22/23일, 1913/1976, p. 266 참조.

70 Franz Kafka, 1월 22/23일, 1913/1976, p. 264 참조.

71 Gerhard Neumann, 1985, pp. 101 이하 참조.

72 Jean Cocteau, 1930/1946~51, VII, pp. 64 이하 참조.

73 Franz Kafka, 1월 22/23일, 1913/1976, p. 266.

74 Rüdiger Campe, 1986, p. 69.

75 Franz Kafka, 1935/1958, p. 115과 Bernhard Siegert, 1986, p. 299 및 324 이하 참조.

76 Franz Kafka, 1월 17/18일, 1913/1976, p. 253과 Rüdiger Campe, 1986, p. 86 참조.

77 Rüdiger Campe, 1986, p. 72 참조.

78 Jacques Lacan, I973/1978, pp. 203~205 참조.

79 Michael Wetzel, 1985, pp. 136~45 참조.

80 Gustav Dahms, 1895, p. 21.

81 Samuel M. Weber, 1928, p. 9.

82 Dieter Wellershoff, 1980, pp. 212~14 참조.

83 Franz Kafka, 1월 22/23일, 1913/1976, p. 266

84 Richart Wagner, 1880/1976, p. 512 참조.

85 Richard Dehmel, 1896/1906~9, III, p. 115 이하 참조.

86 Friedrich Kittler, 1985a, pp. 153 이하 참조.

87 Amalie Holst, 1802, pp. 63~66 참조.

88 Friedrich Schlegel, I799/1958, VIII, pp. 48, 42.

89 Gilles Deleuze/Félix Guattari, 1972/1974, p. 269.

90 E. T. A. Hoffmann, 1819/1969, p. 33.

91 Rudolph Lothar, 1924, pp. 7 이하.

92 Karl August Düppengießer, 1928. Hay, 1975b, pp. 124 이하에서 재인용.

93 May(Max von) Eyth, 1909, I, pp. 457 이하.

94 *Scientific American*, 1877, Read/Welch, 1959, p. 12에서 재인용.

95 Hans Bredow, 1950, p. 16 참조.

96 Hans Magnus Enzensberger, 1970, p. 160.

97 Rainer Maria Rilke, 1910/1955~66, VI, p. 854.

98 Alan Turing, 1950/1967, p. 107와 Andrew Hodges, 1983, p. 291 참조.

99 Charles Snyder, 1974, p. 11.

100 Wolfgang Scherer, 1986, p. 49. 이런 방식으로 파편화된 신체에 대한 이야기는 Germar Seeliger, 1985, pp. 82~85를 보라. 이 책에 따르면 1826년에서 1916년, 그리고 1959년까지 신원의 문제가 제기되었던 대상은 괴테가 아니라 실러의 두개골이었다. 공작 묘지의 실러 시신이 괴테가 실러를 비소로 독살했음을 밝혀줄 것인지, 아니면 실러의 비소 중독은 실러 자신 혹은 젊은 아내에 의한 것이었는지, 괴테가 손톱 다듬는 줄로 실러의 치아를 위조했는지 이 모든 의문들은 지금까지도 밝혀지지 않고 있다. 프쇼르 교수로서는 1912년에 이루어졌던 납골묘 개봉을 1916년에 다시 요구할 충분한 이유가 있었던 것이다.

101 Philipp Siedler, 1962. Rüdiger Campe, 1986, p. 90에서 재인용.

102 Johann Philipp Reis, 1861. Horstmann D. M., 1952, p. 37에서 재인용.

103 Alexander Graham Bell. Charles Snyder, 1974, p. 14에서 인용.

104 Ferdinand de Saussure, 1915/1969, pp. 36~39 참조.

105 디지털 언어 인식, 입력과 출력의 알고리듬에 대해서는 Sickert(1983)를 보라. 프쇼르의 괴테 실험은 다음과 같은 모습으로 현재진행 중이다. "도쿄 전화번호 320-3000을 누르면 이미 죽은 유명인들이 자신의 작품에 대해 설명하는 걸 들을 수 있다. 여기서는 1919년에 사망한 프랑스 화가 오거스트 르누아르Auguste Renoir가 자신의 악센트로 인상주의 회화 전시회를 홍보한다. 일본음향연구소Japan Acoustic Research Laboratory 과학자들이 컴퓨터의 도움을 받아 르누아르의 유령 목소리를 만들어낸 것이다. 이 컴퓨터-교령交靈은 전기적인 음성 시뮬레이션

과 해부학적 측정에 의거해 이루어졌다. 연구자들에 따르면 특정한 음성의 특징들을 그 사람의 비인강鼻咽腔의 구조로부터 재생해낼 수 있다. 르누아르의 음성은, 한 프랑스인의 음성을 르누아르의 비인강 구조의 특징들에 맞추어 조금씩 변용함으로써 만들어낸 것이다. 일본의 음성 전문가들은 그 결과물을 '순수한 르누아르'의 음성이라고 여기고 있다"(Der Spiegel, Nr. 1, 1986, p. 137). 프쇼르 박사와는 달리 일본음향연구소는 르누아르의 비인강 구조를 어떻게 알게 되었는지에 대해서는 함구한다.

106 Michel Foucault, 1969/1973, p. 42.

107 Michel Foucault, 1969/1973, p. 150.

108 Salomo Friedlaender, 1922, p. 326.

109 Salomo Friedlaender, 1922, p. 327.

110 Salomo Friedlaender, 1922, p. 326.

111 Salomo Friedlaender, 1922, p. 326

112 Otto Wiener, 1900, pp. 23 이하.

113 작자 미상, "The New Phonograph," 1887, p. 422.

114 Roland Gelatt, 1977, pp. 100 이하.

115 Walter Bruch, 1979, p. 24.

116 Winfried B. Lerg, 1970, pp. 29~34. 독일 엔지니어의 이름으로, 슬라비Adolf Slaby(1911, pp. 369~70)는 다음과 같은 찬사를 보낸다. "세기 전환기에 위대한 권좌로부터, 학문을 키우고 봉헌된 지위까지 올라가게 하는 구원의 말이 울려 퍼졌다. [……] 그 누가 오늘날의 상황에서 우리 황제 폐하만큼 우리 가슴을 뛰게 만들 수 있는가? 황제는 우리에게 최상의 정신적 삶의 세계에 참여할 시민권과 특권을 하사하셨고, 우리를 조국의 영광을 위한 투쟁의 전폭적인 참가자가 되도록 고양시켜주셨으며, 한창 자라나는 엔지니어의 학문에 새로운 이상적 자극을 던져주시었다."

117 이에 대해 상세한 내용은 Friedrich Kittler, 1984a, p. 42.

118 Ernst von Wildenbruch, 1897. Walter Bruch 1979, 20에서 재인용.

119 Friedrich Nietzsche, 1882~87/1967. ([옮긴이] 번역은 한국어판을 참

조했다. 프리드리히 니체, 『즐거운 학문』, 안성찬 · 홍사현 옮김, 책세상, pp. 149~50.) 홉스는 이보다 더 산문적으로 다음과 같이 말했다. "문자가 보편화되기 이전, 고대 법률들은 종종 시의 형태로 유포되었다. 그것은 무지한 민중이 법률을 즐겨 노래로 부르거나 암송함으로써 더 쉽게 기억하도록 하기 위함이었다."(Thomas Hobbes, 1651/1966, p. 209)

120 Stéphan Mallarmé, 1897/1945, p. 455. 이러한 시에서 가능한 유일한 "혁신"은, 철자들 혹은 단어들 사이의 백색 공간이 처음으로 타이포그래프적인 "무게"를 얻게 되었다는 것이다. 타자기의 시학.

121 Johannes Vilheim Jensen, 1917, p. 53.

122 Siegfried Kracauer, 1930/1971~79, I, p. 262.

123 Irmgrad Keun, 1932/1979, p. 194.

124 Irmgrad Keun, 1932/1979, p. 8.

125 Irmgrad Keun, 1932/1979, p. 58, 59.

126 Hans Siemsen, 1926. Anton Kaes, 1983, pp. 255 이하에서 재인용.

127 Oscar Wilde, 1890/1966, p. 1091 참조.

128 Gottfried Benn, 1959~61, III, p. 474. 같은 내용을 담고 있는 산문으로 Benn, 1959~61, I, p. 518.

129 Zumthor, 1985, p. 368.

130 Thomas Alva Edison, 1878, Roland Gelatt, 1977, p. 29에서 재인용.

131 Sigmund Freud, 1905/1944~68, V, p. 240.

132 Edwin Stransky, 1905, p. 96.

133 Paul Watzlawick, Janet H. Beavin, Don D. Jackson, 1967/1969, p. 57 참조.

134 William Stern, 1908, p. 72 참조.

135 Paul Watzlawick, Janet H. Beavin, Don D. Jackson, 1967/1969, p. 72 참조.

136 Edwin Stransky, 1905, p. 18.

137 Edwin Stransky, 1905, p. 17.

138 Edwin Stransky, 1905, p. 4.

139 Edwin Stransky, 1905, p. 7.

140 Edwin Stransky, 1905, p. 96.

141 Walter Baade 1913, pp. 81 이하.

142 자세한 내용은 Friedrich Kittler, 1982, pp. 108~33.

143 Bram Stoker, 1897/1967, p. 96.

144 A. D. Blodgett, 1890, p. 43 참조.

145 Hermann Gutzmann, 1908, pp. 486~88.

146 Hermann Gutzmann, 1908, p. 499.

147 Sigmund Freud, 1912b/1944~68, VIII, pp. 381 이하. 베르크가세에 있던 치료실에는 전기 케이블이 설치되어 있지 않았기에 여기서 묘사된 전화 통화는 무선일 수밖에 없다. 문자 이전의 라디오Radio avant la lettre[라디오라는 말이 생겨나기 이전의 라디오 — 옮긴이]인 셈이다. 심리적 매체와 기술적 매체의 유비에 대해서는 Sigmund Freud, 1933/1944~68, XV, p. 59를 보라. "생각의 전송은 학문적 — 반대파는 기계적이라고 말한다 — 사유 방식을 포착하기 힘든 정신적인 것으로까지 확장하는 데 기여하는 것 같다. 텔레파시적 과정은, 한 개인의 정신적 행위가 다른 개인의 같은 정신적 행위를 자극한다는 데 있다. 이 두 정신적 행위들 사이에는 손쉬운 물리적 과정이 일어날 수 있는데, 한쪽에서는 정신적인 것이 물리적 과정으로, 다른 쪽 끝에서는 다시 동일한 정신적인 것으로 전환된다. 전화로 말하고 들을 때와 같은 전환들과의 유비 관계를 부정할 수 없을 것이다."

148 Rüdiger Campe, 1986, p. 88 참조.

149 Rainer Maria Rilke, 1910/1955~66, VI, p. 767

150 Bram Stoker, 1897/1967, p. 85, 96 참조.

151 Sigmund Freud, 1920/1944~68, XIII, p. 24 참조.

152 Sigmund Freud, 1905/1944~68, V, p. 176. Sigmund Freud, 1933/1944~68, XV, p. 3에서 프로이트는 자신의 쓰기기술에 대해 이렇게 말한다. "『정신분석 입문*Vorlesungen zur Einführung in die Psychoanalyse*』은 1915/1916년과 1916/1917년 겨울 학기 동안 빈의 정신학진료소 강의실에서 모든 학과를 망라한 청중 앞에서 행했던 강연이다. 전반부의 내용은 즉흥적으로 이루어졌고 그 후 글로 쓰여졌으며,

후반부는 여름 잘츠부르크에 머무르는 동안 기획하여 이듬해 겨울 기획 그대로 강연한 것이다. 당시 내게는 축음기적인 기억의 재능이 있었다."

153 Walter Benjamin, 1955/1972~85, I, p. 2, pp. 498 이하 참조.

154 Sigmund Freud, 1899/1944~68, II/III, pp. 283 이하 참조.

155 가타리Félix Guattari의 주장이다. 1975/1977, pp. 82~99.

156 Emile Berliner. 인용문은 Walter Bruch, 1979, p. 31.

157 이어지는 프로이트의 증상 묘사에 대해서는 Sigmund Freud, 1895b/1944~68, I, pp. 100~33.

158 Sigmund Freud, 185b/1944~68, I, p. 100. 프로이트는 "음향적 감각이 발달하지 못하고, 가장 기초적인 지식이 부족하기 때문에" "소리 관계는 늘 짜증스럽다"고 말한다.

159 Sigmund Freud, 1938/1944~68, XVIII, p. 127.

160 Sigmund Freud, 1913/1944~68, VIII, p. 469 참조.

161 Sigmund Freud, 1912a/1944~68, VIII, p. 356.

162 Sigmund Freud, 1899/1944~68, II/III, p. 284.

163 Karl Abraham, 1913, p. 194.

164 Karl Abraham, 1913, pp. 194 이하.

165 Jean Paul Sartre, 1972, p. 27 참조.

166 Jean Paul Sartre, 1972, p. 33.

167 Jean Paul Sartre, 1972, p. 27.

168 Jean Paul Sartre, 1972, p. 34.

169 Michel Foucalut 1976/1977, p. 179.

170 Steven Chappl, Reebee Garofalo, 1977/1980, p. 9.

171 Werner Faulstich, 1979, p. 193.

172 List, 1939. Heinze Pohle, 1955, p. 339에서 재인용. "신문, 잡지와 라디오를 통한 국민에 대한 지도의 공백은 상대적으로 낮다. 약 4~5퍼센트 정도만이 공백으로 남아 있다. [……] 따라서 극히 일부를 제외하고는 국민들을 정치적인 지배의 의지에 노출시켜야 한다는 것을 강조해야 한다." 이것이 세계대전의 징집 논리였다.

173 Marshall Mcluhan, 1964/1968, p. 335.

174 Adolf Slaby, 1911, VII.

175 Adolf Slaby, 1911, pp. 333 이하.

176 Adolf Slaby, 1911, p. 344.

177 Arnolt Bronnen, 1935, p. 76 참조. 여기서도 브로넨의 실화 소설은 최고의 정보들을 제공해준다.

178 Steve Chapple, Reebee Garofalo, 1977/1980, p. 68.

179 Asa Briggs, 1961, p. 27 참조.

180 William R. Blair, 1929, p. 87. “아주 초기부터 군대는 라디오를 커뮤니케이션 수단으로 개발했는데, 특히 전장에서의 군사적 사용을 위한 무선장치 개발의 선구자였다. [……] 세계대전 당시 군사적 승리가 이루어졌던 모든 전선에서는 이에 대한 집중적 연구가 이루어졌다. 모든 권력의 군대들이 [……] 그 가치를 빨리 인식하고 과학적 무선통신 연구에 재원과 에너지를 쏟아 부었다. 그로부터 나온 가장 큰 진전은, 진공 튜브 감지기와 증폭기를 활용한 고감도 증폭기 디자인이었다.”

181 Winfried B. Lerg, 1970, p. 43 참조.

182 Ernst Volckheim, 1923, p. 14 참조.

183 Paul Virilio, 1984, pp. 123~27 참조.

184 Asa Briggs, 1961, p. 38 참조.

185 Hasso von Wedel, 1962, p. 12.

186 Winfried B. Lerg, 1970, p. 51 참조.

187 Hans Bredow, 1954, p. 91.

188 Stephanie Höfle, 1923년 12월 20일. Winfried B. Lerg, 1970, p. 188에서 재인용.

189 Arnolt Bronnen, 1935, p. 21.

190 Arnolt Bronnen, 1935, p. 16.

191 Sunday Times. Roland Gelatt, 1977, p. 234에서 재인용.

192 Jean Auguste de Villiers de L'Isle-Adam, 1886/1984, p. 120.

193 Roland Gelatt, 1977, pp. 234 이하 참조.

194 Franz Kafka, 1924/1961, p. 187. Walter Bauer-Wabnegg, 1986, pp. 179 이하에서 재인용.

195 Jean Cocteau, 1979, pp. 36 이하.

196 Roland Gelatt, 1977, p. 282.

197 Percy Ernst Schramm, 1979, p. 324. 이보다는 낭만적이고 사후적이긴 하지만 제1차 세계대전 시기 이와 유사한 그라모폰 시뮬레이션에 대해서는 Paul Fusell, 1975, pp. 227~30을 참조하라.

198 Pink Floyd, 1975, p. 77와 Friedrich Kittler, 1984b, pp. 145 이하 참조.

199 Ernest Jones, 1978, p. 76.

200 Steve Chapple, Reebee Garofalo, 1977/1980, p. 63 참조.

201 Bram Stoker 1897/1967, pp. 430~32. 그에 대해 상세한 것은 Friedrich Kittler, 1982, pp. 127~30 참조.

202 Beatles, 연도 미상, p. 194.

203 Jean Auguste de Villiers de L'Isle-Adam, 1886/1984, p. 69. 이 장면의 원천으로 고려될 만한 건 1881년 실험밖에 없다. "주요한 혁신은 [……] 스테레오 방송의 도입이었다. 다른 과학적 혁신들과 마찬가지로 이 역시 19세기까지 거슬러 올라가 간헐적으로 시도되다가 갑자기 유행이 되었다. 1881년에는 파리의 한 오페라하우스에서 진행된 연주 프로그램을 10개의 마이크를 사용하여 산업궁전의 전시회로 스테레오로 전달하는 실험이 이루어졌다. 이 실험은 '청각적 원근법auditory perspective'이 점잖은 공연 체계에도 마술 같은 효과를 줄 수 있음을 보여주었다."(Edward L. E. Pawley, 1972, p. 432)

204 John Culshaw, 1959. Roland Gelatt, 1977, p. 316에서 재인용.

205 Richard Wagner, 1854/1978, p. 552.

206 Friedrich Nietzsche, 1873~76/1967, IV-1, p. 39.

207 Steve Chapple, Reebee Garofalo, 1977/1980, p. 125. 초단파UKW 라디오는 제한된 범위의 청취자에게만 이러한 우위를 제공할 수 있었다.

208 Karl Heinz Wildhagen, 1970, p. 27.

209 Karl Heinz Wildhagen, 1970, p. 31.

210 Walther Nehring, Bradley, 1978, p. 183에서 재인용. Martin L. Van Creveld, 1985, pp. 192~94도 참조하라. "따라서 이 질문의 중요성을 인식했던 공적, 나아가 그 문제에 대한 최초의 성공적 시도, 장갑부대의

명령이 어떻게 실행되어야 하는가를 최초로 제시했던 공적은 본질적으로 이 두 명에게 돌아간다. 하인츠 구데리안 — 우연인지, 통신대대 무선국 책임대위로 제1차 세계대전에 참가했던 전前 통신장교 — 와 나치 시절 대부분을 독일 국방군 최고사령부 통신 부문 지휘관으로 근무했던 프리츠 펠기벨 장군. 이 두 명이 무선-명령의 원칙들을 일별했는데, 그것은 약간 변용되고 기술적으로는 훨씬 더 복잡해진 형태로 오늘날까지도 사용되고 있다. [……] 무장 상태에서 교전할 때 명령의 중요성은 아무리 강조해도 지나치지 않다. 그런데 대부분의 전쟁 역사가들은 이에 대해 체계적인 주목을 하지 않아왔다."

211 Asa Briggs, 1965. pp. 362 이하. Pawley(1972, p. 387)에 따르면 연합군의 손에 넘어간 것은 룩셈부르크 군인방송국의 녹음테이프들뿐이고 장비는 아니었다. 유럽의 V-데이가 지나고 나서야 BBC는 제국 해군의 소유물이었던 여섯 개의 자기 마이크를 얻었다.

212 Roland Gelatt, 1977, pp. 286 이하.

213 독일의 경우는 Werner Faulstich, 1979. p. 208, 281. 영국에서의 기술적 세부 사항에 대해서는 Pawley, 1972, pp. 178~93.

214 Heinz Pohle, 1955, p. 87.

215 Kolb, 1933. Heinz Pohle, 1955, p. 18에서 재인용.

216 Hasso von Wedel, 1962. pp. 116 이하. 바로 다음 문장에서 우리는 OKW 선전국이 특별히 개발된 "영화 촬영용 탱크"도 가지고 있었다는 것을 알게 된다.

217 Erich Ludendorf, 1935, p. 119.

218 Thomas Pynchon, 1973/1982, p. 1149.

219 Gert Buchheit, 1966, p. 121.

220 David J. Dallin, 1955, pp. 172 이하.

221 Andrew Hodge, 1983. p. 314. 추제의 장비로 작업하던 작업자도 컴퓨터 데이터를 테이프레코더로 저장할 계획을 갖고 있었다. Konrad Zuse, 1984. p. 99.

222 Steve Chapple, Reebee Garofalo, 1977/1980, p. 27 참조.

223 Steve Chapple, Reebee Garofalo, 1977/1980, p. 107.

224 Walter Görlitz, 1967, p. 441. "뉘른베르크에서 전범 조직으로 고발당한 독일 참모본부가 석방된 후 미국인들은 샤른호르스트 참모본부가 사용한 방법들을 경제 매니지먼트의 조직을 위한 전범으로 연구하기 시작했다." 이에 대해서는 Egon Overbeck, 1971, pp. 90 이하.

225 R. Factor, 1978. 오스트레일리아의 라디오 방송국이 실제로 1초의 유예도 없이 방송하는지 의심하는 소문들이 있다.

226 Wolfgang Scherer, 1983, p. 91. 애비로드 테이프레코더 기계에 대해서는 Brain Southhall, 1982, p. 137. "불행으로부터 기묘한 행운이 생겨나는 경우도 종종 있음을 보여주는 흥미로운 발전도 있다. 1964년, 애비로드의 존스Berth Jones를 포함한 미국, 영국의 오디오 기술자들이 베를린을 방문했다. 전쟁 기간 동안 발전한 독일의 자기磁氣녹음기술을 연구하기 위해서였다. 그들은 몰수한 군사 장비들 중에서 자기 테이프를 사용해 모니터하는 시스템을 발견했다. 독일 사령부가 암호 해독을 위해 사용한 것이었다. 이 장비로부터 얻은 정보에 의거해 EMI는 테이프와 테이프레코더 제작에 성공했고, 그 결과 애비로드에서 지금껏 25년 이상 사용되어온 유명한 BTR이 제작되었다." 아이러니컬한 것은 BTR가 Britisch Tape Recorder의 약자이며, 비틀즈는 독일 국방국 최고사령부가 라디오에 의한 비밀 메시지를 해독하기 위해 개발했던 기계를 사용하여 비밀 메시지를 암호화했다는 것이다.

227 David Gilmour, in Pink Floyd, 1975, p. 79 참조.

228 David Gilmour, in Pink Floyd, 1975, p. 119 참조.

229 William Burroughs, 1976, pp. 60 이하 참조.

230 William Burroughs, 1976, p. 7.

231 William Burroughs, 1976, p. 9.

232 William Burroughs, 1976, pp. 11 이하.

233 William Burroughs, 1976, p. 78. 이에 대해서는 Jim Morrison, 1977, p. 16을 참조하라. "모든 게임에는 죽음의 관념이 있다."

234 재수용Rezeption과 중간 개입Interzeption에 대해서는 이 책의 「타자기」 부분을 참조하라.

235 William Burroughs, 1976, pp. 12 이하.

236 보병대의 장비로서의 스크램블러에 대해서는 William Burroughs, 1976, pp. 33~37.

237 Thomas Pynchon, 1973/1982, pp. 376 이하.

238 William Burroughs, 1976, p. 78.

239 Jean-Marie Leduc, 1973, p. 33.

240 William Burroughs, 1976, p. 37 참조.

241 Walter Benjamin, 1955/1972~85, I-2, pp. 503~505 참조.

242 Heinz Pohle, 1955, p. 297. 비릴리오는 록 음악 매니지먼트에서 고위장성들의 기능을 강조하고 있다. Paul Virilio, 1984, p. 120.

243 Pink Floyd, 1983, A면.

244 Friedrich von Hardenberg, 1798/1960~75, II, p. 662.

245 Rolling Stones, 1969, p. 4.

246 Jimi Hendrix, 1968, p. 52.

영화 FILM

1 Jerzy Toeplitz, 1973, pp. 22~23 참조.

2 Friedrich von Zglinicki, 1956, p. 472.

3 Kevin Mcdonnell, 1973, p. 11 참조.

4 Kevin Mcdonnell, 1973, pp. 21~26 참조.

5 Hugo Münsterberg, 1916/1970, p. 1. (칼-디트마 묄러Karl-Dietmar Möllers가 계획하고 있는 뮌스터베르크의 독일어 번역본이 아직 출판되지 않았기 때문에, 여기에서는 직접 번역해서 인용함) 또한 이와 유사한 질문으로 블로엠의 저서에서 "트릭들"에 대한 장이 시작된다. "극영화에 나오는 사람들은 어떤 별에서 태어났을까? 자연의 법칙이 유효하지 않은 그 어떤 마법의 행성일까? 시간이 멈추어 있거나, 아니면 뒤로 돌아가는 곳, 잘 차려진 식탁이 땅으로부터 솟아나는 곳일까? 공중으로 떠다니거나 땅 속으로 흔적 없이 사라져버리는 것도 그저 소원을 빌기만 하면 되는 그러한 곳에서?"(Walter Bloem, 1922, p. 53)

6 Michel Foucault, 1969/1973, p. 237. (또한 사르트르와 푸코의 논쟁에 대해서는) Thorsten Lorenz, 1985, p. 12 참조.

7 Thorsten Lorenz, 1985, pp. 252~92 참조

8 Lawrence R. Rabiner/Bernard Gold, 1975, p. 438 참조

9 Walter Bischoff, 1928. Hans Bredow, 1950, p. 263에서 재인용.

10 Werner Klippert, 1977, p. 40.

11 Friedrich von Zglinicki, 1956, p. 108.

12 J. W. Goethe, 1795~96/1904, XVIII, p. 346.

13 Gottfried Benn, 1949c/1959~61, II, p. 176 참조.

14 Gottfried Benn, 1949c/1959~61, II, p. 160 참조.

15 Friedrich Nietzsche, 1872/1967, III-1, pp. 61 이하. 네거티브(보충적인) 잔상과 포지티브 잔상의 차이에 대해서는 Hugo Münsterberg, 1916/1970, p. 25를 참조.

16 청각적인 영역에서의 감각의 변질에 대해 이보다 앞선 문헌에 대해서는 다음을 참조하라. Karl Groos, 1899, p. 25. 또한 이 문헌은 1877년에 나온 빌헬름 프라이어Wilhelm Preyers의 이론으로 소급해 올라간다. "귀로 듣는 희극의 분야는 감각적인 호감의 범위를 넘어선다—이것은 우리가 다른 감각의 영역에서 이미 증명한 사실이다. 우리가 아무것도 듣지 못할 때, 우리에게는 무언가가 결여되어 있다. 지속되는 고요함에 대한 불쾌한 느낌은 심지어 우리에게 다음과 같은 생각을 가지도록 이끄는데, 마치 광학적인 영역에서 어둠에 대한 긍정적인 감각이 존재하듯이, 고요함이 감각에 있어 특별한 질적 가치를 가진다는 가정을 하도록 이끈다."

17 Friedrich Nietzsche, 1872/1967, III-1, pp. 43 이하.

18 Friedrich Nietzsche, 1872/1967, III-1, pp. 61 이하.

19 Georg Gustav Wieszner, 1951, p. 115 참조. "바이로이트에서는 빛을 완전히 가린 어두운 공간을 추구했다. 이것은 당시로서는 매우 놀랄 만한 연출 수단이었다. 리하르트 바그너의 조카인 클레멘스 브로크하우스Clemens Brockhaus는 1876년 황제의 바이로이트 방문과 관련하여 다음과 같이 기록하고 있다. '극장 안은 깜깜한 암흑으로 덮여 관객들은 바로 옆에 앉은 사람도 알아보지 못했다. 그러고는 깊숙한 공간에서 굉장한 오케스트라가 시작되었다.'"

20 Emilie Kiep-Altenloh, 1914. Silvio Vietta, 1975, p. 295에서 재인용.

21 Friedrich Kittler, 1986b, p. 103 참조.

22 Paul Pretzsch, 1934, p. 146.

23 Edgar Morin, 1956, p. 139. 또한 Jim Morrison, 1977, p. 94 참조.

24 Hugo Münsterberg, 1916/1970, p. 2 참조.

25 Nadar(Félix Tournachon), 1899, pp. 246~63 참조.

26 Jean Mitry, 1976, pp. 59~60 참조.

27 Nadar, 1899, pp. 37~42 참조.

28 Paul Virilio, 1984, p. 15.

29 Jean Mitry, 1976, p. 64 및 Nadar, 1899, p. 260 참조.

30 Thomas Pynchon, 1973/1982, p. 545.

31 Paul Virilio, 1984, pp. 15, 121~22. 장센에 대하여는 다음을 보라. Rudolf Arnheim, 1933/1977, pp. 37~40

32 John Ellis, 1975 참조. 예를 들면, 1898년의 옴두르만 전투[1898년 수단 군과 허버트 키치너Herbert Kitchener가 이끈 영국·이집트 군 사이에서 벌어진 전투—옮긴이]에 키치너 경은 맥심 기관총 6정을 가지고 갔고, 1만 1천 명의 수피교도와 28명의 영국인, 그리고 그 외 20명이 사망했다(John Ellis, 1975, p. 87). 일레르 벨로크Hilaire Belloc의 제국주의적 시를 따라 표현하자면, "무슨 일이 생기든, 우린 가지고 있다/맥심 기관총을, 그리고 그들은 가지지 못했다"(John Ellis, 1975, p. 94에서 재인용). 채플린 영화에 대한 윙거의 언급은 이러한 맥락에서 이루어진 것으로 보인다. "근본적으로 여기에서는 [구식이 되어버린 개인성을 향한] 끔찍하고 원시적인 적대감의 표시로서의 웃음거리가 재발견되고 있다. 그리고 문명 한복판에서 이를 상영한다는 것은, 즉 안전하고, 따뜻하고, 조명이 잘 되어 있는 공간 한복판에서 상영한다는 것은, 마치 활과 화살로 무장하고 있는 종족을 기관총으로 난사해버리는 전투의 과정과 전적으로 비교할 만하다."

33 Ernst Jünger, 1932, pp. 104~105 참조.

34 Paul Virilio, 1984, p. 23과 Jim Morrison, 1977, p. 22 참조. "저격수의 소총은 그의 눈의 연장이다. 그는 치명적인 시력으로 살상을 수행한

다."

35 Hasso von Wedel, 1962, p. 116. 공중 정찰과 프리치의 승리에 대한 예언과 관련해서는 다음을 참조하라. Babington Smith, 1958, pp. 251~52.

36 Thomas Pynchon, 1973/1982, pp. 636, 885 참조. "3백 년 전에 수학자들은, 대포 탄환의 상승과 하강을 넓이와 높이의 단위로, 즉 △x와 △y로 분할하는 것을 연구하였으며, 이 단위는 계속 작아져 제로에 점점 더 근접해갔다. [……] 이러한 분석의 유산은 변화하지 않고 그대로 전수되었다 — 페네뮌데[독일 동북부의 마을로 제2차 세계대전 당시 미사일 및 로켓 등의 군사실험기지가 있었다 — 옮긴이]까지. 이곳에서는 기술자들에게 로켓 비행을 촬영한 아스카니아 사社의 영화[아스카니아는 1871년 독일 베를린에 설립되어 군용기와 시계, 나침반, 계기판 등을 생산했다. 또한 세계 최초의 이동식 영화 카메라를 생산하기도 했다. 현재는 시계 생산에 주력하고 있다 — 옮긴이]가 제공되었다. 기술자들은 프레임 단위로, △x와 △y로 이 영화들을 자세히 관찰했다. 비행 그 자체에 대해서는 아무것도 배우지 못한 채로 말이다. [……] 영화와 미적분, 두 가지 모두 비행의 포르노그래피이다. [……]"

37 Fritz Hahn, 1963, p. 11 참조.

38 더 자세한 설명은 다음을 참조하라. Friedrich Kittler, 1986a, pp. 244~46.

39 Thomas Pynchon, 1973/1982, p. 1192.

40 Hugo Münsterberg, 1922 참조.

41 Hugo Münsterberg, 1916/1970, p. 10.

42 Walter Bloem, 1922, p. 86.

43 Jerzy Toeplitz, 1973, p. 139.

44 Erich Ludendorff, 1917. Friedrich von Zglinicki, 1956, p. 394에서 재인용. 여기에 대해 Walter Görlitz, 1967, pp. 194~95 참조. 마찬가지로 Ernst Jünger, 1926a, p. 194. 윙거는 국방부 소속의 장교로서 군 사령부로부터 오는 명령을 전달하는 책임을 맡고 있었다. 영화는 "현대 전투의 영광을 위해 특히 적합한 수단이 될 것이며, 이러한 전투는 약점을 드

러내는 표식을 거부하거나 위장하는 것이다. 엄청난 경비를 들여 제작한 대규모 영화들은, 매일 저녁 수백만의 눈앞에서 몇 시간 동안이나 상영되며, 그 시간이란 많은 이들에게 하루 중 진정으로 사용할 수 있는 유일한 시간일 것이다. 이러한 영화가 가진 영향력의 강도는 계산할 수 없을 정도로 크다. 여기에 도덕적이고 미학적인 우려가 무슨 소용이 있겠는가—영화는 권력의 문제이며, 그러한 것으로서 평가되어야 한다. 이러한 이유 때문에 국가의 직접적인 관심이 존재하며, 이러한 관심은 검열이라는 부정적인 행위를 훨씬 넘어서는 것이다."

45 Ernst Jünger, 1922, p. 45.

46 Ernst Jünger, 1922, p. 92.

47 Ernst Jünger, 1922, p. 12.

48 Ernst Jünger, 1922, p. 20.

49 Ernst Jünger, 1922, p. 18.

50 Ernst Jünger, 1922, p. 23.

51 Ernst Jünger, 1922, p. 19.

52 Ernst Jünger, 1922, p. 18.

53 Ernst Jünger, 1922, p. 50. 제1차 세계대전을 영화로 묘사한 영미권 문학에 대해서는 다음을 참조하라. Paul Fussell, 1975, pp. 220~21.

54 Ernst Jünger, 1926b, p. 308.

55 Ernst Jünger, 1926b, p. 33.

56 Ernst Jünger, 1926b, p. 34.

57 Ernst Jünger, 1922, p. 19.

58 Kurt Pinthus, 1913/1963, p. 23.

59 Kurt Pinthus, 1913/1963, p. 22.

60 Paul Virilio, 1984, pp. 19, 123~24 참조.

61 Van Creveld, 1985, pp. 168~84 참조.

62 Ernst Jünger, 1926b, pp. 154~55.

63 Ernst Jünger, 1922, p. 109.

64 Ernst Jünger, 1922, p. 26.

65 Ernst Jünger, 1922, p. 107.

66 Ernst Jünger, 1922, p. 108.

67 Klaus Theweleit, 1977~78, II, pp. 205~27 참조.

68 Ernst Jünger, 1922, p. 8.

69 Ernst Jünger, 1922, p. 18.

70 Thomas Pynchon, 1973/1982, p. 823.

71 Jörg Bahnemann, 1971, p. 164.

72 Gaston Maréchal, 1891, p. 407. 여기에 더해 다음을 참조하라. E. T. A. Hoffmann, 1932/33, p. 456. "마이크폰을 통해 전달되면서 언어는 생생한 직접성이 약화되는 동시에 분명해진다. 여기에서 분명해진다는 것은 무엇을 의미하는가? 예를 들어 영화에서 발화의 기술적 재생을 관찰해보면, 일상생활에서 여기에 주의를 기울일 때보다 입 근육의 움직임을 훨씬 더 분명하게 볼 수 있다."

73 Jean Mitry, 1976, p. 76.

74 Gaston Maréchal, 1891, p. 407.

75 Georges Demeny, 1898, p. 348.

76 Georges Demeny, 1904 참조. 마찬가지로 Paul Virilio, 1984, p. 122 참조. 또한 베르그손은 이미 1900년부터 그의 강의에서 행진 시 보행 및 옆을 지나가는 군부대를 촬영한 영화의 예를 통해 "의식이 가진 영화적인 환상"에 대해 설명한 바 있다. Henry Bergson, 1907/1923, pp. 329~31 참조.

77 Georg Hirth, 1897, pp. 364~65.

78 Ernst Jünger, 1922, p. 101.

79 Paul Fussell, 1975, p. 315 참조. 이에 반해 "손목 안쪽에 차는 손목시계"는 "2차-대전-스타일"이다(Thomas Pynchon, 1973/1982, p. 197).

80 Michel Foucault, 1976/1977, p. 74.

81 Franco Cagnetta, 1981, p. 39 참조.

82 Jorges Farges, 1975, p. 89 참조.

83 Sigmund Freud, 1895b/1944~68, I, pp. 282~83.

84 Sigmund Freud, 1895b/1944~68, I, p. 282.

85 Otto Rank, 1914/1925, pp. 7~8.

86 Otto Rank, 1914/1925, p. 7.

87 Friedrich Kittler, 1985b, p. 129 참조.

88 Lichtbild-Bühne, 1926 참조. Grewe, 1976, p. 326에서 재인용.

89 Manfred Schneider, 1985, pp. 891~94 참조.

90 Bernd Ürban, 1978, pp. 30~38 참조.

91 Hans Hennes, 1909, p. 2013.

92 Hans Hennes, 1909, p. 2014.

93 Hans Hennes, 1909, p. 2012.

94 Hans Hennes, 1909, p. 2013.

95 Hans Hennes, 1909, p. 2010.

96 Hans Hennes, 1909, p. 2014.

97 Aton Kaes, 1979, p. 94 참조.

98 Siegfried Kracauer, 1947/1971~79, II, p. 73.

99 Siegfried Kracauer, 1947/1971~79, II, p. 68 참조.

100 Bourneville/Régnard, 1877~78, II, pp. 208~26 참조.

101 Clément, 1975, pp. 213~22 참조.

102 Sigmund Freud, 1897년 10월 15일/1950, p. 238.

103 Ernest Jentsch, 1906, p. 198 참조.

104 Walter Bloem, 1922, p. 57. 영화 속의 인형에 대해서는 또한 Hugo Münsterberg, 1916/1970, p. 15 참조.

105 Hans Hennes, 1909, 2011~2012.

106 Jacques Lacan, 1973/1978, p. 120 참조. "레판토 전투를 비롯, 온갖 종류의 전투 장면이 그려진 두칼레 궁전의 넓은 홀로 들어가보자. 종교적인 차원에서는 이미 부각된 바 있던, [이콘의] 사회적 기능이 여기에서 매우 분명해진다. 누가 이러한 장소에 오는가? 레츠Retz가 '백성들'이라고 부르는 그러한 사람들이다. 이러한 무리들이 이 폭력적인 배치 안에서 무엇을 보는가? 그들이 보는 것은, 그들이 그곳에 없을 때 이 홀 안에서 논의하는 사람들의 시선이다. 그림들 뒤에 그들의 시선이 그곳에 있다."

107 Jean Cocteau, 1979, p. 9.

108 Arnolt Bronnen, 1927, pp. 139~40.

109 Vladimir Nabokov, 1926/1970, pp. 21~22.

110 Jacques Lacan, 1973/1978, pp. 220~24 참조.

111 Thomas Pynchon, 1973/1982, p. 218.

112 Arnolt Bronnen, 1927, p. 35. 다른 곳에서 피츠마우리스는 다음과 같이 언급한다. "또한 책을 쓰는 일을 직업으로 가진 사람들도 있지요. 평론가들입니다. 참고로 저는 책을 읽고 있는 남자를 본 적이 있는데, 그때의 인상이 잊히지 않고 남아 있습니다."(Arnolt Bronnen, 1927, p. 196)

113 Georg Büchner, 1842/1958, p. 477.

114 Friedrich Kittler, 1985b, pp. 118~24 참조.

115 Blaise Cendrars, 1926/1961, p. 250.

116 Stéphane Mallarmé, 1945, p. 880 참조. "그것은 왜곡하는 것이 아니라 창조하는 것이다. 두 마리 말이 끄는 마차는 마부의 시야를 가리는 불편함을 초래한다. 그것은 요리사 앞의 화덕처럼 그에게 그렇게 주어진다. 이와는 완전히 다른 무언가가 나타나야 한다. 자동차의 좌석에는 바깥 풍경을 볼 수 있게 열리는 활 모양의 창이 달려 있다. 우리는 앞을 가린 것이 전혀 없이 마법과도 같이 풍경 속을 통과한다. 운전사는 뒤쪽에 앉는다. 그의 상체는 지붕 혹은 (천장을 덮은) 작은 천막 위로 올라와 있다. 그는 운전대를 쥐고 조종한다. 이 괴물은 이렇게 해서 새로움과 더불어 앞으로 나간다. 즐기며 지나가는 사람처럼 볼 수 있으며, 사물들을 다시 시선 안으로 가져온다." 자동차와 이동 카메라 쇼트에 관해서는 전반적으로 다음을 참조하라. Paul Virilio, 1976, pp. 251~57.

117 Daniel Paul Schreber, 1903/1973, p. 161.

118 Ernst Mach, 1886, p. 3. 여기에 계속하여, "자아는 육체와 마찬가지로 절대적으로 지속적이지 않다."

119 Sigmund Freud, 1919/1944~68, XII, pp. 262~63. 하웁트만의 시 「밤 기차에서」는 그러한 철도 도플갱어를 시 속으로 가지고 온다(Hauptmann, 1888/1962~74, IV, p. 54).

120 Tzvetan Todorov, 1970/1972, p. 143.

121 Tzvetan Todorov, 1970/1972, p. 150.

122 Tzvetan Todorov, 1970/1972, p. 143.

123 Behne, 1926. Anton Kaes, 1983, p. 220에서 재인용. 또한 Walter Bloem, 1922, p. 51.

124 Méliès. Jerzy Toeplitz, 1973, p. 26에서 재인용.

125 Werner Von Ewers, 1912년 10월 8일. Friedrich von Zglinicki, 1956, p. 375에서 재인용.

126 A. M. Meyer, 1913 참조. Ludwig Greve, 1976, p. 111에서 재인용. "그것은 정말 제대로 된 초연이었다. 많은 흡연가들이 있었고, 관객을 위한 라운지에는 때때로 시인들이 매우 아름다운 숙녀와 함께 등장했다. [……] 괴테, 샤미소, 호프만, 알프레드 드 뮈세, 오스카 와일드 또한 그곳에 있었다. 이 2천 마르크로 만든 영화의 대부代父로서 말이다."

127 Haas, 1922. 하웁트만의 영화 「유령」에 대하여 「프라하의 학생」을 언급한 부분은 Ludwig Greve, 1976, p. 172에서 재인용.

128 Arnolt Bronnen, 1927, p. 144.

129 Werner Von Ewers. Ludwig Greve, 1976, p. 110에서 재인용.

130 Walter Bloem, 1922: 56

131 Der Kinematograph, 1929(신문광고). Ludwig Greve, 1976, p. 127에 복사되어 있다.

132 Gottfried Benn, 1935년 8월 29일/1977~80, I, p. 63. 참고로 말하자면, 린다우의 작품들은 청년 프로이트가 읽었던 도서목록에 들어있다.

133 복사본은 다음에서 확인하라. Ludwig Greve, 1976: pp. 108~109.

134 Paul Lindau, 1906, p. 26.

135 Paul Lindau, 1906, p. 8.

136 유사한 경우의 예는 다음을 참조하라. Paul Valéry, 1944/1957~60, II, pp. 282~86.

137 Daniel Paul Schreber, 1903/1973, p. 86. 이에 대해서는 Friedrich Kittler, 1985a, pp. 298~310 참조.

138 Paul Lindau, 1906, p. 76.

139 Paul Lindau, 1906, p. 19.

140 Paul Lindau, 1906, p. 21.

141 Daniel Paul Schreber, 1903/1973, pp. 95, 208~10 참조.

142 Paul Lindau, 1906, p. 58

143 Paul Lindau, 1906, pp. 34~35, 57 참조.

144 Paul Lindau, 1906, p. 27.

145 Paul Lindau, 1906, p. 83.

146 Paul Lindau, 1906, p. 47.

147 이에 대한 표현에 대해서는 Paul Lindau, 1906, pp. 26~27. 또한 Eugène Azamd, 1893와 Richard Wagner, 1882/1978, pp. 851~52, 854~55 참조.

148 Paul Lindau, 1906, p. 22.

149 Henri Bergson, 1907/1923, pp. 331, 3 참조.

150 Henri Bergson, 1907/1923, pp. 358~59.

151 Hugo Münsterberg, 1916/1970, p. 26.

152 Hugo Münsterberg, 1916/1970, p. 30.

153 Hugo Münsterberg, 1916/1970, p. 22 참조. 여기에 대해 James Monaco, 1980, pp. 344~47 참조.

154 Hugo Münsterberg, 1916/1970, p. 74.

155 Hugo Münsterberg, 1916/1970, p. 74.

156 Hugo Münsterberg, 1916/1970, p. 31.

157 Hugo Münsterberg, 1916/1970, p. 36.

158 Hugo Münsterberg, 1916/1970, pp. 37~38.

159 Hugo Münsterberg, 191611970, p. 40.

160 Hugo Münsterberg, 1916/1970, p. 41.

161 Hugo Münsterberg, 1916/1970, p. 44.

162 Béla Balàz, 1930, p. 51.

163 Richard Specht, 1922, pp. 212~13, 그는 거스틀 소령의 내적 독백을 "마치 그 앞에서는 어떤 인간의 영혼도 비밀을 가지지 못할 것 같은 시인의 통찰력 안에서와 마찬가지로 그의 진실과 힘 안에서 환상적이며, 놀랍고, 거의 언캐니하다"고 평가한다 — 간단히 그 독백이 "단어로 된 영화이자 동시에 영혼의 축음기이기 때문이다."

164 Gustav Meyrink, 1915, p. 25.

165 Gustav Meyrink, 1915, pp. 1~4.

166 Béla Balàz, 1930, p. 120. 이와는 반대로 마이링크는 연상으로 이루어진 본질은 영혼에 의해 이루어지는 것이 아니라, 단지 뇌의 기능에서 비롯된 것이라는 것을 알고 있었다. 그의 작품에서 액자 내부의 주인공 페르나스는 액자 외부의 '나'의 연상의 흐름으로서 혹은 도플갱어로서 생성되었으며, 정신물리학의 모든 규칙을 따라 "뇌의 반쪽에 상해를 입은 고양이"(p. 60)라는 틀 안에서 스스로를 인식하고, 또한 실어증 연구의 모든 규칙을 따라 지수적인 도플갱어인 골렘을 이러한 뇌의 상해 자체에서 인식한다. "모든 것은 갑자기 그에 대한 끔찍한 설명을 가지게 되었다. 나는 미쳐 있었으며, 그들은 나에게 최면을 걸었고, 나의 뇌 속 그 작은 방들과 연결되어 있던 [골렘의] '방'을 잠가버렸다. 그리고 나를 둘러싸고 있는 인생의 한가운데에서 나를 고향을 잃고 떠도는 자로 만들어버렸다"(pp. 63와 21, 24, 29 참조).

167 Hugo Münsterberg, 1916/1970, p. 15.

168 Friedrich von Hardenberg, 1802/1960~75, I, p. 265.

169 Friedrich von Hardenberg, 1802/1960~75, I, p. 264.

170 Friedrich von Hardenberg, 1802/1960~75, I, pp. 195~97.

171 Hugo Münsterberg, 1916/1970, p. 15.

172 Sigmund Freud, 1899/1944~68, II/III, p. 541.

173 Jacques Lacan, 1975/1978, p. 160.

174 Jacques Lacan, 1975/1980, pp. 180, 162.

175 Friedrich von Zglinicki, 1956, p. 338 참조

176 Friedrich von Zglinicki, 1956, pp. 43~44 참조. 메스터와 라캉의 유사성 발견에 대해서는 다음을 참조하라. Thorsten Lorenz, 1985, pp. 209~11.

177 Jacques Lacan, 1975, p. 76.

178 Friedrich von Zglinicki, 1975/1980, p. 181 참조.

179 Jacques Lacan, 1966, p. 680 참조.

180 Thomas Edison, 1894. James Monaco, 1980, p. 67에서 재인용.

181 Kurt Pinthus, 1963, p. 9.

182 Kurt Pinthus, 1963, pp. 9~10.

183 Walter Bloem, 1922, p. 36.

184 Hugo Münsterberg, 1916/1970, pp. 87~88.

185 Béla Baláz, 1930, p. 142.

186 1929년의 전단지, 복사본이 다음에 실려 있다. Ludwig Greve, 1976, p. 387.

187 Walter Bloem, 1922, p. 25.

188 Lily Braun, 1929. Hand Bredow, 1950, p. 149에서 재인용.

189 Arnolt Bronnen, 1927, p. 48.

190 Arnolt Bronnen, 1927, p. 109.

191 Arnolt Bronnen, 1927, p. 116.

192 Arnolt Bronnen, 1927, pp. 130~31. 유사한 결합이 축음기와 타자기 사이에도 존재한다. Kracauer, 1930/1971~79, I, p. 228. 여기에서는 속기 타이피스트의 산업교육 과정이 축음기 리듬을 통해 기록적인 속도로 상승했음을 묘사하고 있다.

193 Hermann Hesse, 1927/1970, VII, pp. 405~408.

194 Thomas Mann, 1928. Anton Kaes, 1978, p. 166에서 재인용.

195 보다 자세한 개별적인 사항은 다음을 보라. Gottfried Fischer/Friedrich Kittler, 1978, pp. 29~37.

196 Thomas Mann, 1924/1956, p. 78 참조

197 Thomas Mann, 1924/1956, p. 585.

198 Thomas Mann, 1924/1956, pp. 624~27 참조

199 이에 관련한 탁월한 분석은 다음을 참조하라. Peter von Matt, 1978, pp. 82~100.

200 Johann Wolfgang won Goethe, 1809/1965~72, II, p. 474.

201 Thomas Mann, 1924/1956, p. 291. 『마의 산』의 문자와 매체에 대한 차별화된 분석은 다음을 보라. Winfried Kudszus, 1974, pp. 55~80.

202 Thomas Mann, 1924/1956, p. 121.

203 Braune, 1929. Anton Kaes, 1983, pp. 352~53에서 인용. 비록 댄디 작

가의 경솔함이 묻어 있기는 했지만, 영화와 독서 간의 전도된 접속 또한 주장된 바 있다. "그녀는 놀라운 속도로 읽는"다고 한 소설에 나오는 여왕이 자신의 낭독자를 비판한다. "그리고 내가 어디에서 그렇게 빨리 읽는 것을 배웠냐고 물었을 때, 그녀는 '영화의 스크린 위에서요'라고 대답했다"(Ronald Firbank, 1923/1949, p. 128).

204 말라르메의 시 「바다의 미풍」을 참조하라. Stéphane Mallarmé, 1945, p. 38.

205 Water Bloem, 1922, pp. 43~44

206 이러한 구분의 어려움에 대하여, 에버스 작품에 나오는 한 주인공은 학문적인 연구의 목적으로 창녀 한 명을 구하러 다니면서 다음과 같이 표현했다. "다음과 같은 여성이어야 한다고 그는 생각했다. 다른 어디가 아닌, 바로 이곳에 속해 있는 사람. 그러니까, 어떤 요란한 우연에 의해 이곳에 [유곽에] 잘못 흘러들어온 사람이어서는 안 된다. 그들은 작은 숙녀가 될 수도 있었을 것이다. 또한 일하는 여성, 하녀, 타이피스트, 혹은 전화통신원도 말이다"(Hanns heinz Ewers, 1911, p. 101).

207 Bruce Jr. Bliven, 1954, p. 3.

타자기 TYPEWRITER

1 Bruce Jr. Bliven 1954, pp. 72 이하. 다른 언어에서는 전문용어적 특색을 갖는다. 프랑스어로 타자기는 초기에는 "티포그라프typographe[식자기], 글쓰는 피아노piano à écrire, 글쓰는 클라브생clavecin à écrire, 팡토그라프pantographe, 티포그라프 펜plume typograhique"(Bodo Müller, 1975, p. 169) 등으로 불렸고, 때로 다크틸로그라프dactylographe[dactylo는 손가락을 의미 — 옮긴이]라고도 했다.

2 "Report on population of the 16th census of the United States," 1943. Margery Davies, 1974, p. 10에서 재인용.

3 Martin Heidegger, 1942~23/1982, pp. 126 이하.

4 Cynthia Cockburn, 1981 참조.

5 Martin L. Van Creveld, 1985, pp. 103 이하 참조.

6 같은 책, pp. 102~105, 괴테의 받아쓰기에 대해서는 Avital Ronell,

1986, pp. 63~191 참조.

7 Johann Wolfgang von Goethe, 1809년 11월 24일. Friedrich Wilhelm Riemer, 1841/1921, pp. 313 이하에서 재인용.

8 Friedrich Schlegel, 1799/1958, VIII, pp. 42 이하.

9 Sigmund Freud, 1916~17/1944~68, XI, p. 156. Fritz Giese, 1914, p. 528 참조. 「단순 고안물에 있어 성적 전형들Sexualvorbilder bei einfachen Erfindungen」에서 "콘라트 게스너Konrad Gesner는 1565에 겉이 나무로 둘러쌓여 있고 심을 넣고 뺄 수 있게 한 연필, 혹은 더 정확히 말해 흑연필Graphitschrift를 묘사한다. [……] 이것의 전형은 발기시 귀두 표피가 뒤로 물러나는 모습이다. 이때 돌출하는 내부 부분은 흑연심일 것이다. 근래 새로 나온 만년필도 [……] 이러한 구성의 변형 형태일 수 있다."

10 작자 미상, 1889, p. 863. 성적 전형을 찾으려다 낙심한 사람은 이렇게 말한다. "정신분석은 우리 시대의 '현대적' 기술에서는 설자리가 없는 것 같다"(Fritz Giese, 1914, p. 524).

11 Bruce Jr. Bliven, 1954, p. 56.

12 Rolf Stümpel, 1985, p. 9.

13 Bruce Jr. Bliven, 1954, p. 72.

14 Otto Burghagen, 1898, p. 1.

15 영국특허 제395번, 1714년 1월 7일. Werner von Eye, 1958, p. 12에서 재인용.

16 C. M. Müller, 1823, p. 11.

17 C. M. Müller, 1823, pp. 16 이하.

18 Adolf Kußmaul, 1881, p. 5.

19 Adolf Kußmaul, 1881, p. 126.

20 C. M. Müller, 1823, p. 5.

21 Werner von Eye, 1958, pp. 13~17. 그리고 Peter Tschudin, 1983, p. 5. 신경생리학과 매체기술 사이에 이루어진 결합Kopplung의 가장 분명한 사례는 서버였다. 그는 그가 만든 타자기가 맹인들뿐 아니라 "펜을 사용할 수 없는 신경병자"들에게 도움이 될 것을 장담했다(Rolf Stümpel,

1985, p. 12).

22 *Journal of Arts and Sciences*, 1823. Ludwig Brauner, 1925, p. 4에서 재인용.

23 Otto Burghagen, 1898, p. 20.

24 Bruce Jr. Bliven, 1954, p. 35.

25 Hubert Grashey, 1885, p. 688 참조.

26 Timothy Salthouse 1984, pp. 94~96.

27 Kranichstaedten-Czerva, 1924, p. 35. 흥미로운 것은 그에 대한 증거를 제시한다고 하는 18번 각주에는 아무것도 없다는 사실이다

28 Jürgen Zeidler, 1983, p. 96. 타자기 부품의 규격화가 "제1차 세계대전 시기"에 이루어졌다는 사실이 이를 뒷받침해준다. Werner von Eye, 1958, p. 75.

29 Bruce Jr. Bliven, 1954, p. 56.

30 Otto Burghagen, 1898, p. 31.

31 Otto Burghagen, 1898, p. 20. 그에 반해 미국에서의 기록은 "초당 15회"였다(Erich Klockenberg, 1926, p. 10).

32 DPA(독일 인쇄 기관) 소식지. 1985년 6월 1일.

33 Jean Cocteau, 1979, p. 62.

34 Jean Cocteau, 1912/1946~51, VIII, p. 40 참조.

35 Jean Cocteau, 1912/1946~51, VIII, p. 63.

36 Jean Cocteau, 1912/1946~51, VIII, p. 181.

37 Jean Cocteau, 1912/1946~51, VIII, p. 16.

38 Hasso von Wedel, 1962, pp. 114~17. 하지만 Thomas Pynchon, 1973/1982, p. 709에는 이런 구절이 등장한다. "그 응집물 Aggregat[V2]은 반은 탄환이고 반은 화살이야. 그것이 원했던 것이지 우리가 아니야. 아마도 너는 산탄총, 라디오, 타자기를 사용했겠지. 화이트홀, 펜타곤에 있는 타자기는, 우리의 작은 A4가 상상할 수 있던 것보다 훨씬 더 많은 민간인들을 죽였어."

39 Mark Twain, 1875. Bruce Jr. Bliven, 1954, p. 62에서 재인용.

40 판매숫자(1000단위)는 다음과 같은 곡선 모습을 보였다.

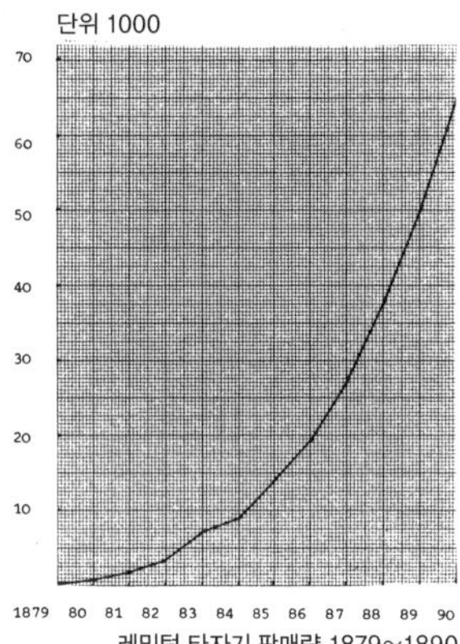

레밍턴 타자기 판매량 1879~1890

41 Richard Nelson Current 1954, p. 54.

42 Bruce Jr. Bliven, 1954, pp. 71 이하 참조.

43 Werner von Eye, 1958, p. 78 참조.

44 Erich Krukenberg, 1906, p. 38.

45 George Tilghman Richards, 1964, p. 1.

46 Roland Baumann, 1985, p. 96 참조.

47 Jenny Schwabe, 1902. 그에 반해 Otto Burghagen, 1898, p. 29. "사업적 소질이 없던 남성과 여성 보조원들도 모든 종류의 사업상 또는 공무상 편지를 보내는 데는 타자기가 유용하다." 그리고 Eduard Weckerle, 1925, p. 32. "재봉틀처럼 타자기에 익숙해진 지 오래되었어요. 얼마전까지만 해도 '예쁜 손글씨'는 사업상 보조원들에게 필수적이었어요. 그런데, 오늘날 대형 기업들에서 손글씨는 거의 사용되지 않고 기껏해야 회계 업무 정도에만 사용되죠."

48 Jenny Schwabe, 1902, p. 7.

49 사회적 계층에 대해서는 Josef Witsch, 1932, p. 54.

50 Julius Meyer/Josef Silbermann, 1895, p. 264.

51 Paul Valéry, 1944/1957~60, II, p. 301.

52 Francis E. Spinner. Werner von Eye, 1958, p. 78에서 재인용.

53 Werner von Eye, 1958, pp. 78 이하. 하지만 붓데의 참모부서는 겸손하게 "거대 기차 조직"이라는 칭호를 사용하였다.

54 die Einzelheiten bei Siegert, 1986, pp. 181~88 참조.

55 L. Braun, 1901, p. 197.

56 Schwabe, 1902, p. 21.

57 Zeitschrift Für Weibliche Handelsgehilfen, 1918, Nienhaus, 1982, pp. 46 이하에서 재인용. 스탈린은 1936년 소비에트 헌법에 힌덴부르크의 이 건강한 원칙을 기입해 넣었다.

58 Heidegger, 1935/1953, p. 27.

59 Martin Heidegger, 1942~23/1982, pp. 118 이하 및 pp. 125~27.

60 Friedrich Nietzsche, 1882년 2월 말/1975~84, III, 1, p. 172.

61 Dr. Eiser, 1877. Joachim Fuchs 1978, p. 632에서 재인용.

62 Joachim Fuchs, 1978, p. 633.

63 Martin Stingelin/Basel의 전언

64 Friedrich Nietzsche, 1879년 11월 5일/1975-84, II-5, p. 461.

65 Friedrich Nietzsche, 1879년 8월 14일/1975-84, II-5, p. 435.

66 Friedrich Nietzsche, 1882년 8월 14일/1975-84, II-1, p. 113.

67 Friedrich Nietzsche, 1881년 12월 5일/1975-84, II-1, p. 146.

68 Otto Burghagen 1898, p. 6.

69 분명 이로부터 영향을 받은, 니체의 전기작가는 "타자기가 '발명'된 것, 다시 말해 개발된 것은 이보다 10년 전 미국에서였다"고 그의 주인공의 실수를 바로잡는다. 그런데 그는 한센Hansen을 "한순Hansun"이라고 잘못 표기하고 있다(Jurtz Paul Janz, 1978~79, II, pp. 81, 95).

70 이 정보들의 출처는 Camillus Nyrop, 1938, XVIII, pp. 265~267.

71 Otto Burghagen, 1898, p. 119.

72 Rolf Stümpel, 1985, p. 22. 당시에는 이와 관련해 모스 체계와 연결된 타이프 볼도 있었다. Brauner, 1925, pp. 35 이하 참조.

73 Otto Burghagen, 1898, p. 120. 책에 실린 그림을 참조하라.

74 Ernst Martin, 1949, p. 571 참조.

75 Rolf Stümpel, 1985, p. 8.

76 Marshall McLuhan, 1964/1968, p. 283.

77 Bruce Bliven Jr, 1954, p. 132.

78 Friedrich Nietzsche, 1881년 8월 20~21일/1975~84, III-1, p. 117.

79 Otto Burghagen, 1898, p. 120. (말링 한센 타자기 언급.)

80 Friedrich Nietzsche, 1881년 8월 20~21일/1975~84, III-1, p. 117.

81 Berliner Tageblatt, 1882년 3월. (바이마르의 국립고전독일문학기념 연구소의 허락을 얻어 인용한다.)

82 Friedrich Nietzsche, 1882년 3월 17일/1975~84. III-1, p. 180. "나의 제노바 체류에 대한 『베를린 일간신문』의 기사가 날 즐겁게 했다. 그 기사는 타자기에 대해 언급하는 것도 잊지 않았다." 기계화된 이 철학자는 이 신문기사를 잘라두었다.

83 Friedrich Nietzsche, 1908/1967, VI-3, pp. 324 이하.

84 Werner von Eye, 1958, p. 20.

85 Angelo Beyerlen, Herbertz, 1909, p. 559에서 재인용.

86 Angelo Beyerlen, 1909, p. 362.

87 Edgar J. Swift, 1904, pp. 299, 300, 302. 브뤼크Christa Anita Brück(1930, p. 238)의 소설 속 화자의 관찰을 이와 비교해보라. "나는 매일매일 자리에 앉아…… 운송장, 운송장, 운송장을 타이핑했다. 이렇게 사흘이 자나고 나자 그것은 기계적인 작업을 넘어서게 되었다. 의식이 참여하지 않는 눈과 손가락 사이의 그림자 같은 상호작용이 생겨났다."

88 타자기로 글을 쓰던 초창기 작가들의 리스트는 다음의 책을 따른 것이다. Otto Burghagen, 1898, p. 22.

89 Friedrich Nietzsche, 1882년 4월 1일/1975~84, III-1, p. 188.

90 Sir Arthur Conan Doyle, 1889/1930, p. 199.

91 Friedrich Nietzsche, 1882년 3월 17일/1975~84, III-1, p. 180.

92 Friedrich Nietzsche, 1882년 3월 27일/1975~84, III-1, p. 188.

93 Friedrich Nietzsche, 1882년 3월 17일/1975~84, III-1, p. 180. "낭독-기계"에 대해서는 Friedrich Nietzsche, 1881년 12월 21일/1975~84, III-1, p. 151.

94 Elisabeth Förster-Nietzsche, Nietzsche 재인용, 1902~09, V-2, p. 488.

95 Friedrich Nietzsche, 1882년 6월 18일/1975~84, III-1, p. 206.

96 Elisabeth Förster-Nietzsche 1935, p. 136.

97 Elisabeth Förster-Nietzsche, 1935, p. 138.

98 Friedrich Nietzsche, 1908/1967, VI-3, p. 305.

99 Friedrich Nietzsche, 1887/1967, VI-2, p. 311.

100 Friedrich Nietzsche, 1887/1967, VI-2, p. 320.

101 Malwida von Meysenburg, 1882년 4월 26일. Ernst Pfeiffer, 1970, p. 420에서 재인용.

102 Friedrich Nietzsche, 1889/1967, VI-3, p. 399.

103 Friedrich Nietzsche, 1889/1967, VI-3, p. 399.

104 Friedrich Nietzsche, 1889b/1967, VI-3, p. 117.

105 Marianne Weber, 1918, p. 3.

106 Friedrich Nietzsche, 1883년 2월 1일/1975~84, III-1, p. 324.

107 Friedrich Nietzsche, 1883~85/1967, V-1, p. 44 참조.

108 Friedrich Nietzsche, Juni 1885/1975~84, III-3, pp. 58 이하.

109 Friedrich Nietzsche, 1885년 7월 23일/1975~84, III-3, p. 70.

110 Bruce Jr. Bliven, 1954, p. 79.

111 Hugo von Hofmannsthal, 1919년 6월 11일. Hugo von Hofmannsthal/Ottonie Gräfin Degenfeld, 1974, p. 385에서 인용.

112 Sigmund Freud, 1916~17/1944~68, p. 155.

113 Sigmund Freud, 1916~17/1944~68, p. 157.

114 Sigmund Freud, 1916~17/1944~68, p. 158.

115 Ernest Jones, 1960~62, II, p. 125.

116 Sigmund Freud, 1915년 4월 5일. Sigmund Freud/Karl Abraham, 1980, p. 212에서 재인용.

117 Montgomery H. Hyde, 1969, p. 161.

118 Theodora Bosanquet, 1924, p. 245.

119 Theodora Bosanquet, 1924, p. 248.

120 이렇게 구술된 텍스트와 그에 대한 논평은 Montgomery H. Hyde, 1969, pp. 277 이하.

121 Martin L. Van Creveld, 1985, pp. 58~78 참조.

122 Elizabeth Nowell 1960, p. 106 참조.

123 Elizabeth Nowell, 1960, p. 14.

124 Elizabeth Nowell, 1960, p. 199.

125 Gottfried Benn, 1937년 1월 10일/1969, p. 184.

126 Gottfried Benn 1952/1959~61, IV, pp. 173 이하.

127 Gottfried Benn, 1950년 11월 22일/1962, p. 120.

128 Gottfried Benn, 1937년 2월 6일/1969, p. 194.

129 Gottfried Benn, 1937년 1월 25일/1969, p. 187. 두 명의 여자 친구와 결혼, 전쟁과 관련된 헤르타 폰 베데마이어의 자살에 대해서는 클라우스 테베라이트의 다음 책에 자세하게 서술되어 있다. Klaus Theweleit, 1985, pp. 133~156.

130 Gottfried Benn, 1937년 1월 10일/1969, pp. 185 이하.

131 Max Kretzer, 1894, 여성 부기원과 장교 미망인의 딸이 아직 손글씨로 글을 쓰던 곳에서도 (남자들의 사무실에서는 센세이셔널한 일이었다), 정자체Blockschrift와 장식글씨체Rundschrift의 사용으로 인해 이미 익명적 글씨체라는 문제가 있었다.

132 Jacques Derrida, 1980/1982, pp. 81~85.

133 Werner von Eye. 1958, pp. 60, 80. 바로 이러한 이유로 [오스트리아 아티스트] 아우구스트 발라August Walla는 [베르너Werner von Eye의] 책에 자신의 "기술적으로 우월하고, 공장 생산되고, 문자로서는 매우 상찬되고 존경할 만한 타자기"는 "모든 신들, 모든 정치적인 현세적 국가 지배자들로부터도 존경받고 있다"는 메시지를 타이핑했다.

134 Heinze Höhne, 1984, pp. 224 이하.

135 Adolf Hitler, 1942년 3월 29일. Henry Picker, 1976, p. 157. 총통 타자기(원시遠視였기 때문에 4밀리미터의 안티쿠파[서체 이름 — 옮긴이] 활자를 장착했다)에 대해서는 Henry Picekr, 1976, p. 42.

136 Wilhelm von Schramm, 1982, I, 139E.

137 Tatjana Tolstoi, 1978, p. 181.

138 Paula Schlier, 1926, p. 81.

139 Christa Anita Briick, 1930, p. 218.

140 Christa Anita Brück, 1930, p. 225. (타자기 소설이 충족시켜준) 문학 출간에 대한 소망에 대해서는 pp. 233 이하.

141 Christa Anita Brück, 1930, p. 229. 탁탁Tiptip에 대한 정신의학자의 논평은 Gilbert Ballet, 1886/1890, p. 143. "실서증失書症이 덜 발현되었을 경우 환자는 단어를 쓸 수는 있지만 많은 실수를 하게 된다. 예를 들어, 환자들은 같은 철자나 같은 음절을 반복한다. 그들은, 가이드너Gairdner가 말한 철자에 의한 중독Intoxikation durch den Buchstaben을 겪는 셈인데, 실어증 환자들이 단어에 의한 중독을 겪는 것과 유사하다."

142 Franz Kafka, 1912년 11월 27일/1976, p. 134 참조.

143 Bernhard Siegert, 1986, p. 292 참조.

144 Franz Kafka, 1912/1980, p. 178.

145 Franz Kafka, 1912년 10월 27일/1976, p. 58.

146 Franz Kafka, 1912년 11월 2일/1976, p. 69.

147 Franz Kafka, 1913년 8월 10일/1976, p. 441.

148 Hubertus Streicher, 1919, pp. 38~41. 이 연구의 범죄학 분야에서의 가치로부터 루마니아 공화국은 1983년 4월 8일 적절한 결론을 이끌어냈다. 타자기로 글 쓰는 사람들 모두 정부법령으로 경찰서에 타자기 등록을 의무화시킨 것이다. Roger Rosenblatt, 1983, p. 88.

149 Franz Kafka, 1916년 10월 20일/1976, p. 764.

150 Franz Kafka, 1916년 8월 22일/1976, p. 686 참조.

151 Friedrich von Zglinicki, 1956, p. 395 참조.

152 Franz Kafka, 1922년 3월/1983, p. 303. Jacque Derrida, 1980/1982, p. 46 참조.

153 Franz Kafka, 1912년 11월 27일/1976, p. 134.

154 Franz Kafka, 1913년 1월 22~23일/1976, p. 265.

155 Arnolt Bronnen, 1926/1977, p. 131.

156 Eduard Weckerle, 1925, pp, 31 이하.

157 Franz Kafka, 1913년 7월 10일/1976, p. 426.

158 Franz Kafka, 1912년 12월 21일 편지.

159 Stéphane Mallarmé, 1895/1945, p. 366.

160 Jacques Derrida, 1980/1982, pp. 237 이하.

161 Gottfried Benn, 1951/1959~61, I, p. 529.

162 Gottfried Benn, 1949a/1959~61, I, p. 366.

163 Hubertus Streicher, 1919, p. 7.

164 Walter Benjamin, 1928/1983, pp. 31, 29.

165 Guillaume Apollinaire, 1918/1965~66, III, p. 901를 참조하라. 이에 대한 일반적인 논의는 Walter J. Ong, 1982, pp. 128 이하.

166 T. S. Eliot, 1916년 8월 21일/1971, X.

167 Michel Foucault, 1969/1973, p. 124.

168 Michel Foucault, 1969/1973, p. 125.

169 Michel Foucault, 1969/1973, p. 123.

170 Dennis Joseph Enright, 1971/1981, p. 101.

171 Carl Schmitt, 1917/18, p. 90.

172 Carl Schmitt, 1917/18, pp. 92~105.

173 Ansgar Diller, 1980. pp. 188~92. 영국의 TV 방송국은 이 비밀 장비를 다른 목적에, 그들의 UHF를 가지고 영국을 파악하던 독일 폭격기의 전파수신Stereophonie을 교란시키는 데 사용하였다. Ernest Jones, 1978, p. 175.

174 Walter J. Ong, 1982, p. 93 참조.

175 Andrew Hodges, 1983, p. 109.

176 Alan Turing, 1950/1967, p. 114.

177 Andrew Hodges, 1983, p. 364.

178 Alan Turing, 1950, p. 434.

179 Alan Turing, 1950/1967, p. 107.

180 Bruce Jr. Bliven, 1954, p. 132 참조.

181 Janine Morgall, 1981.

182 Alan Turing. Andrew Hodges, 1983, p. 362에서 재인용.

183 Robert A. Kowalski, 1979, p. 424.

184 Rósza Péter, 1957, p. 210.

185 Salomo Friedlaender, 192. 38, p. 164. 보스만Bosemann이라는 이름과 "이 책, 이 책들"에 대한 편집증적 관련성에 대해서는 Samuel M. Weber, 1980. pp. 170~172. 제2차 세계대전 당시 영국 포로수용소에 수용되어 있던 로베르트 노이만Robert Neumann은 한 인공두뇌 전문가를 만나게 된다. 그는 독일 폭격기의 스테레오 탐지장치를 교란시킬 수 있었을 뿐 아니라, "기이한 타자기"를 만들기도 하였다. "우리가 문에 들어서자 타자기가 스스로 작동하기 시작한다. (그 타자기 맞은편에는 동시에 TV 수상기가 희미한 빛을 내고 있었다. 나는 그가 우리에 대해서 생각하는 것을 소리 내지 않은 채 타자기에 구술하고 있다고 느꼈다.)" Robert Neumann, 1963, pp. 167~169.

186 Alan Turing, 1950/1967, p. 127.

187 John von Neumann, 1951/1967, pp. 147, 153.

188 John von Neumann, 1951/1967, p. 150.

189 Jacques Lacan, 1975, p. 41.

190 Erich Murawski, 1962, pp. 112 이하.

191 Paul Watzlawick/Janet H. Beavin/Don D. Jackson, 1967/1969, pp. 66 이하 참조.

192 Guglielmo Marconi, 1937. Orrin E., Jr Dunlap, 1941, p. 353에서 재인용.

193 Józef Garlióski, 1979, p. 11. 타자기와 암호술 사이의 관련성이 매우 근본적이라는 사실은 (말할 것도 없이 뮌스터베르그의 정신으로 행해진) "타자기, 그리고 타자기 사용 합리화를 위한 심리기술적 연구"가 잘 보여준다. 열 손가락 시스템(Erich Klockenberg, 1926, pp. 82 이하)뿐 아니라 모든 암호문자-해독은 특정 언어에서 철자의 빈도수에 대한 통계적으로 엄밀한 분석에 입각해 있다.

194 Hans Bredow, 1922. Winfried B. Lerg, 1970. BBC의 창립시의 군사 컨트롤 기관에 대해서는 Asa Briggs, 1961, p. 49.

195 Józef Garlióski, 1979, p. 12 참조.

196 Karl Heinz Wildhagen, 1970, p. 182.

197 James Bamford, 1986, p. 51와 Józef Garliński, 1979, p. 147 참조.

198 Józef Garliński, 1979, p. 28.

199 Jacques Lacan, 1978/1980, p. 64.

200 Alan Turing, 1936년 10월 14일. Andrew Hodges, 1983, p. 120에서 재인용. 튜링이 암호 분석으로 나아간 것은 자연스러운 귀결이었다. 두뇌이건 자연이건 어디서든 라플라스의 계산 오류가 지배하고 있기 때문이다. 그는 나중에 이렇게 쓴다. "암호학의 영역은 컴퓨터에게 가장 도움이 될 만한 것이다. 생리학자의 문제와 암호학자의 문제 사이에는 주목할 만한 유사성이 있다. 한 메시지를 암호화하는 체계는 우주의 법칙에 상응하고, 횡취된 메시지는 가용한 증거들에 상응하며, 하루 또는 한 메시지의 열쇠는 결정되어야 하는 중요한 상수에 상응한다. 이처럼 상응 관계는 매우 밀접하지만, 암호학의 소재는 쉽게 불연속기계로 다루어질 수 있으나 물리학은 그렇지 못하다"(Alan Turing, 1948. Andrew Hodges, 1983, p. 383에서 재인용). 컴퓨터-제작 가능성은 자연과 총사령부 사이의 차이를 충실하게 모사한다.

201 Andrew Hodges, 1983, p. 148.

202 Jürgen Rohwer/Eberhard Jäckel, 1978, p. 64.

203 Andrew Hodges, 1983, p. 175.

204 Andrew Hodges, 1983, p. 168.

205 Jürgen/Jäckel Rohwer, 1978, p. 336.

206 Andrew Hodges, 1983, p. 192.

207 Andrew Hodges, 1983, p. 192 참조.

208 Andrew Hodges, 1983, p. 267 참조.

209 Jürgen Rohwer/Eberhard Jäckel, 1978, pp. 1120~112 참조.

210 Andrew Hodges, 1983, p. 277 참조.

211 1910년 출시되었던 쓰기, 덧셈과 뺄셈의 조합을 갖춘 모델에 대해서는 Ludwig Brauner, 1925, pp. 40 이하.

212 Konrad Zuse, 1984, pp. 52 이하 참조.

213 Rolf Oberliesen, 1982, p. 205.

214 Konrad Zuse, 1984, p. 77.

215 Jacques Lacan, 1966/1973~80, I, p. 141.

216 추제는 이렇게 설명하고 있다. Konrad Zuse, 1984. 이와는 다른 설명은 Andrew Hodge, 1983, p. 299.

217 Wernher von Braun. Erik Bergaust, 1976, p. 95에서 재인용.

218 Hans-Jürgen Syberberg, 1978, p. 151.

219 이 테스트에 대한 히틀러의 무관심에 대해서는 Walter Dornberger, 1953, pp. 73~77. 아스카니아-컬러 영화를 보았을 때 그의 열광적인 반응에 대해서는 Paul Virilio, 1984, pp. 105 이하. (액체로 유도되는 로켓이라는 아이디어는 프리츠 랑의 영화 「달의 여인Frau im Mond」(1929)으로 거슬러 올라간다.)

220 Norbert Wiener, 1961/1963, pp. 28, 30. Steve J. Heims, 1982, pp. 183 이하와 Paul Virilo, 1984, p. 126 참조.

221 Klaus Sickert, 1983, pp. 134~42.

222 Andrew Hodges, 1983, pp. 335, 301, 304, 413. *Allgemein dazu Gorny*, 1985, pp. 104~109.

223 Thomas Pynchon, 1973/1982. 비릴리오에게서 이와 매우 유사한 표현을 찾을 수 있다. Paul Virilio, 1984, p. 121. "전격-전쟁"에 대해서.

224 Robert Junck, 1956, p. 314.

225 Andrew Hodge, 1983, p. 362.

226 Józef Garliński, 1979, pp. 119~44.

227 Paul Virilio, 1984, p. 106.

228 Andrew Hodges, 1983, p. 337.

229 Arno Schmidt, 1985. 잡지 『붕괴*Der Rabe*』는 이 '메시지' 해독에 현상금을 걸었다.

230 Frank Raven, James Bamford, 1986. p. 324에서 재인용.

231 James Bamford, 1986, p. 430.

232 James Bamford, 1986, p. 136 참조. 여기서 독일어 번역으로 "전하전달장치Ladungs-Übertragungsgerät"라 불리고 "1초에 1조(1,000,000,000,000)회 이상의 곱셈"이 가능한 것은 당연히 CCD(Charge-coupled device) 혹은 전하이행 요소들이다.

참고문헌

ABRAHAM, KARL (1913) Sollen wir die Patienten ihre Träume aufschreiben lassen? Internationale Zeitschrift für Psychoanalyse, 1, S. 194-196

ABRAHAM, OTTO/HORNBOSTEL, ERICH MORITZ VON (1904) Über die Bedeutung des Phonographen für vergleichende Musikwissenschaft. Zeitschrift für Ethnologie, 36, S. 222-236

ANDRESEN, UWE (1982) Musiksynthesizer. Funkschau, Shft. Nr. 39, S. 79-84

ANONYMUS (1783) Die Hähnische Litteralmethode. In: Gnothi sauton oder Magazin zur Erfahrungsseelenkunde als ein Lesebuch für Gelehrte und Ungelehrte, hrsg. Carl Philipp Moritz, I 2, S. 94 f

— (1887) The New Phonograph. Scientific American, 57, S. 421 f.

— (1889) Schreiben mit der Maschine. Vom Fels zum Meer. Spemann's Illustrirte Zeitschrift für das Deutsche Haus, Sp. 863 f

— (1980) Elektor-Vocoder. Elektor, Zeitschrift für Elektronik, Nr. 1, S. 38-43, Nr. 2, S. 40-52

APOLLINAIRE, GUILLAUME (1918) L'Esprit nouveau et les Poètes

— (1965-66) Œuvres complètes, hrsg. Michel Décaudin, Paris

ARNHEIM, RUDOLF (1933/1977) Systematik der frühen kinematographischen Erfindungen. In: Kritiken und Aufsätze zum Film, hrsg. Helmut H. Dieterichs, München, S. 25-41

ASSMANN, ALEIDA und JAN (Hrsg.) (1983) Schrift und Gedächtnis. Archäologie der literarischen Kommunikation I, München

AZAM, EUGÈNE (1893) Hypnotisme et double conscience. Origine de leur étude et divers travaux sur des sujets analogues. Paris

BAADE, WALTER (1913) Über die Registrierung von Selbstbeobachtungern durch Diktierphonographen. Zeitschrift für Psychologie, 66, S. 81-93

BABINGTON SMITH, CONSTANCE (1958) Evidence in Camera. The Story of Photographic Intelligence in World War II, London

BAHNEMANN, JÖRG (1971) Wie bleibt die Armee auf der Höhe der Zeit? In: Clausewitz in unserer Zeit. Ausblick nach zehn Jahren Clausewitz Gesellschaft, hrsg. Rolf Eible, Darmstadt, S. 161-175

BAIER, WOLFGANG (1964) Quellendarstellungen zur Geschichte der

Fotografie, Halle/S
BALÁZS, BÉLA (1930) Der Geist des Films, Halle/S.
BALLET, GILBERT (1886/1890) Le language intérieur et les diverses formes de l'aphasie, Paris; Die innerliche Sprache und die verschiedenen For men der Aphasie, Leipzig-Wien
BAMFORD, JAMES (1986) NSA. Amerikas geheimster Nachrichtendienst, Zürich-Schwäbisch Hall
BATEMAN, WAYNE (1980) Introduction to Computer Music, New York-Chichester-Brisbane-Toronto
BAUER-WABNEGG, WALTER (1986) Zirkus und Artisten in Franz Kafka Werk. Ein Beitrag über Körper und Literatur im Zeitalter der Technik, Erlangen
BAUMANN, ROLAND (1985) Einschreibung und Gotterschauspiele, Nietzsche und das Medium Schreibmaschine. Magisterarbeit Freiburg/Br. (Typo-skript)
BAUMGARTH, CHRISTA (1966) Geschichte des Futurismus, Reinbek
BEATLES, THE (o. J.) The Beatles Complete, London-New York (Guitar Edition)
BEHNE, ADOLF (1926) Die Stellung des Publikums zur modernen deutsche Literatur. Die Weltbühne, 22, S. 774-777
BENJAMIN, WALTER (1924-25) Goethes Wahlverwandtschaften
— (1928/1983) Einbahnstraße. Faksimile-Ausgabe, Berlin
— (1955) Das Kunstwerk im Zeitalter seiner technischen Reproduzierbarkeit (Zweite Fassung)
— (1972-85) Gesammelte Schriften, hrsg. Rolf Tiedemann und Hermann Schweppenhäuser, Frankfurt/M.
BENN, GOTTFRIED (1949a) Pallas
— (1949b) Der Ptolemäer
— (1949c) Roman des Phänotyp. Landsberger Fragment
— (1951) Probleme der Lyrik
— (1952) Unter dem Mikroskop
— (1959-61) Gesammelte Werke, hrsg. Dieter Wellershoff, Wiesbaden
— (1962) Das gezeichncte Ich. Briefe aus den Jahren 1900-1956, München

— (1969) Den Traum alleine tragen. Neue Texte, Briefe, Dokumente hrsg. Paul Raabe und Max Niedermayer, München

— (1977-80) Briefe. Erster Band: Briefe an F. W. Oelze, hrsg. Harald Steinhagen und Jürgen Schröder, Wiesbaden

BERGAUST, ERIK (1976) Wernher von Braun. Ein unglaubliches Leben, Düsseldorf-Wien

BERGSON, HENRI (1907/1923) L'évolution créatrice, 26. Aufl., Paris

BERMANN, RICHARD A. (1913/1963) Leier und Schreibmaschine. In: Kurt Pinthus (hrsg.), Das Kinobuch, Nachdruck Zürich, S. 29-33

BEYERLEN, ANGELO (1909) Eine lustige Geschichte von Blinden usw. Schreibmaschinen-Zeitung Hamburg, Nr. 138, S. 362 f.

BISCHOFF, WALTER (1926) Die Dramaturgie des Hörspiels. In: Hans Bredow, Aus meinem Archiv. Probleme des Rundfunks, Heidelberg 1950, S. 260-266

BLAIR, WILLIAM R. (1929) Army Radio in Peace and War. In: Radio, hrsg. Irwin Stewart. (The Annals of the American Academy of Political and Social Sciences, Supplement to vol. CXLII, Philadelphia, S. 86-89)

BLAKE, CLARENCE J. (1876) The Use of the Membrana Tympani as a Phonautograph und Logograph. Archives of Ophthalmology and Otology, 5, S. 108-113

BLIVEN, BRUCE, JR. (1954) The Wonderful Writing Machine, New York

BLODGET, A. D. (1890) A New Use for the Phonograph. Science, 15, S. 43

BLOEM, WALTER (1922) Seele des Lichtspiels. Ein Bekenntnis zum Film, Leipzig

ROLZ, NORBERT (1986) Die Schrift des Films. Diskursanalysen 1: Medien, Wiesbaden, S. 26-34

BOSANQUET, THEODORA (1924) Henry James at Work. The Hogarth Essays, London, S. 243-276

BOUASSE, HENRI PIERRE MAXIME (1934) Optique et photométrie dites géométriques, Paris

BOURNEVILLE, DÉSIRÉ MAGLOIRE/REGNARD, PAUL (1877-78) Iconographie photographique de la Salpêtrière, Paris, 2 Bände

BRADLEY, DERMOT (1978) Generaloberst Heinz Guderian und die

Entstehungsgeschichte des modernen Blitzkrieges, Osnabrück

BRAUN, ALFRED (1929) Hörspiel. In: Hans Bredow, Aus meinem Archiv, Probleme des Rundfunks, Heidelberg, S. 149-151

BRAUN, LILY (1901) Die Frauenfrage. Ihre geschichtliche Entwicklung und wirtschaftliche Seite, Leipzig

BRAUNER, LUDWIG (1925) Die Schreibmaschine in technischer, kultureller und wirtschaftlicher Bedeutung, Prag (Sammlung gemeinnütziger Vorträge, hrsg. vom Deutschen Vereine zur Verbreitung gemeinnütziger Kenntnisse in Prag, Nr. 555/7)

BREDOW, HANS (1950) Aus meinem Archiv. Probleme des Rundfunks, Heidelberg

BREDOW, HANS (1954) Im Banne der Ätherwellen, Bd. 1, Stuttgart

BRENTANO, BETTINE (1835) Goethes Briefwechsel mit einem Kinde

— (1959-63) Bettina von Arnim, Werke und Briefe, hrsg. Gustav Konrad, Frechen

BRIGGS, ASA (1961) The Birth of Broadcasting, London (A History of Broadcasting in the United Kingdom, vol. I)

— (1965) The Golden Age of Wireless, London (A History of Broadcasting in the United Kingdom, vol. II)

BRONNEN, ARNOLT (1926/1977) Ostpolzug. Schauspiel. In: Stücke, hrsg Hans Mayer, Bd. 1, Kronberg, S. 117-150

— (1927) Film und Leben. Barbara La Marr. Roman, Berlin

— (Pseudonym: A. H. Schelle-Noetzel) (1935) Der Kampf im Aether oder die Unsichtbaren, Berlin

BROOKS, JOHN (1977) The First and Only Century of Telephone Literature. In: Ithiel de Sola Pool (hrsg.), The Social Impact of the Telephone, Cambridge/Mass., S. 208-224

BRUCH, WALTER (1979) Von der Tonwalze zur Bildplatte. 100 Jahre Ton- und Bildspeicherung. Funkschau, Sonderheft

BRÜCK, CHRISTA ANITA (1930) Schicksale hinter Schreibmaschinen, Berlin

BRÜCKE, ERNST (1856) Grundzüge der Physiologie und Systematik der Sprachlaute für Linguisten und Taubstummenlehrer bearbeitet, Wien

BUCHHEIT, GERT (1966) Der deutsche Geheimdienst. Geschichte der militärischen Abwehr, München

BUCHNER, GEORG (1842) Leonce und Lena. Ein Lustspiel

— (1958) Werke und Briefe. Gesamtausgabe, hrsg. Fritz Bergemann, Wies

BURGHAGEN, OTTO (1898) Die Schreibmaschine. Illustrierte Beschreibun aller gangbaren Schreibmaschinen nebst gründlicher Anleitun Arbeiten auf sämtlichen Systemen, Hamburg

BURROUGHS, WILLIAM (1976) Electronic Revolution. Die elektronische Revolution, o. O.

CAGNETTA, FRANCO (hrsg.) (1981) Nascita della fotografia psychiatrica.

CAMPE, RUDIGER (1986) Pronto! Telefonate und Telefonstimmen. In: Diskursanalysen, 1: Medien, Wiesbaden, S. 68-93

CENDRARS, BLAISE (1926/1961) Moravagine. Roman, Paris Moloch. Leben des Moravagine, Düsseldorf

CHAPPLE, STEVE/GAROTALO, REEBEE (1977/1980) Rock'n'Roll is Here to Pay, Chicago

Wem gehört die Rock-Musik? Geschichte und Politik der Musikindustrie, Reinbek

CHARBON, PAUL (hrsg.) (1976) Le téléphone à la belle époque, Brüssel

— (1977) Le phonographe à la belle époque, Brüssel

CHEW, VICTOR KENNETH (1967) Talking Machines 1877-1914. Some aspects of the early history of the gramophone, London

CLÉMENT, CATHÉRINE (1975) Les charlatans et les hystériques. Communications, Nr. 23: Psychanalyse et cinéma, S. 213-222

COCKBURN, CYNTHIA (1981) The Material of Male Power. Feminist Review

COCTEAU, JEAN (1930) La voix humaine

— (1941) La machine à écrire. Pièce en 3 actes

— (1946-51) CEuvres complètes, Paris

— (1979) Kino und Poesie. Notizen, hrsg. Klaus Eder, München

CROS, CHARLES (1877) Procédé d'enregistrement et de reproduction des phénomènes perçus par l'ouie

— (1908) Le collier des griffes

— (1964) CEuvres complètcs, hrsg. Louis Forestier und Pascal Pia, Paris

CURRENT, RICHARD NELSON (1954) The Typewriter and the Men Who Made It, Urbana

DAHMS, GUSTAV (1895) Die Frau im Staats- und Gemeindedienst, Berlin

DALLIN, DAVID . (1955) Soviet Espionage, New Haven

DAVIES, MARGERY (1974) Woman's Place is at the Typewriter: The Feminization of the Clerical Labor Force, Somerville/Mass.

DEHMEL, RICHARD (1906-09) Gesammelte Werke, Berlin

DELEUZE, GILLES (1965) Pierre Klossowski ou Les corps-language. Critique, 21, 1, S. 199-219

DELEUZE, GILLES GUATTARI,FÉLIx (1972/1974) L'Anti-Œdipe. Capitalisme et schizophrénie I, Paris
Anti-Ödipus. Kapitalismus und Schizophrenie I, Frankfurt/M.

DEMENY, GEORGES (1899) Etude sur les appareils chronophotographiques. L'année psychologique, 5, S. 347-368

— (1904) L'éducation du marcheur, Paris

DERRIDA, JACQUES (1967a/1972) L'écriture et la différence, Paris
Die Schrift und die Differenz, Frankfurt/M

— (1967b/1974) De la grammatologie, Paris
Grammatologie, Frankfurt/M

— (1980/1982) La carte postale de Socrate à Freud et au-delà, Paris
Die Postkarte von Sokrates bis an Freud und jenseits, 1. Lieferung, Berlin

DILLER, ANSGAR (1980) Rundfunkpolitik im Dritten Reich, München (Rundfunk in Deutschland, hrsg. Hans Bausch, Bd. 2)

DORNBERGER, WALTER (1953) V 2 Der Schuß ins Weltall. Geschichte einer großen Erfindung, Eßlingen

DOYLE, SIR ARTHUR CONAN (1889) A Case of Identity

— (1930) The Complete Sherlock Holmes, hrsg. Christopher Morley, Garden City, New York

DRIESEN, OTTO (1913) Das Grammophon im Dienste des Unterrichts und der Wissenschaft. Systematische Sammlung von Grammophonplatten vom Kindergarten bis zur Universität, Berlin

DUNLAP, ORRIN E., JR. (1941) Marconi. The man and his wireless, New York

ELIOT, THOMAS STEARNS (1971) The Waste Land. A facsimile and transcript of the original drafts including the annotations of Ezra Pound, hrsg. Valerie Eliot, New York-London

ELLIS, JOHN (1975) The Social History of the Machine Gun, London

ENRIGHT, DENNIS JOSEPH (1971) The Typewriter Revolution and Other Poems, New York

— (1981) Collected Poems, Oxford-New York-Toronto-Melbourne

ENZENSBERGER, HANS MAGNUS (1970) Baukasten zu einer Theorie der Medien. Kursbuch, Nr. 20, S. 159-186

EWERS, HANNS HEINz (1911) Alraune. Die Geschichte eines lebenden Wesens, München

EYE, WERNER VON (1958) Kurzgefaßte Geschichte der Schreibmaschine und des Maschinenschreibens, Berlin

EYTH, MAX VON (1909) Gesammelte Schriften, Stuttgart

FACTOR, R. (1978) A 6,4-Second Digital Delay Line, Uniquely Designed For Broadcast Obscenity Policing. AES-Preprint, Nr. 1417

FARGES, JOËL (1975) L'image d'un corps. Communications, Nr. 23: Psychanalyse et cinéma, S. 88-95

FAULSTICH, WERNER (hrsg.) (1979) Kritische Stichwörter zur Medienwissenschaft, Münchern

FELDHAUS, FRANZ MARIA (1928) Kulturgeschichte der Technik I. Skizzen, Berlin

FIRBANK, RONALD (1923/1949) The Flower Beneath The Foot. In: Five Novels, hrsg. Osbert Sitwell, London, S. 125-256

FISCHER, GOTTFRIED/KITTLER, FRIEDRICH A. (1978) Zur Zergliederungsphantasie im Schneekapitel des Zauberberg. In: Perspektiven psychoanalytischer Literaturkritik, hrsg. Sebastian Goeppert, Freiburg/Br., S. 23-41

FLECHSIG, PAUL (1894) Gehirn und Seele. Rede, gehalten am 31. Oktober 1894 in der Universitätskirche zu Leipzig, Leipzig

FÖRSTER-NIETZSCHE, ELISABETH (1935) Friedrich Nietzsche und die

Frauen seiner Zeit, München

FOUCAULT, MICHEL (1969/1973) L'archéologie du savoir, Paris Archäologie des Wissens, Frankfurt/M

— (1974) Schriften zur Literatur, München

— (1976/1977) Histoire de la sexualité, 1: La volonté de savoir, Paris Sexualität und Wahrheit, Bd. 1: Der Wille zum Wissen, Frankfurt/M.

FRESE, FRANK/HOTSCHEWAR, M. V. (1937) Filmtricks und Trickfilme. Düsseldorf

FREUD, SIGMUND (1895a) Entwurf einer Psychologie

— (1895b) Studien über Hysterie (zusammen mit Josef Breuer)

— (1899) Die Traumdeutung (vordatiert 1900)

— (1905) Bruchstücke einer Hysterie-Analyse

— (1912a) Die Handhabung der Traumdeutung in der Psychoanalyse

— (1912b) Ratschläge für den Arzt bei der psychoanalytischen Behandlung

— (1913) Zur Einleitung der Behandlung

— (1916-17) Vorlesungen zur Einführung in die Psychoanalyse

— (1919) Das Unheimliche

— (1920) Jenseits des Lustprinzips

— (1933) Neue Folge der Vorlesungen zur Einführung in die Psychoanalyse

— (1938) Abriss der Psychoanalyse

— (1944-68) Gesammelte Werke. Chronologisch geordnet, hrsg. Anna Freud u. a., London-Frankfurt/M

— (1950) Aus den Anfängen der Psychoanalyse. Briefe an Wilhelm Fliess, Abhandlungen und Notizen aus den Jahren 1887-1902, London

FREUD, SIGMUND/ABRAHAM, KARL(1980) Briefe 1907-1926, hrsg. Hilda C. Abraham und Ernst L. Freud, Frankfurt/M.

FRIEDHEIM, PHILIP (1983) Wagner and the Aesthetics of the Scream. Nineteenth Century Music, 7, S. 63-70

FRIEDLAENDER, SALOMO (Pseudonym Mynona) (1916/1980) Goethe spricht in den Phonographen. In: Das Nachthemd am Wegweiser und andere höchst merkwürdige Geschichten des Dr. Salomo Friedlaender, Berlin, S. 159-178

— (1920/1980) Fatamorganamaschine. Film. In: Mynona, Prosa, hrsg

Hartmut Geerken, München, Bd. 1, S. 93-96
— (1922) Graue Magie. Berliner Nachschlüsselroman, Dresden
FUCHS, JOACHIM (1978) Friedrich Nietzsches Augenleiden. Münchner Medizinische Wochenschrift, 120, S. 631-634
FUSSELL, PAUL (1975) The Great War and Modern Memory, New York-London
GARLIŃSKI, JÓZEF (1979) The Enigma War, New York
GAUPP, FRITZ (1931) Die Nacht von heute auf morgen, Berlin
GELATT, ROLAND (1977) The Fabulous Phonograph 1877-1977. From Edison to Stereo, New York
GIEDION, SIEGFRIED (1948) Mechanization Takes Command: a contribution to anonymus history, New York
GIESE, ERITZ (1914) Sexualvorbilder bei einfachen Erfindungen. Imago. Zeitschrift für Anwendung der Psychoanalyse auf die Geisteswissenschaften, 3, S. 524-535
GINZBURG, CARLO (1985) Indizien: Morelli, Freud und Sherlock Holmes. In: Der Zirkel oder Im Zeichen der Drei, hrsg. Umberto Eco und Thomas A. Sebeok, München, S. 125-179
GOETHE, J. W. (1774) Die Leiden des jungen Werther
— (1795-96) Wilhelm Meisters Lehrjahre
— (1797) Zueignung
— (1809) Die Wahlverwandtschaften
— (1810) Die Farbenlehre
— (1811-14) Aus meinem Leben. Dichtung und Wahrheit
— (1829) Wilhelm Meisters Wanderjahre
— (1904) Sämtliche Werke. Jubiläums-Ausgabe, hrsg. Eduard von der Hellen, Stuttgart-Berlin
— (1965-72) Gespräche. Aufgrund der Ausgabe und des Nachlasses von Flodoard Freiherrn von Biedermann hrsg. von Wolfgang Herwig, Zürich-Stuttgart
GÖRLITZ, WALTER (1967) Kleine Geschichte des deutschen Generalstabes, Berlin
GORDON, DON E. (1981) Electronic Warfare. Element of Strategy and

Multiplier of Combat Power, New York-Oxford-Toronto-Sydney-Paris-Frankfurt/M.

GORNY, PETER (1985) Informatik und Militär. In: Militarisierte Wissenschaft, hrsg. Werner Butte, Reinbek, S. 104-118

GRANICHSTAEDTEN-CZERVA, RUDOLF VON (1924) Peter Mitterhofer, Erfinder Schreibmaschine. Ein Lebensbild, Wien

GRASHEY, HUBERT (1885) Über Aphasie und ihre Beziehungen zur Wahrnehmung. Archiv für Psychiatrie und Nervenkrankheiten, 16, S. 654-688

GREVE, LUDWIG/PEHLE, MARGOT/WESTHOFF, HEIDI (hrsg.) (1976) Hätte ich das Kino! Die Schriftsteller und der Stummfilm, Marbach (Sonderausstellung des Schiller-Nationalmuseums)

GRIVEL, CHARLES (1984) Die Explosion des Gedächtnisses: Jarry über die Entwicklung im literarischen Prozeß. In: Lyrik und Malerei der Avantgarde, hrsg. Rainer Warning und Winfried Wehle, München, S. 243-293

GROOS, KARL (1899) Die Spiele des Menschen, Jena

GUATTARI, FÉLIX (1975/1977) Le divan du pauvre. Communications, Nr. 23: Psychanalyse et cinéma, S. 96-103

Die Couch des Armen. In: Mikropolitik des Wunsches, Berlin, S. 82-99

GUTZMANN, HERMANN (1908) Über Hören und Verstehen. Zeitschrift für angewandte Psychologie und psychologische Sammelforschung, 1, S, 483-503

GUYAU, JEAN-MARIE (1880) La mémoire et le phonographe. Revue philosophique de la France et de l'étranger, 5, S. 319-322

HAHN, FRITZ (1963) Deutsche Geheimwaffen 1939-45, Bd. 1: Flugzeugbewaffnungen, Heidenheim

HAMBURGER, KÄTE (1966) Philosophie der Dichter. Novalis, Schiller, Rilke, Stuttgart

HARDENBERG, FRIEDRICH VON (Novalis) (1798) Dialogen

— (1798-99) Das allgemeine Brouillon

— (1802) Heinrich von Ofterdingen. Ein nachgelassener Roman

— (1960-75) Schriften, hrsg. Paul Kluckhohn und Richard Samuel,

Stutgart-Berlin-Köln-Mainz

HAUPTMANN, GERHART (1962-74) Sämtliche Werke. Centenar-Ausgabc, hrsg. Hans-Egon Hass, Darmstadt

HAUSHOFER, KARL(1944/1979) Nostris ex ossibus. Gedanken eines Optimisten. In: Hans-Adolf Jacobsen, Karl Haushofer. Leben und Werk, Boppard/Rhein, 2 Bände, II, S. 634-640

HAY, GERHARD (hrsg.) (1975a) Literatur und Rundfunk 1923-1933, Hildesheim

— (1975b) Rundfunk in der Dichtung der zwanziger und dreißiger Jahre. In: Rundfunk und Politik 1923-1933. Beiträge zur Rundfunkforschung, hrsg. Winfried B. Lerg und Rolf Steininger, Berlin, S. 119-134

HEGEL, G. w. F. (1807) Phänomenologie des Geistes

— (1830) System der Philosophie (Encyclopädie)

— (1927-40) Sämtliche Werke. Jubiläums-Ausgabe, hrsg, Hermann Glockner, Stuttgart

— (1968 ff.) Gesammelte Werke, hrsg. im Auftrag der Deutschen Forschungsgemeinschaft, Hamburg

HEIDEGGER, MARTIN (1935/1958) Einführung in die Metaphysik (Vorlesung Sommersemester 1935), Tübingen

— (1942-43/1982) Parmenides (Vorlesung Wintersemester 1942/43). Gesamtausgabe, IL. Abteilung, Bd. 54, hrsg. Manfred S. Frings, Frankfurt/M.

— (1950) Holzwege, Frankfurt/M.

HEILBUT, IWAN (1931) Frühling in Berlin, Berlin

HEIMS, STEVE J. (1982) John von Neumann and Norbert Wiener. From Mathematics to the Technologies of Live and Death, Cambridge/Mass.-London

HENDRIX, JIMI (1968) The Jimi Hendrix Experience: Electric Ladyland, London

HENNES, HANS (1909) Die Kinematographie im Dienste der Neurologie und Psychiatrie, nebst Beschreibungen einiger selteneren Bewegungsstörungen. Medizinische Klinik, S. 2010-2014

HERBERTZ, RICHARD (1909) Zur Psychologie des Maschinenschreibens.

Zeitschrift für angewandte Psychologie, 2, S. 551-561
HESSE, HERMANN (1927) Der Steppenwolf
— (1970) Gesammelte Werk in 12 Bänden, Frankfurt/M.
HIRTH, GEORG (1897) Aufgaben der Kunstphysiologe, 2. Aufl., München
HOBBES, THOMAS (1651/1966) Leviathan oder Stoff, Form und Gewalt eines bürgerlichen und kirchlichen Staates, hrsg. Iring Fetscher, Neuwied-Berlin
HODGES, ANDREW (1983) Alan Turing: The Enigma, New York
HÖHNE, HEINZ (1984) Der Orden unter dem Totenkopf. Die Geschichte der SS, München
HOFFMANN, E. T. A. (1816) Der Sandmann
— (1819) Klein Zaches genannt Zinnober
— (1960) Fantasie- und Nachtstücke, hrsg. Walter Müller-Seidel, München
— (1969) Späte Werke, hrsg. Walter Müller-Seidel, München
HOFFMANN, WILHELM (1932/33) Das Mikrophon als akustisches Fernglas. Rufer und Hörer. Monatshefte für den Rundfunk, 2, S. 453-457
— (1933) Vom Wesen des Funkspiels. In: Literatur und Rundfunk 1923-1933, hrsg. Gerhard Hay, Hildesheim, S. 373 f
HOFMANNSTHAL, HUGO VON/DEGENFELD, OTTONIE GRÄFIN (1974) Briefwechsel, hrsg. Marie Therese Miller-Degenfeld, Frankfurt/M.
HOLST, AMALIE (1802) Über die Bestimmung des Weibes zur höhern Geistesbildung, Berlin
HYDE, MONTGOMERY H. (1969) Henry James at Home, London
JALOWETZ, HEINRICH (1912) Die Harmonielehre. In: Arnold Schönberg, München, S. 49-64
INNIS, HAROLD ADAMS (1950) Empire and Communications, Oxford
JANZ, KURT PAUL (1978-79) Friedrich Nietzsche. Biographie, München
JARRY, ALFRED (1895/1975) Les minutes de sable mémorial. In: Œuvres complètes, hrsg. René Massat, Genf, Bd. IV, S. 169-268
JENSEN, JOHANNES VILHELM (1917) Unser Zeitalter, Berlin

JENTSCH, ERNST (1906) Zur Psychologie des Unheimlichen. Psychiatrisch-Neurologische Wochenschrift, S. 195-198 und S. 203-205

JONES, ERNEST (1960-62) Das Leben und Werk von Sigmund Freud, 3 Bände, Bern-Stuttgart

JONES, REGINALD v. (1978) Most Secret War, London

JOYCE, JAMES (1922/1956) Ulysses, Paris Ulysses, Zürich

JÜNGER, ERNST (1922) Der Kampf als inneres Erlebnis, Berlin

— (1926a) Das Wäldchen 125. Eine Chonik aus den Grabenkämpfen 1918, 2. Aufl. Berlin

— (1926b) In Stahlgewittern. Ein Kriegstagebuch, Berlin

— (1932) Der Arbeiter. Herrschaft und Gestalt, Hamburg

JÜTTEMANN, HERBERT (1979) Phonographen und Grammophone, Braunschweig

JUNGK, ROBERT (1956) Heller als tausend Sonnen. Das Schicksal der Atomforscher, Bern

KAES, ANTON (hrsg.) (1978) Kino-Debatte. Texte zum Verhältnis von Literatur und Film 1909-1929, München-Tübingen

— (1979) The Expressionist Vision in Theater and Cinema. In: Exprenism Reconsidered. Relationships and Affinities, hrsg. Gertrud Bauer Pickar and Karl Eugene Webb, München, S. 89-9

—(1983) Weimarer Republik. Manifeste und Dokumente zur deutschen Literatur 1918-1933, Stuttgart

KAFKA, FRANZ (1917) Ein Bericht für eine Akademic

— (1924) Josefine, die Sängerin oder das Volk der Mäuse

— (1935/1958) Das Schloß. Roman, Frankfurt/M.

— (1961) Die Erzählungen, Frankfurt/M.

— (1976) Briefe an Felice und andere Korrespondenz aus der Verlobungszeit, hrsg. Erich Heller und Jürgen Born, Frankfurt/M.

— (1980) Tagebücher 1920-1923, hrsg. Max Brod, Frankfurt/M.

— (1983) Briefe an Milena, hrsg. Jürgen Born und Michael Müller, 2. Aufl. Frankfurt/M.

KELLER, GOTTFRIED (1865/1961) Die mißbrauchten Liebesbriefe. In:

Die Leute von Seldwyle. Gesammelte Gedichte, München, S. 352-424

KEUN, IRMGARD (1931/1979) Gilgi eine von uns. Roman, Düsseldorf

— (1932/1979) Das kunstseidene Mädchen. Roman, Düsseldorf

KITTLER, FRIEDRICH (1982) Draculas Vermächtnis. In: ZETA 02 Mit Lacan, hrsg. Dieter Hombach, Berlin, S. 103-136

— (1984a) auto bahnen. Kulturrevolution, Nr. 9, Bochum, S. 42-45

— (1984b) Der Gott der Ohren. In: Das Schwinden der Sinne, hrsg. Dietmar Kamper und Christoph Wulf, Frankfurt/M., S. 140-155

— (1985a) Aufschreibesysteme 1800/1900, München

— (1985b) Romantik - Psychoanalyse Film: Eine Doppelgängergeschichte. In: Eingebildete Texte. Affairen zwischen Psychoanalyse und Literaturwissenschaft, hrsg. Jochen Hörisch und Georg Christoph Tholen, München, S. 118-135

— (1986a) Medien und Drogen in Pynchons Zweitem Weltkrieg. In: Narrativität in den Medien, hrsg. Rolf Kloepfer und Karl-Dietmar Möller, Mannheim, S. 231-252

— (1986b) Weltatem. Über Wagners Medientechnologie. Diskursanalysen 1: Medien, Wiesbaden, S. 94-107

KLIPPERT, WERNER (1977) Elemente des Hörspiels, Stuttgart

KLOCKENBERG, ERICH (1926) Rationalisierung der Schreibmaschine und ihrer Bedienung. Psychotechnische Arbeitsstudien, Berlin (Bücher der industriellen Psychotechnik, 2)

KNIES, KARL (1857) Der Telegraph als Verkehrsmittel, Tübingen

KOWALSKI, ROBERT A. (1979) Algorithm Logic+Control. Communications of the Association for Computing Machinery, 2, s. 424-436

KRACAUER, SIEGFRIED (1930) Die Angestellten. Aus dem neuesten Deutschland

— (1947) From Caligari to Hitler. A Psychological History ofthe German Film

— (1971-79) Schriften, hrsg. Karsten Witte, Frankfurt/M.

KRCAL, RICHARD (1964) 1864-1964. Peter Mitterhofer und seine Schreibmaschine. Zum Buch geformt von Peter Basten, Aachen-Eupen-

Wien-Mailand

KRETZER, MAX (1894) Die Buchhalterin, Dresden-Leipzig

KRUKENBERG, ELSBETH (1906) Über das Eindringen der Frauen in männliche Berufe, Essen

KUDSZUS, WINFRIED (1974) Understanding Media: Zur Kritik dualistischer Humanität im Zauberberg. In: Besichtigung des Zauberberges, hrsg Heinz Sauereßig, Biberach/Riß, S. 55-80

KUSSMAUL, ADOLF (1881) Die Störungen der Sprache. Versuch einer Pathologie der Sprache. In: Handbuch der speciellen Pathologie und Therapie, hrsg. H. v. Ziemssen, Bd. XII, Anhang, 2. Aufl. Leipzig

KYLSTRA, PETER H. (1977) The Use of the Early Phonograph in Phonetic Research. Phonographic Bulletin, Utrecht

LACAN, JACQUES (1966) Écrits, Paris

— (1973-80) Schriften, hrsg. Norbert Haas, Olten-Freiburg/Br

— (1973/1978) Le séminaire, livre XI: Les quatre concepts fondamentaux de la psychanalyse, Paris
Das Seminar von Jacques Lacan, hrsg. Norbert Haas, Buch XI: Die vier Grundbegriffe der Psychoanalyse, Olten-Freiburg/Br

— (1975) Le séminaire, livre XX: Encore, Paris

— (1975/1978) Le séminaire, livre I: Les écrits techniques de Freud, Paris
Das Seminar von Jacques Lacan, hrsg. Norbert Haas, Buch 2: Freuds technische Schriften, Olten-Freiburg/Br

— (1978/1980) Le séminaire, livre II: Le moi dans la théorie de Freud et dans la technique de la psychanalyse, Paris
Das Seminar von Jacques Lacan, hrsg. Norbert Haas, Buch II: Das Ich in der Theorie Freuds und in der Technik der Psychoanalyse, Olten-Freiburg/Br

LEDUC, JEAN-MARIE (1973) Pink Floyd, Paris (Collection Rock & Folk)

LERG, WINFRIED B. (1970) Die Entstehung des Rundfunks in Deutschland. Herkunft und Entwicklung eines publizistischen Mittels, 2. Aufl. Frankfurt/M.

LERG, WINFRIED B./STBININGER, ROLF (hrsg.) (1975) Rundfunk und Politik 1923 bis 1973, Beiträge zur Rundfunkforschung, Berlin

LÉVI-STRAUSS, CLAUDE (1964/1971) Mythologies I: Le cru et le cuit, Paris Mythologica I: Das Rohe und das Gekochte, Frankfurt/M.

LINDAU, PAUL (1906) Der Andere. Schauspiel in vier Aufzügen, Leipzig

LORENZ, THORSTEN (1985) Wissen ist Medium. Die deutsche Stummfilm debatte 1907-1929. Diss. phil. Freiburg/Br. (Typoskript)

LOTHAR, RUDOLPH (1924) Die Sprechmaschine. Ein technisch-aesthetischer Versuch, Leipzig

LUDENDORFF, ERICH (1935) Der totale Krieg, München

LUHMANN, NIKLAS (1985) Das Problem der Epochenbildung und die Evolutionstheorie. In: Epochenschwellen und Epochenstrukturen im Diskurs der Literatur- und Sprachhistorie, hrsg. Hans-Ullri Gumbrecht und Ulla Link-Heer, Frankfurt/M., S. 11-33

MACH, ERNST (1886) Beiträge zur Analyse der Empfindungen, Jena

MCDONNELL, KEVIN (1973) Der Mann, der die Bilder laufen ließ oder Eedweard Muybridge und die 25000$-Wette, Luzern-Frankfurt/M.

MCLUHAN, MARSHALL (1964/1968) Understanding Media, New work Die magischen Kanäle, Düsseldorf-Wien

MALLARMÉ, STEPHANE (1893) La littérature. Doctrine

— (1895) Crise de vers

— (1897) Un coup de dés jamais n'abolira le hasard. Poëme

— (1945) Œuvres complètes, hrsg. Henri Mondor und G. Jean-Aubry, Paris

MANN, THOMAS (1924/1956) Der Zauberberg. Roman, Frankfurt/M.

MARAGE, RENÉ M. (1898) Les phonographes et l'étude des voyelles. L'année psychologique, 5, S. 226-244

MARÉCHAL, GASTON (1891) Photographie de la parole. L'illustration, Nr. 2543, 21. 11. 1891, S. 406 f

MAREY, ÉTIENNE-JULES (1873) La machine animale. Locomotion terrestre et aérienne, Paris

— (1894) Le mouvement, Paris

MARKER, CHRIS (1983) Sans Soleil. Unsichtbare Sonne. Vollständiger Text zum gleichnamigen Film-Essay, Hamburg

MARTIN, ERNST (1949) Die Schreibmaschine und ihre Entwicklungsge schichte, 2. Aufl. Pappenheim

MARTY, DANIEL (1981) Grammophone. Geschichte in Bildern, Karlsruhe
MATT, PETER VON (1978) Zur Psychologie des deutschen Nationalschriftstellers. Die paradigmatische Bedeutung der Hinrichtung und Verklärung Goethes durch Thomas Mann. In: Perspektiven psychoanalytischer Literaturkritik, hrsg. Sebastian Goeppert, Freiburg/ Br., S, 82-100
MEUMANN, ERNST (1912) Ästhetik der Gegenwart, 2. Aufl. Leipzig
MEYER, JULIUS/SILBERMANN, JOSEF (1895) Die Frau im Handel und Gewerbe, Berlin (Der Existenzkampf der Frau im modernen Leben. Seine Ziele und Aussichten. Heft 7)
MEYRINK, GUSTAV (1915) Der Golem. Ein Roman, Leipzig
MITRY, JEAN (hrsg.) (1976) Le cinéma des origines. Cinéma d'aujourd'hui, cahiers bimensuels, Nr. 9, automne 1976, S. 1-126
MOHOLY-NAGY, LASZLO (1923) Neue Gestaltungen in der Musik. Möglichkeiten des Grammophons. Der Sturm, 14, S. 103-105
— (1925/1978) Malerei, Fotografie, Film. Nachdruck der Ausgabe München 1925, hrsg. Otto Stelzer, Mainz-Berlin
MONACO, JAMES (1980) Film verstehen. Kunst, Technik, Sprache, Geschichte und Theorie des Films, Reinbek
MORGALL, JANINE (1981) Typing Our Way To Freedom: Is it true the New Office Technology Can Liberate Women? Feminist Review, 9, Fall
MORIN, EDGAR (1956) Le cinéma ou l'homme imaginaire, Paris
MORRISON, JIM (1977) The Lords and The New Creatures/Poems. Gedichte, Gesichte und Gedanken, Frankfurt/M.
MULLER, BODO (1975) Das Französische der Gegenwart. Varietäten, Strukturen, Tendenzen, Heidelberg
MULLER, C. L. (1923) Neu erfundene Schreib-Maschine, mittest welcher Jedermann ohne Licht in jeder Sprache und Schriftmanier sicher zu schreiben, Aufsätze und Rechnungen zu verfertigen vermag, auch Blinde besser als mit allen bisher bekannten Schreibtafeln nicht nur leichter schreiben, sondern auch das von ihnen Geschriebene selbst lesen können, Wien
MUNSTERBERG, HUGO (1914) Grundzüge der Psychotechnik, Leipzig

— (1916/1970) The Photoplay: A psychological study, New York.
Nachdruck, hrsg. Richard Griffith: The Film: A psychological study. The silent photoplay in 1916, New York

MUNSTERBERG, MARGARET (1922) Hugo Münsterberg. His life and his work, New York-London

MURAWSKI, ERICH (1962) Der deutsche Wehrmachtbericht 1939-1945. Ein Beitrag zur Untersuchung der geistigen Kriegführung, 2. Aufl. Boppard/Rhein

NABOKOV, VLADIMIR (1926/1970) Mashenka, Berlin
Mary. A Novel, New York-Toronto

NADAR (=FÉLIX TOURNACHON) (1899) Quand j'étais photographe, Paris

NAVRATIL, LEO (1983) Die Künstler aus Gugging, Wien-Berlin

NEUMANN, GERHARD (1985) »Nachrichten vom Pontus«. Das Problem der Kunst im Werk Franz Kafkas. In: Franz Kafka Symposium, hrsg. Wilhelm Emrich und Bernd Goldmann, Mainz, S. 101-157

NEUMANN, JOHN VON (1951/1967) The General and Logical Theory of Automata
Allgemeine und logische Theorie der Automaten. Kursbuch, Nr. 8, S. 139-17

NEUMANN, ROBERT (1963) Ein leichtes Leben. Bericht über sich selbst und Zeitgenossen, Wien-München-Basel

NIENHAUS, URSULA (1982) Berufsstand weiblich. Die ersten weiblichen Angestellten, Berlin

NIETZSCHE, FRIEDRICH (1872) Die Geburt der Tragödie aus dem Geiste der Musik

— (1873-76) Unzeitgemässe Betrachtungen

— (1874) Geschichte der griechischen Litteratur (Vorlesung WintersemeSter 1874)

— (1882-87) Die fröhliche Wissenschaft. La gaya scienza

— (1883-85) Also sprach Zarathustra. Ein Buch für Alle und Keinen

— (1887) Zur Genealogie der Moral. Eine Streitschrift

— (1889a) Dionysos-Dithyramben

— (1889b) Götzendämmerung, oder: Wie man mit dem Hammer philosophirt

— (1902-09) Briefwechsel, hrsg. Elisabeth Förster-Nietzsche und Peter Gast, Berlin-Leipzig

— (1908) Ecce homo. Wie man wird, was man ist

— (1922-29) Sämtliche Werke. Musarion-Ausgabe, München

— (1967 ff.) Werke. Kritische Gesamtausgabe, hrsg. Giorgio Colli und Mazzino Montinari, Berlin

— (1975-84) Briefwechsel. Kritische Gesamtausgabe, hrsg. Giorgio Colli und Mazzino Montinari, Berlin

NOWELL, ELIZABETH (1960) Thomas Wolfe. A Biography, New York

NYROP, CAMILLUS (1938) Malling Hansen. In: Dansk Biografisk Leksikon, hrsg, Povl Engelstoft, Kopenhagen, Bd. XVIII, S. 265-267

OBERLIESEN, ROLF (1982) Information, Daten und Signale. Geschichte technischer Informationsverarbeitung, Reinbek

ONG, WALTER J. (1982) Orality and Literacy. The Technologizing of the World, London-New York

OVERBECK, EGON (1971) Militärische Planung und Unternehmensplanung. In: Clausewitz in unserer Zeit. Ausblicke nach zehn Jahren Clausewitz Gesellschaft, hrsg. Rolf Eible, Darmstadt, S. 89-97

PARZER-MÜHLBACHER, ALFRED (1902) Die modernen Sprechmaschinen (Phonograph, Graphophon und Grammophon), deren Behandlung und Anwendung. Praktische Ratschläge für Interessenten, Wien-Pest-Leipzig

PAWLEY, EDWARD L. E. (1972) BBC Engineering. 1922-1972, London

PÉTER, RÓSZA (1957) Rekursive Funktionen, 2. Aufl. Budapest

PFEIFFER, ERNST (hrsg.) (1970) Friedrich Nictzsche, Paul Rée, Lou von Salomé. Die Dokumente ihrer Begegnung, Frankfurt/M.

PICKER, HENRY (1976) Hitlers Tischgespräche im Führerhauptquartier. 3. Aufl. mit bisher unbekannten Selbstzeugnissen Adolf Hitlers, Abbildungen, Augenzeugenberichten und Erläuterungen des Autors: HITLER, WIE ER WIRKLICH WAR, Stuttgart

PINK FLOYD (1975) Wish You Were Here. Songbook, London

— (1976) Song Book. Ten Songs from the Past, London

— (1983) The Final Cut. A requiem for the post war dream, London (EMI LP)

PINTHUS, KURT (hrsg.) (1913/1963) Kinobuch (vordatiert 1914). Nachdruck Zürich

POHLE, HEINZ (1955) Der Rundfunk als Instrument der Politik. Zur Geschichte des deutschen Rundfunks 1923/38, Hamburg

PRETZSCH, PAUL (hrsg.) (1934) Cosima Wagner und Houston Stewart Chamberlain im Briefwechsel 1888 bis 1908, Leipzig

PYNCHON, THOMAS (1973/1982) Gravity's Rainbow, New York Die Enden der Parabel, Reinbek

RABINER, LAWRENCE R./GOLD, BERNARD (1975) Theory and Application of Digital Signal Processing, Englewood Cliffs, N. J.

RANK, OTTO (1914/1925) Der Doppelgänger. Eine psychoanalytische Studie, Leipzig-Wien-Zürich

RAYLEIGH, LORD JOHN WILLIAM STRUTT (1877-78) The Theory of Sound, London, 2 Bände

RATHENAU, WALTHER (1918-29) Gesammelte Schriften, Berlin, 6 Bände

READ, OLIVER/WELCH, WALTER L. (1959) From Tin Foil to Stereo. Evolution of the Phonograph, Indianapolis-New York

REIS, PHILIPP (1861/1952) Über Telephonie durch den galvanischen Strom. In: Erwin Horstmann, 75 Jahre Fernsprecher in Deutschland 1877-1952, Frankfurt/M., S. 34-38

RENARD, MAURICE (1907/1970) La Mort et le Coquillage. In: L'invitation à la peur, Paris, S. 67-72

RIBOT, THÉODULE (1881/1882) Les maladies de la mémoire, Paris Das Gedächtnis und seine Störungen, Hamburg-Leipzig

RICHARDS, GEORGE TILGHMAN (1964) The History and Development of Typewriters, 2. Aufl. London

RIEMER, FRIEDRICH WILHELM (1841/1921) Mitteilungen über Goethe. Auf grund der Ausgabe von 1841 und des handschriftlichen

Nachlasses hrsg. von Arthur Pollmer, Leipzig

RILKE, RAINER MARIA (1910) Die Aufzeichnungen des Malte Laurids Brigge

— (1919) Ur-Geräusch

— (1955-66) Sämtliche Werke, hrsg. Ernst Zinn, Wiesbaden

ROLLING STONES (1969) Beggars Banquet. Songbook, New York

ROHWER, JÜRGEN/JÄCKEL, EBERHARD (hrsg.) (1979) Die Funkaufklärung und ihre Rolle im Zweiten Weltkrieg. Eine internationale Tagung in Bonn-Bad Godesberg und Stuttgart vom 15.-18. 9. 1978, Stuttgart

RONELL, AVITAL (1986) Dictations. On haunted writing, Bloomington

ROSENBLATT, ROGER (1983) The Last Page in the Typewriter. TIME, 16. 5. 1981, S. 88

SACHS, HEINRICH (1905) Gehirn und Sprache. Grenzfragen des Nerven und Seelenlebens, Heft 36, Wiesbaden

SALTHOUSE, TIMOTHY (1984) Die Fertigkeit des Maschineschreibens. Spektrum der Wissenschaft, 4, S. 94-100

SARTRE, JEAN-PAUL (hrsg.) (1972) Die Umkehrung oder: Die psychoanalysierte Psychoanalyse. Kursbuch, Nr. 29, S. 27-34

SAUSSURE, FERDINAND DE (1915/1969) Cours de linguistique générale, hrsg. Charles Bally und Albert Sechehaye, Paris

SCHÄFER, HILDEGARD (1983) Stimmen aus einer anderen Welt, Freiburg/Br.

SCHERER, WOLFGANG (1983) Babbellogik. Sound und die Auslöschung der buchstäblichen Ordnung, Frankfurt/M.

— (1986) Klaviaturen, Visible Speech und Phonographie. Marginalien zur technischen Entstellung der Sinne im 19. Jahrhundert. Diskursanalysen 1: Medien, Wiesbaden, S. 37-54

SCHLAFFER, HEINZ (1986) Einleitung. In: Jack Goody/Ian Watt/ Kathleen Gough, Entstehung und Folgen der Schriftkultur, Frankfurt/ M., S. 7-20

SCHLEGEL, FRIEDRICH (1799) Über die Philosophie. An Dorothea

— (1958 ff.) Kritische Ausgabe, hrsg. Ernst Behler, München-Paderborn-

Wien
SCHLIER, PAULA (1926) Petras Aufzeichnungen oder Konzept einer Jugend nach dem Diktat der Zeit, Innsbruck
SCHMIDT, ARNO (1985) Offener Brief. In: Der Rabe, Nr. 10, hrsg. Gerd Haffmans, Zürich, S. 125
SCHMITT, CARL (1918) Die Buribunken. Ein geschichtsphilosophischer Versuch. Summa. Eine Vierteljahreszeitschrift, 1, Heft 4, S. 89-106
SCHNEIDER, MANFRED (1985) Hysterie als Gesamtkunstwerk. Aufstieg und Verfall einer Semiotik der Weiblichkeit. Merkur, 39, S. 879-895
SCHNUR, ROMAN (1980) Im Bauche des Leviathan. Bemerkungen zum potlitischen Inhalt der Briefe Gottfried Benns an F. W. Oelze in der NSZeit. In: Auf dem Weg zur Menschenwürde und Gerechtigkeit. Festschrift Hans R. Klecatsky, hrsg. Ludwig Adamovich und Peter Pernthaler, Wien, 2. Halbband, S. 911-928
SCHRAMM, PERCY ERNST (hrsg.) (1982) Das Kriegstagebuch des Oberkommandos der Wehrmacht (Wehrmachtführungstab) 1940-45, geführt von Helmuth Grener und Percy Ernst Schramm. Nachdruck Herrschin
SCHRAMM, WILHELM VON (1979) Geheimdienst im Zweiten Weltkrieg. Operationen, Methoden, Erfolge, 3. Aufl. München
SCHREBER, DANIEL PAUL (1903/1973) Denkwürdigkeiten eines Nervenkranken, Nachdruck, hrsg. Samuel M. Weber, Berlin
SCHWABE, JENNY (1902) Kontoristin. Forderungen, Leistungen, Aussichten in diesem Berufe, 2. Aufl. Leipzig
SCHWENDTER, ROLF (1982) Zur Geschichte der Zukunft. Zukunftsforschung und Sozialismus, Frankfurt/M.
SEELIGER, GERMAR (1985) Schillers köstliche Reste. Ein bis heute mysteriöser Fall: Was geschah mit des Dichters Schädel? Die Zeit, 27. 9. 1985, S. 82-85
SHAW, GEORGE BERNARD (1912/1937) Pygmalion. Komödie in fünf Akten, Wiern
SICKERT, KLAUS (hrsg.) (1983) Automatische Spracheingabe und Sprachausgabe. Analyse, Synthese und Erkennung menschlicher Sprache

mit digitalen Systemen, Haar

SIEGERT, BERNHARD (1986) Die Posten und die Sinne. Zur Geschichte der Einrichtung von Sinn und Sinnen in Franz Kafkas Umgang mit Post und technischen Medien. Magisterarbeit Freiburg/Br. (Typoskript)

SIEMSEN, HANS (1926) Die Literatur der Nichtleser. Die literarische Welt, 2, Nr. 37, S. 4

SLABY, ADOLE (1911) Entdeckungsfahrten in den elektrischen Ozean. Gemeinverständliche Vorträge, 5. Aufl. Berlin

SNYDER, CHARLES (1974) Clarence John Blake und Alexander Graham Bell: Otology and the Telephone. The Annals of Otology, Rhinology and Laryngology, 83. Supplement 13, S. 3-31

SPECHT, RICHARD (1922) Arthur Schnitzler. Der Dichter und sein Werk, Berlin

SPIELREIN, SABINA (1986) Ausgewählte Werke, hrsg. Günter Bose und Erich Brinkmann, Berlin

SOUTHALL, BRIAN (1982) Abbey Road: The Story of the World's Most FamousTecording Studio, Cambridge

STERN, WILLIAM (1908) Sammelbericht über Psychologie der Aussage. Zeitschrift für angewandte Psychologie, 1, S, 429-450

STETSON, RAYMOND HERBERT (1903) Rhythm and Rhyme. Harvard Psychological Studies, 1, S. 413-466

STOKER, BRAM (1897/1967) Dracula. Ein Vampirroman, München

STRANSKY, ERWIN (1905) Über Sprachverwirrtheit. Beiträge zur Kenntnis derselben bei Geisteskranken und Geistesgesunden, Halle/S. (Sammlung zwangloser Abhandlungen aus dem Gebiete der Nerven- und Geisteskrankheiten, Heft 6)

STRAUSS, BOTHO (1977) Die Widmung. Eine Erzählung, München

STREICHER, HUBERTUS (1919) Die kriminologische Verwertung der Maschinenschrift, Graz

STÜMPEL, ROLF (hrsg.) (1985) Vom Sekretär zur Sekretärin. Eine Ausstellung zur Geschichte der Schreibmaschine und ihrer Bedeutung für den Beruf der Frau im Büro, Gutenberg-Museum Mainz, Mainz

SWIFT, EDGAR J. (1904) The Acquisition of Skill in Type-Writing: A contribution to the psychology of learning. The Psychological Bulletin, 1, S. 295-305

SYBERBERG, HANS-JURGEN (1978) Hitler, ein Film aus Deutschland, Reinbek

THEWELEIT, KLAUS (1977-78) Männerphantasien, Frankfurt/M., 2 Bände

— (1985) The Politics of Orpheus Between Women, Hades, Political Power and the Media: Some Thoughts on the Configuration of the European Artist, Starting with the Figure of Gottkried Benn, or: What Happens to Eurydice? New German Critique, 36, Fall, S. 133-156

TODOROV, TZVETAN (1970/1972) Introduction à la littérature fantastique, Paris

TOEPLITZ, JERZY (1973) Geschichte des Films 1895-1928, München

TOLSTOI, TATJANA (1978) Ein Leben mit meinem Vater. Erinnerungen an Leo Tolstoi, Köln

TROITZSCH, ULRICH/ WEBER, WOLFFHARD (1982) Die Technik. Von den Anfängen bis zur Gegenwart, Braunschweig

TSCHUDIN, PETER (1983) Hüpfende Lettern. Kleine Geschichte der Schreibmaschinen, Basel (Mitteilungen der Basler Papiermühle, Nr. 38)

TURING, ALAN M. (1950/1967) Computing Machinery and Intelligence. Mind. A Quarterly Review of Psychology and Philosophy, N.S. 59, S. 433-460

Kann eine Maschine denken? Aus dem Amerikanischen [sic] von P. Gänßer, Kursbuch, Nr. 8, S. 106-137

URBAN, BERND (1978) Hofmannsthal, Freud und die Psychoanalyse. Quellenkundliche Untersuchungen, Frankfurt/M.-Bern-Las Vegas

VALÉRY, PAUL (1937) L'homme et la coquille

— (1944) »Mon Faust« (Ébauches), Paris

— (1957-60) Œuvres, hrsg. Jean Hytier, Paris, 2 Bände

VAN CREVELD, MARTIN L. (1985) Command in War, Cambridge/ Mass.-London

VIETTA, SILVIO (1975) Expressionistische Literatur und Film. Einige Thesen zum wechselseitigen Einfluß ihrer Darstellung und Wirkung.

Mannheimer Berichte, 10, S. 294-299

VILLIERS DE L'ISLE-ADAM, PHILIPPE AUGUSTE MATHIAS, COMTE DE (1886/1984) L'Ève future, Paris
Die Eva der Zukunft, Frankfurt/M.

VIRILIO, PAUL (1976) L'insécurité du territoire, Paris

— (1984) Guerre et cinéma I: Logistique de la perception, Paris

VOLCKHEIM, ERNST (1923) Die deutschen Kampfwagen im Weltkriege, Berlin (2. Beiheft zum 107. Jg. des Militär-Wochenblattes)

WAGNER, RICHARD (1854) Das Rheingold

— (1880/1976) Mein Leben, hrsg. Martin Gregor-Dellin, München

— (1882) Parsifal. Ein Bühnenweihfestspiel

— (1978) Die Musikdramen, hrsg. Joachim Kaiser, München

WALZE, ALFRED (1980) Auf den Spuren von Christopher Latham Sholes. Ein Besuch in Milwaukee, der Geburtsstätte der ersten brauchbaren Schreibmaschine. Deutsche Stenografenzeitung, S. 132 f. und S. 159-161

WATSON, PETER (1978/1982) War on the Mind. The Military Uses and Abuses of Psychology, New York
Psycho-Krieg. Möglichkeiten, Macht und Mißbrauch der Militärpsychologie, Düsseldorf-Wien

WATZLAWICK, PAUL/BEAVIN, JANET H./JACKSON, DON D. (1967/1969) Pragmatics of Human Communication. A Study of Interactional Patterns Pathologies and Paradoxes, New York
Menschliche Kommunikation, Formen, Störungen, Paradoxien, Bern-Stuttgart-Wien

WEBER, MARIANNE (1918) Vom Typenwandel der studierenden Frau, Berlin

— (1928) Die soziale Not der berufstätigen Frau. In: Die soziale Not der weiblichen Angestellten, Berlin-Zehlendorf (Schriftreihe des Gewerkschaftsbundes der Angestellten. GDA-Schrift Nr. 43)

WEBER, SAMUEL M. (1980) Fellowship. In: GROSZJUNG/Grosz, hrsg. Günter Bose und Erich Brinkmann, Berlin, S. 161-172

— (1981) Das Unheimliche als dichterische Struktur: Freud, Hoffmann, Villiers de l'Isle-Adam. In: Psychoanalyse und das Unheimliche. Essays aus der amerikanischen Literaturkritik, hrsg. Claire Kahane, Bonn, S. 122-147

WECKERLE, EDUARD (1925) Mensch und Maschine, Jena

WEDEL, HASSO VON (1962) Die Propagandatruppen der deutschen Wehrmacht, Neckargmünd (Wehrmacht im Kampf, Bd. 34)

WELLERSHOFF,DIETER (1980) Die Sirene. Eine Novelle, Köln

WETZEL, MICHAEL (1985) Telephonanie. Kommunikation und Kompetenz nach J. G. Hamann. In: Eingebildete Texte. Affairen zwischen Psychoanalyse und Literaturwissenschaft, hrsg. Jochen Hörisch und Georg Christoph Tholen, München, S. 136-145

WIENER, NORBERT (1961/1963) Cybernetics or Control and Communication of the Animal and the Machine, 2. Aufl. Cambridge/ Mass.

Kybernetik: Regelung und Nachrichtenübertragung im Lebewesen und in der Maschine, Düsseldorf-Wien

WIENER, OTTO (1900) Die Erweiterung unserer Sinne. Akademische Antrittsvorlesung gehalten am 19. 5. 1900, Lecipzig

WIESZNER, GEORG GUSTAV (1951) Richard Wagner als Theater-Reformer. Vom Werden des deutschen National-Theaters im Geiste des Jahres 1848, Emstetten,

WILDE, OSCAR (1890/1966) The Soul of Man Under Socialism. In: Complete Works, hrsg. J. B. Foreman, London-Glasgow, S. 1079-1104

WILDHAGEN, KARL HEINZ (hrsg.) (1970) Erich Fellgiebel. Meister operativer Nachrichtenverbindungen. Ein Beitrag zur Geschichte der Nachrichtentruppe, Wennigsen/Hannover

WINTER, L. W. (hrsg.) (1959) Der Koran. Das Heilige Buch des Islam, München

WITSCH, JOSEF (1932) Berufs-und Lebensschicksale weiblicher Angestellter in der schönen Literatur, 2. Aufl. Köln (Sozialpolitische Schriften des Forschungsinstitutes für Sozialwissenschaften in Köln, Heft 2)

ZAKS, RODNAY (1985) Programmierung des Z 80, 2. Aufl. Düsseldorf

ZEIDLER, JÜRGEN (1983) Kopisten und Klapperschlangen - aus der

Geschichte der Schreibmaschine. In: Museum für Verkehr und Technik Berlin. Ein Wegweiser, S. 96-105

ZGLINICKI, FRIEDRICH VON (1956) Der Weg des Films. Die Geschichte der Kinematographie und ihrer Vorläufer, Berlin

— (1979) Der Weg des Films. Bildband, Hildesheim-New York

ZUMTHOR, PAUL (1985) Die orale Dichtung. Raum, Zeit, Periodisierungsprobleme. In: Epochenschwellen und Epochenstrukturen im Diskurs der Sprach- und Literaturhistorie, hrsg. Hans-Ulrich Gumbrecht und Ursula Link-Heer, Frankfurt/M., S. 359-375

ZUSE, KONRAD (1984) Der Computer. Mein Lebenswerk, 2. Aufl. Berlin-Heidelberg-New York-Tokyo

찾아보기

ㅁ

ㅅ

ㅈ

ㅊ

해제

축음기, 영화, 타자기:
기술적 매체 시대의 트리아데

1998년 초겨울, 베를린 훔볼트 대학에 도착했을 때 처음 만난 지도교수 선생님의 조언은 다음의 두 가지였다. 독일 어디나 마찬가지로 논문 준비를 위해서는 박사과정 콜로키움에 들어오라는 것과, 그리고 이곳은 다른 곳 아닌 베를린이므로 가능한 한 프리드리히 키틀러의 수업을 많이 들으라는 것이다. 1990년대 중반부터 2000년대 후반까지 베를린은 모든 방면에서 생동감 넘치는 변화와 흥미로운 실험으로 가득 차 있었으며, 특히 학문적으로 그러했다. 그중에서도 동베를린의 뒷골목인 소피엔슈트라세 22A번지가 이러한 실험의 중요한 진원지였다. 이곳은 훔볼트 문화학 및 미학과 세미나실이 자리한 곳이었고, 여기에 바로 괴팍한 매체철학자로 알려진 프리드리히 키틀러가 있었다. 키틀러의 이론은 그의 연구실을 찾아가기 위해 방문자가 걸어야 했던 미로 같은 좁은 골목만큼이나 매우 복잡한 지형도를 가진다.

프리드리히 키틀러는 독문학자로 출발하여, 1987년 보쿰 대학에 임용되어 매체이론가로 이름이 알려지기 시작한 후, 1993년부터 베를린 훔볼트 대학 문화학과로 자리를 옮겨 지난 2011년 세상을 떠날 때까지 일명 "베를린 매체학파Berlin School of Media Studies"를 이끌었다. 그의 이론을 언급할 때 빼놓기 어려운 주요한 것만 짚고 넘어가도 다음과 같다. 우선 프랑스의 구조주의 및 후기 구조주의와 가깝게 놓여 있으며, 그중에서도 특히 푸코의 이론과 밀접한 관련이 있다. 애초에 그가 아직 독문학자였을 때 푸코를 원용한 담론분석가로 명성을 쌓기 시작했고, 매체학자로서도 초기에는 푸코의 계보학 이론을 매체적 조건에 중점을 두어 확장시켰다는 평가를 받았다. 또한 문자를 "최초의 매체"로 상정하고 그것의 와해 과정으로서 기술 매체 시대를 설명하고 있는 키틀러의 주제는 서구 철학의 음성 중심주의를 비판하고 문자학의 매체학적 전환을 이끌어낸 데리다와도 많은 접점을 가진다. 이러한 이유로 영미학계에서 키틀러는 "매체 이론의 푸코"나 "디지털 시대의 데리다"로 불리기도 하는데, 이들과의 이론적 친화력은 키틀러가 실제로 푸코 및 데리다와 많은 서신을 나누며 철학적 교류를 나누었다는 점에서 다시 한 번 확인되기도 한다.

그러나 현대 매체 이론의 지형도 안에서만 살펴보자면, 키틀러의 이론은 해럴드 이니스Harold A. Innis와 마셜 매클루언을 중심으로 한 캐나다 학파의 이론적 관심을 계승하고 있는 것으로 보인다. 예를 들면, "기술 매체는 인간 중추신경계의 외화"라는 키틀러의 진단은 매클루언의 선언이기도 했다. 물론 매클루언은 이를 자신의 매체 개념인 지각의 확장 선상에서 인간 중심적으로 바라보고 있다면, 키틀러는 정반대의 시각에서 탈인간화의 근거로 삼고 있지만 말이다. 또한 매클루언의 발언이 뛰어난 직관을 통한 동시대 매체의 현상학이라면, 키틀러는 20세기 초반의 역사적 텍스트들에서 이에 대한 증언들을 촘촘히 추출해낸다. 그가 이 책의 「서문」에서 언급하듯이, 문자 매체를 증인 삼아 문자 매체의 죽음을 언도하고 있는 셈이다. 또한 거의 같은 시기에 활동했다고 볼 수 있는 매체학자인 비릴리오와 플루서의 관심사와도 겹치는 부분이 많이 보인다. 이들은 모두 유년기에 제2차 세계대전을 겪어야 했던 세대로, 매체 개념을 설명하는 데 있어 "전쟁"이라는 키워드를 빼놓을 수 없다는 공통점을 가지고 있다. 키틀러에게 있어서도 전쟁은 "모든 기술적인 것의 아버지"로 등장하며, 이 책에서도 에른스트 융거의 전쟁 기록으로부터 토마스 핀천의 소설에 이르기까지 전쟁이라는 요소가 기술 진보의 시대를 설명하는 데 핵심적인 역할을 수행하고 있다.

또한 인문학자들에게 키틀러가 어려운 이유는 그가 클로드 섀넌Claude Shannon이나 워렌 위버Warren Weaver의 정보 이론과도 많은 친화성을 보이며, 논문의 몇 페이지를 수식으로 채우기도 하고, 대학에서도 한 학기 내내 수학 공식으로만 이루어진 "유닉스 시스템"과 같은 강의를 개설하기도 했기 때문이다. 이렇게 정보공학에 관심을 가지는 이유는 현재의 디지털 매체가 "사용자 친화성"을 강조하며 우리를 기술적 문맹으로 만들어버리고 있다는 그의 경고와도 관련이 있다. 우리는 모니터 위에 떠 있는 아이콘을 클릭하는 것 외에는 아무것도 할 줄 모르면서도, 장치가 매끄럽게 돌아가는 한 스스로가 매체를 잘 다룬다는 환상에 빠져 있다. 그는 우리나라에도 번역된 『광학적 미디어: 1999년 베를린 강의*Optische Medien. Berliner Vorlesung 1999*』의 마지막 부분에 서술했듯이, 기술을 가진 자와 가지지 못한 자로 철저하게 나누어져 있는 우리 시대에 남아 있는 희망이란, 키보드를 장난감 삼아 새로 자라나는 세대가 광섬유 케이블을 해킹하리라는 기대뿐이라고 농담 같은 진담을 던진다.

또한 프로이트에서 라캉으로 이어지는 정신분석도 떼어놓고 말할 수 없다. 정신분석은 그의 이론 속에 역사적 사실로서, 또한 매체 인지의 근간으로서 섬세하게 포진해 있다. 그렇지만 키틀러에게 있어 역사는 매체사로 다시 한 번 쓰여지며, 학문의 경우도 예외는 없다. 라캉의 선구적인 연구는 새롭게 등장한 기술 매체로 프로이트를 재해석한 결과가 된다. 말하자면, 프로이트는 1차 산업혁명에 기반하여 인간의 정신 작용에 대해 분석했지만, 라캉은 새롭게 등장한 컴퓨터 기술을 활용하여 이를 확장시켰던 것이다.

그렇지만, 그럼에도 불구하고, 키틀러가 떠난 뒤 그의 뒤를 이어 연구를 지속하고 있는 연구자들은 키틀러 이론의 가장 큰 바탕은 결국 독일의 철학 전통이라고 본다. 키틀러의 직간접적인 제자들은 보쿰 대학에서부터 함께 연구했던 1세대, 보쿰 대학에서 베를린으로 함께 이동했던 연구자들인 2세대, 그리고 베를린에서 키워낸 제자들인 3세대로 이루어져 있다. (독일 학계의 “키틀러 시대”에 각종 학술대회장을 점령했던 이들을 농담 삼아 “키틀러유겐트”라고 불렀으며, 이 표현의 중성적 버전은 “키틀러리안”이다.) 키틀러가 이 책에서 우리 시대의 “마지막 철학자이자 최초의 매체이론가”로 부르고 있는 니체, 그리고 “현대를 견인”했다고 평가하는 하이데거도 물론 이 맥락에서 언급될 수 있지만, 보다 근원적으로는 그의 이론은 헤겔이 멈추었던 장소에서 다시 출발하고 있다는 것이다. 키틀러 스스로도, 예를 들면 훔볼트 대학 본관의 큰 홀에서 “광학적 미디어”와 같은 대형 강의를 하곤 했을 때, 헤겔이 1820년에 그의 미학을 강의했던 “6번 강의실Hörsaal 6”이 바로 옆에 있음을 즐겨 언급하기도 했다. 3세대 키틀러리안을 자처하는 악셀 로흐Axel Roch는 키틀러와 헤겔의 연관성을 다음과 같이 요약한다. 헤겔이 그 유명한 "미학 강의"에서 예술의 종말과 그것의 철학 속으로의 지양을 (물론 6번 강의실에서!) 이야기했다면, 200년 후 같은 장소에서 키틀러는 철학의 종말과 그것의 매체 이론 속으로의 지양을 설파하고 있다고.

1986년에 초판을 발행한 이 책 『축음기, 영화, 타자기』가 동베를린 뒷골목에 자리했던 매체철학자를 세계적으로 알린 바로 그 책이다. 이보다 한 해 앞서 출판된 또 다른 대표작 『기록시스템 1800·1900*Aufschreibesysteme* 1800/1900』은 키틀러가 보쿰 대학에서 교수로 임명되면서 내놓은 교수자격시험 논문을 출판한 것이다. 키틀러의 매체 계보학의 출발점으로서, 『기록시스템 1800·1900』은 1800년경을 전후해서 시작되는 서구의 역사를 "기록 체계 1800"과 "기록 체계 1900"으로 나누어 재편하는 규모가 큰 프로젝트였다. 이 책은 독일에서 "낭만주의 시대에 대한 기술 매체적 재해석"이라고 불리며 큰 반향을 일으켰다. 키틀러는 매우 대담한 방식으로 한 시대의 문학과 문화를 뒤틀어 "문자"라는 매체를 중심으로 한 매체사로 재구성했던 것이다. 뒤이어 나온 『축음기, 영화, 타자기』는 앞선 책에서 제기했던 문제의식을 계승하였지만, 최초의 아날로그 기술 매체들의 태동기였던 1900년대만을 집중적으로 분석하고 있으며, 새롭게 탄생한 기술들이 가져온 혁명적인 변화들을 세밀하게 추적한다. 비교적 대중적으로 쓰여져 키틀러를 보다 널리 알리는 데 일조하였고, 특히 영미권에서 폭넓게 수용되었다. 이 책의 형식은 매우 독특한데, 20세기 초반의 여러 텍스트들을 그의 주장을 뒷받침하는 증인으로 호출해내고 있다. 이미 책의 「머리

말」에서부터 그가 매체를 대하는 태도가 분명히 드러나는바, "매체가 우리의 상황을 결정한다"라는 악명 높은 문장으로 책을 시작함으로써 키틀러는 그의 관심이 물질적 토대로서의 매체이며, 매체 기술의 변화와 발전 과정에서의 주체는 이제 인간이 아닌 기술 그 자체라는 자신의 테제를 요약해서 제시한다.

키틀러 이론의 급진성은 이 책의 전제가 되는 기록 체계에서도 이미 드러난다. 매체사를 서술할 때 주로 문자를 전후로 하여 그 이전과 그 이후를 대비시키는 다른 현대 매체이론가들과는 달리 — 예를 들면 캐나다 학파의 "구술 - 문자 - 2차적 구술 시대"라든가, 플루서의 "이미지 - 문자 - 전자 이미지 시대"와 같이 — 키틀러가 기록 체계를 1800년대부터 구성한 이유는, 그에게는 문자 이전의 매체란 없기 때문이다. 키틀러가 사용하는 매체의 정의는 "정보의 저장과 전달, 재현의 방식"이며, 그중에서도 특히 정보의 "저장"이 결정적이다. 저장을 할 수 없다면 그것은 매체가 아니며, 이러한 이유로 고전적 매체 이론이나 커뮤니케이션 이론에서 언제나 중요하게 다루어졌던 인간의 "언어" 혹은 "음성"이 매체에서 과감히 제외된다. 이들은 발화되자마자 사라지기 때문이다. 따라서 최초의 매체는 정보의 저장/전달/재현이 가능한 "문자"이며, 문자야말로 아날로그 매체가 등장하기 이전에 존재한 유일한 기록 체계의 도구이다. 이러한 문자 독점 체제가 가장 꽃을 피운 시기가 바로 기록 체계 1800이다. 낭만주의 문학 시대에 문자는 기록을 독점하였으며, 문학은 인간의 머릿속에서 상상을 통해 내면의 영상을 재현해주는 유일한 도구였다.

그렇지만 문자가 독점했던 정보의 저장 체계는 20세기 초 아날로그 기술 매체의 등장으로 순식간에 와해된다. 문자의 독점을 무너뜨린 것은 바로 막을 수 없는 기술의 진보였다. 이제 소리와 빛이라는 질료를 기표로 변환하지 않고도 그대로 저장하는 기술적 방식들이 기록 체계를 새로이 구성한다. 다시 말하면, 빛과 소리는 각각 사진과 녹음기라는 새로운 기술 조건들과 조우하게 되었으며, 이것이 20세기의 지배적인 문화 기록 양식인 영화와 축음기로 발전해나갔던 것이다. 여기에서 영화는 이미지 정보의 처리기술, 축음기는 청각 정보의 처리기술, 타자기는 문자 정보의 처리기술 전반을 상징하는 장치가 된다. 말하자면 역사를 진행시킨 것은 "데이터 프로세싱 기술Data Processing technologies"이었던 것이다. 그것이 기록 체계 1800이 기록 체계 1900으로 넘어가게 한 결정적인 동인이다. 사람들은 이제 새로운 방식으로 듣고, 보고, 쓰게 되었다. 새로운 코드와 프로토콜이 발생한 것이다. 이 부분에서 키틀러는 라캉의 심리학적 세계 구분을 차용하는바, 20세기를 기점으로 전개된 매체의 발달사는 라캉의 실재계(현실적인 것), 상상계(상상적인 것), 상징계(상징적인 것)에 각각 대응한다.

이 책을 세 부분으로 구성하고 있는 장은 각각 축음기, 영화, 타자기이며, 바로 이들이 첫번째 기술 매체 시대의 트리아데를 이루고 있는 아날로그 매체들이다. 축음기부터 살펴보자. 20세기 초 최초의 기술 매체 시대의 첫번째 주자는 바로 축음기다. 축음기는 상징적인 것을 실재적인 것으로 대체하는 기록 매체가 된다. 이전까지 모든 소리는 기호화되어 문자로 저장되었으며 인간의 음성이 아닌 소리나 소음은 진지한 기록의 대상이 되지 못했다. 인간의 의식이라는 아주 좁은 필터를 통과하여 의미를 부여받은 소리만이 기표로 남겨질 자격을 얻었던 것이다. 그러나 축음기의 발명으로 모든 소리는 실제의 소리 그 자체로 기록, 즉 녹음되게 되었고, 그 안에는 우리가 그전까지 소리로 인식하지 못하던 것들도 포함되었다. 봉인되었던 청각 정보라는 거대한 무의식의 대륙이 인류의 역사에 새로이 등장한 것이다. 기계의 소음이나 일상의 잡음도 이제는 기호화되지 않은 그 상태 그대로 저장되고 전달 및 재현될 수 있게 되었다. 이러한 의미에서 축음기는 우리에게 상징적인 것을 실재적인 것으로 바꾸어놓은 기록 양식이 된다. 따라서 정신분석이나 현대 문학, 현대 음악 등 현대를 알리는 각종 징후들은 축음기의 탄생과도 밀접한 관계를 가진다. 또한 인간 음성이라는 특권이 사라짐과 동시에 인간 기능은 각각의 기술로 분해되기 시작한다. "소위 인간"에 대한 환상이 사라지기 시작한 것도 이 시기이다.

뒤를 이어 영화가 등장한다. 영화의 등장은 복합적인 의미를 가진다. 우선, 축음기가 우리에게 소음이라는 이전까지 우리가 듣지 못한 소리를 새롭게 드러내준 것과 마찬가지로, 사진은 우리의 눈이 포착하지 못한 이면의 무의식적 영상들을 보여주었다. 그러나 마치 시각적 정보를 축음기와 마찬가지로 그대로 저장/전달/재현할 것 같은 영화는 이와는 다른 길을 걷는다. 영화는 한 번도 우리에게 실재를 보여준 적이 없다. 영화는 우리에게 잔상 효과를 통해 1초에 24번의 스틸컷을 제시하면서 여러 착시 효과를 통해 그것이 실재처럼 보이도록 "조작"한다. 착각하는 우리 눈의 환영 속에서, 실제로는 움직이지 않는 컷들은 움직임의 연속성과 항구성을 재생산한다. 이것이 영화가 가진 환상성이며, 따라서 영화는 오히려 실재적인 것을 상상적인 것으로 대체하는 기제가 된다. 예전에 문학이 독자의 머릿속에서 이루었던 내면의 영상은 외화되며, 과거 영혼의 깊숙한 곳에서만 이루어졌던 상상계는 기술적 트릭으로 스크린 위에서 실현된다. 영화는 상상계다.

마지막으로 타자기. 타자기는 상징계를 대표한다. 타자기 이전에도 문자 매체로 이루어진 모든 것은 상징 질서의 대상에 해당되지만, 문자의 기록 방식 또한 타자기의 발명으로 커다란 전환을 맞이하게 된다. 우선 글을 쓰는 자의 성별이 뒤바뀐다. 여성 타자수의 등장과 함께 남성 작가로만 이루어져 있던 문자의 세계는 전복된다. 개인의 내면적인 모든 특성이 외면화되는 개성적인 필사의 방식과는 달리 타자기는 모든 것이 규격화된 새로운 기록 방식을 제시한다. 내면의 목소리를 따른 필사 방식에서 독립된 개별자로 인식될 수 있는 시민적 개인이 탄생했다면, 분절된 알파벳을 불연속적으로 기입하는 타자기로 글을 쓰면서 개인은 익명화된 존재로 해체되며, 이와 함께 "현대"가 시작되었다. 영화에서 연속촬영장치 카메라가 기관총처럼 작동했듯이, 타자기도 미국 남북전쟁의 산물로서 "담론기관총"으로 작동했다. 타자기의 작동 방식 또한 기관총의 탄환공급장치나 필름 영사기처럼 자동화되고 분절된 단계로 이루어지기 때문이다. 이러한 과정으로 담론은 탈성화되고, 문자 독점이 깨어지면서 부차적인 것이 되었다.

문자 독점이 무너진 후 권력은 케이블, 무선전신, 증거확보기술, 전기기술로 이행했다. 매체는 끊임없이 진보하고 그 과정에서 키틀러는 아날로그 기술 매체의 가장 큰 특징으로 정보의 조작 가능성을 지적한다. 애초에 실재를 저장할 수 있었던 축음기의 경우도 마찬가지였다. 오히려 소리를 변조할 수 있음으로 해서 축음기는 실재도 조작할 수 있게 되었다는 것이다. 바로 이것이 "시간 축의 조작Manipulation der Zeitachse"인데, 영화는 1초에 24번의 스틸컷이 모두 다른 시간에 찍힌 것이라 할지라도 매끄럽게 연결만 되어 있다면 수용자가 이를 눈치 채지 못한다는 점에서 가장 큰 조작의 가능성을 가진다. 아날로그 매체가 열어젖힌 조작의 가능성은 디지털 매체에 와서 빈틈없이 완성된다. 아날로그 매체 사이의 호환이 어려웠던 반면, 컴퓨터 속에서는 모든 것들이 숫자로 존재한다. "이미지도 없고, 소리도 없고, 단어도 없는 양量적인 존재. 그리고 케이블화가 지금까지 분리되어 있던 데이터의 흐름을 모두 단일하게 디지털로 표준화된 수열로 만든다면, 이제 모든 매체를 다른 매체로 전환하는 것도 가능하다. 숫자로는 불가능한 것은 없기 때문이다. 변조, 변환, 동기화. 느리게 하기, 저장하기, 전환하기. 혼합화, 스캐닝, 매핑. 이렇게 디지털을 기반으로 한 총체적인 매체연합이 매체 개념 자체를 흡수한다." 매체의 진보는 결국 매체가 사라지면서 완성된다. 인간 역시 중앙신경 체계로 분화되어 연구되기 시작하면서, 이전 시대에 굳건했던 "총체적인 인간"은 하나의 환상으로 해체되었다. 키틀러가 우리에게 보여주는 매체의 발전은 이로써 디스토피아적인 면모를 가진다.

『축음기, 영화, 타자기』가 아날로그 기술 매체를 중심으로 다루고 있기는 하지만, 「서문」에서 언급되고 있듯이, 이는 과도기적인 것이며, 정보를 각각 분화하여 저장했던 이들 기술저장 매체는 컴퓨터라는 "보편 기계Universal Machine"를 만나 다시 하나로 통합된다고 기술된다. 키틀러의 말대로 매체의 가장 중심적인 기능이 저장이라면, 컴퓨터가 보여주는 저장 능력 및 그들의 네트워크는 매체가 가진 모든 가능성을 궁극적으로 실현시키는 정점이 된다. 이 헤겔식의 장대한 종착점은 키틀러에게 있어서는 매우 암울한 색채를 가진다. 아날로그 매체에서 시작된 정보의 조작도 디지털 매체에서는 그 봉합의 흔적조차 없이 말끔히 수행되며, 이로써 인간과 매체와의 관계도 마지막 단계를 완수하게 되기 때문이다. 바로 인간을 배제하면서 말이다. 아마도 한국 사회에서 키틀러의 수용이 어렵다면, 그 이유는 키틀러의 이론은 항상 모든 미디어 관련 학술대회의 결론인 "매체의 주체적인 사용"과 같은 담론을 아예 처음부터 허용하지 않기 때문일 것이다.

키틀러에 대한 비판과 논란은 수없이 많다. 우선 매체를 역사적 매 단계의 유일한 동력처럼 기술한 그의 방식은 매체 결정론이라는 비판을 받기에 충분했으며, 또한 인간의 주체적 역할을 인정하지 않음으로써 반휴머니즘 이론의 대표 격으로 불리기도 했다. 또한 키틀러의 특이한 문체 또한 엘리트주의적이라는 비난을 받았다. 라이트모티프와 말장난, 수수께끼와도 같은 발언으로 구성된 자기만족적인 글쓰기라는 것이다. 기술의 진보에 있어 전쟁의 역할을 지나치게 강조하는 것도, 전쟁이 기술적 발전을 방해한 사례를 들어 반박하는 연구자도 있었다. 마지막으로 가장 민감한 것은 젠더의 문제이다. 키틀러 이론의 전반에서 "여성"은 주요한 모티프로 등장하지만, 남성 작가의 어머니(폐쇄회로의 입력장치)로, 아니면 남성 작가의 팬(출력장치) 혹은 타자수(폐쇄회로의 내부장치)로 등장함으로써 진정한 주체로 설정되지 못했다는 비판이다. 키틀러의 분석에는 독점적으로 남성으로만 코딩된 사회에서 여성의 글쓰기란 무엇을 의미하는지에 대한 논의가 없다. 그러나 또 최근에는 지나고 나서 보니, 기록 체계는 "젠더 구성의 역사적인 분석에 대한 초기적이지만 가장 야심적인 독일의 공헌"이라는 평가도 나온다. 많은 여성주의 매체이론가들은, (키틀러가 의도한 바는 아니었다 하더라도) 기록 체계의 바탕 위에서 다시 한 번 독자적인 구상을 펼칠 수 있었던 것이다.

이러한 많은 논란들은, 어느 정도는 논쟁을 즐기며 자신의 사소한 오류에 대해 반응하지 않았던 키틀러의 성격에 기인한 부분이 많다고 하겠다. 이러한 논란은 현재도 진행되고 있으며, 매우 정당한 이유에서 계속 진행되어야 할 것으로 본다. 그렇지만, 이로 인해 키틀러 이론이 가지고 있는, 매우 흥미진진하며 다음 순간 어디로 향할지 모르는 도전적인 논의가 가진 전체적인 매혹이 반감되지는 않았다. 전반적으로 키틀러의 이론은 세부적인 오류에 대해 크게 개의치 않으며 계속해서 진행되는 매체의 역사를 닮았다. 어느 지점에서 잠시 고민하고 있다 보면, 이미 저만치 앞서가고 있는 테크놀로지의 놀라운 발전 말이다. 현재의 반휴머니즘 논의의 행방에 대해서만 언급하자면, 키틀러의 이론은 인간과 기술이 어느 때보다도 가까워진 시대에 새로운 방식으로 인간에 대해 다시 논의하게 하는 포스트 휴먼 시대의 이론으로서 긍정적으로 재평가되고 있다.

이 책은 말하자면 1990년대 중반에서 2000년대 중반까지 계속된 "키틀러 시대"에 훔볼트 대학에서 그의 수업을 들으며 각각 독문학과 매체학, 그리고 문화학을 전공한 역자들에 의해서 번역되었다. 이 책이 비교적 대중적으로 쓰여졌다고는 하지만, 사전에

 도 나오지 않는, 자신이 만들어낸 용어나 기술적 용어로 이루어진 "키틀러 독일어"를 한국어로 번역하는 데는 많은 어려움이 있었다. 보다 정확한 이해를 위해 이보다 앞서 번역되어 나온 영어판과 일어판 번역본도 참고하였으나, 무엇보다 독일어 원본에 매우 충실하게 번역하려고 노력하였다. 1986년에 초판이 나온 이후 고집스레 수정하지 않았던 몇몇 철자 오류 및 인명 오류에 대해서도 옮긴이 주로 명기하고 그대로 표기하였다.

키틀러는 수업 시간에 농담을 즐겼는데, 예를 들면 "나는 내가 할 수 있는 것을 할 테니, 여러분은 그 바탕에서 또 하고 싶은 걸 하면 된다. '인터넷과 젠더'라든가" 같은 것들이었다. 그에게는 이것이 정말 농담이었던 것으로 생각된다. 비록 그가 언제나 대외적으로 "정치적으로 올바른" 모습을 보인 것은 아니었지만, "매클루언보다 더 냉소적"이고 "반휴머니스트적인 매체철학자" 등으로 알려진 것과는 달리, 실제로는 장난기 많고 유쾌한, 그리고 무엇보다 매우 친절한 선생님이었다. 소피엔슈트라세 22A번지 앞에서 만나면, 동양에서 온 소극적인 외국 유학생에게 언제나 먼저 인사를 건네주었다.

이제 우리는 이 책을 선택해준 독자들을 키틀러 이론의 미로 같은 골목으로 초대하고자 한다. 몇몇 골목은 막다른 곳처럼 보일 때도 있겠지만, 그의 강의가 늘 그랬듯이 지적인 즐거움과 함께 종국에는 미로를 벗어나는 탁 트인 전망을 보여줄 것으로 기대한다.

2019년 봄

신촌에서 역자 일동